王珂学术会议诗学论文集

1994—2017

王 珂 著

东南大学出版社
·南京·

图书在版编目(CIP)数据

王珂学术会议诗学论文集：1994—2017/王珂著.
—南京：东南大学出版社，2018.3
ISBN 978-7-5641-7486-6

Ⅰ.①王… Ⅱ.①王… Ⅲ.①新诗评论—中国—文集 Ⅳ.①I207.25-53

中国版本图书馆 CIP 数据核字(2017)第 281509 号

⊙ 国家社科基金一般项目“新诗现实功能及现代性建设研究”（项目编号：17BZW071）阶段性成果。

⊙ 东南大学“中央高校基本科研业务费专项资金资助”项目“全球汉语新诗文体的变异融通调查、研究和数据库建设”（项目编号：2242017S10001）阶段性成果。

⊙ 东南大学现代汉诗研究所 2017 年度规划重点项目“王珂诗学理论研究”（项目编号：DX201703）成果。

王珂学术会议诗学论文集 1994—2017

出版发行：东南大学出版社
社　　址：南京四牌楼 2 号　邮编：210096
出 版 人：江建中
网　　址：http://www.seupress.com
照　　排：南京星光测绘科技有限公司
经　　销：全国各地新华书店
印　　刷：兴化印刷有限责任公司
开　　本：700mm×1000mm　1/16
印　　张：38
字　　数：725 千字
版　　次：2018 年 3 月第 1 版
印　　次：2018 年 3 月第 1 次印刷
书　　号：ISBN 978-7-5641-7486-6
定　　价：128.00 元

东大中文·新学衡文库

编 委 会 名 单

作者简介

王珂：男，重庆人，文学博士，1966年生，东南大学人文学院中文系教授、博士生导师，东南大学中文系主任，东南大学现代汉诗研究所所长，湖州师范学院中国散文诗研究中心副主任，西南大学中国诗学研究中心客座教授，首都师范大学中国诗歌研究中心兼职研究员。1987年在西南师范大学外语系获得外国语言文学学士学位，1990年在西南师范大学中国新诗研究所获得中国各体文学专业新诗理论与创作研究方向硕士学位（导师邹绛教授、吕进教授、方敬教授），2002年在北京师范大学文学院获得文艺学专业文学基本原理方向博士学位（导师童庆炳教授），2004年在首都师范大学中国诗歌研究中心完成博士后（导师吴思敬教授）。2013年破格晋升为教授，2018年任博士生导师。主要从事新诗理论创作研究和文艺理论研究。出版专著7部，主编著作10部。参编（译）著作10部，发表论文400余篇。共出版发表诗作、译作、散文和学术文字约1 000万字。主持国家社科基金一般项目"新诗现实功能及现代性建设研究"（2017年）、教育部人文社会科学研究规划基金项目"两岸四地新诗文体比较研究"（2012年）、中国博士后科学基金课题"新诗文体研究"（2012年）、福建省社会科学规划项目"新诗诗体的历史考察与构建策略研究"（2006年）、福建省社会科学规划项目"现代汉语诗歌诗体语体意象功能综合研究"（2012年）、东南大学2017年基本科研业务费重大引导项目"全球汉语新诗文体的变异融通调查、研究和数据库建设"（2017年）、教育部省级研究中心——首都师范大学中国诗歌研究中心重点研究基地项目"百年新诗体建设研究"（2002年）和"新诗功能学"（2015年）等项目十余项，参与"九五"国家社科基金重点项目"现代汉诗的百年演变"（1996年）、教育部人文社会科学重点研究基地重大项目"社会发展与文学语言的演变"（2016年）等项目。获得福建省政府哲学社会科学二等奖和三等奖各一次。

作者简介

[illegible]

目　录

迷失的第十位缪斯
——新时期文学研究管窥

摘　要：新时期文学创作的繁荣与当代文学研究休戚相关，近年当代文学研究在80年代初中期那种敢说真话崇尚艺术的勇气丧失殆尽，基础理论研究薄弱，严重缺乏求实、创新的系统理论，恋旧怀古情绪弥漫文学理论界。大学教师掉书袋，文研所专家围着政策转，文联理论家谈随感。文学观念的落后保守主要表现在三怕：怕文学创作上的个人主义、理想主义和情感主义。理论界的三怕带来三惧：惧创作形式上的自由主义、唯美主义和文学的先锋性。"人格建设"和"学术建设"是解决当代文学研究各种怪现状的有效方法。

关键词：新时期文学研究　人格建设　学术建设　基础理论

新时期文学创作的繁荣，无疑与当代文学研究休戚相关。朦胧诗、伤痕文学、反思文学、寻根文学、新生代诗、先锋派小说、新潮诗等创作流派、创作思潮的兴起，甚至北大荒文学、西部文学、岭南文学等板块文学的勃兴以及女性文学的异军突起都得到理论界的大力支持，涌现出一批敢说真话的理论家。

近年文学进入低潮，当代文学研究更陷入危机。早年存在的弱点日渐显露。基础理论研究薄弱，灵感式的流云理论随"世风"满天飘，抄袭式的迷雾始终不散。假、大、空的伪理论驱逐着求实、创新的系统理论。伏尔泰曾说长期以来我们有九位缪斯，健康的批评是第十位缪斯。近来第十位缪斯迷失了。时而亢奋时而疲软的实用型批评盛行，第十位缪斯被彻底世俗化，再也无法纯洁美丽。当代文学研究在80年代初中期那种敢说真话崇尚艺术的勇气丧失殆尽。更恶劣的是，一些习惯了当教师爷的伪理论家不甘寂寞，在一些非艺术性会议上见风使舵，指手画脚，胡言乱语（这种理论大家甚至一生中从没有写过一篇系统的理论文章）。以致作家感叹"一人写作品十人打棍子百人叫骂千人嘲笑万人冷眼旁观亿人说你活得无聊才干文学"。一批作家感慨"春风不度文学关"，"文学理论关"更是秋风瑟瑟肃杀凄凉。但是近年中国的作家诗人多，传说“北京一堵墙砸下来，砸着十人，九人是诗人”；“一座厕所蹲着十个人，九个是作家，剩下一位是诗人”；“写诗的比读诗的多”。这些笑话流传甚广。中国的文学理论家也多，上至政界要人，下到村氓百姓，都可以对你的作品评头论足。传统如此，大诗人白居易写了诗也得请教老村妪。许多诗人作家苦笑：“现在的评论家惹不起还躲不了，井水不犯河水还不成。”

当前不堪阅读的非文学性理论集盛行。一些纯粹的“外行”利用手中的权力和财力，“玩”起理论，出版文学论集，挂上一个很诱惑人或很理论的书名，如“××学”“××论”，大都名不副实，甚至文不对题。有的打着学术著作的名义，吹捧一些江湖骗子型作家诗人。他们在一些文学刊物上指点江山，颇具内行气势。真正的文学理论家被迫退避三舍。各类理论评奖和创作评奖的评委外行极多，不正之风严重。一些作家理论家公开宣布不参加任何可以带来职称福利等实惠性评奖，来反对评奖中的不正之风。有的公开拒绝号称专家的学术骗子对自己的理论进行“外行评内行，内行泪汪汪”的评审。这种现象如同当年只认识几十个字的半文盲可以当作家，沈从文等真作家被迫搁笔。那些被作家或读者讽刺为“政客们在文学的弱智状态中写出的伪学术理论”自然受到了人们的无情抵制。华威先生式的理论家被民众嗤之以鼻，虚假的文学理论集大量滞销，热衷于伪理论的刊物无法生存，当然，这些专著和刊物都得到官方或民间的经费资助，滞销对作者无所谓。理论界因此声誉扫地。民意测验表明：作家们认为理论家是打手，文学评论是“大批判文章”；读者认为理论家是吹鼓手，文学评论是“高级广告”。

将当代文学研究中存在的诸多问题分类，大致有以下几种：

一家言。尽管一个作品问世后论者众多，却很难出现仁者见仁、智者见智的争鸣局面。政治伦理道德仍然成为判定艺术作品的唯一标准，有的理论家总是喜欢如小孩看电影一眼看出好人坏人，进行简单的价值判断，忽视艺术的多样性，太强调艺术和社会的辩证关系。普列汉诺夫为代表的艺术再现生活论在中国长久不衰，认为只有关于“生活”的正确学说产生以后，文学才能够成立。甚至另一位马列主义文论家、普列汉诺夫文艺思想的改良者卢那察尔斯基的文艺思想也被断然否认。他认为抒情诗人的任务在于始终不离个人，叙说自己和自己的私人感受，同时又使这些感受成为对社会有意义的东西。他主张，一个抒情诗人，如果他显然没有把任何私人的热情贯注到他的抒情诗里面，他笔下就可能枯涩呆滞。有的理论家一味追求文学的社会职能和政治职能，违背别林斯基提出的创作是无目的而又有目的的，不自觉而又自觉,不依存而又依存的普遍原则。这些与马克思、恩格斯的辩证思想阐述相反的庸俗化的理论被“左派”理论家当作尚方宝剑。他们把文学艺术当作纯粹的意识形态,片面强调艺术的阶级性,要求文学作品表现社会的生产关系,以是否揭示旧世界的丑恶,歌颂新世界的光明作为审定文学作品的唯一价值标准,以阶级分析取代一切。这些具有一定合理性的美学律令一旦被当作金科玉律,并以大一统的形式来控制当代文学创作研究,就会形成一个僵化模式。他们否定文学创作中的主观性因素,否定思考的自我主体,即理性主体,否定文学的个体和创作者的主体性,尤其否定创作主体的内心、情绪、直觉、意识和潜意识、想象或幻想在文学创作过程中的作用。甚至搬出“文革”期间的理论,把写个人情绪的作品视为小资产阶级情调,用姓社姓资来划分作品,把艺术问题强拉进政治领域中,文学研究变成政治批判,文学论争变成人身攻击,政治性和艺术性、革命内容和艺术质量高度和谐统一的艺术境界被孤立为政治性与革命内容。有作家把文学理论界称为文坛政治运动的策源地和中心,把理论界的小宗派称为三十年河东三十年河西的“还乡团”。近年的文学理论界,时而“鬼子进村”,时而“还乡团回乡”,时而“八路来了”,真可谓八仙过海各显神通。这更令作家惶恐,害怕祸从天降,岂敢轻举妄动。作家最怕的是理论界的一些行迹无踪的“影子杀手”,他们见风使舵冷枪暗箭。这类杀手的护身符是化名,不敢“文责自负”。

对体验生活的极端片面理解。主张艺术不是单纯的幻想,而是最高的现实,美是真实,不是单纯的空想,艺术幻想纯粹是逃避现实。多因为现实生存环境的重压而逃避现实宣泄苦闷情感的作家因无“社会责任”而“十恶不赦”。反对文学创作中“构造的力量”和“制作的作用”。而在世界文论中,“虚构的力量”作为国际学术会议讨论的主题,有文论家公开提出文体的成熟取决于实验的进展。近期中国香港作家拜访内地作家,内地作家提问:“我们内地作家一向视生活为创作源泉,似乎香港作家不很重视,你们却比我们能写。”香港作家大笑。其实“体验生活”的口号在中国内地作家中也不是像宣扬的那么深入人心。一位老诗人感叹越来越发现太贴近生活就无法写作。中国的理论家大多不是作家,不知创作为何物,总爱沿袭一套文学理论,鹦鹉学舌、闭门造车地强调生活、真实、革命、使命、精神等貌似神圣伟大的奇谈宏论。这当然被深味过创作艰辛的作家们嘲笑。

一家言亦反映在文学研究中的主观主义上。会议发言型理论满天飞。无论是“骂派”评论家或“捧派”评论家,都常带有浓厚的个人色彩,主体性有余客观性不足，却又不许作家发挥主体性。这种现象被作家视为"只许州官放火不许百姓点灯"。

对旧东西的高度忍耐，对新东西的百般挑剔，这种民族劣根性导致文学史上的厚古薄今。恋旧怀古情绪弥漫文学理论界。论诗者言必称古罗马贺拉斯、诗经时代唐诗宋词。小说历史不如诗悠久，古之论者少，便以诗论代之。诗家有"知人论世"之说。"知人论世"的研究方法比弗洛伊德的精神分析更令作家胆战心惊。你发了一点牢骚，他便追查你是否有血统根源犯罪动机，断定你自小有"犯罪情结"，是当年牛鬼蛇神的后代。你写了人性，他便说你是资产阶级的代言人，宣扬非无产阶级的人性，是"亡我之心不死"。你小说中出现了"性爱"，他便追查你是否有桃色事件生活作风问题或者教唆动机，用扫黄大棒将你击倒，叫你"永世不得翻身"。在中外文学史上，作家与作品人格分离的现象并不罕见。重作家忽视文本，是当代文学研究中出现的"血统论"现象。作家们戏称这类"知人论世"的研究者有"窥视癖"。这类专家是"包打听"，总津津乐道于某男诗人为什么离婚、某女诗人离了几次婚，某作家有几位情人，情人是东施还是西施。最近一位青年诗评作家在一所大学讲演，一位大学中年教师竟颇为好奇地提问一位名诗人为什么离婚，全场几百名学生提的几十个问题全是与文学有关的。因此全场哗然。那位青年诗评家愤然作答："作为评论家，我只关心文本本身，其他一切与我无关。"全场掌声雷动。事后，他感叹："中国当代文学研究不可救药了。"同行的一位熟悉大学的著名小说家表示赞同："大学生受旧的文学观念的毒害颇深，那些一生中只吃六七十年代讲稿的教师更不可救药。"一位中文系学生说："这样的教师能够培养出作家理论家吗？上课完全是胡言乱语，具有文学天才的学生在中文系将被扼杀。"中文系走出的作家大都宣称自己是中文系的叛臣逆子。青年诗人李亚伟的《中文系》诗中所揭示的中文系现状得到广泛的赞同。中文系老师从厕所里狼狈逃出，大叫"现代派来了"。视国外的新潮文艺思想为洪水猛兽异端邪说的现象在中国文学理论家最重要的摇篮中文系已经见惯不惊。

中国专业的当代文学研究者主要由三个战线的人员组成：大学中文系教师和文学研究所人员、社科院的文学研究所人员和各地文联作协系统的理论研究室人员。中文系毕业生最有可能分进这三种单位从事专业研究。作家则多从基层出来，大多非科班出身或非中文系出身，所以两者泾渭分明互不买账。文坛流行"大学教师掉书袋，文研所专家跟着政治转，文联理论家谈随感"之说,很形象地描绘出三条战线的研究者情况。电影界流行"二十岁演三十岁导六十岁审"之说。文学界也有"二十岁写诗四十岁写小说六十岁写评论"之说。文学理论界研究人员普遍老化。前些年出现的"后继有人"的喜庆现象近年又消失了。由于历史的误会,六十岁的人被浪费了几十年时光,当时接受的"苏联老大哥"的那套文学观念谬误极多,再经过几十年极左思想的"强化扭曲",不但作文的锐气已减,而且当正直的敢凭良心说真话的人的勇气也丧失殆尽。自然对新事物产生抵触甚至敌意情绪。以致创作界一有风吹草动,理论界便"绷紧了阶级斗争那根弦",发现了"阶级斗争新动向",惊恐万分而又外强中干地大呼"狼来了"。因此朦胧诗、新生代诗、先锋派小说都曾遭受残酷的"围追堵截"。一先锋派小说家苦笑着嘲笑理论界:"国外的文学理论先后出现精神分析、新批评、符号美学、结构主义、解构主义等流派,如创作一样后浪推前浪。国内理论界 50 年代学苏联,80 年代追西方出现了一些成果外,自己并无主见。相反,与文学毫不相干的大批评文章总是经久不衰。"几十年来我们的文学理论研究确实只有一种气势凌人的"霸气",并无应该有的求实作风和理论锐气;认识不到批评上的探索精神的主观型理论家多,中国并未如西方形成理论之河。

文学观念的落后保守主要表现在三怕:怕文学创作上的个人主义、理想主义和情感主义。滨田正秀认为:"所谓抒情诗,就是现在(包括过去和未来的现在化)的自己(个人独特的主观)的内在体验(感情、感觉、情绪、愿望、冥想)的直接的(或象征的)语言表现。"[1]雪莱早在 19 世纪浪漫主义运动勃兴时期就提出:"诗人是一只夜莺,栖息在黑暗中,用美妙的声音唱歌,来安慰自己的寂寞。"[2]苏珊·朗格强调人类情感。"艺术品是将情感(指广义的情感,亦即人所能感受到的一切)呈现出来供人欣赏的,是由情感转化成的可见的或可听的形式。它是运用符号的方式或是一种诉诸推理能力的东西,而不是一种症兆性的东西。艺术形式与我们的感觉、理智和情感生活所具有的动态形式是同构的形式,正如亨利·詹姆斯所说的,艺术品就是'情感生活'在空间、时间或诗中的投影,因此,艺术品也就是情感的形式或是能够将内在情感系统地呈现出来以供我们识认的形式。"[3]"一个艺术家表现的是情感,但

[1] [日]滨田正秀:《文艺学概论》,陈秋峰、杨国华译,中国戏剧出版社,1985 年,第47 页。

[2] [英]雪莱:《诗辩》,伍蠡甫:《西方文论选》,下卷,上海译文出版社,1979 年,第 53 页。

[3] [美]苏珊·朗格:《艺术问题》,滕守尧、朱疆源译,中国社会科学出版社,1980 年,第 24 页。

并不是像一个大发牢骚的政治家或是像一个正在大哭或大笑的儿童所表现出来的情感。艺术家将那些在常人看来混乱不整的和隐藏的现实变成了可见的形式，这就是将主观领域客观化的过程。但是，艺术家表现的绝不是他自己的真实情感，而是他认识到的人类情感。”〔1〕

中国古代文论中也有“诗缘情”说、“性灵说”等众多强调文学的主体性和情感性的诗论。吟诵诗歌成为诗人内省地寻求个人精神的手段，同时暴露情感、表现情感、唤起情感。“情动于中而形于言”(《诗大序》)；“诗者，吟咏情性也”(严羽《沧浪诗话·诗辩》)；“诗者，人之情性也”(黄庭坚《书王知载〈朐山杂咏〉》)等已成“名言”流芳百世。鸡犬相闻，老死不相往来的老祖先尚且知道诗的主体性和情感特征。处于讲文明、讲习俗、讲专业化时代的当代人，更容易人格分裂、抵触社会，和自己的时代隔离，产生非个人性、客观性、普遍性和普通人性的理想，也容易产生个人的感伤情绪，出现情感至上的抒情倾向。当代诗人作家面临的这种尴尬生存状态大多不被喜欢粉饰太平的理论家理解，被指责为“沉湎于个人情感，有个人主义至上的小资产阶级颓废情绪”，并讽刺说：“你痛苦悲哀与我无关。”似乎理论家是超然于世的现代人。他们故意回避中外古今有关文学与个人休戚相关的文论。在他们的观念中，情感主义、个人主义和自由主义应该被相提并论。我们不是一直在反对自由主义么？自由主义和主旋律的文艺方针水火不相容。却不知社会是由无数个体组成的群体，个体的情感正反映出群体的情感。文学艺术中个体和群体的关系，绝对不能简单为“锅里有碗里才有”的庸俗社会学关系。在艺术自身的一些伟大动力，如家庭、民族、祖国、时代、人类社会以及名誉、友谊、爱情的作用下，个体的作家便自动产生责任感和使命感。相对而言，艺术家的最高职责便是对人类负责，对个体生命负责正是对人类负责的具体表现。艺术往往由个人的艺术转变为社会的、时代的、人类的艺术。这种转变产生出美学意义上的崇高。寻找自我，使艺术成为个体的一种伟大心声的片断。读者接受文学作品也是以个体的方式进行的。个体情感，如爱情、亲情，正是人类共有的情感。有人总是反文学的情感主义和个人主义，在激发、宣泄、逃避和价值的自我实现四种情感价值中，只注重激发情感，否定文学的宣泄作用和自娱功能，这与文学的本质大相径庭。一些理论家除强调文学的社会性之外就是强

〔1〕 [美]苏珊·朗格：《艺术问题》，滕守尧、朱疆源译，中国社会科学出版社，1980年，第25页。

调文学的时代性，用革命的现实主义来指导文学创作，片面要求作家的创作与时代同步，产生出许多迎合时事的过眼烟云式作品。一位小说家形象地把这类作品比喻为“弱智状态下的产物”。

这些理论家反对艺术的理想主义，否定艺术的最终目的就是使这个世界恢复元气，艺术的源泉就在人类的自由之中。近年理论界大批马尔库塞，谁能否认他的这些论断具有一定的合理性。“文学要是表现了一种风格上或技巧上的根本变革，它可能是革命的。这种变革可能是一个真正先锋派的成就，它预示了或反映了整个社会的实际变革。”〔1〕“一件艺术品，借助于美学改造，在个人的典型命运中表现了普遍的不自由和反抗力量，从而突破了被蒙蔽（和硬化的）社会现实打开变革（解放）的前景，这件艺术品也可以称为革命的。”〔2〕“文学只有从它本身来说，作为已经变为形式的内容，才能在深远的意义上被称为革命的。”〔3〕这些判定文学是否“革命”的观点比我们只按写作内容是否革命来判定更接近文学的本质，却被扣上“资产阶级自由化”观点。一些人总是否定文学追求自由的政治职能和追求解放的政治潜能，否定人类的文学艺术有义务让人感知到那个使个人脱离其实用性和社会存在与行为的世界，有义务释放主观性和客观性之一切范围内的感觉、想象和理智的理想。社会学家托马斯·拉克曼指出：“仅因为我们人类能超脱于此时此地的情境，超脱于对立即经验的完全沉浸，所以才有可能出现一种人格本体感，由于这种提高了的透视感，所以我们才能通过一种丰富的，合理稳定的对象结构以及事件而经验到我们的环境。”〔4〕加登纳也认为：“每一个社会都至少会提供一种植根于个体自己的人格认知与情感之中的心照不宣的人格感或自我感。”〔5〕这是产生文学的个人主义、情感主义和理想主义的社会基础和生理基础。

理论界的三怕带来三惧。惧创作形式上的自由主义、唯美主义和文学的先锋性。卡西尔认为人的本质特征是：“不限于只用一个特定的和单一的途径对待现实，而且能够使用自己的观点从事物的一个方面转移到另一个方

〔1〕［美］马尔库塞：《现代美学析疑》，绿原译，文化艺术出版社，1987年，第2页。
〔2〕［美］马尔库塞：《现代美学析疑》，绿原译，文化艺术出版社，1987年，第2页。
〔3〕［美］马尔库塞：《现代美学析疑》，绿原译，文化艺术出版社，1987年，第3页。
〔4〕［美］H. 加登纳：《智能的结构》，兰金仁译，光明日报出版社，1990年，第317页。
〔5〕［美］H. 加登纳：《智能的结构》，兰金仁译，光明日报出版社，1990年，第319页。

面。”[1]唯美主义代表诗人王尔德认为：“艺术的对象并不在于简单的真而在于复杂的美，它无非便是极力铺陈的一种强烈形式。”[2]波德莱尔甚至说：“只要人们愿意深入到自己的内心中去，询问自己的灵魂，再现那些激起热情的回忆。他们就会知道，诗除了自身外并无其他目的，它不可能有其它目的，除了纯粹为写诗的快乐而写的诗外，没有任何诗是伟大、高贵、真正无愧于诗这个名称的。”[3]苏珊·朗格主张：“真正能够使我们直接感受到的人类生命的方式便是艺术方式。”[4]作家的“自主性”和艺术的“真实性”却不被我们的理论家重视。他们既不多元地对待文学，也不遵循“文质彬彬”的古训，把艺术割裂为形式和内容两部分，片面强调“内容决定形式”，死抱现实主义和浪漫主义的教条，视“美”为大敌，谈“形式”色变，近年竟出现了大批唯美主义的反常现象。这种与文学发展逆道而行的理论自然受到创作界的摒弃。一位老诗人表示王尔德对人性充满信心、对人类充满同情心的艺术观，尤其是他主张的艺术的对象是“美而不真”，“形式就是一切，它是生命的秘密”等观点有值得今日中国文坛借鉴之处。诗，应该“唯美”，不美不动人就不必存在。谢冕先生曾论述：“在中国当前的文学变革中，诗似是一个不讨人喜欢的顽童。它不合常规地一径向前奔泻而去。习惯于固有秩序的人们为此感到怅惘。而它仍然前进，渐行渐远以致于难辨其来去的踪迹了。”[5]我们一直惧怕文学的先锋性，尤其惧怕以自由运动为本质特征的诗歌精神。诗作为每一次大的社会变革的前驱，都遭受到强大的守旧势力的围攻，马克思也曾经意识到物质生产的发展与艺术生产之间的不平衡关系。他在《政治经济学批判·导言》(1857)中提出艺术不受历史相对论的约束，并以希腊艺术为例。他和当时大多数德国作家的看法一致，视希腊艺术具有永恒而无时间的美。他指出：“关于艺术，大家知道，某些登峰造极的发展时期绝不是同社会的一般发展成比例的，也绝不是同物质基础和社会组织的骨骼间架成比例的。拿希腊人与近代民族甚至莎士比亚相比便是明证……困难不在于领会希腊艺

〔1〕［美］卡西尔：《艺术》，蒋孔阳：《20世纪西方美学名著选》，下册，复旦大学出版社，1988年，第24页。

〔2〕高健：《英美散文六十家》，山西人民出版社，1983年，第166页。

〔3〕［法］波德莱尔：《再论爱德加·爱伦·坡》，波德莱尔：《波德莱尔美学论文选》，郭宏安译，人民文学出版社，1987年，第205页。

〔4〕［美］苏珊·朗格：《艺术问题》，滕守尧、朱疆源译，中国社会科学出版社，1986年，第66页。

〔5〕谢冕：《肩的雕塑·序》，潞潞：《肩的雕塑》，北岳文艺出版社，1987年，第1页。

术和史诗同一定社会发展形式相联系这一思想。困难的是理解它们何以仍然为我们提供了审美享受的源泉。”[1]这个观点足以让我们这些时时宣传“立圣贤言的时代精神”的马克思主义文论家瞠目结舌。

研究方法陈旧。总是用“一个讲话两种方法”概括最富有丰富性和独创精神的文学,视符号美学、接受美学、结构主义、解构主义等国外较流行的文学研究方法为资产阶级的腐朽东西,表面上强调“批判地吸收”,实质上是全盘否定。不容否认,毛泽东五十年前发表的《在延安文艺座谈会上的讲话》对中国社会主义文学的发展产生了积极和深远的指导作用。有人将毛泽东的文艺思想总结为对接受美学的重大贡献,并非没有道理。但是把毛泽东在1942年战争时期的文艺观全盘搬进90年代商品大潮冲击下的和平时期,是违背辩证唯物主义的发展观点和历史唯物主义的进化原则的,更不符合文学发展的自身规律。1992年春夏之交,纪念讲话50周年,各地都掀起了以“讲话”为中心的造神运动,文艺理论家们以投入运动的政治热情积极地参加了这次运动,即兴的、应景的甚至违心的纪念文章满天飞,绝大多数文章都以批判资产阶级自由化为己任,甚至有人清算新时期以来的各种文学思潮,颇有“文革”遗风。有的无限上纲,学术争鸣文章变成了货真价实的大批判文章。这些大批判文章的许多作者虽然自诩为文艺理论家,却从没有写过学术理论文章,有的纯粹是不懂文章的“学术骗子”,借此扯大旗披虎皮吓唬人。有的甚至连署真名的勇气也没有。1992年春天,邓小平同志的“南巡讲话”如强劲的春风带来了经济改革的大潮,全国各界都更新观念,反对形式主义,全力以赴进入经济主战场的改革大潮中。文学艺术也正面临着商品经济的强大冲击,纯文学的阵地正被俗文学一点点地“蚕食”。就在这样的社会大环境和文学小气候下,文艺理论界不知是因为“不知有汉”或者是有意用“讲话”对抗“讲话”,“不识时务”地进行“复古运动”。这不但使文学艺术界以外的人认为文学研究与时代格格不入,文艺理论家简直是生活在世外桃源中,也使圈子以内的作家们垂头丧气,呼唤“春风快过文学关”,呼唤“文艺界的‘南巡讲话’”。当然更使新时期一些有锐气和求实精神的文艺理论家惊恐万分,以为第二次“反右”运动又将从天而降,大祸临头。不过在这次“运动”中,许多正直的作家、理论家有的以沉默来反抗,有的甚至仗义执言,有的理论家实事求

〔1〕[美]雷纳·威勒克:《近代文学批评史》,第三集,杨自伍译,上海译文出版社,1991年,第284页。

是地评价“讲话”的功绩，公开提出用发展观点来看待“讲话”，提出对“讲话”要继承也要发展。认为毛泽东根据当时的情况，强调了政治方面。一位老诗人（甘肃的作协主席）撰文指出：“我们则也一直强调政治方面，甚至发展到政治替代艺术，政治标准成了文艺批评的唯一标准，许多文艺评论只谈政治内容和主题思想，绝少对作品进行应有的艺术分析与美学评价。更令人难过的是，大家所掌握的政治标准中的政治并非‘以最广和最远为目标的革命的功利主义，作为出发点的归宿’，而是局部的，狭隘的，短暂的具体任务和要求。配合一时一地的重心工作成了文艺的主要使命，致使大量作品成了安徒生童话中卖火柴的小女孩手中的火柴。这是一个极为深刻的教训，它使不少人徒然耗费了半生精力，搞了大半辈子文艺创作，最后一无所有，因为他们在‘左’的戕害下所写的作品，不能不是那种缺乏艺术情趣的艺术品，无论政治上怎样进步，也是没有力量的，更何况他们配合的并非进步的正确的政治，反而往往是我们的失误。”[1]这位曾是诗坛著名老诗人的作协主席说出了很多作家诗人的心声。

革命的现实主义和浪漫主义一直被当作“大一统”的金科玉律，而且对这两个概念的表述一直混淆不清，尤其反映在现实主义和浪漫主义、革命的与非革命的、积极的与消极的等概念之间。分析作家作品，首先是定性贴标签，这被戏为“强划阶级成分”，“成分”划定以后，再套上概念，现实主义必有“典型”“真实”，浪漫主义必有“激情”“革命”之类词汇。浪漫主义又分为积极的浪漫主义和消极的浪漫主义两种“成分”。一位外国文学理论家认为这是牵强附会。他质问笔者：“你们把19世纪英国浪漫主义分为两大类，雪莱、拜伦为首的是积极的浪漫主义，华兹华斯、柯勒律治为首的‘湖畔派’为消极的浪漫主义，所以你们十分推崇雪莱、拜伦，贬低‘湖畔派’，我认为，无论是从‘积极’或‘革命’的意义来讲，写自然之灵、女性之美的湖畔派比直接呼喊‘冬天来了，春天还会远吗’的雪莱，甚至身先士卒战斗在希腊的拜伦更有意义，暴力革命固然可以推动历史的发展，繁衍生命的女性才是社会发展的原动力，人类社会只有在自然中才可生存。如此这般，你还认为湖畔派是‘消极’吗？”我们一直忽略文学的基础理论的研究，对现实主义、浪漫主义这样的金科玉律的研究也未完善。法律不完善，怎样用此法？迄今为止，文学教程上的现实主义和浪漫主义的概念仍停留在五六十年代的水平上，那个时期，文学如

〔1〕 高平：《重读〈在延安文艺座谈会上的讲话〉笔记》，《金城》1992年第2期，第5页。

一小说家指出正处于“弱智状态”。以此来对待各领风骚三两天的中国当今文坛和风云变幻的世界文坛，岂不束手无策，必然与当今中外文坛产生严重的隔离感。食洋不化和抵制“洋货”的倾向在文艺理论界十分严重，一些理论家阿Q精神十足，自知落伍却要装出“大家”模样，宣布西方文化哪有我华夏几千年文化博大精深，其实这类理论家对本土文化，也了解甚少，是典型的学术骗子。作家嘲笑当前正处于“弱智状态”的华威先生“四处横行”。当代文学研究大都是些“橡皮式研究”，缺乏真知灼见。尤其是基本概念混乱，忽视文学体裁的丰富性、差异性，忽略作家的个性风格和流派的差异。又人为地划分流派，自立山头。教师爷式的“大一统”研究盛行，如文学体裁研究或以诗歌理论一统之下，或者散文化理论盛行，叙事文学的理论则强套抒情文学的理论，害得受了这套理论毒害的人不知“诗为何物”。作家研究亦为某种实用目的服务，流派研究中的无中生有，以偏概全的现象时时发生。教授抄国外，学生抄教授，越抄越错。因为缺乏必要的基础理论研究，导致了整个当代文学研究的混乱、虚假和无聊。

近年卓有成绩的理论家杨匡汉先生发出真正的评论家的共同呼声，作为对于一种批评品格、批评风尚和批评境界的向往，他说：“我认为提倡文学批评的学术化，乃是当代文学理论批评的健康发展的重要环节。”[1]读者，作家也都希望对评论家加强“人格建设”。当代文学研究者的“人格建设”和“学术建设”正是解决当代文学研究各种怪现状最行之有效的方法。处于低谷中的中国文学创作界和濒临崩溃的理论界都呼唤着学贯中西的、正直有良心通人性的文学理论家，既人格高尚又学识渊博的大理论家！

1994年10月18－20日“世纪之交文学的出路”；主办方：中国社会科学院文学所；地点：北京中国社科院文学所。

〔1〕 杨匡汉：《〈文学视野中的文化穿透〉序》，夏冠州：《文学视野中的文化穿透》，新疆文艺出版社，1992年，第3页。

拓展内容职能　定型诗形诗体
——21世纪汉语诗歌文体的现实及理想构建

摘　要：新诗在20世纪汉语诗坛占有主导地位，尽管有很多人致力于新诗的诗体建设，也取得了一些成绩，如初步确定了诗的建筑美和音乐美两大形式特质，建设了新诗的初步形态。却始终处在文体自发与文体自觉、诗体的准定型与不定型、诗的律化与自由化、诗人的文体自律性与文体创造性的对抗与和解中，其中对抗远远大于和解，造成每种诗体都无法进行持续建设，使诗体建设成为百年新诗最大问题。21世纪汉诗的文体建设必须重视中外诗歌，特别是20世纪现代汉语诗歌的经验和教训。21世纪汉语诗歌是在多元文化状态下，多种职能、多种诗体并存的诗歌，是内容被无限拓展，形式被有限规范的多级性和多载体的诗歌，是现实与理想、各级之间、各载体之间多和解少对抗的诗歌。

关键词：文体建设　定型诗体　诗体建设　多元文化　多种职能

20世纪汉语诗歌文体建设难，目前却不得不加强建设。只有拓展题材，恢复汉诗题材广泛的本来面目，顺应世界现代诗歌因为现代人的生活方式多样化，诗的功能大扩展的大趋势，也与中国文学艺术近年多元化格局的发展同步，在内容上真正从“一元进入多元”。新时期诗坛一直都在高喊建立多元格局，由于诗总是被置于“最高的语言艺术”的贵族艺术地位，庄重有余轻松不足，无法像小说、散文、影视文学那样屈尊于审美情趣已经多样化的现代人，在内容题材上和前几十年相比虽然有些解放，如从只准抒社会之情扩大为抒个人之情，对诗的语言游戏功能也有一定的肯定，却远未真正形成多元格局，仍太注重诗的抒情性和严肃性。只有通过实验不断地探索出适合现代汉语的，有利于诗歌艺术的现实存在和未来发展的，被相对公认的诗体，才能增强其生命力。

人类诗歌创作史是新瓶装旧酒的诗的形式嬗变史。它正反映出人的自我意识的逐渐觉醒及艺术的自主意识的逐渐完善。诗的形式嬗变是社会形态中的一种艺术形态的转化，任何一种社会形态都存在于人类社会这个整体范围中。人类社会时刻都在呼唤一种适合于自己的自由而不散漫的生产关系和宽松而有节制的上层建筑，人类发展史正是人类追求无限制的个人自由和有限制的社会文明的历史。诗也要自由而不散漫地让人感知到人的存在和社会的存在，特别是一个追求感情净化的活生生的人的存在和一个按现实原则疏隔的世界。诗具有的形式自主性决定了最佳形式也是自由而不散漫的形式，不仅在艺术本身中存在一种追求自由的政治职能和一种追求解放的政治潜能，而且艺术的政治潜能还存在于艺术的美学形式之中，具有美学形式的诗可以凭借自己的自主性有目的地选择既成的社会关系，超越甚至反对既成的社会关系，能够推翻流行的意识和普通的经验，具有自己的评判标准和发展规律、审美价值和社会价值。艺术追求自由解放的职能活跃于特定的美学形式之中，造成了各种艺术形式的出现，促使了各种艺术体裁的再认识。抒情文学发展出散文诗、抒情诗、史诗、叙事诗、小诗、十四行诗以及格律诗、意象诗、自由诗、具象诗等众多种类，正是艺术形式在自由与法则的对抗与和解中变革的结果。在形式变革上，中国诗歌最为明显，经历了由自由到法则，再由法则回到自由，自由与法则对抗和解的历程。《诗经》时代以及汉魏时代对形式要求并不十分严格。唐代格律诗把格律形式推向极端。宋词更是将形式推向极端，出现“填词”的形式游戏。元代戏剧中的抒情性散曲是对形式至上风气的反拨。明清出现诗歌形式上的复古……西方诗歌在形式变革上也经历了变革重心时时向内容或形式作极端偏移的现象。所以21世纪汉诗的文体建设必须重视中外诗歌，特别是20世纪现代汉语诗歌的经验和教训。

21世纪汉语诗歌的理想构建可以具体为以下三点：

21世纪汉语诗歌是在20世纪现代汉诗基础上发展的现代汉语诗歌。绝不能因为20世纪对古代汉诗的矫枉过正而复古。诗体种类太少、形式限制太死、语言与现代生活差异太大的古代汉诗在某种意义上讲无法写多姿多彩的现代生活。却不能迷信现代汉语在现代诗歌中的作用，不精炼、太散文化是20世纪现代汉语入诗的致命弱点。现代汉语的出现和发展导致了20世纪汉语语言艺术的大变革，特别是汉语诗歌的大变革，不仅出现了与古代汉语诗歌大相径庭的现代汉语诗歌，现代汉语诗歌还成为整个世纪的主流诗歌。在人类文明史上，语言和艺术发展的基本规律是渐变的，古代文学的语言、文体变化都符合这一规律。正如胡适所言：“我要大家知道白话文学不是三四年来几个人凭空捏造出来的；我要大家知道白话是有历史的，是有很长又很光荣的历史的。我要人人都知道国语文学乃是一千几百年历史进化的产儿。国语文学若没有这一千几百年的历史，若不是历史进化的结果，这几年来的运动，绝不会有那样的容易，绝不能在那么短的时期内变成一种全国的运动，绝不能在三五年内引起那么多的人的响应与赞助。现在有些人不明白这个历史的背景，以为文学的运动是这几年来某人某人提倡的功效，这是大错的。我们要知道，一千八百年前的时候，就有人用白话做书了；一千年前，就有许多诗人用白话作诗作词了；八九百年前，就有人用白话讲学了；七八百年前，就有人用白话做小说了；六百年前，就有白话的戏曲了；水浒、三国、西游、金瓶梅，是三四百年前的作品；儒林外史、红楼梦，是一百四五十年前的作品。我们要知道，这几百年来，中国社会里销行最广，势力最大的书籍，并不是四书五经，也不是程朱语录，也不是韩柳文章，乃是那些'言之不文，行之甚远'的白话小说！这就是国语文学的历史背景。这个背景早已造成了，水浒、红楼梦……已经养成最白话文学的信用了，故国语文学的运动者能于短时期中坐收很大的功效。……我们懂得了这段历史，便可以知道我们现在参加的运动已经有了无数的前辈，无数的先锋了；便可以知道我们现在的责任是要继续那无数开路先锋没有做完的事业，要替他们修残补缺，要替他们发扬光大。"〔1〕因为胡适等人想继续当白话的开路先锋，尽管他们的本意是想修残补缺，客观上却使语言的渐变成了质变。20世纪汉语诗歌诗体的大变革并不只是由于语言的大变革导致的，而是特定时代政治、经济、文化大变革的产物，不是正常的由语言的变革而产生的文体的变革。尽管20世纪现代汉诗是主流诗歌，在本世纪仍然存在古典诗体和民间诗体，用古典诗词体和民间歌谣体写汉语诗歌的大有人在，在各个时期和各地都建立了以中老年为首，也有不少年轻人参加的专写古近体诗词的诗社、诗词学会。甚至很多新诗诗人之间的赠答唱和，也是赋诗填词，少用新诗诗体，有时还用民间流行的幽默的打油诗体。在民间，汉语歌谣仍然经久不衰，特别是受现代文明冲击较少的一些地区，如秦巴山区、云贵高原的一些少数民族地区（在这些少数民族地区，很多歌谣都是用汉语吟唱）、西北高原等地的歌谣都较发达。如在西北高原的甘肃、青海、宁夏、新疆四省区的花儿，特别是甘肃省莲花山的花儿会，一年一度，早成民俗。虽然20世纪的人们用古近诗词体写诗，语言却不是纯粹的古代汉语，大多是文白相杂的语言，在诗体上也大有改革，却并未改革到完全废弃旧有诗体，如格律诗体的七律、五律、七绝和长律与词牌

〔1〕 司马长风：《中国新文学史》，上卷，昭明出版社，1980年，第2页。

《西江月》《浪淘沙》《蝶恋花》等旧词牌,独创新的诗体和新词牌的程度。如写格律诗大多不讲究严格的平仄,只求韵脚的相对整齐、总体句数和单句字数的规范和诗的对仗。即以唐诗为代表的近体诗的格律主要分为平仄、用韵和对仗三大形式特色,只有后两项被 20 世纪的写近体诗者有选择地接受,平仄被巨大地改革甚至摒弃。因此虽然使用的是现代汉语,却力求语言精粹、音乐形式和结构形式的规范,使人一眼就能认出是古体的格律诗。用古代词牌名填词,抒写现代情感及思想时,也只重视词的句式、用韵和对仗,较轻视词的平仄。虽然只求总体句数与单句字数的多少和词只管韵脚的韵律方式,语言也多是精炼的现代汉语,也能够让人一目了然。民间歌谣本是建立在方言上的乡土文学,具有鲜明的地域文化特色和民族风格。在 20 世纪,由于受到现代汉语的强烈冲击,出现方言逐渐被通行的现代汉语取代,地域特色及民族风情越来越少的倾向。因为民间歌谣的形体具有较强的稳定性,特别是以押韵为代表的音乐形体和由字数、项数和节数的多少决定的排列形体极受后世的重视,民间是不允许由某个人任意地改革诗体的,所以 20 世纪民间歌谣的形式变革并不大。如河湟花儿的基本形式是每首四句,五句、六句和其他句式都是四句的变体,每句的字数一般在七字以上,字数不够时,常常加入衬字。四句一首的花儿,每段两句,奇句奇字尾,偶句偶字尾,当偶句尾双音节不突出时,也常加衬字;花儿还讲究奇偶句间行相对,要求字数、顿数大体一致,使节奏和谐对称,便于吟唱。又如笔者在四川东部华蓥山区采风时发现当地的山歌为了押韵常用衬字,有时甚至用一个语气词一衬到底,诗的音乐性大大增加,无论什么内容都可以出口成“歌”。在民间,“无韵非歌谣”的传统和歌谣的形式规范在打破“无韵则非诗”的 20 世纪并不随着人的自由意识的大觉醒和古代汉语被现代汉语取代的巨变而被村氓百姓放弃。20 世纪非主流诗歌古近体诗体和民间歌谣体的经历为 21 世纪汉语诗歌,特别是现代汉语诗歌的文体构建提供了以下启示:不能再让历史的虚无主义左右诗坛,在改革历史时也要尊重历史,不能摒弃古代汉诗与现代汉诗的诗体传统,如汉诗,特别是古代汉诗由古体诗到近体诗,再到词,都重视诗的音乐性及重视具体诗体的诗形的建设,即古代汉诗都重视诗的音乐形式和排列形式,甚至 20 世纪现代汉诗也较重视诗的音乐美与排列美。古代汉诗和现代汉诗都较重视的诗家语有别于常规语言的最大特征是更含蓄精炼,追求诗歌语言的精炼美,从诗的听觉形式、视觉形式和语言的精炼上来确立 21 世纪现代汉诗的基本形式,从加强诗的精炼美、音乐美和排列美来加强诗的文体建设,其中最重要的是诗的语言的精炼和诗的形体的精致。

21世纪汉语诗歌是在多元文化状态下，多种职能、多种诗体并存的诗歌。20世纪是中外文化，特别是中西文化对抗与和解的世纪，在中国，对抗与和解都常常以极端的方式进行，在各个时期总是有一种带有独裁性的主流文化，有时甚至全盘西化，有时闭关锁国，多相互取代少真正的契合，这虽然有助于本土文化的改良，但是对本土文化的冲击也是巨大的，不利于完美本土文化。20世纪末期，本土文化和外来文化的对抗减少，出现各种文化交融互补的局面。以汉语诗歌为例，不仅出现了中国大陆、中国台湾、中国香港的大交流和大互补，中国大陆诗界还与新加坡、马来西亚、泰国及美国、德国等地的汉语诗歌创作者广泛交流，初步取得了在已有基础上重建的共识。汉语诗歌在20世纪不同地区、不同制度下及复杂的语言和文化境遇中的发展，给21世纪汉诗提供了很多经验和教训，有利于21世纪诗歌的发展。汉语诗歌在21世纪客观存在的不同生存环境，为文体实验提供了丰富的土壤。21世纪更是各种文化大交流、大和解的时代，文化建设的意义将会由过去对历史负责转变为更对现实和未来负责。即只有对现实生存和未来发展有用的文化，都将"古为今用"地受到人类的欢迎。这种实用性原则在科学技术的有力支持下，将会杂取种种旧文化，形成新的主流文化，甚至出现跨文化、跨学科的现象。如信息高速公路能将任何优秀的文化迅速传遍全球，形成全球一体化；又如多媒体电脑以声、色、形一体改变了诗歌或绘画等平面艺术的性质。但是跨文化和跨学科并不会带来文化和学科的消失，实用性的科学也不能完全取代精神性的艺术，科技的发达也不会导致某种艺术标准的完全丧失。21世纪是一个多元文化并存的世纪，无论是已有的东方文化或者西方文化，都不可能再如过去的世纪起主宰作用，只能交融发展。文化的强大历史遗传性和继承性只能使旧有文化发生渐变，特别是根深蒂固的本土文化更不可能出现质变，会强烈地制约新生文化。所以21世纪的汉语诗歌虽然处在世界多元文化的格局下，却不得不受到中国文化的制约，甚至中国文化仍然是主流文化，只是减少了过去主流文化的独裁性。21世纪汉诗仍然是汉语诗歌，不是外语诗歌，是汉语使用者喜闻乐见的诗歌。构建21世纪汉诗要多考虑现实生存和未来发展，特别要重视现实，汉诗要让人感知到人的存在和社会的存在，通过揭示现代人的生存境况来改善现实生存条件，让人生活在实实在在的"特定大地上"；汉诗也要让人感知到那个使个人脱离实用性社会存在与行为的世界，有"义务释放主观性与客观性之一切范围内的感觉、想象和理智"[1]，让人感知到一个追求感情净化的活生生的人的存在和一个按现实原则疏隔的世界，让人有寻求在"理想的天上"飞翔的机会。这既能给现实中的人以精神享受，有助于人们更好地过现实生活，也有利于给人以理想，促使他们为理想而奋斗。21 世纪汉诗应该让人的主观性与客观性的一切范围内的感觉、想象和理智，自由地由不自由的社会构成的人和自然的受压抑和歪曲的潜能，在感情净化过程和现实社会的疏隔过程中表现出来，以此弥补现实与理想的巨大差距。在具体操作上，应该强调旧(古典汉诗、20 世纪现代汉诗和民间汉诗)为今用，洋为中用。外来文化、传统文化和民间文化由于信息交流方式的现代化，再也不会出现 20 世纪那种被隔离或曲解的情况，外来诗歌、传统诗歌和民间诗歌都会从艺术上对现代汉诗产生较大的影响。仅以现代汉语诗歌为例，将会出现全球性的汉诗大交流。因此虽然现代汉语诗歌仍为主流诗歌，却不能一统天下，由现代汉语与古代汉语结合写成的古近体诗和现代汉语与方言结合写成的民间歌谣仍将是现代汉诗的补充形式，会出现萝卜白菜，各有所爱的各种诗体大和解。虽然 20 世纪三者泾渭分明地对抗着，特别是现代汉诗总想一统天下，但是即使是在 20 世纪的特殊时期——延安时期，诗歌创作也一度出现倡导一元，允许多元的格局。"当然，诗歌民族化的倡导和探索，并不是框框，并不限制其他不同形式、不同风格诗歌的创作。有的同志喜爱运用自由体，有的擅长格律体，有的写马雅科夫斯基式的楼梯诗，有的写惠特曼式的长诗，有的写民歌体，有的写十四行诗，还有的写旧体诗词。"[2]虽然由于政治、战争等原因，功利性内容太制约了艺术性形式，这一时期的延安诗歌并未对 20 世纪汉诗的文体建设作出重大贡献，诗体的种类也较少，但是这种多种诗体并存的局面带来的全民性的诗歌热潮却是 20 世纪诗歌史上少有的。21 世纪的中国仍然是以经济建设为主、全民大致富的特殊世纪，不是一个奢谈精神的世纪，没有必要出现全民皆诗人的群众性诗歌运动。但是诗歌的存在却是必要的，特别是那些可以安慰人的心灵，有利于促进社会发展和提高人们现实生活质量的诗歌，更有必要存在。21 世纪是一个多元文化的世纪，人的自主意识却更强烈，更需要拓展现代汉诗的诗体，出现真正的汉诗诗体大解放和大建设的多元格局。

〔1〕[美]赫·马尔库塞：《现代美学析疑》，绿原译，文化艺术出版社，1987 年，第 9 页。
〔2〕金紫光、雷加、苏一平：《延安文艺丛书·诗歌卷》，湖南人民出版社，1984 年，第 5 页。

21世纪的现代汉语诗歌是内容被无限拓展，形式被有限规范的多级性和多载体的诗歌，是现实与理想、各级之间、各载体之间多和解少对抗的诗歌。多极性指要承认诗歌的创作者、接受者都客观存在的从艺术上判定的层次高低之分，如读者可以分为初级的普通读者，中级的诗歌爱好者和高级的诗人、诗论家；诗人可以分为低级的诗爱者，包括真爱诗而学写诗者和附庸风雅者，中级的会写诗却写不好的诗人，高级的诗人。即诗歌可以分为文化圈、亚文化圈和俗文化圈中的诗歌。多载体指21世纪诗歌的传播形式将多样化，既有20世纪的书籍的平面印刷方式和电台的声音传播方式，更有20世纪末期兴起的集视听觉为一体的电脑网络多媒体传播方式。虽然艺术品有自主性及它作为客体独立于创造者和认识者的客观性，艺术品的存在与创造者和认识者的存在却是休戚相关的。21世纪现代汉诗必须重视21世纪的现代汉语诗人和读者，进行文体建设要充分考虑到他们的客观存在，正确处理中外诗歌共有的内容特质如个人主义、理想主义和情感主义与形式特质如自由主义、唯美主义和先锋性。承认这些特质而不偏激迷信。需要的不是自由与法则的对抗，也不只是两极的和解，消灭自由或者取消法则都会带来厄运，需要的是既对抗又和解。针对20世纪汉诗破多立少的现状，21世纪需要更多的和解，重视语言形式及诗体建设。

目前正处于世纪之交，现代汉诗正处在不知何去何从的困境中，正有必要加强文体建设。要避免和解决20世纪汉诗文体建设中存在的众多问题，具体措施是增加汉诗的艺术门类，并界定出各个门类相对的文体特征，在诗的内容和诗的文体种类上尽可能地多元化，突出诗的抒情职能、游戏职能和教化职能。在某种具体的诗体上尽可能有科学的可供操作的界定，突出操作性。如1922年小诗流行时周作人将小诗界定为记录瞬间的情绪和一时的感触的，“本质以抒情为主”的“一行至四行的新诗”[1]。这种界定虽然对高级作者有些武断，对初级写作却是必要的。至少能使小诗创作者、欣赏者和研究者都大致“有章可循”，不会不知小诗为何物。处理好诗人的追求自由的本能与诗的自主性的矛盾，在矛盾的对抗与和解中处理好诗人的文体独创性和文体自觉性相辅相存的关系。总之，21世纪汉语诗歌的诗体实验及文体建设必须建立在已有的汉诗和人类一切优秀诗歌的基础上，必须考虑汉语语言

〔1〕 周作人:《论小诗》，杨匡汉、刘福春:《中国现代诗论选》，上编，花城出版社，1985年，第62页。

的特征和民族自身的欣赏审美习惯，也必须把汉诗纳入世界诗歌的大家园中，正视人类社会越来越向“大同”社会发展的客观现实和艺术在人类家园中的共通性，真正建立起能够让诗人和读者、中国人和外国人、汉语使用者和非使用者、今人和后人都能接受的汉诗诗体，特别是能够让汉语诗人、汉语诗歌读者公认的诗歌。虽然我们为了现实的生存应该务实地创作“今日”的诗歌和有“汉语特色”的诗歌，这种诗歌却不是一种绝对现实化的“媚俗”的诗歌，而是一种不会被后代汉语诗人完全否定的、被非汉语诗人和读者通过自己语种阅读后完全否定其诗歌价值的诗歌。主要应该做好四方面的工作：

恢复古代汉诗的多种职能，拓展现代汉诗的内容和诗的职能，在顾及群体社会生存原则下重视个体的生存方式，适应多元的现代生活。改变20世纪现代汉诗题材狭窄，内容贫乏，功能单一的局面，全面恢复诗的抒情、游戏、讽刺、纯形式等多种职能，承认客观存在的诗的多级性。如普通读者需要的内容以抒情为主，形式简单的初级诗歌，诗歌爱好者和一般诗人需要通俗易懂并有一定艺术品位的中级诗歌，高级诗人、诗论家阅读研究用的高级诗歌。针对中国国情及汉诗实情，不盲目追求与世界诗歌同步。西方诗本体论的历史嬗变大致经过了摹仿论、表现论和形式论三大阶段，20世纪形式论占了上风，如今有的已经由现代主义进入了后现代主义阶段。1985年汉森（Hassan）曾区别现代主义和后现代主义的差别：“现代主义以浪漫主义与象征主义为代表，重视连结紧密的闭合的形式，有崇高目的，有计划，有组织，重参与……后现代主义以荒诞玄学的荒诞派和抛弃传统，靠幻觉、抽象等方法进行创作的达达主义为代表，反形式，强调形式的非连结性和开放性，目的是玩，强调随意性、偶然性，处于无政府状态，重缺席……”[1]以形式论与后现代主义作为今日汉诗的主要建设理论是不现实的，只会更加剧汉诗的混乱。应该让摹仿论作为低级方式、表现论作为中级方式、形式论作为高级方式让三级并存。如果要选择何种“主义”，现阶段甚至未来的较长阶段都要以现代主义为主，但不排除现实主义和后现代主义，可以作为两极进行补充。无论是何种流派，都要保证诗是人的语言智能的典型范例，充分发挥人的语言智能，显示出汉语，特别是现代汉语的特性、已有的汉语诗歌的特性和中国人的生存特点及审美方式。

加强诗的形式建设，建立汉诗的常规创造模式。闻一多在《诗的格律》

〔1〕［美］皮特·布鲁克：《现代主义·后现代主义》，朗曼出版公司，1992年，第11页。

说:“假定‘本能说’能够充分的解释艺术的起源,我们尽可以拿下棋来比作诗,棋不能废除规矩,诗也不能废除格律。”[1]这个观点较偏激,在当时就受到抵制,连郑振铎选编的《中国新文学大系·文学论争集 1917—1927》的《白话诗运动及其反响》栏目中也未收入此文(收有徐志摩的《诗刊弁言》和《诗刊放假》),而且在诗的形体上放得太松太久的今天更难实行。现在需要在改良的旗帜下进行主要是音乐美、建筑美和精炼美的诗的形式建设。不能只重视诗的表面上的音乐形式,将人为的和自然的合为一体,变无形的玄乎的诗为相对可循的诗。目前强调诗的格律可以强化诗的音乐美的文体意识,却不能让 21 世纪的诗歌完全回到古典格律诗的旧路上去。相对地限制某种具体诗体的形式,无论是哪种诗体,都要突出诗的精炼美、音乐美和排列美等形式特质。特别是重视诗的精炼美。追求精炼含蓄是汉诗的一贯传统。古代汉诗强调诗要酿而为酒,不要炊而为饭。俞平伯甚至认为朦胧是成诗的一条捷径。30 年代反对诗的格律的现代派诗人,也以诗的含蓄作为重要特质。施蛰存在《现代杂忆》中总结说:“他们的共同特征是:(1)不用韵。(2)句子、段落的形式不整齐。(3)混入一些古字或外语。(4)诗意不能一读即了解。”[2]如果没有第四条,这些诗是很难在 20 世纪现代汉诗史上留下痕迹的。现代汉诗可以不押韵,但不能没有节奏,特别是诗的内在节奏;应该使用现代汉语,甚至用现代口语,但必须简洁含蓄;什么都可以入诗,但都必须提炼加工,必须以约定俗成的诗的形式表现出来。即在内容上事事都可以入诗,人人都可以当诗人,但是在形式上却不是人人都能当好诗人。人类艺术都在常规与无规律的冲动的两极对抗与和解中生存,艺术家也总是在传统与个人才能的对抗与和解中生存。正因为有了传统的强大支持,艺术家才能在常规的创造模式上完成自己的创造,真正的艺术家是会处理好在艺术的创造活动中自由与限制的辩证关系的。如作曲家斯特拉文斯基所言:“我的活动范围愈有限,我周围的障碍物愈多,我的自由就愈充分、愈有意义。”[3]真正的艺术家也不会认为传统是沉重包袱。如波德莱尔不但创建了散文诗文体,还首次大量以丑入诗,堪称世界诗歌史上最大的改革者,他却认为修辞学和

〔1〕 闻一多:《诗的格律》,杨匡汉、刘福春:《中国现代诗论选》,上编,花城出版社,1985年,第 121 页。

〔2〕 上海大学文学院中文系新文学教研室:《〈现代〉诗综》,江西人民出版社,1983 年,第3 页。

〔3〕 [美]M. 李普曼:《当代美学》,邓鹏译,光明日报出版社,第 26 页。

作诗法显然不是武断地创造出的金科玉律，而是精神存在的组织所要求的一组规则。因此聪明地吸收了从亚里士多德时代就萌芽，被他同时代的诗人贝尔特朗尝试使用过的散文诗文体。任何诗人都不能完全放弃艺术形式已有的基本规则，只能进行改良。在人类诗歌史上，诗人的创造总是"存在于作品本身的效力中。诗的音响性质如同音韵和格律，便是一种由整体产生出的新形式；更重要的是，诗中象征性的和不寻常的语言中词语之间积极的和消极的相互作用，创造出诗人的言外之蕴；更重要的是，诗中的事物和事件神奇地组合，形成了象征性的意蕴，这种意蕴甚至远远超出了它们自身。这种情况是在阅读过程中产生的，它唤起的激情也正是阅读诗歌所特有的兴奋。"〔1〕象征性的意蕴不但可以通过诗的题材组合来完成，更可以通过诗的语言组合，特别是语言的表面形式上的排列组合来营建。汉语是表意文字，较能通过诗的语言的形体丰富诗的象征意义。早在19世纪，波德莱尔就主张："现代诗歌同时兼有绘画、音乐、雕塑、装饰艺术、嘲世哲学和分析精神的特点，不管装饰得多么具体，多么巧妙，它总是明显地带有取之于各种不同的艺术的微妙之处。"〔2〕20世纪汉诗在这些方面虽然有所发展，但是并不够，21世纪将是一个各种艺术大融合、艺术与科学大融合的时代，汉诗更要吸取其他艺术的长处和现代科技的优势，才能更好地体现出诗的游戏、宣泄、抒情、讽刺、摹仿等多种职能。

重视文体实验，加大实验力度。尽管20世纪汉诗的文体实验较多，也取得了一定的成绩。但是还不能满足实际需要。21世纪要吸取20世纪汉诗文体实验的经验与教训，进行稳健的、高质量的、在规范的基础上创建诗体的诗的形式实验。21世纪不再是一个社会动荡不安的世纪，现代汉语和现代汉诗经过20世纪的建设，都日渐稳定，特别是在21世纪不会出现20世纪的汉语从文言到白话、汉诗从定型和准定型的格律体到完全不定型的自由体的质变。但是21世纪更是人的自主意识大发展和人的生存方式大分化的世纪，20世纪又没有建立起能够满足不同层次的诗人、读者，呈现诗的各种职能的诗体，21世纪的诗人将会创建出更多既符合汉诗艺术规范，又适合自己的诗体。文体实验是21世纪诗人检测旧诗体，建设新诗体的重要手段。正如杜威在《艺术即经验》中所说："……外行的批评家有这么一种倾向：他们认为

〔1〕［美］M. 李普曼：《当代美学》，邓鹏译，光明日报出版社，第448页。

〔2〕［法］波德莱尔：《波德莱尔美学论文选》，郭宏安译，人民文学出版社，1987年版，第135页。

只有实验室里的科学家才做试验。然而艺术家的本质特征之一就是：他生来就是一个试验者。没有这一特征，他就只是一个拙劣的或高明的学究而已。一位艺术家必须是一位试验者，因为他不得不用众所周知的手段和材料来表现高度个性化的经验。这一问题不可能一劳永逸地得到解决，艺术家在每一项新的创作中都会遇到它。若非如此，艺术家便是重弹老调，失去了艺术生命，正是因为艺术家从事试验性的工作，所以他才能开拓新的经验，在常见的情景和事物中揭示新的方面和性质。”[1]

检验20世纪现代汉诗初步建设的诗体，如新格律诗、小诗、长诗、汉语十四行诗、图案体形异诗、民歌体诗、各种有准定型价值的自由体诗。需要检验、改良20世纪基本建设成的新格律诗的诗体，扩展创建新的现代格律体。以现代格律诗为例，邹绛将1919—1984年的现代格律诗体分为5大类型：“一、每行顿数整齐，字数整齐或不整齐者；二、每行顿数基本整齐，字数整齐或不整齐者；三、一节之内每行顿数并不整齐，每节完全对称和基本对称；四、以一、三两种形式变化者，以上四种类型诗都有有规律的押韵；五、每行顿数整齐或每节互相对称，但不押韵或没有一定的押韵格式者，有的每行顿数并不整齐而节与节互相对称。”[2]这种分类基本概括了20世纪新格律诗的主要类型。五种类型各有优劣，一二种因为太限制顿数，会较局限诗人的思想，影响内容的抒写。古代汉语单音词较多，字的平仄也是固定的，易于顿的划分；现代汉语的顿是双音词较多的口语，很难讲究字的平仄，顿的划分较难。因此不能严格地以顿的整齐作为现代格律诗的主要形式特质。大众化的现代格律诗体最好以第五种为主，第四种为重要的补充诗体，在诗的顿、韵、节上只能作出适度的规范。也不能否定具有严格的诗体规范的格律诗的存在，因为现实中确实有人是为了文字游戏而写诗，为了检测自己运用规则的能力而写诗。

正如惠特曼所言：“我认为，没有哪一个定义能把诗歌这一名称容纳进去，任何规则和惯例也不会是绝对可行的，只会有许多的例外出现不顾定义，推翻定义。”[3]给诗下定义和规范诗体也许真是一件费力不讨好的事情，检验已有的诗体，重建新诗体更是难事。但是确如俗语所言：“没有规矩不成方圆”“入乡随俗”，游戏也应该有基本的原则，何况含有“制作意味”和文化品位

---

〔1〕［美］M.李普曼：《当代美学》，邓鹏译，光明日报出版社，第439页。
〔2〕邹绛：《中国现代格律诗选1919-1984》，重庆出版社，1985年，第28页。
〔3〕［美］惠特曼：《惠特曼散文选》，张禹九译，山西人民出版社，1984年，第28页。

的诗歌艺术？现代汉诗艺术标准的迷失必将带来创作及理论的混乱，导致其价值的沦丧。人类社会始终存在个体与群体的矛盾，无论是人还是艺术，都必须在个体与群体、自由与法则（艾略特曾说没有诗是真正自由的）的对抗与和解中生存。只有不畏艰难地将世纪初的世俗化的"汉诗革命"改为世纪末的艺术化的"汉诗改良"，进行一次并非运动式的"货真价实"的稳健的文体大建设，针对中国人的弱点及优点和个体生命的特点、汉语已有的和未来演变的特点、已有的古近代汉诗和20世纪汉语诗歌的经验和教训、已有的外国诗歌、古典诗歌和现代诗歌对中国诗歌的实际影响和中国现阶段及下个世纪的基本国情（人口素质、社会心理、时代思潮、生存任务、生活方式、审美习惯……）等现实情况，通过拓展汉诗的内容及诗体种类来尊重个性，突出自由，通过相对规范具体诗体来强调包括文体的约定俗成性和读者的从众性的艺术群体性，20世纪汉语诗歌才能改变现在的孤芳自赏甚至混乱的局面，顺利地进入21世纪。

1997年7月24日-8月1日"现代汉诗国际讨论会"；主办方：中国社科院文学所、福建师范大学中文系；地点：福建武夷山。

实验与进展：新诗呼唤文体实验

——新诗的现状及命运透视

摘　要：文体的完美与文体实验休戚相关，新诗的历史就是文体实验的历史，胡适写新诗就是在进行实验。世纪之交的诗坛文体实验之风锐减，已经严重危及到现代汉诗的现实生存和未来发展。应该加强现代汉诗的文体实验，改变重内容轻形式的诗歌创作观，克服80年代实验诗歌的弊端，倡导稳健的文体实验，是现代汉诗走出现在的低谷，在未来健康发展的重要保证。

关键词：现代汉诗　文体实验　稳健　自由

现在是科学技术日新月异的时代，科技的发展离不开实验，包括基础性实验和应用性实验。虽然不能够把社会科学与自然科学相提并论，把属于意识形态的文学艺术的完美与物质产品的更新换代等同。但是，科学界的实验精神同样可以用于文艺界，特别是文体的完美与文体实验休戚相关。诗是最高的语言艺术的重要原因是诗比其他文体对语言的艺术性要求和文体的精致性要求更高，所以，在中外诗歌史上，都出现了比其他文体的语言更有弹性、更形象、更精致的"诗家语"。在诗歌大家族中，诗的种类最为繁多，每一种都格外精细，以诗体变革为重要内容的文体革命总是此起彼伏。即诗既是形式感艺术性最强的、最唯美的艺术，也是文体革命最活跃的艺术，也最具有文体实验性质。20世纪现代汉诗正是文体大革命和文体实验的结果。在新诗草创期，写了第一本新诗集《尝试集》的胡适就宣称他写新诗就是在进行实验。对白话诗的创立作出了巨大贡献的刘半农也实验了多种诗体。20年代的新月派诗人和30年代的现代派诗人都进行了卓有成效的新诗实验。80年代，中国出现了声势浩大的诗歌实验风潮。但90年代至今，实验之风锐减，影响了现代汉诗的现实生存和未来发展。

现实与理想

今天提到实验，很多人便认为这是自然科学的事情，与社会科学风马牛不相及。如果提到实验诗歌，很多诗界人士也会摇头否定，认为那只不过是社会上和校园里的一群不知天高地厚的小青年胡乱折腾的那种诗歌的代名词。80年代中期那股席卷神州的"诗歌实验"旋风不仅吓坏了落后保守的圈内人士，也让读诗如读天书无法解码的读者自认为不够聪明、素质太低而远远逃遁，更让有启蒙大众提高读者的阅读品位的实验诗人们产生对牛弹琴之感，不得不自讨没趣地放弃自以为是的清高式"媚俗"。80年代是中国文学的实验时期。当时不仅诗歌创作热衷于实验，小说、戏剧等也以实验为时髦，"先锋派""实验诗""新诗潮"等术语走红，出现了名目繁多的实验诗人、社团和流派，产生了大量令人眼花缭乱的实验诗作。90年代虽然在理论界"后现代主义""新诗的现代性""解构""颠覆""反对话语霸权"等术语流行，创作界却没有多少可以称得上"后现代主义""现代性"的作品。90年代文学的实用性及商业化目的使实验之风锐减，仍在坚守实验阵地的诗人已经所剩无几。在诗坛，致力于实验诗歌、醉心于诗艺探索的诗人不多，不为世风所诱，仍在写诗的人也极少。大学校园一直是诗歌的主要实验基地，现在不但出现校园诗人、校园诗社及校园诗报的锐减甚至消失，还出现无法在本科生及研究生中开设新诗课程的不良现象。学生发出的疑问是"现在谁还写诗研究诗啊？"很多在80年代醉心实验的诗人都弃诗而去。最为可悲的是，目前中国没有一位实验诗歌的理论代言人。而在80年代，几乎所有的诗歌理论家都以"先锋""前卫""新潮"为荣，"朦胧诗"有谢冕、孙绍振、徐敬亚号称"三崛起"的理论家；"第三代诗"有陈超、周伦佑、燎原、李震等人在理论上保驾护航。近年诗歌理论家们都纷纷逃离诗歌创作界，"躲进小楼成一统"地当起了"学问家"，成了职业的"教授""博士生导师""硕士生导师"。法国总统密特朗曾经断言，如果让大学教授来进行政治、经济或者社会改革是不可能的，因为建立规范和维持规范是这一职业的本性。同样，指望他们进行文体改革，特别是激进的文体革命，也是不可能的。当然，不排除他们中也有极少数思想激进，行为却不得不保守者。

现实总是大于诗化政治。这常让崇尚"诗"与"爱"，想过一种浪漫而有诗意的生活的诗人们绝望。德国浪漫主义诗人的境遇便是最好的例证。浪漫主义的创始人之一诗人弗里德里希·施莱格尔在《谈诗》中宣称，爱已被宣布为一切浪漫诗的原则，爱必须渗透在一首真正的诗的每一行每一节中，对诗人来说，每个事物都只不过是更高的和真实无限的东西的象征，都是永恒的爱和创生自然的神圣生命力的一种象形文字。"早期浪漫主义者的政治理想充满着同样的感情，它们的确有一种美学的或诗的特征。诺瓦里斯曾用热情的言词谈论国家，但他真正赞扬的东西，并不是国家的物质力量，而是它的美。他写道：'一个真正的君主，是艺术家中的艺术家。每一个人都应该成为一个艺术家；每件东西都能成为美的艺术……在这里，舞台和大众，演员和观众是同一的，并且在这里，他自己既是作者和剧作家，又是戏剧中的英雄。'……在拿破仑战争时代，德国浪漫主义的创始人和先驱者开始怀疑他们自己'诗化'政治生活的理想。他们确信，至少在这个领域里，一种更为'现实'的态度是绝对必要、不可缺少的。很多浪漫主义诗人准备将他们以前的理想奉献给民族的事业。在海因里希·冯·克莱斯特(Heinrich von Kleist)等诗人那里，浪漫的爱变成了一种辛辣的和不能平息的忿恨，甚至施莱格尔也有类似的感觉。他在1806年写道：'只要我们的国家不得独立，甚至我们的德意志名称的继续存在受到如此严重的威胁，我们的诗或许就完全屈服于雄辩。'"[1]一些中国当代诗人也在现实的重压下发出相似的感叹：只要我的经济不独立，甚至个体生命的生计都受得威胁，艺术的诗和浪漫的爱都是奢侈品。因此很多诗人都逃亡了，他们不想超凡脱俗地当世人皆醉我独醒的诗人，更不想在金钱至上的商业社会中，不识时务地为诗消得人憔悴，导致家贫人穷被人视为"异类"。

在尴尬的现实境遇下，人总是想追求诗意的栖居生活。因此当代国人又无法逃避现实与理想的对抗(现实和历史、幻想、未来的对抗)、超人与凡人相互转化间的对抗(神人转化、英雄与凡人转化间的对抗)，无时不在强大与弱小、伟大与平凡、精彩与无奈等矛盾的对抗与和解中生存。但是作为"社会的良心"的兼济天下者或者是"自得其乐"的独善其身者，作家诗人们有责任和义务承担完善人生社会和文学艺术的双重任务，使两者都有所发展。只有向前发展的社会才是真正的文明社会，只有能够促进社会发展的人才是真正的文明人。在人类的大家园中，没有任何人可以当生活的旁观者。社会的精神文明的发展取决于作家诗人的人格良心，虽然他们有权利沉静于"虚无之系、造化之根、天地之源""其大无外，其微无内，浩渺无端，杳冥无对"的玄学境界，可以远离尘嚣地追求"至幽靡而大明重光，至静无心而品物有方；混漠无形，寂寥无声；万象以之生，五音以之成"的"大道"和"无数量，无形相，不可

〔1〕[德]恩斯特·卡西尔：《国家的神话》，范进、杨君游、柯锦华译，华夏出版社，1990年，第220页。

觅，不可求，不可以智慧识，不可以言语取”的“禅宗”。他们却不得不用一只眼睛仰视天上，让另一只眼睛忠实于生养自己的大地。在艺术上，诗人们有权在天上翱翔，无视地上的一切。但是诗人一旦驻足于大地，面对如此沉重的生存现实，又必须高扬起纯洁人性及人间的大旗，义无反顾地沿着充满荆棘的信仰之途走下去，到达理想的彼岸。因此，只有诗才能使人真正脱离世俗化的实用性世界，只有诗才能让人实现“在天上飞”的梦想，才能真正给困于尘世的喧嚣声中的人带来心灵的安慰与灵魂的净化。

以物质生存为基本需要的人类社会不能没有诗，在“全民奔小康”，梦中都想发财的当代中国不能没有诗人。雪莱曾断言：“一首诗则是生命的真正形象，用永恒的真理表现了出来”；“诗人是一只夜莺，栖息在黑暗中，用美妙的声音唱歌，以安慰自己的寂寞。”〔1〕雪莱还有“对现代风俗与舆论加以诗的理想化”的梦幻，认为诗人“不仅是语言的创造者”，还是“法律的制定者、文明社会的建立者、人生种种艺术的发明者”。〔2〕他才在阵阵西风的肆虐中呼号：“冬天来了，春天还会远吗？”他才敢这样结论说：“诗人们是祭司，对不可领会的灵感加以解释；是镜子，反映未来向现在所投射的巨影；是言辞，表达他们自己所不理解的事物；是号角，为战斗而歌唱，却感受不到要鼓舞的是什么；是力量，在推动一切，而不为任何东西所推动。诗人们是世界上未经公认的立法者。”〔3〕这些，都是当代中国诗人曾引以为自豪的抒情理想。特别是在80年代，艺术的实验精神和先锋意识标志着社会的改革精神和人的自由意识。文学“革命”的涵义可以表述为：从狭义上说，文学“要是表现了一种风格上或技巧上的根本变革，它可能就是革命的。这种变革可能是一个真正先锋派的成就，它预示了或反映了整个社会的实际变革。”〔4〕或者表述为：“一件艺术品，借助于美学改造，在个人的典型命运中表现了普遍的不自由和反抗力量，从而突破了被蒙蔽的（和硬化的）社会现实，打开了变革（解放）的前景，这件艺术品也可以称为革命的。”〔5〕

诗的最大功能是通过语言在自然（包括社会和人的心灵情感）的基础上创造美。培根早在文艺复兴时期就意识到诗和现实历史的距离：“诗，无非是

〔1〕［英］雪莱：《诗辩》，伍蠡甫：《西方文论选》，下卷，上海译文出版社，1979年，第53页。
〔2〕［英］雪莱：《诗辩》，伍蠡甫：《西方文论选》，下卷，上海译文出版社，1979年，第52页。
〔3〕［英］雪莱：《诗辩》，伍蠡甫：《西方文论选》，下卷，上海译文出版社，1979年，第57页。
〔4〕［美］赫·马尔库塞：《现代美学析疑》，绿原译，文化艺术出版社1987年，第2页。
〔5〕［美］赫·马尔库塞：《现代美学析疑》，绿原译，文化艺术出版社，1987年，第2页。

虚构的历史。”[1]波德莱尔早在19世纪就断言美是诗的单纯媒介。美国诗歌复兴运动中芝加哥三人团之一、现代诗人桑德堡给诗下了10条诗的定义，形象地描绘出现代诗歌的实质：“诗，是抑扬的声韵以重复、音节、波长的确定涵义打破沉默，穿过沉默的投射；诗，是在陆地生活想要飞上天的海洋动物的日记；诗，是不断地向地平线下消失得过分迅速而难以解释的生活的一系列解释；诗，是对于射击未知和可知屏障的音节的寻觅；诗，是关于结着谜语的扣，封存在气球内，系在风筝飘带上，乘春天的风飞入蓝天的黄色绸巾的方程式；诗，是在湿土中挣扎的花根和阳光下的花朵之间的缄默和话语；诗，是驾驭大地，既养育生命然后又埋葬生命这一貌似情缪的真理的挽具；诗，是揭示彩虹怎样构成和为什么消失这一奥秘的幻象的脚本；诗，是风信子和饼干的合成体；诗，是让人们猜想这一瞬间从门洞中看见了什么的——门的开启和关闭。”[2]1990年诺贝尔文学奖获得者帕斯也认为诗的本质只可意会不可言传，因此认为诗是介于所见与所言，介于所言与保持沉默，介于保持沉默同梦幻和介于梦幻及忘却的艺术。

长期以来，人们通常认为美是不能量化的。诗美是一种艺术美，更无法进行科学性测定，因为审美活动是一种心理情感活动。但是随着实验心理学、情绪心理学、模糊数学、心理物理学以及信息论、系统论、控制论等自然科学方法进入现代社会科学研究领域，使审美信息的研究进入一个新的时代，为诗美等艺术美的定性和定量性测定提供了可能。诗人写诗寻找并营建诗美如同科学家发明创造，实验乃是必经之途。如同自然科学的信息工业需要通过科学实验来完善，如计算机，产品换代迅速，不断更新，才能适应日新月异的社会需要。如何更好地营建诗美，使诗更完美，也需要一代又一代的诗人进行不懈的探索。诗作为艺术产品，如果要适应社会的需要，也不能一成不变和太标新立异，因为尽管人们有恋旧情绪，但是喜新厌旧更是人的天性。正是诗的先锋性、理想性和实验性拓展了世界现代诗歌的题材范围，可以无所不写；在写法上虽然打破了旧有诗歌的陈规陋习，并未完全否定诗的旧有形式，总是在对旧形式的“扬弃”过程中不断地建立起公认的新形式。

---

〔1〕［英］培根：《学问的进展》，中国社会科学院外国文学研究所外国文学研究资料丛刊辑委员会：《外国理论家和作家论形象思维》，中国社会科学出版社，1979年，第14页。

〔2〕江枫：《桑德堡：诗的十条定义》，《外国诗》1983年第1期，第79页。

实验与进展

世界现代诗歌的道路却比19世纪盛极一时的以雪莱、拜伦为代表的浪漫主义诗歌的道路广阔得多。庞德认为，艺术从不让任何人做什么、思考什么和成为什么，它的存在如同一片树叶的存在。滨田正秀也这样给抒情诗下定义："现在（包括过去和未来的现在化）的自己（个人独特的主观）的内在体验（感情、感觉、情绪、愿望、冥想）的直接的（或象征的）语言表现。"[1]新诗的发展却与世界诗歌的发展历程大相径庭。尽管有近代文学末期的黄宗羲、秋瑾等人"吾手写吾心"的自由创作，但是在形式上的变革极小。到"五四"时才一次性地完全打碎旧体诗，发生突变和质变，由古体文言诗飞跃到现代白话诗。当时现代白话诗的诗体并未形成，人们只知道自由地写，出现的诗体也众多，却没有形成公论。先破后立，却未立起来。后来应该下大力气立，却总在对诗的内容的情有独钟和对诗人的思想"主义"的众多争吵中浪费时间精力。由于长期只重视诗"写什么"而轻视"怎么写"，未真正建立起与"新诗"名称相称的诗体。因此汉诗百年最大的失误是严重缺乏科学的文体实验探索精神。没有文体实验，就没有新诗体的建立，更谈不上文体的进展。

汉语诗歌从文言旧体诗大变革为白话新体诗的最大目的是解放诗歌，建立"平易的抒情的国民文学"（陈独秀语）。新诗打破了旧诗在形式上的束缚，本来应该走入一条更为广阔的道路，因为形式上大众化了，贵族化的艺术成为平民化的艺术，贵族情感与平民情感大同小异，人人都可以作诗。但是在近百年的诗史中，特别是在50多年的当代文学史上，虽然有过几次全民性的诗歌普及运动，出现全民大写诗的盛况，但是大众写的并不是不讲究语言形式的现代汉语自由体诗。如在大跃进时的民歌运动和"四五"时期的"天安门诗歌运动"中，被人们用得最多的仍是汉诗的古近体诗体。甚至在大众生活中白话自由诗体还不如民间的古体诗体"打油体"那么喜闻乐见。原因是诗体的大变革必须以坚实的诗体实验为基础，才能完成诗体重建的重任。由于旧诗解体后少有新诗诗人进行必要的文体实验，没有建立起行之有效的诗体，几乎所有的新诗诗人没有必备的文体自觉性，最后演变成了诗体的大消失。严格地说，新诗虽然有百年历史，并没有进入文体自觉时期。当代50年

〔1〕［日］滨田正秀：《文艺学概论》，陈秋峰、杨国华译，中国戏剧出版社，1985年，第47页。

新诗的文体建设不但没有现代50年那么认真有效，反而还将现代已有的一些诗体破坏了，出现了倒退。

让人在诗无达诂、诗无定法中欣赏和创作诗，最后的结局便是不知所云和不知所措而避而远之。事实上，诗如绘画、音乐等其他艺术，在形式上应该有一定的界定。正因为艺术在形式上有差异，才能给艺术划分门类。艺术创作必须先拘于法度，熟能生巧后才能不拘法度，没有绝对的自由。艺术家无法可依不行，太守法也不行。但是新诗百年，却无法可依，太强调在诗体形式上的极端自由，总是想在诗歌废墟上重建。却在还未重建诗体考虑“怎么写”时就忙于规定“写什么”。对语言形式放得太松，却对内容题材限制得太死。本来就是本末倒置，再在错误之途上走极端，更是雪上加霜。以致今日诗人一写诗就“主题先行”，却不知如何进行“诗意”的表达。当代很多诗人都是因为沾了题材的光而名噪一时。因此中国新诗坛无论是诗体，还是诗派及诗人，总是各领风骚三两天。林以亮较为准确地道出了题材限制太死使中国新诗越走越窄的原因：“老实说，五四以来，中国的新诗走的可以说是一条没有前途的狭路，所受的影响也脱不了西洋浪漫主义诗歌的坏习气，把原来极为广阔的领土限制在（一）抒情和（二）高度严肃性这两道界限中间。我们自以为解除出了旧诗的桎梏，谁知道我们把自己束缚得比从前更紧。中国旧诗词在形式上限制虽然很严，可是对题材的选择却很宽：赠答、应制、唱和、咏物、送别，甚至讽刺和议论都可以入诗。如果从19世纪的浪漫派的眼光看来，这种诗当然是无聊，内容空洞和言之无物，应该在打倒之列。可是现代诗早已扬弃和推翻了19世纪诗的传统而走上了一条康庄大道。现代英国诗人，后入美国籍的奥登（W. H. Auden）曾经说过：‘诗不比人性好，也不比人性坏；诗是深刻的，同时却又是浅薄的，饱经世故而又天真无邪，呆板而又俏皮，淫荡而又纯洁，时时变幻不同。’最能代表现代诗的精神。”[1]中国当代诗坛缺乏的正是这样的“现代诗精神”，更缺乏的是在这种现代诗精神下的文体实验。

在百年汉诗创作中，有一个特殊的现象，写古体诗的多是老人，入迷新诗的却是年轻人，很多人年轻时写新诗老了就写旧诗，白话自由诗几乎是年轻人的专利。年轻的激情和浪漫主义诗风两种极端合二为一，中国的年轻诗人们常常只学习了雪莱的“狂妄”，却没有想到雪莱是“熟悉人类最杰出的著作的人”，是读万卷书行了万里路后的“有知而狂妄”，自己只是“无知而狂妄”：

---

〔1〕 林以亮：《〈美国诗选〉序》，林以亮：《美国诗选》，今日出版社，1976年，第4页。

不读书不行路；或者好读书却不求甚解，食洋不化或者食古不化，好行路却是走马观花。新诗界更多的是只写不读的闭门造车者。因为不知道在已有的人类文明史中，诗歌作为最早的语言艺术已经形成了众多的各有特色的诗体，便出现了数千年的汉诗史上对形式的最大轻视，以致近百年来不仅没有形成公认的相对合理的诗体，建立起行之有效的新的汉诗标准，特别是形式技巧标准。今日很多诗人、诗评家都有越从事新诗写作研究越不知道新诗为何物的同感。近年诗界以外的人都认为诗歌萧条是因为受到了商品大潮的无情冲击，其实这只是一个小原因，最大的原因还是无论是诗评家、诗人，还是读者都没有形成诗的评判标准。面对不知是何物，不知如何干的艺术，时间一长，无论多么有兴趣的人都会乘兴而来，败兴而去。

诗人奥登认为，所有的艺术家的难处是“如何干”而非“干什么”，写什么在文学观念上不是很重要的，问题是怎么写。对于一个青年作者，他的前途不存在于他观念的独创性中，也不存在于他情绪的力量中，而存在于他的语言技巧中。不知如何干的当代诗人又先后面对着政治风暴和商品大潮的强烈冲击，在缺乏天时、地利、人和的时势不造英雄的时代，出现诗人大逃亡是自然的。现代汉诗出现的每一个繁荣时期都是因为有诗人在“实验”中摸索“如何干”。他们明白科学的发展取决于实验的进展，艺术的发展也与实验的进展休戚相关。特别在文体上比小说、散文更活泼、更具有独创性及先锋性的诗歌在文体上的进化更需要诗人不懈的实验。因为有这批诗体实验者，汉语诗歌近百年的发展历史便成了一段艰难的文体实验史。从新文化运动起，新诗在文体上先后经历了形体散漫的自由诗、讲究格律的新格律诗和打破格律的自由诗等阶段，在内容上经历了从旧体诗的题材广泛走向抒情性和严肃性甚至政治性的题材单一，最后又稍微走向多元性的过程，出现了民族化的格律体、民歌体，西洋化的十四行诗体、自白体、楼梯诗体等众多诗体。闻一多、何其芳、穆旦、朱湘、戴望舒、徐志摩等诗人都对中国新诗的文体实验做出了很大贡献，使新诗进一步成熟。可惜他们都没有成功地坚持下去。80 年代风行诗坛的实验风虽然也给新诗带来了勃勃生机，却太混乱和太短暂。由于多种原因，本世纪中国诗坛上真正致力于文体实验和建设工作的诗人诗论家都太少了，成功者更少。有的有雄心壮志却因自身的学识太差和急于求成，社会也一直流行急功近利思想和形式大于内容观念，总是打击文体实验者。

20 世纪汉诗的文体建设不成功的重要原因是很多诗人不仅不重视“怎

么写”，而且不读书不修身，对诗的历史，特别是汉语诗歌的历史极端轻视。特别是当代有些青年诗人，误解了浪漫主义诗人狂放不羁的做人方式和作诗风格。雪莱限制了诗的两重功用是给人知识和力量及心灵以安慰，即诗的净化社会功能和抒情功能，也为诗的形式技法大开绿灯，不限制诗的作法。但他广泛阅读别人的著作，“我曾与当代的天才人物交谈……只要他们的著作我能弄到手，我统统阅读。”[1]虽然他推崇直觉式的随心所欲，反对学习别的诗人在诗歌形式上的写法，也对评论家不屑一顾。他的诗的形式并不是完全独创的，也不是粗糙的。令人遗憾的是雪莱的这种对传统及所有别人的艺术形式的非极端的轻视作风严重地影响着当代众多的新诗诗人，雪莱的这些话在当代被很多青年诗人断章取义地当作金科玉律：“我不敢与我们当代最伟大的诗人们比高下。可是我也不愿追随任何前人的足迹。凡是他人独创性的语言风格或诗歌手法，我一概避免摹仿，因为我认为，我自己的作品纵使一文不值，毕竟是我自己的作品。我决不赞成仅仅在文字上别出心裁，致使读者忽略我可能已经体现在作品中的主题线索，却一味根据文学批评的原则去折磨他们探索我的技巧。一个熟悉自然、熟悉人类最杰出的著作的人，在语言的取舍方面，根据直觉办事总是不会错的，其实，直觉本身就是熟悉了这种情况而产生的。”[2]他们更愿意接受雪莱对评论家的轻视观念：“说起来也是我们这个时代的不幸：作家丝毫不介意作品的永久性问题，只是斤斤计较于眼前的褒贬。写作起来总是要顾虑别人的评论。文艺批评原是产生于诗歌的那种死气沉沉的间歇时期。诗歌，跟那种一味着眼于调节和限制诗歌之功能的艺术，二者是不能并存的。”[3]当代诗人们总是敢同最伟大的诗人比高下，特别是在80年代，“PASS(超越)某位诗人”，“打倒某位诗人”的口号总是此起彼伏。在其他时期，虽然没有这样露骨的狂妄口号，很多诗人在心中却总是自以为是天下第一。很少有人接受艾略特的文体进化观：“假若传统或传递的唯一形式只是跟随我们前一代人的步伐，盲目地或胆怯地遵循他们的成功诀窍，这样的‘传统’肯定是应该加以制止的。……传统是一个具有广阔意义的东西。传统并不能继承。假若你需要它，你必须通过艰苦劳动来获得它。首先，它包括历史意识。对于任何一个超过二十五岁仍想继续写诗的人来说，我们可以说这种历史意识几乎是绝不可少的。这种历史意识包括一种

〔1〕［英］雪莱：《诗辩》，伍蠡甫：《西方文论选》，下卷，上海译文出版社，1979年，第49页。
〔2〕［英］雪莱：《诗辩》，伍蠡甫：《西方文论选》，下卷，上海译文出版社，1979年，第48页。
〔3〕［英］雪莱：《诗辩》，伍蠡甫：《西方文论选》，下卷，上海译文出版社，1979年，第48页。

感觉,即不仅感觉到过去的过去性,而且也感觉到它的现在性。这种历史意识迫使一个人写作时不仅对他自己一代了若指掌,而且感觉到从荷马开始的全部欧洲文学,以及在这个大范围内他自己国家的全部文学,构成一个同时存在的整体,组成一个同时存在的体系。这种历史意识既意识到什么是超时间的,也意识到什么是有时间性的,而且还意识到超时间的和有时间性的东西是结合在一起的。有了这种历史意识,一个作家便成为传统的了。这种历史意识同时也使一个作家最强烈地意识到他自己的历史地位和他自己的当代价值。"[1]

以无论是在 80 年代还是在 90 年代,无论是生活在国内或者是在国外,都具有强烈的文体创新意识的杨炼为例,他不仅不使用旧的汉诗诗体写作,在长诗《诺日朗》的写作中创造了"现代史诗"新诗体,还在语言中进行了巨大改革,不仅不用成语写作,还创造了新的汉字。"我一直选择写长诗或组诗这种吃力不讨好的体裁,就是想在与语言(尤其是它和短处)的较量中,扩大语言的张力。"[2]"成语所包含的经验,不是不可使用的,但是因为成语已经变成了一个盖紧盖子的盒子,用它的时候,只碰到了词而碰不到那种活生生的、血肉的感触。因此,与其使用一个凝固的词,不如返回到那生长的、涌出的经验本身,重新处理它,翻出新的花样。也就是说,语言尽管总是抽象的,但它又每时每刻以特有的方式提示着自己的'根'。它与作家之间的关系,应当是种'互相发现'的关系,即:你深入语言所容许的方式,去发现它'可能怎样去表现';而语言的每一步扩展,又都在发掘你的生存,使之呈现。"[3]这两段话,非常有助于了解富有文体独创精神的当代诗人如何面对传统的改革心态。

尽管 80 年代中国诗坛由于实验风气的盛行,出现了巴赫金的"狂欢理论"所言的多元化、杂语化的"众诗人狂欢"局面,但是,很多参与诗歌实验的狂欢的诗人并没有正确接受巴赫金的具有改良性质的文体进化观:"文学体裁就其本质来说,反映着较为稳定的、'经久不衰'的文学发展倾向。一种体

〔1〕 [英]艾略特:《艾略特文学论文集》,李赋宁译,百花洲文艺出版社,1994 年,第 2-3 页。

〔2〕 杨炼:《漂泊使我们获得了什么——与高行健的对话》,沈苇、武红:《中国作家访谈录》,新疆青少年出版社,1997 年,第 271 页。

〔3〕 杨炼:《漂泊使我们获得了什么——与高行健的对话》,沈苇、武红:《中国作家访谈录》,新疆青少年出版社,1997 年,第 272 页。

裁中，总是保留着已在消亡的陈旧的因素。自然，这种陈旧的东西所以能保存下来，就是靠不断地更新它，或者叫现代化。一种体裁总是既如此又非如此，总是同时既老又新。一种体裁在每个文学发展阶段上，在这一体裁的每部具体作品中，都得到重生和更新。体裁的生命就在这里。因此，体裁中保留的陈旧成分，并非是僵死的而是永远鲜活的；换言之，陈旧成分善于更新。体裁过着现今的生活，但总是在记着自己的过去，自己的开端。在文学发展过程中，体裁是创造性记忆的代表。正因为如此，体裁才能保证文学发展的统一性和连续性。"[1]

改革与改良

今日新诗并未完全退出国人的生活，却少有大浪淘过的、既有斗风车的勇气又有一定的斗风车实力的诗人，更少有人如盗火的普罗米修斯，悲壮地进行着实验。90年代诗人极少像80年代，特别是中后期诗人那样锐意进取，想当新时期诗歌变革的前锋。尽管进入90年代后，特别是近年来新诗理论界出现新诗史上前所未有的"诗体重建"的响亮呼声，但是已出现的重建"策略"大多是旧瓶装旧酒式的改良，最多不过将旧瓶的外部擦洗了一下。因为理论家们在世纪之末反思过去百年后，都发现了一个不争的事实：20世纪汉语诗歌太具有非诗化的"革命性"，破多立少。很多人便将本世纪诗歌在世纪中的坎坷和在世纪末的萧条归咎于各个时期的极端化的诗歌改革运动。特别是早期的白话诗运动和晚期的朦胧诗及第三代诗运动，前者导致了汉语诗歌旧文体的解体及新文体的松散，使汉语诗歌走上了无序之道；后者导致了汉语诗歌与读者的严重分裂，不仅使读者及研究者不知诗为何物，而且使写诗者也不知如何操作，今日诗坛便出现了"诗远离我们而去"与"我们远离诗而去"的哀叹。虽然以上所言的诗的悲哀结局是不可否认的，但是造成如此恶果的原因不是本世纪的实验之风太盛，而是太少。无论是在现代或者是在当代，多的是政治功利性、商业性的急功近利式的非诗性文体实验。以当代文学50年为例，20世纪50年代的"新格律诗"和"新民歌运动"带有明显的政治色彩，是用政治运动推动艺术运动的产物；70年代后期及80年代中前期的诗歌，无论是官方的还是民间的诗歌，都明显地带有"一统天下"或者"占山为

[1] [俄]巴赫金：《诗学与访谈》，白春仁、顾亚玲译，河北教育出版社，1998年，第140页。

王”的政治色彩。80年代后期至今，政治权力及主流意识形态渐出诗坛，商风渐盛，几乎没有商业性广告炒作就不可能出现诗歌热潮、诗人出名与诗集畅销。不仅少了诗体实验，更少有人在诗的语境、语意、语速及诗的内形式和外形式方面都进行实验。今日诗坛最缺乏的是敢于冒险勇于实验的精神，诗歌界处处是不求无功但求无过地写着无关痛痒的诗作的“元老”诗人和以忠于现实为名临阵脱逃的“先锋”诗人。

可以预言，如果没有诗歌实验，新诗就绝无前途可言；如果理论界不在21世纪初倡导诗歌实验之风，并为诗人实验提供必要的理论支持，或者在搞理论的同时自己进行一些创作实验，21世纪的汉语诗歌将穷途末路。尽管历史不能重演，但是如果真的在21世纪初出现20世纪初那样的席卷神州的对19世纪的汉语诗歌进行“新瓶装旧酒”的“新诗革命”，也许这种只破不立的“诗体大解放”和“文体大革命”又会给汉语诗歌带来巨大的损害。但是，这样的改革精神却是值得提倡的。特别是在“稳定大于发展”“学术规范高于学术创新”“文体自觉重于文体创造”等保守言论流行的今天，提倡诗的实验精神和改革意识显得格外重要。如同俗语所言“树挪死，人挪活”，流水不腐，文体在科学技术日新月异地发展的现代社会，更不可能让有喜新厌旧天性的人类总有“敝帚自珍”之感而墨守成规。因此，目前新诗理论界提出“重建诗体”的口号是正确的、及时的和有用的。但是必须得到创作界的大力支持。事实上这个口号还未得到诗人们的响应。目前，现代汉诗最需要的是一场非政治化、非商业化和非极端化的“诗体重建运动”。保证这次运动不像本世纪20年代、30年代、50年代和80年代几次诗体重建运动那样虎头蛇尾，能够真正成功的因素是踏实的文体实验。如同科学实验的文体实验应该具有科学精神，即求实创新精神，才能保证21世纪初的汉语诗歌的改革不会沦落为如20世纪初的“新诗运动”那样的政治改革的替罪羊，才能保证成为稳健的、真正的、科学的艺术改革。新诗百年建设已有的经验和教训，信息时代的全球一体化为中外诗歌的交流提供了方便，近年对古代汉诗及民间诗歌的大力挖掘，当代生活节奏的快速化和科学的高度发达带来了更富有创造性和冒险性的当代人的生存精神，当代生活中群体力量与个体力量由过去的极度对抗变为现在的友好和解……这些都为今天的“实验诗”创造了极好的条件。

文体革命和社会革命一样，必然受到历史与现实的制约。人始终在自由与法则的对抗中生存。文体也一样，既有追求自由的天性，这种天性又时时受到后天力量的剥夺。人和文体的这种生存境况如同福柯所言，任何社会的运作系统都"起源于三个宽阔的领域：控制事物的关系，对他者产生作用的关系，与自己的关系。这并不意味着三者中的任何一组对其他都是完全无关的……但是我们有三个特殊的轴心：知识轴心、权力轴心和伦理轴心，有必要分析它们之间相互作用的关系。"[1]因此，"自由不仅是一种奋斗的能力，也是一种取得成功的能力。"[2]诗人的自由不仅表现在他想要获得创作的自由和为此所作的努力上，更重要的是他在自己的诗作中做得了这一点。文体的自由也以对旧文体的破坏和新文体的构建为标志。新文体正是人和文体都追求自由的结果。无论是人或者是文体，对自由的追求都会受到传统和现实的制约，如中国文人的传统和现实的生存观、价值观，中国诗歌的传统精神和现实时尚，都不仅制约着诗人和诗体的"奋斗能力"，更决定着"成功的能力"。因此，当前诗歌实验的重要任务是改良已有百年历史的现代汉诗，而不是进行 20 世纪初的"诗歌革命"。

波德莱尔曾结论说："只要人们深入到自己的内心中去，询问自己的灵魂，再现那些激起热情的回忆，他们就会知道，诗除了自身外并无其他目的，它不可能有其他目的，除了纯粹为写诗而写的诗外，没有任何诗是伟大、高贵、真正无愧于诗这个名称的。"[3]这里的"诗的自身目的"即是把诗写得更完美，它与工匠把自己的产品造得更精致的目的是一致的，更与科技产品的完美愿望相同。诗人写诗与科学家在实验室里进行科学研究一样，都是为了使产品更完美。唯一不同的是前者创造的是精神产品，后者是物质产品。当前诗坛文体实验之风锐减，不但已经严重危及到现代汉诗的现实生存，特别是会使百年来都未建立的诗体格局更加混乱，还将为未来的发展产生极坏的影响。加强现代汉诗的文体实验，改变重内容轻形式的诗歌创作观，克服 80 年代实验诗歌的弊端，倡导稳健的文体实验，才是现代汉诗走出现在的低谷，保证未来健康发展的重要措施。两百年前，诗人席勒在《素朴的诗和感伤的诗》中自信地宣布："诗的精神是不朽的，它不会在人性之中消失。除非人性

[1] John McGowan. Postmodernism and Critics. New York: Cornell University Press, 1991. p. 134.

[2] John McGowan. Postmodernism and Critics. New York: Cornell University Press, 1991. p. 131.

[3] [法]波德莱尔：《再论埃德加·爱伦·坡》，波德莱尔：《波德莱尔美学论文选》，郭宏安译，人民文学出版社，1987 年，第 135 页。

本身消失了,或者人作为人的能力消失了,诗的精神才会消失。”[1]两百年后,虽然我们不能像尼采在《快乐的生活》里那样狂妄地宣称:“没有诗,人什么也不是,有了诗,人就几乎成了上帝。”[2]但也可以自信地宣布:“现代汉诗(新诗)是不会消失的,基本条件是必须要有行之有效的‘文体实验’。”

在人类文明史上,诗之所以能够源远流长,在于它对个体情感的特别尊重及对普遍人性的格外关注,特别是诗有助于自我意识的觉醒。如果说文学是人学,因为诗是人类唯一的抒情艺术,那么,诗更是体现人性的艺术。人性意味着道德现实和艺术理想。“人性不是含糊不清的概念,它有一个确定的意义……它不仅意味着一种道德的理想,也意味着一种艺术的理想。它是一种对生活的某种确定形态的渴求,这一形态必须证实它在整个人的生活中的影响,即在他的语言、文学风格及鉴赏中,同样也在他的道德行为中去证实。”[3]正如中国30年代的现代诗歌运动推动了中国国家的现代化一样,以诗的文体建设为主要任务的诗歌实验,有助于提倡科学的求实作风,不仅对只破不立,严重缺乏科学实验精神的当前诗坛有利,而且对改变急功近利的浮躁世风,对中国的经济改革及社会改革都有帮助。“任何价值系统都形成一种意识形态,很明显,一种意识形态只能存在于通过转移而被重新构建的境况之中。”[4]建立在实验基础上的文体改良非常有利于在新旧观念大碰撞的社会转型期形成新的意识形态。由文体实验导致的艺术与科学“异质同构”的意识形态既浪漫又现实,既能实现人们的“诗意的栖居”的理想,也让人们充分重视现实生存。

1998年10月18-20日“中国当代文学第十次年会”;主办方:重庆师范大学,中国当代文学研究会;地点:重庆师范大学。

---

〔1〕[德]席勒:《素朴的诗和感伤的诗》,伍蠡甫:《西方文论选》,上卷,上海译文出版社,1979年,第489页。

〔2〕[苏]列·谢·维戈茨基:《艺术心理学》,周新译,上海文艺出版社,1985年,第327页。

〔3〕[德]恩斯特·卡西尔:《国家的神话》,范进、杨君游、柯锦华译,华夏出版社,1990年,第121页。

〔4〕Judith Williams. Decoding Advertisements. London:Robert MacLehose and Company Limited,1978. p. 43.

他·女性·女人·我
——论20世纪中国女诗人的四大抒情模式

摘　要：20世纪女诗人的现代汉诗创作分为四大抒情模式：非女模式、泛女模式、女性模式和女人模式。在某个时期甚至某个诗人的创作中都存在着这四种抒情模式，但更多地代表着不同时期的抒情特色，呈现出百年妇女诗歌的演变轨迹。从这一轨迹中不难发现20世纪中国女诗人的“既皈依又逃离女人自我”的创作境遇和“既与男性对抗又和解”的生存境况。集体无意识般的集团式抒情远远多于自我意识高度觉醒的个体抒情。20世纪中国缺少有甚至没有女权主义诗歌，最多的是非女抒情和泛女抒情，其次是女性化诗歌，再次是女人群体化诗歌，最后才是女人个体化诗歌，少有“身体写作”，只有“思想写作”和“情感写作”。流行的“女性诗歌”术语不准确，应该用“妇女诗歌”来指称女诗人写的诗，女性诗歌只能特指女诗人写的具有女性意识及女权意识的诗歌。

关键词：抒情模式　女性　女人　妇女诗歌　女性意识

诗是人的语言智能的典型范例，更是人类特有的抒情艺术。在漫长的文学艺术历史中，抒情诗始终占有十分重要的地位，相对而言，女性的情感比男性更丰富，在生存活动中对情感的依赖性更强，女性写诗，特别是写抒情诗具有得天独厚的条件，所以在中外诗歌史上，尽管女人长期生活在男权政治下，长期受到男权文化的压迫，妇女诗歌却长久不衰。20世纪在西方妇女小说经历了“女性的、女权的和女人的”三个演变阶段。女诗人的创作也出现了写“女性”的诗歌、写“女权”的诗歌和写“女人”的诗歌，形成了女性诗歌独特的奇异风景。特别是关心妇女的生存状况的女权主义诗歌在20世纪风起云涌的世界性的女权运动中格外繁荣，一些诗作显示出女诗人正寻求把妇女的权力从父权制话语的束缚中解放出来，奋力颠倒或取消文化/自然、男人/女人、心灵/肉体、白天/黑夜那类二元对立，竭力消灭历史概念中“男性中心”的创作主题。中国妇女在“三纲五常”“三从四德”等封建礼教的束缚下，男女长期不平等，甚至出现“女子无才便是德”“惟女子与小人难养也。近之则不逊，远之则怨”等极端观念，女性不但不能参加走向仕途的科举考试，而且被剥夺了最基本的受教育的权利和与男性平等生活的权利。由于妇女的社会地位太低，历代诗歌的编选者大多是以“仕”取人选诗，遵循内容大于形式的“诗言志”传统，崇尚“温柔敦厚”的做人原则，强调文品与人品的高度统一，对情，特别是凡人之情在诗歌创作中重视不够。女诗人在文学史上极受歧视，已有的无论哪家古代诗歌选本都只收入了一小部分女诗人的诗作，有的甚至一首也未收入，也没有出现重要的女性编选者，更没有一本流传下来的能够反映中国历代女性诗歌全貌的女性诗选。曾经有的《名媛诗话》大多重视女诗人的趣事忽视诗作。如刘勰的《文心雕龙》论及百位诗人，却没有提到一位女诗人；钟嵘的《诗品》也涉及 120 多位诗人，只提到 4 位女诗人；《昭明文选》长达 60 卷，只选录了班昭的《东征赋》和班婕妤的《怨歌行》；《唐人选唐诗》10 种，其中 7 种未选录女性的作品。《全唐诗》900 卷，女性作品只有 12 卷，还常被列入神仙鬼怪一类。《全唐诗》作者共 2 955 人，从卷 797 到 800《名媛》中收作者 56 人，卷 801《无考女子》中收 29 人，卷 802－805《妓女》（包含女道士、尼）中收 24 人，卷 863《女仙》中收 23 人，总计 132 人，约占近 3 000 人的总数的 4.4%，其中多数人只留下一两首诗，只有花蕊夫人、薛涛、鱼玄机等极少数人被当作女诗人对待；《宋诗钞》中没有涉及女性作家及作品，《宋诗钞补》只提到朱淑真一家，当时至少有上百家女诗人、女词人；《列朝诗集》《清诗别裁》的少量女性诗竟被归入僧道之列……

“自我意识随着社会生活的发展而发展。”[1]20 世纪，中国女诗人的抒情模式也随着中国女性的自我意识的发展而变化，诗的创作目的及抒情功能也随之变化。因此 20 世纪，是中国女性诗歌大放异彩的特殊时代，不仅涌现出大量的诗人诗作，还出现了 20 年代、40 年代、80 年代和 90 年代四大高潮，形成了形态和功能都比较鲜明的非女、泛女、女性、女人四大抒情模式，具体分为非女性化的抒情（他）、泛女性化及女性化的抒情（女性）、女人化群体性抒情（女人）和女人化个体化抒情（我）。

非女模式：我是诗人不是女诗人

我誓愿把希望的种儿，

[1] Denys Thompson. The Uses of Poetry. London：Cambridge University Press，1974. p. 3.

洒向人间，开一朵灿烂的红色。

——石评梅《宝剑赠与英雄》

为着中国的解放，
尽我一分热情。

——白薇《祖国，我回来了》

20世纪中国女性诗歌的最大特色是在世纪的两端出现了女诗人写作的背叛与皈依女人自我的两大极端。世纪末的诗作很容易看出诗作者的性别。世纪初甚至前半个世纪时期的女诗人极少有女性意识，她们从事的更不是性别写作，所以如果对她们的诗作进行匿名的文本研究，如同对此节作为题记的诗句对作者进行性别考证，很难发现出自女诗人之手。再如把泰戈尔和冰心的小诗放在一起，也很难界定出自谁手。1923年5月22日，梁实秋发表了一篇文章，题目是《冰心的"繁星"》。他在文章的开头这样写道："仿佛在一篇文章里见过，说是读水浒应当摇着蒲扇，读红楼应当焚着清香。倘若我也给繁星一个比例，读他时似应在月明如水的静夜，坐在海边的石上，对着自然的景色细细地读着，与涛声相和了。但我想不过是因为他们的性质因而找一个更合适的地方来读，以便感着更深的兴趣。其实说来，任意的在一个时候翻阅伊的繁星中的几首，即使在炎热的夏天，也能感到一处沁人肺腑，清新凉爽的感觉，难似有一丝儿严冷，但总觉非常和蔼。伊的作品的基调是母亲的爱和小孩子的爱，伊的作品善用的背景是海，繁星的两个特点，一是用字的清新，一是回忆的甜蜜……"[1]在这篇文章的最后，他还这样前后照应地写道："夏日炎热，读伊的繁星便如饮清凉芬冽的泉水，令人陶醉。我愿我无事时常常有机会翻阅繁星来欣赏，给我性灵上的涵养。"[2]这样的阅读感受，读泰戈尔的《情人的礼物》《园丁集》《飞鸟集》也能产生。也很难发现现代汉诗同一时期的两位最有影响的小诗诗人宗白华与冰心的诗作的性别特征。特别是在诗的抒情内容上，很多女诗人与男诗人毫无差别，女诗人在写作时，也极少考虑到自己是女人。即使想到了，也从来认为自己首先是诗人，然后才是女人。女性意识、角色意识都弱化了，因此，性别写作在世纪初中期的主流写作中是不存在的。即使有一些诗人意识到自己的性别差异，有的诗作也能够让

〔1〕 黄人影：《当代中国女作家论》，光华书局，1933年；影印本，上海书店，1985年，第209页。
〔2〕 黄人影：《当代中国女作家论》，光华书局，1933年；影印本，上海书店，1985年，第211页。

人感觉到是女人写的，但是，诗人总是把自己的性别特征在写作的方式上表现出来，如情感细腻，形式精致，语言柔美。读者和研究者也常常是从写法上辨别出作者的性别。如王尔碑被称为"流云"诗人的主要原因是她如流云般的柔美的抒情风格。1992 年 1 月，她在重庆接受我的采访时再三强调诗要写得很美，美更多是指的语言形式和意境的美，她一生的诗作写的都是身外的自然、别人的爱情，极少直接写身为女人的自己。

30 年代是中国新诗的草创期，也是中国女性白话诗歌的草创期，女性一开始就主动放弃了自己的性别(这种放弃性别的行为在"妇女能顶半边天"的 20 世纪中国屡屡重演，如铁姑娘队)，积极参与了"新瓶装旧酒"的中国诗歌由文言旧体诗向白话新体诗的大变革运动。甚至还放弃了中国古、近代女诗人将抒情视野凝固在女性个人的情感恩怨上的女人化的抒情传统。虽然此期的一些女诗人，如冰心尽力用女人特有的柔性来观望身外的世界，使个体的女诗人成为群体的女诗人。但是受时代潮流的影响，渴望与男人并肩作战解放人类而不是解放女性的参与意识太强烈，出现了非女性化的抒情特征。因此，冰心的很多诗虽然在写法上柔性十足，却在阴柔之中时时显示出一些欲与男性争高低的创作愿望，很多诗都是"无性别写作"，并无多少真正的女人气质，有的诗即使有，给人的也是一种女哲人而非女人的阅读印象。特别是她的代表作《春水》和《繁星》，由于哲理味太浓而女人味不足。以《繁星·五五》为例："成功的花，/人们只惊慕她现时的明艳！/然而当初她的芽儿，/浸透了奋斗的泪泉，/洒遍了牺牲的血雨。"因此冰心的诗带给人们更多的是诗人站在"人"的角度上，对社会的真、善、美的哲理思考，而较少直接对女人自身命运以及生存方式进行必要的关注。

1923 年，梁实秋发现冰心既有女人写作特征又有非女人写作特征。"我从繁星与春水里认识的冰心女士是一位冰冷到零度以下的女作家。"[1]他的结论颇有道理："理智富而情感分子薄"[2]。在冰心的诗歌创作中，也经历了具有天生的性别意识到放弃性别写作又不由自主地并非完全地回归女人写作的过程。即女人—非女人—泛女人—女人。冰心早期的写作确实带有女人味，她 1923 年 8 月 27 日写的《纸船——寄母亲》就是一首女人的诗。以最后一个诗节为例："母亲，倘若你梦中看见一只很小的白船儿，/不要惊讶它的

〔1〕 黄人影：《当代中国女作家论》，光华书局，1933 年；影印本，上海书店，1985 年，第 214 页。
〔2〕 黄人影：《当代中国女作家论》，光华书局，1933 年；影印本，上海书店，1985 年，第 213 页。

无端入梦。这是你至爱的女儿含着泪叠的，万水千山，求它载着她的爱和悲哀归去。”冰心进入诗坛是很偶然的，她的早期诗作都是在自己不知道是不是诗的状态下写的，写出后只在弟弟间传看。即是说，她并没有以诗人的身份写作，所以写出来的诗是女人的诗。即使有，她早期的诗人观念也是凡人的："诗人，/是世界幻想上最大的快乐，也是事实中最深的失望。”(《繁星·二七》)这个诗人的定义中也没有性别意识。但是，和这个世纪的绝大多数写诗的女人一样，一旦成了公认的诗人，个体生存境遇下的女人角色马上转换为群体社会中的诗人，不自觉甚至有意忘记自己是女人。即使到了90年代，很多女诗人也公开宣称自己“首先是诗人，然后才是女人”，有的甚至反对“女性诗歌”这个术语的存在，提出“无性别写作”。

在20世纪，也有女诗人写诗成名后并不愿意受社会思潮的影响由个体的诗人向群体的诗人，由小我的诗人向大我的诗人转化。即不愿意“改造掉自己的小资产阶级习气”和“以我为中心”的抒情作风。却因为受到社会流行时尚及诗歌观念的压迫而不得不改变自己，无法保持自己的生活个性和创作风格。如不以为自己是诗人的冰心的早期诗作便受到了当时坚持诗的功利价值，倡导诗人关注社会人生的主流文学的批评。如1929年5月海音书局出版的《中国新诗坛的昨日今日和明日》(草川未雨著)评价冰心的《繁星》《春水》:“这都可以归为一类的警诫式的言词，……这种诗在文学的本质上是不相宜的，按思想上讲也是没有着落的。……对于人生，社会及自然未曾敢肯定一下儿，只是站在一旁说话，因之不敢肯定，所以说出来的多是离开现世的玄想。”[1]时势“造”诗人，冰心1929年6月3日写于北平的《〈往事〉自序诗》便是典型的“诗人写作”了，她的写作目的也不再是为了自慰离开现实的玄想呓语了。而是要唱“神仙故事”“人世的欢娱”，特别是在诗的结尾时宣称:“第三部曲我仍要高唱，/要歌音填满了人生的虚无。”但是像冰心这样的极重视女人在社会中的作用的诗人，如她认为这个世界如果没有了女人就少了很多的真善美，自身又极具有女性气质，她的由个体的女人写作向群体的女人写作和由女性化写作向非女性化写作的转变自然是不彻底的，是渐变的。因此，在1929年4月22日写的《我曾》一诗中，女性个性又自然流露："我曾梦撷飞花，/醒来一瓣瓣从我的指间飘散；/觉悟后的虚空呵！叫我如何

〔1〕 草川未雨:《中国新诗坛的昨日今日和明日》，光华书局，1929年；影印本，上海书店，1985年，第80-81页。

不凄怆?”但是,诗人角色仍在其中:“我曾梦调琴弦/醒来一丝丝从我的指间折断;/觉悟后的虚空呵,由我如何不感伤?”她对身为女人的自己和群体的女性的生存境况并不关注,关心的却是非女性视角的男性化抒情内容:“我曾梦游天国,/醒来一片片河山破碎;/觉悟后的虚空呵,由我如何不怨望?”所以一两个月后写出《〈往事〉自序诗》那样的无性别诗,是很自然的。但是,1931 年 7 月 30 日夜,冰心写了女人味较足的诗《我劝你》,诗中写道:“只有女人知道女人的心。”这可以看作女诗人对女人性和女人化写作的肯定,写女人的诗只有女人能写,却没有说女诗人不能写男人。1936 年 2 月 3 日,曾在十多年前被认为“情感分子薄”“冰冷到零度”的冰心竟然写起了情意绵绵的爱情诗《一句话》。这首诗是典型的女人抒情。

从冰心这个个案不难发现,20 世纪女诗人常常在一个人身上集有四种抒情方式,也可以说成是本我的、非我的两种抒情方式。想象一种语言就意味着想象一种生活方式。这种并非异质同构的抒情方式也呈现出该世纪女诗人的生存处境:完全臣服于男人政治的男人化方式、带有平权的反抗性质(非女权性质,如女性化方式、女人化方式。该世纪的中国女性,特别是知识女性生活在个体与群体、女性与男性、自我和他者尖锐的对抗中。在 20 世纪前中期相当长的历史中,和解的实质是女性的本我的放弃,是女人被男性化式的“投降”,只有少部分获得了平等,平权成功)的女性方式和保持自然天性的女人方式。

在与冰心同期的其他女性诗人中,这种女诗人想与男诗人共同承担改革社会的责任的“无性别写作”甚至“男性化写作”的创作倾向更为明显。如无论是小说还是诗都带有“一个时代的烙印”的丁玲的《给我爱的》,更有强烈的改造社会的女性英雄梦幻。丁玲在诗中坦然宣布:“我们不是诗人,/我们不会讲到月亮,也不会讲到夜莺/还有那些所谓爱情,/我们只讲一种信仰,它固定着我们的心。”又如白薇在《祖国,我回来了》中的“宣言”:“祖国,我爱你,/我回来了,/我要投在你的怀抱里,做你的忠实的女儿!”石评梅也创作了富有阳刚之气的《宝剑赠与英雄》,以宝剑的口气宣布:“我的雪裙要血濡!/我的锋花要含苞!/我誓愿把希望的种儿,/洒向人间,开一朵灿烂的红色。”颇有当年秋瑾的剑胆侠心、豪迈气魄。

这一时期只有极少数人写着“女人诗歌”,如“新月”派的林徽因和方令孺以女人的身份写着女人的诗歌,抒情视点由社会转向女人自身,女人的主体意识加强,十分关注女人的内心情绪和女人的个体情感。在艺术上也有更多的追求，为中国女性诗歌在诗艺改革上拓展了新的道路，改变了过去的女性诗歌重直觉不重想象、重直抒胸臆而轻玄思默想的传统，更纠正了新诗初期女性诗太受时代影响重内容轻形式的诗艺的偏激。这一时期的代表作有方令孺的《灵奇》《梦中路》，林徽因的《情愿》等。但她们的诗只是自发的女人诗歌，不是自觉回归女人本身。特别是方令孺的诗作。这一时期也有很多女人，特别是未成名的女人如90年代的"个人化写作"中的女诗人，写着女人的诗歌，有些成名的女诗人也写了，受到时代诗风的限制未发表，甚至发表了，但没有被一向反对个人化写作的后世编选者接受未能传世。最优秀的选本——谢冕先生和杨匡汉先生主编的《中国新诗萃》（20世纪初叶—40年代）（人民文学出版社，1988年）中选的女诗人的诗作也大多是非女和泛女抒情模式的。入选诗如下：冰心：《纸船》《〈往事〉自述诗》《我曾》《我劝你》《惊爱如同一阵风》《一句话》。还能够看出作者的性别。但是从方令孺的《灵奇》、陈敬容的《划分》《珠和觅珠人》《出发》，郑敏的《生的美：痛苦·斗争·忍受》《雷诺阿的少女画像》等诗中，很难感受到三人是女诗人，尽管三人的一些作诗技法上有女性的细腻笔法，尽管陈敬容和郑敏已经是泛女抒情模式流行时代的代表诗人。

胡适曾结论说新文化运动是一次中国的文艺复兴运动。像冰心这样的女性十足的人，这样的早年完全沉湎于个人情感和玄想的诗人也被改造成了"人民的诗人"，完全是时代使然。很难对此作出是与非的价值评判。但有一点可以肯定，这种由个人化写作向社会化写作的转变，对女诗人和妇女诗歌（在此故意不用有女权性质的"女性诗歌"，妇女诗歌主要包括女性诗歌和女人诗歌两大类）的发展都不利，特别是对前者，女诗人写这类身外之物既无快感，也无真实的体验，无法发挥女性诗人情感细腻的长处，也无法发挥抒情诗本身特有的"女性气质"的优势。所以那个时代的女诗人，如前所提的冰心、石评梅、丁玲的诗歌创作都是"短命"的。如果冰心一直写"女人的诗"，依她真正的女人的气质和经历，一定相当优秀。遗憾的是她被现代汉诗高度的严肃性扼杀了。那一代诗人太相信雨果所说的诗人的作用在于变"慈善为友善，惰性为效用，不义为正义，人群为人民，群氓为民族，民族为人类，战争为博爱"[1]。太迷信诗的寻求真理、启蒙大众、改造国民、更新时代的重任。对读者高度重视，太相信

---

〔1〕［美］雷纳·威勒克：《近代文学批评史》，第二卷，杨自伍译，上海译文出版社，1997年，第309页。

“要产生伟大的诗人，就必须同时存在伟大的读者大众。”（惠特曼语）[1]结果是诗与诗人都不堪重负，使妇女诗歌的创作之路越走越窄，女诗人的创作兴趣越来越减少。

泛女模式：我首先是诗人才是女人

我常常停步于
偶然行过的一片风
我往往迷失于
偶然飘来的一声钟

——陈敬容《划分》

瞧，一个灵魂先怎样紧紧地把自己闭锁，
而后才向世界展开。她苦苦地默思和聚炼自己，
为了就将向一片充满了取予的爱的天地走去。

——郑敏《雷诺阿的〈少女画像〉》

40年代中后期出现了几位在现代汉诗创作上造诣极深的女诗人，其中成就最大的是陈敬容和郑敏。她们既是诗人，也是熟悉中外诗歌的学者，都翻译过大量的外国优秀诗作。如郑敏译过英国诗人罗伯特·布莱、理查·阿庭顿、挪威诗人R.耶可布森等人的诗作；陈敬容译过奥地利诗人里尔克、法国诗人波德莱尔等大诗人的作品。她们译的多是男诗人而且是哲理性和思想性较强的男诗人的诗作。她们的诗也深受外国优秀诗作的影响，在创作中广泛借鉴了现代的诗歌创作技法，注重创作主体的生命体验和情感体验。如她们志同道合的朋友，诗人、翻译家袁可嘉认为，郑敏的诗注意雕塑或油画的效果，以连绵不断的新颖意象表达蕴藉含蓄的意念；陈敬容的诗往往是火爆式的快速反应，高速度地以外景融化内感。学者的理性、对诗艺的过分追求以及特殊时代赋予诗人社会“革命”的重任使两人的抒情常常没有性别意识，她们采用最多的抒情模式是泛女模式，另外，女性模式远远多于女人模式，甚至有的诗几乎是非女模式。

〔1〕［美］雷纳·威勒克：《近代文学批评史》，第四卷，杨自伍译，上海译文出版社，1997年，第231页。

从50年代到70年代末期，由于受到意识形态及文化专制的压迫等众多原因，女诗人更是失去了“性别写作”和“个人写作”的权利，女性写作和女人写作只能残存于民间。如林子在50年代创作的、直到80年代左右才发表的爱情诗。她在那个谈“爱”色变的年代竟写出了女人的个体生活甚至是私生活的诗：“只要你要，我爱，我就全给，/给你——我的灵魂、我的身体。/常春藤般柔软的手臂，/百合花般纯洁的嘴唇……”但是这个时代更多的诗人的抒情视点却在社会生活而非个人生活上，如张烨在1966年动乱的上海街头感受到的是《喧嚣》：“悬铃木在红色的暴风雪中嗥叫……/像绿色的狼群在着火的荒原撕咬……/又像原子弹爆炸——开出色彩恐怖的蘑菇云——/呼啸的弹片冰雹般从天震落……/街头的行人像蓝灰色汽车四处逃遁。”同年八月，她还写了一首《迷惘之日》：“十八岁是狂飙，/十八岁是烈火，/燃着火焰的风暴首先将十八岁选中。/但不久/我又被风暴甩了出来——‘你是一粒无用的水珠。/滚！’”舒婷在1973年写了《致大海》：“任你是佯装的咆哮，/任你是虚伪的平静/任你掳去过去的一切，一切的过去/这个世界/有沉沦的痛苦，/也有觉醒的欢乐。”

这种泛女性化抒情在80年代前后也很盛行。尽管舒婷在发表于1981年第2期《福建文学》的《生活・书籍与诗》一文中称：“我成不了思想家，哪怕我多么愿意，我宁愿听从感情的引领而不太信任思想的加减乘除。”[1]但是，她的很多诗作仍然是思想性较强的理性作品，写作目的也不是只为了抒发个人情感，更多是为了教育他人，哪怕是写爱情的作品，也是教人树立正确的恋爱观，希望天下女人过理想化的生活。如1979年在《诗刊》发表的《致橡树》当时流行全国，还被选为中学教材仍在“流行”，带给读者的阅读效果也重在伦理教育而非审美享受。令人遗憾的是她的那首很女人化和个人化的《神女峰》没有流行起来。

80年代是女诗人辈出，佳作涌现的时代。一些中老年女诗人焕发了青春，还涌现出大量各有特色的年轻女诗人。在80年代初中期，特别是“朦胧诗论争”后，出现了在自发的女性意识的觉醒中创作出的一些有女性味的个体抒情诗，女人化的诗歌和女性化的诗歌都小规模地出现了，并未受到主流诗歌太大的排斥，但是特征不很明显。女诗人还是不太敢进行“个体写作”和“女权主义写作”(后来主要表现为“身体写作”和“女巫式”写作)。女诗人写女人的真实感受往往选择的是当母亲的感受，不敢展示女人的本能欲望。如傅天

---

〔1〕 陈仲义：《中国朦胧诗人论》，江苏文艺出版社，1996年，第69页。

琳在《红红的八月》写的是怀孕的感受："一阵深邃钟声/融入脉动/唤醒我最初的母爱最初的/母爱带着羞涩与惊慌醒来。"李小雨的《含羞草》写初恋感受，也只能进行"含羞草"般的抒写："啊，那一霎，/是什么触动了我的憧憬，/那最初的凝望，吻和叹息？/我的叶片震颤了——我的心在跳，/一阵巨大的幸福正悄悄降临/我被触动了，我期待着，/轻轻垂下婴儿般柔软的睫毛……"后来写出令很多正人君子攻击的女性诗歌的伊蕾在《火焰》中也只能感叹："噢，我是红豆树，被苦痛的相思摇撼/我是红岩/已被渲泄的渴望烧溶！"

80年代初期的女性诗歌虽然有了较强的女人意识，但是大多不是自觉的女人意识，匡扶天下的英雄梦并未破灭，"诗言志""文以载道"的传统思想仍占主导地位，女诗人们只是从女性的角度来关注社会，有与男性诗人完全相同的使命意识，总是不由自主地试图与男诗人一起启蒙大众，抒情社会化、政治化的倾向十分明显。如舒婷写了《祖国呵，我亲爱的祖国》、梅绍静写了《我的心儿在高原》、韩霞写了《情满沙海》……

女性模式：我是女性必定是诗人

我一向有着不同寻常的平静
犹如盲者，因此我在白天看见黑夜

——翟永明《预感》

我是最温柔最懂事的女人
看穿一切却愿分担一切
渴望一个冬天，一个巨大的黑夜

——翟永明《独白》

泛女抒情和女性抒情在70年代末期和80年代初期并行，出现某个诗人甚至某首诗作兼有两种抒情方式的现象。如舒婷和她的《致橡树》："我必须是你近旁的一株木棉，/作为树的形象和你站在一起。"所以这首诗发表近20年后，诗论家吕进先生还结论说："不少人认为《致橡树》是一首情诗。在80年代的朦胧诗争鸣中，还有不少论者将'根，紧握在地下/叶，相融在云里'说成是性事描写。其实，诗的本文并非如此。但诗歌鉴赏是一种复杂的诗美创造活动，一些读者要把它当成情诗来读，甚至乐意在婚礼上朗诵，这是读者的权利。对女性独立人格的追求，是舒婷诗歌的常见主题。”[1]

出于对前代女诗人的泛女抒情模式及更早一代的非女抒情模式的失去女性自我的创作风格的反叛，翟永明、伊蕾等人在80年代中期掀起了一股标志着女性意识的自觉化、白热化的“黑色旋风”，她1984年写出《女人》和《黑夜意识》，1985年写出《静安庄》、1986年写出《人生在世》……在她的诗歌创作轨迹上一直蛰伏着女性本能的雌性意识，她的诗始终呈现出中国女性诗歌史上少有的女性真实。正如她在《黑夜意识》认为每个女人都面对自己的深渊——不断泯灭和不断认可的私心痛楚与经验……这是最初的黑夜。它升起时带领我们进入全新的、一个有着特殊布局和角度的、只属于女性的世界。以一首《黄果树瀑布》震动诗坛的伊蕾先后出版了《爱的火焰》《爱的方式》《独身女人的卧室》《女性年龄》等女性的本体意识十足的诗集。特别是《独身女人的卧室》因为挑战世俗伦理引起非议。她在《女性年龄》中写道：“我从男人眼睛里/发现了/一个万劫不变的数字/充满死亡欲的数字。”她将自己的诗归纳为“情绪型、未来型、悲剧型”三类。唐亚平、匡文留等人也加入了这个宣布“做很女人的女人”的“黑色兵团”，尽情地体验真实的女人、更多的是生物性的女人的生命，石破天惊地“裸露”女性的情感及本能意识，以此向男性示威并征服男人。唐亚平最关心的是活出女性的样子来，最大的心愿是想占有女人全部的痛苦和幸福。

受西方女权主义思想的影响，在80年代中后期中国大陆也出现了带有一定的女权主义性质的“女性诗歌”，与西方的女权主义文学不同的是，中国女诗人的女性写作更多是为了突出长期被男性化和泛女性化的女人的性别角色，强化女人的性别意识，并无多少争抢男性权力的成分。因此，“做很女人的女人”成为80年代中期席卷全国的女诗人展示女性本能，特别是性本能欲望的“黑色旋风”的响亮口号。与此同时，她们还希望男人们做“很男人的男人”。事实上，在中国，由于长期的压抑，男人的性别意识也较差，出现男不男、女不女的普遍现象。所以有的女诗人还以巫女甚至圣母的身份出现，让使命意识完全让位于生命意识，完全并极端地皈依女性本体，甚至将女人拔高到女巫及女妖的地步。如翟永明在诗中宣称：“我目睹了世界/因此，我创造黑夜使人幸免于难”。“女性意识”受到了女诗人们的重视，却没有把它作为“女权主义者”斗争的武器。事实上，几乎没有一个女诗人承认自己是女权

---

〔1〕 吕进：《女性诗歌的三种文本》，《诗探索》1999年4辑，第143页。

主义者。她们只是想通过“女性意识”让社会,特别是男人承认自己的性别,让女人认识到自己的性别。1986年翟永明在《女性诗歌中的女性意识》一文中甚至质疑把“女性诗歌”区别于“男性诗歌”的提法。这种质疑既是对已有的妇女诗歌有性别的传统的被迫维护,因为当时女性诗歌的提出更多是出于男性评论家,明显地带有两层含义:突出性别既可能是对女人的重视,也可能是对女性的轻视。因此在80年代甚至90年代,女性诗歌常常既是女权主义诗歌的代名词,更是个人化情感性写作的代表,甚至还是不会使用“剪刀与磨石”的激情扼杀诗美、直觉毁坏想象、自白有损深刻的肤浅诗歌的标志。在整个20世纪,都没有一位真正研究妇女诗歌的女诗评家或诗论家,也极少有女理论家来阐释或者保护妇女诗歌。在男性的诗歌价值标准中,女诗人写的有“平权”思想的女性诗歌和只写内心事件,不写历史事件的个人情感的女人诗歌都是不太允许的,他们对抒发本能欲望的或者带有女权思想的女性诗歌更是带有天生的抵触情绪,视为“坏女人”和“不听话的女人”的行为。所以在这样的生态下,女诗人尽管写的是“女性诗歌”或“女人诗歌”,却不愿意承认。如以富有女人味的《大女的心律》闻名于世的张烨开始时还坚持“我首先是女人,然后才是诗人”,她80年代写了很多女人诗歌,但是到90年代,就公开反对“写作的性别差异”,主张“首先是诗人,然后才是女人”,抒情也从个人情感的小圈子中跳了出来,如男诗人一样写了一些重大的历史题材。事实上,她是有些被诗歌时尚和男性价值观压迫的。由于女人想以女诗人的身份生存,要在男性文化、政治及诗歌领域中展示女性意识,很多女诗人都竭力掩饰因在男性生态圈中存在而生的女性的压抑产生的逆反心理导致的平权甚至女权思想,不仅否定“女性诗歌”,也认为“女性意识”是天生的,而不是特定文化的产物。如翟永明说:“我认为女诗人作品中的‘女性意识’是与生俱来的,是从我们体内引入我们的诗句中,无论这声音是温柔的,或是尖厉的,是沉重的,或是疯狂的,它都是出自女性之喉。我们站在女性的角度感受世间的种种事物,并藉词语表达出来,这就是我们作品中的‘女性意识’。我反感以男性价值观、男性话语权力来界定‘女性意识’,以男性概念来强化‘女性意识’,好像女诗人除了表明自己的女性身份之外没干过别的事。”[1]她还道出了女诗人对诗歌评论界的深深失望:“迄今为止,尚未见到多少仅仅从文本意义上

〔1〕 翟永明:《女性诗歌中的女性意识》,沈苇、武红:《中国作家访谈录》,新疆青少年出版社,1997年,第327页。

和直接面对词语本身去批评女诗人的文章，以及超越女性立场，去逼近女性诗歌中所表达的，对人类共同生命本质的思考和关注. 大多数评论都将女权思想和女性解放作为批评的支点，而将'女性诗歌'艺术上的探索和成就消解到一个非艺术的层面上了。问题还在于，阅读'女性诗歌'也仍是审美习惯上的性别阅读，在批评家和读者那里女诗人都仍然是'女诗人'，而不仅仅是诗人。"[1]在男性无论是在文化政治，或者是在诗歌艺术占有绝对的话语权及评判权的现实境遇下，很多女诗人不但不掩饰甚至削减显示性别的斗争锋芒，选择一种既对抗更和解的生存策略。如翟永明既否认自己是女权主义者，又赞成把"女性意识"作为一种特殊的诗歌领域来开拓。她说："我不认为自己是女权主义者，但的我朋友们往往认为我有强烈的女权思想，那么也许我是那种不想与男人为敌的女权主义者。另一方面，我乐意保持自己的女性特质，任何困惑的时候也不会放弃这些特质而从各方面去扮演一个男人。我不会说：男人做得到的事女人也能做，我只想说：男人思考的问题，女人同样在思考。"[2]翟永明的这几段话真实地道出了女诗人及女性诗歌的无奈生态和以女性抒情为主兼有女人抒情的诗人的普遍心态。

女人模式：我是女人可以不是诗人

你平凡的人们
没有奇迹
花开花落是几十年的事情

——邵薇《女人》

一朵花　能开
你就尽量地开
别溺死在自己的
香气里

——娜夜《美好的日子里》

---

〔1〕 翟永明：《女性诗歌中的女性意识》，沈苇、武红：《中国作家访谈录》，新疆青少年出版社，1997年，第328页。

〔2〕 翟永明：《女性诗歌中的女性意识》，沈苇、武红：《中国作家访谈录》，新疆青少年出版社，1997年，第328页。

格里戈里耶夫(1822—1864)结论说:“艺术是生命的理想表现。……凡是生命存在的地方,诗歌就存在……无意识使创作和作品具有渊深莫测的深度。”[1]

从80年代中后期直到今天,妇女诗歌多元发展,具有差异性的个体写作渐成气候,个人化甚至私人化抒情成为一大风景,女人抒情渐渐取代女性抒情。尽管受到男性理论家和女性女权主义批评家控制的妇女诗歌研究界并不太接受女诗人首先是女人,然后才是诗人的诗歌观,常常指责女诗人的视野过分狭窄,陷入自白话语难以自拔。创作界也有已成名的诗人竭力想摆脱自白话语,想与男诗人在抒情的深度和诗艺的精度上争雄。但是绝大多数写诗的女人已经形成了共识:妇女诗歌的抒情内容应该是女人的生活,最好是内部的日常生活,抒情方式应该是艺术的甚至是技巧的。很多80年代写“女性诗歌”的诗人也越来越多地写起“女人诗歌”,“向内转”成为一种创作倾向。如翟永明、匡文留等。正如翟永明说:“我喜欢从日常经验中提取我需的成分,对此我也不介意人们用看自传的眼光来看我的诗,我相信每个作家的作品中都或多或少隐藏着他们自己的自传线索。”[2]翟永明在此仍然是以诗人,而且是成名诗人的身份在发言,而且远远超出了青春期自发写作的年龄段。90年代更多的写诗的女人,特别是年轻女子很少认为自己是诗人,写诗如同她们吃零食一样,只是一种生存方式。她们远没有前代诗人的使命意识和诗的崇高感,她们只想“是女人”而不是“像女人”一样活着,写作便纯粹成了自己的事情,严肃的事件变成了轻松的游戏,写作只是为了快感。她们相信康德所说的“诗人必须始终着眼于快感,以此作为自己特殊的手段……”[3]但不像康德那样把艺术的间接或者终极目的完全归纳为益和善,并不想使读者心灵受到陶冶,使读者提高德性,她们进行的主要是自娱性写作。她们不想当女神、女巫及女妖,不想像前三代诗人走极端。她们总是淡化妇女诗歌的哲理追寻和社会使命,追求平平淡淡从从容容才是真的人生境界和抒情境界,把非女性非女人诗歌、泛女性诗歌和女性诗歌还原成食人间烟火的、并非超凡脱俗的女人的诗歌,即呈现真实的女人的生存状态的女人的诗歌。如邵薇诗

---

〔1〕[美]雷纳·威勒克:《近代文学批评史》,第四卷,杨自伍译,上海译文出版社,1997年,第312页。

〔2〕翟永明:《女性诗歌中的女性意识》,沈苇、武红:《中国作家访谈录》,新疆青少年出版社,1997年,第331页。

〔3〕[美]雷纳·威勒克:《近代文学批评史》,第二卷,杨自伍译,上海译文出版社,1997年,第202页。

所言:“我是个平和的女子/能吃开心的食物”(《过日子》);“那个女人,清淡如云,通晓风情”(《猫王和希拉》)。又如娜夜诗所唱:“如此的阳光干净得如此可爱/绿叶相继枯黄/有人用脚步拯救心灵/有人用口红拯救爱情/我把眼睛重新闭上/把我留给自己”(《把我留给自己》);“我把食指含在嘴边/就像把意义置之度外”(《使甜甜蜜蜜的声音》)。由此不仅可见90年代女人诗歌与80年代女性诗歌及再早期的女诗人写作的巨大差异,还呈现出不同时代中国女人截然不同的生存观、爱情观、艺术观。

本文之所以要用妇女诗歌来指称女诗人写的所有的诗歌,把女性诗歌与女人诗歌分开,原因是它们分属女性抒情和女人抒情两种模式。女性抒情偏向于性别的“人为”显示,女人抒情偏重于性别的“自然流露”。女性抒情的目的偏重给世人,特别是给男人看,期望得到更加的重视,即使是女性抒情中常见的“自恋”抒情,也不是为了孤芳自赏,而是在自我把玩中以期得到他者的重视,只是把男尊女卑的“取悦”变成了女尊男卑的“挑逗”。非女和泛女抒情都是为了除作者之外的全部或者大多数人写作,读者及公众被作者一厢情愿地视为上帝。女性抒情是为了自己和少数人写作。如翟永明宣称:“我的写作从来就不是为公众而写的,我只为少数人写作。”[1]女人抒情的目的只是为了自己,女诗人既不是演员,也不需要观众,正因为抒情自然真实,反而能够获得读者。女性抒情靠的是被后天文化激活的女性意识,女人抒情靠的是天生的女性气质,更确切地说是没有受到文化污染的“女人气质”。虽然西篱对女性气质的定义仍然带有“女性意识”的痕迹,认为女人是重要的,但很少有“女权”思想:或许因为我是女性,便固执地认为女性气质是诗美的一部分……女性气质,有这样的内容:对人(人类)的温情,对世界的宽容与理解,对罪过、脆弱的赦免与救助,对美的发现与维护,对灾难与痛楚的承受……她必是自信的、坦荡的、坚韧的、无私的,既洞察一切又调和一切,无论艺术、人生,她必是美与和谐之源。作真实的女人,并不排除女人的正常欲望,只是这种欲望不像上一代女诗人所尽情宣泄的那种自恋狂式的欲望。尽管也有这样的抒情:“亲爱的/在这淡蓝色的夜晚/我静如潮水/狂如潮水/期待你……”(西篱《夜的海》),但是她们的心理是平和的,没有上一代的变态心理,如汪幼琴在《这感觉一丝儿一丝儿走着》的平凡女人的体验:“……渗进浅浅的舌根/

---

〔1〕 翟永明:《女性诗歌中的女性意识》,沈苇、武红:《中国作家访谈录》,新疆青少年出版社,1997年,第327页。

渗进滞滞的空气/凝凝地旋着/不像生物钟/不像雨点……”荒林的《感受积木》从女性的日常生活中发掘诗意，真实地呈现出女人的生存状态，为女人的平凡生活作见证人，诗中呈现出的母爱正是女人的天性：“忽里忽外，它们奔走的姿式/像孩子憨稚、易跌倒/手上手下，我的快乐的引领/孩子成长的声响清脆/犹如阳台水仙花一夜盛开/搬进室内温暖而灿烂，我感到鼻子想落泪/亭台楼阁而后动物园游乐园/我的四壁被拆走　我的脸上窗户敞开/突然停下 它们/感到我在愤怒，鼻子冰凉如水”。90 年代荒林诗中的母爱有别于 80 年代傅天琳抒写的母爱。傅天琳虽然写的也是平凡生活，但她笔下的母亲是圣洁的，与孩子是不平等的，母亲角色远远大于女人角色，育儿的使命感远远多于育儿的游戏般快乐感。她是以诗人和母亲而不是以女人的身份在写这类诗，把诗人和母亲都看得很崇高，而不是如荒林把写诗和育儿都视为女人的自然行为。所以傅天琳写母亲用背带背孩子的《爱》的结尾是：“而她只是顺着风顺着河流走去/她根本不知道世界上还有画家/她也不知道/自己正径直走往一幅油画中去/成为圣母”。一件小事，诗人竟能挖掘出如此深意，母亲背孩子竟成为圣母，由此可见诗人和母亲在傅天琳的心中多么崇高。

80 年代后期及 90 年代的女人抒情模式呈现出创作者想由非女人和超女人回归为真实平凡的女人的女人心态，她们悟出作一个本真女人的重要性，不屑做女神或圣女，只愿做平凡而不失女人本性的女人诗人，在一种相对纯粹的女人心态中进行诗歌创作，用相对纯粹的女人诗歌建立一个本真的女人抒情世界。即使到了今天，女小说家们纷纷宣称自己想当和正在当文体革命的先锋和“另类”生活的思想先锋时，甚至当女性文学理论界的女权主义批评流行时，沉寂多年的先锋诗歌死灰复燃时，女诗人的写作却相当“平静”，没有一点“先锋”波浪。在大众生活中有一句流行语：“主义是专家的，日子是女人自己的。”在此也可以说：“主义是女理论家的，日子是女诗人的。”对众多女诗人，尽管仍然时时感受到男性文化的压迫和女人生存的无奈，却更多地采用和解的办法来求得自由与法则的和谐。写作只是女人的一种生存方式。过好女人的日子，先当好女人，再作女诗人，这就足矣！80 年代后期，以写“大女的心律”出名的张烨发出了这样的感叹；90 年代颇有先锋意识的海男后来也坦率地说：“现在，我已不是那位在少女时期注视着一层层红色丘陵而疯狂地想成为一个诗人和作家的少女，当我在静悄悄的时光中翻开着昔日的影集时，我已随同飞逝的云雀和燕子来到了一个十分宁静的世界，当我一遍遍地在夜深人静时听着一首首肖邦的钢琴曲时，一种前所未有的寂静会使我选择写作这件事。此后，当我一点点地抛弃昔日环绕我的那些虚荣、浮躁的生活时，写作这种简单的快乐便日益成为我的庇护所了。”[1]

结 语

20世纪现代汉诗的生成与发展与女诗人的参与休戚相关。可以把该世纪现代汉诗女诗人的创作分为四大抒情模式：非女性化的抒情（他）、泛女性化及女性化的抒情（女性）、女人化群体性抒情（女人）和女人化个体化抒情（我）。尽管在该世纪的某个时期甚至某个诗人的创作中都存在着这四种抒情模式，但更多地代表着不同时期的抒情特色，呈现出百年妇女诗歌的演变轨迹。从这一轨迹中不难发现20世纪中国女诗人的“既皈依又逃离女人自我”的创作境遇和“既与男性对抗又和解”的生存境况。因此，与西方同世纪的女诗人抒情最大的差异是：集体无意识般的集团式抒情远远多于自我意识高度觉醒的个人化抒情。即虽然20世纪中国女诗人的女性意识觉醒了，作为个体的人的解放意识在强大的男权政治及文化的控制下，并未真正觉醒。即使是女人写作，也是群体写作远远多于个体写作。20世纪的现代汉诗没有真正意义上的女权主义诗歌，也少有小说创作那样的“身体写作”，只有女性化的“思想写作”（如冰心、郑敏）和女人化的“情感写作”（如林子、傅天琳），也有两种兼有的女诗人（如舒婷、张烨），也有偏向于“身体写作”的女诗人（如翟永明、娜夜）。20世纪中国女诗人写得最多的是男性化的诗歌、其次是女性化诗歌，再次是女人诗歌。很少有“身体写作”，只有“思想写作”和“情感写作”。绝大多数女诗人到了21世纪的今天，只能在一定程度上坚持在“性别上”的差异中写作，还不能自由地像男诗人那样坚持在“个体”差异中写作。以至当下诗坛并未出现小说界那样的大规模“另类写作”，这与诗歌，特别中国现代汉诗特有的先锋性极不相称。

2001年12月15—17日“中国新诗理论国际学术研讨会”；主办方：首都师范大学中国新诗研究中心，荷兰莱顿大学亚洲学院，英国加州大学戴维斯分校东亚系；地点：北京香山饭店。

---

〔1〕 海男：《断片二》，汪剑钊：《中国当代先锋诗人随笔选》，中国社会科学出版社，1998年，第259页。

新诗应该建立以准定型诗体为主导的常规诗体

摘　要：诗体是诗的形体范式，是诗的体裁属性的显性表现，是对诗的形式属性及文体属性的制度化后的结果，即规范化、模式化、公共化的诗的语言秩序和语言体式，具有制定作诗法则的意义。新诗已经有了百年历史，尽管一些诗人在诗体建设上做了很多工作，却没有建立起较好的常规诗体。在诗体的自由化与格律化的对抗中，自由诗具有文体独裁的地位。诗体建设难既是百年新诗的最大问题，也是新诗的很多其他问题的根源。只有既反对诗体的极端自由，又反抗诗体的高度定型，在诗体建设的"民主集中制"原则下，建立宽松而有节制的诗体生态环境。重视对常规诗体及重点诗体的建设，特别是要针对某种具体诗体，进行适度的规范。形成以准定型诗体现代格律诗为主导诗体、不定型诗体现代自由诗体和定型诗体古代格律诗体为辅助诗体的诗体构建的格局，才能使现代汉诗走出形式极端自由和诗艺十分粗糙的困境。适度规范诗的形式，重建诗体已成当务之急。

关键词：新诗　诗体　准定型诗体　常规诗体

何谓诗体？托多罗夫说："在一个社会中，某些复现的话语属性被制度化，个人作品按照规范即该制度被产生和感知。所谓体裁，无论是文学的还是非文学的，不过是话语属性的制度化而已。"[1]诗体，即是对诗的形式属性及文体属性的制度化的具体呈现。文体的定义有利于理解诗体。童庆炳说："我们大致上给文体这样一个界说：文体是指一定的话语秩序所形成的文本体式，它折射出作家、批评家独特的精神结构、体验方式、思维方式和其他社会历史、文化精神。上述文体的定义实际可分为两层来理解，从表层看，文体是作品的语言秩序、语言体式，从里层看，文体负载着社会的文化精神和作

〔1〕［法］托多罗夫：《巴赫金、对话理论及其他》，蒋子华、张萍译，百花文艺出版社，2001年，第27页。

家、批评家的个体的人格内涵。”[1]他认为在中国古代文化中，“体”“文体”有体裁的规范、语体的创造和风格的追求三个层次。周晓风认为：“所谓诗体，指的是诗歌的具体存在方式，但它又不等于一般所说的诗歌体裁，而是还包含了更为丰富的内涵。具体说来，这种诗体由以下三方面因素协调构成：一是诗人的主观审美倾向，它在很大程度上决定了诗人的主观作风及其对于表现材料的选择；二是诗人所选取的题材、主题的审美品质，如讴歌爱情与怀念乡土的题材或主题就具有不同的审美品质；三是诗人所运用的言语结构，它既是一首诗作所要表现的思想情感内涵的载体，它本身所形成的文体风格又是作品总体美学风格的重要构成因素。……上述三方面因素通过诗人的创造性努力结合在一起，便构成了具体的‘诗体’。这种诗体既可以说是诗歌作品的言语结构模式，但又不仅仅是所谓的‘形式’，而是还具有某种本体的意义。”[2]“诗体”特指诗的“体裁”“体式”的规范，即从“怎么写”上来考察诗的形式特征，指的是“诗人所运用的言语结构”，即通常所说的诗的“形式”(form)。“在通常意义上，形式指一件事物作为整体的设计图样或结构布局(the design of a thing as a whole)。任何诗人都无法逃避已形成类型的某些形式。……用定型形式(closed form，也可译为自闭式形式或自足性形式)写诗，指一个诗人跟着(或者发现)一些模式(some sort of pattern)，如十四行诗体(sonnet)，它有自己的韵律设计(rime scheme)和十四个五音步抑扬格诗行。通常，定型形式的诗(poetry in closed form)倾向于寻找规则(regular)和对称(symmetrical)……采用定型形式写作的诗人明显追求完美，也许很难替换已采用的任何词语。……采用非定型形式(open form，也可译成开放式形式或非自足性形式)的诗人通常自由地使用空白作为强调，能够根据感觉的需要来缩短或者加长诗行，诗人让诗根据它的进程来发生自己的形状(shape)，如同水从山上流下，由地形和隐形的障碍物来调整形状。过去的很多诗采用的是定型形式，现在美国诗人更愿意采用开放形式，尽管韵律和节奏已经没有它们过去那样流行，但是它们仍然明显存在。”[3]这里所言的诗人无法逃避的被“类型化”(体裁化)了的那种形式，即是“诗体”。在汉语诗歌

---

〔1〕 童庆炳：《文体与文体创造》，云南人民出版社，1994 年，第 1 页。

〔2〕 周晓风：《新诗的历程——现代新诗文体流变(1919 - 1949)》，重庆出版社，2001 年，第 5 - 7 页。

〔3〕 X. J. Kennedy. Literature：An Introduction to Fiction，Poetry，and Drama. Toronto：Little，Brown and Company，1983. p. 557.

研究中所说的采用“定型诗体”写的诗，类似于西方学者所言的“poetry in closed form”。“定型形体给诗带来了一些好处：它使诗更容易被记住。叙述流行英雄的事迹的民族史诗，如希腊的《伊利亚特》和《奥德赛》、法国的《罗兰之歌》、西班牙的《熙德》，都倾向于在一种模式中产生：诗行的长度和诗的重音的数量前后高度一致。因为这些史诗有时是口头传播的。……如果演唱者忘记了什么，诗歌就会出现明显的漏洞，因此韵律或者固定的节奏可以防止一个又一个传唱者的增减修饰。”[1]

作为最高的语言艺术，诗体不仅是呈现诗的艺术性的重要内容，而且还为诗人提供了作诗法，使诗在文体形式上有别于散文、小说等其他文体。因此诗体至少应该具体为两大内容：诗的音乐（the music of poetry）常规形式和诗的形状的常规体式。西方学者有时称诗的形体为 poem's shape[2]。有的学者还把重视诗的视觉效果的诗，特别是具象诗（the concrete poetry）或图象诗（visual poetry）称为“为眼睛而写的诗”（poems for the eye[3]）。即诗体不仅指诗的音乐形式，即韵律，还指诗的排列形式。诗的韵律，特别是表面韵律也决定着诗的外形，诗的排列也可以呈现出诗的音乐性，诗的音乐美与排列美常常是相辅相成的。在此可以给出本文所讨论的“诗体”的定义：狭义的诗体指任何一首诗都具有的外在形态及表面形体。广义的诗体指在诗家族中按形体特征划分的具体类型，即非个人化的、具有普遍性的常规诗体（常体），如英语、法语、意大利语诗歌中的十四行诗体（sonnet），古代汉诗中的格律诗，现代汉诗中的新格律诗。诗体更多是指约定俗成的诗的常规形体，如定型诗体和准定型诗体。即诗体是诗的形体范式，是诗的体裁属性的具体的显性表现，是对诗的形式属性制度化后的结果，即规范化、模式化、公共化的诗的语言秩序和语言体式，具有制定作诗法则的意义。对“诗体”的强调，即是对诗人的文体自律性的重视。如同游戏需要基本的规则，适度地规范诗的形式，建立起宽松而有节制的诗体环境，有助于诗，特别是目前的现代汉诗的健康发展。只有既尊重文体的民主政治和人的自由天性，又重视文体的相对

[1] X. J. Kennedy. Literature: An Introduction to Fiction, Poetry, and Drama, Toronto: Little, Brown and Company, 1983. p. 558.

[2] David Bergman、Daniel Mark Epstein, The Heath Guide to Literature. Toronto: D,C, Heath Company, 1987. p. 623.

[3] X. J. Kennedy. Literature: An Introduction to Fiction, Poetry, and Drama. Toronto: Little, Brown and Company, 1983. p. 591.

稳定性和人在后天文化中建立起的秩序感，在诗体建设的“民主集中制”原则下，建立以准定型诗体为主导的诗体生态环境，才能使现代汉诗走出文体极端混乱与形式极端自由和诗艺十分粗糙与诗意十分缺乏的困境。

新诗应该建立常规诗体的历史考察

新诗已有百年历史，已经取得了很大成就。特别是从数量上看，成就更是巨大。1988 年出版的《中国新诗大辞典》就收入了 1917 年至 1987 年 70 年间诗人、诗评家 764 人，诗集 4 244 部，诗评论集 306 部。[1] 在新诗历史上，出现了很多奇特现象：很多诗人年轻时诗情大发，却越写越不知诗为何物，最后弃诗而去；很多诗歌研究者越研究越觉得“诗无达诂”，无法回答什么是诗；很多诗人“老去渐于诗律细”，甚至去重写古体诗。原因是新诗一直处在诗体自由化与律化多对抗少和解的特殊生态中，新诗的文体建设太薄弱，经历了一条十分曲折的诗体构建之路，诗体建设总是处于“建设难”“定型难”“规范难”局面。新诗在百年间的绝大多数时间里，都处在文体自发阶段，或从文体自发到自觉的过渡阶段，或幼稚的文体自觉阶段，并未真正进入成熟的文体自觉阶段，建立起成熟的诗体。钱理群在探讨新诗人为何“回归”写旧诗时说：“和充分成熟与定形的传统（旧）诗词不同，新诗至今仍然是一个‘尚未成型’、尚在实验中的文体。因此，坚持新诗的创作，必须不断地注入新的创造活力与想象力；创造力稍有不足，就很有可能回到有着成熟的创作模式、对本有旧学基础的早期新诗人更是驾轻就熟了的旧诗词的创作那里去。”[2] 郭沫若也认为他进入中年以后，当诗潮涌来时，苦于找不到合适的形式表现意境，只好被迫选择旧诗的定型诗体。

在中西方诗歌创作史上，诗都有一个内容被赋予形式的过程。人的追求自由的本能要求打破形式的羁绊，艺术的自主性要求诗人必须遵循特定艺术的形式，使诗一直在对形式的“破”与“立”的矛盾中运动，使诗最终成为“文质彬彬”式的内容与形式的混合体成为理想。任何优秀的文体形式都有一个产生、繁荣、萧条的过程。文言类古代汉诗的形式经过长期的发展，逐渐形成了定型诗体和准定型诗体。百年流行的新诗大都是非定型诗体，即人们通常所

---

〔1〕 周晓风：《新诗的历程 1919 - 1949》，重庆出版社，2001 年，第 1 页。

〔2〕 钱理群：《论现代新诗与现代旧体诗的关系》，《诗探索》1999 年第 2 期，第 101 页。

说的“新诗无体”。19世纪末到20世纪初出现了汉诗史上前所未有的极端性、运动式文体大革命，以白话自由诗为代表的新诗与以文言格律诗为代表的旧诗形成了“势不两立”的敌对之势，在中外诗体演变史上都客观存在的新旧诗体既对抗也和解的进化原则被极端地打破，两者只有对抗少有和解，导致了新诗革命“破”后未“立”和“破”后难“立”局面，使非定型的自由诗全面流行，新诗诗人都以打破“无韵则非诗”的传统法则为己任，甚至出现了“作诗如作文”的极端口号。在此后直到今天的新诗历史上，始终存在新诗诗体不受重视，定型诗体建设难等现象。这与20世纪是一个以革命、战争、运动、改革为主旋律的动乱时代休戚相关。新诗孕育诞生的19世纪末20世纪初，正是中国全方位巨大变革的特殊时代。清末的“诗界革命”和民初的“白话诗运动”都不是纯粹意义上的文体革命，而是巨大的反传统运动，打破包括汉诗格律传统在内的一切传统的极端作风盛行。如李欧梵认为：“中国现代文学中这种反传统的立场，与其说来自精神上或者艺术上的考虑（像西方现代派文学那样），还不如说是出自对中国社会—政治状况的思考。……中国现代文学大都植根于当代社会中，表现出对作家所面临的政治环境采取一种批评精神。这种批评态度已经成为五四文化中最有生命力的遗产；直到今天我们还能够时时感受到它恒久的回响和影响。”[1]早期新诗的改革者们更是对自己所面临的政治环境采取了极端的批评精神，文化激进主义导致了对汉语古典诗歌传统的全盘否定。因此20世纪汉诗诗人的政治使命感远远大于艺术使命感，对社会人生，特别是政治生活的关注远远多于对诗歌艺术的关注。

由于处在一个革命的动荡时代，诗人的破坏欲远远多于秩序感，文体自发性远远大于文体自觉性，导致了新诗的诗体建设始终在自发与自觉间徘徊，甚至总是在“无体”的状态下生存与发展。无论是19世纪末的“诗界革命”，还是20世纪初的“白话诗（新诗）运动”，都是被严重意识形态化（政治化）、世俗化（急功近利地实用化）的非诗的文体运动，是利用了诗自身的文体革命潜能进行的政治体制改革和文化启蒙运动，这注定了新诗一诞生就是一个难于进行诗体建设，并且与时代政治靠得太近的“畸形儿”。非诗因素太多的文体革命的开始形态，决定了当时的白话诗无法进行必要的诗体建设，无法对自由诗进行适度的形式规范，使新诗有“体”。诗体建设的先天不足还为

〔1〕［美］李欧梵：《文学潮流（一）：追求现代性（1895－1927）》，［美］费正清：《剑桥中华民国史》，第一部，上海人民出版社，1991年，第482页。

以后近百年,乃至今天的现代汉语诗歌无法建立“定型”诗体,甚至准定型诗体埋下了隐患。功能决定文体,新诗生不逢时,长于乱世,自然诗体建设难。

新诗的诗体建设历史可以总结为两大诗形、三大起源、四大诗体和五大时期。两大诗形指新诗对诗的音乐形式和排列形式进行了初步的建设,即诗的形式美建设的主要方面是诗的音乐美和诗的排列美。三大起源指新诗受到了古典汉诗、民间诗歌和外国诗歌的巨大影响。四大诗体新诗主要构建了长诗体、小诗体、现代格律诗体和现代自由诗体四种诗体,其中长诗和小诗也可以归入现代格律体与现代自由诗体两大类中。四大诗体也可以从形式上分为准定型的律化诗体与未定型的自由诗体两大类,其中现代自由诗体并未形成真正的公认诗体,只有众多雏形。五大时期指新诗的诗体建设经历了保守的萌芽期、激进的草创期、全面的建设期、特殊的改革期和偏激的重建期五个阶段。

保守的萌芽期是文体自发阶段,时间是 19 世纪末到 20 世纪初,以主张“我手写我口,古岂能拘牵”的黄遵宪等为代表。激进的草创期是文体从自发走向自觉阶段,这是一次“政治化、运动式的诗的文体革命”,具体为 1920 年前后。新诗开拓者们虽然也有人较重视增多诗体的文体实验,如胡适、刘半农,却由于新诗草创期改革浪潮汹涌,“破”大于“立”的浮躁风气流行,新诗的诗体并没有得到真正的建设。全面的建设期是文体较成熟的文体自觉阶段,这一阶段可以称为“文人化的、审美的诗体建设”时期。大致从 20 年代中后期到抗战前,以闻一多、徐志摩、朱湘、李金发、穆木天、郭沫若、戴望舒等为代表。特别是 20 年代中后期诗的艺术性得到高度的重视,初步建立起新诗的基本形态,1926 年是非常重要的诗体建设年。特殊的改革期主要指抗战时期,以抗战诗歌为代表,对已有的现代格律诗体等诗体建设及唯美倾向矫枉过正,让已有的自由诗体更加自由,重建起类似于五四时期的写实性、大众化、自由式诗体,诗味不浓的时事性叙事长诗和写实性短诗流行。这一时期仍有诗人进行诗体建设,以现代派诗歌为代表,继承新月派等诗歌的文体自觉意识和已有诗体建设的成果,使文人诗歌的文体更加成熟。如西南联大诗人群。时间是从抗战开始到共和国建立,具体为从 30 年代中后期到 40 年代末,以艾青、臧克家、田间、柯仲平、鸥外鸥、穆旦、冯至等为代表。抗战时期是以大众化的抗战诗歌为主流的,进行的是大众化的实用的诗体建设,无论是平民诗人还是文人诗人、民间诗人还是官方诗人,绝大多数都极端重视诗为战争服务的特殊职能,用大众喜闻乐见的诗体,甚至是民间诗体写诗,虽然艾青、何其芳、方敬等诗人再三强调即使面对以农民为主的大众读者，写抗战题材的政治抒情诗或者叙事性长诗，也要重视诗的表现方式及技巧。很多诗人却过分强调诗的内容，只有少数人致力于文人抒情诗体的建设，重视诗的审美价值和艺术性，特别是重视诗的语言策略和诗体形式。偏激的重建期是文体重新从自发回归自觉阶段，对已有诗体进行了较大的改革，有的甚至是偏激的重建，出现了新的幼稚诗体，使文体始终停留在自发阶段。分为两个时期，主要在祖国大陆和我国台湾两大地区发展，大陆和台湾两地的诗体建设极不平衡。第一时期从 50 年代初到 70 年代末，大陆以何其芳等人为代表，台湾以 1956 年 1 月 20 日在台北成立现代派的纪弦和 1957 年 8 月 20 日在台北首发“蓝星”诗选的蓝星诗社的发起人覃子豪、余光中等人为代表，都较重视汉诗传统。大陆更重视古典汉诗的外在形式和民间诗歌的表现方式，特别是汉诗的格律传统，使新格律诗及“新民歌”流行。第二时期从 70 年代末到 80 年代中期，出现了反对“律化”，诗体重新“自由化”诗潮。大陆改革开放及思想的“自由化”在很大程度上助长了大规模的反对新格律诗运动。如朦胧诗冲破了新格律诗及民歌民谣等准定型诗体的长期重压，追求诗的散文美，有的却矫枉过正，沦为散文化的自由诗。“所谓‘朦胧’、所谓‘难懂’，对大陆以外一般的读者而言，根本不存在。”[1]朦胧诗当时被人认为难懂，主要是因为一些人已经习惯单向思维，一一对应地解读新诗，特别是读者长期与建国前的艺术化的文人新诗隔绝，认为新诗应该是连村妪都听得懂的白话诗，忽视了诗应该有诗意的语言和精致的诗体。除年轻的朦胧诗诗人外，一些老诗人也受特定时期社会改革思潮的影响，不顾艺术标准，重新极端强调诗的散文美。如谢冕在《文艺报》1980 年第 6 期发表的《重获春天的诗歌——评 1979 年的诗创作》，总结了 1979 年的新诗创作：“这一年的诗，不仅是在思想内容上大步迈进，也在艺术形式上产生新气象。诗的形式，更为活泼、多样、宽广。艾青带回了诗的散文美。”[2]第三时期从 80 年代中后期到现在，诗体建设受到一定程度的重视，却是“口语诗”在新诗上最为重视的年代，绝大多数新诗人反对诗的格律化，甚至完全打破了“无韵则非诗”这一中外诗歌史上都长期存在的作诗信条。这一时期的不同阶段对诗体建设的重视不一样。80 年代中期的第三代诗人几乎都出生于校园，受过良好的诗歌教育，对诗的

〔1〕［美］叶维廉：《中国诗学》，生活、读书、新知三联书店，1992 年，第 273 页。

〔2〕谢冕：《重获春天的诗歌——评 1979 年的诗创作》，张炯：《中国新文学大系·史料集 1976－1982》，中国文联出版公司，1990 年，第 48 页。

语言形式及诗体都比较重视。但是由于改革心切,争当先锋,如朦胧诗人一样急于反拨六七十年代的新格律诗,求新求异成为流行思潮,加上外国自白诗的大量译介,80 年代中后期流行的仍然是不定型的自由诗,甚至出现了"口语诗""自白诗"的泛滥。尽管 80 年代中期理论界就出现了规范诗体、振兴新格律诗的主张。如 1986 年在重庆召开的"新时期诗歌研讨会"上,万龙生等人提交的就是为新格律诗辩护的论文。直到 90 年代中后期才出现了明确的规范新诗诗体,重建作诗规范的理论倡导。骆寒超、吕进等理论家是其中的代表。一些诗人也自觉进行诗体探索,新格律诗受到少数诗人,特别是中老年诗人的重视。80 年代中期的"第三代诗"既是对朦胧诗先锋精神的继承,也是对朦胧诗仍关心政治社会和诗体及语言的粗糙诗风的反拨,80 年代中后期出现了声势浩大的实验诗风。由于太受急功近利等非诗因素的影响,又处在艺术的多元格局时代、商业文化流行的时代和人的自我意识大觉醒的时代,个人化写作日趋严重,文体实验效果并不理想,未建立起相对公认的理想诗体。

在百年新诗的文体建设史中,20 世纪前半期是新诗文体建设最有成效的时期,新诗由草创渐渐走向成熟。但是由于革命、战争等原因,这一时期新诗的诗体建设道路曲折,主要确定了新诗的两大形式特质:音乐美与建筑美,特别是诗的视觉形式逐渐受到新诗人的重视。百年新诗的主要诗体,如散文诗、小诗、长诗、新格律诗等都在这一时期产生,特别是在二三十年代就初具形态。由于受到革命、战争的影响,尽管这一时期的文体建设在 20 世纪最有成效,但很多建设也都是匆忙的甚至急功近利的,因此没有建立起真正相对规范的诗体。即在这个诗体建设最有成绩的时期,也呈现出诗体建设艰难。如李健吾 1935 年 7 月 20 日在《大公报》发表的《新诗的演变》一文所说:"从音律的破坏,到形式的试验,到形式的打散(不是没有形式:一种不受外在音节支配的形式,如若我可以这样解释),在这短短的年月,足见进展的迅速。我们或许感觉中间的一个阶段太短了些(毋需悲观,因为始终不断有人在努力形式的试验),然而一个真正的事实是:唯其人人写诗,诗也越发难写了。"[1]

---

〔1〕 李健吾:《新诗的演变》,郭宏安:《李健吾批评文集》,珠海出版社,1998 年,第 24 页。

新诗应该建立常规诗体的理论思考

“自由是艺术的根基。”〔1〕诗体的自由化，不仅源自人喜新厌旧的天性和人的破坏欲产生的创作自由，还受到语言的保守性导致的语言革命的影响。人的追求自由的天性赋予了诗人的文体独创性，这是整个人类诗歌，特别是中国新诗出现“诗无常体”，甚至“自由诗”在20世纪成为汉语诗歌的“垄断性”文体的重要原因。诗人有追求自由的本性，还有喜新厌旧的天性和创造的本能。卡伦说：“自由是一种精神，而精神是不能被驯服而且拒绝为他物所驱使的；它曾经使艺术始终朝着生命之亘古荒原的边界进发，并作为探索生命的激情和行动的拓荒者而生存下来。由于它功名显赫，因此，我们把一位艺术家而不是其他人的工作称之为创造。”〔2〕艺术家具有创造的天性和权力。这些人的本性决定了无论是诗人还是读者，都会厌倦旧诗体。由于读者，特别是中国读者，长期生活在“诗有恒裁”“诗要有体”，甚至体式森严、格律严谨得呆板的古诗氛围中，受定型的古诗的影响较大，阅读习惯和审美定势较难改变，诗人更容易反抗已有的诗体秩序和作诗法则，改良甚至摒弃已有的诗体模式。这是诗人常常成为具有先锋性的艺术家，诗界容易发生以诗体解放为主要内容的文体革命的重要原因。人虽然具有天生的秩序感，对群体社会具有较大的依赖性，但是人的先天的自我（个体）意识并不会因为后天群体文化的强大而削弱。在人的现实生存中，法则对自由的过分限制更会使人产生逆反心理，产生更强烈的独创意识甚至破坏意识。人类进入现代社会后，现代大工业生产线和政治经济的一体化，带来了一个“合作为王”的联合时代，更强调“团队精神”，人际关系几乎成为“第二生产力”，使人对“类”的依赖性越来越多，人的个性越来越被抹杀掉，人在社会生活中的自由天性受到抑制，很多人便从诗意的艺术世界中寻找现实生活中失去的自由，艺术创作便成了人的自由本能的宣泄方式，文体创造及诗体的自由也成为人追求的自由的重要部分，是人的自由精神和自由意志的具体的艺术化呈现。

弗罗斯特认为诗是“词的表演”，艾略特称诗为“一种高级享受”。D. 托马斯把诗描绘为：“耗费体力和脑力去建立一个形式上天衣无缝的词的框

〔1〕［美］雷纳·威勒克：《近代文学批评史》，第三卷，杨自伍译，上海译文出版社，1997年，第87页。

〔2〕［美］H. M. 卡伦：《艺术与自由》，张超金、黄龙宝等译，工人出版社，1989年，第6页。

架……用它来保留创造性的大脑和身体和灵感仅仅是一种突如其来的体内能量,向构造和技巧能力的转化。"[1]因此,诗人必须高度重视艺术的形式。在诗中,所有的艺术形式都是通过语言来呈现的,诗人必须重视语言在诗中的存在方式。诗体呈现的正是语言在诗中的存在方式。诗人对语言的高度重视既有利于诗人的诗体独创,也有利于建立常规诗体。

人有一种构形的本性,构形是人的一种基本需要,人有天生的秩序感。人和自然生命都具有的天生的秩序感是诗人重视诗的形体,特别是对对称、和谐、均衡的形体格外重视的心理基础。由于构形是人的天性,诗的韵律形体在诗的创造活动中格外重要。歌德在《论德国建筑》说:"艺术早在其成为美之前,就已经是构形的了,然而在那时候就已经是真实而伟大的艺术,往往比美的艺术本身更真实、更伟大些。原因是,人有一种构形的本性,一旦他的生存变得安定之后,这种本性立刻就活跃起来;……因此野蛮人便以古怪的特色、可怕的形状和粗鄙的色彩来重新模塑他的椰子、他的羽饰和他自己的身体。而且虽则这些意象都只有任意的形式,形状仍旧缺乏比例,但是它的各个部分将是调和的,原因是,一个单一的情感将这些部分创造成为一个独特的整体。而这种独特的艺术正是唯一的真正艺术。当它出于内在的、单一的、个别的、独立的情感,对一切异于它的东西全然不管、甚至不知,而向周围的事物起作用时,那么这种艺术不管是粗鄙的蛮性的产物,抑是文明的感性的产物,它都是完整的、活的。"[2]卡西尔说:"对一个伟大的画家,一个伟大的音乐家,或一个伟大的诗人来说,色彩、线条、韵律和语词不只是他技术手段的一个部分,它们是创造过程本身的必要要素。"[3]马斯洛也说:"在某些人身上,确有真正的基本的审美需要……秩序的需要、对称的需要、闭合性的需要、行动完美的需要以及结构的需要。"[4]诗体即是诗的一种结构形式,它是人对秩序的需要、对称的需要和结构的需要的诗化呈现。中外诗歌都曾经高度重视诗的形体,在诗的具体形体中强调句子的均齐和诗节的匀称,因此中外诗歌都出现过以格律诗为代表的"齐言体"。这正是诗人和读者追求结构的需要及对称的需要的结果。诗的语言的对称排列可以带来文本的视觉

---

〔1〕[美]伊丽莎白·朱:《当代英美诗歌鉴赏指南》,李力、余石屹译,四川人民出版社,1987年,第33页。

〔2〕[德]恩斯特·卡西尔:《人论》,甘阳译,上海译文出版社,1985年,第179页。

〔3〕[德]恩斯特·卡西尔:《人论》,甘阳译,上海译文出版社,1985年,第180-181页。

〔4〕[美]马斯洛:《动机与人格》,许金声译,华夏出版社,1987年,第59页。

上的快感及阅读的快感，满足人的基本需要。诗体更能满足人对秩序的需要，满足人对"类"的依赖感。人对诗体的重视是出于人的构形本性。正是人的构形本性产生文学体裁及诗体类型，使文学类型的划分和诗体的建立成为可能。因此，人的天性决定了诗不但应该有体，而且最好有可以供诗人选择，特别是为读者需要的常规诗体。

诗是通过语言作为情感符号的具体组合来完成的。任何一首诗，包括自由体诗，只要用语言写出来，就形成了一组符号结构图式，即每一首诗都能够呈现一种"体"，如果很多诗人在组织语言符号时，都采用通用的结构方式，如分行排列、偶句押韵、齐言排列或者楼梯形排列等约定俗成的诗家语的书写方式，公共的规范的诗的图式（格式）——"诗体"便产生了。即是说诗体的产生是显性的语言符号和隐性的作诗规则融合的结果。人类的语言、符号都具有强烈的文化性，直接受到富有历史意识和群体意识的文化的制约。加登纳说："许多人类知识的体现与交流都是通过符号来进行的，符号就是文化方面设计出来的含义系统，它们把握了重要的信息形式。语言、绘画、数学，这仅仅是为人类生存与生产的目的而在全世界都十分重要的三种符号系统。"[1]在文化，特别是传统文化的作用下，语言的功能也常常呈保守稳定状态，语言的稳定保守特性常常抑制了人追求自由的天性和诗人破坏旧诗体的天性，增加了人的秩序感和诗人对旧有诗体的依赖感，为"诗有恒裁"式的"诗有常体"创造了最基本的条件。如阿恩海姆所言："语言的功能基本上是保守的和稳定的，因此，它往往起一种消极作用使人的认识活动趋于保守和静止。"[2]由于语言符号的保守性制约着诗人的文体自由，诗人常常会选择已有的公用诗体进行创作。卡西尔还说："普遍适用性就是人类符号系统的最大特点之一。"[3]符号的普遍适用性和语言的稳定性也是造成诗体的稳定性及诗有常体的重要原因。语言具有相对稳定性，语言的拼写规则、语法结构都实行"约定俗成"的原则。即使是弹性极大、语法规则较少的诗歌语言也不例外。语言的这些特性都有助于诗建立起"常体"。

"从心理学的角度来看，艺术形式在某一文化当中的发展过程，很有可能是一个从某些相同的简单形状开始，然后又逐渐向复杂的形状进行过渡的过程。原始艺术中所出现的某些风格，是不能用缺乏技术或尚欠成熟的概括能

---

〔1〕 [美]H. 加登纳：《智能的结构》，兰金仁译，光明日报出版社，1990 年，第 75 页。
〔2〕 [美]鲁道夫·阿恩海姆：《视觉思维》，滕守尧译，光明日报出版社，1987 年，第357 页。
〔3〕 [德]恩斯特·卡西尔：《人论》，甘阳译，上海译文出版社，1985 年，第 46 页。

力来加以解释的。这些风格往往是由那些具有悠久传统的手工工艺经过长期锤炼逐渐形成的，是由这些手工工艺所锻炼出来的敏锐的视觉观察力和手的熟练技巧所创造的。在这些作品中，充分显示了对那些对称的、具有几何式样的图形的偏爱。但是，这样一些图形实际上仅仅是一些较为基本的图形。”[1]唯美主义作家王尔德甚至说：“艺术的对象并不在于简单的真而在复杂的美，它无非是极力铺陈的一种强烈形式。”[2]诗人对诗的形式的重视，会促使诗人进行诗体实验，既会产生个人化的诗体，也会由于语言和已有诗体都具有的稳定性、普遍性和遗传性，使诗人的诗体实验非个人化，这有助于常规的、通用的诗体的建设，完成规范诗的形式、制定出作诗法则的任务。

人类诗歌艺术自身的发展规律也要求诗有包括诗的排列形式和音乐形式的“体”。在人类诗歌史上，无论是使用象形文字的汉诗诗人，还是使用拼音文字的英诗诗人，都异曲同工地在诗歌创作中寻求诗的完美的表现形式，特别是追求诗的听觉形式和视觉形式的完美。因此诗的音乐形式和排列形式成为规范诗的形式、建设约定俗成的常规诗体的重要内容。诗应该有常规诗体一直是人类诗歌的重要特点。即使是19世纪末20世纪初英语诗歌中的“自由诗革命”(free verse revolution)，目的也不是为了取消诗的以格式、韵律为代表的“体”，而是为了创造出新的“体”。如费依所言：“自由诗(‘free’ verse)不是简单地反对韵律，而是追求散体与韵体的和谐而生的独立韵律。如果意识不到这样的‘第三种韵律’(third rhythm)，就无法解释诗失去规则韵律为何不会沦为散文。”[3]诗人的写作如同蜘蛛织网、鸟儿筑巢，总是以最佳的语言结构方式来呈现诗情诗意。瑞恰兹说：“诗人从事的是这样的工作，如同我们已经看到的，是借助具有自身的骨架和结构的词语的表演，赋予一段感受经验以秩序(order)、凝结(coherence)和自由(freedom)。这样的骨架和结构由能够使感受经验聚合的冲动产生，可以有很多不同的方式通过词语来达到目的，把人的感受经验用诗表现出来的难题是语言心理学上的，而不是哲学上的。”[4]这里的词语表演时具有的“骨架和结构”，指词语表演时的

---

〔1〕［美］鲁道夫·阿恩海姆：《艺术与视知觉》，滕守尧译，中国社会科学出版社，1984年，第177-178页。

〔2〕高健：《英美散文六十家》，下册，山西人民出版社，1983年，第166页。

〔3〕Northrop Frye. Anatomy of Criticism. New Jersey：Princeton University Press，1971. p. 272.

〔4〕I. A. Richards. Poetry and Beliefs. K. M. Newton：Twentieth-Century Literary Theory：A Reader. London：Macmillan Education Ltd. ，1988. p. 40—41.

安排方式，即是诗的体式，包括诗的韵律形式和语言的排列形式，即诗的音乐形式和诗的建筑形式（诗的图式），这两者常常是相辅相成的。瑞恰兹还说："尽管诗具有做出陈述的倾向，这也是诗人重要的事情，但是诗人的任务并不是做出科学的陈述，这正是科学家不能读诗的重要原因之一，他们发现诗人的假说都是虚假的。……适合假设系统的这个'假陈述'（pseudo-statement）被视为'诗化的真实'（poetically true），反之，被称为'诗化的虚假'（poetically false）。"[1]诗在内容上的虚幻性使它更需要具体的形态来表现，因此诗的艺术更追求形式感。如果诗在内容与形式上都追求非科学性、非操作性的虚幻之美，就很难被诗人和读者接受。奥登声称诗是"'记忆的言说（memorable speech）'，认为除广告的叮当声等东西以外，很多都可以称为诗。阿诺德把诗称为'生活的批评'（criticism of life），强调诗的有用性，反对无聊之作……华兹华斯相信诗是'强烈情感的自由流露'（the spontaneous overflow of powerful feelings），这是一个富有戏剧性和广泛的定义。弗罗斯特认为诗是一种无法转译（untranslatable）的言语。"[2]这些诗的定义都无法回避人类诗歌特有的形式特质，他们所说的诗都具有一定的体式，如韵律、诗形。即使是在20世纪西方诗歌的平民化、口语化、自由化运动中，诗的形体也没有被否定。如伯格曼和艾泼斯坦认为："只有当日常语言（everyday words）被给予有意味的形体（shape）时，才能够变为文学。没有形体就没有文学。……为什么形体十分重要？因为形体才能造就一件文学作品的整体（unity）与完美。"[3]

新诗的诗体建设的方针及方法

文体进化和文体革命与历史传统、个人才能、社会现状都休戚相关，必须处理好个性与共性、个体与群体、自由与自律、改革与改良等多种矛盾。这才是"文体演化"应该有的原则。在急于规范新诗形式的今天，我们也不要以

---

[1] I. A. Richards. Poetry and Beliefs. K. M. Newton：Twentieth-Century Literary Theory：A Reader. London：Macmillan Education Ltd，1988. p. 41.

[2] David Bergman、Daniel Mark Epstein. The Heath Guide to Literature. Lexington，Toronto：D. C. Heath Company，1987. p. 419.

[3] David Bergman、Daniel Mark Epstein：The Heath Guide to Literature. Lexington，Toronto：D. C. Heath Company，1987. p. 623.

"新"或"旧"作为事物优劣的判定标准,来确定诗的旧诗体比新诗体好,特别是在诗的新体还处在草创时期,新体通常比旧体稚嫩粗糙。如果过多地保护旧诗体,不仅不利于旧诗体的完善,还妨碍新诗体的生成和发展。近年诗坛出现旧诗体"回潮"现象,一些人甚至要求对新诗诗体进行严格的定型,建立起如古代汉诗中的格律诗那样的"定型诗体",这是不合时宜的。新诗是既用比古代汉语自由灵活得多的现代汉语写的诗,也是反映比古人的生活更丰富多变的现代人生活的诗。因此近年诗界很多人主张用"现代汉诗"一词取代"新诗",这里的现代汉诗既可以是用现代汉语写的汉语诗,也可以是具有现代精神和现代意识的汉语诗。现代生活产生的现代精神和现代意识是白话新诗对文言古诗进行巨大的文体革命的重要动力,要想写出国人的现代精神和现代意识,必须采用现代的语言方式及诗体方式。无论新诗套用古代汉诗的定型诗体,还是创造出现代汉诗的定型诗体,都无法适应散文化的现代语言和多元化的现代生活。现代汉语的不稳定性远远大于古代汉语,要建立如古代格律诗那样的完全的定型诗体,也是不可能的。尽管新月派诗人创造的"新格律诗"的格律远远没有古代格律诗严谨,不但在当时无法建设,在百年间也历经坎坷。最重要的是,过分注重旧诗体,有悖于人追求自由的天性,妨碍文体自身具有的创造潜能的发挥,与艺术的创造特性和诗在形式革命上的"先锋"特质极不相称,也不利于发挥出诗人的创体天赋。他们的创体天赋通常比散文、小说等其他语言艺术的创作者好。因此,在新诗诗体的重建中,我们应该采用这样的方针:既反对诗体的极端自由,又反抗诗体的过度定型。应该确立起新诗诗体建设的"民主集中制"原则,在充分认识到新诗本身就是一种追求文体自由和诗体解放的特殊文体的基础上,适度强调诗的形式规范,建立起宽松而有节制的诗体生态环境,采用"抓大放小"的具体策略——允许新诗有各种各样的诗体,强调诗体的多元化和多样性,但是要重视对常规诗体及重点诗体的建设,特别是要针对某种具体诗体,进行适度的规范建设,形成以准定型诗体为主导诗体、不定型诗体自由诗体和定型诗体格律诗体为辅助诗体的诗体构建的格局。诗体建设必须建立在已有的汉诗和人类一切优秀诗歌的基础上,既要把汉诗纳入世界诗歌的大家庭中,正视人类社会越来越向"大同"社会发展的客观现实和艺术在人类家园中的共通性,即"全球化"的现实,还要考虑汉语语言的特征和中华民族自身的审美习惯和文体及诗体传统,建立起能够让诗人和读者、中国人和外国人、汉语使用者和非使用者、今人和后人都能接受的汉诗诗体,特别是能够让汉语诗人、汉语诗歌读者公认的诗体。即建立起来的常规诗体不仅能够在今天受到欢迎，还要经受得起历史的检验，在汉语诗歌史，特别是诗体史上占有一席之地。

目前新诗诗体建设的具体措施是增加汉诗的艺术门类，并界定出各个门类相对的文体特征。最重要的工作是以下两点：

一、重视文体实验，加大诗体实验的力度。诗体实验是检测旧诗体、建设新诗体的重要手段。正如杜威在《艺术即经验》中所说："……外行的批评家有这么一种倾向：他们认为只有实验室里的科学家才做试验。然而艺术家的本质特征之一就是：他生来就是一个试验者。没有这一特征，他就只是一个拙劣的或高明的学究而已。一位艺术家必须是一位试验者，因为他不得不用众所周知的手段和材料来表现高度个性化的经验。这一问题不可能一劳永逸地得到解决，艺术家在每一项新的创作中都会遇到它。若非如此，艺术家便是重弹老调，失去了艺术生命，正是因为艺术家从事试验性的工作，所以他才能开拓新的经验，在常见的情景和事物中揭示新的方面和性质。"〔1〕尽管20世纪汉诗的文体实验较多，也取得了一定的成绩，还远远不能满足实际的需要，直接针对诗体的实验并不多，效果也不好。今天要吸取新诗已有的诗体实验的经验与教训，进行稳健的、高质量的、长期的诗体实验。21世纪不再是一个社会动荡不安的世纪，现代汉语和现代汉诗经过20世纪的建设，都日渐稳定，特别是在21世纪不会出现20世纪的汉语从文言到白话、汉诗从定型和准定型的格律体到完全不定型的自由体的质变。这非常有利于进行持久的、稳定的诗体实验。也要意识到21世纪与20世纪相比，更是一个人的自主意识大发展和人的生存方式大分化的世纪，20世纪又没有建立起能够满足不同层次的诗人、读者，呈现诗的各种职能的诗体，21世纪的诗人将会创建出更多既符合汉诗艺术规范，又适合自己的诗体。

二、检验新诗已经初步建设的诗体，如新格律诗、小诗、长诗、汉语十四行诗、图案诗、民歌体诗和各种有准定型价值的自由诗。特别是需要检验、改良已经基本建设成准定型诗体，如新格律诗。邹绛将1919—1984年的新格律诗体分为5大类型："一、每行顿数整齐，字数整齐或不整齐。二、每行顿数基本整齐，字数整齐或不整齐者。三、一节之内每行顿数并不整齐，每节完全对称和基本对称。四、以一、三两种形式变化者。以上四种类型诗都有

---

〔1〕［美］M. 李普曼：《当代美学》，邓鹏译，光明日报出版社，1986年，第439页。

有规律的押韵。五、每行顿数整齐或每节互相对称，但不押韵或没有一定的押韵格式者，有的每行顿数并不整齐而节与节互相对称。"[1]这样基本概括了20世纪新格律诗的主要类型。五种类型各有优劣，一二种因为太限制顿数，会在很大程度上局限诗人的思想，影响内容的抒写。古代汉语单音词较多，字的平仄也是固定的，易于顿的划分；现代汉语的顿是双音词较多的口语，很难讲究字的平仄，顿的划分较难。因此不能严格地以顿的整齐作为现代格律诗的主要形式特质。大众化的新格律诗体最好以第五种为主，第四种为重要的补充诗体，在诗的顿、韵、节上只能制定适度的规范。在建设新诗的格律形式时，既要强调格律的宽松自然，以准定型的诗体为新诗的基本诗体，也不能否定具有严谨的格律及严格的诗体规范的定型诗体，因为现实中确实有人是为了文字游戏而写诗，为了检测自己运用规则的能力而写诗。用现代汉语写诗，并不是不能写出诗体定型的格律诗。

百多年前，惠特曼结论说："我认为，没有哪一个定义能把诗歌这一名称容纳进去，任何规则和惯例也不会是绝对可行的，只会有许多的例外出现不顾定义，推翻定义。"[2]如同给诗下定义一样，规范新诗的形式，重建新诗的诗体，特别是要建设起新诗的常规诗体，也许真是一件费力不讨好的事情。这却是新诗界的当务之急。

后记：我为什么大力鼓吹诗体重建

十年来我大力鼓吹现代汉诗的诗体重建，强调适度规范新诗的形式，建立新诗的常规诗体，出版了两部专著《诗歌文体学导论——诗的原理和诗的创造》(北方文艺出版社，2001年出版，61万字)和《百年新诗诗体建设研究》(上海三联出版社，2004年出版，22万字)，还发表了相关论文百余篇。"诗体重建""诗体规范"话题并不是我的独创，早在新诗革命时，刘半农的"增多诗体"就具有汉语诗歌的"诗体重建"意义。百年间一直有人谈论这个话题，近年也不乏其人。如吕进先生十多年来就一直主张"诗体重建"。骆寒超先生也是近年诗体重建的大力鼓吹者。在1997年武夷山召开的"现代汉诗国际学术研讨会"上，只有他和我"一老一少"强调诗体建设(本文的构建方针部分

[1] 邹绛：《中国现代格律诗选 1919-1984》，重庆出版社，1985年，第28页。
[2] [美]惠特曼：《惠特曼散文选》，张九龄译，山西人民出版社，1983年，第28页。

几乎照搬了当年的文字)。这次大会的“会议述要”说:“王珂(福建师范大学中文系)在《拓展内容职能,定型诗形诗体》的论文中表达了汉诗文体的构建理想,以承认写作的级次存在为前提,提出了‘有限地规范多级性多载体的诗歌’的主张:在突出诗的精练美、音乐美和排列美的原则下,‘增加汉诗的艺术门类,并界定出各个门类相对的文体特征’。这似乎是对世纪初新诗运动中提出的‘增多诗体’主张的呼应。‘五四’以来人们似乎更关心用新工具‘运输’新思想新精神,后来定出一个第一第二的标准,诗歌话语形式的问题实在探讨得太少。然而,没有一套形式规范来使自己定型,便无法在中国几千年的诗歌格局中为自己定位,这是骆寒超论文《走出困境:新诗的规范与定型》里的观点。他甚至认为‘新诗不管怎么说总是走律化之路的’,在现有的诗体中,他最赞赏的是引进西方十四行诗形式用以表达中国经验的实践,认为新诗的话语形式也可以通过借用洋诗体进行转化,朱湘、李唯健、冯至、唐湜、郑敏等都写出过优秀的十四行诗作品,他们将本土经验、现代汉语特征与十四行形式交融汇通的成功经验,值得进一步总结与发展。”[1]

比较以上两段引文,不难发现“一老一少”虽然都主张规范新诗诗体,却颇有差异。“少的”比“老的”更宽松、更追求文体民主。他主张“定型诗体”作为主导诗体,我主张的主导诗体是“准定型诗体”,并不认为新诗必须走“律化之路”。准确地说:我是自由诗与格律诗之间的中间派,稍稍偏向格律诗派,但是我与格律诗派有质的差异:格律诗派更重视现代汉诗的音乐形式建设,我更重视诗的视觉形式建设,我的“诗体”主要是指诗的排列形式等显性形体,诗的音乐性,特别是表面的音乐性居于次要地位。在新诗应该有怎样的音乐性上,我比较偏向自由诗派,倾向于诗的内在的音乐性。

正值自由诗和民主政治得势的时代,我的主张受到了来自老少同行的一些非议。2002 年在博士论文答辩时,很多老先生对此提出异议。孙绍振先生早在 1998 年就对我说:“规范诗体是个好梦,新诗人写诗自由惯了,谁愿意听你的啊。”他说得很对,我自己在近年的新诗写作中,仍然愿意采用“自由诗”。“己所不欲,勿施于人。”我当然懂得这点。但是我鼓吹这个观点,不是以创新意识多于历史意识的诗人的身份,而是以历史意识多于创新意识的诗论家的身份。这正证明在写自由诗习惯了的今天,要对自由诗进行一场声势

〔1〕 王光明:《20 世纪中国诗歌的反思——“现代汉诗国际学术研讨会”述要》,王光明:《现代汉诗的百年演变》,河北人民出版社,2003 年,第 677 - 678 页;原载《文艺争鸣》1998 年第 2 期。

远远小于近百年前白话自由诗对文言格律诗的革命，也是十分困难的；也说明有必要冲破自由诗在汉语诗坛的文体独裁，如同近百年前的新诗革命提出打破"无韵则非诗"的做诗信条，今天很有必要提出打破写现代汉诗（新诗）不要体或者"新诗无体"的做诗信条，这个信条已经流行了近百年。年轻一代，特别是年轻诗人更是不能"容忍"我的观点，重庆师范学院的硕士研究生苟学锋同学在评介我的《诗歌文体学导论》的文章中认为我的主张是乐观而不切实际的"理想"。甚至一向以激进著称的北京大学的文学博士生们也说"王珂是保守主义者"。他们并不十分清楚我的观点，又热情追求"民主政治"，一听说有人要"规范诗体"，就将文体规范与政治独裁混在一起，我自然就成了"民主自由"的敌人。在百年新诗史中，特别是当代，主张规范诗体者几乎都是"老人"，未到不惑之年的我完全是同代人中的"另类"。当代新诗人更追求新诗写作及诗体创造上的随心所欲，他们更会把同是"新诗人"的我视为"叛徒"，把我的主张视为作茧自缚。

我是先写诗，再写诗评，最后写诗论的，特别是有长达20多年的新诗创作历史。特殊的新诗写作经历和生活经历使我比一般的诗人更钟爱自由诗和自由。我生于书香世家，爷爷、父亲都是古体诗迷，一生都在写极端定型的格律诗，我孩提时就入迷地写新诗（自由诗），并以与前辈"对抗"而自豪。大学毕业后就一直从事专业的新诗研究工作。在新诗创作和研究中，我都在诗体的"自由化"与"规范化"之间徘徊，深味过"自由化"与"律化"对抗与和解的痛苦与欢乐，更被这一矛盾久久地纠缠着。我属马，生肖都用"独立奔放"四个字来形容，做人我一向追求这种境界。正是因为在作诗上对"自由诗"和在做人上对"自由人"的推崇，我才更需要解决自由与法则的矛盾。新诗的处境与我个人的境遇类似，也更需要处理好诗体自由与诗体规范、诗人的文体自由与文体自律的矛盾。

感谢"华文诗学名家国际论坛"给我提供了一个为王珂的诗学主张辩护的"机会"。今年三月我收到吕进先生亲笔写的"希望大会发言"的书信后，我便决定谈"诗体重建"话题。我认为这是"倡导中国新诗的二次革命，推动中国新诗的再次复兴"（"华文诗学名家国际论坛"主题）的当务之急。正好《河南社会科学》第三期开设了一个"诗坛名家谈新诗"专栏，特约谢冕先生、吕进先生、吴思敬先生和我写文章。我写完论文后，还特地写出此篇"后记"。因为它们颇能够代表我近20年来的诗学观点，我便将它们作为"论坛"的论文。但愿它们能够减少诗界同仁对我的诗学观点的"误读"，有利于我的诗学主张的传播，抛砖引玉，引来“高见”及“同志”，共同为新诗的文体建设作贡献。我这位从小宣称“为诗消得人憔悴，衣带渐宽终不悔”的诗之虔诚信徒就心满意足了。

2004年5月28日于北京

2004年9月19—23日“第一届华文诗学名家国际论坛”；主办方：西南师范大学中国诗学研究中心，新诗研究所；地点：西南师范大学。

外国诗歌的"中国式"翻译对新诗诗体建设的影响

摘　要：外国诗歌是新诗最重要的诗体资源，特别是以英语诗歌为代表的外国诗歌的形态对新诗的形态产生了巨大的影响，诗的形体模仿了外国诗，但是新诗诗体并非外国诗体的"横的移植"。外国诗主要通过翻译诗来呈现，中国诗歌的改革风潮造成中国少有纯正的诗歌翻译，很多翻译诗是"中国化"了的外国诗，"中国化"的翻译方式造就了特殊的"翻译文体"，"外语诗"实质上是"汉语翻译诗"，形成了既有别于外国人写的外国诗，也有别于中国人写的新诗的"翻译文体"。翻译者总是"为我所用"地选择诗体及翻译方式。外国诗歌的"中国化""实用化"翻译方式极大地影响了新诗的诗体建设。翻译诗总是在走诗体的律化与诗体的自由化的极端，格律诗体和自由诗在不同时代都受到了极端的重视，加剧了诗体的律化与自由化上的激烈对抗。特别是翻译者对格律诗体的重视，既强化了新诗人的诗体意识，有利于新格律诗的建设，也使生活在"革命"时代的新诗诗人产生逆反心理，反而导致自由诗的疯长，使新诗无法定型和无法形成自己的文体风格和文体传统。

关键词：外国诗歌　新诗　诗体　中国化　汉语翻译诗

新诗有三大诗体源流：外国诗歌、古代汉诗和民间诗歌。外国诗歌为新诗提供了大量诗体资源。由于语言、诗歌及文化的巨大差异，如保尔·克洛代尔即使超越了共识，独出心裁地认为西方文字的一个词的字型与意义之间是有关联的，如同汉字也有表意的功能，却泾渭分明地指出了两者的差异："1. 中文表意文字是综合性的。一眼就能看到呈现眼前的事物的画面。西方表意文字是分析性的，是借助一系列推论而得出的一种概念。2. 中文表意文字是一个人，西方的字母是一次行动，一个动作，一种运动。"[1]以英诗

〔1〕［法］保尔·克洛代尔：《西方的表意文字》，蔡宏宁译，乐黛云、李比雄：《跨文化研究13》，上海文化出版社，2003年，第73页。

诗体为代表的外国诗体在向中国的移植过程中也发生了巨大的变异，这种变异更是由具有中国特色的翻译方式造成的。绝大多数读者读到的外国诗歌不是原作，而是译作。外国诗歌对新诗的影响更多的不是由原作直接产生的影响，而是通过译作间接地影响。所以尽管新诗的形态受到了外语诗歌的巨大影响，新诗却不是如有人所说的用中文写的外国诗，翻译家的译作才可以称为翻译家用中文写的外国诗。"汉语翻译诗"是一种有别于外语原诗的新文体，在20世纪中国诗坛占有十分重要的地位。"在任何情况下，翻译家们普遍喜新厌旧，更有兴趣与下一个任务相处，而不想排演旧的节目。虽然如此，翻译的复杂性无法欣赏和肯定的观点仍然广泛流行，似乎我们只有进入翻译者的工作场景才能发现翻译这项工作有必要坚持下来的价值，才会发现翻译是批评和阅读中一个重要的分支，是很值得探讨的。"〔1〕只有进入新诗翻译的历史，重视过去百年间，特别是在新诗草创时期外国诗歌在中国的翻译及传播的复杂性和特殊性，尤其是重视外国诗歌的"中国化"翻译方式甚至翻译运动这一特殊性，才能明白外国诗歌到底对新诗产生了怎样的影响，从而弄清楚新诗诗体，特别是新诗的"诗形"的成因，也有利于找到新诗文体及诗体建设中存在的诸多问题的答案。如诗体的格律化与自由化为何总是极端对抗？新诗诗体为何定型难？为何郑敏等很多人都认为新诗没有形成自己的"传统"？至少百年间外国诗歌的并非纯正的翻译方式和并非健康的翻译活动（运动）是造成这些问题的重要原因之一。

外国诗歌翻译催生了新诗

"近代外国诗被译为中文，不知开始于什么时候，……译诗的来源，有两个渠道，一个是散文文学作品或社会科学著作中引用的诗，一个是外国诗人的单篇诗作。……这些译诗，大多是一章一节，很少全篇。把诗作为独立的文学作品而介绍给中国读者的翻译家，有马君武、辜鸿铭、苏蔓殊、应溥泉、刘半农、胡适等人。"〔2〕早期的译诗者都考虑过采用何种诗体，1918年刘半农发表译诗《我行雪中》时加了一段《译者导言》，透露了他对译诗所用诗体的思

〔1〕 Daniel Weissbort. Translating Poetry: The Double Labyrinth. London: The Macmillian Press Ltd., 1989. p. 6.

〔2〕 施蛰存：《翻译文学的输入——中国近代文学大系翻译文学集·导言》，上海书店出版社，《中国近代文学的历史轨迹》，上海书店出版社，1999年，第296页。

索:“两年前,余得此稿于美国‘VANITY FAIR’月刊;尝以诗赋歌词各体试译,均苦为格调所限,不能竟事,今略师前人译经笔法写成之,取其曲折微妙处,易于直达,然亦未能心惬于怀;意中颇欲自造一完全直译之文体,以其事甚难,容缓缓尝试之。此诗篇名,原文不详,今以首句为题,意非拟古,亦不得已也。余苦不解梵文,故于篇中专名,有疑似及不可考者,据实附书于后,以俟将来订定。”〔1〕“由此文可知当时译诗者已感到用文言译外国诗,不能尽达原意。正当刘半农欲‘缓缓尝试之’的时候,胡适已经开始‘尝试’。他在同年4月的《新青年》杂志上发表了苏格兰女诗人林赛的《老洛伯》,完全用白话译,即刘半农理想中的‘完全直译之文体’。‘五四’运动以后,译述小说,已全用白话;译诗则还有一部分人认为白话非雅言,没有诗意,仍在用文言译述。”〔2〕

在“中国中心”“汉诗优越”的心理优势的影响下,早期的译诗,实行的是“以夷所长为我所用”的原则,根本不愿意采用外国诗歌原来的诗体,特别是在诗的形体上,都采用的是中国古代诗歌的形体,中国古代的很多定型诗体,都被采用过,五言古诗或四言古诗应用最多,甚至有的还译成楚辞体或乐府民歌体,辜鸿铭译的《痴汉骑马歌》就有《陌上桑》的韵味。翻译官出身的英国公使威妥玛(Thomas Francis Wade)没有受到中国古代诗体的严格教育,他的译诗几乎只能认为是“文”:“勿以忧时言,人生若虚梦,性灵睡即与死无异,不仅形骸尚有灵在,人生世上行走非虚,生也总期有用,何谓死埋方至极处……”(标点为引者加)清廷户部尚书董恂把它改为了“齐言体”:“莫将烦恼著诗篇,百岁原如一觉眠,梦短梦长同是梦,独留真气满乾坤,天地生材总不虚,由来豹死尚留皮……”(标点为引者加)。严复译朴柏的《原人篇》(An Essay on Man)用的是五言体:“元宰有秘机,斯人特未悟;世事岂偶然,彼苍审措注。乍疑乐律乖,庸知各得所;虽有偏沴灾,终则其利溥;寄语傲慢徒,慎勿轻毁诅;一理今分明,造化原地过。”他译的丁尼生《尤利西斯》(Ulyssess)中长诗用的是四言诗:“挂帆沧海,风波茫茫;或沦无底,或达仙乡。二者何择,将然未然。时乎时乎,吾奋吾力。……”梁启超《新中国未来记》中的《渣阿亚》用的是文言文:“呜呼!此何地猗?下自原野,上岩峦猗,皆古代自由空气所弥漫猗!皆荣誉之墓门猗!皆伟大人物之祭坛猗!……”《哀希腊》用的是

〔1〕 Ratan Eevi:《我行雪中》,刘半农译,《新青年》第四卷第五号,1918年5月15日。

〔2〕 施蛰存:《翻译文学的输入——〈中国近代文学大系翻译文学集〉导言》,上海书店出版社:《中国近代文学的历史轨迹》,上海书店出版社,1999年,第298页。

接近白话的散曲:“(沉醉东风)……咳,希腊啊,希腊啊,……你本是平和时代的爱娇,你本是战争时代的天骄。‘撒芷波’歌声高,女诗人热情好,更有那‘德罗士’、‘菲波士’(两神名)荣光常照。此地是艺文旧垒,技术中潮。即今在否,算除却太阳光线,万般没了。”《端志安》也是用的白话般的散曲:“(如梦忆桃源)玛拉顿后啊山容缥缈,玛拉顿前啊海门环绕。如此好河山,也应有自由回照。我向那波斯军墓前凭眺,难道我为奴隶,今生便了!不信我为奴为隶,今生便了!”吴宓译卡莱尔的《时箴》(Signs of Time),用的是六言体:“识昨日之因果,行今日之正事。待明日之潜流,夫何惧兮何忧。”

大规模的外国诗歌,特别是西洋诗歌的翻译活动是在新诗的草创期,特别是从1915年到1925年这十年中,翻译诗直接对新诗的文体生成产生了巨大的影响,直接参与了新诗的草创,甚至外国诗歌的译介工作早于新诗的问世,因此准确地说,正是外国诗歌的翻译,刺激了新诗的“横空出世”,特别是外国“无韵诗”的翻译,很多有韵诗也被人为地译成了“无韵诗”,极大地为新诗诗人写自由诗“壮了胆”,甚至导致了新诗打破无韵则非诗的作诗信条“作诗如作文”这样极端的自由诗观念的流行。

《新青年》堪称对新诗的生成贡献最大的刊物,它的译诗颇能反映出当时外国诗的译介情况及其对新诗及新诗革命产生的巨大影响。1916年1月1日,《新青年》第二卷第二期介绍了为建立爱尔兰民主国而献身的三位爱国主义诗人皮亚士(Patrick Pearse)、麦克顿那(Thomas MacDonagh)和柏伦克德(Joseph Pinmkett)。介绍者称:“三人盖均爱尔兰文坛盟主,以善为叶律之诗为世传诵者也。叶律之诗者,诗可与音乐相配,对于普通散曲而言也。”[1]这期《新青年》一共刊登了21首诗,其中柏伦克德的《火焰诗》(The Spark)7首和《悲天行》(I see his blood upon the rose)3首,麦克顿那的《咏歌国诗人》(On a poet partriot)3首,皮亚士的《割爱》(To his ideal)6首和绝命词(To his death)2首。《新青年》不仅登出了采用古体汉诗诗体翻译的译诗,还登出了英语原诗。译诗按中国古代汉诗习惯竖排,无标点,原诗按照英语规则横排,有标点。原诗呈现的诗形及标点让没有到过国外的中国人也知道了外国人是如何写诗的,特别是如何排列诗行的,为后来新诗采用了外国诗歌,特别是英语诗歌的诗的形体形式(poem's shape)打下了基础,对促进汉语诗歌的诗形由古代汉诗向现代汉诗的转变具有较大的意义。

---

〔1〕 刘半农:《灵霞馆笔记》,《新青年》第二卷第二号,1916年。

1917年2月1日,《新青年》第二卷第六期发表了刘半农的《灵霞馆笔记》,以《阿尔萨斯之重光 马赛曲》为题介绍了《马赛曲》。文章全面介绍了《马赛曲》问世于战争中的情况后,分别用法语、英语和中文将全文刊登。法语采用的是诗歌形式,英语采用的却是散文形式,这种散文形式实际上类似于当时英语世界流行的散文诗。英语的《马赛曲》所呈现的这种诗形及诗体,为新诗革命主张无韵的自由诗,甚至以为散文诗就是自由诗等自由诗观念提供了依据。此时的中国已经提出了用白话自由诗取代文言格律诗的新诗革命,但是如何革命?汉诗何去何从?新诗到底应该如何写?特别是如何排列?连倡导革命者也根本没有答案,外来的任何诗体形式及排列形式,特别是打破了无韵则非诗的诗歌形式都会受到新诗人的"模仿"甚至推崇。如同选择爱国的《马赛曲》是为了向国人进行爱国主义教育,用来鼓动中国的变革一样,采用英语中的散文版本,赞成新诗革命,主张增多诗体的刘半农也是有意而为之的。他在文中说:"此歌英文译本,余前后所见不下十余种,就中文笔最佳,各读本各国歌集传载最广之一种,则以 Yesons of France, awake to glory! What myriads bid you rise! 为起。而译歌体为八句和唱……华文译本,余所见二种,一依音谱填译,似有牵强处,一译四言古诗,又微病晦涩,且两种多未译全。不能厌读者之望。兹以吾国习法文者较英文略少。特踵 paraphrase 之成例,有英文浅显之 prose,直译法文。对列其下,又不辞谫陋,译为华文附之。惟法华文字相去绝远。又为音韵所限,虽力求不失原义终不能如 paraphrase 之逐句符合也。此不独华文为然,即英法二国,文字本属同流,字义相同者。十居三四,而对译诗歌,亦往往为切音 Syllables、叶韵 Rhyme、诗体 poetic Forms、空间 Hiatus 诸端所限,不能尽符原意。故 paraphrase 之法尚焉。惜吾国译界,尚无此成例也。"[1]

1917年4月1日,《新青年》第三卷第二号刊登了刘半农的《灵霞馆笔记》,以《咏花诗》为题介绍了西洋专门歌咏花的抒情诗,涉及很多名诗人的名作,如瓦雷(Edmund Waller)的《玫瑰今生》(Go, lovely rose)、摩亚士(Thomas Moors)的《最后之玫瑰》(The Last Rose of Summer)、拜伦的《哀伯紫罗兰》(The alpine Violet)、史密司(Horace Smith)的《颂花诗》(Hymn to the Flowers)等。全文译介了诗体有差异的29首诗,有的是格律严谨的有韵诗,有的是有韵诗与无韵的散文合在一起的诗。如史密司的15首颂花诗,每首

〔1〕 刘半农:《灵霞馆笔记》,《新青年》第二卷第六号,1917年。

的前四句是有韵诗，后面跟一短文。

以第14首为例：

Posthumous glories! Angel-like collection!
Upraised form seed or bulb interr'd in earth,
Ye are to me a type of resurrection,
A second birth!
(O flowers, you are indeed the type of) glories after death!
Or the assembly of unmortal beings like angels!
Being raised from the seed or the bulb buried in the earth, you
Are to me a type of the rising from death, of being born again.

汉语译文全译成了有韵诗，仍然采用的是旧诗的竖排。

刘半农的这篇《咏花诗》给新诗带来的影响至少有两点：一是让国人知道西洋并不过分强调诗文的差别，诗文可以混在一起，诗并不一定非要押韵，诗体也不一定非要严谨，为新诗革命者倡导自由诗提供了依据。其实这样的诗文并列在英语诗歌中是十分少见的，严格地说，四句诗后面的不能算诗，只是诗人的感叹。这组咏花诗，实质上是宗教诗，并不如文人诗歌那样讲究格律。但是在当时国人对西洋诗歌了解甚少的情况下，这组诗由刘半农这样的名人在《新青年》这样的名刊上大力吹捧，自然会产生误导。二是刘半农改变了在《灵霞馆笔记》中介绍爱国诗人和诗篇的风格，介绍似乎与政治改革没有什么关系的咏花诗，目的为了倡导诗歌创作的多种风格，为新诗在内容和形式上的多元化开路，是他的"增多诗体"的愿望的具体体现。

新诗的诗形模仿了以英语诗歌为主的外国诗歌

英语诗歌对新诗的影响从1928年8月10日出版的《新月》第一卷第六号封二上的《近代英美诗选》(叶公超、闻一多编著)的"广告"中可见一斑："中国新诗是从那里演化出来的？一般诗人的背景都受过些甚么影响？能答复这两个问题的人，自然知道现在中国的新诗和英美诗——尤其是和近代英美诗的密切关系。……闻一多先生在新诗诗坛里的地位早已经为一般人所公认。叶公超先生又是中国唯一能写英文诗的诗人。他们两位把这精选拿出来贡献给大家,不是文艺界的幸福是什么?”[1]以英语诗歌为代表的西洋诗歌的诗体及诗形确实被直接“移植”进中国,成为新诗诗体诗形接受和模仿最多的范式,新诗的主要形体,如分节、分行等排列方式,几乎是英语诗歌的直接“移植”。在新诗草创期,当时国外流行的多种诗体都直接影响到新诗诗体的建设。新诗的很多形体,如四行一节或者两行一节的分节方式,诗行之间全部左对齐,或者第二个诗行与第四个诗行退后一格的排列方式,都是西洋诗体,特别是英语诗体直接“移植”的结果。在极端地打破古代汉诗诗体,缺少了古代汉诗诗体的形体资源(除回文诗、宝塔诗等形异诗体以外,古代汉诗,特别是正统的古代汉诗,尽管大多是齐言体,由于印刷书写基本不分行,本身就缺少视觉形体美)的新诗草创期,外语诗歌正好为“白手起家”的新诗提供了诗形范式。如草创期新诗中用得最多是两行一节的诗和四行一节的诗,四行一节的诗以每行首字左对齐和偶数行或奇数行对称地缩进一字为常见诗体。笔者仔细研究了新诗草创期间,特别是 1910—1919 年期间的英国、美国、加拿大、澳大利亚、印度等国的英语诗歌,发现新诗初期诗的重要诗体,如四行一节,或两行一节诗体的形体范式都直接源于当时流行的英语诗歌。以 1916 年美国纽约初版的《大战的诗》(Poems of The Great War)为例,诗集收录了英国、美国、加拿大、澳大利亚等英语诗人在第一次世界大战期间写的诗,这些诗都选自当时这些国家的主要期刊,如伦敦的《诗刊》(Poetry Review)、《时代》(Times)、纽约的《时代》(Times)、伦敦与纽约合办的《诗》(Poetry)。还有的选自当时重要的诗选,如《意象派诗人诗选》(Some Imagist Poets)。从这本能够呈现当时英语诗坛情形的诗选中,可以找到新诗流行的几种诗体的诗形。特别是四行一节与两行一节诗最普遍:

TO SHAKESPEARE,1916[2]

WITH what white wrath must turn thy bones,
What stern amazement flame thy dust,
To feel so near this England's heart
The outrage of the assassin's thrust.

---

[1] 《新月》第一卷第六号封二, 1928 年;《新月》影印本,上海书店,1985 年,第一册。

[2] J. W. Cunliffe. Poems of The Great War. New York: The Macmillan Company, 1916. p. 215.

But surely, too, thou art consoled,—
Who knewest thy stalwart breed so well,—
To see us rise from sloth and go,
plain and unbragging, through this hell.

And surely, too, thou art assured!
Hark how that grim and gathering beat
Draws upwards from the ends of earth—
The tramp, tramp of thy kindred's feet!

—Charles G. D. Roberts.

BELGIUM THE BAR-LASS[1]

THE night was still. The King sat with the Queen.
She sang. Her maidens spun. A peaceful scene.

Sudden, wild echoes shake the castle wall.
Their foes come crashing through the outer hall.

...

—A. Mary F. Robinson.
(Madame Duclaux.)

在这些诗集中，也有新诗流行的诗节的行数不定，甚至不分节，排列不均齐的"自由体"诗，如：

〔1〕 J. W. Cunliffe. Poems of The Great War. New York: The Macmillan Company, 1916. p. 216 - 217.

STATISTICS[1]

NAPOLEON shifted
Restless in the old sarcophagus
And murmured to a watchguard:
"Who goes there?"
"Twenty-one million men,
Soldiers, armies, guns,
Twenty-one million
Afoot, horseback,
In the air,
Under the sea."
And Napoleon turned to his sleep:
"It is not my world answering;
It is some dreamer who knows not
The world I marched in
From Calais to Moscow"
And he slept on
In the old sarcophagus
While the aeroplanes
Droned their motors
Between Napoleon's mausoleum
And the cool night stars

—Carl Sandburg

再以 1919 年美国哈佛大学出版的 The Second Book of Modern Verse: A Selection From The Work of Contemporaneous American Poets[2] 为例。这本诗集收录了 1913 年到 1919 年的美国现代诗坛诗人的代表作。将这本

〔1〕 J. W. Cunliffe. Poems of The Great War. New York: The Macmillan Company, 1916. p. 222.

〔2〕 Jessie B. Rittenhouse. The Second Book of Modern Verse: A Selection From The Work of Contemporaneous American Poets. Massachusetts: The Ribersive Press, 1919.

诗集中的诗的诗形与新诗草创期中国流行的诗形比较，不难发现有很多相同之处，如四行一诗节和两行一诗节的分节方式是当时美国诗歌最常见的分节方式，被新诗广泛采用，还成为以后新诗主要的分节方式。

如果说新诗确实是西洋诗歌“横的移植”，甚至有人认为新诗是用中国文字(汉语)写的西洋诗，主要是针对诗的形体而言的。特别是新诗直接“移植”了英语诗歌(俄语、法语、西班牙语等语种的诗歌与英语诗歌的形体相似)的诗形，新诗的诗句的书写、分行排列方式和诗的分节方式都与古代汉诗截然不同，而与英语为代表的西方诗歌相似甚至相同。这既与当时很多中国人可以通过留学、接受传教士的教育、在国内从外来书刊直接阅读到西方诗歌(包括印度泰戈尔的英语诗歌)有关，更与新诗初期大量以英语为代表的外语诗歌被译成汉语诗歌使未出国门，也不懂外语的中国人也能接触到外语诗歌相关。绝大多数人翻译外国诗时都力求保留原形。沫若(郭沫若)1923 年 5 月 3 日译的歌德《迷娘歌》(原为英语)[1]，采用了文白相间的语言和旧诗体重押韵的方式，尽管采用的是文言译诗，但是译作采用的仍然是“分行”的外国诗的形体，没有采用不分行的文言诗的形体。郭沫若 1923 年 11 月 7 日译德文的歌德的《渔夫》(Der Fischer)，也采用了古诗体，并对原形做了适合于古代汉诗排列的“对称性”(齐言体)特点的适当改造，但是原作与译作的诗形还是大致相似。1923 年 11 月 11 日《文学周报》第 27 号郭沫若的《神话的世界》[2]刊载这首诗时采用同页一半德语一半汉语的方式排版。这里以第一段为例：

Das Wasser rauscht’,das Wasser schwoll,
水在鸣，水在涨，
Ein Fischer sass daran,
渔夫坐在岸边上，
Sah nach dem Angel ruhevoll,
沉静守钓缗，
Kuehl bis an’s Herz hinan,
凉意入胸堂。

〔1〕 歌德：《迷娘歌》，郭沫若译，《创造周报》第一号，1923 年，第 15 页。
〔2〕 郭沫若：《神话的世界》，《创造周报》第二十七号，1923 年，第 6－7 页。

Und wie er sitzt und wie er lauscht,
端正坐，倾耳听，
Teilt sich die Flut empor;
潮头激涨两边分；
Aus dem bewegnet Wasser rauscht
流水震荡处
Ein feuchtes Weib hervor,
浮出一女人。

郭沫若的孩子郭庶英和郭平英在1980年回忆说："父亲之于翻译，乃是循着原作的思想，运用自己的语言，进行新的创造。他不赞成鹦鹉学舌式的硬译，主张以严复的'信达雅'作为翻译标准……至于译诗，他推荐'两道手'的译法，先由懂外文的人直译成原文，再由诗人进行诗化。'这样的两道手'对于父亲来说，正可以一身而任之。他既通外文，又是诗人。所译的诗，译文同样是诗，有时诗意甚至更浓。"[1]郭沫若发表于1923年7月14日《创造周报》第十号上的《论翻译的标准》说："张东氏说翻译没有一定的标准，这在文体上是可以说得过去：譬如你要用文言译，我要用白话译，你要用达意体译，我要用欧化体译，这原可说没有一定的标准。"[2]但他晚年在大写格律旧体诗词的同时，却偏向于用新诗自由诗体译诗。如他1969年三、五月间译了50首英美短诗，除伊吾琳·司科特的《冬月》等少数诗译成格律诗以外，这些格律诗并不是用严格的文言写的旧体格律诗，很多诗都是较自由的现代格律诗，最多如成仿吾所言："重视内在的节奏，并且最好有脚韵。"[3]

尽管朱湘等人强调译诗者的创作自由，主张译诗要讲究适应国情，用"土产"："我们对于译诗者的要求，便是他将原诗的意境整体的传达出来，而不过问枝节上的更动，'只要这种更动是为了增加效力。'我们应当给予他充分的自由，使他的想象有回旋的余地。我们应当承认：在译诗者的手中，原诗只能算作原料，译者如其觉到有另一种原料更好似原诗的材料能将原诗的意境表达出，或是译者觉得原诗的材料好虽是好，然而不合国情，本国却有一种土

---

〔1〕 郭庶英、郭平英：《英诗译稿整理后记》，郭沫若：《英诗译稿》，上海译文出版社，1981年，第147页。

〔2〕 郭沫若：《论翻译的标准》，《创造周报》第十号，1923年，第14页。

〔3〕 成仿吾：《英诗译稿序》，郭沫若：《英诗译稿》，上海译文出版社，1981年，第2页。

产，能代替着用入译文将原诗的意境更深刻地嵌入国人的想象中，在这两种情况之下，译诗者是可以应用创作者的自由的。”[1]新诗初期更多的新诗诗人采用白话翻译外国诗，却也保持了原诗的诗形。如 1923 年 9 月 23 日《创造周报》第 20 号刊载的达夫（郁达夫）文《The Yellow Book 及其他》一文的英诗翻译完全依照了英诗原形排列（包括标点），以第一首[2]为例：

Exceedubg sorrow
Consumeth my sad heart!
Because to-morrow,
We must depart!
Now is exceeding sorrow
All my part!

无限的悲哀
烧着我的愁怀！
为因到了明朝呀
你我便要分开，
此刻只无限的悲哀
把我全身击汰！

由于拼音文字与象形文字的差异，尽管汉译诗保持原诗的音乐形式，如轻重音、音步甚至脚韵都有难度，保持原诗的大致诗形却是可能的，特别是无论外国诗翻译成汉语诗歌还是新诗创作，都完全可能采用西方诗歌的分节方式，如通行的两行为一诗节、四行为一诗节的分节方式，在西方诗歌和新诗创作中都十分普遍，采用西方诗体，如“商籁体”（十四行诗）写新诗的人在百年间始终存在。新诗革命不但把打破古代汉诗诗体规范为首要任务，要求改变汉诗的脚韵、平仄、寓变化于整齐的齐言体句法和只分句不分行排列的书写方式，而且把吸收西洋诗歌作为政治文化改革及中国现代化的重要内容甚至先锋行为，西洋诗歌的诗体诗形自然成为新诗的首选。

[1] 朱湘：《论译诗》，《文学周报》，第五卷，开明书店，1928 年，第 455 页。
[2] 郁达夫：《The Yellow Book 及其他》，《创造周报》第二十号，1923 年，第 7 页。

新诗诗体并非外国诗体的“横的移植”

在新诗存在的百年间，中国新诗人总是通过直接读原诗和间接读翻译诗两种方式接触外国诗歌。中国读者接受外国诗歌也是采用读原文诗与读翻译成汉语的翻译诗两种方式。在20世纪上半叶，很多诗人留学海外，还有较多来自教会学校，高校外语诗歌教学也较好，如西南联大诗人群的出现与燕卜逊等人的直接任教有关，受到外语诗歌的直接影响较多。后半叶中国长期实行闭关锁国政策，直接受到外语诗歌的影响较少。整个20世纪，中国的诗人和诗歌读者的外语水平都不高，特别是很多年轻诗人轻视知识，外语水平普遍较低。外语诗歌主要是通过翻译进入中国，与其说一些国人模仿的是“外语诗”诗体，不如说是“外语诗的汉语翻译诗”诗体。因此出现了这样的现象：流行外语诗如果采用格律方式译进，新诗创作便流行现代格律诗，如五六十年代的诗坛新格律诗流行。流行用自由诗体译介外国诗(即使原诗是格律诗也采用自由体)，新诗诗坛的自由诗便分外繁荣。如八九十年代的诗坛自由诗泛滥。也有少数新诗诗人故意与译诗的时尚对抗，格律翻译诗流行时故意写自由诗。因此，外国诗歌翻译的具体方式，即翻译诗的诗体诗形对新诗诗体建设影响较大。20世纪外国诗歌翻译主要采用“信”“达”“雅”的标准，主要采用文言文和白话文两种语言和古代格律诗、现代格律诗和自由体诗三种方式。早期主要使用文言古体，如苏曼殊译拜伦，绝大部分时期受外语诗歌主要是格律诗观念的限制，译成现代格律诗。如果原诗是自由诗，通常译成白话自由诗。但是在翻译中，译诗者常常受到时代风潮的影响，特别是受新诗创作界的诗体自由化与律化尖锐对抗的时局影响，译诗者也进入了对抗的各自阵营，通常是中老年翻译家主张新诗走格律化道路，年轻翻译家主张走自由化道路。翻译家的诗体观常常影响了他们的翻译，他们总是想通过翻译诗来影响新诗诗人，甚至不惜强化所译诗原有的格律化或者自由化特性，有的甚至完全改变原有的诗体形式，将格律诗译成自由诗，或者将自由诗译成中国式格律诗。由于很多新诗诗人都模仿外国诗写作，这两种极端的翻译方式更加剧了新诗的律化与自由化的对抗。外国诗歌的形态，特别是英诗的形体对新诗产生巨大影响与大量英语诗歌被按照原有的形态译成汉语诗歌有关，它使未出国门，也不懂英语的国人能接触到英语诗歌的原始形态。很多新诗诗人、诗论家十分重视通过翻译来移植外国诗体的工作，如梁宗岱

1935 年 11 月 8 日在《大公报·诗特刊》发表的《新诗底十字路口》所言："翻译，一个不独传达原作底神韵并且在可能内按照原作底韵律和格调的翻译，正是移植外国诗体的一个最可靠的办法。"[1]

人类诗歌翻译活动的历史源远流长，各种语种之间的诗歌翻译长期存在，特别是到了近现代，全球化趋势越来越明显，诗歌翻译越来越受到重视，成为文学活动及文化交流活动中十分重要的内容。在小说、散文、戏剧、诗歌等各种文体的翻译中，诗歌翻译是最难的。在诗歌翻译中，诗体的翻译更是难上加难，诗体秩序及文体模式很难进行"横的移植"。如同中国最著名的翻译理论"信达雅"所强调的，忠实原作是翻译中最重要的标准，但不是唯一的标准。西方的翻译家，特别是诗人出身的翻译家也既重视文本的客观性，又重视翻译者的主观能动性。"庞德认为，翻译也是批评的一种形式，他的核心主张是：尽管在翻译中，对文本的重视不但要多于对翻译者的重视，还要多于对原作者的重视，当原来文字的有序变成没有文字或者只有预设的文字的无序后，翻译者必须放弃他的方案，去寻找与之相配的体式。但是翻译仍然代表着创造和批评的一种融合。"[2]不同国度的语言的差异和诗歌的差异已经造成了翻译诗与原诗在诗体上的巨大差异，翻译者的主观能动性更会加剧这种差异，使诗的"抗译性"远远大于小说、散文等其他文体。诗歌翻译甚至被丹尼尔·维斯伯特称为"双重迷宫"(Double Labyrinth)。

对外国诗歌的翻译在近现代中国受到了高度的重视。外国诗体是中国新诗诗体的主要资源。在新诗史上，外国诗及外国诗的诗体形态主要通过汉语翻译诗及其诗体形态来呈现，受诗的抗译性和中国诗歌改革风潮的影响，翻译诗并非真正的外国诗，而是"中国化"了的外国诗，"外语诗"变成了"外语诗的汉语翻译诗"，是一种完全有别于原诗的"翻译文体"。这种"翻译文体"不但受到了翻译者的知识结构、诗歌趣味和文体观念的巨大影响，还受到了所处时代的诗歌、文化甚至政治思潮的影响。如北岛所言："1949 年以后一批重要的诗人与作家被迫停笔，改行做翻译，从而创造了一种游离于官方话语以外的独特文体，即'翻译文体'，60 年代末地下文学的诞生正是以这种文

〔1〕 梁宗岱：《新诗底十字路口》，李振声编：《梁宗岱批评文集》，珠海出版社，1998 年，第 130 页。

〔2〕 Daniel Weissbort. Translating Poetry: The Double Labyrinth. London: The Macmillian Press Ltd. ,1989. p. 5.

体为基础的。我们早期的作品有其深刻的痕迹，这又是我们后来竭力摆脱的。”[1]受时代潮流的影响，20世纪外语诗歌翻译通常采用律化与自由化两种极端方式，翻译诗的律化与自由化的对抗加剧了新诗创作的律化与自由化的对抗，影响了新诗的诗体建设。

任何诗体都不可能实现不同语言之间的“横向移植”，20世纪的汉语诗歌也没有被完全“西化”，没有全盘否认古代汉诗诗体，更没有全面照搬以英诗为代表的外国诗体。“要想把一定的历史——地理环境中牢固地扎了根的某种体裁移植于另一种历史——地理环境中，是不可能的。另一方面，对这类不成功的移植实验的研究可以表明东西方的巨大差异，并解释造成这种差异的原因。”[2]中国是世界上最悠久的诗国，具有丰富多彩的诗体和根深蒂固的诗歌传统，也受到新诗的生态及时局的巨大制约，新诗一直处在破大于立的改革动荡时局中，英语和汉语在语言形式上的巨大差异也导致了新诗不可能原封不动地移植英语诗歌，使英语诗歌文体的自身属性在中西文化的契合过程中必然发生较大变化。

这种在诗体移植过程中发生变化的现象在百年新诗史上，特别是在新诗草创期的诗体建设史上是随处可见的。如闻一多、徐志摩、朱湘等新月派诗人在20世纪中期竭力倡导新格律诗，主要是受到了英语格律诗的影响。但是在实际的操作中，不但无法照搬英语诗歌的韵律，即使保持英语诗歌的形体，做到句的均齐和节的匀称都不可能。一是因为尽管当时轰轰烈烈的新诗革命已经成强弩之末，很多新诗人意识到新诗建设诗体规范的重要性，但是改革以定型的古代汉语格律诗为代表的旧诗，建立以自由诗体为代表的新诗仍然是时代潮流。在这种情形下，以英语格律诗为参照物，甚至照搬英诗诗体自然被激进者视为保守复古行为。二是因为英语与汉语在语言上的差异，如英语单词有轻重音之分，由此形成的“音步”是英语诗歌的节奏的基本单位，它与诗的脚韵等押韵方式构成英诗格律的主要内容。汉语的单字虽然也有平仄之分，但是现代汉语多双音节词，作诗很难再讲究平仄，所以现代格律诗只能把新诗的基本节奏单位定为“顿”，只能追求顿数的大致整齐，如闻一多的《死水》每个诗行都是四顿，但是每顿的字数不等。在实际创作中，新诗

〔1〕 唐晓渡：《北岛：我一直在写作中寻找方向》，谢冕、杨匡汉、吴思敬：《诗探索》2003年3-4辑，天津社会科学出版社，2003年，第169页。

〔2〕 [美]韦斯坦因：《比较文学与文学理论》，刘象愚译，辽宁人民出版社，1987年，第104页。

的“顿”也很难实现，只能将脚韵视为诗的格律的主要内容，甚至把韵脚当成现代格律诗在听觉形式上与散文区别的唯一标志，写现代格律诗的通行原则便是：一要分行，二要押韵。由于现代汉语的特殊性和新诗人有意识地打破无韵则非诗的作诗原则，现代格律诗的韵律也远远没有英诗格律诗严谨，但是新月派诗人倡导的格律并不十分严谨的现代格律诗运动却很快夭折。

诗的翻译难是公认的。“弗罗斯特认为诗是一种无法转译（untranslatable）的言语。”[1]美国诗歌翻译家肯尼兹也认为：“每种语言的天性是特殊的，每首诗也是特殊的，有自己独特的词尾变化、韵律、音调、音步和听觉的范式等，在翻译中都必须明白一首诗的如此众多的元素的含义。最有准备的翻译是要对一首诗的所有情况十分了解。即使缺乏相同之处，也不能找任何借口来否认诗的本质背景。所有剩下的元素，如诗的音乐性、诗的精神、诗的复杂的文字和诗的心灵组织，翻译者都要竭尽全力照顾到。争论一首诗在另一种语言中是否有准确的重构是愚蠢的，翻译者在处理过程中，不得不忍受如建筑用的砖头一样重要而基本的诗的各种基本元素与原作的不一致。”[2]语言的差异和诗的差异产生的诗的抗译性决定了翻译诗不可能完全依照原诗的韵律方式，全盘移植原有诗体，但是在诗形（poem's shape）上，却有可能模仿原形。特别是在百年新诗史上，外国诗歌在中国的翻译诗极大地影响了新诗的诗形，外语诗歌的诗形影响了中国新诗的诗形，十四行等诗体便是直接从域外“移植”进来的。以较早的翻译诗为例，章士钊认为青年皆从《尝试集》中求诗歌律令，《尝试集》中既有胡适自己作的诗，还有多首译诗，这些译诗都附有原诗，如拜伦的《哀希腊歌》（The Isles of Greece），波斯诗人 Omar Khayyam 的 Rubaiyat，胡适称之为绝句，译成《希望》，还有被胡适称为“美国新诗人”[3]Saru Teausdaler 的 Over The Roofs，胡适译成《关不住了》。胡适的很多诗是从外国诗歌中“求诗歌律令”，如他译的蒂斯代尔的这首诗就保持了原形。原诗是四句一诗节，偶句第一个单词后退一个词书写。胡适的译诗也是四句一诗节，偶句退后一字书写。这种分节、书写方式成为新诗百年最流行

---

[1] David Bergman, Daniel Mark Epstein. The Heath Guide to Literature. Toronto: D. C. Heath Company, 1987. p. 419.

[2] Daniel Weissbort. Translating Anna Akhmatova: A Conversation with Stanley Kunitz. Daniel Weissbort. Translating Poetry: The Double Labyrinth. London: The Macmilian Press Ltd., 1989. p. 110.

[3] 胡适：《尝试集》，亚东图书馆，1922 年，第 52 页。

的方式。原诗偶句押韵，为了打破无韵则非诗的原则，胡适在第二、第三个诗节用了重复的字，适度破坏了原韵。新诗初期还出现了"为我所用"地误读式引进外国诗歌诗潮的不良现象，外国诗歌被五四时期信奉革命大于艺术的文学革命者和政治革命者"中国化"了，诗体的自由性得到空前的重视。为了强调外国诗歌也打破了无韵则非诗的原则，来为中国诗歌的诗体大解放运动寻找依据，胡适还改变了这首诗的具体句式，如最后一个诗节的最后两句前加上了"他说，"使原诗变得散文化起来，凝练的诗的句式变成了松散的散文句式。现以 1922 年上海亚东图书馆出版的《尝试集》中的原诗[1]与译诗(译诗原竖排)对照：

OVER THE ROOFS

I said,"I have shut my heart,
As one shuts an open door,
That Love may starve therein
And trouble me no more"

But over the roofs there came
The wet new wind of May,
And a tune blew upfrom the curb
Where the street-pianos play

My room was white with the sun
And Love cried out in me,
"I am strong,I will break your heart
Unless you set me free"
Sara Teasdale

〔1〕 胡适:《尝试集》,亚东图书馆,1922 年,第 53 页。

关不住了(译诗)

我说"我把心收起,
像人家把门关了,
叫爱情生生的饿死,
也许不再和我为难了。"

但是五月的湿风,
时时从屋顶上吹来;
还有那街心的琴调
一阵阵的飞来。

一屋里都是太阳光,
这时候爱情有点醉了,
他说,"我是关不住的,
我要把你的心打碎了!"

这也是新诗诗人曲解外国诗歌的诗体方式,进行极端的汉诗改革的重要个案。即翻译诗并非真正的外国诗,而是"中国化"了的外国诗。

即使翻译者不受新诗革命及自由化思潮等非诗因素的影响,不卷入中国诗坛的诗体律化与自由化对抗的矛盾中,坚持信、达、雅的翻译原则,也无法保证将外国诗体进行全面的移植。即使在形体上,当时的西洋诗与新诗也有一些差异。排版书写方式也是造成诗形差异的一个原因。20 年代中期以前中国报刊大多采用竖排方式,英语文字采用横排方式,诗句也分行横排,署名方式有时是放在诗后右下方,页眉上标有作者,如 1916 年美国纽约出版的 Poems of The Great War。新诗最早是文字竖排,署名方式采用的是古代汉诗的方式,作者姓名以小于标题的字号置于标题正下方。英语诗歌的版式在 20 年代中后期中国文字局部实行横排后得到全面借鉴,但署名不在诗尾而一般置于标题右下方。

新诗诗人去除西方诗歌中的标点符号也能说明西方诗体在移植中国过程中,因中西文化的差异发生了变化。无论是格律诗还是自由诗,英语诗歌都有标点符号。中国古诗没有标点符号，新诗开始时全面引进了西方的标点符号，但是在十多年后，在20年代中期，出现了新诗诗人独创性地用空白取代标点的现象，今天新诗普遍不使用标点符号，英语诗歌除图象诗外，仍然普遍使用标点。新诗早期的三种标点排列方式——文字竖排，标点在左；文字竖排，标点在下；文字横排，标点在右，特别是后两种方式，都影响诗句的均齐。去除标点，可以使诗行更均齐，使诗人更有可能排列出更适合于表情达意和更具有形体感的诗形。

外国诗歌翻译的诗体极端影响了新诗的诗体建设

在20世纪中国，采用外国诗歌的中国式翻译方式翻译出的“翻译诗”对新诗的影响是巨大的。这里的“翻译诗”准确点说最初是“白话翻译诗”，稍后是“新翻译诗”或“现代翻译诗”，这里的“现代”不能如“现代汉诗”的“现代”那样可以完全理解为“现代汉语”，很多翻译诗都没有采用“现代汉语”，也不能理解为以不定型的自由诗体为主导的“现代诗体”，很多翻译诗采用的是定型或准定型的格律体。在百年新诗历史中，特别是在新诗的草创期，外国诗歌形体对新诗形体的影响主要通过三个方面：一是外语原诗的影响，胡适、闻一多、徐志摩、李金发、梁实秋、梁宗岱等大量新诗诗人都留学海外，冰心、孙大雨等大量新诗诗人都求学于教会学校，他们可以直接读外文原诗。二是用中文写的模仿外国诗歌的形体写法的中文诗的影响，如胡适的《朋友》、周作人的《小河》、沈尹默的《三弦》、刘半农的《晓》，后三者实质上用的外国散文诗的形体。三是用中文译的外语翻译诗歌的影响。

以新诗的“源头”作品为例。“胡氏自已说《关不住了》一首是他的新诗成立的新纪元，而这首诗却是译的。”[1]《关不住了》译于1919年2月26日，时间远远晚于《朋友》和《鸽子》的创作时间和发表时间。胡适对此前自己尝试的“新诗”的否认，说明他心中的“新诗”概念是不稳定的，明显具有这样的转变轨迹：前期：新诗的诗体资源应该是土生土长的，主要应该来源于汉诗传统和产生于中国现实的社会，特别应该是古代汉诗诗体大解放以后的白话自由体诗；后期：外国诗歌越来越成为新诗重要的诗体资源，新诗的诗体发展

---

〔1〕 朱自清：《〈中国新文学大系·诗集〉导言》，朱自清：《中国新文学大系·诗集 1917－1927》；影印本，上海文艺出版社，2003年，第2页。

应该与世界诗歌同步,尽管他没有极端到认为新诗就是中文写的外国诗,但是他对外国诗体的重视是显而易见的,这种重视随着时间的推移越来越明确。早在发表《朋友》一诗时,他就在诗名后加注说:“此诗天怜为韵、故用西诗写法,高底一格以别之。”[1]胡适在《新青年》发表此诗采用的是直排,第二个和第四个诗行退后一个字便形成“高低一格”。从此以后,“高底一格以别之”的“西诗写法”成为众多中国新诗诗人模仿的对象,无论是华文书写横行还是直行,分行高低(前后)一格书写的印刷书写方式成了百年新诗的主要流行方式,无论是现代格律诗还是自由诗,特别是前者,大都采用这样的书写方式。梁实秋在1930年12月12日给徐志摩的信中说:“我一向以为新文学运动的最大的成因,便是外国文学的影响;新诗,实际上就是中文写的外国诗。”[2]如果从诗的形体上考虑,如诗的分行排列、奇偶诗句间的退后一格高低错落书写、每四句分为一诗节等方面看,新诗所采用的这些形体范式都是移植外国诗歌的。所以梁实秋完全可以得出新诗是中文写的外国诗,即外国诗体是新诗体重要的诗体资源的结论。早期的新诗在“怎么写”上受到外国诗的巨大影响。“自然音节和诗可无韵的说法,似乎也是外国‘自由诗’的影响。”[3]以诗的横排为例,几乎是外国诗歌书写方式的照搬照套。因此新诗的横排甚至促进了20年代初期华文书写由竖行到横行的大变革。《中国日报》是孙中山领导的兴中会的机关报,创刊于1900年1月25日,首创中文报纸由直排改为横排。但是直到20年代初,直排仍然是书刊的主要方式。1921年8月《新青年》第九卷第四号发表了张东民的《华文横行的商榷》。他总结出“横行法的优点”:“一、合眼睛的卫生,可以延长视力的寿命;二、减少眼睛的行动,读者可少头痛之患;三、新圈点法和横行法须相联取用,不可去此用彼;四、可添白话诗的美观,并且增他的自由活泼。”[4]书写是否横行,竟然成了白话诗是否是“自由”诗的一个标准。这个标准的确立主要源于外国诗歌都是横排的事实。

在中国新诗史上,特别是在新诗草创期,翻译诗受到了极端的重视。新

〔1〕 胡适:《白话诗八首·朋友》,《新青年》第二卷第六号,1917年。

〔2〕 梁实秋:《新诗的格调及其他》,杨匡汉、刘福春:《中国现代诗论》,上编,花城出版社,1985年,第141页。原载1931年1月20日《诗刊》创刊号。

〔3〕 朱自清:《〈中国新文学大系·诗集〉导言》,朱自清:《中国新文学大系·诗集1917-1927》;影印本,上海文艺出版社,2003年,第3页。

〔4〕 张东民:《华文横行的商榷》,《新青年》第九卷第四号,1921年。

诗的"老祖宗"胡适把自己用白话创作的新诗与用白话翻译的诗都视为"新诗",甚至更看重后者。新诗草创期很多人都把翻译诗歌视为"白话诗"的一种,"白话翻译诗"受到高度的重视。如中国最早的新诗诗选《分类白话诗选》(许德邻编,1920 年 8 月由上海崇文书局出版)就把外国翻译诗与中国人创作的白话诗一同收入,这在新诗史上是非常奇特的现象,说明当时的"白话诗"既包括用白话写的诗,还包括用白话译的诗。《分类白话诗选》收录已发表在《新青年》等刊物上的译诗共 13 首。《暮色垂空》(歌德著,郭沫若译)、《海滨》(泰戈尔著,刘半农译)、《一个大工业中心地》(吕斯壁著,田汉译)、《感情之万能》(歌德著,郭沫若译)、《太戈尔诗十六首》《不过》(S. M. Hagemen 著,S. Z 译)、《赠君蔷薇》(C. Swain 著,S. Z 译)、《两个女子》(A. Webster 著,S. Z 译)、《关不住了》(S. Teasdale 著,胡适译)、《最后的请愿》(吕斯壁著,田汉译)、《骂教会》(吕斯壁著,田汉译)、《云与波》(泰戈尔著,蔚南译)、《希望》(莪默·伽亚谟著,胡适译)。当时很多报刊,如《新青年》《创造》等发表译诗时还附上原诗。胡适的《尝试集》(1922 年 10 月上海亚东图书馆四版)中的译诗也附有外国诗的原诗,如《关不住了》的原诗《在屋顶上》(Over the Roofs),《老洛伯》的原诗 Auld Robin Gray,《希望》的原诗(无题目),《哀希腊歌》的原诗 The Isles of Greece,《墓门行》的原诗(无题目),胡适用古代汉语及古代诗体译。《尝试集》中既有外国诗歌的原诗,又有译诗,还有模仿外国诗歌写法的中文诗。这为当时不知新诗为何物的读者和不知新诗如何写的作者提供了"范诗"。两年内销出一万部的《尝试集》,对当时诗体的巨大"引导"作用是不可否认的。

百年新诗出现了诗体的自由化与律化、自由体诗与现代格律体诗的长期对抗,出现了两种诗体各领风骚三五年的情况。如五四时期、30 年代、抗战时期、八九十年代都是自由诗流行,在 20 年代中期、50 年代、60 年代、70 年代,现代格律诗都是主流诗体。新诗的诗体建设在诗体的自由化与诗体的律化上的极端与外国诗歌的翻译在诗体上走极端休戚相关。百年外国诗歌的翻译尽管大都遵照"信达雅"的翻译原则,力求保持诗的原形及韵律,但是也常常受到创作界的影响,在翻译界也出现了自由化与格律化的对抗,甚至还有译者把英语的格律诗也译成自由诗。一般译者,特别是青年译者在译并非完全自由化的英语自由诗时,受中国自由诗潮的影响和自由诗的内在韵律更具有抗译性的限制,大多译成了绝对的自由诗,使中国读者误以为英语自由诗也不讲格律,如中国的自由诗在诗体形式上是绝对自由的,这极大地加剧了中国自由诗轻视一切作诗规范和诗的艺术形式的极端，助长了自由诗的泛滥。以80年代意象派诗歌的译介为例，意象派诗歌虽然主张自由诗，也没有完全放弃韵律。“自由诗(free verse)不是简单地反对韵律，而是追求散体与韵体的和谐而生的独立韵律。如果意识不到这样的‘第三种韵律’(the third rhythm)，就无法解释诗失去规则韵律为何不会沦为散文。”[1]由于创造了新的韵律形式，特别是如同所有的现代派诗歌注重诗的内在韵律而不是表面韵律，反而使意象派诗的汉译难度增大，很多译者只好译成彻底的新诗式自由诗。如裘小龙译的由英国诗人、诗论家彼德·琼斯编《意象派诗选》中的诗都少有表面音乐形式，这本诗集中的汉译诗给人的印象是20世纪初的美国诗人写的诗如同80年代中后期的中国诗人写的自由诗，是不讲究诗的音乐美，也不太重视诗的排列美的自由诗。《意象派诗选》中自由体的翻译诗诗体对当时新诗创作界流行的口语化、自由化的生活流、自白派诗歌起到了推波助澜的作用。

共和国成立后的二三十年间，由于官方有意识地倡导新诗的“民族形式”，现代格律诗流行。新诗的“民族形式”是这一时期翻译诗采用格律诗体的重要原因。50年代以何其芳为代表的新诗诗人大力倡导现代格律诗，毛泽东以政治领袖的特殊身份倡导写以定型诗体为主的古代汉诗，再加上波及全国的新诗创作运动——“新民歌运动”的推波助澜，“写诗要讲究一定的格律”成为诗坛的共识，在翻译界，“译诗要讲究格律”也成为人们的共识，外国诗歌以格律方式译进中国，也巩固了新诗中唯一的准定型诗体现代格律诗的地位。

王科一1957年4月9日写的朗费罗的《海华沙之歌》的《译者前记》，道出了主张“译诗要讲究格律”的翻译家的方法和同感：“原诗用的是‘四音步的抑扬格’，无脚韵。……中译文尽量照顾到这一点……‘四音步’尚可勉力做到，‘扬抑’就很难办到了，因为中英两国文字，有其本质上的截然不同，中译文于顾及音步之外，只能尽量做到平仄声的间隔……其次，我改变了原诗的无韵体，以最大程度的可能运用了脚韵，理由是：第一，中文押脚韵容易做到；第二，原诗有浓厚的民歌色彩，中译文中用了脚韵，在传达诗的神韵和情调上，容易奏效些。”[2]王科一译此诗选时正值“民歌大讨论”及强调新诗的韵律的时期，所以他不但尽量遵守原诗韵律，还将无韵体变为有韵体。这样

[1] Northrop Frye. Anatomy of Criticism. New Jersey: Princeton University Press, 1971. p. 272.

[2] [美]朗费罗：《海华沙之歌》，王科一译，新文艺出版社，1957年，第10-11页。

的受到时尚甚至政局影响的翻译会让人误解外国诗歌都是有脚韵的，为主张现代格律诗，反对自由诗的人提供证据。翻译家余振在1980年上海译文出版社出版的《莱蒙托夫诗选》译本序中道出了当时外国诗歌翻译家普遍接受的"译诗要讲究格律"的观念的心声："莱蒙托夫是一个用很严格的俄罗斯'格律诗'体写诗的诗人。为了传达原作的格律，我最初翻译莱蒙托夫的时候，采用了我们前辈诗人们已经用过的中国的'格律诗'体。……总认为前辈诗人这样的做法是应当学习的。这样翻译虽然不敢说已把原诗的格律介绍过来，但起码可以使读者知道原诗不是像我们的自由诗似的自由诗。"[1]尽管在80年代初自由诗诗潮已经泛起，现代格律诗体开始受到年轻的新诗诗人的怀疑并被逐渐摒弃，但是《莱蒙托夫诗选》1980年初版印数46 001册，1983年第3次印刷高达104 000册。由此不但可见在世纪初极大地影响过中国新诗的莱蒙托夫在80年代初对中国的巨大影响，还可以显示出当时的翻译诗以格律诗诗体为主的流行潮流，也能够呈现出外国诗歌的"格律化翻译"对中国新诗诗体建设的影响，它是50年代到80年代现代格律诗在中国新诗诗坛几乎形成垄断诗体的重要原因之一。在诗歌翻译中对格律的重视主要体现在对诗的表面的音乐形式的重视上，这不仅是因为很多原诗本身就具有格律，特别是有韵的，而且还因为很多翻译家都认为诗是一种音乐性很强的文体，他们不像新诗革命者那样主张打破"无韵则非诗"这一世界诗歌的普遍原则。冰心的翻译经历颇能说明这点。1983年10月12日，冰心应《当代外国文学翻译百家谈》之约，写了《我也谈谈翻译》一文。她在文中说："我在美国大学的硕士论文，是李清照漱玉词的英译。题目是导师替我选的，这对我真是一件十分艰苦的工作！我硬着头皮，把漱玉词译成一段一段的散文，然后每星期一次到导师家里，一边吃着茶点，一边商量着把它译成'诗'。就这样，每星期译一首，半年的功夫，勉强把论文写成了。"[2]这个先把诗译成散文，再译成诗的过程，既说明散文与诗在客观上是不同的文体，也说明早年的冰心是很在乎诗与散文之间的文体差异的。冰心一生都在坚持这个观念。她在文中总结说："我只敢翻译散文诗或小说，而不敢译诗。我总觉得诗是一种音乐性很强的文学形式。我在美国留学的时候，听过好几门诗歌的课。有许多英美诗人的作品，都是我喜爱的。如莎士比亚、雪莱、拜伦等。当老师在台上朗诵

〔1〕［俄］莱蒙托夫：《莱蒙托夫诗选》，余振译，上海译文出版社，1980年，第27页。

〔2〕冰心：《我也谈谈翻译》，卓如：《冰心全集》，第七卷，海峡文艺出版社，1994年，第407页。

的时候，那抑扬顿挫的铿锵音节，总使我低回神往，但是这些诗句我用汉文译了出来，即使是不失原意，那音乐性就都没有了。我一直认为译诗是一种卖力不讨好的工作，若不是为了辞不掉的'任务'，我是不敢尝试的。"[1]

从20世纪50年代中期到70年代末期，现代格律诗是中国诗坛的流行诗体甚至主导诗体，与翻译家大多采用现代格律诗翻译和创作有关。如译过大量英语诗歌和俄语诗歌的邹绛是现代格律诗的大力倡导者，他不仅自己出版了现代格律诗创作集，还选编了现代格律诗选，在任笔者的硕士研究生导师时，还时时叮嘱我"译诗要讲究格律"。这些翻译家"不识时务地"地对诗的格律"情有独钟"，主要原因是他们在翻译外国诗歌，特别是翻译古典主义和浪漫主义诗歌时受到了格律诗的长期影响，形成了写诗要讲究相对的格律的诗体改良观。70年代中期何其芳的译诗方法也证明格律诗受到了高度的重视。1978年秋天陈敬容在《他曾经这样歌唱——记诗人何其芳同志》中回忆说："有一次其芳拿出他译的几首海涅的抒情诗给我看，并且说还要多译一些，成为一部《海涅抒情诗选集》。起先我还以为他是从英译本转译的，一问，才知竟然是根据德文原著。每译完一首，又参照英译本法译本仔细修改；每首都是先译成散文诗形式，然后推敲节奏和音韵，加工成为格律诗。"[2]何其芳是20世纪中后期主张新诗走律化道路最积极的人，他的译诗当然也不会例外。但是译诗要讲究格律不仅是因为原诗有格律，更是因为它几乎在相当长时期内是新诗翻译界的"共识"。

尽管在八九十年代中国自由诗与现代格律诗相比，在诗坛上占有绝对优势，但是在诗歌翻译界，由于翻译家大多是老人，原诗也大多讲究格律，因此译诗要讲究格律、忠实于原来的格律的译诗观仍未动摇，特别是诗的音乐性受到翻译家的重视，成为译诗的重要标准。"翻译诗"对格律的过分讲究虽然有助于现代格律诗的建设，却带来了不利于整个新诗文体建设的两大问题：一是翻译诗对格律诗的过分重视会使自我意识和自由意识越来越强烈的20世纪新诗诗人产生强烈的逆反心理，在创作中有意识地打破格律，采用自由诗体。二是由于翻译诗的讲究格律与流行诗坛的中国新诗诗人写的诗不重视格律，两者泾渭分明，导致新诗诗人对翻译诗的否定，新诗诗人不愿意读翻译诗，使他们无法接受外国诗歌的营养，无法与世界诗歌的发展同步。这种

[1] 冰心：《我也谈谈翻译》，卓如：《冰心全集》，第七卷，海峡文艺出版社，1994年，第408页。

[2] 陈敬容：《他曾经这样歌唱——记诗人何其芳同志》，陈敬容：《陈敬容选集》，四川人民出版社，1983年，第192页。

现象在90年代格外明显，80年代是外国诗歌涌入中国的时代，90年代虽然中国新诗诗人的创作诗集也缺乏市场，但是外国诗歌的翻译出版市场更是极度萎缩，80年代诗人争先恐后地〔1〕读外国诗的现象，在90年代诗人中根本不存在。90年代诗人不读外国诗的原因之一，就是外国诗歌翻译采用的"格律诗体"严重滞后于诗坛流行的"自由体"，如果诗人按照外国翻译诗歌的格律去写诗，一定很难发表，急功近利的90年代诗人，当然不会不合时宜地去干这种费力不讨好的事情。诗人，特别是年轻诗人不读外国翻译诗的最大恶果是，会使他们误以为外国诗，特别是今日外国诗歌也是不讲韵律的自由诗，更不愿意遵守作诗的任何规范。

尽管外国现代派诗歌大多是讲究韵律的，最多只是旧的格律诗体的"改良"，但是由于语言的抗译性，特别是英语、法语、俄语的现代派诗歌，如法国象征派诗歌、美国意象派诗歌和俄国未来派诗歌都在诗的听觉形式上追求韵律的多样化、散文化、自由化，在诗的视觉形式上强调诗的图式与诗的意义的和谐统一，追求诗的语言形体也能表达诗的内在意义的诗如画效果，诗的抗译性远远增加，如有的外语诗根本无法译为汉语，很多译者只好译成自由诗，如果译者正处在中国诗坛流行自由诗，特别是生活在自由诗是霸权文体或者垄断诗体的时代，诗人更会选择自由诗体。80年代中后期正是诗的表面音乐形式受到严重忽视的特殊时期，不讲韵律的口语诗、自白诗等不定型的自由诗体得势，现代格律诗等准定型诗体全面衰落。所以裘小龙1986年翻译的《意象派诗选》完全采用的是自由诗。笔者也有和裘小龙相似的翻译外国诗的经历，由于生活在自由诗盛行的时代，自己长期写的也是自由诗，明显对格律诗体有歧视心态。在80年代中期甚至还和一批年轻诗人立下大志：要把老诗人翻译过的英语诗歌全部重新翻译，原因是老诗人几乎都是采用的格律诗体。笔者在80年代后期翻译《世界女性诗选》时，尽管原诗中很多都是格律诗，却选择了自由诗，一点也不愿意遵守原作的诗体规范，根本不想在诗的形式上忠实于原作。诗体时尚影响了外国诗歌翻译者，外国诗歌的翻译反

---

〔1〕 80年代初大量外国诗译介进中国，湖南人民出版社的"诗苑译林"多达72种，漓江出版社的"域外诗丛"多达11种，人民文学出版社，上海译文出版社，重庆出版社，江苏人民出版社等出版社，也出版了大量译诗集。集的印数也是惊人的。如江枫译的《雪莱诗选》1980年初版，1988年第2版第8次印刷，全部印数多达384 250册，查良铮译的《普希金诗选》江苏人民出版社，1982年，1983年第2次印刷，共138 500册；石真、谢冰心译的《泰戈尔诗选》人民文学出版社，1958年，1984年第4次印刷，共128 000册。

过来也培育了诗歌时尚。《意象派诗选》在出版后的短短三年间发行量高达十万册，它不仅是当时极端口语化的自由诗疯长的重要催化剂，还影响了以后20年甚至今天的新诗创作，很多年轻诗人把它作为反对新诗的诗体定型，特别是拒斥建设现代格律诗体的重要依据。

结　　语

尽管外国诗歌是新诗最重要的诗体资源，特别是以英语诗歌为代表的外国诗歌的形态对新诗的形态产生了巨大的影响，新诗的诗体，特别是诗的形体几乎是外国诗歌的"横的移植"。但是外国诗主要通过翻译诗来呈现的，中国诗歌的改革风潮使过去百年少有纯正的诗歌翻译，很多翻译诗是"中国化"了的外国诗，"外语诗"实质上是"汉语翻译诗"，形成既有别于外国人写的外国诗，也有别于中国人写的新诗的"翻译文体"。翻译者总是"为我所用"地选择诗体及翻译方式，百年间出现了如同新诗创作的"老去渐于诗律细"一样的普遍现象：年轻人译诗喜欢采用自由体，中老年翻译家更爱采用格律体，两者的对抗十分尖锐。在整个诗歌翻译界也时时出现"律化"与"自由化"两种译法的争论。这种争论正是新诗创作界律化与自由化多对抗少和解的结果，也加剧了两者的对抗。在20世纪的中国，特别在共和国成立后，通常是中老年诗人才有资格翻译外国诗，选译的诗作又都是以浪漫主义诗人为主的20世纪以前的经典性作品，欧美20世纪现代诗歌，尤其是自由体诗的译介工作较为落后。这些经典性作品本身主要就是格律诗，译者译时又讲究格律，这些翻译诗也就以格律诗占重要地位。这本来可以强化新诗诗人的文体意识，为新格律诗的创作开辟道路。但是结果常常相反，这种格律式翻译诗通常只能让中老年诗人更迷恋新诗的律化，却对生活在"革命"时代的年轻诗人产生了逆反心理，更加有意识地反抗新诗的律化，更偏执地推崇无韵无体的自由诗，反而扩大了自由诗的势力，影响了诗体的相对规范，造成新诗无法定型。即外国诗歌的"中国化""实用化"翻译方式极大地阻碍了新诗的诗体建设，加剧了新诗创作在律化与自由化上的对抗。

2005年8月18—21日"中国新诗一百年国际研讨会"；主办方：北京大学中文系，北京大学诗歌中心，首都师范大学文学院，首都师范大学中国诗歌研究中心；地点：北京达园宾馆。

大陆和台湾新诗形体建设比较
——新诗的诗形建设历史的散点透视

摘　要：诗体是对诗的属性的制度化的具体呈现，指诗歌作品的语言秩序及语言体式。诗形，特别是相对规范的诗形是诗的重要文体标志，是诗体的主要成分。好的诗形不仅自身具备诗美，还能帮助诗人更好地表情达意。新诗的形体美是新诗重要的文体特征，诗形建设是新诗诗体建设的重要内容，在20世纪前半期受到新诗诗人的一定重视。但是在20世纪后半期，我国台湾比大陆更重视诗形建设。大陆诗形建设落后的主要原因是很多诗人学者既不承认新诗应该有"诗体"，更不承认新诗应该有"诗形"。

关键词：新诗　诗形　诗体　诗形建设　网络诗歌

诗形是诗的重要的文体标志，是诗体的主要成分。好的诗形不仅自身具备诗美，还能帮助诗人更好地表情达意，增加诗美。"诗最早是以纯粹的口头传播模式存在的，但是当诗人们将听到的诗用文字记录下来时，他们就对语言的视觉成分感兴趣。诗人们通常分行书写。诗行的结尾是表示诗的韵律、意义和形式的视觉体现，它通常不是规规矩矩的。因此，重视视觉方位的诗和重视听觉方位的诗在文本上是有差异的。所有诗作一旦被印刷，都在一定程度上具有视觉感。但是，一些诗人更会使用诗的视觉资源。采用诗的视觉成分的最简单的方法是把诗行或词语排列得像一个物体。这样的形体诗(shaped verses)有很长的历史，也许在英语中最有名的乔治·赫伯特的《复活节的翅膀》(Easter Wings)。"[1]西方学者有时称诗的形体为 poem's Shape[2]。有的学者还把重视诗的视觉效果的诗，特别是具象诗(the concrete poetry)或图象诗(visual poetry)称为"为眼睛而写的诗"(poems for the

〔1〕 David Bergman, Daniel Mark Epstein. The Heath Guide to Literature. Toronto: D. C. Heath and Company, 1987. p. 649 - 650.

〔2〕 David Bergman、Daniel Mark Epstein. The Heath Guide to Literature. Toronto: D. C. Heath and Company, 1987. p. 623.

eye[1])。诗形建设是百年新诗诗体建设的重要内容。新诗的诗形受到了外国诗体和外国诗的“汉语翻译诗体”的影响。新诗的形体建设道路曲折，经历了从革命性的文体自发写作到艺术性的文体自律写作历程，常常走不重视形体或太重视形体的极端。百年间始终存在诗形的自律与自由的极端对抗。建筑美是新诗重要而特殊的诗体特征。图象诗是新诗人重视诗形建设的范例，一些诗人克服言不尽意的弱点，营建出既有形体美，又能通过诗的形体更好地呈现出诗情诗意的诗的图式。在现代人的图像思维高度发达的图象时代和新诗的传播手段丰富多彩的网络时代，新诗的形体建设越来越受到重视。在对诗形的重视程度及诗形建设的策略上，台湾和大陆有明显的差异。

诗形是新诗重要的文体特征

诗形源于人的构形天性，是诗人的语言智能及诗歌技能的具体表现。诗是最高的语言艺术，是人的语言智能的典型范例。弗罗斯特认为诗是“词的表演”。艾略特称诗为“一种高级享受”。霍布金斯认为诗除了技巧没有什么能够长存。D. 托马斯把诗描绘为：“耗费体力和脑力去建立一个形式上天衣无缝的词的框架……用它来保留创造性的大脑和身体和灵感仅仅是一种突如其来的体内能量，向构造和技巧能力的转化。”[2]瑞恰兹认为：“诗人从事的是这样的工作，如同我们已经看到的，是借助具有自身的骨架和结构的词语的表演赋予一段感受经验以秩序（order）、凝结（coherence），还有自由（freedom）。这样的骨架和结构由能够使感受经验聚合的冲动产生。可以有很多不同的方式通过词语来达到目的。把人的感受经验用诗表现出来的难题是语言心理学上的，而不是哲学上的。”[3]这里的词语表演时具有的“骨架和结构”指词语表演时的安排方式，即诗的体式，包括诗的韵律形式和语言的排列形式，即诗的音乐形式和诗的建筑形式（诗的图式）。克莱恩发出哀叹：“哦，多难呀！诗人必须浸入词汇的江河中，以便在恰当的时候用恰当的词组

〔1〕 X. J. Kennedy. Literature: An Introduction to Fiction, Poetry and Drama. Toronto: Little Brown and Company, 1983. p. 591.

〔2〕 [英]伊丽莎白·朱：《当代英美诗歌鉴赏指南》，李力、余石屹译，四川人民出版社，1987年，第33页。

〔3〕 I. A. Richards. Poetry and Beliefs. K. M. Newton. Twentieth-Century Literary Theory: A Reader. London: Macmillan Education Ltd., 1988. p. 40-41.

成恰当的形式。"[1]"形式(form)指一件事物作为整体的设计图样或结构布局。任何诗人都无法逃避已形成类型的某些形式。"[2]人有一种构形的本性,构形是人的一种基本需要,人有天生的秩序感。"在某些人身上,确有真正的基本的审美需要……秩序的需要、对称的需要、闭合性的需要、行动完美的需要以及结构的需要。"[3]由于构形是人的天性,诗的韵律形体在诗的创造活动中格外重要。"艺术早在其成为美之前,就已经是构形的了……一个单一的情感将这些部分创造成为一个独特的整体。"[4]人和自然生命都具有的天生的秩序感是诗人重视诗的形体,特别是对对称、和谐、均衡的形体格外重视的心理基础。"对一个伟大的画家,一个伟大的音乐家,或一个伟大的诗人来说,色彩、线条、韵律和语词不只是他技术手段的一个部分,它们是创造过程本身的必要要素。"[5]

诗形是诗体的主要内容。"在一个社会中,某些复现的话语属性被制度化,个人作品按照规范即该制度被产生和感知。所谓体裁,无论是文学的还是非文学的,不过是话语属性的制度化而已。"[6]诗体是诗的一种结构形式,它是人对秩序的需要、对称的需要和结构的需要的诗化呈现。中外诗歌都曾经高度重视诗的形体,在诗的具体形体中强调句子的均齐和诗节的匀称,都出现过以格律诗为代表的"齐言体"。"定型形体给诗带来了一些好处:它使诗更容易被记住。叙述流行英雄的事迹的民族史诗,如希腊的《伊利亚特》和《奥德赛》、法国的《罗兰之歌》、西班牙的《熙德》,都倾向于在一种模式中产生:诗行的长度和诗的重音的数量前后高度一致。因为这些史诗有时是口头传播的。……如果演唱者忘记了什么,诗歌就会出现明显的漏洞,因此韵律或者固定的节奏可以防止一个又一个传唱者的增减修饰。"[7]这既是诗在传播时实用的需要,更是诗人和读者追求结构的需要及对称的需要的结果。

---

〔1〕[英]伊丽莎白·朱:《当代英美诗歌鉴赏指南》,李力、余石屹译,四川人民出版社,1987年,第33页。

〔2〕X. J. Kennedy. Literature: An Introduction to Fiction, Poetry, and Drama. Toronto: Little Brown and Company, 1983. p. 557.

〔3〕[美]马斯洛:《动机与人格》,许金声译,华夏出版社,1987年,第59页。

〔4〕[德]恩斯特·卡西尔:《人论》,甘阳译,上海译文出版社,1985年,第179页。

〔5〕[德]恩斯特·卡西尔:《人论》,甘阳译,上海译文出版社,1985年,第180-181页。

〔6〕[法]托多罗夫:《巴赫金、对话理论及其他》,蒋子华、张萍译,百花文艺出版社,2001年,第27页。

〔7〕X. J. Kennedy. Literature: An Introduction to Fiction, Poetry, and Drama. Toronto: Little Brown and Company, 1983. p. 558.

诗的语言的对称排列可以带来文本在视觉上的快感及阅读中的快感，满足人的基本需要。诗体更能满足人对秩序的需要，满足人对“类”的依赖感。人对诗体的重视是出于人的构形本性，正是人的构形本性产生了文学体裁及诗体类型，使文学类型的划分和诗体的建立成为可能。因此人的天性决定了诗不但应该有诗体，而且最好有可以供诗人选择，特别是为读者需要的常规诗体。但是文体的进化并不能简单地界定为总是由低级向高级、由文体规范到文体自由、或者由文体自由到文体规范的直线式进化。如索绪尔在《普通语言学教程》中认为符号具有稳定性，是“代代相传的产物”[1]，人们不能任意选择语言符号，必须接受。因为符号与意义并不是天然对应的，符号的不可更改和约定俗成的性质反过来又促进其稳定性。诗形是诗的文体特征及诗体的具体呈现，或者说是显示诗的身份的具体“符号”，即诗的外在的表层的语言秩序。以诗形为主要内容的诗体不仅是从诗的外在形式上界定某种作品是否是诗的重要内容，也会影响诗人的思维方式及诗的内在形式。因此诗体具有作诗法的意义。尽管它与符号相比，缺乏“不可更改性”，它的“约定俗成性”却常常是客观存在的，正是因为“约定俗成”，一种诗体才能够被建立、确认、流传下来。如刘勰在《文心雕龙·通变》中说：“夫设文之体有变，变文之数无方，何以明其然耶？凡诗赋书记，名理相因，此有常体也，文辞气力，通变则久，此无方之数也。名理有常，体必资于故实；通变无方，数必酌于新声；故能骋无穷之路，饮不竭之源。然绠短者衔渴，足疲者辍途，非文理之数尽，乃通变之术疏耳。故论文之方，譬诸草木，根干丽土而同性，臭味晞阳而异品矣。”[2]诗体如同符号，也具有一定的稳定性，特别是具有刘勰所说的能够使“名理相因”的“常体”，更具有稳定性和继承性。

诗是最讲究常规诗形和常规诗体的语言艺术，又是最强调诗形和诗体独创的文体。20世纪初出现了世界性的自由诗革命(free verse revolution)，如英语诗歌界发生了意象派运动，使英语的诗形及诗体发生了较大的变化。中国的新诗革命是这次世界性自由诗运动的一部分，是最极端的自由诗革命，完全打破了古代汉诗的诗形诗体，使汉诗由定型诗体格律诗体巨变为不定型诗体自由诗体。尽管意象派诗人的“自由诗革命”没有像中国的新诗革命那样放弃诗的韵律及诗体规范。“自由诗(free verse)不是简单地反对韵律，而

〔1〕［荷兰］福克马：《法国结构主义》，陆梅林、程代熙：《美学文艺学方法论续集》，文化艺术出版社，1987年，第253页。

〔2〕刘勰：《文心雕龙·通变》，周振甫：《文心雕龙今译》，中华书局，1986年，第271页。

是追求散体与韵体的和谐而生的独立韵律。如果意识不到这样的'第三种韵律'(the third rhythm),就无法解释诗失去规则韵律为何不会沦为散文。"[1]现代英语诗歌的形体也发生了巨变,甚至还出现了具象诗(concrete poetry)。威廉斯、肯明斯等现代诗人致力于诗的形体实验,创作出大量诗形有别于传统的和通行的诗形的图案诗。"在通常意义上,形式指一件事物作为整体的设计图样或结构布局(the design of a thing as a whole)。任何诗人都无法逃避已形成类型的某些形式。……用定型形式(closed form)写诗,指一个诗人跟着(或者发现)一些模式(some sort of pattern),如十四行诗体(sonnet),它有自己的韵律设计(rime scheme)和十四个五音步抑扬格诗行。通常,定型形式的诗(poetry in closed form)倾向于寻找规则(regular)和对称(symmetrical)……采用定型形式写作的诗人明显追求完美,也许很难替换已采用的任何词语。……采用非定型形式(open form)的诗人通常自由地使用空白作为强调,能够根据感觉的需要来缩短或者加长诗行,诗人让诗根据它的进程来发生自己的形状(shape),如同水从山上流下,由地形和隐形的障碍物来调整形状。过去的很多诗采用的是定型形式,现在美国诗人更愿意采用开放形式,尽管韵律和节奏已经没有它们过去那样流行,但是它们仍然明显存在。"[2]由此可见,即使在人类高度追求自由和文体越来越解放的今天,英语诗人仍然重视诗的形体,特别是常规诗形。

诗的"制作"特性决定了诗的结构是"构建型(constructional type)"的,充分显示出诗的纯形式特征。特别是汉语的表意功能及方块字图案结构的形式功能所产生的巨大的弹性诗美,不仅扩大了诗的情感含量,也扩展了诗的纯形式价值,增加了诗的美感的含量和纯度。"莱辛认为文字是任意形成的符号,而画用的是自然的符号。即是说,画里的一间房子和我们看见的房子完全可以相符相认的;但 House(英文)Maison(法文)都与我们经验中看到的房子不相符,是任意决定代替视觉经验中的'房子'的符号。梵诺罗莎(Fenollosa)第一次接触到中文,惊为神语;……他并且惊异中文字的具象性,譬如'東'字是'太阳在树后','旦'是'日自地平线上升起'等。庞德由梵氏那里取得'作为诗的传达媒体的中国字'一文,大大的发挥成为他的'具象诗

[1] Northrop Frye. Anatomy of Criticism. New Jersey: Princeton University press, 1971. p. 272.

[2] X. J. Kennedy. Literature: An Introduction to Fiction, Poetry and Drama. Toronto: Little Brown and Company, 1983. p. 557.

学'，并在'诗章'中加上中国文字，力求'自然''具体'。"[1]保尔·克洛代尔超越了共识，独出心裁地认为西方文字的一个词的字型与意义之间是有关联的，如同汉字也有表意的功能，却泾渭分明地指出了两者的差异："1. 中文表意文字是综合性的。一眼就能看到呈现眼前的事物的画面。西方表意文字是分析性的，是借助一系列推论而得出的一种概念。2. 中文表意文字是一个人，西方的字母是一次行动，一个动作，一种运动。"[2]

在古代汉诗中，除一些特殊的诗体，如宝塔体等具有"诗形"外，格律诗等主流诗体通常没有现代的"诗形"概念。即使格律诗是"齐言体"，由于书写时不分行和不使用标点，诗的形体也很难呈现，如何其排列自然不会受到诗人的重视，古代诗人对格律为代表的诗的音乐性的重视远远大于对诗的视觉形式的重视，即古诗重"诗律"（诗的音律）轻"诗形"（诗的形体）。这与古诗重视吟唱有关。新诗革命以打破"无韵则非诗"的做诗信条为主要任务，尽管新诗仍然强调诗的内在节奏和自然音韵，但是新诗的音乐性，特别是表面的音律受到了极端的忽视，新诗人便忽视"诗律"重视"诗形"，不得不重视新诗的"建行""建节"等语言的书写排列方式，建筑美是新诗重要而特殊的诗体特征，诗形建设成为新诗的诗体建设的重要内容。

新诗是多元发生的文体，不仅是政治改革（政治激进主义）和思想文化大变革（文化激进主义）的产物，更是语言大变革的产物。白话成为社会通用语言决定了平民文学及平民诗歌的主导地位。白话运动决定了新诗革命的激进方式和新诗的非艺术地抒发平民情感的功能和无定型诗体与固定诗家语的文体形态，彻底打破了古代汉诗源远流长的两大传统：诗要有体（齐言体）和诗要有"诗家语"。因此新诗革命既是诗的体式的革命，也是诗的语言的革命。在新诗革命时期，关注普通人的情感生活，抒发普通人的情感是新诗的一大功能，要抒发普通人的普通情感，通俗易懂的诗歌形式自然成为新诗的首选，严谨的格律诗体自然会被松散的自由诗体取代。新诗生长于受到"革命"极端重视的乱世，既有高度的严肃性、精英性、启蒙性，更有强烈的时代性、平民性、世俗性、青年性、先锋性。新诗的革命性及先锋性主要体现在"写什么"上，也体现在"怎么写"上，诗的形式变革远远大于诗的内容变革，所以把新诗革命称为"新瓶装旧酒"的文体大革命，主要表现为语言的大替换和诗

〔1〕［美］叶维廉：《中国诗学》，生活·读书·新知三联书店，1992年，第174页。

〔2〕［法］保尔·克洛代尔：《西方的表意文字》，蔡宏宁译，乐黛云、李比雄：《跨文化研究13》，上海文化出版社，2003年，第73页。

体的大解放,用白话取代文言,用自由诗取代格律诗,虽然打破了“无韵则非诗”“诗有恒裁”等古代汉诗的做诗原则,却赋予了诗人更多的文体创造自由,为汉诗的诗形建设创造了条件。

新诗的诗形受到了外国诗体和外国诗的“汉语翻译诗体”的影响。梁实秋在 1930 年 12 月 12 日给徐志摩的信中说:“我一向以为新文学运动的最大的成因,便是外国文学的影响;新诗,实际上就是中文写的外国诗。”[1]梁宗岱 1935 年 11 月 8 日在《大公报·诗特刊》发表的《新诗底十字路口》说:“翻译,一个不独传达原作底神韵并且在可能内按照原作底韵律和格调的翻译,正是移植外国诗体的一个最可靠的办法。”[2]外国诗歌是新诗最重要的诗体资源,特别是以英语诗歌为代表的外国诗歌的形态对新诗的形态产生了巨大影响。以英语诗歌为例,不但以浪漫主义诗歌为代表的近代英诗格律诗对新诗形态造成了较大影响,如新诗中的新格律诗主要模仿了它,而且现代诗歌中的英诗自由诗(free verse)和具象诗(concrete poetry)的形态也被新诗的自由体诗人和图象诗诗人借鉴模仿。如外国诗歌流行的两行为一诗节、四行为一诗节的分节方式,在汉语翻译诗甚至新诗创作中都十分普遍。采用西方诗体,如“商籁体”(sonnet,又译“十四行诗”)写新诗的人在百年间始终存在,代表诗人有朱湘、冯至、屠岸等。但是新诗的诗形并非完全是外国诗的诗形的“横的移植”。中国诗歌的改革风潮造成中国少有纯正的诗歌翻译,很多翻译诗是“中国化”了的外国诗,翻译者总是“为我所用”地任意改变原有诗形。

新诗草创期的诗形建设大致经历了三个阶段:一是直接套用外国诗的原始诗形。二是使用被“中国化”,特别是“自由化”了的外国诗的汉语翻译诗的诗形。三是在两者基础上创造自己的诗形。在新诗草创期,只有少数人重视诗形建设,刘大白认为中国诗篇外形律的中心就是整齐律。“外形律”一词说明刘大白等新诗诗人想通过“律化”的方式规范新诗的外形。宗白华是最早重视通过诗的排列来建设诗的形体的人,主张新诗的“形”得有图画的形式的美。他发表于 1920 年 2 月《少年中国》第 1 卷第 8 期的《新诗略谈》认为:“近来中国文艺界中发生了一个大问题,就是新体诗怎样做法的问题,……我们要想在诗的形式方面有高等技艺,就不可不学习点音乐与图画(以及一切

〔1〕 梁实秋:《新诗的格调及其他》,杨匡汉、刘福春:《中国现代诗论》,上编,花城出版,1985 年,第 141 页。原载 1931 年 1 月 20 日《诗刊》创刊号。

〔2〕 梁宗岱:《新诗底十字路口》,李振声:《梁宗岱批评文集》,珠海出版社,1998 年,第 130 页。

造型艺术，如雕刻、建筑)。使诗中的词句能适合天然优美的音节，使诗中的文字能表现天然画图的境界，况且图画本是空间中的静的美，音乐是时间中动的美，而诗恰是用空间中闲静的形式……文字的排列……表现时间中变动的情绪思想。所以我们对于诗，要使他的'形'能得有图画的形式的美，使诗的'质'(情绪思想)能成音乐式的情调。"[1]到1923年左右，新诗开始建立起一些相对稳定的形体，建设起一些约定俗成的排列规则，如对称、均衡、整齐。在诗形建设日渐受到重视的潮流影响下，新月派公开倡导重视诗的格律形式和诗的建筑美的新格律诗。朱湘主张诗的内容、外形和音乐应该并重。1926年4月1日徐志摩在《诗刊弁言》中说："我们信完美的形体是完美的精神唯一的表现。"[2]1926年5月13日闻一多在《诗的格律》中说："但是在我们中国的文学里，尤其不当忽略视觉一层，……诗的实力不独包括音乐的美(音节)，绘画的美(词藻)，并且还有建筑的美(节的匀称和句的均齐)。……增加了一种建筑美的可能性是新诗的特点之一。"[3]

在20世纪上半期，新诗诗人不仅重视建设新格律诗"豆腐块"样的常规诗形，也重视诗形的独创，借鉴外来的现代诗形，做了许多卓有成效的探索。受苏俄诗人勃洛克的影响，创造社诗人王独清的长诗《Ⅱ beC》(《十二月一日》)也采用过这种方式。鲁迅在1929年5月22日在燕京大学国文学会的讲演中(这次讲演的题目是《现今的新文学的概观》)说："至于创造社所提倡的，更彻底的革命文学——无产阶级文学，自然更不过是一个题目。这边也禁，那边也禁的王独清的从上海租界里遥望广州暴动的诗，'pong pong pong'，铅字逐渐大了起来，只在说明他曾为电影的字幕和上海的酱园招牌所感动，有模仿勃洛克的《十二个》之志而无其力和才。"[4]鸥外鸥1943年出版的《鸥外鸥诗集》中的一些诗便借鉴了法国未来派诗人阿波利奈尔的排列方式。1942年他发表于《诗》月刊上的《被开垦的处女地》使用不同型号的"山"字来突出"重重迭迭包围了十万人的桂林"的山的立体形象，让人有"山"扑面

[1] 宗白华:《艺境》，北京大学出版社，1987年，第20—21页。原载1920年2月《少年中国》，第1卷第8期。

[2] 徐志摩:《诗刊弁言》，郑振铎:《中国新文学大系·文学论争集1917-1927》；影印本，上海文艺出版社，1981年，第333页。

[3] 闻一多:《诗的格律》，杨匡汉、刘福春:《中国现代诗论》，上编，花城出版社，1985年，第124-125页。原载1926年5月13日《晨报副刊·诗镌》，第七号。

[4] 鲁迅:《现今的新文学的概观》，鲁迅:《鲁迅文集·三闲集》，第四卷，黑龙江人民出版社，1995年，第114页。

而来之感。他的《第2回世界讣闻》的汉字是统一字体，英语单词 WAR 却使用了两种大小不同的字体，而且全用大写。首尾两个诗节相同，都用了7个 WAR，前5个直排，后两个横排。其他每个汉字诗节都将两小一大的两个 WAR 直排放在其后。

为了新诗有更好的诗形，一些诗人想了很多办法。以标点的使用为例，新诗最早没有标点，受白话文使用西洋标点的影响，新诗在20年代初期开始使用标点。但是在20年代中期，标点受到了穆木天等重视诗形的新诗诗人的怀疑，干脆摒弃了标点。标点的去除对新诗的诗形建设起到了特殊的作用，使诗人更有可能排列出具有形体感的诗形。西式标点更多只是一种语言停顿符号，缺乏象形表意功能，不像汉字具有强烈的图象意义感。新诗去除标点赋予了诗人在排列上的更多自由，新诗采用的全是具有极强的综合表意功能及图象感的汉字，更有利于通过象形文字来创造图象，还可以更灵活地通过“空白”来弥补语言的“辞不达意”弱点。中国有重视“空白”，用“空白”来表达言外之意的美学传统。“含糊这一感受使许多人困惑。以我们的文化来说，形象是最重要的，背景却往往可以被删除，被认为是无所含意的东西。但从东方的人的观点看，失去了一方，另一方也就不复存在。太极图表达了形象/背景互相依赖的典型中国式概念。正是由于这一概念，东方思想以容忍斗争和矛盾为特征。由于这种态度，东方思想接受感觉组织上的二元论(dynamicduality)。东方的艺术家，基于这一观点，常常在画里留出珍贵的空白来表示一些含意深邃的东西。”[1]穆木天是最先主张用“空白”取代标点的新诗诗人，他十分重视诗的视觉形式，他的诗大多不用逗号和句号，甚至通篇不用标点，还通过语言符号的有机排列在诗行中留下一些空白，来达到他追求的“时空间的律动”的效果。以他的代表作《苍白的钟声》最后一个诗节为例(原诗直排)：

听残朽的古钟在灰黄的谷中
入无限之茫茫散淡玲珑
枯叶衰草随呆呆之北风
听千声万声——朦胧朦胧——

---

〔1〕［美］卡洛琳·M·布鲁墨:《视觉原理》，张功钤译，北京大学出版社，1987年，第36页。

荒唐茫茫败废的永远的故乡之钟声
听黄昏之深谷中

20世纪后半叶台湾诗人更重视诗形

20世纪后半叶，新诗的诗形建设在大陆和海外发展，经历了不同的历程。大陆诗歌在50年代出现了声势浩大的新民歌热和现代格律诗热。1954年4月11日，何其芳给现代格律诗下出定义："按照现代的口语写得每行的顿数有规律，每顿所占的时间大致相等，而且有规律地押韵。"[1]从50年代到70年代末期，"豆腐块"式的现代格律诗及民歌体诗等准定型诗体是大陆诗坛的主流诗体，这些诗体的诗形高度重视节的匀称和句的均齐。其间尽管有不讲究句的均齐的"楼梯体"，如"田间体"等非定型诗体存在，但是仍然重视排列的对称、和谐，所以常常采用"等差"式的梯级排列，明显受到了中国传统美学观念，如浑圆、均衡、和谐、对称的巨大影响。

在20世纪后半叶，一些当年致力于形体建设的大陆新诗诗人，也不敢再痴迷地追求诗的视觉效果，写出"奇形怪状"的诗。以鸥外鸥为例，他是20世纪三四十年代未来主义的代表诗人，创作了《被开垦的处女地》《第2回世界讣闻》《传染病乘了急列车》《食纸币而肥的人》等大量诗形独具的诗。尽管他在80年代的诗体独创意识仍然远远强烈于同时代的诗人，特别是比与他同龄的老诗人"先锋"得多，在诗体上仍常有创意，甚至还以"古文体自由诗"为副题写了《国之患》《谁真谁假》等新体诗，却从50年代以后，再也没有创作出一首通过改变字体的大小来呈现诗情诗意的视觉排列形式独特的诗。在1985年广州花城出版社出版的诗集《鸥外鸥之诗》中，所有的图象诗都创作于50年代以前，50年代以后的作品不仅唯美追求锐减，而且在诗体的构建创新上与普通诗人的差别远远没有他年轻时候的大。把他早年普通的图象诗和他晚年最富有创意的，被他称为"似词非词自由诗"和"古文体自由诗"作简单比较，就不难发现一个优秀的图象诗人是如何从激进走向保守的。在新诗又发展了60年后的今天，仔细研读《被开垦的处女地》，仍会发现它不愧是新

[1] 何其芳:《关于现代格律诗》，杨匡汉、刘福春:《中国现代诗论》，下编，花城出版社，1985年，第65页。

诗史上优秀的图象诗。诗人在晚年时却不敢肯定其价值。他在 1985 年出版此诗时在诗的后面并非“画蛇添足”地加上了这样一段颇能表现新诗诗人,特别是大陆当代诗人进行图象诗创作的“不安”心态的话:“此诗写于第二次大战前的 1937 年初,通过各方面不平常的动态,预见大战的迹象已迫近。所以利用英语‘WAR’一词作为叫卖号外时惊呼‘喝呀’的拟声,又兼用了原词‘战争’的意义。不会被视为‘形式主义’吧?有人会这样看的。”[1]

在 20 世纪最后 20 年,新格律诗受到了自由诗的巨大挑战,相对固定的诗形被极端摒弃,诗人的诗形意识和诗体意识严重缺乏。尽管在 80 年代中后期到 90 年代初期出现了诗歌实验热,但是对诗的语言的关注远远大于对诗的形体的关注,如在 80 年代的“口语诗”和 90 年代的“字思维”等针对诗的语言形式的大讨论中,几乎没有人论及诗的形体。虽然在这期间一直有人致力于新格律诗的建设,如邹绛选编了《中国现代格律诗选 1919 - 1984》,重庆出版社,1985 年出版,选出胡适等人的现代格律诗 300 多首。邹绛将 1919—1984 年的现代格律诗体分为 5 大类型:“一、每行顿数整齐,字数整齐或不整齐。二、每行顿数基本整齐,字数整齐或不整齐者。三、一节之内每行顿数并不整齐,每节完全对称和基本对称。四、以一、三两种形式变化者。以上四种类型诗都有有规律的押韵。五、每行顿数整齐或每节互相对称,但不押韵或没有一定的押韵格式者,有的每行顿数并不整齐而节与节互相对称。”[2]但是在这 20 年中,自由诗在新诗诗坛仍然占有绝对的优势,而且有形体越来越自由,越来越散文化的趋向,如很多诗都只分行不分节,即使分行也十分随意,诗坛没有建立起基本的“建行”原则,有的甚至不分行。

即使是那些主张新格律诗的诗论家也将诗体建设的重点放在诗的音乐形式上,只有吕进等极少数人重视诗的形体建设。他在 1982 年出版的《新诗的创作与鉴赏》的第三章《诗的形式》中,把诗的形式分为音乐美、排列美和精炼美,并以专节讨论了以诗行、诗节及诗行的排列方式呈现的新诗的“排列美”。他把新诗诗行的排列方式分为五种:半自由体、高低行、楼梯式、对称体和图案体。尽管他认为:“排列美、精炼美是诗的形式的重要质素,但从根本上说,它们仍然统摄于、制约于诗的音乐美。”[3]但是他对诗的形式的重视远远大于同时代的诗论家和诗人,特别是他高度肯定了“图案体”:“图案体特

〔1〕 鸥外鸥:《鸥外鸥之诗》,花城出版社,1985 年,第 27 - 28 页。
〔2〕 邹绛:《中国现代格律诗选 1919 - 1984》,重庆出版社,1985 年,第 28 页。
〔3〕 吕进:《新诗的创作与鉴赏》,重庆出版社,1982 年,第 71 页。

别注重诗体的建筑美。通过宛如图案的诗体加强诗的抒情内容的形象性，加强诗的节奏与音韵。图案诗是多种多样的。”[1]他还肯定了杨炼的《织》和贺敬之的《放声歌唱》的排列价值。他高度评价了《织》的“排列美”：

当纯洁的、可爱的
露水
悄
悄
滴湿了时间……

在中国大陆当代诗坛，尽管田间、贺敬之、杨炼、伊蕾（代表作《黄果树瀑布》）等诗人在自己的一些诗中较重视诗形，却无法列出从事图象诗创作的诗人名单。原因是没有专门的且有成就的图象诗人。绝大多数大陆当代诗人过分相信“皮之不存毛将焉附”，根本没有这种“诗形”意识，只有极少数诗人在自己的创作中在“形式为内容服务”总原则下稍作改良，在诗形上适当“形异”或者“图象”一下。特别是在“豆腐块”形的新格律诗几乎一统天下的六七十年代，几乎没有其他诗形存在的空间。即使到了外国现代诗歌大量涌进大陆的80年代，很多学者、翻译家、诗论家都认为重视诗的形体的具象诗根本不是诗。如大陆优秀的英诗翻译家江枫在翻译美国现代诗人理恰德·柯斯特拉涅茨（Richard Kostelanetz 1940—）的两首具象诗《同心》和《向亨利·福特致敬》时，就武断地结论说：“他的这两件作品，是所谓的具体诗的样品。具体派的意图或理想，是超越语言的隔阂，诉诸直观印象，以传情达意。然而，诗是语言的艺术；具体派的实验却抛弃了语言作为一种高度发展的信号系统的所具有的丰富而神奇的表现能力。具体派的实验，可以是一种游戏，甚至可以是一种有趣的游戏，却不是诗。”[2]令人不解的是，江枫却把这两首诗放入了他译的《美国现代诗钞》中。既可能是因为具象诗在诗坛客观存在，他只好接受其存在。另一方面，他故意译出这两首诗（严格地说，他只译出了题目，这两首英诗是抗译的）的目的，是为了得出他所认为的它们不是诗的结论。后者的可能性更大。因为即使在距离《美国现代诗钞》中译本出版20多

〔1〕 吕进：《新诗的创作与鉴赏》，重庆出版社，1982年，第97页。
〔2〕 江枫：《美国现代诗钞》，青海人民出版社，1986年，第347页。

年的今天，尽管诗的个人化写作和游戏功能都得到了较多的肯定，但是很多大陆学者仍然不承认它们是诗，还认为是纯粹的语言游戏。

甚至到了21世纪，新诗的排列图式也只得到了大陆少数研究者的肯定和一些读者的欢迎。如《诗探索》2000年第1—2辑发表了王珂论文《论诗的图式及“形异”的价值》，对形异诗作了充分的肯定。《艺术广角》《东方丛刊》在近年也刊登了王珂的形异诗研究系列论文。2006年8月《西南大学学报》发表了王珂的《新诗诗形建设的历史透析及反思》。但是诗形理论研究还没有得到新诗研究界的充分重视，新诗创作界对它的重视程度也远远不如20世纪二三十年代，没有出现穆木天、鸥外鸥那样的致力于诗的形体改革的诗人。全国现有《诗刊》《星星》《绿风》等十多家诗刊，却没有一家设置“图象诗”专栏。全国还有数十家纯文学刊物，也没有开设此类专栏。

20世纪后半叶，由于一直与外国现代诗歌保持密切联系，甚至直接受到了西方具象诗的影响，也因为没有与20世纪上半期的新诗，特别是现代派诗歌产生巨大的断裂，以中国台湾新诗诗人为代表的海外华语诗人对诗的形体的重视远远胜过大陆诗人，他们创作了大量图象诗。代表作有白萩作于50年代的《仙人掌》和詹冰作于1966年的《三角形》等。詹冰是最有成就的图象诗诗人。他主张现代诗人应该将情绪予以解体分析后以新的秩序和型态构成诗，因此他高度重视诗的视觉性特色，创作出《山路上的蚂蚁》《雨》《水牛图》《二十支的试管》等图象诗。90年代台湾图象诗更加繁荣。萧萧的《我心中那头牛啊！（甲篇）·双泯第十》，不仅将诗横排与直排结合形成与诗意相关的图案，而且还采用不同的字体将诗题、引用的古诗、古诗的作者署名和自己写的诗排出。白灵的《蹬羚》的排列形象地写出了蹬羚的跃进感和无奈的生存状态。有的诗人还创造出完全有别于传统诗形及当代主流诗形的图式，来更好地突出诗的视觉美，充分利用非语言手段达到抒情达意的效果，如《台湾诗学季刊》1999年冬季号的封三上刊发了苏绍连的两首“图象诗”《〈金谷园〉变奏曲》和《〈逢入京使〉变奏曲》，已与传统诗形迥异。

在世纪之交，图象诗更是受到台湾新诗界的重视，如《台湾诗学季刊》第31期（2000年夏季号）是“图案诗专号”。第33期（2000年冬季号）的“现代诗学”栏目发表了丁旭辉的论文《詹冰图象诗研究》。他在文中称：“台湾现代诗人中，最早创作图象诗的应属詹冰。1943年，他为了实验如何能使文学作品可以像绘画、音乐般无国界限制而能使‘世界通用’，首次写了《Affair》《自画像》二首图象诗……《绿血球》是詹冰的第一本诗集……在《绿血球》中，还有二首图象诗：《插秧》和《雨》。……1955 年，他写了《蝶与花》，但并未发表，直到 1978 年才附在《图象诗与我》中发表……1966 年，詹冰在《笠》诗刊发表了两首著名的图象诗作：15 期发表《水牛图》(1966 年 10 月 15 日，2－3)，16 期发表《三角形》(1966 年 12 月 5 日，5)。1967 年，在《笠》诗刊 20 期，他又发表了《二十支的试管》(1967 年 8 月 15 日，2－3)。其中《水牛图》与《二十支试管》收入 1986 年出版的詹冰第二本诗集《实验室》……1975 年，詹冰又写了《山路上的蚂蚁》，虽然是童诗，但仍不失为图象诗的佳作。在理论上，他认为图象诗是'诗与图画的相互结合与融合，而可提高诗效果的一种诗的形式。'对于汉字在图象诗创作上的优点，他说：'我国文字是一种象形文字。最适合做图象诗的工具。这一点对写图象诗的我国诗人，比起外国人是有利而幸运的。我想中国图象诗的前途是无可限量的。'不过他同时也说：'要写图象诗必要有适于图象诗的诗材，才可写出成功的图象诗。不然的话，是徒劳无功的。所以图象诗'先天失调'及'后继无人，而不了了之'的原因也在这里。我想今后若遇到有适于图象诗的诗材，仍可以写出成功的作品。由此可见詹冰虽然在理论上着墨不多，但他对汉字图象特质的认识是非常深刻的，对图象诗的发展则是悲观中有乐观的期待。悲观是基于现实的，因为詹冰说这话是 1978 年，70 年代末到 80 年代初正是图象诗的低潮期；乐观则是来自对汉字的高度理解与信心，而这乐观果然在不久后实现了，因为 80 年代中期以后，台湾现代图象诗便生机蓬勃的发展开来了，洛夫、罗门、非马、杜国清、萧萧，罗青、苏绍连、杜十三、陈黎、罗智成、陈建宇、林耀德、罗任玲、颜爱玲等前行代、中生代与新生代的图象诗作者，以大量而优秀的图象诗作品，将詹冰、林亨泰、白萩撒下的种子，灌溉出一座花园锦簇的图象诗花园。"[1]这段话可以看作是对我国台湾当代图象诗的总结，说明台湾诗人对诗形的高度重视。

台湾的诗形研究也远远比大陆兴盛。如叶维廉《中国诗学》中的《中国古典诗中的传释活动》一文专门研究了回文诗。他举了周策纵发表于《当代文艺》1967 年的一首回文诗，对回文诗中语法所呈现的"完全灵活性"高度肯定："首先，这种灵活性让字与读者之间建立一种自由的关系，读者在字与字之间保持着一种'若即若离'的解读活动，在'指义'与'不指义'的中间地带，而造成一种类似'指义前'物象自现的状态。我们在这首诗的前面，那些字，

〔1〕 丁旭辉：《詹冰图象诗研究》，《台湾诗学季刊》第 33 期，唐山出版社，2000 年，第 108－116 页。

仿佛是一个开阔的空间里的一些物象，由于事先没有预设的意义与关系的‘圈定’，我们可以自由进出其间，可以从不同的角度进出，而每进可以获取不同层次的美感。”[1]近年中国台湾新诗理论界更比中国大陆重视诗的形体研究。如《台湾诗学》一号（2003 年 5 月版）为“诗与画专辑”，发表了台湾专门研究图象诗的学者丁旭辉的《试论诗陈千武诗的图象技巧》等研究文章。大陆还没有一家诗歌刊物专门探讨“诗的形体”。王珂十多年来一直研究诗的形体及图象诗（形异诗），完整的研究成果（5 万字论文）不是发表在大陆学术刊物上，而是发表在台湾的学术期刊《台湾诗学季刊》上。丁旭辉还专门申报了图象诗研究课题。大陆还没有人申报此类课题。王珂连续十多年申报与此相关的“新诗诗体”课题，却从未获得立项。大陆很多学者诗人既不承认新诗应该有诗体，更不承认新诗应该有相对规范的形体，甚至还否认诗的形体有助于诗意的表达和诗美的完善。大陆诗人更没有“诗形意识”。以王珂 2006 年 6 月参加“鼓浪屿诗歌节”的经历为例：这次诗歌节要求诗人写一首有关厦门鼓浪屿的诗，发表在《厦门日报》上。王珂觉得只有新诗中比较古老的诗体现代格律诗体才能与鼓浪屿的古色古香相配，便写了一首讲究“句的均齐”和“节的匀称”的现代格律诗《多想在鼓浪屿浪来浪去》。但是《厦门日报》发表出来的却是一首既无诗体更无诗形的“自由诗”，编辑是厦门著名诗人，把诗做了全新的排列，王珂苦心经营的“诗形”荡然无存。《诗歌月刊》（下半月刊）2006 年 7 期刊发这首诗时，仍然采用的是自由诗形，让读者很难想象出这是一首标准的现代格律诗。由此可见今日诗人和诗歌编辑对自由诗的偏爱。

人类诗歌经历了口头创作及口头传播方式和平面的纸质书面创作及书面传播方式。口头诗歌与书面诗歌有巨大的差异，如口头诗歌更多是“歌诗”而不是“诗歌”，更重视诗的音乐性，几乎不存在诗的视觉形式。诗要书面记录，才出现了“齐言体”等强调诗的视觉形式的文体特性，才出现真正的诗体。电子网络传播是人类诗歌由口头传播到纸质书面传播后的第二次大飞跃，传播方式的改变带来了诗的文体特征及美学特征的改变，特别是带来了诗的形态及诗体形式的巨变。电脑网络的大普及带来了网络诗及“网络诗学”。象形文字汉字更有利于电脑多媒体的运用，在网上写作中，诗的排列形式更受到现代诗人的推崇。在 90 年代中期，台湾的一些汉语诗人对“网络诗”感兴趣，创作了一批重视形象排列、追求图象效果的“网络诗”。进入 21 世纪后，

[1] [美]叶维廉:《中国诗学》，生活·读书·新知三联书店，1992 年，第 17 页。

大陆的网络诗也有了长足的发展。但是如同用笔写作一样，大陆网络诗人对诗形的重视仍然远远逊色于台湾诗人。

台湾网络文学大约起源于90年代，最早成立的大约是《涩柿子的世界》和《妙缪庙》。1998年成立的《歧路花园》，载明其宗旨为“实验网路[1]功能，以之作为文学创作和发行工具，尝试开发新型的文学表现形式并改良文学传播的管道。”[2]台湾网络诗能够健康发展，与优秀诗人的积极参与和丰富多彩的文体实验休戚相关。如苏绍连(1949—)在散文诗、儿童诗、纸质的图案诗创作方面都颇有成绩。网络技术使苏绍连等图象诗诗人如虎添翼。2003年5月出版的《台湾诗学学刊》第一号发表了台湾学者商瑜容的题为《米罗·卡索网路诗作的美感效应》的研究文章，论文“摘要”高度评价了苏绍连的网络诗创作：“1998年他开始尝试编写网路诗，并以笔名米罗·卡索在《歧路花园》和《美丽新文字》网站上，发表了许多精彩的作品。从一名优秀的文本作家，转战超文本的编制，其网路诗作的艺术表现，非常令人期待。”[3]经过对《困兽之门》《纸鹤》《门的情结》《沙漏》等作品的细致解读，在论文的“结语”中，研究者得出这样的结论：“一、超文本的策略运用：1. 作者以动态或静态的图文背景发挥预示题旨的作用，并擅长突出前景、背景的对比产生张力。2. 图示等连结指示构成外显的召唤结构，语义的模糊断裂则是内隐的召唤结构，两者相辅相成，引导读者进入文本。二、超文本与读者的交流过程：1. 读者与文本中丰富的空白相互激荡，高度发挥想象力。2. 米罗·卡索创新超文本的互动模式，读者因而对过去的阅读经验产生否定，建立起新的视野，交流效果得到增强。三、读者的美感生成：1. 读者的视点游移有两种变换模式，一为受超文本策略影响的被动游移，一为读者自发的主动游移。2. 阅读过程中读者不断进行被动综合，每一瞬间都是意义的涌现，直至掌握意义中心，完成阅读。3. 超文本开放的形式使读者自我实现的途径趋向多元。”[4]这些结论证明台湾网络诗创作者和研究者具有较高水平。向阳也是

---

〔1〕 台湾及海外把大陆所称的“网络”称为“网路”，海外学者称为的“网路诗”即大陆学者所说的“网络诗”。

〔2〕 商瑜容：《米罗·卡索网路诗作的美感效应》，《台湾诗学学刊》第一号，唐山出版社，2003年，第87页。

〔3〕 商瑜容：《米罗·卡索网路诗作的美感效应》，《台湾诗学学刊》第一号，唐山出版社，2003年，第85页。

〔4〕 商瑜容：《米罗·卡索网路诗作的美感效应》，《台湾诗学学刊》第一号，唐山出版社，2003年，第110页。

在平面文学书写上取得巨大成就的著名诗人，他近年也热心于突出网络诗与纸质诗在形式上有明显差异的实验创作，如将平面旧作改写为《一首被撕裂的诗》《心事》《大雪》等网络诗，设置在“台湾网路诗实验室”上。

大陆至今没有这样的“网路诗实验室”，大陆目前的网络诗，基本上没有实现台湾网络诗的宗旨，只是将网络简单地作为发行工具及改良新诗的传播方式的管道，几乎没有诗人，特别是在纸质诗歌写作上颇有影响的诗人尝试开发新型的文学表现形式。大陆诗人将诗上网，也不像台湾诗人有“诗形意识”，而是将纸质的诗直接搬上网去，甚至采用千篇一律的“自动排版”方式。绝大多数诗人都不是直接在电脑上写诗，更不会在电脑上“制作”诗，原因是大陆没有严格意识上的“网络诗人”和“超文本写作”，他们接受的是“皮之不存毛将焉附”的诗歌观念，这种重视内容轻视形式的诗歌观造成对新诗的诗形建设得不到应该有的重视。不可讳言，一些台湾诗人，特别是“图案诗人”，在新诗的诗形建设上也走了极端，过分重视营建诗的形体，追求诗形的标新立异，忽视了诗的常规形体的构建，甚至完全改变了新诗已有的排列方式。

2006 年 10 月 14－16 日“新世纪中国新诗国际学术研讨会”；主办方：北京大学中国新诗研究所和首都师范大学中国诗歌研究中心；地点：北京友谊宾馆。

一棵开满鲜花的情感树

——席慕蓉诗的接受经历和现实印象

摘　要：席慕蓉诗的最大优点是高度重视诗的抒情功能和现实生活，诗的艺术性、技巧性虽然不强，却以真实的女性情感及女性气质打动了众多青春读者。无论是早期的爱情诗还是晚期的亲情诗，都让人感受到人世间的真情实感。通过抒写纯真的人间感情呈现出诗人的高尚人格，她的诗透出她具有浓郁的女性气质及女人味。她的很多诗都有画的色彩感和立体感，她的绘画智能可能影响了语言智能，绘画职业也使她不能把更多的时间、精力放在诗艺的学习研究上，造成她的诗明显具有语言平淡、意象简单、结构单一等缺点，缺乏现代诗歌普遍追求的语言的“弹性”和意象的“有力”。

关键词：抒情功能　语言智能　绘画智能　女性气质

首先我应该向席慕蓉说声“谢谢”。尽管今天是第一次见到席慕蓉，但无论是作为一个普通读者，还是作为一个专业的新诗研究者，我与席慕蓉都有长久的缘分。席慕蓉不仅与我的诗歌研究职业生涯有关，也与我的爱情生活有关。

第一次接触到席慕蓉的诗是在1986年，当时我正处在“无怨的青春”时代，在重庆西南师范大学外文系求学，受到波德莱尔、庞德、艾略特的影响，迷信象征主义和意象派诗歌。我是在政治抒情诗时代长大的，从小受到的是诗歌必须写“大我”情感、抵制“小资”情调的教育。突然读到席慕蓉的诗，淡淡的情感、简约的语言、平实的意象，有点像艾青的诗风：“单纯、朴素、明快和集中”，但是又比艾青的诗的情感更细腻、语言更雅致、意象更纯净、结构更圆润、诗体更小巧。尽管当时我不喜欢这种写法，觉得太女人味和太奶油味，甚至认为太小气和太没有技巧。但是我很惊奇：“情诗也可以这样写。”我明显感觉到这样的诗对我有一种“诱惑”，这种诱惑有点像70年代末期通过我国台湾电台（当时称为“敌台”，是严禁收听的）偷听邓丽君的歌，有种欲罢不能的“阅读快感”。在一次大学生诗人讨论席慕蓉的诗为什么流行的座谈会上，我这样评说阅读席慕蓉诗的真实感受：“尽管席慕蓉的诗在诗艺上不能给我美的享受，不能成为我诗歌写作的范例，却可以给我情感的安慰，可以成为我爱情的教科书。"当时很多大学生读者都有这种感觉。同时，很多大学生诗人都觉得和当时大陆流行的"第三代诗歌"相比，特别是与中外现代诗歌的经典作品相比，席慕蓉诗的艺术性不强。当时尽管席慕蓉的诗集在大陆成为"畅销书"，这是新诗史上第二次新诗集成为"畅销书"，第一次是新诗革命时期胡适的《尝试集》。胡适在《尝试集》四版自序中说："《尝试集》是民国九年三月出版的……社会对于我，也很大度的承认我的诗是一种开风气的尝试。这点大度的承认遂使我的《尝试集》在两年之中销售到了一万部。"[1]席慕蓉诗集的发行量远远超过一万部。《无怨的青春》1983 年 2 月由台湾大地出版社出版，1986 年 1 月由大陆中国友谊出版社出版，受到欢迎，1987 年 9 月由广州花城出版社出版，成为"畅销书"。《七里香》1981 年由台湾大地出版社出版，1987 年 2 月由广州花城出版社出版，出版后马上就成为"最畅销"的诗集。即使在 90 年代后期，席慕蓉的诗集仍然堪称"畅销书"。《时间草原》1997 年 7 月由上海文艺出版社出版，2001 年 4 月第 8 次印刷，印数为 46 600 册。当时社会上的很多诗人都出自各种目的否认"畅销诗集"的艺术品位，如当时精英文化与大众文化、高雅文学与通俗文学尖锐对立，有一个非常偏激的观点：凡是流行的都是低级的通俗文学，一些诗人和诗论家认为席慕蓉诗既然流行，艺术品位当然不高。幸运的是 80 年代后期的大陆诗坛并没有公开攻击"席慕蓉诗歌热"。而 90 年代初期的"汪国真诗歌热"受到了大陆诗坛的猛烈围攻。

1987 年我到西南师范大学中国新诗研究所读新诗理论及创作研究方向的研究生，对中外诗艺的了解更多，更感觉到席慕蓉诗在诗艺上的欠缺，甚至觉得她的诗与 60 年前冰心的小诗《繁星》和《春水》相比，也是小巫见大巫。尽管她的诗与当时大陆众多的女诗人相比，无论是情感上还是语言上都细致得多，但我还是认为席慕蓉仍然具有女诗人写作的通病，不太重视"剪刀与磨石"的力量。1988 年的一件小事改变了我对席慕蓉诗的态度。我的恋人给我寄来了一本《七里香》，她是成都西南财经大学经济系的大四学生，不是学文学的，也不喜欢写诗，她是穷学生，却省下生活费买席慕蓉的诗集。这件事情让从事专业诗歌研究的我思考以下问题：畅销诗集是否就是通俗的甚至是低级的？诗人是否应该考虑读者？席慕蓉的诗集为何会畅销？我开始全

---

〔1〕 胡适：《尝试集》，亚东图书馆，1922 年，第 1 页。

面地读席慕蓉诗作，发现席慕蓉诗既不像我的恋人那样的普通读者说的那么好，也不像当时很多专业诗人和研究者说的那么差。我发现读者是有文化层次的，不同层次的读者需要不同的艺术作品，甚至也存在雅俗共赏的情况，席慕蓉诗不仅在亚文化圈中受到热烈欢迎，文化圈内也有大量读者。诗人拥有读者，绝对是一件好事。因此 1993 年，汪国真诗集畅销却受到诗歌界的普遍否定时，作为专业的诗歌研究者，我冒天下之大不韪写了一篇为“汪国真诗歌热”辩护的文章，题目是《亚文化圈中的情感热》，认为诗歌界质疑汪国真诗的质量是可以的，但是不能完全否定这些“畅销诗”的存在价值。当时席慕蓉的诗集仍较“畅销”，一些人认为汪国真受到了席慕蓉的影响。我的这篇文章也是在为席慕蓉辩护。

1995 年，我主持《青年晚报》的中外爱情诗精品欣赏专栏“情诗丽岛”，每周向读者推介一首爱情诗。我在徐志摩、索雷斯库、里尔克、爱伦·坡之后，在 1995 年 1 月 21 日第 6 期“隆重”推出了席慕蓉《一棵开花的树》。我在这首诗后点评说：“具有女性特有的敏感和柔情的诗人发现了‘一棵开花的树’。那是一棵佛树，更是一棵爱情树，一棵缀满爱情百味果的富有生命力的树。你闻到柔情的芳香了吗？爱情的缘分是谁给的？诗人回答：不是佛，而是芸芸众生中的善解人意、渴盼真情的人。”这首诗受到了读者的热烈欢迎。很多读者反映说这首诗让他们明白了什么是真正的爱情，帮助了那些失恋后对旧情人怨恨而不能自拔的人走出了绝望的情感低谷，能够善待自己和别人，让生活重新充满阳光，让爱情树重开鲜花。

1997 年，我选编《世界女性诗选》，选录了 100 多个国家和地区的 300 多位诗人，入选条件十分苛刻。入选的台湾女诗人及诗作是：陈秀喜的《常青树》《我的笔》《假象不是我》，蓉子的《肖像》《三月无诗》，林泠的《阡陌》《瓶花》《七重天》，夐虹的《未及》《妈妈》，席慕蓉的《一棵开花的树》《沧桑之后》《自白》和《妇人的梦》。从入选诗人和诗作篇目的数量上都可以看出我对席慕蓉的重视，她是入选诗作最多的诗人。我在长达 2 万多字的《世界女性诗选序言》中也高度评价了席慕蓉：“台湾 40 多年来也涌现出大量女诗人，仅经常公开发表诗作并产生了一定的影响的就有上百位。她们的诗具有较纯净的女性味，在诗艺上也有较多的追求，取得了较大的成绩。不同时期的代表诗人有林泠、蓉子、陈秀喜、席慕蓉等。林泠是一个早慧的诗人，大部分诗写于 1955—1957 年，抒发的是十七八岁的少女情感，主要是现代女性与传统女性的意识合为一体的爱情诗，具有强烈的自主意识，如她所言：‘没有什么使我停留/——除了目的/纵然岸边有玫瑰，有绿荫，有宁静的港湾/我是不系之舟。'蓉子30多年诗花不败，她早期的诗呈现出少女的纯净，中期有了现代女性的阳刚，后期向东方抒情传统回归，既有现代意识，也有乡土意识，既关注女性自身，也关注身外的世界。陈秀喜认为'只有扎根泥土才是真的存在'，以女性特有的敏感关注社会，她的诗颇有乡土风情。席慕蓉的第一本诗集《七里香》1981年在台湾出版后，风行全岛，后在大陆也流行一时，她的诗的艺术性、技巧性虽然不强，却以真实的女性情感及女性气质打动了众多青春读者。无论在哪个时期，也无论创作手法如何改变，台湾女性诗歌的情感性都很强，社会功利性都较弱，都具有女性诗独有的阴柔品质。女诗人的创作心态也较正常，很少有公开宣称'先是诗人才是女人'的女诗人。"这篇《序言》以《女性诗歌：一条渐宽的河流》为题发表于《名作欣赏》1997年第2期和1997年第5期，受到了读者的好评，很多研究者都认为我对席慕蓉诗的评价是准确的，特别是认为我对席慕蓉的"肯定"很有价值。因为当时很少有大陆诗论家这样高度肯定席慕蓉。汪国真诗艺的粗浅和汪国真诗集问世时的"炒作"都让一些人，特别是诗界人士"讨厌"，甚至有人不但质疑汪国真的"诗品"，还怀疑他的"人品"。席慕蓉诗在80年代的流行绝无炒作的成分，她做人也十分低调，但是因为他们的诗集都是"畅销书"，他们的诗风又有相似之处，90年代一些诗人诗论家便把席慕蓉与汪国真相提并论。他们不能对汪国真诗作出公正的评价，更不能对席慕蓉诗给出公正的评价。今天看我十年前的评价可能太低了，但是在当时，却是诗歌理论界最高的。

这次海峡诗会的主办单位要求我以"新诗教授"的学者身份发言，要求我写"研究性"文章，"逼"得我系统读了席慕蓉的诗。我读的是海口南海出版公司2003年出版的《在黑暗的河流上》，收录了席慕蓉1959年8月18日写的《成熟》到1996年7月22日的《备战人生》等诗作，分为《七里香》《无怨的青春》《时光九篇》(《时光九篇》，花城出版社，1989年5月出版，远没有前两部诗集"畅销")和《请柬》四辑。这是我今天的"阅读印象"：

席慕蓉诗的最大优点是高度重视诗的抒情功能和现实生活。她在《回首的刹那》中说："在我们的世界里，时间是经、空间是纬，细细密密地织出了一连串的悲欢离合，织出了极有规律的阴差阳错。而在每个转角，每一个绳结之中其实都有一个秘密的记号，当时我们茫然不知，却在回首之处，蓦然间发现一切脉络历历在目，方才微笑地领悟了痛苦与忧伤的来历。在那样一个回首的刹那，时光停留，永不逝去。在羊齿和野牡丹的阴影里流过的溪流还正年轻，天空布满云彩，我心中充满你给我的爱与关怀。”[1]诗不仅是她的生存方式，更是她“回首”过去，“感悟”生活，“契合”自然的方式。只是她的“回首”不像莱蒙托夫那样悲观：“返顾过去，往事不堪回首/遥望将来，竟无一个知音。”她对人类和生活都充满信心，对大地万物都充满热爱与关怀。所以她的诗可以给人以阳光，给人以温暖。

席慕蓉的诗通过抒写纯真的人间感情呈现出诗人的高尚人格，她的诗透出她具有浓郁的女性气质及女人味。1996 年她在《岁月三首》之一《面具》中说：“我是照着我自己的愿望生活的/照着自己的愿望定做面具/有时候戴着谦虚　有时候戴着愉悦/只有这样才能活下去罢/努力浇熄那愤怒和骄傲的火焰/努力拔除那深植到骨髓里的忧愁/把一切美德都披挂起来。”诗人首先是人，女性诗人首先是女人，读席慕蓉的诗，让人非常真实地感受到她是一位追求真善美的女人，一位有人情味的女人，会不由自主地想起那句名言：人高则诗亦高，人俗则诗亦俗。还会想到冰心的那个结论：上帝创造女性，目的就是叫她来爱，来维持这个世界，若没有这种爱，这世界至少要失去十分之五的“真”，十分之六的“善”，十分之七的“美”。正因为席慕蓉想“把一切美德都披挂起来”，她才会在见到服装、举止都高度一致的中学生列队走过十字街头时，发出这样的感叹：“我不知道/为什么我要流下泪来/这里面有我的孩子吗？//如果真有　请你告诉我/那个昨天还有着狡黠的笑容/说话像是寓言与诗篇的孩子/那个像小树一样，像流泉一样/在我眼前奔跑着长大的孩子啊/到什么地方去了。”这首《给黄金少年》写于 1987 年 11 月 18 日，席慕蓉刚过 44 岁。她在北京乘计程车，路过母亲的旧居想去看看，未能如愿，“那天晚上梦见了母亲”，1991 年 2 月 19 日，她写了怀念母亲的《双城记》，发出了游子的无奈喟叹：“妈妈　我不得不承认　我于这城终是外人/无论是哪一条街巷我都无法通行”。

无论是早期的爱情诗还是晚期的亲情诗，都让人感受到人世间的真情实感。日本当代文论家滨田正秀这样定义现代抒情诗：“现在（包括过去和未来的现在化）的自己（个人独特的主观）的内在体验（感情、感觉、情绪、愿望、冥想）的直接的（或象征的）语言表现。”[2]席慕蓉正是通过抒写自己的内在体验——诗人自己的感情、感觉、情绪、愿望和冥想，特别是身为女人的感觉和

〔1〕 席慕蓉：《回首的刹那》，席慕蓉：《在黑暗的河流上》，南海出版公司，2003 年，第 111 页。

〔2〕 [日]滨田正秀：《文艺学概论》，陈秋峰、杨国华译，中国戏剧出版社，1985 年，第47 页。

情绪,让读者感受到一位情感丰富的善良女人的真实存在,让读者感受到诗是实在的生活也是正经的艺术。1849年法国诗人拉马丁有段名言:“诗既不是赞歌,也不是挽歌,而是实在的、正经的生活;正如歌属于日常工作一样,诗也属于生活。”[1]当代诗人太缺乏面对现实生活的真实和面对情感生活的真诚的能力,假、大、空、玄的诗风长期泛滥诗坛。当代读者最需要的不是粉饰太平的写实诗人,更不是以教师爷自居的哲理诗人,而是能够给生活在前所未有的竞争环境中的国人带来心理安慰和情感抚慰的情感诗人,国人正生活在情感枯竭中,需要微风细雨般的诗歌来湿润干涸的心灵。80年前周作人主张“平民文学”和“人的文学”:“第一,平民文学应以普通的文体,记普遍的思想与事实……第二,平民文学应以真挚的文体,记真挚的思想与事实……但既是文学作品,自然应有艺术的美,只须以真为主,美即在其中。这便是人生的艺术派的主张,与以美为主的纯艺术派所以有别。”[2]席慕蓉正是把新诗当成了“普通的文体”和“真挚的文体”,用新诗来记录“普遍的思想与事实”和“真挚的思想与事实”。她的诗如同一棵开满鲜花的情感树,这正是席慕蓉受到渴望真挚情感的读者,特别是大众读者欢迎的重要原因,他们喜欢说“人话”的“平民”诗人和“凡人”诗人,不喜欢推崇“神性写作”的“超人”诗人。

80年前周作人的另一个文学理想是:“我想文艺当以平民的精神为基调,再加以贵族的洗礼,这才能够造成真正的人的文学。”[3]诗是最高的语言艺术,诗作品是人类语言智能的杰出范例。1998年我结论说这样的诗才适合中国国情:“诗是艺术地表现平民性情感的语言艺术”。这个诗的定义两次用到“艺术”一词,就是针对新诗的艺术性不强,特别是新诗诗人与古代汉诗诗人相比,诗的技巧性及写诗的难度远远不够的现状,强调诗的写作的“难度”与“高度”。2006年,我公开提出了解决新诗的诗艺粗浅问题的八字方针:“学养、技术、高度、难度”,认为诗人应该有学识修养,应该重视做诗的“技术”,如像古代汉诗诗人那样把“推敲之功”作为诗人的基本功,主张诗人写作应该在技巧上有难度,在思想上有高度。2007年,我又提出诗人应该过诗的语言关、诗的知识关和诗的技巧关。1997年,我结论说席慕蓉诗的艺术性和技巧性不强。今天看来这个主要从《七里香》和《无怨的青春》等早期诗作得

---

〔1〕[美]H. M. 卡伦:《艺术与自由》,张超金、黄龙宝等译,工人出版社,1989年,第42页。

〔2〕周作人:《平民文学》,胡适:《中国新文学大系·理论建设集1917-1927》;影印本,上海文艺出版社,2003年,第211页。

〔3〕周作人:《贵族的与平民的》,杨扬:《周作人批评文集》,珠海出版社,1998年,第49页。

出的结论有些极端。她早期的诗作也重视诗的技巧，以诗的形体为例，1979年10月27日写的《美丽的时刻——给Hp》把最后一个句子排列为：渴望/你能/拥我/入怀；1980年12月写的《伴侣》把“愿天长地久”分为单词排列。她在诗体上也富有创造精神，早期喜欢写十多行的短诗，晚期既写长诗，也写小诗。1986年6月11日写的《在黑暗的河流上——读〈越人歌〉之后》长达44行，1986年9月14日写的《夏夜的传说——沙界·一尘一劫》长达245行；1989年6月23日写的《极短篇》只有5行。

席慕蓉是画家，绘画是非常重视艺术性和技巧性的，应该说画家出身和画家职业给了诗人很多优势，如她的很多诗都有画的色彩感和立体感，如《一棵开花的树》。1997年4月，她在《时间草原》的序言《初心》中说：“一首诗，就如同一幅展出的画，也需要足够的空间，才能成为一个独立的个体。”[1]但是也许正是因为席慕蓉是画家，绘画智能可能影响了语言智能，绘画职业也使她不可能把更多的时间精力放在诗艺的学习与研究上，造成她的诗明显具有语言平淡、意象简单、结构单一等缺点，缺乏现代诗歌普遍追求的语言的“弹性”和意象的“有力”。庞德甚至说：“一个人与其在一生中写浩瀚的著作，还不如在一生中呈现了一个意象。”[2]英语现代诗歌形成了“复合”(complexity)、“暗示”(allusiveness)、“反讽”(irony)和“晦涩”(obscurity)等特点。席慕蓉的风格却是单纯、直接、朴实和明朗。虽然可以用“清水出芙蓉，天然去雕饰”这句名言来形容，甚至从读者接受的文化程度方面考虑，确认这些是优点而不是缺点，但是这些却是席慕蓉诗受到一些专业诗人和诗评家批评的主要方面。

古代汉诗在写法上追求“诗出侧面”，在表达效果上追求“无理而妙”，在语言上追求“诗酿而为酒”。席慕蓉的诗明显受到了古代汉诗的影响，这是她受到大众读者欢迎的重要原因，因为大众读者接受的诗歌教育主要是古代汉诗的教育。但是在一些诗的写法上，她还是没有采用“诗出侧面”的表达方式，没有达到“无理而妙”的艺术效果。尽管席慕蓉谈及创作诗歌的感受时说写诗是她对自己的一个反省、整理过程，有时候常常是一首诗写出来以后，她才知道自己心里那个模模糊糊的东西原来是这个，如她常常在有月亮的晚上，尤其是那个月亮很圆的晚上总是觉得似曾相识，她后来才发现那种似曾

[1] 席慕蓉：《时间草原》，上海文艺出版社，1997年，第4页。

[2] [英]彼德·琼斯：《意象派诗选》，裘小龙译，漓江出版社，1986年，第152页。

相识的乡愁其实是在母亲的怀抱里留下来的光影的记忆。这时候,席慕蓉的诗歌感觉非常好,也能写出好诗。但是写诗跟着感觉走,有时感觉却不可靠,因此她的一些诗因为太重视感觉,甚至太迷信直抒胸臆的抒情方式而显得诗味不够,如果不分行排列,就与散文没有太大的差别。席慕蓉后来改行写散文,与诗歌写作太"散文化"休戚相关。1988 年 7 月 2 日,她在《诗的末路》中写到:"我因此而逐渐胆怯/对每一个字句都犹疑难决/当要删除的　终于/超过了要吐露的那一部分时/我就不再写诗"。"奥登论述说,一位年轻的作家,他的前途并不存在于他观念的独创性,也不存在于他情绪的力量之中,而存在于他语言的技巧之中。……'诗人在其发展的最初阶段中,在找到其独特风格之前,可以说是与语言结了缘的。'"[1]这种感受是注重内容的情感型或哲理型诗人的共同感受,很多诗人年纪稍大便无法写诗,不仅是因为激情缺失,更是因为语言智能受到压制,过不了诗歌写作的技巧关。

席慕蓉为南海出版公司 2003 年出版的《在黑暗的河流上》的卷首语《祝福》中总结自己的"写作"说:"在写作的时候,我一无所求。在写作的时候,我只想把深藏在心中的感觉牵引出来,只希望把生命中极为我所珍惜的这一部分,认真地整理好。也就是这样而已。我想,这是我的幸运。因为我从来不必以写作作为自己的事业,所以可以离开企图心很远很远,不受鞭策,不赶进度,更没有诱惑,从而能够独来独往,享有那在创作上难得的完全的自由。我是有资格说这种话的。因为,40 年来,在绘画上,我可是无时无刻不在受那企图心的干扰,从来也没有真正挣脱过一次啊!"[2]这段话可以看成是造成席慕蓉诗的优点或者弱点的原因之一。

"2007 年海峡诗会席慕蓉作品研讨会"给我的"邀请函"说:"素仰台端为席慕蓉的热心读者和学问家,诚邀您拨冗出席本次研讨会。"作为普通读者,我对席慕蓉的诗几乎没有什么异议,当然我不会像亚文化圈中的少男少女,如 20 年前我的妻子一样,是席慕蓉的"粉丝"(fans),但是我不得不承认自己是"席慕蓉的热心读者"。作为文化圈里的读者,特别是诗歌界的专业读者,如"邀请函"所言的"学问家",我不得不对席慕蓉的诗"百般挑剔"。亚里士多德说:"吾爱吾师,吾更爱真理",在这里我把这句名言改为:"我爱我的偶像,我更爱缪斯。"所以提出了席慕蓉诗在诗艺上的弱点,甚至用了"亚文化圈中

〔1〕 [美]H. 加登纳:《智能的结构》,兰金仁译,光明日报出版社,1990 年,第 93 页。
〔2〕 席慕蓉:《祝福》,席慕蓉:《在黑暗的河流上》,南海出版公司,2003 年,扉页。

的情感热”这样的语言来说明席慕蓉诗在大陆流行一时的原因。但是无论是作为“热心读者”还是“学问家”，我都认为席慕蓉是“一棵开满鲜花的情感树”，这棵树不仅让我闻到了诗的芳香，更让我感受到了诗人追求真实、重视情感的人格魅力。正是因为这棵开满鲜花的情感树温暖了好多生活在情感枯竭时代的现代人的心，席慕蓉才成为新诗史上由读者“海选”出来的第一位“明星诗人”。近年大陆诗坛流行极端的个人化写作，很多诗人，特别是一些优秀的女诗人提出了“为少数人写作”，读者，尤其是介于文化圈与亚文化圈的大众读者受到诗人的极端忽视，还有很多诗人公然提出反对诗的“抒情”功能。在这样的形势下召开席慕蓉作品研讨会，高度评价席慕蓉“重视读者”“重视抒情”的优点，具有重要的现实意义。

2007年12月22日“2007年海峡诗会席慕蓉作品研讨会”；主办方：福建省文联，《台港文学选刊》编辑部；地点：福州福建会堂。

“一体”“两象”“三关”和“四要”
——新诗“标准”建立历史透析及现实构建策略

摘　要： 在“破”大于“立”的新诗史上，仍然有无数次建立“标准”的行动甚至运动。“作诗如作文”“胡适之体”和“新格律诗”三次标准建设的经验与教训最值得今天借鉴。目前新诗创作进入新时期，特别是网络诗歌带来了新诗全方位的巨变，也带来了新诗写作难度的降低和诗的艺术标准的丧失，很有必要重建新诗标准及新诗诗人的标准：应该高度重视“怎么写”，诗人应该有诗体意识，重视“想象”与“意象”，适度提高行业的“准入”难度，新诗诗人应该过诗的语言关、诗的知识关和诗的技巧关，重视诗人的学养、写作的技巧、难度和高度。

关键词： 新诗　新诗标准　新诗诗人标准　技术　难度

新诗标准的建立要重视已有的经验与教训

人和艺术都有追求自由的天性，都可能产生新诗体。正是因为在各种文体中诗是最推崇有“体”的语言艺术，使诗人容易对作诗规范产生强烈的抵触情绪和破“体”行为。“诗有恒裁”“诗有常体”“无韵则非诗”等作诗规范还使诗体内部存在的诗体革命潜能剧增，试图冲破已有诗体的“独裁”和“形式的专横”。“作为一个整体的人类文化，可以被称之为人不断自我解放的历程。”[1]诗人的反叛和诗体的革命使诗成为最具有革命性的艺术，诗体革命甚至还成了人类自由的象征。尽管新诗生长于乱世，20 世纪是革命、战争、运动此起彼伏的动荡时代，从用“新诗”“自由诗”这样的命名或称谓就可以说明 20 世纪汉语诗歌严重缺乏“行业标准”。但是在新诗史上，仍然有无数次建立“标准”的行动甚至运动。其中三次的经验与教训最值得今天借鉴。它们分别是“作诗如作文”“胡适之体”和“新格律诗”。

---

〔1〕［德］恩斯特·卡西尔：《人论》，甘阳译，上海译文出版社，1985 年，第 288 页。

“作诗如作文”是新诗最早提出来的“标准”。新诗是世界诗歌史上少见的特殊文体，产生于乱世，是政治激进主义和文化激进主义的产物。问世时的行业“标准”是由胡适定的。1915年9月20日，他提出了影响深远的“作诗如作文”作诗法。“诗国革命何自始？要须作诗如作文。琢镂粉饰丧元气，貌似未必诗之纯。小人行文颇大胆，诸公一一皆人英。愿共僇力莫相笑，我辈不作腐儒生。在这短诗里，我特别提出了‘诗国革命’的问题，并且提出了一个‘要须作诗如作文’的方案。……我那时的主张颇受了读宋诗的影响，所以说‘要须作诗如作文’，又反对‘琢镂粉饰’的诗。”[1]这个标准具体为：“‘文学要有三个条件：第一要明白清楚，第二要有力能动人，第三要美。’因为文学不过是最能尽职的语言文字，因为文学的基本作用（职务）还是‘达意表情’，故第一个条件是要把情或意，明白清楚的表达出，使人懂得，使人容易懂得，使人决不会误解。”[2]为了反对白话诗立几条作诗规则，胡适还提出了“诗体大解放”。他在1918年7月14日答朱经农的信中严厉地说：“我们做白话诗的大宗旨，在于提倡‘诗体的解放’。有什么材料，做什么诗；有什么话，说什么话；把从前一切束缚诗神的枷锁镣铐，拢统推翻；这便是‘诗体的解放’。因为如此，我们极不赞成诗的规则。”[3]尽管胡适在白话诗的“尝试”性创作中也尽可能地想遵守中外诗歌的一些标准，如“诗体标准”，他采用过中外多种诗体写诗。但是由于正处在“破大于立”的革命时代，后来写新诗的人远远没有胡适这样具有“文体自觉性”和“标准意识”，很多人还误读了“作诗如作文”这个标准。所以这个“标准”不仅没有为新诗建立起应该有的“作诗标准”，还成为主张去除一切旧标准，反对建立一切新标准的“借口”。

多年以后，新诗的最早标准“作诗如作文”才受到了一些试图建立新诗的真正标准的新诗诗人的强烈反对。穆木天因为胡适给散文的思想穿上了韵文的衣裳，称之为中国新诗运动中最大的罪人。他在1926年1月4日给郭沫若的信中认为诗与散文有文体差别：“中国人现在作诗，非常粗糙，这也是我痛恨的一点。我喜欢 Délicatesse. 我喜欢用烟丝，用铜丝织的诗。诗要兼造型与音乐之美。……我们要求的是纯粹的诗歌（The pure poetry），我们要

〔1〕 胡适：《逼上梁山——文学革命的开始》，耿云志：《胡适论争集》，上卷，中国社会科学出版社，1998年，第70页。

〔2〕 胡适：《什么是文学——答钱玄同》，耿云志：《胡适论争集》，上卷，中国社会科学出版社，1998年，第59页。

〔3〕 胡适：《答朱经农》，《新青年》，第五卷第二号，1918年。

住的是诗的世界，我们要求诗与散文的清楚的分界。我们要求纯粹的诗的Inspiration。……中国的新诗的运动，我以为胡适是最大的罪人。胡适说：作诗须得如作文，那是他的大错。所以他的影响给中国造成一种 prose in verse 一派的东西。他给散文的思想穿上了韵文的衣裳。结果产出了如红的花/黄的花/多么好看呀一类不伦不类的东西。"[1]新诗选本《时代春秋》的编者卢冀野在 1928 年指出新诗的普遍缺点有六："一、不讲究音节，二、无章法，三、不选择字句，四、格式单调，五、材料枯窘，六、修辞糁杂。"[2]

"白话诗运动"是打破了诗体的基本限制的文体改革，它产生的"新诗"首先是语言上的"新"而不是诗体上的"新"，要求诗的语言用白话取代文言。用白话直接思维远远比早期的白话运动用文言思维再译成白话自由得多，是质的飞跃。直接使用白话"写"诗的自由必定带来对用文言"做"诗，必须合体的束缚的极端反叛，白话诗自然会强调诗是"写"出来的，不是"做"出来的，"做"诗的实质是根据"标准"写作，不仅要求诗人具有"推敲"等基本功，还需要诗人知道"行业标准"，尊重"行业标准"。已有的任何诗体都不合时宜，特别是在文言思维方式下确立的种种古代诗体及写诗方法都不适应白话诗的写作。所以很多诗人，特别是青年诗人，如郭沫若、俞平伯等都强调书写的自由。宗白华感受到郭沫若的诗形式太简单，缺乏必要的雕琢，他在致郭沫若的信中说："沫若兄：……你《天狗》一首是从真感觉中发出来的，总有存在的价值，不过我觉得你的诗，意境都无可议，就是形式方面还要注意。……但你小诗的意境也都不坏，只是构造方面还要曲折优美一点，同做词中小令一样。要意简而曲，词少而工。"[3]郭沫若并不赞成宗白华的新诗标准，主张创作的极端自由。俞平伯在激进的"五四"运动过了一年多后还主张新诗应该有极端的自由，他在 1920 年 12 月 14 日于杭州写的《诗底自由和普遍》结论说："我对于做诗的第一个信念是'自由'。诗的动机只是很原始的冲动，……我平素很喜欢读民歌儿歌这类作品，相信在这里边，虽然没有完备的艺术，却有诗人底真心存在。诗人原不必有学问，更不是会弄笔头，只是他能把他所真感着

---

〔1〕 穆木天：《谭诗——寄沫若的一封信》，《创造月刊》第一卷第一期，1926 年，第 86 页。

〔2〕 朱自清：《中国新文学大系・诗集选诗杂记》，朱自清：《中国新文学大系・诗集 1917－1927》；影印本，上海文艺出版社，1981 年，第 16 页。

〔3〕 宗白华：《艺境》，北京大学出版社，1987 年，第 16－17 页。

的，毫无虚饰毫无做作的写给我们。”[1]由此可见，白话诗人不但完全摒弃了汉诗已有的定型诗体，还打破了“无韵则非诗”这一作诗的基本要求，打破诗与散文的文体界限，白话诗创作是在完全无诗体的任何限制下、无任何游戏规则下的“自由抒写”。

“胡适之体”是新诗最早建立起来的“标准”之一。胡适认为他在“白话诗实验室”里搞实验经历了“刷洗过的旧诗”——“变相词曲”——“纯粹的白话诗”三个阶段。五四前后，胡适对早期的“作诗如作文”极端方法有所修正，强调新诗音节的重要性，要求用具体的做法，他的创作被称为“胡适之体”。草川未雨说：“到了民国八年十月胡适之发表了《谈新诗》，对于诗歌的改造与建设提出了强有力的主张，最重要的两个论点：一是诗体的大解放，二是作新诗的方法。”[2]胡适的《尝试集》的畅销，使“胡适之体”深受欢迎，章士钊认为青年皆从《尝试集》中求诗歌律令。胡适在《〈尝试集〉四版自序》中说：“《尝试集》是民国九年三月出版的。……社会对于我，也很大度地承认我的诗是一种开风气的尝试。这点大度的承认遂使我的《尝试集》在两年之中销售到了一万部。”[3]1924年他在为侄儿胡思永的遗诗写的序中说：“他的诗，第一是明白清楚，第二是注重意境，第三是能剪裁，第四是有组织，有格式。如果新诗中真有胡适之派，这是胡适之的嫡派。”[4]“胡适之体”随着时光的流逝而风光不再。梁实秋在《自由评论》第十二期发表了《我也谈谈“胡适之体”的诗》，他指出：“‘白话’的‘白’，其一意义即是‘明白’之‘白’。所以‘白话诗’亦可释为‘明白清楚的诗’。所以‘明白清楚’应为一切白话诗的共有的特点，不应为‘胡适之体’独有的特点。”[5]1936年1月17日上海《申报》发表的于梗的文章《新诗的出路与“胡适之体”》评价说：“前几年自由诗就算是失败，不在于它的不雅，更不在于它之应用口语（因为它实在没有世俗化），而在于它的内容贫乏和技巧的幼稚。现在的带有社会性的新诗的缺点，不在于它用口

〔1〕 俞平伯：《诗底自由和普遍》，《新潮》第三卷第一号，1921-10-1；《新潮》影印本，第二册，上海书店，1986年，第75-76页。

〔2〕 草川未雨：《中国新诗诗坛的昨日今日和明日》，海音书局，上海书店印行，1929年，第4页。

〔3〕 胡适：《尝试集》，亚东图书馆，1922年，第1页。

〔4〕 胡明：《胡适诗存》，人民文学出版社，1989年，第420页。

〔5〕 梁实秋：《我也谈谈“胡适之体”的诗》，耿云志：《胡适论争集》，上卷，中国社会科学出版社，1998年，第343页。

语，而在于它用口语用得不好。”[1]胡适后来自己也较否认“胡适之体”，认为自己当年倡导白话新诗是：“提倡有心，创造无力。”[2]1936年2月5日，他在《谈谈“胡适之体”的诗》中说：“我这14年来差不多没有发表什么新诗……我只做自己的诗，现在有很多人，语言文字的工具还不会用，就要高谈创造，我从来没有这种大胆子……要说明所谓‘胡适之体’，如果真有这个东西，当然不仅仅是他采用什么形式……”[3]

20世纪20年代，特别是1926年是新诗标准的建设年，以“新格律诗”的建设为标志，具体为闻一多的新诗“三美”标准，特别是对新诗的音乐美和建筑美的重视，对后来的新诗创作产生了较大的影响，即使在自由诗流行的今天，很多诗人还重视诗的音乐美和排列美。刘大白最早意识到新诗应该重视诗形。宗白华比闻一多提出“建筑美”整整早6年。他发表于1920年2月《少年中国》第1卷第8期的《新诗略谈》提出了新诗标准：“近来中国文艺界中发生了一个大问题，就是新体诗怎样做法的问题，……对于诗，要使它的‘形’能得有图画的形式的美，使诗的‘质’（情绪思想）能成音乐式的情调。”[4]1926年闻一多在《诗的格律》细化了这一标准：“但是在我们中国的文学里，尤其不当忽略视觉一层，因为我们的文字是象形的，我们中国人鉴赏文艺的时候，至少有一半的印象是要靠眼睛来传达的。……实力不独包括音乐的美（音节），绘画的美（词藻），并且还有建筑的美（节的匀称和句的均齐）。……增加了一种建筑美的可能性是新诗的特点之一。”[5]

尽管闻一多主张的现代格律诗远远比古代格律诗自由，他强调两者间有三大差别：一是古代格律诗是一元的，只有一个格式，新诗的格式是层出不穷的；二是律诗的格式与内容不发生关系，新诗的格式是根据内容的精神创造的；三是律诗的格式是别人制定好的，新诗的格式可以自己随意构造。但是在实际操作中，他太受格律较严谨的英语近代诗歌和古代汉诗的格律诗体的影响，过分重视诗的音乐美和建筑美，“三美”标准很快受到质疑。徐志摩

---

〔1〕 于梗：《新诗的出路与“胡适之体”》，耿云志：《胡适论争集》，上卷，中国社会科学出版社，1998年，第341页。

〔2〕 胡明：《胡适诗存》，人民文学出版社，1989年，第7页。

〔3〕 胡明：《胡适诗存》，人民文学出版社，1989年，第418-419页。

〔4〕 宗白华：《新诗略谈》，《宗白华全集》（第一卷），安徽教育出版社，1994年，第168-169页。

〔5〕 闻一多：《诗的格律》，杨匡汉、刘福春：《中国现代诗论》，上编，花城出版社，1985年，第124-125页。

在 1926 年 4 月 1 日的《诗刊弁言》中踌躇满志地发出号召:“要把创格的新诗当一件认真事情做。……我们信我们这民族这时期的精神解放或精神革命没有一部像样的诗式的表现是不完全的,我们信我们自身灵里以及周遭空气里多的是要求投胎的思想的灵魂,我们的责任是替它们构造适当的躯壳,这就是诗文与各种美术的新格式与新音节的发见;我们信完美的形体是完美的精神唯一的表现。”[1]他却在 1926 年 6 月 10 日的《诗刊放假》中绝望地说:“说也惭愧,已经发现了我们所标榜的‘格律’的可怕的流弊！谁都会运用白话,谁都会切豆腐似的切齐字句,谁都能似是而非的安排音节——但是诗,它连影儿都没有和你见面!”[2]尽管新格律诗在 50 年代回光返照,受到何其芳的重视。他在 1954 年 4 月 11 日写了《关于现代格律诗》一文,再次提出要好好建设它:“为什么我说我们很有必要建立中国现代的格律诗呢？这是因为我认为我们还没有很成功地建立起这种格律诗的缘故。这是因为我认为没有很成功的普遍承认的现代格律诗,是不利于新诗的发展的缘故。”[3]何其芳甚至想通过“诗歌学校”传授格律来培养新诗诗人:“如果我们现在办一所培养写诗的人的学校,到底开头应该叫他们练习写什么样的诗呢？又用些什么方法来训练他们的语言文字,使他们能够从写作中辨别诗的语言和散文的语言的区别,以至自己能够写出精练的、优美的诗的语言呢？我不能不承认,先练习写格律诗比先练习写自由诗好。先受过一个时期写格律诗的训练,再写自由诗,总不至于把一些冗长无味的散文的语言分行排列起来就自以为诗吧。但是,我接着又想,先练习写格律诗,我们现在又有些什么很成功的格律诗可以供他们学习呢？这就不能不使我深切地感到,我们实在需要有一些有才能的作者来努力建立现代格律诗,来写出许多为今天以至将来的人们传诵和学习的新的格律诗了。并非一切生活内容都必须用自由诗来表现,也并非一切读者都满足于自由诗,因此,一个国家,如果没有适合它的现代语言的规律的格律诗,我觉得这是一种不健全的现象,偏枯的现象。这种情况继续下去,不但我们总会感到这是一种缺陷,而且对于诗歌的发展也是不利的。这

〔1〕 郑振铎:《中国新文学大系 · 文学论争集 1917 - 1927》;影印本,上海文艺出版社,1981 年,第 333 页。

〔2〕 郑振铎:《中国新文学大系 · 文学论争集 1917 - 1927》;影印本,上海文艺出版社,1981 年,第 336 页。

〔3〕 何其芳:《关于现代格律诗》,《何其芳选集》,第二卷,四川人民出版社,1979 年,第 137 页。

就是我主张建立现代格律诗的理由。”〔1〕

诗人惠特曼曾断言:“我认为,没有哪一个定义能把诗歌这一名称容纳进去,任何规则和惯例也不会是绝对可行的,只会有许多的例外出现不顾定义,推翻定义。”〔2〕从以上三个个案可以看出,新诗要建立标准是很难的。目前新诗创作进入新时期,特别是网络诗歌带来了诗的功能、创作方式、传播方式、接受方式等全方位的巨变,也带来了新诗写作难度的降低和诗的艺术标准的丧失,新诗创作界需要有效的理论支持甚至指导。因此,新诗理论界吸取新诗史上新诗标准建设的经验与教训,针对当前新诗创作及研究中因为标准缺乏导致混乱的问题,提出行之有效的新诗标准及创作原则,把 20 世纪的“破”变成 21 世纪的“立”,已是当务之急。

新诗标准建设要重视“一体”“两象”“三关”和“四要”

新诗标准应该分为“写什么”的标准与“怎么写”的标准两大部分,但是后者远远比前者重要。艺术品的内容与形式是相辅相存的,甚至在诗这种高级语言艺术品中,形式就是内容的一部分。“一件艺术品,如果缺乏正当的形式,正因为这样,它就不能算是正当的或真正的艺术品。……《伊利亚特》之所以成为有名的史诗,是由于它的诗的形式,而它的内容是遵照这形式塑造或陶铸出来的。同样,又如莎士比亚《罗密欧与朱丽叶》悲剧的内容,是由于两个家庭的仇恨而导致一对爱人的毁灭,但单是这个故事的内容,还不足以造成莎士比亚不朽的悲剧。”〔3〕奥登论述说:“一位年轻的作家,他的前途并不存在于他观念的独创性,也不存在于他情绪的力量之中,而存在于他语言的技巧之中。”〔4〕年轻人写新诗,老年人写旧诗,这是汉语诗坛的普遍现象。所以决定新诗诗人的前途的最大元素是“语言技巧”。现代诗歌的世俗化特征决定了新诗在写什么上的多元性,不像古代汉诗必须遵循“诗言志”“诗缘情”“思无邪”“止乎礼义”等“写什么”原则。世界现代诗歌的鼻祖波德莱尔意识到了诗的自主性和世俗化特征:“只要人们深入到自己的内心中去,询问自

---

〔1〕 何其芳:《关于现代格律诗》,《何其芳选集》,第二卷,四川人民出版社,1979 年,第 140-141 页。

〔2〕 [美]惠特曼:《惠特曼散文选》,张禹九译,湖南人民出版社,1986 年,第 28 页。

〔3〕 [德]黑格尔:《小逻辑》,贺麟译,商务印书馆,1997 年,第 279-280 页。

〔4〕 [美]H. 加登纳:《智能的结构》,兰金仁译,光明日报出版社,1990 年,第 93 页。

己的灵魂，再现那些激起热情的回忆，他们就会知道，诗除了自身外并无其他目的，它不可能有其他目的，除了纯粹为写诗而写的诗外，没有任何诗是伟大、高贵、真正无愧于诗这个名称的。”[1]“即便在理想的诗中，缪斯也可以与人来往而并不降低身份。”[2]百年后有人高度赞扬波德莱尔对“无聊”的重视：“应该说，没有一个人……像帕斯卡尔那样如此精确地描述了无限与有限、上帝的可能性和人的不确定性。……帕斯卡尔只是在两个世纪之后，当无聊这一概念在波德莱尔和克尔凯郭尔时代成为中心范畴的时候，才找到了堪与其比肩的人物。人们用无聊来分析空虚与弃神、忧郁与孤独的统一。”[3]

胡适等人搞“白话诗运动”，就是想让汉语诗歌世俗化，让普通人都能够写诗，所以没有限制题材和主题，只是提出了要“言之有物”，甚至没有像古代汉诗那样要求“立意高远境界自出”，对“物”（写什么）提出限定，尤其是写作伦理限制。只是因为新诗处在革命的时代，新诗的教化功能甚至宣传功能等社会实用功能才受到极端重视，“写什么”才受到重视。如林以亮所言：“老实说，五四以来，中国的新诗走的可以说是一条没有前途的狭路，所受的影响也脱不了西洋浪漫主义诗歌的坏习气，把原来极为广阔的领土限制在（一）抒情性（二）高度严肃性这两道界限中间。我们自以为解除了旧诗的桎梏，谁知道我们把自己束缚得比从前更紧。中国旧诗词在形式上限制虽然很严，可是对题材的选择却很宽：赠答、应制、唱和、咏物、送别，甚至讽刺和议论都可以入诗。如果从 19 世纪的浪漫派的眼光看来，这种诗当然是无聊，内容空洞和言之无物，应该在打倒之列。可是现代诗早已扬弃和推翻了 19 世纪诗的传统而走上了一条康庄大道。现代英国诗人，后入美国籍的奥登（W. H. Auden）曾经说过：‘诗不比人性好，也不比人性坏；诗是深刻的，同时却又是浅薄的，饱经世故而又天真无邪，呆板而又俏皮，淫荡而又纯洁，时时变幻不同。’最能代表现代诗的精神。”[4]但是高度的抒情性和严肃性两大缺点在 80 年代中后期就得到较大的纠正，90 年代出现的“个人化写作”更是对两大缺点的矫

[1] [法]波德莱尔：《再论埃德加·爱伦·坡》，《波德莱尔美学论文选》，郭宏安译，人民文学出版社，1987 年，第 135 页。

[2] [法]波德莱尔：《再论埃德加·爱伦·坡》，《波德莱尔美学论文选》，郭宏安译，人民文学出版社，1987 年，第 134 页。

[3] [德]瓦尔特·延斯：《“确定性！确定性！”》，《诗与宗教》，李永平译，生活·读书·新知三联书店，2005 年，第 30 页。

[4] 林以亮：《〈美国诗选〉序》，林以亮：《美国诗选》，今日世界出版社，1976 年，第 4 页。

枉过正，内容的“轻化”成为世纪之交新诗的一大特点。目前中国正进入越来越民主、越来越尊重个人生活方式的宽容时代，对“写什么”制订标准，特别是限制“写什么”的范围已经没有太大的必要。即使是那些“情色诗”，只要不教唆别人犯罪，也有存在的必要。当然，有必要限制个人隐私写作产生的“低级趣味”的诗作进入公共空间来污染社会，也有必要倡导健康向上的，甚至是“主旋律”的题材。

先锋性是新诗的重要特征，百年来，新诗诗人都争当诗意的先锋和诗艺的先锋。新诗的先锋性和世俗性导致了新诗诗人严重缺乏诗体意识和经典意识，使新诗百年一直存在着“合法性危机”和“公信度危机”，“新诗革命是否成功”“新诗是否形成传统”“新诗是否需要经典化”是近年理论界争论的热点问题。先锋性甚至还促进了中国的思想解放，也使诗人浮躁偏激。因此，建立新诗标准既要尊重新诗的这些特性，以“多元主义”为主导，也要适当采用“本质主义”，特别是在“怎么写”上制定必要的标准。如果真要将诗按照“写什么”与“怎么写”分为形式与内容两大部分，可以给诗下这样一个适合当前中国国情的定义：“诗是艺术地表现平民性情感的语言艺术。”这个好诗标准实质上要求在内容（写什么）上放开，实现真正的多元，形式（怎么写）上适度限制，必须重视诗家语和诗体等诗的基本文体特征，重视诗的艺术性，所以在这个定义中，两次出现“艺术”一词。

目前新诗标准建设要重视“一体”“两象”“三关”和“四要”。“一体”指新诗必须重视“诗体”，诗人应该有诗体意识，新诗要建设常规诗体；“两象”指新诗写作，特别是口语诗和叙述诗要重视“想象”与“意象”；“三关”指要适度提高行业的“准入”难度，如古代诗人需要有“推敲”基本功和格律常识，新诗诗人应该过“诗的语言关、诗的知识关和诗的技巧关”；“四要”指新诗诗人要重视“学养、技巧、难度和高度”，“四要”也可以称为“四种境界”。

“一体”是纲，纲举目张，诗体标准是新诗标准的重中之重。功能决定文体，新诗生长于“革命”受到极端重视的乱世，具有强烈的通俗性、社会性和先锋性，长期不重视文体建设及诗体规范。百年新诗的最大问题就是文体建设难，特别是诗体建设难。“‘诗体’特指诗的‘体裁’、‘体式’的规范，即从‘怎么写’上来考察诗的形式特征，指的是‘诗人所运用的言语结构’，即通常所说的诗的‘形式’（form）。”[1]诗体不仅指诗的音乐形式，即韵律，还指诗的排列形

〔1〕 王珂：《新诗诗体生成史论》，九州出版社，2007年，第424页。

式。狭义的诗体指任何一首诗都具有的外在形态及表面形体。广义的诗体指在诗家族中按形体特征划分的具体类型，即非个人化的、具有普遍性的常规诗体（常体），如英语、法语、意大利语诗歌中的十四行诗体（sonnet），古代汉诗中的格律诗，现代汉诗中的新格律诗。诗体是诗的形体范式，是诗的体裁属性的具体的显性表现，是对诗的形式属性制度化后的结果，即公共化、规范化、模式化的诗的语言秩序和语言体式，具有制定作诗法则的意义。如同游戏需要基本的规则，适度地规范诗的形式，建立起宽松而有节制的诗体环境，既尊重文体的民主政治和人的自由天性，又重视文体的相对稳定性和人在后天文化中建立起的秩序感，在诗体建设的“民主集中制”原则下，建立以准定型诗体为主导的诗体生态环境，才能使新诗走出形式极端自由和诗艺十分粗糙的困境。[1] 近年新诗理论界出现了“诗体重建”的口号，但构建策略多有偏颇，如极端强调诗体的格律化或自由化。诗体应该渐变，目前的“重建诗体”运动应该走“改良主义”的道路，反对诗体的极端自由和诗体的高度定型，加强新诗的音乐范式和排列图式与具体诗体的体式建设，在网络诗歌兴起、传播方式更新的新形势下，更要高度重视诗的视觉形式，不能过分重视诗的音乐性。

“二象”指诗人写作需要重视“想象”和“意象”。新诗草创期就建立起了“写实”及“叙事”传统。在新诗第一次登台亮相时，《新青年》第四卷第一号就推出了胡适和沈尹默各自的《人力车夫》。“胡适之体”强调的就是要“言之有物”。叙述传统在百年间一直存在，如叙事诗十分发达。诗应该是抒情文体，叙述、描写只是为了更好地完成抒情的辅助性手法，但是近年一些诗人提出了“反对抒情”的口号，叙述取代了抒情，很多诗成了分行的散文。叙述进入诗歌本身是件好事，特别是对改变新诗的滥情与矫情，如林以亮所言的高度的抒情性和严肃性的弱点很有好处。但是因为叙述的常常是现实中已有的事情，甚至原生态的东西，不需要作者的艺术加工，再加上这些叙述诗，通常被称为“生活流诗”，采用的是不加提炼的原生态语言口语，写作的难度大大降低，这种写作是“懒人写作”。诗是人类语言智能的典型范例，诗人是最具有语言智能的人。“在诗人身上，我们极清晰地看到了语言的核心操作能力在起着作用。诗人有对文字的敏感性，一位个体正是凭着这种敏感性才能看出“‘有意识地’、‘故意地’或‘有目的地’打泼墨水”这三种表达之间的微小差

[1] 王珂：《新诗诗体生成史论》，九州出版社，2007年，第425－426页。

异。诗人有对文字排列的敏感性——有遵循语法规则,而在精心选择的场合下则又有打破这种语法规则的能力。从某种较高感觉层次上(对声音、节奏、回折及文字节拍的敏感性)说,诗人又具有那种能使诗歌即便在翻译成外文之后也仍然优美动听的能力。他还有对语言的不同功能(其便于朗诵的特征、其说服力、激发力、传达信息或使人愉快的力量)的敏感性。”[1]诗人比一般人更具有想象力。“诗人是以一个人的身份向人们讲话。他是一个人,比一般人具有更敏锐的感受性,……他高兴观察宇宙现象中的相似的热情和意志,并且习惯于在没有找到它们的地方自己去创造。除了这些特点以外,他还有一种气质,比别人更容易被不在眼前的事物所感动,仿佛这些事物都在他的面前似的;他有一种能力,能从自己心中唤起热情,……他由于经常这样实践,就获得了一种能力,能更敏捷地表达自己的思想和感情,特别是那样的一些思想和感情,它们的发生并非由于直接的外在刺激,而是出于他的选择,或者是他的心灵的构造。”[2]“诗是一种创作类型,它与科学作品不同,它的直接目的不是真实,而是快感。……良知是诗才的躯体,幻想是它的衣衫,运动是它的生命,而想象则是它的灵魂,无所不在,贯穿一切,把一切塑成一个有风姿、有意义的整体。”[3]今日诗坛,一些成名诗人由于写叙述性太强的口语诗,语言天赋和想象力也被削弱了。一些青年诗人刚出道就写这种口语诗,更是深受其害。新诗诗人的想象力本来就十分匮乏,很少有古代汉诗诗人有“其始也,皆收视反听,耽思旁讯,精鹜八极,心游万仞”[4]的想象力。近年泛滥的口语诗创作,更是雪上加霜。

意象传统不仅是汉语诗歌的传统,也是现代诗歌的重要技巧。古代汉诗讲究“含蓄”的境界,“诗出侧面”获得“无理而妙”是古代汉诗的常规技巧。爱伦·坡和波德莱尔是世界现代诗歌的创始人,他们确立了现代诗歌在写什么与怎么写上的基本“标准”——既追求诗的题材的世俗化,也追求体裁的精致性,重视暗示手法。“爱伦·坡(1809—1849)屡屡向人们提出美的理念,‘超凡的’美的理念作为艺术的宗旨和中心。……这种观念具有一层浪漫色彩,

〔1〕［美]H. 加登纳:《智能的结构》,兰金仁译,光明日报出版社,1990 年,第 87 页。

〔2〕［英] 华兹华斯:《抒情歌谣集 1800 年序言》,伍蠡甫:《西方文论选》,下卷,上海译文出版社,1979 年,第 11-12 页。

〔3〕［英]柯勒律治:《文学传记》,伍蠡甫:《西方文论选》,下卷,上海译文出版社,1979 年,第 33-34 页。

〔4〕［晋]陆机:《文赋》,郭绍虞:《中国历代文论选》,中华书局,1962 年,第 136 页。

认定美是朦胧的，暗示性的和奇异的，悲伤的或忧郁的，不过同时又是‘超凡的’，‘空灵的’，‘神妙的’。”〔1〕“波德莱尔的重要性体现在两个方面：他既是现代诗人之父，……也是受到高水平的批评的自我意识的限制和精致化的现代诗人的原型，保罗·瓦雷里这样写道：‘法国诗歌至少上升到了民族前沿，它发现到处都有读者，建立起了现代时代的纯粹诗歌。’”〔2〕滨田正秀这样定义抒情诗：“现在(包括过去和未来的现在化)的自己(个人独特的主观)的内在体验(感情、感觉、情绪、愿望、冥想)的直接的(或象征的)语言表现。”〔3〕近年中国诗坛“直接的语言表现”的口语诗，甚至口水诗泛滥，一些诗人公开提出反对“隐喻”和“意象”。当代生活节奏很快，是急功近利的时代，强调抒情的直接和表达的明快，是很有道理的，新诗确实需要“图穷匕见”式的写作方式。但是在很大程度上，强调诗是直接的语言表现，反对诗出侧面的意象式写诗，已经成为很多诗人，特别是青年诗人懒怠的借口。正是因为庞德强调现代诗歌的写作难度，强调如古代汉诗诗人那样“推敲意象”，他认为：“一个人与其在一生中写浩瀚的著作，还不如在一生中呈现了一个意象。”〔4〕英语现代诗歌才形成了“复合”(complexity)、“暗示”(allusiveness)、“反讽”(irony)和“晦涩”(obscurity)等特点，才能够在整个英语诗歌历史中占据一席之位。严重缺乏意象是今日新诗太直白，艺术性不高的重要原因。因此，当前更应该强调新诗是“内在体验的象征性的语言表现”，要求诗人因读者而异、因诗而异地使用意象。

“三关”指一个从事新诗写作的人至少应该过诗的语言关、诗的知识关和诗的技巧关。

任何写作都需要语言，诗被称为最高的语言艺术，如果诗人不懂得语言，根本不可能写诗，如一位优秀的汉语诗人，如果不懂英语，就不可能用英语写诗。“过语言关”不但是“初懂”，而且是“精通”。语言关还可以准确地分为基本语言关和诗的语言关(诗家语)关，后者也可以归入诗的知识关与诗的技巧关中。在20世纪前半叶，很多诗人都有留学经历，能够用外语写诗的人却寥

〔1〕［美］雷纳·威勒克：《近代文学批评史》，第三卷，杨自伍译，上海译文出版社，1997年，第190页。

〔2〕 Michael Hamburger. The Truth Poetry-Tensions in Modern Poetry from Baudelaire to the 1960s. London: Carcanet New Press Ltd., 1982. p. 1.

〔3〕［日］滨田正秀：《文艺学概论》，陈秋峰、杨国华译，中国戏剧出版社，1985年，第47页。

〔4〕［英］彼德·琼斯：《意象派诗选》，裘小龙译，漓江出版社，1986年，第152页。

寥无几，如胡适在美国留学七年，曾用英语写过十四行诗，但是影响极小。徐志摩、闻一多、梁实秋的英语也很好，却不能用英语写诗，只有叶公超被认为是那一代人中唯一能够用英语写诗的诗人。1928 年 8 月 10 日出版的《新月》第一卷第六号封二上的《近代英美诗选》（叶公超、闻一多编著）的“广告”说：“叶公超先生又是中国唯一能写英文诗的诗人。”[1]当代诗人毕业于英语专业甚至留学英美的不乏其人，却只有邵薇、义海等少数诗人能够较好地用英语写诗。近年一些海外华人也写新诗，但是由于他们接受的汉语教育较少，没有过语言关，诗的质量受到语言能力的严重影响。田原 1965 年生于河南漯河市，90 年代初赴日留学，后在日本国立东北大学任教。他出版过四本诗集，在中国大陆和中国台湾、美国分别获得过华文诗歌奖，2001 年用日语创作的现代诗获日本第一届“留学生文学奖”，在日本出版用日语创作的诗集。他 2004 年 10 月写于日本东北大学的一段话颇能说明诗人必须过语言关：“我一直认为，感性的素质和丰富的想象力，以及驾驭语言的能力直接影响着诗歌的质量。……在用日语写作的过程中，我想通过它——这种母语之外的语言来进行一次写作的‘自我革命’和‘脱胎换骨’，有意识地摆脱中国式的抒情，避开空洞的抽象和只是停留在日常生活层面上的叙述，但我却无法摆脱母语的思维方式和中国式的文化情调，更无法背叛自己的生命经验和记忆。我只能从自己有限的日语词汇中，简洁、干净、智慧地提升出一个更大的意义。……感谢日语对我的接纳，通过它，我看到母语的不足，又同时发现母语的优势。”[2]正是因为有这种“跨语言写作”的经历，田原更感受到语言对写诗的重要性。

诗人写诗必须具备一定的诗的知识，这种知识应该通过学习而来，而不是依靠自我摸索。尽管诗的知识，无论是旧的或新的诗的知识都有可能束缚甚至改变诗人，但是仍然有学习并掌握诗的知识的必要。弗罗姆的“对自由的恐惧”与今日新诗诗人“对诗的知识的恐惧”有异曲同工之处，都怕主体性、创作个性和诗的天赋的丧失。“社会进程决定着个人的生活模式，也就是他和其他人、和工作的联系；铸造了他的个性结构，新的意识形态——宗教的、哲学的或者政治的——都是这种改变了的个性结构的结果，并且表现、强化、

〔1〕《新月》，第一卷第六号，封二，1928-8-10；《新月》，上海书店，1985 年；影印本，第一册。

〔2〕[日]田原：《在远离母语现场的边缘—浅谈母语、日语和双语写作》，《田原诗选》，人民文学出版社，2007 年，第 236 页。

满足、巩固它。”〔1〕“人们摆脱了中世纪社会的传统束缚虽然给予个人新的独立感，但同时又使他感到孤独彷徨、满腹怀疑和焦虑，驱策他产生新的屈从，以至作出被迫的、不明智的行动。”〔2〕目前很多诗人都用福柯的观点来作为自己不愿意接受诗的知识及诗歌教育的借口。福柯认为任何社会的运作系统都是相互依存的：“起源于三个宽阔的领域：控制事物的关系，对他者产生作用的关系，与自己的关系。这并不意味着三者中的任何一组对其他都是完全无关的……但是我们有三个特殊的轴心：知识轴心、权力轴心和伦理轴心，有必要分析它们之间相互作用的关系。”〔3〕三者都妨碍自由意志和独立人格的真正实现。新诗本身是以旧诗的反叛者身份问世的，虽然已有近百年历史，仍然处在“在路上”的建设状态，由于新诗研究和新诗教育长期落后，很少有人认真梳理新诗的知识，给人感觉新诗知识不多也不精。诗歌理论界与创作界长期对立，流行“诗论家与诗人与不结同心”的说法，诗人们过分迷信“新诗写作是无师自通”的观点，对理论有本能的抵触情绪，使已有的新诗理论及新诗知识的传播不畅，加剧了新诗诗人对新诗知识的极端轻视，导致了“弑父式”写作的流行。1999 年 2 月，郑敏老师在《诗探索》第一期发表了《胡“涂”篇》，尖锐地指出：“青年诗人无不以了解当代先锋诗论和诗歌作品为荣，但却不愿逆流而上找到西方先锋思潮与西方文学传统间的血缘及变异的关系。……这造成两种不好的后果：一是对物质文明发展较迟缓的东方国家的人文文化抱有歧视，并养成中国人的自卑心态；二是对文学艺术采取一代淘汰一代的错误价值观，以致争当‘先锋’，往往宣称自己是超过前一代的最新诗歌大师，并有文学每五年换一代的荒谬理论，造成青年创作队伍浮躁与追逐新潮的风气，未能潜心钻研，坚持‘根深树大’的文学艺术信念，只求以最短的时间争取最大的名声与商业效益。”〔4〕因为缺少必要的诗的知识，很多诗人写的并不是公认的诗。如很多人写的十四行诗完全不是作为一种世界性诗体的十四行诗，只是将诗写成十四行。这些诗人不是不愿意适当遵守十

〔1〕［美］埃里希·弗罗姆：《对自由的恐惧》，许合平、朱士群译，国际文化出版公司，1988 年，第 72 页。

〔2〕［美］埃里希·弗罗姆：《对自由的恐惧》，许合平、朱士群译，国际文化出版公司，1988 年，第 73 页。

〔3〕 John McGowan. Postmodernism and Critics. New York: Cornell University press, 1991. p. 134.

〔4〕 郑敏：《胡“涂”篇》，谢冕、杨匡汉、吴思敬：《诗探索》1999 年第 1 辑，中国社会科学出版社，第 103 页。

四行诗的写作规则，而是不知道十四行诗有如此复杂的做诗规则："'十四行诗'即是Sonnet，有人译音而为'商籁'。……共十四行，不得多亦不得少，每行有五重音，每行均有韵脚，依韵脚之配置，前八行成一节，后六行又成一节，前后二节内又各平分为二小节。其韵脚之配置，前八行为abbaabba，后六行为cdecde或cdcdcd。意思的结构亦有定章，恰似我们中国文章家所谓之'起承转合'，第一段起，第二段承，第三段转，第四段合，综起来是一完整的单体。这是纯粹的严格的皮特拉克式的十四行诗。帕蒂孙编纂密尔顿的十四行诗集序，曾为十四行诗下定义如下：(一) 十四行诗，如其他艺术品一般，必有其单纯性。必须是一个(仅仅一个)概念或情绪的表现。(二) 此唯一之概念或心绪必须于前数行中露其端倪；严格的说，在前四行里即须交代明白；在第二个四行里必须使读者能完全明了。(三) 前八行之后。须有一停顿，然又不可有割裂之痕，此停顿不是话已说完无从翻转之意，而须是低回沉思准备更进一步之姿态。(四) 后六行，严格地讲后六行中之前三行，须转回到原有概念或情绪而更进一步，使逼近于结尾。(五) 结尾须总括全诗，将前数行之暗示的总和一笔缩住，恰似山中之小湖将狭小斜坡上的流水汇为池沼一般。(六) 结尾处须留完整圆满之意味，而又须避免格言警句之类。所以十四行诗与警句(Epigram)又绝不相同。警句是全靠结尾一句画龙点睛；以前各行仅是为了衬托临尾一句而用，恰似论理学中之三段论的前提，无非是为了造成结论而假设的罢了。在十四行诗中，虽不能说全篇自首至尾的都是聚精会神的，其语势是差不多平均分布的，只是在中腰处略现紧张。十四行诗不可逐渐进展以至于焦点，亦不可截然而止，须逐渐消逝，了无痕迹。"[1]如果知道这些十四行诗的基本知识，即使不遵守6点"结构规则"，甚至不遵守韵式，也不会把只有14个诗行的诗命名为"十四行诗"。

诗的技巧关与诗的语言关和诗的知识关都休戚相关，是诗人，特别是优秀诗人在创作中积累下来的经验。"欲穷千里目，更上一层楼"。写诗如同科学研究，站在巨人的肩膀上，在前人的基础上进行创新，会少走很多弯路。"诗的冲动性写作"中的"冲动"分为写诗前和写诗过程中的"情感冲动"以及写诗过程中的"语言冲动"。解决语言冲动有三个办法：一、减慢写作速度，先快后慢。提笔快，行文慢。二、增加文体自律，通过规则减少写作的自由

〔1〕 梁实秋：《谈十四行诗》，徐静波：《梁实秋批评文集》，珠海出版社，1998年，第189-190页。原载《偏见集》，南京中正书局1934年7月版。

与随意。有意识地采用有一定限制的诗体写作，如新格律诗或十四行诗，或者重视诗的音乐性、排列美或者意象中的某一项。三、小心改，写后打磨。诗的音乐美与排列美完全可能如摄影一样，通过“后期制作”来完成。华兹华斯认为诗起源于平静中的回忆，鲁迅认为激情太盛扼杀诗美，艾略特主张诗不是感情的放纵而是感情的逃避……这些都是克服诗的冲动性写作的有效技巧。再以新诗创作中在诗的形体建设上用空白或空格取代标点为例。诗的“排列”，特别是“空白”的运用，呈现出的不仅是诗的形式美音乐美与排列美的增加，更是对意义的增加，具有增殖意义的效果。即诗的排列等非语言手段实际上已经不能单纯被看成“形式”方面的东西，而要求为“内容”服务了，它本身就是“内容”。美国学者卡勒研究西方诗歌后认为：“诗的有形结构的最明显的特征就是分行分节。一行诗末的断行，或诗节之间的空隙，必须赋以某种价值，办法之一就是把诗歌形式看成是一种摹仿：断行代表空间或时间上的间隔，应纳入主题，并与全诗的意义结合在一起。”[1]“对于诗行行末的别一种归化办法，不那么快地从词语移向现实世界，则建立在或许可称之为阅读现象学的基础上。诗行末的间断代表阅读中的停顿，因此形成了句法结构上的模棱两可：读者试图把停顿前的语序构成一个整体，然而停顿之后，却又发现方才的结构实际上不完整，于是，停顿前的语言成分在新的完整结构中必须重新赋予功能。”[2]穆木天最早主张用“空白”取代标点。1926年1月4日他给郭沫若写信说：“我对‘句读’有一点意见。我主张句读在诗上废止。句读究竟是人工的东西。对于旋律上句读却有害，句读把诗的律，诗的思想限狭小了。诗是流动的律的先验的东西，决不容个东西打搅。把句读废了，诗的朦胧性大，而暗示性也越大。”[3]中国艺术，特别是绘画书法有重视“空白”，用“空白”来表达言外之意的美学传统。“含糊这一感受使许多人困惑。以我们的文化来说，形象是最重要的，背景却往往可以被删除，被认为是无所含意的东西。但从东方的人的观点看，失去了一方，另一方也就不复存在。太极图表达了形象/背景互相依赖的典型中国式概念。正是由于这一概念，东方思想以容忍斗争和矛盾为特征。由于这种态度，东方思想接受感觉

〔1〕［美］乔纳森·卡勒：《结构主义诗学》，盛宁译，中国社会科学出版社，1991年，第274页。

〔2〕［美］乔纳森·卡勒：《结构主义诗学》，盛宁译，中国社会科学出版社，1991年，第276页。

〔3〕穆木天：《谭诗——寄沫若的一封信》，《创造月刊》第一卷第一期，1926年，第88页。

组织上的二元论(dynamicduality)。东方的艺术家,基于这一观点,常常在画里留出珍贵的空白来表示一些含意深邃的东西。"[1]新诗标点的去除不仅使诗产生中国书画传统的"空白"之美,还有利于情感的自然流畅。穆木天用空白取代标点,写出了经典作品《苍白的钟声》。这首诗给人的印象是每个诗顿都如朦胧渺茫的钟声,散布在时空中。由于不学习,今天很多诗人不知道如何用空白来取代标点,在这一实验中浪费了很多精力。

"四要"实质上是对"三关"的进一步阐释和更高标准。如果说"三关"是对普通诗人的标准,"四要"就是对高级诗人的"标准"。新诗要想在源远流长的诗的王国中占有一席之地,要想在汉语诗歌历史中留下痕迹,特别是要想摆脱目前的公信度降低的尴尬处境,一位诗人如果想成为优秀诗人,必须重视"四要":"学养、技巧、难度、高度。"学养针对诗人,技巧、难度和高度针对创作,即强调诗人读书修养的重要性和诗歌写作的技巧、难度和高度。目前很多诗人既不缺少激情和对诗歌的虔诚甚至献身精神,更不缺乏生活的底蕴甚至思想的深度,缺乏的是文化修养和诗歌的专业知识与基本技能,特别是缺乏对语言的敬畏感,对做诗技巧的追求精神和精益求精的"打磨"意识,甚至缺乏一种科学的、认真的"写诗的态度",尤其严重缺乏古代汉诗诗人的基本功——"推敲之功"。学养指新诗诗人应该有一定的文化修养与诗歌修养,特别是应该有历史意识和人文素养。"对于任何一个超过二十五岁仍想继续写诗的人来说,我们可以说这种历史意识几乎是绝不可少的……这种历史意识同时也使一个作家最强烈地意识到他自己的历史地位和他自己的当代价值。"[2]只有具有历史意识的诗人才会珍视历史,重视已有的诗的知识和诗的技巧,由文化修养与诗歌修养等构成的"学养"有助于诗人人格修养的提高。诗人应该有个性,但是一个优秀的诗人应该是具有熟悉诗歌知识、具有写诗能力、人格健全和心理健康的正常人。学养是这四点的有效保证。一门技术的获得需要日积月累,一个名副其实的"技术员"需要基本知识和基本功。强调诗的"技巧性"甚至"技术性"是想淡化诗人的"天才心理",强化诗人的"学习意识"和"练习意识"。现在的诗人普遍不愿意把自己降格为"匠人",不承认新诗写作是一门技术活,所以认为不需要学习,不需要练习基本功。练习武术者有一句行话:"练武不练功,等于一场空。"诗人不练功,也会一场

〔1〕[美]卡洛琳·M. 布鲁墨:《视觉原理》,张功钤译,北京大学出版社,1987年,第36页。
〔2〕[英]托·斯·艾略特:《艾略特文学论文集》,李赋宁译,百花洲文艺出版社,1994年,第2-3页。

空。诗人不学习和不练习导致新诗诗人的通病——诗的知识太贫乏和语言的基本功太差。很多人会写自以为是的“诗”，却不会散文、公文等日常写作，有的诗人出版诗集时，却不会写前言或者后记。难度不仅决定作品的价值，也决定诗人的写诗的态度和写作的方式。百年来，新诗写作常常被视为最没有“技术含量”的写作，有的甚至是“弱智”写作或“病态”写作。特别是近年来新诗在语言上出现“粗糙”甚至“粗鄙”，很多诗人缺乏语言智能、诗体意识和现代意识，很多诗作无法给读者以“美的享受”，让读者产生阅读诗的语言的“快感”和诗的形式的“美感”，古代汉诗的那种“绮靡”风格荡然无存。难度侧重“写什么”，高度偏重“怎么写”。尽管反对制订新诗标准时过分干预诗人写什么的自由，但是像古代汉诗那样适当强调“立意高远境界自出”仍有必要。特别是在新诗的内容主题已经“轻化”了近30年的今天，仍然有必要适当重视写作的伦理及思想的高度。这里的高度也指艺术水平的高度。新诗草创时，大力为“平民文学”鼓与呼的周作人也强调平民文学及白话诗的高度：“我想文艺当以平民的精神为基调，再加以贵族的洗礼，这才能够造成真正的人的文学。”[1]对“高度”的追求，如同对“贵族的洗礼”的重视。今天的新诗，在贫民窟太久，离象牙塔越来越远，艺术品应该有的“贵族气”越来越少了。

2008年4月18-19日“21世纪汉语新诗走向研讨会”；主办方：东南大学世界华文诗歌研究所；地点：南京东南大学。

[1] 周作人：《贵族的与平民的》，杨扬编：《周作人批评文集》，珠海出版社，1998年，第49页。

新诗要适度重视音乐形式 高度重视排列形式

——新诗技法研究的策略和方法举隅

摘　要：在重“破”轻“立”的20世纪，新诗是国人追求“自由”，推崇“革命”的特殊产物。21世纪应该是重“立”轻“破”的“建设时代”，今日诗坛，政治激进主义和文化激进主义思潮仍有较大势力，后现代文化、大众文化、简单主义、相对主义和享乐主义的流行也削弱了高标准、严要求地建设新诗的力量。目前应该全面进入“和谐诗歌”和“艺术诗歌”的建设时期，反对一切极端的“折腾”，处理好个体与群体、自由与法则等矛盾。新诗应该回归诗的本体，研究重心应该由“写什么”转向“怎么写”，由社会学、伦理学的外部研究转向语言学、诗体学的内部研究。新诗是艺术地表现平民性情感和思想的语言艺术，是最高的语言艺术和最讲究技法的文学文体。要适当抑制流行的“诗人意识”和“神性写作”，倡导诗人的“匠人意识”和“平民写作”，强化诗人的“文体自律”和“技巧自觉”与“诗体意识”和“诗形意识”。重视诗体不仅具有诗学和美学意义，还具有伦理学和政治学意义。要重视常规诗体建设，适度重视音乐美，高度重视排列美。

关键词：新诗　诗体　技巧　匠人意识　音乐美　排列美

新诗应该进入重视技法的新时代

“作为一个整体的人类文化，可以被称之为人不断自我解放的历程。”[1]诗人的反叛和诗体的革命使诗成为最具有革命性的艺术，诗体革命甚至成了人类自由的象征。尽管新诗已有百年历史，很多人写诗却是“无师自通”的。甚至认为新诗就是自由诗，既然是自由诗，想怎么写就怎么写，谁也没有干涉新诗诗人自由写作的权力。在20世纪中国，革命、战争、运动、改革此起彼

---

〔1〕［德］恩斯特·卡西尔：《人论》，甘阳译，上海译文出版社，1985年，第288页。

伏，社会缺乏基本稳定，民众缺乏生存自由，新诗很自然地成为国人，特别是那些受过政治迫害的人追求人生自由和个性解放的特殊文体。导致百年新诗对中国的最大贡献不是胡适追求的促进了“国语”的建设和现代汉语的完美，也不是闻一多追求的推动了“汉诗”的演进和现代汉诗的精致，而是极大地促进了中国的思想解放，新诗诗人更多是诗意的先锋而不是诗艺的先锋，甚至充当了政治革命和文化革命的急先锋。毋庸讳言，21 世纪的新诗仍然有必要为中国的民主建设做出贡献，特别是在今天，新诗写作仍然应该重视写作伦理，但是更应该具有多元功能，特别是应该具有以下 6 大功能：1. 抒情言志功能(抒情诗)；2. 叙事功能(叙事诗)；3. 哲理思辩功能(哲理诗)；4. 审美功能(纯诗)；5. 宣传启蒙功能(政治抒情诗)；6. 娱乐游戏功能(图象诗)。

新诗在 20 世纪，特别是在 20 世纪中前期确实被赋予了过多的社会责任，具有高度的严肃性。70 年代后期和 80 年代初期的朦胧诗运动加重了这种严肃性，新诗承担了促进思想解放的重大历史使命。从 90 年代中期开始，因为新诗在社会生活，特别是在公众政治生活中的边缘化和诗人在私人日常生活中的世俗化，新诗的个人化写作倾向越来越严重，甚至出现了私人化写作狂潮。网络诗歌在新世纪的迅速兴起加剧了新诗写作的小圈子化、个人化和私语化。尽管个人化写作在思想上和艺术上都颇有价值，但是个人化写作，特别是极端的私语化、小圈子化写作，在很大程度上割裂了人与社会、小帮派与大团体的依存关系，这是近年诗坛混乱的重要原因。在现代社会中集体意识和团队精神对于个体人或者自然人的生存格外重要。现代诗人既有自然人的情感，更有社会人的情感，既要有人类意识，也要有地域意识。自然情感和社会情感，特别是后一种情感有助于诗人适当考虑写作伦理，处理好自由与法则、个体与群体、现实与理想、艺术与政治等复杂关系。今日诗坛需要的优秀诗人是既有生命意识又有使命意识的诗人，是能够将个人幸福与社会发展有机地融为一体最后双赢的现代人。新诗既需要个人化写作，也需要社会化写作，既需要情感性写作，也需要思想性写作。在特殊生态中，有必要适当倡导其中的一种，如当下最需要的是在个人化情感性写作基础上的社会化思想性审美写作，有必要给新诗下这样一个定义：诗是艺术地表现平民性情感和思想的语言艺术。

尽管今天政治激进主义和文化激进主义不再像 20 世纪那样泛滥，中国进入了建设“和谐社会”的相对平稳时代——千载难逢的重“立”轻“破”的“不折腾”的建设时代。百年积淀也为新诗建设提供了一定的基础。但是今日诗坛并没有全面进入“和平建设”的快车道，仍然有一些老诗人和诗论家把“写作的自由”和“人生的自由”等同，一些年轻诗人醉心于后现代文化的“解构”甚至“叛逆”。媚俗的大众文化、极端的个人主义、生活简单主义、艺术相对主义和日常享乐主义的流行也削弱了主张“高标准、严要求”地建设新诗的力量，新诗的语言形式和技巧技法受到极端轻视。因此今天新诗应该进入全面建设，特别是要重视技法的新时代，要高度重视“怎么写”。新诗研究界在研究方法上应该有真正意义上的“语言学转向”，特别是不要受到文艺理论界流行的“文化研究”的诱惑，俄国形式主义、欧美新批评、结构主义等重视语言形式结构的文学研究方法并未过时。新诗研究应该由社会学、政治学的外部研究转向语言学、诗体学的内部研究。新诗诗坛应该旗帜鲜明地提出诗是最高的语言艺术和最讲究技法的文学文体，甚至应该要求诗人过“三关”——诗的语言关、诗的知识关和诗的技巧关。目前一些诗人缺乏“自知之明”，特别是对语言和诗的敬畏感，太有“诗人意识”，甚至有太多的“大师意识”和“天才意识”，严重缺乏“匠人意识”和“凡人意识”，太有“创作意识”少有“制作意识”。喜欢“弑父式写作”般的“自由写作”的诗人应该向陶瓷、根雕、剪纸等“工艺美术大师”学习。他们几乎都是由学徒成长起来的，甚至可以说今天仍然是高级技工或高级匠人。正因为他们不自诩为“超人”“天才”和“大师”，他们才有强烈的“学习意识”及潜心修道的心理准备，才高度重视从事某种行业的基本功，才会虚心吸收同行的“制作”技法。新诗与古诗的对接应该重在作诗技法及职业理念上，古代诗人的推敲之功应该是新诗诗人的基本功。

新诗的技法建设丰富多彩，诗体建设是重要内容。诗体是对诗的属性的制度化的具体呈现，指诗歌作品的语言秩序及语言体式。自然的“秩序感”和人的“归属感”，艺术家的“群”特性和艺术的“类”特性都决定了诗体的客观存在和实用价值。如荣格所言：“每个具有创造力的人都是合二为一的，甚至是异质同构的复合体。他既是有个体生活的人，又是非个人的、创造的程序(creative process)。……艺术具有一种抓住人并将人作为它的工具的天生驱动力。艺术家并不是一个生来就把追求自由意志(free will)作为最终目标的人，而是一个让艺术通过他来实现自身目的人。作为一个人，他可能有自己的情绪、意志与目标，但是作为一位艺术家，他是一个具有更高意义的人——一个集体人(collective man)。他承担和呈现着人类的无意识的心理生活。为了履行好这艰巨的责任，有时他不得不牺牲个人的幸福欢乐甚至普通人生活中值得生活的任何事物。”[1]诗体如同荣格所言的“创造的程序(creative process)”,可能适当压抑诗人的自由意志(free will)。在人类文学史上,直接影响诗体生成的“风格”和“文体”都是客观存在的。托马舍夫斯基结论说:“各种具体的和特定的手段,它们的组合、运用以及部分地说来它们的功能,在文学的历史进程中发生了巨大的变化。每个文学时代、每个文学流派都有一套特有手段作为其特征,这些手段体现了文学体裁或者潮流的(广义的)风格。”[2]韦勒克也认为文学种类具有重要意义:“文学的种类不是一个无足轻重的名称,它是一种能够在一件作品中参与显示其特点的美学惯例。”[3]“类型理论是秩序的法则(Theory of genres is a principle of order),它不是根据时间或地点(朝代或民族语言),而是根据特殊的文学组织或结构来划分文学和文学史的。在某种形式上,任何区别于历史研究的批评性和评价性研究,都呼唤这种结构。”[4]诗体正是这样的美学惯例和文学组织或结构。

诗是最讲究“体”的文体,外国诗歌和中国古代诗歌都形成了相对定型的诗体,甚至形成了定型诗体,如西方诗歌的十四行诗和古代汉语诗歌中的格律诗。意象派是西方诗歌中最早真正地推崇自由体诗的诗派,它并不极端地摒除诗体。尽管庞德追求诗的自然节奏,但是庞德反对韵律的极端自由化。如他的最著名的意象主义诗作《在地铁站上》(In a Station of the Metro: The aparition of the face in the crowed/petals on a wet, black bough.)采用的是自然节奏,没有英语诗歌传统的韵律,但是节奏仍较鲜明。尽管倡导口语体诗歌,庞德却反对写不顾及诗的纯正的音乐性、精炼性的自由体诗,反对用自由体诗来取代一切诗体。庞德改革诗歌的目的是增强诗歌的艺术性,他认为诗人的创新及诗歌的新鲜不在于完全消灭韵律,而在于创造新韵律。即使到了当代,英语诗歌也没有破除格律,更没有废除“诗体”。当代英语诗人都有浓厚的历史意识和诗体意识,自由体诗根本没有取代格律体诗,而是相生相成,西方自由诗也讲究一定的韵律。“自由诗是没有韵律和缺乏一个有规律的诗律的统一的诗,自由诗不是形体上的自由。但是,事实上,可以说自由诗

[1] G. G. Jung. Psychology and Literature, 20 th Century Literary Criticism. London: Longman group Limited, 1972. p. 165-186.

[2] 陆梅林、程代熙:《美学文艺学方法论续集》,文化艺术出版社,1987 年,第 132 页。

[3] René Wellek, Austin Warren. Theory of Literature. New York: Harcourt, Brace and Company, Inc, 1956. p. 214.

[4] René Wellek, Austin Warren. Theory of Literature. New York: Harcourt, Brace and Company, Inc., 1956. p. 217.

没有外部的整齐的设置也能够赋予内部结构充分的范围。”[1]“自由诗（‘free’verse）不是简单地反对韵律，而是追求散体与韵体的和谐而生的独立韵律。如果意识不到这样的‘第三种韵律’（third rhythm），就无法解释诗失去规则韵律为何不会沦为散文。”[2]在通常意义上，形式指一件事物作为整体的设计图样或结构布局。任何诗人都无法逃避已形成类型的某些形式……用定型形式（closed form）写诗，指一个诗人沿袭一些模式……采用开放形式（open form）的诗人通常……让诗根据它的进程来发生自己的形状……过去的很多诗采用的是定型形式，现在美国诗人更愿意采用开放形式，尽管韵律和节奏已经没有它们过去那样流行，但是它们仍然明显存在。

诗体主要包括诗的韵律形式和语言的排列形式，诗的听觉形式和视觉形式不仅具有表情达意的“形式为内容服务”的“辅助”功能，它们本身也具有独立意义及存在价值，甚至可以结论说诗的形式就是诗的内容，特别是诗的符号形式（语言形式）意义重大。在新诗研究中，应该重新反思语言与存在、形式与内容、语言的中介功能和终极意义等复杂关系，甚至应该将语言的重要性上升到海德格尔所结论的“不是人说话而是话说人”的高度。如同伽达默尔所言并不是人的行为带来听，人是隶属于语言的，隶属性意味着我们被言说：“语言本身具有某种思辩的因素……作为意义的实现，作为讲话、调解和达到理解的事件。这样一种实现之所以是思辩的，就在于体现在语词中的有限的可能性指向意义的无限性。”[3]又如维特根斯坦所言：“想象一种语言就意味着想象一种生活形式。”[4]加登纳认为符号是文化方面设计出来的含义系统：“许多人类知识的体现与交流都是通过符号来进行的，符号就是文化方面设计出来的含义系统，它们把握了重要的信息形式。语言、绘画、数学，这仅仅是为人类生存与生产的目的而在全世界都十分重要的三种符号系统。……人类智能的某一基本特征则完全可能会成为其朝向符号系统之体现的‘自然’引力。”[5]梅洛-庞蒂认为语言的中介传达的特征可以使我们产

[1] David Bergman, Daniel Mark Epstein. The Heath Guide to Literature. Toronto: D. C. Heath and Company, 1987. p. 649 - 650.

[2] Northrop Frye. Anatomy of Criticism. New Jersey: Princeton University Press, 1971. p. 272.

[3] [美]帕特里夏·粤坦伯坦·约翰逊：《伽达默尔》，中华书局，2003 年，第 65 页。

[4] [奥]维特根斯坦：《维特根斯坦全集 8 哲学研究》，涂纪亮主编，河北教育出版社，2003 年，第 14 页。

[5] [美]H. 加登纳：《智能的结构》，兰金仁译，光明日报出版社，1990 年，第 75 页。

生意义永恒性的幻觉："从最终的分析来看，语言所拥有的把事物表达成存在，给思想开辟新道路、新维度和新景观的力量无论对成年人，还是对儿童都同样是模糊的。在每一个成功著作中，传达到读者心灵中的意义都超出了已经构成的思想和语言。这在语言的符咒中被魔术般地突现出来，就像从前从祖母的书中出现的故事一样。"[1]。瑞恰兹认为诗是"词的表演"："诗人从事的是这样的工作，如同我们已经看到的，是借助具有自身的骨架和结构的词语的表演赋予一段感受经验以秩序（order）、凝结（coherence），还有自由（freedom）。这样的骨架和结构由能够使感受经验聚合的冲动产生。可以有很多不同的方式通过词语来达到目的。把人的感受经验用诗表现出来的难题是语言心理学上的，而不是哲学上的。"[2]

维特根斯坦的"不问意义只问用法"的语言哲学概念有助于更好理解语言和技巧在新诗创作和研究中的重要性，重视以语体和诗体为核心的做诗技巧，即是重视"诗家语"的生成语境和独特用法，对诗体的重视实质上是对语体的重视，对语体的重视实质上是对语言的重视，这一切都可以归结为对诗的语言形式及话语结构甚至诗的做诗技法的重视。"在一个社会中，某些复现的话语属性被制度化，个人作品按照规范即该制度被产生和感知。所谓体裁，无论是文学的还是非文学的，不过是话语属性的制度化而已。"[3]狭义的诗体指一首诗的外在形体及表征，主要指包括诗的音乐形式和诗的视觉形式的诗的形式规范及诗的体式；广义的诗体指在诗家族中按形体特征划分的个别具体类型，甚至还可以用诗体来指称某位诗人在诗的句法、文法上形成的风格。建设诗体的意义不仅在于建立相对的规则和标准，更在于通过强调诗体可以强化诗人的技巧意识，提高诗的创作难度，最后提高新诗的艺术品位。不可讳言，诗体，特别是定型诗体肯定会束缚诗人的创作自由。诗体如同福柯所言的可以产生真理的话语，不仅仅是语言，实质上是一种调控权力之流的规则系统。福柯曾向自己提出这样的问题："从何时起，从什么样的语义或句法的转变开始，人能认识到语言已变成一种理性话语？"[4]华兹华斯曾说：

[1] [美]丹尼尔·托马斯·普里莫兹克：《梅洛一庞蒂》，中华书局，2003 年，第 31 页。

[2] Richards I. A. Poetry and Beliefs. K. M. Newton. Twentieth-Century Literary Theory: A Reader. London: Macmillan Education Ltd., 1988. p. 40 - 41.

[3] [法]托多罗夫：《巴赫金、对话理论及其他》，蒋子华、张萍译，百花文艺出版社，2001 年，第 27 页。

[4] [美]艾莉森·利·布朗：《福柯》，中华书局，2003 年，第 38 页。

"诗是强烈情感的自然流露。它起源于在平静中回忆起来的情感。"[1]诗体正是一种理性话语,它能够有效地抑制诗人的激情,让诗起源于平静中回忆起来的情感,不让太盛的激情扼杀诗美,让诗人更重视言说方式——语言技巧,有时间、有心境使用剪刀与磨石,精雕细琢自己的作品。诗体的这种有利于诗人创作的意义甚至大于诗体本身具有的由视觉形式和听觉形式呈现的诗美的意义。

重视诗体还有意识形态的深刻意义,通过制定作诗法来形成艺术的、人生的甚至社会的价值系统。即重视诗体不仅具有诗学意义和美学意义,还具有伦理学和政治学的意义。如同威廉姆斯所言:"任何价值系统都形成一种意识形态,很明显,一种意识形态只能存在于通过转移而被重新构建的境况之中。"[2]对精致诗体的追求可以影响到人们对精细的、完美生活的追求,建立以准定型诗体为主导、以定型诗体格律诗体和不定型诗体自由诗体为辅助的新诗的诗体格局,在某种意义上是追求"民主集中制"的政治生活格局的翻版,是社会对宽松而有节制的"上层建筑"的追求。福柯认为任何社会的运作系统都起源于三个宽阔的领域:"控制事物的关系,对他者产生作用的关系,与自己的关系。这并不意味着三者中的任何一组对其他都是完全无关的……但是我们有三个特殊的轴心:知识轴心、权力轴心和伦理轴心,有必要分析它们之间相互作用的关系。"[3]古今中外源远流长的诗体知识和最新构建的诗体规范都可能形成"知识垄断"和"文体霸权",剥夺掉诗人应该有的"文体自由"。因此新诗需要的是常规的准定型诗体,而不是绝对的定型诗体,规范是应该与时俱进的价值系统,如汉肯所言:"规范反映了某种价值系统,因为它们可以引导一个决策者做出恰当的选择;按照规范提供的标准行为,可以帮助决策者找到有利的选择方式,或是找到应当比其它选择方式更为有利的选择方式。……一般说来,因为外部规范是某种决策过程的结果,因此,它们还是应该服从形势的变化发展的要求的。行动者将始终要相对于原始系统和通信系统来估量现存的信息,从而修改或抛弃现存的规范,或者

---

〔1〕[英]华兹华斯:《抒情歌谣集1800年序言》,伍蠡甫:《西方文论选》,下卷,上海译文出版社,1979年,第17页。

〔2〕Judith Williams. Decoding Advertisements. London: Robert MAClehose and Company Limited,1978. p.43.

〔3〕John McGowan. Postmodernismand Critics. New York: Cornell University Press, 1991. p.134.

必要的话建立新的规范。"[1]正是因为处在特殊时代,今天新诗的诗体建设只能重视准定型诗体建设,特别是重视诗形建设,高度重视排列美,适度重视音乐美。

新诗不能极端强调音乐性

"尽管我们没有意识到,但我们始终被节奏包围着,无法回避。可以结论节奏是宇宙存在的基础。……所有的写作都包含不同程度的节奏,甚至散文也有节奏的因素。但是诗人格外突出和构建节奏,他通过调配轻重音节、平衡语词、使用韵律和重复等方式来创造出韵律范式。"[2]"诗不是一种特殊的艺术(peculiar Art),却是所有艺术中最有威力的艺术,除戏剧以外,它是唯一的既需要耳朵又需要眼睛,融视觉与听觉于一体的艺术。所有的艺术都需要耳或者眼,但并不是两者都需要。因此,诗不是可以从每天的经历中分离出来的奇怪的书写,恰恰相反,它是我们日常生活中不可分割的一部分。我们不断地让它靠近我们,使用它并享受它,我们常常在没有意识到它的源流时重复它。"[3]"无韵则非诗"曾是世界性的诗歌创作"信条"。"格律"是中外诗歌都曾经高度重视的诗的形式特征。英语诗歌的格律要求是:"在诗中,一个音节总是与同一序列(sequence)中任何其他音节平衡,词语的重音总是与词的重音和谐,非重音与非重音平衡,长韵与长韵,短韵与短韵相适应,词的界线平衡于词的界线,没有界线的与没有界线的相平衡,句法停顿与句法停顿相和谐,没有停顿的与没有停顿的相平衡。音节总是在一定的格律中变化,短音与重音也不例外。"[4]但是不能因此断定音乐性,特别是以押韵、节奏(汉语诗歌的平仄或英语诗歌的抑扬)为代表的诗的表面音乐性是新诗必不可少的文体特征,不能把格律诗为代表的定型诗体视为新诗的主要诗体,甚至可以极端地说:今天既不是格律诗的时代,也不是朗诵诗的时代。当然也不能极端反对新诗的音乐性,把"新格律诗"这种百年新诗诗体建设史上建立

---

[1] [荷]A. F. G. 汉肯:《控制论与社会》,黎鸣译,商务印书馆,1984年,第147-148页。

[2] Louis Untermeyer. Doorways to Poetry. New York: Harcourt, Brace and Company, 1938. p. 69-70.

[3] Louis Untermeyer. Doorways to Poetry. New York: Harcourt, Brace and Company, 1938. p. 4.

[4] Roman Jakoson. Linguistics and Poetics. K. M. Newton. Twentieth-Century Literary Theory: A Reader. London: Macmillan Education Ltd., 1988. p. 123-124.

起的准定型诗体驱逐出境。但是应该承认已有的现代格律诗有巨大的时代局限性，不一定能够适应今天的多元生活。邹绛将1919—1984年的现代格律诗体分为5大类型："一、每行顿数整齐，字数整齐或不整齐者；二、每行顿数基本整齐，字数整齐或不整齐者；三、一节之内每行顿数并不整齐，每节完全对称和基本对称；四、以一、三两种形式变化者，以上四种类型诗都有有规律的押韵；五、每行顿数整齐或每节互相对称，但不押韵或没有一定的押韵格式者，有的每行顿数并不整齐而节与节互相对称。"[1]五种类型各有优劣，一、二种因为太限制顿数，会在一定程度上束缚诗人思想，影响抒写。古代汉语单音词较多，字的平仄也较固定，易于顿的划分；现代汉语的顿是双音词较多的口语，很难讲究字的平仄，顿的划分较难。因此不能以顿的整齐作为现代格律诗的主要形式特质。大众化的现代格律诗体最好以第五种为主，第四种为重要补充诗体，在诗的顿、韵、节上只能进行适度的规范，也不能完全否定具有严格的诗体规范的定型诗体。今天新诗的音乐性建设必须重视历史和现实，应该清楚地意识到新诗是有别于古代汉诗，也有别于以英语诗歌为代表的外国古近代诗歌，甚至有别于外国现代诗歌的特殊文体。今天新诗所处的时代及新诗的生态与20世纪，特别是与闻一多、徐志摩等新月派诗人倡导"新格律诗"的时代大相径庭。所以新诗不能极端重视诗的音乐性，朗诵诗不能成为这个时代的主流诗歌，以准定型诗体甚至定型诗体为主要诗体的民间诗歌不能作为今日新诗诗体建设的主要资源。

现代汉诗音乐性的大大减弱与不需要以韵顿为由来划分诗句有关。因为新诗诗人已经从西方诗歌中学到了分行排列，有的诗还使用标点符号。穆木天还创造了用空格来代替标点符号，呈现语言的停顿功能的作诗法，并得到广泛响应，很多新诗诗人写诗都不用标点。"分行""标点""空白"使诗的"断句"不再像古代汉诗必须根据诗体确定出诗句的字数甚至顿数，在给古词断句时最好的办法就是弄清词牌名，知道了词牌名实际上是弄清了诗体。诗的分行排列不仅有助于"断句"，还可以借助诗的建行和排列呈现诗的意蕴，既有利于诗的内容的表达和情感的抒发，也可以形成建筑美等诗的视觉美感，把汉诗由单一的听觉的艺术扩展为视觉的艺术。

今天新诗的主导诗体应该是"准定型诗体"而不是"定型诗体"，新诗的诗体建设不一定非要走"格律化之路"。诗体重建不但要重视音乐形式建设，更

[1] 邹绛：《中国现代格律诗选1919-1984》，重庆出版社，1985年，第28页。

应该重视视觉形式建设，甚至要借助视觉形式建设来推进音乐形式建设。新诗的音乐形式主要指外在的音乐形式和内在的音乐形式，应该更重视诗的内在的音乐性。不能通过建设重视格律的定型诗体来极端重视诗的音乐性，不能不顾现代汉语和当代人的生存特点，如现代汉语自由散漫，音乐性比古代汉语弱得多；当代人追求民主政治及多元生存方式，甚至生活在解构主义流行的时代。今天倡导诗体重建确实是当务之急，很有必要适度规范包括诗的音乐形式在内的诗的形式，但是也不能以“新”或“旧”作为事物优劣的判定标准，如果过多地保护旧诗体新格律诗，不仅不利于新格律诗的完善，还妨碍新诗的新诗体的生成和发展。新诗既是用比古代汉语自由灵活得多的现代汉语写的诗，也是反映比古人的生活更丰富多变的现代人生活的诗。无论新诗套用严谨的古代汉诗定型诗体格律诗，还是采用现代汉诗中的格律相对松散的新格律诗，创造出现代汉语的定型诗体，都无法适应日趋口语化、散文化的现代语言和多元化、自由化的现代生活。最重要的是，过分注重旧诗体，有悖于人追求自由的天性，妨碍文体自身具有的创造潜能的发挥，与艺术的创造特性和诗的标新立异，特别是新诗在形式革命上的“先锋”特质极不相称，也不利于发挥诗人比其他语言艺术的创作者更多的“创体”天赋，更不能体现出诗是人类语言智能的典型范例，不能证明诗人的语言智能高于普通人。

新诗要高度重视诗形建设

伯格曼和艾泼斯坦认为：“只有当日常语言(everyday words)被给予有意味的形体(shape)时，才能够变为文学。没有形体就没有文学。……为什么形体十分重要？因为形体才能造就一件文学作品的整体(unity)与完美。”[1]阿恩海姆认为：“一幅绘画意象，是整个地、同时地呈现出来的，而一种成功的文学意象，则是通过一种可称之为‘在随时修正中的冲积或合生(accretion)’而获得的。在这儿，每一个字眼和每一个句子都得到下一个字眼和下一个句子的修正，从而逐步接近所要表述的大体意义。这样一种通过对意象的逐步修正而达到的‘构图’，使文学媒介本身‘变活’了。这种效果完全超出了纯粹的选择和对各个方面的次序编排所达到的效果。”[2]相对规范的诗形

---

〔1〕 David Bergman, Daniel Mark Epstein. The Heath Guide to Literature. Toronto: D. C. Heath Company, 1987. p. 623.

〔2〕 [美]鲁道夫·阿恩海姆:《视觉思维》，滕守尧译，四川人民出版社，1998年，第334页。

(poem's shape)是诗重要的文体标志,是诗体的主要成分。好的诗形不仅自身具备诗美,还能帮助诗人更好地表情达意,增加诗美。今天正是一个传媒时代,也是一个广告时代,是一个需要"秀"的"形象"或图像时代,甚至是一个"读图时代"。在现代商业政治社会,在社会事务和大众生活中,无论是人还是物都高度重视"外形",如商品的品牌、包装,人的形象设计,即现代人的"形象感"及图像思维因为生存的实用需要而越来越强。"形象不仅对大的合作和小的生意都极为重要,而且对某个城市、地区、宗教、种族和整个国家也十分重要,不仅可以影响每个人的生存,还可以改变整个文明的结构。"[1]在广告时代,广告已经与意识形态合流,人的形象已经具有了意识形态的政治和文化意味。它不仅是个人身份最直观有效的指认,而且代表着某种文化潮流甚至某种政治意识形态。现代商业社会和政治社会对个人形象的重视并不意味着对人的个性化生存方式的承认,更不标志着个体的人的生存的自由多于过去。因为现代人的形象好坏的判定标准是由群体化的美育传统和大众流行时尚的合流而成的,两者都已经形成了巨大的价值系统,对人的个体形象的美的判定已经形成了共识。即个人的风度形象的好坏是由大众社会来评价的。即现代人的生活是非个人化、私人化的生活,个人的狂欢很难进行。现代文体的生存境况与现代人的生存境况相似,文体的"形象",如构成诗体的主要成分诗的形体及诗的图式受到高度的轻视,这种形象更多应该是受到公众认可的公共性形象,是非个人化的、常规化、历史化的文体形象,在诗中很大程度上体现为"常规诗形"。

以诗形建设为主要内容的新诗的诗体建设这一新诗的"形象"及"形象工程"却没有"与时俱进"。新诗的诗形受到了外国诗体和外国诗的"汉语翻译诗体"的影响。新诗的形体建设道路曲折,经历了从革命性的文体自发写作到艺术性的文体自律写作历程,常常走不重视形体或太重视形体的极端。百年间始终存在诗形的自律与自由的极端对抗。图象诗是新诗人重视诗形建设的典型范例,一些诗人克服言不尽意的弱点,营建出既有形体美,又能通过诗的形体更好地呈现出诗情诗意的诗的图式。到 1923 年左右,新诗开始建立起一些相对稳定的形体,建设起一些约定俗成的排列规则,如对称、均衡、整齐。在诗形建设日渐受到重视的潮流影响下,新月派诗人公开倡导重视诗的格律形式和诗的建筑美的新格律诗。鸥外鸥在 1943 年出版的《鸥外鸥诗

[1] Robert L, Shook. Winning Images. New York: Macmillan Publishing Co. Inc. ,1977. p. 6.

集》中的一些诗便借鉴了法国未来派诗人阿波利奈尔的排列方式。但是在此后的很长一段时期内只有吕进等极少数诗论家重视诗形。他在 1982 年出版的《新诗的创作与鉴赏》的第三章《诗的形式》中，把诗的形式分为音乐美、排列美和精炼美，并以专节讨论了以诗行、诗节及诗行的排列方式呈现的新诗的“排列美”。他把新诗的诗行的排列方式分为五种：半自由体、高低行、楼梯式、对称体和图案体。但是他仍然没有给出诗形的独立地位：“排列美、精炼美是诗的形式的重要质素，但从根本上说，它们仍然统摄于、制约于诗的音乐美。”[1]在“内容大于形式”的流行观念影响下，今天新诗理论界仍然有很多人轻视诗形，诗人在创作中更不重视诗形，甚至否定闻一多、徐志摩在上个世纪 20 年代中期建设起来的现代格律诗的诗形。尽管这种集体性的、规范性的常规诗形——现代格律诗形因为过分强调“节的匀称”和“句的均齐”受到自由体诗人的普遍抵制，但是它仍然没有完全丧失存在价值。

以笔者的经历为例。2006 年“鼓浪屿诗歌节”的学术专题是研讨“诗与音乐的关系”，要求与会者写有关鼓浪屿的诗。我认为只有用新诗中比较古老的诗体——现代格律诗体才能与鼓浪屿的古色古香相配。写了一首现代格律诗《多想在鼓浪屿浪来浪去》，具有“节的匀称”和“句的均齐”的“建筑美”，共两个诗节，每个诗节各五句。想通过“诗形”将海浪的均衡节奏感表现出来。《厦门日报》和《诗歌月刊》(下半月刊)发表出来的却是一首既无诗体更无诗形的“自由诗”，编辑没有读出作者的“匠心”，把原诗重新排列。比较两种诗形，不难分出优劣。

编辑重排后的诗形(个人化独特诗形)：

多想在鼓浪屿浪来浪去
在鼓浪石上品味海浪
在日光岩顶拥抱朝阳
在琴声鸟语中欣赏
梦的衣裳诗的芬芳
终于在鼓浪屿浪来浪去
踱进历史的深巷
读出岁月的沧桑

---

[1] 吕进：《新诗的创作与鉴赏》，重庆出版社，1982 年，第 71 页。

浪去的是忧伤
浪来的是希望
在休闲的天堂
游子不再思念故乡
生活不再是一张
密不透风的
网

王珂的诗形(群体化常规诗形):

多想在鼓浪屿浪来　　　　　浪去
在鼓浪石上品味　　　　　　海浪
在日光岩顶拥抱　　　　　　朝阳
在琴声鸟语中　　　　　　　欣赏
梦的衣裳　　　　　　　诗的芬芳

终于在鼓浪屿　浪来　　　　浪去
踱进历史的深巷读出岁月的　沧桑
浪去的是忧伤　浪来的是　　希望
在休闲的天堂游子不再思念　故乡
生活不再是一张密不透风的　　网

比较这首诗的两种诗形,可以发现现代格律诗体“齐言体”排列更好。诗的“排列”的精心设计,特别是“空白”的运用,呈现出的不仅是诗的形式美——音乐美与建筑美的增加,更是对意义的增加。不仅具有诗学意义上的增值意义,还有美学意义上的物自美意义和政治学意义上的意识形态意义。空白可以象征情绪的空白、人生的空白和时空及世界的空白。“含糊这一感受使许多人困惑。以我们的文化来说,形象是最重要的,背景却往往可以被删除,被认为是无所含意的东西。但从东方的人的观点看,失去了一方,另一方也就不复存在。太极图表达了形象/背景互相依赖的典型中国式概念。正是由于这一概念,东方思想以容忍斗争和矛盾为特征。由于这种态度,东方思想接受感觉组织上的二元论(dynamicduality)。东方的艺术家,基于这一观点，常常在画里留出珍贵的空白来表示一些含意深邃的东西。”[1]这首诗采用新诗史上古老的诗体现代格律诗体和中国美学古老的传统表现方式空白，不但能够突出作者想表达的鼓浪屿的“古色古香”，还能够显示出作者不自由的生存状态：在工作中不自由，到人间胜景鼓浪屿游玩不自由，甚至写诗也不自由，还要受到美学传统和诗学传统的束缚。通过这首诗完全能够读出作者的生活方式和生存状态。“空白”不仅使诗有节奏感和视觉感，更突出了“品味”“拥抱”“欣赏”三个动作的动感和延续性，突出了全诗的中心动作“浪”的动感和美感，“浪”的动作是一个“俗”动作，有“风流”的意思。“在鼓浪石上品味　海浪”“在日光岩顶拥抱　朝阳”“在琴声鸟语中　欣赏　梦的衣裳　诗的芬芳”，这些在鼓浪屿的“具体浪法”说明诗人的“浪”是诗意的、艺术的、甚至是纯洁的、高尚的，浪来的不是“美女”“色情”，而是“朝阳”“梦的衣裳”“诗的芬芳”，再加上空白之美，“浪”的境界就增高了很多。正是比喻、暗示、空白、现代格律诗体的“节的匀称，句的均齐”的排列、一咏三叹的音乐方式等这些诗歌技法，使这首诗没有沦为低级的“广告诗”。这首诗后来作为头条被收入厦门旅游部门编的《鼓浪屿诗影集》。

通过这首诗的两种诗形可以看出，不能单纯地把诗的排列等非语言手段看成与内容对立的“形式”方面的东西，而要求为“内容”服务。它本身就是“内容”。更不能把重视诗形视为形式主义的极端行为而否定。卡勒在《结构主义诗学》中的两段话有助于理解这个观点：“诗的有形结构的最明显的特征就是分行分节。一行诗末的断行，或诗节之间的空隙，必须赋以某种价值，办法之一就是把诗歌形式看成是一种摹仿：断行代表空间或时间上的间隔，应纳入主题，并与全诗的意义结合在一起。”[2]“对于诗行行末的别一种归化办法，不那么快地从词语移向现实世界，则建立在或许可称之为阅读现象学的基础上。诗行末的间断代表阅读中的停顿，因此形成了句法结构上的模棱两可：读者试图把停顿前的语序构成一个整体，然而停顿之后，却又发现方才的结构实际上不完整，于是，停顿前的语言成分在新的完整结构中必须重新赋予功能。”[3]在 80 年代，昌耀等诗人就意识到了排列的重要性。尽管他有些反对诗要分行：“我是一个大‘诗歌观’的主张者与实行者。我曾写道：‘我

〔1〕［美］卡洛琳·M. 布鲁墨：《视觉原理》，张功钤译，北京大学出版社，1987 年，第 36 页。

〔2〕［美］乔纳森·卡勒：《结构主义诗学》，盛宁译，中国社会科学出版社，1991 年，第 274 页。

〔3〕［美］乔纳森·卡勒：《结构主义诗学》，盛宁译，中国社会科学出版社，1991 年，第 276 页。

并不强调诗的分行……也不认为诗定要分行，没有诗性的文字即便分行也终难称作诗。相反，某些有意味的文字即使不分行也未尝不配称作诗。诗之与否，我以心性去体味而不以貌取。……我并不贬斥分行，只是想留予分行以更多珍惜与真实感。就是说，务使压缩的文字更具情韵与诗的张力。随着岁月的递增，对世事的洞明、了悟，激情每会呈沉潜趋势，写作也会变得理由不足——固然内质涵容并不一定变得更单薄。在这种情况下，写作'不分行'的文字会是诗人更为方便、乐意的选择。"[1]但是他希望认为符号形式能够充分暗示符号内容，甚至还认为在诗歌创作中，视觉流程设计比心理流程设计更有成效。如他1988年12月12日写的《内陆高迴》通过长达163个字的超长的诗行和只有2个字的超短的诗行的视觉反差，不但造成特殊的视觉效果和听觉效果，还暗示出人生道路的长短不齐及人生命运的祸福相生。

再以笔者修改顾北的诗《假设比想象来的真实》的排列为例，说明诗形的价值及重视写诗技法的必要性。

顾北原诗的排列（个人化独特诗形）：

想象
一头驴走在大街上
戴着顾北的帽子
穿他的皮鞋
向每一个沐浴在温暖阳光下的
朋友打着龇牙咧嘴的
招呼
啊，顾北！

这是21世纪最无与伦比的
想象，却比假设
迟来了一步

假设是
顾北就是一头驴

---

〔1〕 昌耀：《昌耀的诗·后记》，昌耀：《昌耀的诗》，人民文学出版社，1998年，第423页。

此刻他走在大街上
他没有向朋友们打招呼
因为，他觉得
他们都不真实
虚伪得就像
有人说的
顾北就是那头驴！

王珂改诗的排列（群体化常规诗形）：

想象　一头驴
走在　大街上
戴着顾北帽子
穿他的　皮鞋
向每一个温暖
阳光
下　　　的
朋　　　友
打着龇牙咧嘴
的招呼　啊
顾　　　北

21世纪无与伦比的
想象　却比假设
迟　来一步

假设　顾北是一头驴
此刻他走在大街上
没有向朋友们打招呼
觉得他们都不真实
虚伪得就像　有人
说的　顾　　北

就　是那头　　驴

王珂的修改理由：一、原作揭示的是现代人的荒诞感，是一个原生态的题材，用的是生活中的常见小事，采用粗犷文体与精致文体的效果是不一样的。在西方，很早就有利用体裁与题材之间的不和谐来突出主题的技法。严肃题材用低级文体，如打油诗体写出，会产生奇特的反讽效果。日常题材用高贵体裁写出，更具有反讽的意味，更能呈现现代人的生存境遇的荒诞与无奈。二、原诗的散文句式太多，主、谓、宾成分齐全，限制了诗意的弹性。特别是主语的确指性太强，限制了语言的张力。去掉一些字词不仅使原诗更精炼，反而增加了诗意及诗美，更能达到写作目的。三、对原诗改得最多的是排列，诗的排列在诗中不仅能够产生视觉上的美和听觉上的音乐性，更能够用来更好地表情达意。重视排列的诗不仅可以按习惯的由左向右读，还可以从上到下（如古代汉诗中的藏头诗）甚至遮住一些字词，随意组合读，会产生很多新奇的意义。如从上到下读：把“帽子、皮鞋、温暖、阳光”放在一起，不仅节奏感强，还产生了新的意义：前两个人造物可以产生后两个自然物，甚至可以说帽子产生了温暖，皮鞋产生了阳光，或者阳光洒在皮鞋上，驴最重要的对敌武器是“蹄”，皮鞋，特别是发亮的皮鞋是有身份的人的标志。在中国文化中，驴是笨的代表，人是聪明的，诗人非常巧妙地写到了驴“穿皮鞋”，好虚荣、装腔作势是现代人，特别是小市民或小官员的通病，如果强化，更能产生荒诞感，“皮鞋”一词就可能成为全诗的“诗眼”。人造物“帽子、皮鞋”，自然物“温暖、阳光”，与动物“驴、人”，也形成了既对抗又和解的关系，特别是人造物和自然物的自然与动物的不自然产生强烈的反差，原本蠢笨的驴现在聪明，与聪明的人现在很无奈，也形成强烈的对比。原诗中温暖是形容词，来修饰阳光的，改后单独排列，既有名词也有形容词的意义。既解决了人造物和动物都有两种，自然物只有一种的不对称，还产生了触觉上的意义。把“下”与“的”单列一行并在其间留有较长的空白，可以强调“下”（下既是方位介词，又变成了动词，与“生产”的意思相近）的动作的持续感。“朋友”二字分开排列，写出阳光慢慢地照出了一个又一个朋友的动作的过程，实质上产生了故事“情节”，“顾北”二字分开排列，不仅是为了写出打招呼的声调：“啊/顾北”，也与前面照应，说明顾北也是朋友之一，既是阳光下的朋友，也是阳光“生”（“下”做动词用，有“生产”的意思）的朋友。全诗写的这件荒诞事，正发生在“阳光下”。这样排列，可以读出朋友及顾北既是阳光“下”的，也是帽子下的，还是鞋子下的。如果只读“下　的”“朋　友”“顾　北”三个排列均齐的诗行，再加上前面的主语“阳光”，就可以产生了一首“诗”。把“却比假设”遮掩，就可以读成“想象迟来一步”。迟来一步采用空格书写，也是为了突出“动感”。全诗最后两句的排列更是为了突出主题，可以组合成多种诗句：顾北是那头驴，顾是那头驴，北那头驴、北驴……最有意思的是，利用了诗人的姓名“顾北”的谐音与意义，“顾”与“雇”“北”与东南西“北”的“同音”，“顾（找）那头驴”可以成为“雇（用）那头驴”，“顾北”可以理解为“找北”，俗语称某人糊涂为“找不着北”。在诗中“找不着北”的诗人与笨驴同时出场，甚至不得不雇头北方的驴（《黔之驴》中的北方的那头驴）来找“北”，写出了当下生活的“糊涂”与人的郁闷无奈。四、全诗去除标点，是想用中国美学推崇的“空白”之美来克服“言不尽意”“词不达意”的语言弱点，达到“无中生有”的奇特效果。

2009 年 8 月 16－18 日“21 世纪中国现代诗第五届研讨会暨现代诗创作研究技法学术研讨会”；主办方：福建师范大学，中国当代文学研究会；地点：福建武夷山。

新诗应该重视相对标准、常规诗体和社会化写作

摘　要：新诗百年，一直存在着文体的合法性危机和诗人的公信度危机。近年对新诗的否定声音更多，新诗的产量却未受影响。2006年是新诗受到全民质疑的“灾年”，2007年问世的新诗作品集、新诗研究著作和新诗论文的数量却创下了新高。极端肯定新诗和极端否定新诗对新诗都不公正。目前新诗的成绩是巨大的，问题也十分严重，正处在发奋图强时期，应该高度重视基础理论和技法建设，以艺术方式建立相对标准，以改良手段建设常规诗体，在新诗功能的多元格局中重视社会化写作，亟需优化新诗生态，让长期存在的题材的严肃性与娱乐性、文体规范与文体自由、个人化写作与社会化写作、平民化写作与贵族化写作、情感性写作和思想性写作等诸多矛盾少些对抗，多些和解，利用在政治上建设和谐社会的有利时机加强和谐诗歌的建设。

关键词：新诗　新诗标准　常规诗体　社会化写作

中国的20世纪是一个动荡的时代，革命、运动、改革此起彼伏，“破坏”是时代的主旋律，21世纪是一个和平的时代，“建设”是时代的主旋律。政治和经济生活如此，在政治激进主义和文化激进主义思潮泛滥岁月里诞生的新诗更是如此。尽管新诗已经有百年历史，但是“折腾”远远多于“建设”，只破不立，破了难立，一直存在着文体的合法性危机和诗人的公信度危机。“新诗革命是否成功”“新诗是否形成传统”成为近年理论界争论的热点问题。很多质疑声音来自新诗内部，著名文论家梁实秋在20世纪20年代就以诗作和诗论蜚声新诗诗坛。1988年，他的《关于鲁迅》由台北传记文学出版社再版，收录了他的《五四与文艺》一文。他尖锐地指出：“我以为新诗如有出路，应该是于模拟外国诗之外还要向旧诗学习，至少应该学习那‘审音协律敷辞惔藻’的功夫。理由很简单，新诗旧诗使用的都是中国文字，而中国文字，如周先生所说，是先天的一字一音以整齐的对称为特质。这想法也许有人以为是‘反动’或‘反革命’，不过我们不能不承认，文学的传统无法抛弃，‘文学革命’云云，

我们如今应该有较冷静的估价了。”[1]著名新诗诗人和新诗理论家郑敏 2002 年在《诗探索》发表了《中国新诗能够向古典诗歌学些什么?》,也认为新诗不应该与古诗“割裂”:“中国新诗很像一条断流的大河,汹涌澎湃的昨天已经一去不复返了。可悲的是这是人工的断流。将近一个世纪以前,我们在创造新诗的同时,切断了古典诗歌的血脉,使得新诗与古典诗歌成了势不两立的仇人,同时口语与古典文字也失去了共融的可能,也可以说语言的断流是今天中国汉诗断流的必然原因。……古典汉语是一位雍容华贵的贵妇,她极富魅力和个性,如何将她的特性,包括象征力、音乐性、灵活的组织能力、新颖的搭配能力吸收到我们的新诗的诗语中,是我们今天面对的问题。”[2]一些新诗界以外的学者对新诗更有异议,1999 年,现代文学著名学者钱理群在《诗探索》发表了《论现代新诗与现代旧体诗的关系》,认为很多新诗诗人改写旧诗的原因是:“和充分成熟与定形的传统(旧)诗词不同,新诗至今仍然是一个‘尚未成型’、尚在实验中的文体。因此,坚持新诗的创作,必须不断地注入新的创造活力与想象力;创造力稍有不足,就很有可能回到有着成熟的创作模式、对本有旧学基础的早期新诗诗人更是驾轻就熟了的旧诗词的创作那里去。”[3]钱理群在 2006 年 5 月 30 日到 6 月 2 日写的《诗学背后的人学——读〈中国低诗歌〉》中说:“我对当代中国诗歌几乎是一无所知,坦白地说,我已经 20 年不读、不谈当代诗歌了,原因很简单,我读不懂了。”[4]对新诗的责难甚至敌视心态在 2006 年秋天“大爆发”,发生了网友恶搞新诗诗人及新诗的“群众运动”。在世纪之交,有人就结论说新诗是“百年之骗”,2009 年,有人还主张应该把新诗推倒重建。

令人惊奇的是,尽管否定新诗的声浪此起彼伏,新诗的产量却未受多少影响。1988 年出版的《中国新诗大辞典》收入了 1917 年至 1987 年 70 年间诗人、诗评家 764 人,诗集 4 244 部,诗评论集 306 部。2006 年出版的《中国新诗书刊总目》收录了 1920 年 1 月至 2006 年 1 月中国大陆、台湾、香港、澳门及海外出版的汉语新诗集、评论集 17 800 余种。2006 年是中国新诗的“灾年”,新诗受到了以网民为代表的民众的激烈攻击,一些官方媒

---

〔1〕 梁实秋:《“五四”与文艺》,徐静波:《梁实秋批评文集》,珠海出版社,1998 年,第 253 页。

〔2〕 郑敏:《中国新诗能向古典诗歌学些什么?》,《诗探索》2002 年 3-4 辑,第 24 页。

〔3〕 钱理群:《论现代新诗与现代旧体诗的关系》,《诗探索》1999 年 2 辑,第 101 页。

〔4〕 钱理群:《诗学背后的人学——读〈中国低诗歌〉》,张嘉谚:《中国低诗歌》,人民日报出版社,2008 年,第 1 页。

体也认为新诗的翅膀正在被折断,“中国新诗向何处去?”成为公众话题。一些人甚至断定经历了2006年的风波,很多人都不会再写新诗或从事新诗研究,但是2007年新诗创作与新诗研究都大丰收。2008出版的《中国诗歌研究动态》(第五辑)对2007年新诗创作和研究的成果数量作了比较详细的统计:刘福春的《新诗著作叙录(2007)年》[1]收录了2007年出版的新诗集277种、诗论集34种,乔婷婷等人的《2007年新诗研究论文索引》收录了发表在公开刊物上的论文1 278篇,孙晓娅、崔月萍、张凤、乔婷婷的《2007年新诗研究论文摘要》[2]涉及论文71篇,张凤、崔月萍、马富丽、乔婷婷的《2007年新诗研究硕士、博士论文摘要》[3]涉及硕士论文73篇、博士论文10篇。2009年是百年历史中新诗产量最高的一年,5·12汶川大地震爆发后,神州出现了震灾诗热潮,很多人把写震灾诗当成诗人特有的救灾方式。新诗在抚慰心灵、凝聚人心及宣传救灾等方面取得了较大成绩,涌现了大量诗作。著名“民刊”《诗歌与人》主编黄礼孩总结说:“一个朋友说,5·12汶川地震赈灾义演的众多节目中,唯有诗歌朗诵能触动他的心灵,那些带有娱乐消遣的歌舞显得多么的轻浮。是的,面对苦难,我们需要人性的、温暖的、有厚度的、庄重的文艺作品来抚慰哀伤的心灵,给迷茫的人生以光亮、方向和出路。这一夜之间,中国产生了多少诗歌,无人知道,悲情大地遍布诗歌的火种。这燃烧的至情至性的爱让人感动。”[4]《燕赵都市报》报道说:“‘六一’儿童节前夕,为了给汶川大地震灾区的孩子们献上一份特别的礼物,本报发起了‘把最动人的诗歌献给汶川大地震中的孩子们’诗歌征文活动,得到了广大读者的热烈响应和支持,仅仅十几天的时间,饱蘸深情的诗歌从四面八方向本报编辑部涌来,据统计,来稿已达2 000多份,约8 000首诗歌。……许多一度沉寂多年的全国著名诗人寄来了他们的新作,有的诗人甚至一次寄来了几十首献给灾区孩子们的诗歌。”[5]

---

[1] 刘福春:《新诗著作叙录(2007)年》,首都师范大学中国诗歌研究中心,《中国诗歌研究动态》,五辑,学苑出版社,2008年,第218-282页。

[2] 孙晓娅、崔月萍、张凤、乔婷婷:《2007年新诗研究论文摘要》,首都师范大学中国诗歌研究中心,《中国诗歌研究动态》,五辑,学苑出版社,2008年,第114-134页。

[3] 张凤、崔月萍、马富丽、乔婷婷:《2007年新诗研究硕士、博士论文摘要》,首都师范大学中国诗歌研究中心,《中国诗歌研究动态》,五辑,学苑出版社,2008年,第135-176页。

[4] 黄礼孩:《土地是我们最初和最后的爱》,《中西诗歌》,2008年2期,卷首语。

[5] 陈宗华:《〈燕赵都市报〉的诗歌征文8 000首诗歌澎湃慷慨大爱》,http://blog,sina,com,cn/s/blog_4df81c9a01009q2j,html.

极端肯定和否定新诗都是错误的，都没有客观公正地对待新诗这种特殊文体。极端否定者不知道新诗的十大成就：促进了中国的思想解放，完美了现代汉语，丰富了国人的感情生活，发展和丰富了汉语诗歌，展示出国人在不同时期的生存状态，丰富了小说、散文等其他文体，支持了中国现代音乐，促进了中国妇女文学的发展、民族诗歌的繁荣和中国现代学术的进程。极端肯定者回避了新诗的十大问题：生不逢时，长于乱世，缺乏必要的文体标准，过分重视自由诗，职能单一，普及教育工作落后，新诗人严重缺乏诗家语意识、诗体意识和经典意识，年轻诗人浮躁偏激，受到外国诗歌，特别是浪漫主义诗歌的负面影响，假大空的诗作和故弄玄虚的诗人太多，新诗评论界正气不够，严重缺乏敢说真话又会说行话的诗评家。目前新诗正处在"百废待兴""发奋图强"的关键时期，有很多工作需要扎扎实实地做，特别要加强相对标准、常规诗体和社会化写作的建设。

以艺术方式加强相对标准的建设

新诗写作应该设立一定的门槛，不是任何人都可以写诗的。在写什么上全盘放开，没有必要制定严格标准，什么都可以写，给予诗人充分的写作自由，只是在发表上作一些限制，如一些可能导致青少年犯罪的色情诗不宜公开发表。但是在怎么写上，一定要有限制，要有标准。现在很多人意识不到这一点，本末倒置，反而认为应该放开怎么写，限制写什么。诗人与传统的对接不在于写什么内容，而在于写作技法。比如说古代汉诗讲究音乐性，现代汉诗很难与这种"无韵则非诗"的传统写作技法"对接"。新诗可能继承的还有"写作意识"，比如古典诗歌的炼字炼句意识，即"推敲之功"，应该成为现代诗人的"基本功"。尽管在现代的快节奏生活中追求炼字炼句有些不合时宜，还是要强调这一点，新诗必须强调科学雅致，追求语言的"准确"与"精炼"，追求写作的"到位"与表达的"优美"。尽管现代诗歌不太追求古代诗歌的"诗出侧面""无理而妙"手法所产生的"含蓄美"，但是"精炼"及"精致"仍是一大境界。

近年很多中国先锋诗人推崇波德莱尔的创造精神，却没有学到波德莱尔诗学的精髓。波德莱尔被视为现代诗人之父，他将诗歌的写作内容世俗化了，也极大地扩充了诗人的文体独创自由。"波德莱尔成为现代诗歌的原型，至少是因为他在贵族与革命两个位置之间荡来荡去，唯一能够确信的是他失望地拒绝了没有给他任何空间的资产阶级和资本主义的秩序法则。他比同时代的诗人更能够意识到诗人正生活在一个商品决定一切物品，价格决定一切价值的文明中。后来的诗人，如庞德、艾略特、威廉·卡洛斯·威廉斯都转移了注意力，关注起经济，他们的思想随着价值理论旋转。”[1]但他并不是一个追求极端的写作自由的先锋诗人。“波德莱尔的重要性体现在两个方面：他既是现代诗人之父，……也是受到高水平的批评的自我意识的限制和精致化的现代诗人的原型，保罗·瓦雷里这样写道：‘法国诗歌至少上升到了民族前沿，它发现到处都有读者，建立起了现代时代的纯粹诗歌。’”[2]尽管波德莱尔堪称现代诗歌的鼻祖，从诗歌的功能、内容及形式上都掀起了人类诗歌史上前所未有的改革风暴，出版了堪称世界上第一部现代诗或先锋诗诗集的《恶之花》和第一部散文诗集《巴黎的忧郁》。但是他实际上继承了法国古典诗歌讲求精雕细琢的“技术传统”。新诗诗人缺乏的正是这种传统。新诗诗人总是自以为是天才甚至超人，重视创作而轻视制作，即使是信笔涂鸦胡作非为，也认为是合理合法的。这是严重不对的，这种诗人要么是人格不健全，要么是心理不健康，甚至还可以结论说缺乏诗歌知识，特别是对诗歌历史十分陌生。现在应该突出诗人的“匠人气”，淡化诗人的“艺术家气”，突出“制作意识”，淡化“创作意识”。中国有很多工艺美术大师，如做陶瓷的，做根雕的，他们其实就是既有基本功也有“手艺”甚至“绝活”的匠人。他们极少把自己视为“艺术家”。他们却制造出很多堪称艺术品的“工艺品”。新诗创作界缺乏的正是这样的匠人，很多诗人没有“匠人意识”，不仅自认为是“艺术家”，而且自封为“天才艺术家”，狂妄地认为新诗是从自己开始的，“弑父式写作”流行。所以新诗应该有一个与传统诗歌对接的相对标准。但是这种“对接”只是相对的，要强调“异质同构”。因为现代汉诗与古代汉诗在文体功能及文体特征上都大相径庭，即使没有发生“断裂”的外国现代诗歌与古典诗歌也颇有差异。任何时代、任何国别的诗歌写作都讲究技巧性，所谓技巧性就是对诗歌语言形式，即诗人的情感思想的表达方式的重视。写诗的快乐不只是要宣泄自己的情感，表达自己的思想，更多的是一种追求写作技术和语言智慧获得成功后的快乐，甚至是写作语言的快感。心理学家加登纳认为人有语言智

〔1〕 Michael Hamburger. The Truth Poetry-Tensions in Modern Poetry from Baudelaire to the 1960s. London: Carcanet New Press Ltd. , 1982. p. 2.

〔2〕 Michael Hamburger. The Truth Poetry-Tensions in Modern Poetry from Baudelaire to the 1960s. London: Carcanet New Press Ltd. , 1982. p. 1.

能、数理逻辑智能、空间智能、音乐智能等多种智能。他认为诗是人类语言智能的典型范例，很多人写诗就是为了炫耀自己优于别人的语言智能，也就是说诗人写作就是为语言而写作，他是因为自己写出了优美语言及精致诗歌而获得人的本能的审美快乐。“在诗人身上，我们极清晰地看到了语言的核心操作能力在起着作用。诗人有对文字的敏感性，一位个体正是凭着这种敏感性才能看出‘有意识地’、‘故意地’或‘有目的地’打泼墨水，这三种表达之间的微小差异。诗人有对文字排列的敏感性——有遵循语法规则，而在精心选择的场合下则又有打破这种语法规则的能力。从某种较高感觉层次上（对声音、节奏、回折及文字节拍的敏感性）说，诗人又具有那种能使诗歌即便在翻译成外文之后也仍然优美动听的能力。他还有对语言的不同功能（其便于朗诵的特征、其说服力、激发力、传达信息或使人愉快的力量）的敏感性。”[1]所以新诗创作要高度重视语言形式及写作技巧，甚至可以极端地得出这样的结论：谁能制作艺术，谁就掌握了艺术。

建立新诗标准，必须将多元主义与本质主义结合，特别应该强调一个基本的相对本质。但是不管如何强调建立标准的相对性原则和重视诗人的创作自由，都必须重视新诗写作的基本难度。写诗至少要过三关：第一关是语言关，现在很多诗人没有过语言关。很多诗人平时写诗语言能力似乎还可以，因为现在新诗的语言没有什么标准，胡说八道也可以说成是“诗家语”，是“陌生化语言”。但是让诗人用语言写其他文体，如散文，就写不清楚了。因此出现这样的常见现象：一些诗人，甚至是著名诗人出诗集时写一篇自序或者编后语，却写不清楚，甚至出现病句。这说明诗人没有过语言关。简单的散文都写不好的人是不配写诗的。很多诗人更没有过诗的知识关，以不读书为荣，甚至迷信“诗不可以教”“诗不可以学”，当然无法获得前人留下的诗歌知识。如很多诗人不知道十四行诗为何物，一些诗人标明的“十四行诗”只是写成了十四行，没有遵守十四行诗的韵律方式和内部结构方式。绝大多数新诗诗人都不会写古代汉诗的格律诗，也不会写现代汉诗中的新格律诗。没有过诗歌写作技巧关的诗人更多，直抒胸臆的自由写作方式仍然是新诗写作的流行方式，诗人没有技巧意识，也不学习前人创造出来的技巧。如诗的炼句、诗的排列等都有一定的技巧，在新诗草创期诗人穆木天用空白取代标点，效果很好。现在应该加强新诗教育，诗歌教育的重点是传授语言知识、诗歌知

[1] [美]H. 加登纳：《智能的结构》，兰金仁译，光明日报出版社，1990 年，第 87 页。

识和诗歌技巧。还应该加强诗人的学养建设甚至人格建设,应该旗帜鲜明地提出这样的口号:"新诗是最高的语言艺术,与'不学无术''读书无用'无关!""无产阶级闹革命,特别是流氓无产阶级闹革命的歪风邪气不能再在新诗诗坛泛滥下去了!"震灾诗热就暴露出新诗的技巧危机和新诗诗人的学养危机,很多诗人缺乏必要的情感想象能力和细节加工能力,把生活真实混同于艺术真实,如实记录生活,直接抒发感情,把诗歌写作变成了新闻写作,一些震灾诗成了"新闻诗""小叙事诗""新闻时评诗"甚至"新闻宣传诗",特别是一些反思性作品几乎是只有树干没有树叶的"新闻评论"。在"救人"比什么都重要的强调"效率"的特殊时期,诗人确实有理由追求"短平快",拒绝"闭门造车"和"精雕细作"。但是,诗人的"非在场写诗"毕竟不同于救援人员的"在场救命",对时效性的要求并没有那么高。在这次抗震救灾中,专业救援队员们既知道分秒必争,更知道"精雕细琢"的"专业精神"和"职业素养"更有助于打通生命通道,一些诗人却缺乏这样的"专业"精神和"职业"素养。

加强新诗经典建设可以促进新诗标准建设。新诗是缺乏经典意识甚至反对经典化的特殊文体,它独具的先锋性使它一直在动荡中发展。尽管已经形成一定的传统,甚至可以说产生了"经典诗人""经典诗派""经典诗体"和"经典诗作"。但是百年新诗打造"经典"之路坎坷,有优秀诗人少诗歌大师,多庸品少精品,堪称经典的诗作更少。新诗缺乏经典是新诗在汉语诗歌史上和今天的公众面前地位低下的重要原因。中国社会已经结束了动荡,新诗又积累了百年建设的经验和教训,为目前新诗经典建设提供了可能。网络新诗的繁荣带来了新诗新一轮的世俗化和反经典化,更有必要倡导新诗的经典意识,通过诗歌教育、诗歌研究等手段使新诗经典化道路更平坦。但是必须尊重新诗的文体特性,重视世界诗歌的世俗化潮流,不要极端地强调新诗的经典性,拔苗助长地打造新诗经典。不能因为倡导经典就极端重视诗的哲理功能,轻视诗的抒情功能甚至游戏功能,破坏新诗现有的多元格局。

以改良手段加强常规诗体的建设

"诗体"特指诗的"体裁""体式"的规范。西方从亚里士多德的《诗学》、黑格尔的《美学》,中国从《尚书》《毛诗序》,到刘勰的《文心雕龙》、许学夷的《诗源辩体》……都有关于诗体的论述。国外近年随着文体学、艺术类型学、艺术形态学等的繁荣,诗体研究受到重视。如英语诗歌在诗的形体和诗的音乐与具体的诗体类型，如十四行诗、具象诗等方面的研究成果颇丰。中国古诗诗体研究也较繁荣，出版了杨仲义的《汉语诗体学》等著作。但是目前的新诗诗体研究普遍缺乏外国和中国古代诗歌诗体理论的有力支持，也缺乏对新诗史，特别是诗体建设历史的深入考察，新诗诗体的理论体系更没有建立。在新诗研究中，新诗史研究与文体研究分裂、新诗文体的局部研究较强整体研究薄弱等。新诗史家更关注的是新诗“写什么”而非“怎么写”，已有的 10 多部优秀新诗史著作都没有专门系统探讨文体及诗体的百年流变，如祝宽的《五四新诗史》、龙泉明的《中国新诗流变论》、陆耀东的《中国新诗史》等。新诗史上刘半农、闻一多、林庚、何其芳等人都致力过以诗体建设为重心的新诗文体研究，由于新诗的生态及新诗文体的特殊性，新诗的诗体建设和诗体研究长期落后，近年才出现了一些优秀著作，如吕进的《新诗文体学》、许霆的《旋转飞升的陀螺——百年中国现代诗体流变史论》等。2007 年吕进、骆寒超等诗论家提出了“诗体重建”的口号，西南大学中国新诗研究所也举办了倡导“诗体重建”的专题研讨会，响应者众多。但是如何重建仍是众说纷纭。一些构建策略多有偏颇，如极端强调诗体的格律化或自由化。很多诗论家的诗体重建的策略都较宏观，缺乏操作性。

一些新诗研究界以外的文体学学者也关心新诗的文体建设。如著名文体学家童庆炳在 2001 年 10 月 19 日，对新诗的文体建设发表了独特的看法：“我一直认为，中国现代汉诗文体的建立，要充分考虑到四个方面：第一是‘诗意’，诗必须有诗意，这是诗区别于其他文体的一个特点，当然这诗意必须渗入语言的运用中。第二是意境，意境是诗的一个形象，诗的形象区别于其他文体的形象就是必须有这样或那样的意境，当然这形象也必须是语言（之内、之外）呈现出来的。第三是节奏，没有节奏就没有音乐美，当然节奏可以是不同的，不必完全套用近体律诗，但通过语言所创作的节奏，是诗者诵读时所必须有的。第四是造型，也就是闻一多所说的建筑美，各种造型都可以，但通过文字来造型的诗歌传统不能丢。我特别欣赏词的文体，虽然它的句子的长短不一，但它的文体是富于艺术性的。我有时候甚至想，要是我们能用现代汉语创造出新的一二百种不同的词牌来，也许我们的现代汉诗的文体将进入一个成熟时期。”[1]因为对宋词的偏爱，他的新诗应该向宋词学习，创造出

〔1〕 童庆炳：《〈诗歌文体学导论——诗的原理和诗的创造〉序》，王珂：《诗歌文体学导论——诗的原理和诗的创造》，北方文艺出版社，2001 年，第 3 页。

一二百种“词牌”的设想是自然而生的，代表了很多迷恋旧诗词的文人的愿望。操作起来却十分困难，至少有两个问题无法解决：一是现代人比古代人更追求做人及写作的自由，二是现代汉语比古代汉语更自由散漫。他的高明之处是意识到节奏与造型是新诗诗体建设的主要内容。近年越来越多的人重视诗的音乐美和建筑美。但是真正能够肯定两者的价值并将两者有机地融合者少。特别是对诗的建筑美在诗体建设中的重要性认识不够，有人甚至否定其价值。如郭成华认为：“我以为，是从声音（听觉）上研究诗的形式，还是从书面（视觉）上研究诗的形式，是诗歌形式学能否成立的关键问题。……诗的书面或视觉形式，如分行、字数等等，其存在理由就是为诗的声音提供依据。这就如同乐理学研究的是声音艺术的规律，而不是研究乐谱字面美的规律一样。乐谱字面写得再好看，那只是视觉的艺术，与音乐无关。因此，那种要创造诗行的‘建筑美’的理论，完全是诗歌之外的追求了。”〔1〕

“我们大致上给文体这样一个界说：文体是指一定的话语秩序所形成的文本体式，它折射出作家、批评家独特的精神结构、体验方式、思维方式和其他社会历史、文化精神。上述文体定义实际可分为两层来理解，从表层看，文体是作品的语言秩序、语言体式，从里层看，文体负载着社会的文化精神和作家、批评家的个体的人格内涵。”〔2〕任何文体规范及文体自由都不纯粹是文体自身及艺术内部的事务，都会指涉人甚至政治。正如波德莱尔认为：“任何深刻的敏感和对艺术具有天赋的人（不应把想象力的敏感和心的敏感混为一谈）都会像我一样地感觉到，任何艺术都应该是自足的，同时应停留在天意的范围内。然而，人具有一种特权，可以在一种虚假的体裁中或者在侵犯艺术的自然肌体时不断地发展巨大的才能。”〔3〕马尔库塞的论述更准确：文学“要是表示了一种风格上或技巧上的根本变革，它可能就是革命的。这种变革可能是一个真正先锋派的成就，它预示了或反映了整个社会的实际变革。”〔4〕“一件艺术品，借助于美学改造，在个人的典型命运中表现了普遍的不自由和反抗力量，从而突破被蒙蔽的（和硬化的）社会现实，打开变革（解放）的前景，

〔1〕 郭成华：《新诗声律初探》，华文出版社，2009年，15-16页。

〔2〕 童庆炳：《文体与文体创造》，云南人民出版社，1994年，第1页。

〔3〕 [法]波德莱尔：《哲学的艺术》，波德莱尔：《波德莱尔美学论文选》，郭宏安译，人民文学出版社，1987年，第390页。

〔4〕 [美]赫·马尔库塞：《现代美学析疑》，绿原译，文化艺术出版社，1987年，第2页。

这件艺术品也可以称为革命的。"[1]重视诗体的意义在于不仅可以彰显出诗的形式及诗的写法的重要性,还能够肯定诗的文体的合法性,更可以保证诗人创作的可行性及诗人存在的必要性。既具有艺术的价值,也具有政治的价值,既有艺术规范及艺术革命的潜能,也具有政治律令及政治自由的品质。它在一定程度上是诗的文体功能及文体价值和诗人的存在意义及生存方式的显性表现。诗体具有制定做诗法的意义,是对诗的属性的制度化的具体表现,既是呈现诗这种特殊文体的表象特征的"诗的图式",更是呈现诗的形式规范及写作规范的"诗的法则"。因此诗体重建是新诗界的当务之急,不仅有利于建设和谐诗歌,也有利于建设和谐社会。目前已经具备了诗体重建的诗歌生态,政治上对和谐社会的追求为建设和谐诗歌提供了前所未有的宽松的外部环境。但是诗体重建不能走格律化的极端,必须考虑新诗的自由化、世俗化、公众化等文体特性,进行改良式的"常规诗体"的建设,达到建设"和谐诗体"及"和谐诗歌"的目的。目前新诗创作正进入一个新的历史时期,特别是网络诗歌带来了诗的功能、诗的创作方式和诗的传播方式等全方位的巨变,甚至出现了新的"诗体大解放"运动,更需要诗体建设。

新诗本质上是一种反对"经典化""定型化"和"贵族化"的文体,生长于"革命"受到极端重视的乱世,既有高度的严肃性、精英性,更有强烈的时代性、平民性、世俗性、青年性、先锋性,一直过分崇尚文体自由,新诗诗人是过分具有文体独创精神和自由意志的人,极度推崇人格独立和个性解放。因此新诗的诗体建设生态恶劣,自由化、散文化的自由诗势力过分强大,导致定型诗体及准定型诗体建设艰难。尽管新诗初期就粗略地建设起现代格律诗、长诗和小诗三种准定型诗体,以后也时时有人进行建设,却没有得到健康的发展,这些诗体不得不以起伏不定的曲折方式生存,其文体的稳定性时时受到破坏,它们作为准定型诗体的价值和诗体规范也总是受到怀疑。三种准定型诗体都出现诗体解放的现象。现在应该在已有的基础上好好建设这三种诗体,特别是加强现代格律诗的建设。现代格律诗的诗体建设重点应该在诗形上而不是在诗律上。今天的诗体重建应该顺应历史潮流,高度重视"和谐诗体"及"和谐诗歌"的建设,反对诗体的高度定型,建立既有节制又宽松的常规诗体,形成既统一又和谐的诗体格局:把准定型诗体——常规诗体作为主导诗体,把不定型诗体——自由诗体和定型诗体——格律诗体作为辅助诗体。

[1] [美]赫·马尔库塞:《现代美学析疑》,绿原译,文化艺术出版社,1987年,第2页。

诗体建设的重要内容是诗形建设。诗形是诗的重要文体标志,是诗体的主要成分。好的诗形不仅自身具备诗美,还能帮助诗人更好地表情达意,增加诗美。20 世纪初出现了世界性的自由诗革命,如英语诗歌界发生了意象派运动,使英语的诗形及诗体发生了较大的变化。中国的新诗革命是这次世界性的自由诗运动的一部分,是最极端的革命,完全打破了古代汉诗的诗形诗体,使汉诗由定型诗体格律诗体巨变为不定型诗体自由诗体。但是新诗的形体美仍然是新诗重要的文体特征,在 20 世纪前半期受到新诗诗人的一定重视。但是在 20 世纪后半期,特别是在当代,由于新诗的历史,特别是形体建设及唯美写作的历史没有发生断裂,又受到西方诗歌重视诗的形体的观念和意象诗的影响,台湾比大陆更重视诗形建设。大陆的网络诗歌没有像台湾那样充分利用网络技术和多媒体手段进行创作,只是基本实现了网络诗的发行功能。大陆诗形建设落后的主要原因是很多诗人学者既不承认新诗应该有“诗体”,更不承认新诗应该有“诗形”。诗是最讲究有常规诗形和常规诗体的语言艺术,又是最强调诗形和诗体独创的文体。人类诗歌经历了口头创作及口头传播方式和平面的纸质书面创作及书面传播方式。口头诗歌与书面诗歌有巨大的差异,如口头诗歌更多是歌诗而不是诗歌,更重视诗的音乐性,根本不存在诗的视觉形式。诗要书面记录,才出现了“齐言体”等强调诗的视觉形式的文体特性,才出现真正的诗体。电子网络传播是人类诗歌由口头传播到纸质书面传播后的第二次大飞跃,传播方式的改变带来了诗的文体特征及美学特征的改变,特别是带来了诗的形态及诗体形式的巨变。电脑网络的大普及带来了网络诗及“网络诗学”。象形文字汉字更有利于电脑多媒体的运用,在网上写作中,诗的排列形式更受到现代诗人的推崇。网络诗歌为新诗的诗形建设提供了方便。诗形源于人的构形天性和审美本能需要,人的构形本性使文学类型的划分和以诗形为主要内容的诗体的建立成为可能。人类探寻诗的音乐形式的历史悠久,获得了很多种音乐形式,对视觉形式的探寻相对落后,促使现代诗人关注诗的书写形式。印刷术和电脑网络技术的日新月异为诗人重视诗的视觉形式创造了条件。人类日渐发达的视觉思维与创造性思维结合,也有利于创造出更好的诗形。因此新诗应该重视常规诗形和非常规诗形的建设,既强调诗人的文体自觉性,也尊重诗人的文体独创性。相对规范的常规诗形是诗的公共空间赖以存在的基础,可以强化诗人的诗形意识及诗体意识,达到诗的自律及文学自律的目的。但是不能压制以图象诗为代表的非常规诗形的创造精神,对图象诗为代表的非常规诗形的文本价值和文体价值的正确评价关系到是否认可由现代诗歌,特别是后现代艺术的先锋性决定的新诗的私人空间、文体自由及个人化写作。文体革命与政治革命休戚相关,以自由诗为代表的新诗长期承担了过多的反对诗体独裁甚至政治独裁的政治责任,过分追求民主政治常常使新诗诗人缺乏必要的文体自觉性和诗体自律。在生活的多元与政治的多元生态中生存的当代诗人更容易迷恋诗形的自由及诗体的民主。所以不可否认当下新诗建设常规诗形和常规诗体是很困难的,甚至是有些不合时宜的,但是又不得不迎难而上。目前新诗应该建立以准定型诗体为主导,以定型诗体和不定型诗体为补充的诗体格局。无论哪种诗体都需要完美的诗形,都需要诗形建设,因此新诗要加强诗形建设。也要防止极端重视诗形建设,甚至要警惕一些诗人,特别是先锋诗人"借诗形反诗形"。一些图象诗人和网络诗人对诗形的极端重视在某种意义上是对常规诗形的轻视,是想通过独出心裁的变态诗形反对约定俗成的常态诗形,会影响新诗诗形建设的健康发展。

在新诗功能的多元格局中重视社会化写作

新诗在20世纪,特别是在20世纪中前期确实被赋予了过多的社会责任,具有高度的严肃性。如台湾著名诗论家林以亮在20世纪70年代认为:"老实说,五四以来,中国的新诗走的可以说是一条没有前途的狭路,所受的影响也脱不了西洋浪漫主义诗歌的坏习气,把原来极为广阔的领土限制在(一)抒情性(二)高度严肃性这两道界限中间。我们自以为解除了旧诗的桎梏,谁知道我们把自己束缚得比从前更紧。中国旧诗词在形式上限制虽然很严,可是对题材的选择却很宽:赠答、应制、唱和、咏物、送别,甚至讽刺和议论都可以入诗。如果从19世纪的浪漫派的眼光看来,这种诗当然是无聊,内容空洞和言之无物,应该在打倒之列。可是现代诗早已扬弃和推翻了19世纪诗的传统而走上了一条康庄大道。现代英国诗人,后入美国籍的奥登(W. H. Auden)曾经说过:'诗不比人性好,也不比人性坏;诗是深刻的,同时却又是浅薄的,饱经世故而又天真无邪,呆板而又俏皮,淫荡而又纯洁,时时变幻不同。'最能代表现代诗的精神。"[1]70年代后期和80年代初期的朦胧诗运动加重了这种严肃性,新诗承担了促进思想解放的重大历史使命。但是在80

〔1〕 林以亮:《〈美国诗选〉序》,林以亮:《美国诗选》,今日世界出版社,1976年,第4页。

年代后期，出现了反拨新诗题材的高度严肃性的内容“轻化”现象，诗人的生命意识渐渐取代使命意识。从90年代中期开始，因为新诗在社会生活，特别是在公众政治生活中的边缘化和诗人在私人日常生活中的世俗化，新诗的个人化写作倾向越来越严重，甚至出现了私人化写作狂潮。网络诗歌在新世纪的迅速兴起加剧了新诗写作的小圈子化、个人化和私语化。尽管个人化写作在20世纪末期的问世，甚至在今天都有一定的存在意义，不仅继承了新诗百年来一直存在的追求自由的传统，还有助于摆脱独断性的意识形态及一元化的群体意识或社会秩序感对个体精神的压迫，有助于肯定个体生命的价值和新诗作为一门艺术的文体自主性，甚至可以说近十多年中国诗坛的个人化写作在一定程度上促进了中国的民主政治建设。但是个人化写作，特别是极端的私语化、小圈子化写作，在很大程度上割裂了人与社会、小帮派与大团体的依存关系，这是近十多年诗坛混乱的重要原因。

“不同的社会对人类成长的这些不同观点与不同极顶状态的强调程度是不同的，在其对个体所与社会自我的对立性方面，在其对建立明确的人格智能训练模式的赞同态度方面是有不同的。我以后在考虑不同文化的人格认知时将对某些这样的差异作更详细地审查。而现在则必须强调这样一点：人们是能够辨别出每一个正常个体身上这两方面发展的主要特征的——一面是，对别人的关注及对社会角色的把握；另一面是，对自我的关注及对一个人自己人格生活的把握。重点可有不同，但一个人是个统一的个体——他仍须在社会环境中成长(是个有情感与努力目标的个体)，必须依靠别人来达到自己的目标、判断自己的成绩——这样一个事实则是人类条件中不可避免的方面，它是牢固植根于我们物种之中的。”[1]现代人在很大程度上是社会人而不是自然人。现代人认识自我的参照系却是彼此联系的社会的而不是孤立的个体，现代人发现自我必须透过他者的眼光。集体意识和团队精神在现代社会对于个体人或者自然人的生存格外重要。现代诗人既有自然人的情感，更有社会人的情感，既要有人类意识，也要有地域意识。自然情感和社会情感，特别是后一种情感迫使诗人，尤其是那些极端推崇个人化写作的诗人检讨自己的写作伦理，至少应该在写作时想到自己是源远流长的汉语诗歌写作者中的一员，是这个国家、这个民族、这个时代甚至是人类中的一员，诗人与世界的关系如同一粒沙与沙漠的关系。

---

[1] [美]H. 加登纳：《智能的结构》，兰金仁译，光明日报出版社，1990年，第294页。

近年很多诗人，特别是青年诗人有太多的虚荣心和自尊心，太缺乏面对现实生活的真实和面对情感生活的真诚的能力。当今诗坛，处处是装神弄鬼、装模作样、装腔作势的“诗人”；泛滥着大话、假话、空话般的诗作。一些诗人缺乏的不是浪漫和想象力，而是缺乏直面现实的洞察力，缺乏对日常生活、普通情感的“敏感度”，从他们的诗中看不到实在的、正经的生活。新诗诗人常常是“隐”大于“秀”，“生命意识”多于“使命意识”，新诗诗坛的“个人化写作”远远多于“社会化写作”。尽管 5·12 汶川大地震改变了中国，使中国人更团结更坚强；也改变了新诗，使新诗更关注国计民生。震灾诗具有记录国人生存状态、唤醒爱国激情和增强民族凝聚力等多种价值，强化了新诗的实用性、抒情性和严肃性，新诗诗人的介入意识及使命意识和新诗的写作伦理及入世道德受到高度重视，有效地反拨了持续了十多年的新诗文体的世俗化及个人化写作的极端。但是地震过后，个人化写作又有死灰复燃之势，一些诗人经历地震后觉得生命太渺小了，更应该及时行乐，应该为安慰自己的生活而写作，更推崇个人化写作。

近年新诗生态一直在发生巨变，中国社会出现的生存方式的多元化导致了写作方式及新诗功能的多元化。改革开放“让一部人先富起来”的政策让一些诗人进入了“有产阶级”，一些诗人的写作成了“小资产阶级的下午茶”。这种悠闲的生活有利于产生精致的艺术，有助于新诗的诗艺建设，但是也可能淡化诗人的社会意识，削弱诗人介入生活的能力。贫富的分化导致了以“打工诗歌”为代表的“底层写作”，但是很多“打工诗歌”也是通过抒写“我”的打工生活，采用“尽精微”“致远大”的方式呈现底层人民的生存境遇，缺乏震撼人心的黄钟大吕式诗作。写作“打工诗歌”的作者的诗歌修养的欠缺和写作题材的细小也极大地限制了“打工诗歌”的艺术性及“底层写作”的有效性。严格地说，“打工诗歌”并不是一种有效的社会化写作，有的“打工诗歌”甚至可以说是一种特殊的安慰个人生活的“个人化写作”，它抒发的更多是个人的私人情感而非社会的公众情感，关心的更多的是个人的小恩怨而非社会的大责任，虽然有些诗写的是一个群体的情感，但是常常带有偏激与狭隘，甚至有的诗人有“病态人格”。

近年中年诗人的写作在诗坛占有重要地位。与青年诗人相比，他们的社会责任感更强一些，他们没有像青年诗人那样迷恋个人化写作，特别是当国家面临大灾难时，他们更重视社会化写作。在这次震灾诗运动中，他们成为了主力军。但是，近年一些中年诗人随着岁月的流逝渐渐失去了青春激情和抒情冲动，争当哲理诗人。近年中年诗人对哲理的关注更多在人生哲理甚至自然哲理上，人生思考远远多于社会思考。这一代诗人普遍受到意识形态的压迫，曾生活在“诗教”传统被过分强调，诗甚至沦为政治宣传的工具的时代，人到中年后容易对诗的“教化功能”及“使命意识”产生强烈的逆反心理，他们更容易接受“世人皆浊我独清”的中国传统文人的遁世隐逸生存方式，在一定程度上助长了近年诗坛的个人化写作。在“乱世出英雄”的广告时代，特别是在最近10年，很多“著名诗人”都是搞“运动”起家的。这种“诗外功夫”造就的“终南捷径”令很多不屑于走这些歪门邪道的中年诗人吃亏不少，只有极少数人因为受不了名利的诱惑成了诗歌运动的“健将”或者诗坛上的“交际花”。在近年以“运动”为主要特征的诗歌环境里，新诗诗坛几乎沦落成赤裸裸的名利场，诗歌的艺术之争常常变味为“话语权之争”，诗人的代际变化太快了，如同长江后浪推前浪，一代又一代诗人各领风骚三两天。这种诗歌生态也是导致中年诗人的使命意识及诗的参与现实，准确点说是干预现实的功能减弱的重要原因。他们当年很多人都是因为作品具有强烈的“使命意识”和“启蒙教化功能”走上诗坛的，越来越世俗化甚至庸俗化的物质主义泛滥的社会既不需要堂·吉诃德，更不需要教师爷或者卫道士，甚至不需要冷静的旁观者，他们只好无奈地归隐。

尽管中国仍然需要加强审美性写作，甚至仍然需要大力倡导“纯诗”，既追求诗的内容及意义上的“纯粹”，也追求诗的语言及形式上的“纯粹”。甚至波德莱尔的这个诗的功能观对今天的中国新诗仍然有效：“只要人们愿意深入到自己的内心中去，询问自己的灵魂，再现那些激起热情的回忆。他们就会知道，诗除了自身外并无其他目的，它不可能有其它目的，除了纯粹为写诗的快乐而写的诗外，没有任何诗是伟大、高贵、真正无愧于诗这个名称的。”[1]但是无论是青年诗人还是中年诗人，都应该明白：在动荡时代和艰难岁月中可以孕育思想家型的优秀诗人，却不一定能够孕育出艺术家型的大诗人。一个没有激情的时代也不可能产生大诗人，在社会生活中八面玲珑的举子诗人（官员）和“不知有汉无论魏晋”的才子诗人（隐士），都不可能成为“社会的良心”或“社会的脊梁”，极端的“秀”和“隐”都不可能写出激动人心的诗作。今日诗坛需要的优秀诗人是既有生命意识又有使命意识的诗人，是能够

〔1〕［法］波德莱尔：《再论埃德加·爱伦·坡》，波德莱尔：《波德莱尔美学论文选》，郭宏安译，人民文学出版社，1987年，第135页。

将个人幸福与社会发展有机地融为一体的现代人。新诗既需要个人化写作，也需要社会化写作，既需要情感性写作，也需要思想性写作。在特殊生态中，有必要适当倡导其中的一种，如当下最需要的是在个人化情感性写作基础上的社会化思想性审美写作，有必要给新诗下这样一个定义：诗是艺术地表现平民性情感的语言艺术。

2009年11月6－9日“第三届华文诗学名家国际论坛”；主办方：西南大学中国诗学研究中心，西南大学中国新诗研究所，《文艺研究》编辑部；地点：重庆西南大学。

应该客观评价地域文化对新诗创作的影响

摘　要：一方水土养一方人，一种地域养一种文化。很早就有人意识到地域文化影响着文学艺术。诗是先锋性文体，对自由的追求往往多于对法则的遵守。地域文化对它的影响属于文体外部的影响，这种影响常常因为诗歌文体特有的文体自主性和诗人主体性被削弱。诗是主情的艺术，人的个体情感和人类情感都与人类文化休戚相关，说明文化对诗人的创作会产生一定的影响。但是现代诗歌功能的多元性也会削弱地域文化的影响。今天是计划没有变化快的动感时代，探讨地域文化对新诗创作的影响既需要既传统又开放的心态，还需要有多种预案应对时局的风云变幻。

关键词：新诗创作　地域文化　当代　多样性　动感时代

一方水土养一方人，一种地域养一种文化。在上个世纪后期，地域文化，特别是诗人成长和生活的自然地理对新诗创作产生了较大的影响，当时的"西部诗歌"创作呈现出地域文化对当代诗歌创作影响的多样化和复杂性。中国的改革开放加快了诗人的流动，地域文化的影响，特别是地理因素对新诗的影响有减弱之势，人文地理（文化）的影响渐渐大于自然地理（地域）的影响。

"我觉得有两种完全不同的文学存在着，一种来自南方，一种源出北方；前者以荷马为鼻祖，后者以莪相为渊源。希腊人、拉丁人、意大利人、西班牙人和路易十四时代的法兰西人属于我称之为南方文学这一类型。英国作品、德国作品、丹麦和瑞典的某些作品应该列入由苏格兰行吟诗人、冰岛寓言和斯坎的纳维亚诗歌肇始的北方文学。……北方人喜爱的形象和南方人追忆的形象间存在着差别。气候当然是产生这些差别的主要原因之一。诗人的梦想固然可以产生非凡的事物；然而惯常的印象必然出现在一切作品之中。……南方诗歌与北方诗歌不同，它远不能和沉思相谐和，远不能激起思考所能感受的东西；耽于安逸的诗歌把一切有一定次序的思想差不多全都排斥在外了。”[1]“首先我们要对种族有个正确的认识，第一步先考察他的乡土。一个民族永远留着他乡土的痕迹，而他定居的时候越愚昧越幼稚，身上的乡土的痕迹越深刻。——法国人到波旁岛或玛蒂尼克岛去殖民，英国人到北美洲和澳洲去殖民，随身带着武器，工具，艺术，工业，制度，观念，带着一种悠久而完整的文化，所以他们能保存已有的特征，抵抗新环境的影响。但赤手空拳，知识未开的人只能受环境的包围，陶冶，熔铸；他的头脑那时还像一块完全软和而富于伸缩性的粘土，会尽量向自然界屈服，听凭搓捏；他不能依靠他过去的成就抵抗外界的压力。”[2]“古人已注意到培奥提和阿提卡两地的对照，培奥提人和雅典人的分别：一个住在平原，空气浓厚，吃惯丰富的食物和科巴伊斯湖中的鳗鱼，喜欢吃喝，脑子迟钝；一个生长在希腊最穷的土地上，单单一个鱼头，一个玉葱，几颗橄榄，就能满足，在稀薄，透明，光亮的空气中长大，从小就特别聪明活泼，一刻不停地发明，欣赏，感受，经营，别的事情都不放在心中，‘好像只有思想是他的本行’。”[3]但是地域文化对文学艺术的影响也是有限的，不能过分夸大它的影响。特别是针对新诗这一特殊文体与当代中国这一特殊时代，更应该客观公正地考察它的实际作用。

在小说、散文、诗歌等文学体裁中，诗歌是一种具有先锋性特质的文体，它对自由的追求往往多于对法则的遵守，地域文化对它的影响属于文体外部的影响，这种影响常常因为诗歌文体特有的文体自主性和诗人主体性被削弱。诗是主情的文学，情可以因事生情，触情生情，也可以“为赋新词强说愁”。因此地理、气候等外部因素对诗人的影响可大可小。秋风秋景可以愁煞人，却不一定直接决定诗人的创作。诗是主情的艺术，人的个体情感和人类情感都与人类文化休戚相关，说明文化会对诗人的创作产生影响。加登纳认为：“文化面临着（作为分析的一种基本单位）选取个体自我、核心家庭或大得多的实体（国家的社区）的选择权，通过这种选择，文化便确定了（不，指定了）个体所向内窥视其本人及向外注视别人的程度。……每一个社会都至少会提供一种植根于个体自己的人格认知与情感之中的心照不宣的人格感或自我感。然而这种感觉将不可避免地由该个体与他人的关系及对他人的认知所加以释义，将可能为它们所改造，而更普遍地说，将可能由其文化环境提

〔1〕［法］史达尔：《论文学》，伍蠡甫：《西方文论选》，下卷，上海译文出版社，1979年，第124－127页。

〔2〕［法］丹纳：《艺术哲学》，傅雷译，人民文学出版社，1983年，第243页。

〔3〕［法］丹纳：《艺术哲学》，傅雷译，人民文学出版社，1983年，第247页。

供的释义方式所改造。每一个文化还会形成一种成熟的包含着内省与人际因素之间的平衡的人格感。"[1]这种现代文化赋予诗人更多表现自我的权力。人类无意识的心理生活在一定程度上与人类的文化,特别是传统文化有殊途同归般的相似之处,追求自由意志,强调主体性的诗人不得不受其影响。

但是现代诗歌功能的多元性更会削弱地域文化的影响。诗人奥克塔维奥·帕斯认为诗是介于所见与所言,介于所言与保持沉默,介于保持沉默同梦幻,介于梦幻及忘却的艺术。这样的现代诗更多是诗人自己的感觉和情绪的内在体验。地域文化对这种"唯美写作"和"私人化写作"产生的影响也是有限的。

新诗文体的特殊性也决定了它受地域文化的影响是有限的。新诗生长于"革命"被极端重视的乱世,既有高度的严肃性、精英性,更有强烈的时代性、平民性、世俗性、青年性、先锋性。甚至可以说新诗是一种既有经典意识也反对被经典化的特殊文体。由于20世纪,特别是世纪初中国处在一个革命的浪漫时代,新诗诗人又是以年轻人为主体,很容易与浪漫主义精神产生共鸣,因此浪漫主义思潮流行中国,浪漫主义诗歌成为对新诗产生了最大影响的外国诗歌流派。这种影响不仅来自浪漫主义诗歌本身,也源于新诗诗人对浪漫主义诗歌的"误读"。新诗诗人夸大了浪漫主义诗歌从抒情内容到文体形式上对传统的颠覆作用,特别是夸大了诗人生存方式的"革命性"和诗体方式的"自由性",助长了新诗诗人在做人方式和作诗方式上对"自由"的过度追求。新诗的革命性及先锋性主要既体现在"写什么"上,更体现在"怎么写"上,诗的形式上的变革远远大于诗的内容上的变革,所以把新诗革命称为"新瓶装旧酒"的文体大革命,主要表现为语言的大替换和诗体的大解放,用白话取代文言,用自由诗取代格律诗。新诗人过分强调自己的语言独创自由和文体独创自由,"新诗从我开始"的写作观念及"弑父式"写作方式泛滥于百年诗坛。新诗生成的特殊性也决定了地域文化,特别是本土文化的影响是有限的。如果从诗的形体上考虑,如诗的分行排列,奇偶诗句间的退后一格高低错落书写,每四句分为一诗节等方面看,新诗所采用的这些形体范式都是移植外国诗歌的。所以梁实秋完全可以得出新诗是中文写的外国诗,即外国诗体是新诗体重要的诗体资源的结论。早期的新诗在"怎么写"和"写什么"上都受到外国诗的巨大影响。如当年的朱自清认为:"自然音节和诗可无韵的

〔1〕[美]H. 加登纳:《智能的结构》,兰金仁译,光明日报出版社,1990年,第318-319页。

说法，似乎也是外国‘自由诗’的影响。”“说理的诗可成了风气，那原也是外国影响。直到民十五止，这个风气才渐渐衰下去；但在徐志摩氏的诗里，还可寻着多少遗迹。‘说理’是这时期诗的一大特色。”[1]今天一些诗人理论家也认为新诗与古代汉诗有很大的区别。郑敏 1993 年在《文学评论》发表了《世纪末的回顾：汉语诗歌语言变革与中国诗歌新诗创作》，认为新诗革命者宁左勿右的心态、矫枉必须过正的思维方式及对语言理论缺乏认识等弱点给新诗带来了巨大的负面影响。郑敏后来还认为新诗既没有继承古诗的传统，更没有形成自己的传统。2002 年她在《诗探索》发表了《中国新诗能够向古典诗歌学些什么?》，她尖锐地指出："中国新诗很像一条断流的大河，汹涌澎湃的昨天已经一去不复返了。可悲的是这是人工的断流。将近一个世纪以前，我们在创造新诗的同时，切断了古典诗歌的血脉，使得新诗与古典诗歌成了势不两立的仇人，同时口语与古典文字也失去了共融的可能，也可以说语言的断流是今天中国汉诗断流的必然原因。……古典汉语是一位雍容华贵的贵妇，她极富魅力和个性，如何将她的特性，包括象征力、音乐性、灵活的组织能力、新颖的搭配能力吸收到我们的新诗的诗语中，是我们今天面对的问题。”[2]

在散文《桃花源记》所描述的“不知魏晋”的“桃花源”中，在成语“夜郎自大”描述的“夜郎国”中，在阡陌相通，老死不相往来的自给自足的自然经济生存方式下，自然会流行封闭式的“洞天文化”。今天，那样的时代已经一去不复返了！现在是区域合作形成经济共同体的开放时代，经济全球化的浪潮汹涌，人员的流动和文化的交流都十分频繁。但是经济的全球化并不可能带来文化的全球化，相反会刺激保护本土文化的积极性，特别是激发文化自身具有的自我保护潜能。经济的发展也会为保护地方文化，特别是弱势文化提供坚实的物质基础。改变文化难，改变自然更难，不管人类具有多么大的改造自然的能力，都不可能真正实现“人定胜天”的梦想。如三峡大坝实现了浪漫派诗人毛泽东“高峡出平湖”的梦想，但是今日巫山仍然是巫山，长江仍然是长江，壮丽的三峡仍然存在。但是又不得不承认人的迁徙流动、自然的被人为改造都会对人、对自然产生巨大的影响，使地域文化发生变异。如三峡大坝的出现在一定程度上使三峡地区保守的峡谷文化走向了开放，甚至在很大

---

[1] 朱自清：《中国新文学大系 · 诗集导言》，朱自清：《中国新文学大系 · 诗集 1917－1927》；影印本，上海文艺出版社，2003 年，第 2 页。

[2] 郑敏：《中国新诗能向古典诗歌学些什么?》，《诗探索》2002 年第 1－2 辑，第 24 页。

程度上瓦解了重庆拉帮结派的码头文化,具有全国眼光甚至全球视野的现代大都市文化正在建立。人的流动也会改变他已有的生存观念及文化结构,影响到他的文学创作。在这个计划没有变化快的“动感”时代,探讨地域文化(区域文化)与文学的关系更需要既传统又开放的心态,更需要有面对风云变幻的时局的多种预案,既不能死守“祖宗之法不可变”的信条,也不能迷信“流数风人物还看今朝”的教条,不能以随波逐流争当时代的弄潮儿为荣。

在研究地域文化与当代新诗创作的关系时,更应该坚持客观公正的原则。因为当代新诗创作出现了八仙过海、各显神通的局面:不同诗人的生存方式迥异,同一诗人的生存地点及生活环境变化无常,诗歌流派和诗歌传播手段也多种多样,特别是诗的写作功能出现了前所未有的多元化。如打工诗歌把反映民生疾苦视为己任,这类诗人的写作是重视写作伦理的“底层写作”。一些生活在具有现代社会甚至后现代社会特征的大都市的诗人把新诗写作当成了“资产阶级的下午茶”,他们的写作是重视艺术的“唯美写作”。正如中国在经济发展上存在地区差异一样,如有发达的东部地区和欠发达的西部地区之分,在文化的发展及新诗创作上地区间也有差异,但是先进与落后并不是完全由经济决定的。甚至还出现了马克思所说的文学艺术与经济发展的不平衡。如浙江既是经济强省,也是诗歌强省。甘肃是经济穷省,却是诗歌大省。东北地区不是经济发达地区,诗歌创作和诗歌出版却比东南地区繁荣。东南地区没有一家公开的诗歌刊物,东北的《诗潮》《诗林》等多家诗刊却坚持了多年。西北地区是中国最贫困的地区,新疆石河子市办的《绿风》也坚持了20多年。因此可以结论说:当代新诗创作不仅与经济有关系,更与地域文化有关系。但是地域文化对新诗创作的影响是十分复杂的。现在已经不是一个可以任意奢谈地域文化,特别是“土著”的自然风情对新诗创作产生了巨大影响的时代。正是因为这个原因,在上个世纪80年代,“西部诗歌”成为地域诗歌的杰出代表,不仅得到了新诗理论家孙克恒、唐祈等人的高度重视,也得到了新诗界及学术界的承认,杨牧、周涛、章德益被公认为“西部诗歌”的“三剑客”,被称为“新边塞诗派”的三大代表诗人。西北师范大学还专门成立了“西部文学研究所”。但是20年后的今天,不仅西部文学研究所已不存在,“西部文学”及“西部诗歌”这个概念也淡出人们的视野,因为生活在西部的诗人与生活在东部的诗人在创作上的差异几乎荡然无存,特别是在90年代,80年代出现的明显的地域文化差异被“个人化写作”风潮无情剥夺。诗人在职场上的南北、东西大流动也消解了南北诗歌之间、东西诗歌之间的差异。因此90年代新诗研究界就很少有人像80年代那样以地域文化为标识研究新诗。甚至到了21世纪的今天，当代诗歌的地域文化研究仍然不受重视。虽然也有一些理论家在研究中重新重视地域文化，如2008年南京一些理论家专门研讨了新诗创作的"南方精神"，发表了一组论文。2009年还出现了两家以"南方诗歌"命名的研究机构——湛江师范学院的"南方诗歌研究中心"和"茂名学院的南方诗歌研究所"。但是对于近年出现的强化新诗的"南方"特色的研究热，很多人持否定态度。出生于成都，长年生活在北京的诗人孙文波的说法颇有代表性："看到网上又有人谈论中国当代诗歌的南方精神。这个话题似乎有些年头了。不过从发言的人的情况我看到，似乎总是南方出生的诗人更关心地理带来的中国当代诗歌的差异问题。……是不是由于中国的主要影响力都是由北方传播开来的，因此处于南方的诗人不免在心理上感到在现实中存在着文化的中心与边缘的区分。也就是说，从历史的角度来看，处于南方的诗人一直在心里有一种对文化中心不在自己生活的地域的焦虑。因此这种焦虑使得南方诗人对地域差异的敏感，以及由此造成的文化影响力，成为他们要叙述问题的内在驱动力。……他们指出的种种不同，除了带有明确的符号化特征外，并没有真正地从文化发展的深层次指出问题产生的关系原因，而更多地只是从地理、气候的差异来谈论问题，譬如一说到南方诗歌就说它是阴柔的，细腻的，一谈到北方诗歌便说它是粗犷的，刚硬的。但这些真的是中国诗歌南北不同的特征吗？如此简单的划分，在我看来有些机械主义的色彩。……在我看来，作为一个文化共同体的诗人，尤其是最好的那一部分诗人，他们共同的创作实际上对这一文化的所有地域都是有所感知的。他们总能够在非风格化的意义上写出自己选择的题材的最精微感受。因此也就不是在地域的意义上，而是在文化的支配力上的意义上达到最有效地作为一种文化的最优秀的价值。从这一意义上来说，所谓的南北精神，在这样的诗人身上是贯通了的。"[1]

事实确实如孙文波所说，近年谈论诗歌的"南方精神"的诗人和诗论家几乎都出生甚至一直生活在南方，像孙文波这样的在多个城市和多个地区生活过的诗人一般不愿意承认地域（地理、气候环境）对自己创作产生了巨大影响，他们更趋向于承认迁入的居住地区的文化，包括流行文化甚至经济大潮产生的商业文明对自己创作产生了较大影响。如90年代是先锋诗人大流

〔1〕 孙文波：《读诗笔记》，《诗歌月刊》2009年第10期，第10-13页。

动、生存环境大变化的动荡年代，环境变化，特别是诗人的文化生态巨变是诗人的诗风及先锋诗创作观发生变化的重要原因。惟夫从安徽去西藏、阿信从兰州到甘南、伊沙从北京到西安……他们从经济发达地区到落后地区工作和生存，很快就产生了强烈的“生存重于一切”的生活观念和平民意识，尽管为诗神而写作变为为生活而写作，但是他们的写作仍然追求崇高的精神和纯洁的艺术，反对完全与世俗合流。如伊沙伊既提出了诗要“说人话”的口号，也以《生存不是借口》为题反对诗人的遵从流俗的退却：“从商中需要的那种孤注一掷在从文中同样需要，以生存为借口的人是这时代时髦的懦夫和孱头。”〔1〕写作常常成为诗人们在落后地区生存时聊以自慰或者追求自我实现的成功人生的生存方式。如伊沙《我为什么写诗》所言：“只有在诗歌的赌局中我才能找到自己。我全部的真情、勇气、才华与智力都可以发挥到极致的游戏，我可以玩到最佳的游戏。那便是自己的游戏。我必须也只能玩在自己的游戏中，哪怕它无人喝彩。”〔2〕

诗人从经济落后地区到发达地区也会受到区域文化的影响。杨克 90 年代初期从南宁到广州，诗风发生了巨变。他总结说：“90 年代伊始，一次很偶然的机缘，我由生活了 13 年的南宁调往广州，那时南宁还是一个温馨恬静的城市，它被抛进经济大潮的波峰浪谷之中是 1992 年后的事情，而广州用我诗的语言来说无疑是当时中国的商品新都。恰逢其时，我人生轨迹的改变与中国社会十分重要的转型时期胶着在一起，尽管我是个生活适应能力相当强的人，但置身于物质洪水的大市场中，我还是非常敏锐地感觉到了那种由根子里发生的蜕变。……那种压抑本能和欲望来对抗现代文明的写作态度，恰恰是不真实的。肉体上皈依却精神上逃离，必然导致人格分裂的状态。所以我不以善与恶来简单地看待一切，作为一个持民主自由多元观念的现代人，我不反对大众，也向往优裕生活。”〔3〕

杨克在广州写了很多“告知当下存在本相”，记录都市生活场景的城市诗，如《杨克的当下状态》：“在啤酒屋吃一盘黑椒牛扒/然后‘打的’，然后/走过花花绿绿的地摊。/在没有黑夜的南方/目睹金钱和不相识的女孩子虚构爱情/他的内心有一半已经陈腐。/偶尔，从一堆叫做诗的冰雪聪明的文字/

〔1〕 伊沙：《一个都不放过》，青海人民出版社，1999 年，第 366 页。

〔2〕 伊沙：《一个都不放过》，青海人民出版社，1999 年，第 3 页。

〔3〕 杨克：《对城市符码的解读与命名——关于〈电话〉及其他》，汪剑钊：《中国当代先锋诗人随笔选》，中国社会科学出版社，1998 版，第 121 页。

伸出头来/像一只蹲在垃圾上的苍蝇。”这首诗写于1994年12月16日。韩东1994年10月受聘于广东省青年文学院，为合同制度作家。他的诗风也发生了变化，如1994年11月25日写的《深圳的路灯下……》：“在深圳的路灯下她有多么好听的名字/‘夜莺’，有多么激动人心的买卖/身体的贸易/动物中唯有这一种拥有裸体/被剥出，像煮硬的鸡蛋，光滑/嫖妓者：我的堕落不是孤独的/我的罪恶也很轻微/她引领着一条地狱的河流/黑浪就来将我温柔地覆盖//那坐台女今晚和她的杯子在一起/杯子空了，她没有客人杯子空了，就是空虚来临/她需要暗红色的美酒和另一种液体/让我来将它们注满，照顾她的生意/让我把我的钱花在罪恶上/不要阻挡，也不要害怕/灯光明亮，犹如一堆碎玻璃/让我将她领离大堂//我欣赏她编织的谎言/理解了她的冷淡/我尤其尊重她对金钱的要求/我敏感的心还注意到/厚重的脂粉下她的脸曾红过一次/我为凌乱的床铺而倍感惊讶/我和橡皮做爱，而她置身事外/真的，她从不对我说：我爱”。两首诗的创作时间只相差一个多月。这不是巧合。说明他们具有共同的生活经历和诗歌感受，更证明沿海开放文化对他们的创作产生了较大的影响。

西部诗歌：地域文化影响新诗创作的个案

尽管地域文化，特别是地理因素对新诗的影响在当下有减弱之势，但是在上个世纪最后十多年，影响仍然存在。这里以西部诗歌为个案，试图呈现出地域文化对当代诗歌创作影响的多样化和复杂性。

“西部诗歌”是上个世纪80年代中国诗坛出现的一个最能代表地域诗歌的专用名词，指按地域划分的西部地区的诗歌。广义的“西部诗歌”指中国的整个西北地区，不仅包括新疆、青海、西藏、甘肃和宁夏，还包括内蒙古和陕西以及四川的西北部地区；狭义的“西部诗歌”特指大西北地区（新疆、青海、西藏、甘肃、陕西和宁夏）的本土诗人写的现代汉诗。20世纪八九十年代，是西部诗歌最为繁荣的时期。在这个时期，西部诗人辈出，按地域分：新疆：80年代早期有杨牧、周涛、章德益，同时期的还有石河、郑兴富……90年代有曲近、贺海涛、沈苇、黄毅……；西藏80年代有洋滔、马丽华……，90年代有惟夫、李双焰……；青海80年代有昌耀，90年代有燎原、马丁、牛八、建青……；甘肃80年代有李老乡、林染、何来、姚学礼、李云鹏、阳飏、张子选、彭金山、高尚、武承明……90年代有阿信、桑子、胡杨、王若冰、叶舟、毛树林、扎西才让……陕西80年代有商子秦、渭水、马怀白……90年代有秦巴子、黄默、白麟……宁夏80年代有屈文焜,90年代有杨梓等。还出现了王久辛、师永刚、马萧萧、曾有情等西部军旅诗人和刘亚丽、匡文留、娜夜、完玛央金、惟色、万小雪等女诗人。在90年代初期,西北大致形成四个有地域特色的中心,按照宗教意味的浓淡依次排列为:以雪域文化为代表的西藏,以高原文化为代表的青海,以草原文化为代表的甘南,以绿洲文化为代表的新疆。武承明是一生致力于西部诗歌创作的诗人,出版了诗集《敦煌飞天》。武承明在《敦煌飞天》的《自序》中说:"生在西北、长在西北的我,对于大西北情有独钟。学习在西北、工作在西北的我,对于大西北感受特深。一任筏子客运气吹囊,麦客赤臂挥镰收割,山妹子大胆地走出山旮旯,牧羊女多情地采摘星叶花……我都觉得他们纯真、善良、豪爽、洒脱,极富西北儿女的粗犷个性。特别是当你走进西北,走进这块美丽的热土,你就会觉得一切显得博大、神奇、玄秘、美妙而真实,古渡、瀚海、塞关、烽墩、古城、断垣、洞窟、壁画、飞天、千佛、牧女、雪雕、沙暴、闪电……组成一幅幅西北独具的原始而神奇的写意画,令观者陶醉,让游者神往。此时此刻,你肯定按捺不住内心燃烧的一把火,点燃诗的火炬,反照西部世界对心灵世界的震颤。"[1]只有长期生长于这块神奇土地上的诗人才能如此真实地体验出这种情感。韩作荣称昌耀为"诗人中的诗人":"读昌耀的诗,你会发现真实的人生之旅,被放逐的游子寻找家园的渴意及灵魂的力量。……当俗常的日子将诗意埋葬,人的颅骨内已生出厚茧,昌耀正用镢头一样古老的汉字,敲醒未曾泯灭的诗心。"[2]昌耀的创作高峰主要在80年代后期,具有浓郁的西北地域色彩的《内陆高迴》是这一时期的代表作,创作于1988年12月12日。这一时期正是西部诗歌繁荣时期。

在众多西部诗人中,林染既具有西部男子汉剽悍粗犷的个性,更是一个典型的抒情诗人。作为西部诗歌的主要大将之一,他的功绩在于提出了"西部氛围"说,他主张:"从传奇色彩的西部中国现实出发,又超越西部中国的现实,让浸透在这片莽山野里独特而繁复多彩、又略带原始野性的历史、宗教、社会哲理、民俗风情、今天的和趋向未来的神话通过强化象征,揭示出其投射在现代人心中的美学思想来,这应该是西部诗的主旨。"[3]他创作出四乐章六部分的史诗性的抒情诗《塔里木河的波涛》、系列组诗《遥远的西天山》等颇

---

〔1〕 武承明:《敦煌飞天》,兰州大学出版社,1995版,第5-6页。
〔2〕 韩作荣:《诗人中的诗人昌耀》,昌耀:《昌耀的诗》,人民文学出版社,第2-3页。
〔3〕 绿风诗刊社:《西部诗人十五家》,内部印刷,1985年,第9页。

能与神秘旷达的西部氛围相吻合的优秀作品。90 年代初期他写了大量爱情诗，西北风情使林染的爱情诗不落俗套。他的爱情诗格外注重选取具有西部本土特色的意象，如鹰、野兔、积雪的山峦等。“天还没大亮/我在长途汽车里醒来/积雪的山峦/在右侧闪耀微蓝的光/车轮在沙石路上发出沙沙的响声/声音一直清晰/但四周荒野的静寂/不能被打破”。诗人描写的完全是诗人生存环境中平平常常的西部氛围，在很平常的氛围中出现了不平常的事件：“突然，一只野兔跑过道路/车灯突出地照着它/是红色的，柔和、优美/一连串的动作，在一瞬间/喜悦抢在五种感官开放之前来到/我哑口无语/这一瞬间我还能说些什么。”野兔是一个虚拟性极强的意象，它的原形只可意会不便言传。在平凡的场景中发现的不平凡的事件使已到不惑之年的诗人产生睿智的思索：“乘车/一次不可避免的偶遇/是事物本身，而非神话/寂静的孤独的照明/野兔野兔/远处的野兔即刻就呈现在/面前了”。也使情感型诗人产生情绪的波动：“在山峦和原野渐渐黎明的过程中/我感想并且记忆/一瞬间/我不再一如既往/持续的旅途，起风了/车窗外野地青青/长满了湿润的女子”。

一组五首的《高原深处的风》(载《大河》诗刊 1991 年第一期)代表了阿信草原抒情诗的风格。“我坐在满含深意的树下/数一片片叶子”；“我坐在最后的风景里/记住一片片叶子/飘落的方向。”“我不想知道/最后一片叶子/飘落的时候/我坐在什么地方”。(《秋末》)正是草原使阿信成为优秀诗人，1988 年他发表了《无鹰的天空》，1989 年发表了《仰望鸟群》，1991 年发表了《高原深处的风》，1992 年发表了《草原》，1995 年发表了《在草地上》，1998 年发表了《天高地远》……2008 年出版了诗集《阿信的诗》。

但是像林染、阿信这样“扎根”于一地，执著地写生存地的风土人情的诗人在今天越来越少了。越来越多的诗人离开了素朴的乡村进入了繁华的城市，越来越多的都市梦歌取代了草原牧歌或乡村歌谣。草原牧歌或乡村谣曲更多受自然地理及地域风情的影响，都市梦歌更多受人文地理及文化氛围的熏陶。因此现在的地域文化研究，更应该重视“文化”而非“地域”。

2009 年 11 月 14－16 日“全国第二届区域文化与文学学术研讨会”；主办方：重庆师范大学中国现代文学研究会；地点：重庆师范大学。

学识·修养·学理·感悟

——今天如何做诗评家

摘　要：近年大学学术体制及学术规范的强势导致文学理论与当代文学实践严重脱节，特别是在新诗研究界，出现了诗论家与诗评家的职业分离，缺乏学识渊博又人格高尚、既精通理论又熟悉创作的诗论家，敢说真话又会说行话的诗评家。诗评家既要坚持艺术原则，又要"与时俱进"，适当更新诗歌观念。诗评家应该"专家化"，有金字塔式的学贯中西的知识结构，特别是雄厚的理论基础。诗评家应该"圣人化"，人格高尚，能够在广告时代和权力社会抵制住各种诱惑。诗评家应该"学者化"，强调必要的学术规范，重视缜密的思维和理性的表达。诗评家应该"诗人化"，具有对语言、情感、思想等方面的感悟能力。今天很有必要提出"文学学者作家化""文学学者读者化"和"文学理论家评论家化"

关键词：诗评家　学识　修养　学理　感悟

2003 年南帆在《批评抛下文学享清福去了》中结论说："90 年代的文学是寂寞的。……批评不再介入文学的'现在进行时'，指点江山，臧否人物，并且承担责任。批评抛下了文学享清福去了。如何解释这个刺眼的文学事实？也许，兴趣的转移、气氛改变都是一些不可忽视的因素，但是，我更想追溯的是文学体制的一个重大转折：杂志退隐，学院崛起。这也许与另一个 90 年代的口号遥相呼应：思想淡出，学术登场。……批评家星散而去，大部分转到了学院的大麾之下。……学院必须研究'硬'知识，必须提交'科学论断'。对于文学研究来说，一个结论必须是故纸堆里翻出来的，而不是拍拍脑袋想出来的。'学术规范'不仅是教授们挂在嘴边的一个训诫，而且是论述的模式乃至论文的格式。游谈无根被视为肤浅的标志，注释的数量代表了扎实的程度。一系列成文不成文的规定形成了文学系的某些价值观念：重学者而轻文人，重语言学而轻文学，重古典文学而轻现当代文学，重文学史而轻文学理论。于是，'学院派'再也不是一个贬义词，学院体制正在显示出愈来愈强的控制力；一大批批评家改弦更张，中规中矩地当教授去了。”[1]

近年大学学术体制及学术规范确立，并且越来越强势，导致文学理论与当代文学实践的脱节越来越严重，特别是在新诗理论界，出现了诗论家与诗评家的职业分离，“教授级的学院派评论家”越来越少，越来越多的新诗学者当起了“中规中矩”的教授、博导，当起了诗歌史家和诗论家，不愿意当诗评家。如果说当今学界出现了“重古典文学而轻现当代文学，重文学史而轻文学理论”现象，那么完全可以得出结论：目前更是重现当代文学轻视现当代诗歌，重诗歌理论轻诗歌评论。仅仅以很多大学的工作量考核为例，有“国刊”之称的“诗刊”上发表的评论文章甚至理论文章都不能获得多少物质奖励，只有西南大学等少数几所学校把《诗刊》确定为“核心刊物”。在 80 年代，《诗刊》是非常重要的刊物，为中国的文学理论建设，特别是诗歌理论建设做出了较大贡献。1981 年 3 月号刊出了孙绍振的文章《新的美学原则在崛起》，引起了“朦胧诗大讨论”，不仅促进了新诗的发展，也促进了中国的思想解放和民主进程。今天的《诗刊》已经很难约到大学教授的重要文章，大学教授在《诗刊》发表文章也没有 80 年代那种“自豪感”和“优越感”。

早在 1997 年武夷山现代汉诗国际研讨会上，就有长期从事新诗研究的老教授提出：“新诗离我们远去”。当场就受到具有新诗创作经历的大学年轻讲师的反驳：“不是新诗离我们远去，而是我们离新诗远去。”钱理群先生在 2006 年 5 月 30 日到 6 月 2 日写的《诗学背后的人学——读〈中国低诗歌〉》说：“我对当代中国诗歌几乎是一无所知，坦白地说，我已经 20 年不读、不谈当代诗歌了，原因很简单，我读不懂了。”[2]从事中国新文学研究的钱理群先生尚且如此对待当代诗歌，其它学科的学者更是歧视新诗。2008 年 12 月我在广州召开的中国文艺理论学会第九届年会上，听到多位文艺学教授公开宣称新诗没有多少价值。我问他们读不读新诗，他们异口同声地说：“不读”。我反问：“不读怎么就知道新诗有问题呢?”他们说：“不值得读。”我能够理解他们，这可能不是他们的错，而是新诗自己的错。他们的想法与钱理群先生的一样：“原因很简单，我读不懂了。”其实 20 多年来专门搞新诗研究的我有时也会发出“读不懂”的感叹。近年在从事新诗研究，特别是写新诗评论时，我特别重视“在场”“对话”“换位思考”“彼此尊重”甚至“与时俱进”的重要性。

---

〔1〕 南帆：《批评抛下文学享清福去了》，《中华读书报》，2003 年 3 月 12 日。

〔2〕 钱理群：《诗学背后的人学——读中国低诗歌》，张嘉谚，《中国低诗歌》，人民日报出版社，2008 年，第 1 页。

但是还是感觉到无法与时代同步。如我认为“下半身写作”有合理之处，我还为之辩护过，对“垃圾派”写作却有些反感，只能接受少数诗作。

因为长期不读，所以越来越读不懂，因为自己远离诗歌，所以得出了诗歌远离自己的印象。但是更多是因为学院派理论家们，尤其是文学理论家的文学观念，特别是诗歌观念没有“与进俱进”。托普逊认为：“人的自我意识随着社会生活的发展而发展。”[1]卡西尔认为：“作为一个整体的人类文化，可以被称之为不断解放自身的历程。”[2]杜威认为：“然而艺术家的本质特征之一就是：他生来就是一个试验者。”[3]波德莱尔甚至认为：“人具有一种特权，可以在一种虚假的体裁中或者在侵犯艺术的自然肌体时不断地发展巨大的才能。”[4]变则通，诗没有变，就不可能有发展。不但人追求自由的天性和文体追求自由的政治潜能使诗发生变化，而且中国新诗的特殊性也使先锋性成为它重要的文体特征。原因有三：一是诗本身就是先锋性文体。二是中国新诗长期处在“革命”时代，多次充当政治激进主义和文化激进主义的“替罪羊”，正如守常(李大钊)在1916年8月15日《晨钟》创刊号中说：“由来新文明之诞生，必有新文艺为之先声。”[5]在五四时期的中国“文艺复兴运动”中，新诗实质上扮演了“急先锋”。三是新诗的主要作者群是青年。年轻人的浮躁、偏激、自负、无知、盲目甚至投机、从众心理一直影响着新诗的健康发展。青年诗人是新诗诗人的主体，20世纪自由诗几乎是激进的年轻人的专利，常常沦为急功近利的年轻人显示新潮、展现个性、获得浪名甚至谋取功利的终南捷径。20世纪20年代初邓中夏在《新诗人的棒喝》中说有的青年“什么都不学，不研究正经学问，只学做新诗，最近连长诗都不愿做，只愿作短诗。”[6]“学写作先从写最好写的诗开始”“诗人是天生的，诗是自然写出的，反传统、反文化、反语言更能写诗”“知识越多越不能写诗”……这样的奇谈怪论充斥

[1] Denys Thompson. The Uses of poetry. London: Cambridge University Press, 1974. p. 3.

[2] [德]卡西尔：《人论》，甘阳译，上海译文出版社，1985年，第288页。

[3] [美]M. 李普曼：《当代美学》，邓鹏译，光明日报出版社，1986年，第439页。

[4] [法]波德莱尔：《哲学的艺术》，波德莱尔：《波德莱尔美学论文选》，郭宏安译，人民文学出版社，1987年，第390页。

[5] 守常：《“晨钟”之使命(青春中华之创造)》，北京大学、北京师范大学、北京师范学院中文系中国现代文学教研室：《中国现代文学史参考资料文学运动史料选》，第一册，上海教育出版社，1979年，第10页。原载1916年8月15日《晨钟》创刊号。

[6] 杨里昂：《中国新诗史话》，湖南文艺出版社，1992年，第73页。

青年诗坛。“青春期写作”长期在诗坛泛滥，很多青年诗人推崇“弑父式写作”。先锋性是新诗重要的文体特征，新诗的先锋性促进了新诗的发展，甚至促进了中国的思想解放，也使诗人浮躁偏激。百年来，新诗诗人都争当诗意的先锋和诗艺的先锋，导致新诗诗人严重缺乏诗体意识和经典意识，使新诗百年一直存在着“合法性危机”和“公信度危机”，“新诗革命是否成功”“新诗是否形成传统”“新诗是否需要经典化”是近年理论界争论的热点问题。

在重“破”轻“立”的20世纪，新诗是国人追求“自由”，推崇“革命”的特殊产物。21世纪应该是重“立”轻“破”的“建设时代”，今天诗坛，政治激进主义和文化激进主义思潮仍有较大势力，后现代文化、大众文化、简单主义、相对主义和享乐主义的流行也削弱了高标准、严要求地建设新诗的力量。目前应该全面进入“和谐诗歌”和“艺术诗歌”的建设时期，反对一切极端的“折腾”，处理好个体与群体、自由与法则等矛盾。目前新诗处在“发奋图强”“百废待举”的关键时期，有很多工作需要扎扎实实地做，尤其要重视新诗的相对标准、常规诗体和社会化写作的建设。不但需要诗论家，而且需要诗评家，特别需要有学识、修养、学理和感悟的诗评家。由从事理论研究的文学理论家转变为重视实践的文学评论家，由校园走向社会，需要重视以下几点：

今天的诗评家有必要“与时俱进”，适当更新诗歌观念。我们接受的通常是诗是“抒情言志”的语言艺术的正统观念，我们熟悉的是：“诗者，志之所之也，在心为志，发言为诗。”〔1〕“诗缘情而绮靡”〔2〕“诗是强烈情感的自然流露。”〔3〕这些定义都特别强调诗的抒发感情，特别是抒发“思无邪”的“止乎礼义”之情的功能。情绪是现代诗，特别是中国现代诗的重要内容，在快节奏的当代生活中，越来越重要。在怎么写上也有巨变，如近年一些诗人喊出了“拒绝抒情”的反叛口号，叙事手法，特别是戏剧化叙事手段受到很多诗人的青睐，议论手法也受到了前所未有的重视。如果要回答“何为当前的新诗”？答案如下：新诗包括内容（写什么）、形式（怎么写）和技法（如何写好）。内容包括抒情（情绪、情感）、叙述（感觉、感受）和议论（愿望、冥想）。形式包括语言/语体（雅语：诗家语/陌生化语言、书面语；俗语：口语、方言）和结构/诗体（外在结构：句式、节式的音乐美、排列美；内在结构：语言的节奏）。技法包括想

〔1〕《毛诗序》，郭绍虞：《中国历代文论选》，上册，上海古籍出版社，1979年，第30页。

〔2〕陆机：《文赋》，郭绍虞：《中国历代文论选》，上册，中华书局，1962年，第138页。

〔3〕[英] 华兹华斯：《抒情歌谣集1800年序言》，伍蠡甫：《西方文论选》，下卷，上海译文出版社，1979年，第17页。

象(想象语言、情感和情节的能力)和意象(集体文化、个体自我和自然契合意象)。对技法、情绪、叙述、方言、诗体、个体自我意象等方面的重视更多是新诗"应变"的结果,它们正成为新诗重要的文体特征和文体价值,在新诗创作中越来越重要。可以用一句话来概括今日新诗:新诗是采用抒情、叙述、议论,表现情绪、情感、感觉、感受、愿望和冥想,重视语体、诗体、想象和意象的汉语艺术。

今天的诗评家必须客观评价新诗,不仅要改变旧的诗歌观念,更要纠正新诗"糟得很"的流行看法。如果客观理性地回顾新诗历史、探究新诗现状和预测新诗未来,不难得出这样的结论:过去成就与问题并存,现在机遇与挑战同在,将来鲜花与荆棘相伴。如果只从数量上看,新诗的成绩是惊人的。2006年出版的《中国新诗书刊总目》收录了1920年1月至2006年1月祖国大陆、台湾、香港、澳门及海外出版的汉语新诗集、评论集17 800余种。2006年是中国新诗的"灾年",新诗受到了以网民为代表的民众的激烈攻击,一些官方媒体也认为新诗的翅膀正在被折断,"中国新诗向何处去?"成为公众话题。一些人甚至断定经历了2006年的风波,很多人都不会再写新诗或从事新诗研究,但是2007年新诗创作与新诗研究都比较繁荣。刘福春的《新诗著作叙录(2007)年》[1]收录了2007年出版的新诗集277种、诗论集34种,乔婷婷等人的《2007年新诗研究论文索引》收录了发表在公开刊物上的论文1 278篇,孙晓娅、崔月萍、张凤、乔婷婷的《2007年新诗研究论文摘要》[2]汇总论文71篇。2008年是百年历史中新诗产量最高的一年,5·12汶川大地震爆发后,神州出现了震灾诗热潮,产生了成千上万首新诗。大地震几乎使华人世界产生了"全民皆诗"的盛况。

今天的诗评家必须清楚新诗评论界的现状。新诗评论界近年出现了"商业化""功利化""粗鄙化"倾向,行风堪忧!诗评界需要"洁身自好",诗评界需要"行业自律"。真正的诗评家既要对当下的诗歌负责,更要对历史与未来的诗歌负责,诗歌标准不是由一人、一时或者一地的诗人诗作确定的,而是从与横向的和纵向的诗人诗作的比较中得来的,当下的诗歌标准是共时研究与历时研究的结果。20世纪80年代是新诗的黄金时代,诗人和诗评家各显神通,

〔1〕 刘福春:《新诗著作叙录(2007)年》,首都师范大学中国诗歌研究中心:《中国诗歌研究动态》第五辑,第218-282页。

〔2〕 孙晓娅、崔月萍、张凤、乔婷婷:《2007年新诗研究论文摘要》,首都师范大学中国诗歌研究中心:《中国诗歌研究动态》第五辑,第114-134页。

互相支持。诗人的声誉好，诗评家的声誉更好。涌现了一批既学识渊博又人格高尚、既精通理论又熟悉创作、敢说话又会说话的诗评家。90 年代新诗创作界出现声势浩大的“个人化写作”潮流，80 年代的一些诗评家接受的大多是“社会化写作”的诗歌教育，无法对“个人化写作”发言。80 年代的一些诗歌论争，如朦胧诗之争又使一些诗评家变得“圆滑世故”，甚至投机取巧。90 年代又是中国进入大规模的“全民致富”的重实干轻空谈的时代，在新诗创作界，政治抒情诗，特别是讽刺诗淡出诗坛；在新诗理论界，诗歌评论，特别是批评性诗歌评论也越来越少。尽管 90 年代诗评界的风气发生变化，评论家胆子小，怕得罪人，但是不“坏”，评论家既不敢恶意炒作诗人朋友，更不会借写评论获取学术外的利益，如商业利益。进入新世纪，诗评界的风气开始变坏，诗评家的“艺术底线”和“道德底线”越来越“低”。原因是多方面的，其中最大的原因是诗评界的“从业人员”发生了巨变，诗评家的素质降低，专业诗评家人数剧减。在 80 年代和 90 年代，诗评家几乎都是大学教师，尤其是在大学专业从事新诗研究的教授。进入新世纪，由于大学出现严重的文体歧视和学科歧视，很多学者不愿意再当效益不好声誉又不佳的新诗学者。2009 年 8 月 18 日，在福建武夷山召开的“21 世纪中国现代诗第五届研讨会暨现代诗创作研究技法学术研讨会”上，“在新形势下如何当诗评家”成为新诗学者关注的话题。如青年诗评家霍俊明在提交的论文《时代木马上暧昧而眩晕的诗歌批评——检视新世纪以来诗歌批评的几个问题》中尖锐地指出：“中国上个世纪 90 年代后期以来的诗歌批评已经在工业化乌托邦的幻觉与狂欢的失重中踩空了踏板，大量的批评者充当了喜欢造势的诗人圈子的利益同盟者和权力分享者。我们看到了那么多肤泛、时髦而又受到追捧的时评家，……当下我们所看到的正是这个时代诗歌写作和诗歌评论者都成了某种利益的参与者和良知的丧失者，评论成了热捧或冷棍的家什，有些批评者的名声并不比下三烂要好到哪去。……是到了认识和反思新世纪以来中国诗歌批评存在的问题甚至弊病的时候了！”近几年，诗评家通常扮演的是“广告人”的角色，缺乏必要的“职业操守”，不仅不能获得诗人的信任，为诗人提供必要的理论支持和舆论支持，还失去了读者及公众的信任，如 2006 年 9 月 14 日在著名女诗人被网友“恶搞”的事件中，一位网友在网易留言说“诗人恶心，诗评家更恶心。”这说明诗评家缺乏道德修养。近年“诗评家”在学界的声誉也不好，流行说法是：“做不了正经学问，就去当诗评家。”这说明当前的诗评家学识浅薄。

叶燮在《原诗》中说：“曰理，曰事，曰情，此三言者，足以穷尽万有之变态。

凡形形色色，音声状貌，举不能越乎此。此举在物者而为言，而无一物之或能去此者也。曰才，曰胆，曰识，曰力，此四言者，所以穷尽此心之神明，凡形形色色，音声状貌，无不待于此而为之发宣昭著。此举在我者而为言，而无一不如此心以出之者也。以在我之四，衡在物之三，合而为作者之文章。大之经纬天地，细而一动一植，咏叹讴吟，俱不能离是而为言者矣。”[1]今天，具备“才、胆、识、力”的诗评家太少了。如果今日诗人应该过诗的语言关、诗的知识关和诗的技巧关，新诗创作应该重视学养、技巧、难度和高度。那么今日诗评家也应该过四关：一、学识关。诗评家应该“专家化”，有金字塔式的学贯中西的知识结构，特别是雄厚的理论基础，应该是三分之二的理论家，三分之一的评论家。二、修养关。诗评家应该“圣人化”，重视人品，在广告时代和权力社会，能够抵制住各种诱惑，有殉道精神。三、学理关。诗评家应该“学者化”，强调必要的学术规范，重视缜密的思维和理性的表达。四、感悟关。诗评家应该“诗人化”，具有对语言、情感、思想等方面的感悟能力，即诗歌感悟能力。

第四关是理论家转化为评论家者最难通过的。学院派诗评家最缺乏的正是文学感悟能力，所以有诗人公开宣称：“文学教授，甚至诗歌教授读不懂一首诗。”文学感悟也可以称为“文学敏感”，文学感悟能力偏重于人的本能的、直觉的审美感受力，主要指对文学作品的情感思想和语言形式的直觉能力。文学感悟是文学鉴赏批评活动的基础，诗歌鉴赏更需要诗歌感悟。中国的文学教育和文学研究重视感悟的传统正在严重缺失，保护、培养文学从业者，特别是文学专业的学生和文艺理论界的研究者的文学感悟能力是文学教育界和文学理论界的当务之急，现在很有必要提出“文学学者作家化”“文学学者读者化”的口号。“德·桑克蒂斯(1817—1883，意大利)区分出批评活动的三个阶段：首先是服从性活动，即耽于最初的印象，其次是再创造，最后是评判。所以他说，批评不可‘歪曲或破坏我情感上的纯真。’‘正如诗人取代不了天才，批评同样取代不了趣味，趣味便是批评家的天才。正如人们所言诗人是天生的，批评家同样是天生的：批评家身上也有几分天才必然是自然的禀赋。’”[2]“在诗人身上，我们极清晰地看到了语言的核心操作能力在起着

[1] [清]叶燮：《原诗》，郭绍虞：《中国历代文论选》，一卷本，上海古籍出版社，1979年，第328页。

[2] [美]雷纳·威勒克：《近代文学批评史》，第四卷，杨自伍译，上海译文出版社，1997年，第119页。

作用。诗人有对文字的敏感性，一位个体正是凭着这种敏感性才能看出‘有意识地’、‘故意地’或‘有目的地’打泼墨水这三种表达之间的微小差异。诗人有对文字排列的敏感性——有遵循语法规则，而在精心选择的场合下则又有打破这种语法规则的能力。从某种较高感觉层次上（对声音、节奏、回折及文字节拍的敏感性）说，诗人又具有那种能使诗歌即便在翻译成外文之后也仍然优美动听的能力。他还有对语言的不同功能（其便于朗诵的特征、其说服力、激发力、传达信息或使人愉快的力量）的敏感性。但我们多数人并不是诗人，甚至连业余诗人都称不上，然而我们却具备着很高程度的这类敏感性。……对诗人的研究便是我们研究语言智能的恰当的绪论。”[1]无论是在情感上还是在语言技巧上，诗比小说、散文等其它文学文体更重视直觉与体验。这决定了包括诗歌阅读、欣赏、批评和研究的诗歌鉴赏更需要重视直观感受，重视偏重直觉与体验的诗歌感悟。这是因为诗既是情感（快感）的艺术，更是语言（技巧）的艺术，人对情感和语言都有较强的自然感受力。奥登强调语言技巧的重要性，认为诗人是有语言天赋及语言直觉的人。“奥登论述说，一位年轻的作家，他的前途并不存在于他观念的独创性，也不存在于他情绪的力量之中，而存在于他的语言技巧中。当然，到了最后，将成为大诗人的作家必定会找到表达自己的语言和思想框架。诚如诗人卡尔·夏皮乐曾经说过的那样：‘诗的天才也许只是一种对形式的直觉知识。字典里含有所有的字，诗的教科书里含有所有的节拍，但除了诗人自己对形式的直觉知识之外，哪儿都不能指导诗人，不可能告诉他应选用什么字，应该让这些字落在什么样的节奏上。’”[2]正是诗人对形式有超常的直觉能力，诗人才具有比小说家、散文家更多的文体自觉性。艾略特也认为诗人有语言天分。“（诗人）在发展其语言、丰富其文字的方面为其他人创造出更广泛的情绪与知觉范畴的可能性，因为他向他们提供了能表达更多东西的言谈。”[3]鉴赏依赖人的情感直觉、语言直觉和艺术形式直觉创作出来的诗歌，当然需要鉴赏者的情感直觉、语言直觉和艺术形式直觉。杰·温加德（Joel Wingard）认为：一次完整的文学阅读活动由四个方面相互作用完成，这四个方面是：文本（the text）：文学的整套功能（literary repertoire）；读者（the reader）：文学经历（literary experience）；文化关系（culture context）：意识形态（ideology）；生活

〔1〕［美］H. 加登纳：《智能的结构》，兰金仁译，光明日报出版社，1990年，第87－88页。
〔2〕［美］H. 加登纳：《智能的结构》，兰金仁译，光明日报出版社，1990年，第93页。
〔3〕［美］H. 加登纳：《智能的结构》，兰金仁译，光明日报出版社，1990年，第293页。

经历(life experience);意识形态(ideology)。[1] 读者在阅读活动中占有重要的地位,四个方面的相互作用离不开读者的"直觉"或"直感"。哈曼(1730—1788,德)认为:"一切美学的花招都不可能代替直感。"[2]诗歌评论家,更需要诗人那种天赋般的诗歌敏感——对情感的善感性和对语言的善感性,即无论是来自天赋还是来自后天教育,诗歌评论家都应该如同诗人,比一般人具有更多的热情和温情、更多的语言智能和语言天赋,即比一般人有更多的"诗歌感悟"。

在人类诗歌批评史上,诗人型批评家都十分重视感悟能力,他们的诗歌批评,特别是对具体作品的阐释往往比学者型批评家的更准确。如波德莱尔格外渴望"既有趣又有诗意的批评",希望艺术批评家既有理性又有感性,既有智力又有感受力。"我真诚地相信,最好的批评是那种既有趣又有诗意的批评,而不是那种冷冷的、代数式的批评,以解释一切为名,既没有恨,也没有爱,故意把所有的感情的流露都剥夺净尽。一幅好的画是通过某一艺术家所反映的自然,因此,最好的批评就是一个富于智力和敏于感觉的心灵所反映出来的这幅画。因此,对于一幅画的评述不妨是一首十四行诗或一首哀歌。……批评家就有了一个确定的标准,取诸自然的标准,他应该满腔热情地完成他的任务,因为批评家也还是人,而热情会使类似的性情接近,将理性提到新的高度。"[3]正是因为有特别好的艺术感受力,波德莱尔不但是出色的诗歌批评家,如他评论爱伦·坡的诗歌的文章已经成为人类诗歌批评史上的经典。在中国历史上,印象式、感悟式的文学欣赏和文学研究方式经久不衰,"诗话""点评(评点)"成为中国古代文学批评史上最重要的"批评文体",特别是高度重视文学感悟的"点评"是中国的一种传统的批评文体,出现了毛宗岗、金圣叹等评点大师。中国现代的文学研究者,更是把文学感悟能力视为从事文学工作的"看家本领",很多理论家都有创作经历,如闻一多、梁实秋、宗白华、林语堂、周作人等,有的还是优秀的作家诗人。有的理论家的创作较少,但是对文学创作及文学作品高度重视,如朱光潜、李健吾、李长之等,

---

〔1〕 Joel Wingard. Litterature: Reading and Responding to Fiction, Poetry, Drama, and the Essay. New York: Harper Collins College Publishers, 1996. p. 34.

〔2〕 [美]雷纳·威勒克:《近代文学批评史》,第一卷,杨岂深、杨自伍译,上海译文出版社,1997年,第24页。

〔3〕 [法]波德莱尔:《一八四六年的沙龙》,波德莱尔:《波德莱尔美学论文选》,郭宏安译,人民文学出版社,1987年,第215-216页。

他们的很多理论文章都是直接评点具体作品的“文学评论”，有的甚至是“文学欣赏”。他们的文学感悟能力在这些不成体系的小文章中淋漓尽致地显现出来，让后代不敢轻视。朱光潜在《“灵魂在杰作中的冒险”》一文中反对把“研究文学”与“整理国故”合为一体：“考据所得的是历史的知识。历史的知识可以帮助欣赏却不是欣赏本身。欣赏之前要有了解。了解是欣赏的预备，欣赏是了解的成熟。只就欣赏来说，版本、来源以及作者的生平都是题外事，因为美感经验全在欣赏形象本身，注意到这些问题，就是离开形象本身。”〔1〕他喜欢重视作品和读者的主观感受的“印象派”批评：“印象派的批评可以说是‘欣赏的批评’。就我个人说，我是倾向这一派，不过我也明白它的缺点。印象派批评往往把快感误认为美感。……总而言之，考据不是欣赏，批评也不是欣赏，但是欣赏却不可无考据与批评。从前老先生们太看重考据和批评的功夫，现在一般青年又太不肯做脚踏实地的功夫，以为有文艺的嗜好就可以谈文艺，这都是很大的错误。”〔2〕这说明优秀的评论家需要将学理与感悟结合。

在上个世纪90年代，文学理论界为文学创作界开出了提高中国作家素养的良方：“作家学者化”，促进了文学创作的健康发展。目前很多大学的文学院少有文学创作型教授，很多教授谈到文学史如数家珍，谈起文学理论也可以头头是道，但是一旦遇到解读或者阐释具体作品，大多束手无策。今天很有必要提出“文学学者作家化”“文学学者读者化”和“文学理论家评论家化”的口号。这不仅有助于评论家的专业建设，还有助于评论家的人格塑造。

2010年4月23－25日“中国中外文艺理论学会第七次年会暨文学理论前沿问题国际学术研讨会”；主办方：中国中外文艺理论学会，扬州大学文学院，中国社科院文学所文论室；地点：江苏扬州大学。

---

〔1〕 朱光潜：《灵魂在杰作中的冒险》，朱光潜：《朱光潜全集》，第二卷，安徽教育出版社，1987年，第38页。

〔2〕 朱光潜：《灵魂在杰作中的冒险》，朱光潜：《朱光潜全集》，第二卷，安徽教育出版社，1987年，第41页。

论今日大众文化狂潮下精英文人的介入方式

摘　要：近年大众文化狂潮汹涌，越来越多的精英文人渴望“介入”社会，当“公共知识分子”，结束“多余人”“边缘人”等被现实生活，特别是政治文化生活“疏离”的尴尬状态。大众文化与精英文化的关系是相互依存，既有对抗更有和解的关系。当下人文知识分子的社会角色首先应该是本专业的“专家”，其次才是其他专业，特别是大众文化的“明星”。首先应该做好自己的本职工作，做好学问，以学术的专业方式，用学者的儒雅风度去指导“大众文化”。退守书斋的方式是一种“以退为进”的斗争策略，但是精英文人在固守书斋时要打开一扇窗。近年精英文人两极分化为独守书斋的工具知识分子和游走社会的公共知识分子，两种精英文人都缺乏介入大众文化的能力和机会，大众文化最需要的是两种精英文人的互补。

关键词：大众文化　精英文人　介入　退守书斋

尽管近年大众文化狂潮汹涌，精英文化似乎只有招架之功。但是越来越多的精英文人渴望像当年萨特那样“介入”社会，渴望当“公共知识分子”甚至“知道分子”，结束“边缘人”“多余人”等被现实生活，特别是政治文化生活“疏离”的尴尬状态。即使不能够重新确立文化的“领导权”，也能够达到古代精英文人范仲淹在《岳阳楼记》中为中国精英文人确立的“入世”境界：“居庙堂之高，则忧其民；处江湖之远，则忧其君。”现在的大众文化狂潮确实让很多精英文人，特别是那些以“忧国忧民”为生活唯一目的的精英文人处在“进亦忧，退亦忧”的“痛苦”状态中无法自拔。

维特根斯坦有句名言：“想象一种语言就意味着想象一种生活形式。”〔1〕2010 年 5 月 15 日到 5 月 18 日，由北京师范大学文艺学研究中心、首都师范大学文学院文学理论教研室和遵义师范学院联合举办的全国“大众文化与人

〔1〕［奥］维特根斯坦：《维特根斯坦全集 8 哲学研究》，涂纪亮主编，河北教育出版社，2003 年，第 14 页。

文知识分子言说策略"学术研讨会在遵义召开,似乎有特殊的象征意义。从此次会议的邀请函的一句话中可以读出精英文人的重任甚至悲壮:"庄严的遵义会议会址、神秘的赤水河,期待你的光临。"[1]这次会议的专家学者不但要参观遵义会议遗址,还要完成"赤水河文化考察"。1935 年 1 月 15 至 17 日中共中央政治局在遵义召开的扩大会议,总结了第五次反"围剿"失败的经验教训,在中国共产党和红军的历史上,是一个生死攸关的转折点。严格地说,当时遵义会议的参加者,大多应该归入"精英文人"。当年红军四渡赤水出奇兵,从此走向了胜利。童庆炳、陶东风、赵宪章、李春青、赵勇等从事大众文化研究的教授在这块神奇土地上齐聚一堂,是否是想从此获得大众文化的"领导权"?从邀请函所列的七大"会议议题"中更能读出今日精英文人的"焦虑":"1.'大众文化'与'精英文化'的关系。2. 如何确证当下人文知识分子的社会角色。3.'大众文化'的社会功能。4. 在'大众文化'面前人文知识分子何为。5. 如何看待作为大众文化的学术明星现象。6. 当下中国的大众文化研究应该如何扩展。7. 新时期 30 年中国大众文化的演变轨迹与基本形态。"[2]

我的人生经历和研究经历决定了我对大众文化的独特态度。身为博士生导师,应该归入"精英文人"之列。诗歌是阳春白雪的艺术,甚至被称为最高的语言艺术,应该算成"精英文化"。作为诗歌的专业研究者,我更应该划入"精英文人"。作为生于书香门第,一生从来没有离开过"校园"的"闭门造车"者,特别是按照中国古代文人宣扬的"书中自有颜如玉,书中自有黄金屋""万般皆下品,唯有读书高"的生存方式,我更应该归入"精英文人"之列。我这个"精英文人"却并不像有些精英文人那样"焦虑""难受"甚至"惶惶不可终日"。当然,我也不能说自己过得很潇洒很超脱,面对风起云涌的大众文化,这种"大众文化"甚至无处不在,甚至在我的研究对象"精英文学""纯文学"新诗中也会有"口语诗"被大众文化"化"成"口水诗"的普遍现象。像朱自清在《荷塘月色》中所说的那种"这几天心里颇不宁静"的日子常常不期而至,甚至也有"怒发冲冠凭栏处""路见不平一声吼,该出手时就出手"的时候。如 2006 年 9 月网民恶搞新诗诗人,我暂停给研究生上课,写了《新诗教授谈著名女诗人为何被恶搞》的"檄文",被"新华网"等媒体广为传播。那是我第一次以"新

〔1〕"大众文化与人文知识分子言说策略"学术研讨会邀请函,未刊稿。
〔2〕"大众文化与人文知识分子言说策略"学术研讨会邀请函,未刊稿。

诗教授”(诗歌界的精英文人)的身份向“大众”发言。

2001年春天,我在北京师范大学跟著名文艺理论家童庆炳先生攻读博士学位,他组织博士生讨论大众文化。他认为:“既然大众文化来势凶猛,目前已影响到了每个人的生活,那么如何规范和引导大众文化,就成了人文知识分子必须面对的一个严峻课题。我个人对大众文化的看法是矛盾的,一方面,我觉得大众文化是时代的产物,是深受大众欢迎的,它的娱乐休闲的价值,是不容怀疑的;可另一方面,我觉得现在的大众文化,就其深层的价值取向而言,又是令人担忧的。”〔1〕

当时我很反对童庆炳先生的精英文化及精英文人应该“引导”甚至“规范”大众文化的观点,认为他是站在精英文人的立场上居高临下地对待大众文化及大众世俗生活的,无法对大众文化做出客观的价值评判。我写出了多篇文章为大众文化辩护,发表了很多激进观点:“今日中国的大众文化,不只是‘舶来品’,也不只是历史传统,如通俗文化传统的回光返照,还是改革开放特定时代的产物,特别是受到极端压抑的国人的自主意识和文化的自主意识觉醒的产物。”〔2〕“尽管我身在学院(从来不以‘精英学者’自居),却不怕被称为文化的‘实用功能主义者’和平民生活的‘媚俗者’。十年前,当摇滚乐因为诸多原因被多方面,特别是来自精英文化和主流文化的合谋而被‘封杀’的时候,我有的放矢地编译发表了《摇滚乐在美国》一文,文中的第一句便是:‘人的自主意识随着社会的发展而发展。摇滚乐是人渴望自由、重视和享受现实生活的艺术。’八年前,当神州出现‘人文精神大讨论’,‘启蒙’、‘关怀’、‘崇高’、‘精神’、‘审美’、‘责任’等成为流行的‘积极’词汇,‘媚俗’成为最‘消极’的词汇,如过街老鼠被精英文人围攻时,我曾很不识时务地发表文章为‘媚俗’辩护,认为只要媚的是大众,只要不俗到迎合人的阴暗心理,制造低级趣味,不但不可厚非,反而应该为其对人的现实生活的直接关注而欢呼。”〔3〕“大众文化没有文化含量不行,太多了也不行,那样不仅会使受众活得太累,还会误导大众如同当年‘宁要社会主义的草,不要资本主义的苗’、‘以阶级斗争为纲,其余都是目’,生活在‘精神至上’的虚妄之中,影响物质的创造和现实生活的质量。”〔4〕“尽管大众文化在中国已经有了二十多年大规模的发展

〔1〕 童庆炳:《人文精神:为大众文化引航》,《文艺理论研究》2001年第3期,第52页。
〔2〕 王珂:《大众文化亟需“身份确认”》,《文艺理论研究》2001年第3期,第59页。
〔3〕 王珂:《为大众文化辩护》,《东南学术》2002年第4期,第161页。
〔4〕 王珂:《为大众文化辩护》,《东南学术》2002年第4期,第163页。

历史，……但是大众文化一直没有一个良好的生态，始终处在官方文化与精英文化的攻击中，虽然世纪之交官方主流文化对大众文化越来越宽容，越来越远离社会生活中心，处于大众生活边缘的精英文化却承担起80年代末90年代初制衡大众文化发展的重要力量——官方文化的重要角色，精英文人们越来越失去了当年对大众文化的宽容甚至支持，使当前的大众文化尽管很热，却'身份'不合法。"[1]"尽管面对大众文化和精英文化之争，我绝不想取中庸之道，会毫不犹豫地成为大众文化的支持者和鼓吹者；在实际生活中，也常常像近年想'串行'的精英文人，当既想赢利也想提升大众文化品味的大众文化产品的制作者，十多年来为大众文化报刊写了数百万字的文章，……却绝不害怕被人称为'俗人'，而且特别偏爱'平民'称谓。同时也对'平民'的劣性，特别是流氓无产者的无'赖'和江湖文人的无'礼'深恶痛绝。因此，不得不始终对世俗得粗俗的'大众文化'(mass culture)保持相当的警惕。但这里的警惕绝不像目前有些精英文人那样不是与大众文化为善而是与之为敌地大叫：'大众文化来了，狼也来了。'即使真的是狼来了，精英文人也大可不必如此惊慌。"[2]

当时绝对没有想到仅仅过了五年，我就开始赞成童庆炳先生的一些观点，甚至以"精英文人"自居，自以为"在其位要谋其政"，应该扮演起"引导"甚至"规范"大众文化，特别是"大众诗歌"的"教师爷"，甚至还获得了"新诗城管"和"学术警察"的"恶名"。作为教授，在管理本科生、硕士研究生和博士研究生的时候，我时时强调"学术规范"，强调"精英教育"，强调"精英文人"兼济天下的社会责任。作为诗评家，我认为："新诗要想在源远流长的诗的王国中占有一席之地，要想在汉语诗歌历史中留下痕迹，特别是要想摆脱目前公信度降低的尴尬处境，必须重视八个字：学养、技术、难度、高度。"[3]我强调诗的纯粹性、做诗的基本功及基本规范，特别是适度的诗体规范，强调新诗应该走"守常应变"的改良主义的道路，甚至时时强调自己的"学院派理论家"的身份。作为学者，我强调学术的独立性，甚至强调学术的超现实性。如2009年11月14日我在重庆召开的全国第二届"区域文化与文学"学术研讨会的大会

[1] 王珂：《流行却无"身份"：当前大众文化的尴尬生态》，《海南师范学院学报》2002年第6期，第11页。

[2] 王珂：《论当前大众文化的尴尬生态——为大众文化辩护》，《文艺评论》2002年第3期，第22－23页。

[3] 王珂：《诗体学散论》，上海三联书店，2008年，第176页。

发言中说："如果今天在我的文学研究中引入'区域文化'观念或者方法，我害怕出现两个问题：第一点是会不会导致我的研究对象的狭小，会不会导致我的知识结构的狭窄。第二点是我觉得最可怕的，会不会让我抵制不了现实，甚至意识形态对我的诱惑，这是我作为一个青年、一个青年学者需要警惕的一件事情。……不管研究方法怎样，我仍然坚持文学仍然是文学，诗歌仍然是诗歌，新诗仍然是新诗。"由这段发言不难看出：我的学术研究既要对现实负责，更要对历史和未来负责。

十年来，我由主张"平视"却偏向"仰视"大众文化的"鼓吹者"转向仍然主张"平视"却偏向"俯视"大众文化的"引导者"。原因是时代在变，我也在变。现在反思这种转变，有些意味深长，甚至有点讽刺意味。这种转变不但说明我的身份发生了变化，职称由副教授升到了教授，身份由博士生变成了博士生导师，"好为人师"的"教师爷"意识越来越强了，承担的社会责任更多了，文人的"精英成分"及"精英意识"更多了，年龄由富有激情的而立之年到了激情锐减的不惑之年，自己更想在"大众文化"及社会生活面前有所作为。因此自己的"介入"甚至"干预"意识更强烈了。这对个人或者社会绝对是好事。但是其中又有必须令人警惕的地方，在社会生活中名气越来越大、在政治生活中权力越来越大的精英文人，尤其是"大众文化的学术明星"们应该反思：这种精英意识的"自我膨胀"式"升级"是否有些拔苗助长和自以为是。在"专业学者"串行当"大众明星"的时候，尤其是在精英文人对大众文化指手画脚的时候，是否有些"越位"，是否有些"无知者无畏"？是否是"胆大包天"？甚至是否如一句俗语所言"腰上挂死老鼠冒充打虎英雄"。近年大众文化的学术明星，很多当年都是躲进书斋的潜心修道者，现在却成了在四面八方、各行各业飞来飞去的"飞飞派"，这是否是因为今日中国的"文化明星"太少，济世救民的责任又太重？也有可能是因为他们的知识结构太窄，"外行"偏要"指导"内行，当然会付出更多的重复劳动。

无论是过去、现在还是将来，我都认为大众文化与精英文化的关系是相互依存，既对抗更和解的关系。当下人文知识分子的社会角色首先应该是本专业的"专家"，其次才是其他专业，特别是大众文化的"明星"。在"大众文化"面前，人文知识分子首先应该做好自己的本职工作，即做好学问，如果要"介入"大众文化，只能以学术的专业方式，用学者的儒雅风度，强调入乡随俗般"进入角色"。2001 年我与童庆炳先生争辩的部分原因是，我既反对当时的多数精英文人戴着"有色眼镜"先入为主地"歧视"大众文化，更反对一些精英文人的“引导”甚至“规范”大众文化的粗暴作风，特别反感“教师爷”式心理优越感和“隔靴搔痒”式研究方法。在90年代我一直是大众文化产品的“制造者”，曾同时为大众文化报刊开过12个专栏，写过上百万字的东西。出于“经济”的压力和“启蒙”大众、“干预”生活的英雄梦，当时很多大学青年老师都在为大众报刊写作，当时的影视作品的“写手”们大多也是专业作家或诗人。因此那个阶段的大众文化产品的质量甚至“品位”还是比较高的。因为当时大众文化受到精英文化的打压，“名不正言不顺”，很多制作者不敢或者不愿意亮出真实身份。一些贬低大众文化的精英学者不知道制作过程中的“奥秘”，也没有时间和精力去全面、深入地研究这些作品，便得出了大众文化“糟得很”的结论。但是近年精英文人已经集体撤离，如在20世纪八九十年代，很多流行歌曲的作者是有影响的诗人，今天诗人与词人极端对立，写诗和写歌词成了两种“职业”，诗人总是轻视词人。大众文化报刊的主要作者不再是大学教师，甚至在文学研究界，“在场”的“评论家”也几乎销声匿迹了。如2003年南帆先生的《批评抛下文学享清福去了》所言：“90年代的文学是寂寞的。……批评家星散而去，大部分转到了学院的大麾之下。……‘学院派’再也不是一个贬义词，学院体制正在显示出愈来愈强的控制力；一大批批评家改弦更张，中规中矩地当教授去了。”[1]今天的“学院派评论家”更少了。精英文人的缺席使近年大众文化已经越来越粗糙。在这样的特殊时代，我当然不会再说大众文化“好得很”，自然会越来越向童庆炳先生“靠拢”了。

尽管近年我在实际行动中更多的是扮演“教师爷”的角色，这种方式实际上也碰了不少钉子，无法被“受引导”者接受，甚至事倍功半，所以被诗人戏称为“新诗城管”。但是我仍然认为精英文人面对大众文化，应该采用“介入”而不是“教育”甚至“控制”的方式。我特别能体会到“在场”“对话”“换位思考”“彼此尊重”甚至“与时俱进”的重要性。以诗歌界为例，在某种程度上，近年诗歌界出现的“垃圾派”写作可以归入“大众文化”中，可以称为“大众诗歌”。贵州诗论家张嘉谚教授把其中一些诗称为“低诗歌”，认为出现了“中国低诗潮”。他用“低性写作”“粗陋玩世主义”和“平民写作”等来评价“低诗歌”。2008年人民日报出版社出版了他的专著《中国低诗歌》。我对“下半身写作”还能够接受，还为之辩护过。但是对“垃圾派”写作却有些反感，只能认同极少数诗作。胡适曾认为宽容比自由更重要，对大众文化的适度宽容是非常有

〔1〕 南帆：《批评抛下文学享清福去了》，《中华读书报》，2003年3月12日。

必要的。只有这样，精英文人才能心平气和地采用"打电话"的方式，而不是采用文革期间的高音喇叭的广播方式"介入"大众文化。

在20世纪90年代，我这样定位自己：1/3的教师、1/3的学者、1/3的文化人。这里的文化人更多是大众文化产品的制作者，即今日所说的大众文化的学术明星。十多年后，我重新定位：1/3的教授、2/3的学者。尽管没有"文化人"的定位，但是我的"文化人"的角色存在于"学者"中。我把自己的新诗学者身份分为1/3的诗史家、1/3的诗论家和1/3的诗评家。作为诗评家，我必须深入诗歌创作现场，必须"介入"大众文化。即使作为钻进故纸堆的"诗史家"和闭门造车的"诗论家"，我的学术研究实质上也与社会生活及大众文化休戚相关。2004年5月8日，我在专著《新诗诗体生成史论》的后记《独立奔放的马》中写到："十年来我大力'鼓吹'现代汉诗的诗体重建，强调适度规范诗的形式，建立新诗的常规诗体，……醉翁之意不在酒，借研究'新诗的生成及新诗的诗体建设'这个学术问题来反思个人和国家的命运……"〔1〕我在此书的封底上的一段话说明了我的研究并非超凡脱俗的纯学问，仍然有中国文人特有的匡扶天下的英雄梦："在新诗已经有了百年历史的今天，探讨这种文体是如何生成的，不仅有助于理解这种文体为何具有这样的文体形态和文体特征，有助于客观正确地评判这种文体的价值，还有助于理解为何会发生'新诗革命'这样的中外诗歌史和中外文体演变史上都前所未有的文体大革命，更有助于理解中国文人在特定历史时期的生存观和价值观。一种文体在某种程度上是一代文人、一段历史、一个社会的'缩影'或'象征'。"〔2〕

我的诗体研究不仅有学术意义，也有政治意义。童庆炳先生认为："我们大致上给文体这样一个界说：文体是指一定的话语秩序所形成的文本体式，它折射出作家、批评家独特的精神结构、体验方式、思维方式和其他社会历史、文化精神。上述文体定义实际可分为两层来理解，从表层看，文体是作品的语言秩序、语言体式，从里层看，文体负载着社会的文化精神和作家、批评家的个体的人格内涵。"〔3〕任何文体规范及文体自由都不纯粹是文体自身及艺术内部的事务，都会指涉人甚至政治。正如波德莱尔所言："任何深刻的敏感和对艺术具有天赋的人(不应把想象力的敏感和心的敏感混为一谈)都会

〔1〕 王珂：《独立奔放的马》，王珂：《新诗诗体生成史论》，九州出版社，2007年，第443-444页。

〔2〕 王珂：《独立奔放的马》，王珂：《新诗诗体生成史论》，九州出版社，2007年，封底。

〔3〕 童庆炳：《文体与文体创造》，云南人民出版社，1994年，第1页。

像我一样地感觉到,任何艺术都应该是自足的,同时应停留在天意的范围内。然而,人具有一种特权,可以在一种虚假的体裁中或者在侵犯艺术的自然肌体时不断地发展巨大的才能。”[1]马尔库塞的论述更准确:文学“要是表示了一种风格上或技巧上的根本变革,它可能就是革命的。这种变革可能是一个真正先锋派的成就,它预示了或反映了整个社会的实际变革。”[2]“一件艺术品,借助于美学改造,在个人的典型命运中表现了普遍的不自由和反抗力量,从而突破被蒙蔽的(和硬化的)社会现实,打开变革(解放)的前景,这件艺术品也可以称为革命的。”[3]重视诗体不仅可以彰显出诗的形式及诗的写法的重要性,还能够肯定诗的文体的合法性,更可以证明诗人创作的可行性及诗人存在的必要性。因此它既具有艺术的价值,也具有政治的价值;既有艺术规范及艺术革命的潜能,也具有政治律令及政治革命的潜能。它在一定程度上是诗的文体功能及文体价值和诗人的存在意义及生存方式的显性表现。诗体具有制定做诗法的意义,是对诗的属性的制度化的具体表现。既是呈现诗这种特殊文体的表象特征的“诗的图式”,更是呈现诗的形式规范及写作规范的“诗的法则”。因此诗体重建是新诗界的当务之急,不仅有利于建设和谐诗歌,也有利于建设和谐社会。诗体如同福柯所言的话语,不仅仅是语言,实质上是一种调控权力之流的规则系统,话语甚至可以产生真理。福柯曾向自己提出这样的问题:“从何时起,从什么样的语义或句法的转变开始,人能认识到语言已变成一种理性话语?”[4]

“政治生活并不就是人类存在的唯一形式。”[5]直接参与大众文化制作并非精英文人介入大众文化的唯一方式。特别是在精英文人还没有把自己的事情做好的现阶段。作为诗歌教授,我深知这一点。每当我与海外的新诗学者,特别是教授级新诗学者进行学术交流的时候,便有一种义和团遇到八国联军的落后感觉,他们的知识结构、学术素养常常超过我们。当然我们也有自己的优势,如对具体诗作的解读,对各种诗歌风格的把握比他们更强。最重要的是,如果我们通过自己的本职工作,通过自己的研究来参与社会生

---

[1] [法]波德莱尔:《哲学的艺术》,波德莱尔:《波德莱尔美学论文选》,郭宏安译,人民文学出版社,1987年,第390页。

[2] [美]赫·马尔库塞:《现代美学析疑》,绿原译,文化艺术出版社,1987年,第2页。

[3] [美]赫·马尔库塞:《现代美学析疑》,绿原译,文化艺术出版社,1987年,第2页。

[4] [美]艾莉森·利·布朗:《福柯》,聂保平译,中华书局,2003年,第38页。

[5] [德]卡西尔:《人论》,甘阳译,上海译文出版社,1985年,第81页。

活，能够促进大众文化，为何不扬长避短呢？所以近年我常常告诫自己，不要浮躁，潜心学术。甚至把胡适的"多研究些问题，少谈些主义"作为座右铭。

在某种意义上讲，退守书斋的方式是一种"以退为进"的斗争策略。福柯认为任何社会的运作系统都是相互依存的："起源于三个宽阔的领域：控制事物的关系，对他者产生作用的关系，与自己的关系。这并不意味着三者中的任何一组对其他都是完全无关的……但是我们有三个特殊的轴心：知识轴心、权力轴心和伦理轴心，有必要分析它们之间相互作用的关系。"〔1〕精英文人控制着知识，知识就是力量，知识就是权力，知识决定伦理，所以官宦之家因为朝代的更换、政权的更替可以被摧毁；书香之家却不会被摧毁，文化及知识遗传具有强大的生命力。所以大众文化狂潮下精英文人的最佳介入方式是"固守学术"，应该坚信文人可以通过"小书斋"改变"大社会"。当然我们不能重蹈中国古代人文学者的覆辙。传教士古德诺曾说："中国的传统教育主要局限于哲学、文学领域，即我们称之为人文学科的领域，这样的知识对于征服自然并无多大帮助。这样，我们就会明白为什么中国社会长期停滞不前。有人说我们西方人通过接受教育不仅可以学会如何谋生，而且可以学会如何生活，如果我们接受这样的观点，也许我们就可以较为公正地说，中国人已经学会了如何生活，但以西方的生活水平为标准，中国人还没有学会如何谋生。"〔2〕徐大椿也作了一首讽刺读书人的散曲（《劝世道情》中的《刺时文》）："读书人，最不齐。烂时文，烂如泥。国家本为求才计，谁知道变作了欺人技。三句承题，两句破题，摆尾摇头，便道是圣门高第。可知道三通四史是何等文章，汉祖唐宗是哪一朝皇帝？案头放高头讲章，店里卖新科利器，读得来肩背高低，口角嘘唏。甘蔗渣儿嚼了又嚼，有何滋味，辜负光阴，白白昏迷一世。就教他骗得高官，也是百姓朝廷的晦气。"邹容在《革命军》中讽刺说："中国士人，又有一种岸然道貌，根器特异，别树一帜，以号于众者，曰汉学、曰词章、曰名士。……名士者流，用其一团和气，二等才情，三斤酒量，四季衣服，五声通律，六品官阶，七言诗句，八面张罗，九流通透，十分应酬之大本领，钻营奔竞，无所不至。"〔3〕

时过境迁，今日中国的大众文化与精英文人的处境与十年前迥异。精英

〔1〕 John McGowan. Postmodernism and Critics. New York：Cornell University Press, 1991. p. 134.

〔2〕 [美]古德诺：《解析中国》，蔡向阳、李茂增译，国际文化出版公司，1998 年，第 77 页。

〔3〕 邹容：《革命军》，华夏出版社，2002 年，第 18 页。

文化与大众文化的界域日渐泾渭分明，越来越出现“井水不犯河水”的软性对抗，甚至可以用“冷战”一词。精英文人两极分化为独守书斋的工具知识分子和游走社会的公共知识分子，两种精英文人都缺乏介入大众文化的能力和机会，特别是后者因为太焦虑又太隔行，缺乏引导大众文化的言说策略和话语权力。大众文化最需要的是两种精英文人的互补，后者应该多读两本书，多研究些实际问题，少谈些虚幻文化。如果精英文人在固守书斋时又能够打开一扇窗，如梅洛-庞蒂所主张的那样：“我们承担着介入到世界之中的政治责任，而这种介入不是通过沉默，而是通过真正地说出我们的生活经验，所以我们必须成为艺术家，成为歌唱我们生活和我们世界的艺术家。”[1]在做纯粹的学术研究时，也不时关注大众文化，甚至分一些精力研究大众文化，甚至参与大众文化产品的制作，今日的精英文人就不会成为古德诺、徐大椿、邹容批评的那种“读书人”。

2010年5月15－18日“大众文化与知识分子言说策略”学术研讨会；主办方：北京师范大学文艺学研究中心，首都师范大学文学院文学理论教研室，遵义师范学院；地点：贵州遵义师范学院。

〔1〕［美］丹尼尔·托马斯·普里莫兹克：《梅洛-庞蒂》，关群德译，中华书局，2003年，第89页。

文艺学跨学科研究的必要性和风险性

摘　要：三十年来文艺学“跨学科”研究主要是指借用其他学科的研究方法来研究文学，取得了较大成绩，有“经验”也有“教训”。当前文艺学及诗歌理论界应该推崇“跨学科”研究，它可以产生新的学术增长点，提高文艺学研究的广度和深度，但是不能迷信。应该强调“专业有界”“多元有界”“专业优先”和“文学本位”，强调先有“专才”后有“通才”。在跨学科时要采用“常大于变”“理论为纲”策略。“理论先行”实际上是“专业介入”，以理论家（专家）的身份“守学科”，以实践家（杂家）的身份“跨学科”，才能够真正做到“胆大心细”和“既保守又开放”。受学术体制的限制，当前文艺学学者跨学科研究的学术生态并不十分理想。

关键词：跨学科研究　文艺学　学科有界　专业优先　文学本位

也许是因为受的教育和从事的职业具有“跨学科”的特点，我的研究和教学一直在“跨学科”，甚至“跨”得很大。我在西南大学外国语言文学系英语语言文学专业获得学士学位，在西南大学中国新诗研究所获得现代诗歌理论与创作研究硕士学位，当时称中国各体文学专业，现称中国现当代文学专业，在北京师范大学中文系获得文艺学文学的基本原理博士学位，在首都师范大学中国诗歌研究中心完成博士后。曾在西北师范大学中国西部文学研究所、中文系写作教研室和福建师范大学文学院写作教研室、文艺理论教研室工作。曾任福建师范大学文学院文艺理论教研室教授、文艺学硕士点学科带头人、文艺学文艺美学、文学创作论、文学阅读与文学教育、西方文论、中国现代文论和现代诗歌理论及创作研究方向硕士生导师、中国现当代文学（国家重点学科）中国现代诗歌研究方向负责人。2008年和2009年分别在福建师范大学中文学科中国现当代文学专业和文艺学专业招收博士生。2005年，我曾把自己的已有研究及成果总结为八点：一、以诗歌研究为学术制高点，兼顾大众文化研究，如大众文化的合法性研究；女性主义研究，如伍尔夫研究；古代文论研究，如刘勰研究；西方文论研究，如巴赫金研究。二、以现代诗歌，特别是中国现代诗歌研究为中心，兼营古代诗歌研究，如古代诗体的流变研究；外国诗歌研究，如意象派研究、莱蒙托夫研究、肯明斯的图案诗研究；中外诗歌比较研究，如中外讽刺诗比较研究；中外诗论比较研究，如中西方诗的本体论研究。三、以诗歌文体为中心，兼营散文文体、小说文体等其他文体理论研究。四、以抒情诗为中心，兼营讽刺诗研究、打油诗研究、散文诗研究。五、以诗的形体研究为中心，兼营诗的音乐性研究、诗的本体研究、诗的功能研究等。六、以现代诗歌，特别是现代汉诗的基础理论研究为主，主要精力放在诗体理论及文体理论上，同时高度关注目前的中国诗坛，既写诗论又写诗评。同时进行诗歌创作和诗歌翻译，发表新诗作品。七、以中国现代诗歌研究为中心，兼营中国现代诗论研究及中国现代文论研究。八、以西方现代诗歌研究为中心，利用本科外语专业毕业的优势，兼营西方现代诗论及西方文论。由此可见我不仅在中文学科的各专业，而且在中文与哲学等其他学科，甚至在文学与经济学、医学等学科之间跨来跨去。

应该说我尝到了跨学科的“甜头”与“苦头”。我给研究生做讲座时曾用这样的标题：《当代学者的最大竞争就是知识结构的竞争》。从1988年起，在《文艺研究》《文艺理论研究》《民族文学研究》《诗探索》《台湾诗学季刊》等百余家学术刊物发表论文四百多篇，分别被人大复印资料《中国现代、当代文学研究》《中国古代、近代文学研究》《文艺理论》《外国文学研究》《文化研究》和《中国近代史》转摘。仅从人大复印资料转摘的刊名看，就不难发现王珂是“跨学科”的“杂家”。这种“跨学科”，准确点说是“杂家”，也给我带来了巨大麻烦，特别是严重不适应当前分工极端细致的学科分类及学术规范，如报课题时不知道应该报什么学科，尤其会在文艺学与中国现当代文学两大学科之间徘徊。甚至写的论文也不被正统的学术规范认可，如用现代西方理论研究《文心雕龙》，被古代学者认为方法上有“专业性问题”；在文艺学的博士论文中采用旁征博引的考据方式，被文艺学学者视为“资料汇编”；写中国现代文学论文时采用大量文学理论，特别是西方当代文学理论，被中国现代文学学者视为不是依靠“屁股”而是依靠“脑袋”做学问；像福柯那样在研究中关注自己，特别是把自己作为个案，被传统学者视为“主体性太强”，甚至被批为“自吹自擂”。

“对很多哲学家来说，哲思的目标是一种不断增长的自我知识；对福柯来说，这个目标则一直是改造。……福柯强烈的自我关怀使得他与构成自身的制度、人和观念具有深层联系，所以，他的工作呈现出一种‘努力在人们的意识中改变点东西’(《自我的技术》，第10页)的伦理维度。福柯成功地迫使其读者重新审查自己与真理、权力和自我之间的关系。福柯之所以具备教导读者改变自己生活的能力，在于他拒绝为真理、权力或者自我提供一套普适的模本，在于他坚信人是自由的。”[1]尽管2004年5月我在《博士后出站报告——新诗生成史论：新诗产生的社会背景和诗歌背景》中说：“用自己想用的方法写自己想写的东西，这是我20多年来的梦想。”[2]直到今天，我仍然没有实现这样的梦想，甚至发现这种梦想越来越遥远。20多年的“不自由”的学术生涯让我特别羡慕福柯作为学者可以有“强烈的自我关怀”和“做人的自由”。特别是现在身为研究生导师，对学生越来越强调学术规范，要求学生适应现行的学术体制。在指导硕士论文和博士论文时，更不敢越雷池一步，总是要求学生记住一句名言：一个人幸福的多少取决于他对人生这场游戏规则了解的多少。

韦勒克认为19世纪和当代的“体裁”遇到了同“时期”一样的困难：变化太迅速了。每十年而不是每五十年就会出现新的一代，学科的变化也是如此。新学科纷至沓来，让人目不暇接，学者应该“与时俱进”。“与时俱进”是近年中国政治及社会生活中使用频率很高的词，不仅顺应了中国改革开放的历史潮流，也顺应了世界政治的风云变幻、人类科技的日新月异。严格地说，这确实是一个计划没有变化快的“动感”时代。但是中国学术界现阶段“以变应变式”的“跨学科”研究的学术环境并不乐观，新诗研究界如此，文艺学研究界也如此，从“日常生活审美化”甚至“生态美学”的“遭遇”就可以从一斑窥全豹。尽管我才过“不惑之年”，从事的主要研究是具有“先锋性”的文体——诗歌，特别是现代诗歌研究，长期采用“跨学科”的研究方法，如早在1988年，我就接受了前苏联学者的社会科学研究应该采用自然科学方法的观点，采用数学方法，特别是科学的定量研究的方式研究诗美，写出了《诗美的创造与测定》论文，提出了这样的观点：随着现代科学的大发展，特别是实验心理学、情绪心理学、模糊数学、心理物理学以及信息论、系统论、控制论等自然科学研究方法成功地解决了生理量与物理量的关系，即物理现象与相应的心理现象之间的数量关系等过去无法用社会科学的语言量化的问题。使用这些现代科学方法，不仅可以测定出音高、音强给人的感觉经验，如声波的调率、振幅这些物理特性对有机体产生的相对应的心理影响的强弱，有些无法用物理量来描绘的刺激，如提示、幽默、讽刺等，也可以使它尺度化和量表化。审美

〔1〕［美］艾莉森·利·布朗：《福柯》，聂保平译，中华书局，2002年，第1-2页。
〔2〕王珂：《新诗诗体生成史论》，九州出版社，2007年，第445页。

信息的研究进入一个新的时代，为诗美等艺术美进行科学的定性和定量性测定提供了可能。现代心理学的这些研究方法也为研究诗美提供了启示：只有将社会科学与自然科学的研究方法结合，才能更好地研究诗美。但是今天，尽管我赞成文学的“跨学科”研究，却更倾向于采用“守常应变”的策略，越来越相信“隔行如隔山”这句俗语的合理性，认为每种专业都有自己的基本知识，从业者应该有基本技能，如文艺学专业重视理论思维和问题意识，文学史专业重视考据能力和历史意识。

2010 年 4 月 24 日，童庆炳先生在中国中外文艺理论学会第七届年会暨“文学理论前沿问题”国际学术研讨会上作了题为《当下文学理论的危机及其应对》的主题讲演，他认为：“当下文学理论危机主要表现在理论脱离实际、文学理论的学科的封闭与孤立、文学理论研究的浅表化三点上面。……应对这种危机的方法是要追求文学理论的当下性，加强文学理论学科与别的学科的关联性研究，提倡文学理论的文化历史语境化。‘当下性’解决学以致用的问题，‘关联性’解决文学理论的宽度问题，‘历史语境化’解决文学理论研究的浓度问题。”[1]由此可见，他是主张文艺学的“跨学科”的，但是他也意识到“跨学科”的风险和难度。他认为中国的文化研究和文化批评有两个弱点：“第一个弱点是照搬的痕迹过于明显，缺少我们自身的问题意识。……第二个弱点是一味扩大文化的概念，提出‘日常生活审美化’，把街心花园、咖啡馆、模特走步之类的问题也列为研究对象，结果所研究的问题溢出了文学活动的问题，……既然文化与日常生活同义，那么文学理论岂不是要去研究‘日常生活’本身吗？这样的无边无际的研究还是文学理论吗？而且我们对此又能做出什么研究呢？研究街心花园，好吧，可你有建筑学的知识准备吗？研究模特走步，好吧，可你有对于女性美的和舞蹈学的知识准备吗？”[2]

在上个世纪 90 年代，童庆炳先生堪称文艺学界主张“跨学科”研究的领袖，他领导的北京师范大学文艺学团队率先在全国开展文艺心理学研究、文体学研究和文化诗学研究，出版了系列著作：“心理美学丛书”14 种，“文体学丛书”5 种，“文艺学新视角丛书”5 种，“文化与诗学丛书”共 10 种，“文艺学与文化研究丛书”三个系列共 15 种。还出版了《文艺心理学》等教材，产生了巨大影

[1] 童庆炳：《当下文学理论的危机及其应对》，中国中外文艺理论学会第七届年会暨“文学理论前沿问题”国际学术研讨会论文，未刊稿。

[2] 童庆炳：《当下文学理论的危机及其应对》，中国中外文艺理论学会第七届年会暨“文学理论前沿问题”国际学术研讨会论文，未刊稿。

响。文艺心理学涉及心理学、生理学、医学等学科，文化诗学及文化研究涉及社会学、政治学、历史学、哲学、民俗学、经济学等学科。文体学研究本来应该是文学的本体研究，但是他们研究的重点不是小说文体学、诗歌文体学、散文文体学等文学的基本体裁，而是广义的文体学，偏重的是“风格”而非“体裁”，重视的是文化、政治而非文学、文类。童庆炳先生认为文体有三个层次：体裁的规范、语体的创造和风格的追求，认为文体变异主要有三大因素：“文章体制，与时因革”——文体演变的外部因素；“因情立体，即体成势”——文体演变的内部因素和旧体难出新意；遁而作他体——文体演变的自身因素。他结论说：“我们大致上给文体这样一个界说：文体是指一定的话语秩序所形成的文本体式，它折射出作家、批评家独特的精神结构、体验方式、思维方式和其他社会历史、文化精神。上述文体定义实际上可分为两层来理解，从表层看，文体是作品的语言秩序、语言体式，从里层看，文体负载着社会的文化精神和作家、批评家的个体的人格内涵。”[1]从这个定义不难看出，在某种程度上，可以说他的文体学是“跨学科”的文体学的“文化研究”研究。不可否认，这种研究是成功的。但是也存在对文学的外部研究重视太多，对内部研究重视不够等弱点，更多是文学发生学和影响论而非文学的特征学和本体论。其中的一大原因如同他批评“日常生活审美化”的学者一样，一些研究者没有足够的诗歌知识、小说知识和散文知识。事实上，现阶段很多中国文艺学学者的“知识结构”都无力应付“跨学科”研究的需要，都会有“力不从心”之感。如果自身力量不够，甚至拿出“无知者无畏”的精神偏要“跨学科”，是相当危险的。不可讳言，童庆炳先生有些误读甚至歧视“日常生活审美化”，今天他似乎成了反对“跨学科”的“保守者”，特别是极端的“跨学科”的“反对者”。但是我们颇能理解他的焦虑，更觉得他的质疑在“跨学科”研究已经成为文艺学界流行潮流的时代，如同警钟。从他的《当下文学理论的危机及其应对》中，不难看出他对30年来文艺学“跨学科”研究的历史的深刻反思，甚至可以读出“经验”与“教训”。

20多年来我也一直在不停地“跨学科”，特别是近期由于一些本人无法抗拒的原因越“跨”越“大”，甚至跨进了“旅游学”和“医学”。尽管我也如童庆炳先生那样感觉到文艺学必须结束“学科的封闭与孤立”，必须“跨学科”走出去。甚至在文艺学硕士研究生的培养中也不再极端强调“专业性”，特别是“文学性”。主张三年研究生教育应该有四大任务：传播知识、培养能力、健

〔1〕 童庆炳：《文体与文体创造》，云南人民出版社，1994年，第1页。

全人格和健康心理。但是在学术研究中，我既感受到"跨学科"研究的必要性和可行性，更感受到它的危险性和难操作性。如俗语所言：书到用时方恨少，事非经过不知难。我的观点与童庆炳先生有些相同：赞成"跨学科"，但是强调文艺学学科的"多元有界"，主张以"不变应万变"的方式，即以"专业"的方式"介入"其他学科，强调先有"专才"后有"通才"，在文学研究方法的基础上借鉴其他学科，特别是相关学科的研究方法。

进入新世纪后，文学理论家们越来越不想"安贫乐道"地"死守""文学阵地"，无论是穷者，还是达者，都有兼济天下的英雄梦。特别是在2010年前后，这种渴望"突围"和"介入"现实生活的"英雄梦"更是"强烈"，文学的"区域文化"研究、"跨学科"研究等文学研究的新方法受到高度重视，与此相关的研讨会接连不断，显示出当前文学学者的普遍性"焦虑"。既有学科意识方面的焦虑，更有研究方法方面的焦虑。可以归纳为对"跨学科"研究的青睐，特别是与政治学和经济学相关的区域文化文学研究、与生态学相关的生态文艺学、与大众文化及民俗文化相关的文化诗学、与传播学相关的文学传播学受到高度重视。尽管这一年也是我的这种"文学理论家的英雄梦"化为现实的一年，由诗论家变成了诗评家，甚至变成了旅游规划专家和心理危机干预专家。我却对"跨学科研究"催生的这种"英雄梦"保持了高度的"警惕"和十分的"冷静"。我近期参加的学术会议的发言及提交的论文的观点颇能体现我现在的"小心谨慎"及"保守心态"。越是参与"跨学科"行动，我越强调"专业有界""专业优先""文学为本""理论为纲""常大于变"。

2009年11月全国第二届"区域文化与文学"学术研讨会在重庆召开，会议主题是研讨区域文化与文学的关系。我的"大会发言"十分"保守"，"极端"坚持文学研究的自主性："区域文化概念更多的是一次方法论上的创新，对我们的文学研究是有帮助的。但是我对这个研究方法，或者说我对'区域文化'这个词有点'警惕'。……现在如果在我的文学研究中引入'区域文化'观念或者方法，我害怕出现两个问题：第一点是会不会导致我的研究对象的狭小，会不会导致我的知识结构的狭窄。第二点是我觉得最可怕的，会不会让我抵制不了意识形态对我的诱惑，让我全面接受'招安'。招安于现实，招安于意识形态。这是我作为一个青年、一个青年学者需要警惕的一件事情。……不管研究方法怎样，我仍然坚持文学仍然是文学，诗歌仍然是诗歌，新诗仍然是新诗。"

2010年4月，中国中外文艺理论学会第七届年会暨"文学理论前沿问题"

国际学术研讨会在扬州召开。会议主要议题有：文学理论与当代文学实践；文学理论本土化：问题与难点……。我很忧虑目前学科分得太细和学者的身份太专的现实，主张文学理论应该参与当代文学实践。我提交的论文《学识·修养·学理·感悟——今天如何做诗评家》主张新诗学者应该是三分之二的诗论家和三分之一的诗评家，强调"专业介入"："近年大学学术体制及学术规范的强势导致文学理论与当代文学实践严重脱节，特别是在新诗研究界，出现了诗论家与诗评家的职业分离，缺乏学识渊博又人格高尚、既精通理论又熟悉创作的诗论家，敢说真话又会说行话的诗评家。诗评家既要坚持艺术原则，又要'与时俱进'，适当更新诗歌观念。今日诗评家应该过四关：学识关，诗评家应该'专家化'，有金字塔式的学贯中西的知识结构，特别是雄厚的理论基础。修养关，诗评家应该'圣人化'，人格高尚，能够在广告时代和权力社会抵制住各种诱惑。学理关，诗评家应该'学者化'，强调必要的学术规范，重视缜密的思维和理性的表达。感悟关，诗评家应该'诗人化'，具有对语言、情感、思想等方面的感悟能力。今天很有必要提出'文学学者作家化'、'文学学者读者化'和'文学理论家评论家化'。"

2010年5月，"大众文化与人文知识分子言说策略"学术研讨会在遵义召开，会议的主要议题有："大众文化"与"精英文化"之关系；如何确证当下人文知识分子的社会角色；"大众文化"的社会功能；在"大众文化"面前人文知识分子何为；如何看待作为大众文化的学术明星现象；当下中国的大众文化研究应该如何扩展；新时期30年中国大众文化的演变轨迹与基本形态。我提交的论文《大众文化狂潮下精英文人的介入方式》也强调"专业介入"："今日中国的大众文化与精英文人的处境与十年前相比有质的变化。精英文人的缺席使近年大众文化越来越粗糙。精英文人两极分化为独守书斋的工具知识分子和游走社会的公共知识分子，两种精英文人都严重缺乏介入大众文化的能力和机会，特别是后者因为太焦虑又太隔行，缺乏引导大众文化的言说策略和话语权力。大众文化最需要的是两种精英文人的互补，前者应该打开一扇窗，后者应该多读两本书。应该坚信通过'小书斋'改变'大社会'的力量。大众文化与精英文化应该既对抗也和解。当下人文知识分子的社会角色首先应该是本专业的'专家'，其次才是大众文化的'明星'。大众文化狂潮下精英文人的"介入"方式最好是学术的专业方式，入乡随俗般'进入角色'，在'平视'中适当'俯视'，多些'介入'，少些'引导'或'干预'，应该对大众文化适度宽容。"

2010年8月"2010年中国文学传播与接受"国际学术研讨会在湘潭召开,会议中心议题有:中国古代文学的传播与接受;中国现当代文学的传播与接受;中国文学在海外的传播与接受。我提交的论文是《博客正成为新诗传播与接受的主要方式》,主要观点如下:"电子网络传播是人类诗歌由口头传播到纸质书面传播后的第二次大飞跃。诗人不仅通过网络来'传播'诗,还借助网络优势来'在线''创作'诗。博客正成为新诗传播与接受的主要方式。……博客为研究者提供了方便,通过博客研究新诗已经成为新诗研究者通行的方法。博客使研究者能够在最短时间内获得诗人的资料,还缩短了研究文章与读者及作者见面的时间。诗人和诗论家的博客有利于诗人与大众读者之间、诗人之间、诗人与诗论家之间的沟通与交流。"

尽管我觉得诗歌理论家还需要艺术家化,需要"跨学科",如波德莱尔既能评诗,也能评画。"波德莱尔的重要性体现在两个方面:他既是现代诗人之父,也是受到高水平的批评的自我意识的限制和精致化的现代诗人的原型。"[1]但是我仍然强调诗评家必须"专业化",强调学科的"纯粹性"。因为长期"跨学科"的研究经历让我深刻地体会到其弱点:学科跨得过多和过大,会使学者出现如俗语所说的"门门懂,样样瘟"的现象。一个人的精力非常有限,学科的分类不但很细,学科的专业性也越来越强,广度和深度都在增加。如果要掌握一门学科知识或研究方法,需要很多的时间精力。过去的学者很容易把文史哲打通,现在的很难。一是当时的知识没有现在多,二是当时人的生活方式单一,有更多的时间精力投入学术。所以现在很难完成"通才教育"。另外一个学科或者一门学问的建设更需要"专才"而不是"通才",特别是在中国,没有进行有效的学科建设,新诗研究界和文艺学界的学科建设及学术(学问)建设都很不乐观,至今还存在"合法性"危机。如果在研究方法上或者在研究范围上"跨学科"过度,不管是整个学科的研究力量还是某个学者的研究力量,都可能分散,更会加剧学科的"合法性"危机。以文艺学为例,本来文艺学的研究力量不强,特别是从事文学的基本原理研究的优秀学者不多,"日常生活审美化""生态美学""意识形态研究""文化研究"等吸引了大量学者,特别是优秀学者。不可讳言,从事这些研究的一些学者是因为无法对文学本身进行研究,特别是无法对诗歌、小说、散文等具体文体进行研究,不

〔1〕 Michael Hamburger. The Truth Poetry-Tensions in Modern Poetry from Baudelaire to the 1960s. London:Carcanet New Press Ltd. ,1982. p. 1.

得不转向这些文学的“外部研究”甚至“外围研究”的。他们从事这些“外围研究”后，对文学的“内部研究”的研究能力会越来越弱，最后只好由“文学理论家”沦落为“文化学者”。这种“文化学者”虽然经常在电视上抛头露面，大谈文化，却因为没“学问”受到同行鄙视。

程千帆先生曾说：“过去文学理论不是一个专业，只是一门课，都是教文学的人上。现在文学理论被当作一门学问，有了文学理论教研室，教文论的人只研究理论，不研究文学本身，讲起文学来往往很隔膜。”〔1〕蒋寅先生认为：“文学理论很大程度上是一种工具性的知识，为文学研究提供阐释文学的学理依据、批评技术及相应的专业话语。……与当今中国文学理论原创性的缺乏相应，中国文学研究存在的明显问题是技术水平的低下。……由于历史的影响，20 世纪西方文学研究的‘向内转’没有在中国生根开花，……20 世纪文学观念几个最大的变革——取消文本的自主性，提升语言的审美构成机制，意向性的本文阐释结构，结构的符号化描述，都被我们错过了。……80 年代以后，西方文学思潮和学说迅速涌进，本足以刺激、提高文学研究的兴趣和水平，但不幸的是学界尚未很好地消化和吸收这些理论成果，文化批评的浪潮席卷而来，压伏了文学研究的苗头。”〔2〕蒋寅先生的结论比较准确，以“新批评”为例，在中国，特别是在当代文学研究中，完全没有产生应该产生的作用，甚至在诗歌研究界，也很少有诗评家能够熟练运用“细读”(close reading)解读具体诗作。最可怕的是，很多人没有学到新批评的方法，就断言“新批评过时了”。由于“跨学科”的“文化研究”“生态批评”“意识形态批评”“话语理论”“现代性”等受到一些著名学者的重视，一些青年学者也视之为文艺学的“学术前沿”问题，不愿意学习“新批评”等重视文学本身的批评方法，如我在硕士研究生的双语教学中把韦勒克 1957 年出版的《文学理论》作为必读书，很多学生不愿意读。这使文学理论研究的后备力量越来越弱。

不可否认，当前文艺学的“跨学科”研究很有必要。如《回顾与展望——三十年来文艺学跨学科研究学术研讨会正式通知》所言：“文艺学跨学科研究成为中国当代文论研究的重要力量，取得了一大批优秀成果，丰富了中国文论建设的宝库。”30 年来中国新诗理论界取得的巨大成就也得利于“跨学科”

〔1〕 蒋寅：《我对文学理论的技术要求》，中国中外文艺理论学会第七届年会暨“文学理论前沿问题”国际学术研讨会论文，未刊稿。

〔2〕 蒋寅：《我对文学理论的技术要求》，中国中外文艺理论学会第七届年会暨“文学理论前沿问题”国际学术研讨会论文，未刊稿。

研究。改革开放30年,中国发生了巨变,中国新诗(现代汉语诗歌)也在功能、文体、体裁、题材、技法、传播方式等方面发生了巨变,研究方法不得不随之改变。可以这样回答“何为当前的新诗?”:新诗包括内容(写什么)、形式(怎么写)和技法(如何写好)。内容包括抒情(情绪、情感)、叙述(感觉、感受)和议论(愿望、冥想)。形式包括语言/语体(雅语:诗家语/陌生化语言、书面语和俗语(口语、方言)和结构/诗体(外在结构:句式、节式的音乐美、排列美,内在结构:语言的节奏)。技法包括想象(想象语言、情感和情节的能力)和意象(集体文化、个体自我和自然契合意象)。对技法、情绪、叙述、方言、诗体、个体自我意象等方面的重视更多是“变”的结果,它们正成为新诗重要的文体特征和文体价值,在新诗创作中越来越重要。可以用一句话来概括今天的新诗:“新诗是采用抒情、叙述、议论,表现情绪、情感、感觉、感受、愿望和冥想,重视语体、诗体、想象和意象的汉语艺术。”在1997年武夷山现代汉诗国际诗歌研讨会上,很多新诗教授都感叹“新诗正离我们远去”,可见新诗变化太大。最近十年,随着新媒体写作的兴起,如网络诗、手机诗、博客诗、QQ诗等新兴诗歌写作的兴起,更需要诗歌研究者具有“跨学科”研究的能力。近30年是新诗学者各显神通的时代,洪子诚、刘登翰的中国当代新诗史研究、陈仲义的朦胧诗研究及第三代诗歌研究、陈超的第三代诗歌研究、罗振亚的90年代诗歌研究、吴思敬的心理诗学研究、张清华的先锋诗歌研究、周瓒的女性诗歌研究、王珂、许霆的诗体研究、吕进的新诗文体学研究、骆寒超的古代诗体与新诗诗体建设研究、姜耕玉的新诗的语言形式研究、王光明的新诗的语言研究、张桃洲的新诗的音乐性及格律研究、李怡的新诗与古代诗歌传统研究、王家新的外国诗歌的中文翻译诗研究、王泽龙的新诗的意象研究、张德民的网络诗歌研究等都颇有成绩。在新诗理论界,吴思敬先生是跨学科研究的代表。他一直以“心理学的方法追踪诗的精灵”,他的心理诗学散见于他的多种著作中,如《诗歌基本原理》(工人出版社,1987年)、《诗歌鉴赏心理》(辽宁人民出版社,1987年)、《写作心理能力的培养》(北京出版社,1985年)、《心理诗学》(首都师范大学出版社,1996年)和《诗学沉思录》(辽海出版社,2001年)。尹在勤先生在1987年出版的《诗人心理构架》也探讨了诗人心理。他们的研究是成功的,但是他们的研究都没有再深入下去。蒋登科为了更好地研究诗人人格,专门到著名心理学家黄希庭先生处做心理学博士后,也取得了较大成绩。但是研究成果并没有在新诗理论界广泛应用。这也说明了“跨学科”研究的难度。

近年我的诗歌研究及文艺学研究也分为坚持诗歌和文艺学的绝对地位的"守学科"研究和以诗歌理论及文艺学理论为基础的"跨学科"研究。前者以新诗的诗体研究为代表，出版了四部著作，发表了两百余篇论文。后者以需要传播学支撑的网络诗研究、需要美术学知识的图象诗歌研究、需要地理学原理的地震诗歌研究、需要女性学方法的女性诗歌研究为代表，其中网络诗歌的研究最需要"跨学科"，需要文科、理科和工科多学科集结。近年受医科大学和旅游部门的委托，我的诗歌研究被推向了现实生活，直接为现实服务，研究方法更需要巨大的"跨学科"。正在进行的主要有两个课题。一个可以"救人"：如何采用诗歌对受难者（病人）进行有效的心理干预，必须将文学、心理学和医学等学科结合。另一个可以"赚钱"：如何利用诗歌促进旅游经济，必须将文学、经济学、广告学、旅游学等学科结合。

在研究中，我始终坚持文艺学的"理论先行""理论预设""套用理论"等"游戏规则"，主要采用"先用理论大胆假设，再在实践中小心求证"和"先在实践中大胆假设，再用理论小心求证"两种方式。因为有诗歌理论、文艺理论及相关学科的理论作为坚强后盾，无论是采用诗歌欣赏或写作的方法救助心理危机病人，还是采用美学理论制作旅游规划，都取得了较好的效果，从来没有感到"理论是灰色的"，感到的是"理论是万能的"。"理论先行"实际上是"专业介入"，以理论家（专家）的身份"守学科"，以实践家（杂家）的身份"跨学科"，才能够真正做到"胆大心细"和"既保守又开放"。在从事这两个应用型课题研究时，我常常不由自主地想起三段话："过去二十年的美学转向了艺术，转向了人的独创性，（恰如哲学那样）转向了人类境况。……艺术型的哲学家们应该正视既富于精确性又富于创造性的科学，并有必要运用它的方法来改进自己关于艺术和人的独创性的理论。而那些自封的'语言'哲学家们则需要学习归纳科学之外的大量其他领域的知识；或许，把科学看作创造性的活动，而不是一套孤立的、干巴巴的论断，对他们更有益处。人们对社会科学以及社会和政治哲学的日益增长的兴趣，也许甚至会促进对自然科学的理解，因为自然科学乃是一定时代文化的产物，或者更确切地说，乃是人和社会的创造力的体现。"[1]"在某些人身上，确有真正的基本的审美需要。……秩序的需要，对称性的需要，闭合性（closure）的需要，行动完美的需要，规律性的

〔1〕［美］提吉拉：《当代美学潮流——一些基本课题》，［美］李普曼：《当代美学》，邓鹏译，光明日报出版社，1986年，第57页。

需要，以及结构的需要，可以统统归因于认知的需要，意动的需要或者审美的需要，甚至可以归于神经过敏的需要。”[1]“有些审美经验也可能以消极情感反应告终，这种情感往往表现为反感、厌恶、愤怒、厌倦等等。……在这种消极的情感反应的基础上，我们仍然可以对给定对象进行理性评价。”[2]前一段话给了我“跨学科”，特别是跨向与文学相距甚远的“自然科学”的勇气；后两段话给我提供了具体的“业务指导”，这些审美理论对做“旅游规划”非常有用。

目前我最感兴趣的是如何采用诗歌进行心理精神疗法的应用研究。它让我尝到了从事“专业”研究的乐趣，打破了流行的“新诗研究没有应用意义”的神话。我更品味到“跨学科”的酸甜苦辣，特别是“跨学科”研究的意义。诗歌方法不是我的独创，早在上个世纪 80 年代，心理学界就发现“书写表达”是心理干预的有效手段。“通过披露和表达与个人重要经历有关的感受和想法，由此促进心理健康的心理干预方法统称为书写表达。书写表达自 20 世纪 80 年代出现以来，逐渐发展为一种成熟的心理干预方法。研究结果显示，身体健康的个体参与书写表达可以长期有效地保持健康，降低焦虑和抑郁，提升自我调节能力和自我效能感。”[3]著名心理学家王利群在平时的心理咨询和 5·12 汶川地震期间的心理干预活动中，采用诗歌诵读等方式取得了很好的治疗效果。精神疗法源远流长，德国瑞士籍医生和哲学家帕拉塞尔苏斯(paracelsus1493—1541)有句名言：“你们应该知道，意志的作用在治疗中很重要。”[4]1930 年，著名传记作家斯蒂芬·茨威格在《精神疗法》一书的《引言》中梳理了精神疗法的历史：“第一个反对揭穿医疗奇迹面纱，反对医疗失去灵魂的，是帕拉塞尔苏斯。他以他那农民式的粗鲁举起棍棒发难反对‘医生’们，指控他们干巴巴的书本知识，反对他们把人体内的微观世界像人工制造的钟表一样拆卸开再拼凑到一起，……这个人的精神上的影响却似乎在时代的表层下继续发展，随后在 19 世纪初期的所谓‘浪漫’的医学中断裂开，这种医学是哲学—文学运动的一个分支，它再一次努力寻求肉体—精神的更高层次的统一。……通过浪漫派的医学，疾病，器官和治疗问题第一次重新被

〔1〕［美］马斯洛：《动机与人格》，许金声译，华夏出版社，1987 年，第 59 页。

〔2〕［波兰］英加登：《审美经验与审美对象》，［美］李普曼：《当代美学》，邓鹏译，光明日报出版社，1986 年，第 304 页。

〔3〕王永、王振宠：《书写表达促进身体健康》，《文摘报》，2010 年 4 月 8 日。

〔4〕［奥地利］斯蒂芬·茨威格：《精神疗法：梅斯梅尔、玛丽·贝克尔、弗洛伊德》，王威译，西苑出版社，1998 年，第 1 页。

当作一个整体来看待。”[1]“在治疗技术这个领域和其他领域一样，仅只凭借语言也可以无数次地发生真正的奇迹，仅仅通过许诺和目光，这种由人及人的交流信号，有时会在完全毁坏的器官中再一次凭借精神重建健康。”[2]“医学较为公正地观察着‘通过精神来治疗’的各种现象，并且终于对它们的规律性有了好奇心，……几百年以来，单方面研究人体的材质和形式的严密的科学已经追根穷底，这时，关于‘建筑了人体的精神’的问题又再一次提了出来。”[3]在前人的研究基础上，我开始了“诗歌的欣赏和创作与心理干预和精神疗法”的诗歌“应用研究”，取得了一些成果。

纵观30年来的文艺学界，不难发现“跨学科”研究有三个含义及三种方式：一是完全从一个学科跨入另一个学科，一些文学学者成为了传播学学者，文艺美学学者成了旅游美学学者；二是利用本学科的优势跨到其他学科研究其他学科，如一些文艺学家成了文化产业策划大师和旅游规划专家；三是采用其他学科的研究方法研究本学科。30年来文艺学“跨学科”研究主要是指利用其他学科的研究方法研究文学，取得了较大成绩，有“经验”也有“教训”。三种“跨学科”研究的理论观念与方法有相通之处，但也有差异。当前文艺学及诗歌理论界应该推崇“跨学科”研究，它可以拓展学科视野，产生新的学术增长点，使有些沉闷的文艺学焕发生机。“保罗·瓦莱里有一句很精彩的话‘世界只有凭借极端才有了它的价值，只有凭借平均才得以持续。’”[4]今天讨论“文艺学跨学科的理论观念与方法”，很有必要采用这句话来造句，造出文艺学“跨学科”的行动策略：“跨学科”只有凭借极端才有了它的价值，只有凭借平均才得以持续。

2010年6月18日-21日“回顾与展望——三十年来文艺学跨学科研究学术研讨会”；主办方：苏州大学文学院，中国文艺理论学会；地点：江苏苏州大学。

---

〔1〕［奥地利］斯蒂芬·茨威格：《引言》，斯蒂芬·茨威格：《精神疗法：梅斯梅尔、玛丽·贝克尔、弗洛伊德》，王威译，西苑出版社，1998年，第9-10页。

〔2〕［奥地利］斯蒂芬·茨威格：《引言》，斯蒂芬·茨威格：《精神疗法：梅斯梅尔、玛丽·贝克尔、弗洛伊德》，王威译，西苑出版社，1998年，第11页。

〔3〕［奥地利］斯蒂芬·茨威格：《引言》，斯蒂芬·茨威格：《精神疗法：梅斯梅尔、玛丽·贝克尔、弗洛伊德》，王威译，西苑出版社，1998年，第14-15页。

〔4〕［奥地利］斯蒂芬·茨威格：《引言》，斯蒂芬·茨威格：《精神疗法：梅斯梅尔、玛丽·贝克尔、弗洛伊德》，王威译，西苑出版社，1998年，第16页。

新诗诗体研究的成绩和问题

——诗体建设“伪话题”之争透析

摘　要：新诗是否应该有诗体？如何进行新诗的诗体建设？是采用格律诗还是自由诗？这些问题长期困扰着新诗。近年来诗体建设受到重视，也遭到一些学者的反对，甚至出现了诗体建设是“伪话题”的说法。诗体研究存在研究者偏执、研究方法落后、理论缺乏操作性等问题。诗体、诗体研究、诗体建设和诗体之争，具有诗学、政治学和伦理学的意义。意识形态泛化是当前新诗研究，特别是诗体研究及诗体之争的重大问题，导致了研究者的偏激。诗体之争的立场需要反思，论争方式更需要检讨，“诗体”“新诗”等基本概念混淆不清，导致诗体之争混乱和诗体建设策略杂乱。一些新诗学者的知识结构有问题。今日新诗理论界，既需要锐意改革者，更需要稳健甚至适度保守的建设者。今天的诗体之争，应该在“和谐”与“建设”，而不是在“革命”与“破坏”的心态和生态中进行。

关键词：诗体　诗体之争　自由诗　格律诗

可以用“热闹”甚至“繁荣”等词来描述近年来的新诗研究。仅以两组数据为例。一是诗歌理论研讨会众多，系列新诗理论研讨会有：“两岸四地当代诗学论坛”，两年一届，已举办了两届；“华文诗歌名家国际论坛”，两年一届，已经举办了三届；“21 世纪中国现代诗研究会”，两年一届，已举办了五届。近年各地纷纷举办诗会，有的也与理论研讨有关。仅在福建，就有“鼓浪屿诗歌节”，一年一届，已举办了五届；“海峡诗会”，一年一届，已举办了六届。二是研究著作、论文众多。2008 年出版的《中国诗歌研究动态》（第五辑）对 2007 年新诗创作和研究的成果数量作了比较详细的统计：刘福春的《新诗著作叙录(2007)年》[1]收录了 2007 年出版的新诗集 277 种、诗论集 34 种，乔婷婷等人的《2007 年新诗研究论文索引》收录了发表在公开刊物上的论文 1 278

〔1〕 刘福春：《新诗著作叙录(2007)年》，首都师范大学中国诗歌研究中心：《中国诗歌研究动态》第五辑，第 218－282 页。

篇。但是"繁荣"中存在"危机"。目前新诗研究基础研究薄弱,应用研究浮躁,严重缺乏具有操作性的诗论和既是真话又是行话的诗评。

从新诗诗体研究的成绩和问题,特别是问题中可以窥见新诗研究的"危机"。近年中国古诗诗体研究繁荣,出版了杨仲义的《汉语诗体学》《中国古代诗体简论》、张毅的《文学文体概说》、褚斌杰的《中国古代文体概论》、鄢化志的《中国古代杂体诗通论》等著作。近年新诗的诗体研究也出版了十多部著作,如吕进著的《新诗文体学》、吕进主编的《中国现代诗体论》、骆寒超的《20世纪新诗综论》、骆寒超和陈玉兰合著的《中国诗学——第一部形式论》、许霆的《旋转飞升的陀螺——百年中国现代诗体流变史论》、许霆与鲁德俊合著的《新格律诗研究》和《十四行体在中国》、王珂的《诗歌文体学导论——诗的原理和诗的创造》《百年新诗诗体建设研究》《新诗诗体生成史论》《诗体学散论——中外诗体生成流变研究》、周仲器和周渡合著的《中国新格律诗论》《中国新格律诗史论》……一些新诗史和新诗论著也涉及"诗体",如龙泉明的《中国新诗流变论(1917—1949)》、周晓风的《新诗的历程 1919—1949》、王光明的《现代汉诗的百年演变》、唐湜的《一叶谈诗》、蓝棣之的《现代诗的情感与形式》、吴开晋的《新诗的裂变与聚变》、公木的《公木诗学经典》、陈仲义的《扇形的展开——中国现代诗学谫论》、林于弘的《台湾新诗分类学》……由此可见诗体研究的成绩,如研究的全面深入、客观具体等。但是问题也是明显的,如研究者的偏执、研究方法的落后、理论缺乏操作性等。无论是个人还是群体,目前的诗体研究都处在"瓶颈"时期,急需超越,因此很有必要总结成绩和反思问题。

诗体建设"伪话题"之争显示出研究者的"偏执"

尽管诗体是诗的文体规范,在人类诗歌史上,形成了定型诗体和准定型诗体。汉语诗歌的"新诗革命"是在"诗体大解放"的口号下产生的,一直存在新诗诗体的格律化与自由化的极端对抗。但是新诗是否应该重视诗体建设?新诗的诗体建设应该重点建设格律体还是自由体?这些问题一直困扰着新诗研究者,直接影响到新诗的诗体研究。2009 年 8 月武夷山"现代诗创作研究技法"学术研讨会的主题是"现代诗创作研究技法",因为诗体是诗的技法的重要内容,自然成为诗论家们关注的"焦点"。"诗体""诗体建设""诗体重建"成了这次会议的"流行词"甚至"关键词",甚至出现了诗体建设是否是"伪话题"之争。

张炯在《开幕词》中说："这次会议来了很多名家，既有主张格律体的代表，也有提倡自由体的代表。"吕进、骆寒超是提倡格律诗的代表，吴思敬、叶橹是主张自由诗的代表。2004年10月29日，在首届"华文诗学名家国际论坛"上，吕进认为中国现代新诗正面临三大前沿问题：实现"精神大解放"以后的诗歌精神重建问题、实现"诗体大解放"以后的诗体重建问题和在现代科技条件下的诗歌传播方式重建问题。他认为："诗体重建是新诗二次革命的重要内容，新诗在多样诗体中，要完成两个美学使命——规范自由诗，倡导格律诗。"[1]但是吕进的论文《现代诗技巧的"有"与"无"》紧扣此次会议的中心议题"技法"，没有直接涉及"诗体"。骆寒超在发言中谈到很多人误读了他与吕进等人提出的"新诗二次革命"。他解释说"新诗二次革命"主张新诗要重视诗体重建、新诗的诗歌精神重建和新诗的传播方式重建，并非要完全革掉已有新诗的"命"。他会后提交的论文《诗的技巧系统》认为："诗的技巧体现在两个方面：生活概括与艺术表现。前者因此可称为概括的技巧，后者则叫表现的技巧。……表现的技巧偏于文本的构成，建基于诗人对物质材料的审美选用，这可是对主体生活诗化呈示能力的考验，具体表现为语言与体式。"[2]

吴思敬的发言题目和会后提交的论文题目都是《新诗应该是自由诗》，显示出他对自由诗的重视。他认为："'自由'二字可说是对新诗品质的最准确的概括。这是因为诗人只有葆有一颗向往自由之心，听从自由信念的召唤，才能在宽阔的心理时空中任意驰骋，才能不受权威、传统、习俗或社会偏见的束缚，才能结出具有高度独创性的艺术思维之花。而对废名'新诗应该是自由诗'的理解，恐怕也不宜把'自由诗'狭隘地理解为一个专用名词，而是看成新诗应该是'自由的诗'为妥，所谈的与其说是一种诗体，不如说是在张扬新诗的自由的精神。'新诗应该是自由诗'标明了自由诗在新诗中的主体位置。……至于现代格律诗，是在新诗诞生后出现的，在某种程度上，也是为了纠正自由诗过于自由的偏颇而出现的，因此不像传统的格律诗，经过了漫长的酝酿与实践过程，而主要是由一些热心为新诗建立规范的人精心加以设计

〔1〕 吕进：《诗歌的外形式与诗体》，吕进：《中国现代诗体论》，重庆出版社，2007年，封底。

〔2〕 骆寒超：《诗的技巧系统》，21世纪中国现代诗第五届研讨会暨"现代诗创作研究技法"学术研讨会论文，未刊稿。

的。因此现代格律诗所具有的先天性不足，就是公用性与稳定性的缺失。"[1]叶橹的发言具有诗评家的直率与锋芒。他在发言中的"伪话题"一词把"诗体之争"推向了高潮。他的《形式与意味》认为："有关'诗体建设'、'诗体重构'的议论依然时起时伏。这些理论的提倡者虽然都是学养有素的学者，但是我却觉得他们是不是把精力浪费在一个'伪话题'的理论上了……真正意义上的现代诗写作，在强调自由精神的同时，更着意于它的创造精神。……只要是富于诗性意味的写作，特别是能够写出人们公认的好诗来，任何一种诗体都是有它的存在的理由和价值的。从根本上说，诗体不是决定诗的真正价值的决定性因素，只有诗性的意味才是我们判断一首诗的真正价值的标准。"[2]

在中青年学者中也出现了诗体之争。有的支持格律诗，有的支持自由诗，有的两者兼顾或偏向格律诗，或偏向自由诗。鲍昌宝的《新诗创作技法：问题与意义》认为自由诗体与格律诗体的探讨一直贯穿新诗理论发展的全程，试图为新诗建立一种新格律体的本能和冲动在各个时期都有表现，但新格律体诗歌仍然不能令人满意，自由诗体至今仍是新诗的最主要形式。曹万生的《现代汉语诗学：诗美的衰减与变形》认为在1930年代在《大公报·文艺副刊·诗特刊》与《新诗》上开展的大规模新诗形式的讨论，都谈到了西方诗学在语言特别是音韵、节奏、韵律的多种区别。其中罗念生的讨论尤具现代汉语诗学的多音节的语言诗学意义，但新诗散文化的方向，并没有得到多数人的认同，艾青从整个趋势上讲，是孤立的。但艾青是有意义的，这个意义在于揭橥了新诗独特的诗美，尽管这一诗美不容易实现。

姜耕玉觉得对自由诗的过分倡导会助长新诗诗人极端追求"自由"的不正之风。他在"老专家论坛"上的"自由发言"中，以《拯救新诗的语言弊端》为题反驳了叶橹、吴思敬等人的"新诗应该是自由诗"的观点。他认为"自由"，无拘无束、散漫无纪的自由是五四诗体革命对旧诗词的彻底摧毁的成果，诗人对语言的把握和处理，特别是如何"在诗上面"下工夫，在最大限度地发挥汉语词汇组合所特有的诗意结构效果中获得自由，实际上是不自由的。

十多年来我一直从事新诗诗体研究。2004年5月8日，我在著作《新诗

---

〔1〕 吴思敬：《新诗应该是自由诗》，21世纪中国现代诗第五届研讨会暨"现代诗创作研究技法"学术研讨会论文，未刊稿。

〔2〕 叶橹：《形式与意味》，21世纪中国现代诗第五届研讨会暨"现代诗创作研究技法"学术研讨会论文，未刊稿。

诗体生成史论》的后记中表明自己的观点:“十年来我大力‘鼓吹’现代汉诗的诗体重建,强调适度规范诗的形式,建立新诗的常规诗体。……在1997年武夷山召开的‘现代汉诗国际学术研讨会’上,我第一次提出了要加强现代汉诗的诗体建设。与很多学者,特别是老学者不同的是,我认为现代汉诗的主导诗体应该是‘准定型诗体’而不是‘定型诗体’,并不认为新诗必须走‘律化之路’。准确地说:我是自由诗与格律诗之间的中间派,稍稍偏向格律诗派,但是我与格律诗派有质的差异:格律诗派更重视现代汉诗的音乐形式建设,我更重视诗的视觉形式建设,我的‘诗体’主要是指诗的排列形式等显性形体,诗的音乐性,特别是表面的音乐性居于次要地位。”[1]为了反驳叶橹的“诗体建设”是“伪话题”这一尖锐观点,我特地向大会提交了一万五千字的长文《新诗要适度重视音乐形式高度重视排列形式——新诗技法研究的策略和方法举隅》。文章认为:“对诗体的重视实质上是对语体的重视,对语体的重视实质上是对语言的重视,这一切都可以归结为对诗的语言形式及话语结构甚至诗的做诗技法的重视。狭义的诗体指一首诗的外在形体及表征,主要指包括诗的音乐形式和诗的视觉形式的诗的形式规范及诗的体式;广义的诗体指在诗家族中按形体特征划分的个别具体类型,甚至还可以用诗体来指称某位诗人在诗的句法、文法上形成的风格。建设诗体的意义不仅在于建立相对的规则和标准,更在于通过强调诗体可以强化诗人的技巧意识,提高诗的创作难度,最后提高新诗的艺术品位。重视诗体不仅具有诗学意义和美学意义,还具有伦理学和政治学的意义。对精致诗体的追求可以影响到人们对精细的、完美生活的追求,建立以准定型诗体为主导、以定型诗体格律诗体和不定型诗体自由诗体为辅助的新诗的诗体格局,在某种意义上是‘民主集中制’的政治生活格局的翻版,是社会对宽松而有节制的‘上层建筑’的追求。”[2]

诗体建设是否是“伪话题”之争从2009年8月持续到现在。到2010年夏天,似乎到了白热化状态。《江苏大学学报》连续发表论文反驳“诗体建设是‘伪话题’”观点。周仲器长期致力于新格律诗的研究和推广,他在近作《新诗十批判书·后记》中写道:“我一再说,新诗并不是没有内容的问题,而是它比其他文学样式多了一个形式问题,就是新诗不成形。有人偏偏认为,新诗就是自由诗,既然写新诗是自由的,爱怎么写就怎么写,也就没有艺术的限

〔1〕 王珂:《新诗诗体生成史论》,九州出版社,2007年,第444页。

〔2〕 王珂:《新诗要适度重视音乐形式高度重视排列形式——新诗技法研究的策略和方法举隅》,21世纪中国现代诗第五届研讨会暨“现代诗创作研究技法”学术研讨会论文,未刊稿。

制，可以不要形式美，不要音乐美，不要诗体，不要韵律，不要诗家语。其结果必然导致散文化，即所谓诗的散文美。而诗的散文化或诗的散文美，又与诗的形式的自由化相结合，混淆了诗歌与散文的界限，严重地影响了中国现代白话诗的发展。"[1]2010年4月22日，周仲器在博客上以《录此存照》为题写道："近日看文学报2010、4、8二版，又见到叶橹先生了，又看到他和过去一样口气的高论：'在我看来，诗体建设是一个伪话题。国内的理论家总是试图建立一种统一的理论，给诗人制定某一种形式。实际上，这种努力往往是徒劳的。'叶先生是名人，是权威人士，活跃得很，有一呼百应的能量。我由此也明白：一边是建设，一边是破坏。这就是诗歌经历一百年还没有长足进步的主要原因。世界上至少有几千种诗体存在过，为什么今天就不能建设诗体了？……1998年第6期《雨花》上，他就发表过一篇奇文，叫《形式的困惑》。奇就奇在叶先生认为讨论诗的形式美问题是多余的。"[2]

尽管我的学术观点与他们都不同，尤其是不赞成新诗诗体的格律化和自由化的对抗，但是周仲器与叶橹都是我尊敬的前辈。读了十分尖锐的《录此存照》后，2010年5月2日，我给周仲器发了一封邮件："周老师：叶橹先生的观点我是不赞成的，本来武夷山会议我是主办者，只想为大家服务，没有准备写文章，因为读了他的'诗体建设是伪话题'论文，特地写了一篇长文反击他。姜耕玉先生也大力反驳了他。但是叶先生的观点也有价值，可以令我们这些搞诗体研究的思考。我与他私交很好，这次在扬州开会，十分繁忙，我还专门去拜见了他。他说他也不是极端反对格律诗。我认为他是将政治自由与艺术自由等同了，因为他们这一代，特别是他长期生活在政治不自由状态中，所以想通过艺术自由来追求政治自由，这一点是可以理解的，但是作为诗歌理论家，首先应该站在艺术上而不是政治上发言，这是他的'问题'所在。"

"诗体"之争的意义和问题

"诗体之争"是一个老生常谈的话题，甚至可以说百年新诗史就是自由化与格律化对抗的诗体论争史。最有名的两次大讨论发生在20世纪20年代中期和50年代中期。这是第三次大的"诗体之争"。这一次更尖锐，特别是

〔1〕 周仲器：《新诗十批判书·后记》，http://blog，sina，com，cn/s/blog_50a310760100ha54，html? retcode=0.

〔2〕 周仲器：《录此存照》，http://blog，sina，com，cn/s/blog_61d36cba0100hwcn，html.

"伪话题"一词非常"刺耳"。众多新诗学者卷入这场争论本身就说明诗体建设的必要性,更说明诗体建设需要慎重进行。

新格律诗(现代格律诗)是新诗唯一的准定型诗体。我的硕士生导师邹绛先生选编的《中国现代格律诗选》(重庆出版社,1985 年版)仅在 1919 - 1984 年间就选出了胡适等新诗诗人创作的新格律诗 300 多首。邹绛分为 5 大类型[1]:一、每行顿数整齐,字数整齐或不整齐者。二、每行顿数基本整齐,字数整齐或不整齐者。三、一节之内每行顿数并不整齐,每节完全对称和基本对称者。四、以一、三两种形式变化者。以上四种类型诗都有有规律的押韵。五、每行顿数整齐或每节互相对称,但不押韵或没有一定的押韵格式者,有的每行顿数并不整齐而节与节互相对称者。

近期诗体建设"伪话题"之争实际上是新格律诗"成败"之争的延续。1926 年堪称"新格律诗"建设年,以闻一多为代表的新月诗人共在《晨报副刊》上发表了《诗的格律》(闻一多)、《论诗的音节》(饶孟侃)等重要论文和著译诗作 86 首。徐志摩在 1926 年 4 月 1 日的《诗刊弁言》中发出号召:"要把创格的新诗当一件认真事情做……我们信我们这民族这时期的精神解放或精神革命没有一部像样的诗式的表现是不完全的,我们信我们自身灵里以及周遭空气里多的是要求投胎的思想的灵魂,我们的责任是替它们构造适当的躯壳,这就是诗文与各种美术的新格式与新音节的发见;我们信完美的形体是完美的精神唯一的表现。"[2]但是徐志摩仅在发出号召两个月后,就在 1926 年 6 月 10 日的《诗刊放假》中无奈地说:"说也惭愧,已经发现了我们所标榜的'格律'的可怕的流弊!谁都会运用白话,谁都会切豆腐似的切齐字句,谁都能似是而非的安排音节——但是诗,它连影儿都没有和你见面!"[3]叶公超 1937 年 5 月在《文学杂志》创刊号上发表了新诗理论史上的重要文章《论新诗》,竭力为格律辩护,主张诗人要承担起创设格律的重任:"我们可以肯定地说,格律是任何诗的必须条件,惟有在适合的格律里我们的情绪才能得到一种最有力量的传达形式;没有格律,我们的情绪只是散漫的、单调的、无组织的,所以格律根本不是束缚情绪的东西,而是根据诗人内在的要求而

[1] 邹绛:《中国现代格律诗选 1919 - 1984》,重庆出版社,1985 年,第 28 页。

[2] 郑振铎:《中国新文学大系 · 文学论争集 1917 - 1927》;影印本,上海文艺出版社,1981 年,第 333 页。

[3] 郑振铎:《中国新文学大系 · 文学论争集 1917—1927》;影印本,上海文艺出版社,1981 年,第 336 页。

形成的。假使诗人有自由的话,那必须就是探索适应于内在的要求的格律的自由,恰如歌德所说,只有格律能给我们自由。"[1]废名1943年在《文学集刊》第一集上发表的诗论的题目就是《新诗应该是自由诗》。文章的最后几句话十分鲜明:"我们的新诗应该是自由诗,只要有诗的内容然后诗该怎样做就怎样做,不怕旁人说我们不是诗了。"[2]1954年4月11日,何其芳给出现代格律诗定义:"我们说的现代格律诗在格律上就只有这样一点要求:按照现代的口语写得每行的顿数有规律,每顿所占时间大致相等,而且有规律地押韵。"[3]1985年邹绛说:"现代格律诗虽然讲究有规律的节奏,有规律的押韵,但并不是高不可攀的东西,写现代格律诗要比写旧体诗词容易得多了。有些写惯了自由体的诗人不是在无意间也写出了符合现代格律诗要求的作品么?"[4]万龙生等人于1986年在重庆召开的"新时期诗歌研讨会"上反对把自由诗作为新诗的同义语,呼吁发展现代格律诗。20年来万龙生、黄淮、周仲器、王端诚等人"坚守"新格律诗。2010年3月28日,重庆市作家协会、重庆市诗词学会等6家单位联合举办了"王端诚格律体新诗研讨朗诵会",研讨了世界文化艺术出版社2010年出版的王端诚的格律体新诗集《枫韵集》。万龙生评论说:"这样的针对专人作品的格律体新诗研讨会在国内也是罕见的,其意义已经超越出了其作品本身。"[5]

新诗史上的很多次争论,特别是近年诗坛的争论大多是与意识形态休戚相关的"话语权之争",如80年代的朦胧诗之争和90年代的知识分子写作与民间立场写作之争,常常是越争论越缺乏学理。但是"诗体之争",特别是这次诗体之争,却具有较大的学术价值。参与争论者如叶橹所言都是些"学养有素的学者",尽管一些学者有些意气用事,发出的声音比较尖锐,但是仍然采用的是"有理、有据、有节"的学术方式。透过学者们的争论,不仅可以了解新诗研究及创作的现状,特别是新诗研究界的热点话题,还可以弄清新诗的文体特征和文体价值,更可以发现新诗诗体研究的成绩和问题。

不可否认"诗体之争"是诗歌内部之争,具有较多的学理性和学术性,但

---

〔1〕 叶公超:《论新诗》,陈子善:《叶公超批评文集》,珠海出版社,1998年,第50-51页。

〔2〕 废名:《新诗应该是自由诗》,废名:《论新诗及其他》,辽宁教育出版社,1998年,第23页。

〔3〕 何其芳:《关于现代格律诗》,何其芳:《何其芳文集》,四川人民出版社,1979年,第153页。

〔4〕 邹绛:《中国现代格律诗选1919-1984》,重庆出版社,1985年,第30页。

〔5〕 万龙生:《主持人语》,《东方诗风》2010年第4期,第5页。

是如同文体的政治潜能是文体进化的巨大动力,“诗体之争”在一定程度上也是“意识形态之争”,是“话语权之争”。在不同国度的诗歌的诗体生成历史中,新诗体的出现与繁荣主要有以下三种方式:一是由人民大众创造诗体。二是由官方制定倡导诗体,如科举考试制定的“试帖诗”。“功能决定文体,文体反映功能。”[1]“汉文文体的发展和这条读书做官道路密切相关。汉赋、唐诗、宋文都为做官扬名所必需。”[2]如果没有实行了1 300多年的科举制度,定型诗体格律诗不可能成为古代汉诗的垄断性诗体。20世纪新诗流行,毛泽东主席却大写古诗词,毛主席诗词被神化,几乎到了家喻户晓的程度,一些文人还主动到民间宣讲,如1975年冬天毛泽东的《水调歌头·重上井冈山》发表时,我的父亲王东君是正受政治迫害的文人诗人,只是一位中学语文老师,还于当年春节,主动到四川东部的小山村宣讲它。当时那些不识字的农民不知新诗为何物,却通过学习毛泽东诗词知道了古诗。在相当长时期内,陈毅、朱德等一批老帅,甚至郭沫若等新诗开创者也争写古诗。尽管毛泽东1957年1月27日给《诗刊》社主编臧克家等人的信中自谦地说:“这些东西,我历来不愿意正式发表,因为是旧体,怕谬种流传,贻误青年……诗当然应以新诗为主体,旧诗可以写一些,但是不宜在青年中提倡,因为这种体裁束缚思想,又不易学。”[3]但是旧诗还是流行开来。新格律诗在20世纪六七十年代成为主导诗体,与毛泽东写古诗词休戚相关。三是如同英雄创造历史,由著名诗人创造诗体。如古代希腊女诗人萨福创造了萨福体,流传了数千年。沈约更是为定型诗体格律诗体的建立作出了特殊贡献。如果没有陆志韦、孙大雨、闻一多、徐志摩、朱湘、何其芳等人,新诗也不会有准定型诗体新格律诗。20世纪中期格律诗流行,既与何其芳等名诗人的倡导有关,更与官方的倡导有关。当时官方主张新诗走民歌道路,民歌体实际上是松散的格律体。何其芳当时也有“官方文人”甚至“文人领导”的特殊身份。

政治同样也渗透进近年的“诗体之争”及诗体研究中。2009年8月19日,在武夷山“现代诗创作研究技法”学术研讨会上,我坦言自己长达十多年的诗体研究并非纯粹的学术研究,有政治目的甚至政治野心。我呼唤诗体的民主政治,正是在呼唤社会的民主政治;我主张建立“以准定型诗体格律诗体

---

〔1〕 金克木:《八股新论》,启功、张中行、金克木:《说八股》,中华书局,2000年,第101页。

〔2〕 金克木:《八股新论》,启功、张中行、金克木:《说八股》,中华书局,2000年,第101页。

〔3〕 毛泽东:《致臧克家等》,杨匡汉、刘福春:《中国现代诗论》下编,花城出版社,1986年,第68页。

为主导的常规诗体”，正是想建设宽松而有节制的“上层建筑”。正如我在《〈新诗诗体生成史论〉后记》中写道：“多年来，我一直在追问：为何我们一家三代都与‘诗’有不解之缘？诗到底有何用处？诗人在出现生计问题时，应该怎么办？我爷爷、我父亲和我，在20世纪的不同时期都躲不开这个问题。爷爷、父亲都是格律体古诗迷，我却一直和他们对抗，以写自由体新诗为荣，这种对抗是否合理？是否过分极端？……由‘家’联想到‘国’，很自然地，这本书关心的核心问题便出来了：新诗是如何生成的？新诗革命是否合理？新诗革命的方式是否正确？中国的诗歌以及中国的政治、文化等诸多方面的改革，是否应该走改良主义的道路？尽管这些问题我的其他两本专著都有涉及，但是都没有像这本书这样‘畅所欲言’。准确地说：写作这本书，我享受到了三大快感：冥思苦想闭门造车大胆立论的快感；旁征博引钻故纸堆小心求证的快感；醉翁之意不在酒，借研究‘新诗的生成及新诗的诗体建设’这个学术问题来反思个人和国家的命运的快感。”〔1〕我还在此书的封底上写道：“文体的生成是错综复杂的，新诗更具有中外文体史，特别是诗歌史上的新文体出现时少有的复杂性。新诗是多元发生的文体，既有诗的原因，更有非诗的因素，甚至非诗的原因更重要。……在新诗已经有了百年历史的今天，探讨这种文体是如何生成的，不仅有助于理解这种文体为何具有这样的文体形态和文体特征，有助于客观正确地评判这种文体的价值，还有助于理解为何会发生‘新诗革命’这样的中外诗歌史和中外文体演变史上都前所未有的文体大革命，更有助于理解中国文人在特定历史时期的生存观和价值观。一种文体在某种程度上是一代文人、一段历史、一个社会的‘缩影’或‘象征’。”〔2〕

由此可见，诗体、诗体研究、诗体建设和诗体之争，不仅具有诗学的意义，更具有政治学和伦理学的意义。意识形态泛化是当前诗歌研究，特别是诗体研究及诗体之争的重大问题，导致了研究者的偏激。正如20世纪80年代的美学之争，严重缺乏思想自由甚至人生自由的人格外追求“自由”，喜欢把不同领域的“自由”相提并论。曾经在大西北受过政治迫害的高尔泰甚至提出了“美是自由”的主张。当时引起了很多人的共鸣。今天看来，“美是自由”的结论与探讨“美的本质”并无多大关系，甚至可以称为“伪命题”。今天很多学者，特别是曾经长期生活在专横政治中的老学者仍然接受这个观点，甚至把

〔1〕 王珂：《〈新诗诗体生成史论〉后记》，王珂：《新诗诗体生成史论》，九州出版社，2007年，第444页。

〔2〕 王珂：《新诗诗体生成史论》，九州出版社，2007年，封底。

它转用到诗上。如吴思敬认为："美是自由的象征，对诗美的追求就是对自由的追求，对人的解放的追求。自由诗以其内蕴的本原生命意义，确立了开放性的审美特征。公用性与稳定性的缺失使现代格律诗难于与自由诗相抗衡。"[1]

我完全能够理解也能够接受"对诗美的追求就是对自由的追求"的观点。诗体的自由化，不仅源自人喜新厌旧的天性和人的破坏欲产生的创作自由，还受到语言的保守性导致的语言革命的影响。人追求自由的天性赋予了诗人的文体独创性，这是整个人类诗歌，特别是中国新诗出现"诗无常体"甚至"自由诗"在20世纪成为汉语诗歌的"垄断性"诗体的重要原因。诗人有追求自由的本性，还有喜新厌旧的天性和创造的本能。卡伦说："自由是一种精神，而精神是不能被驯服且拒绝为他物所驱使的；它曾经使艺术始终朝着生命之亘古荒原的边界进发，并作为探索生命的激情和行动的拓荒者而生存下来。由于它功名显赫，因此，我们把一位艺术家而不是其他人的工作称之为创造。"[2]但是诗体的适度规范并不一定会剥夺掉诗人做人甚至做诗的自由，如歌德所言法则可以给自己带来自由，适度规范诗体完全有可能让诗人在创作中获得更大的自由，在创作生活中获得的自由会增加在政治生活中的自由。

但是"新诗应该是自由诗"是国人在缺乏政治自由的特殊时代极度推崇自由的产物。新诗一开始就被迫充当了政治激进主义和文化激进主义的"替罪羊"，长期成为政治革命和文化革命的"工具"。1925年新诗已经由激进的草创期进入认真的建设期，长虹还极端地主张："想从事新文学工作的人，第一，必须先去发见自己的生命，先从自己中把由历史与社会所传习的东西尽量驱逐出去，以救出遗失了的生命。如是，则新文学的创作者，必须同时是一个反抗者了。"[3]1928年仲云也认为："据我所观察现代的时代精神及中国的现状，新文艺的建设似当以下三事为准：一、文艺的进化；二、革命的精神；三、世界主义的倾向。"[4]在20世纪，青春期写作流行，革命激情泛滥，导致"自由诗"盛行，诗体规范及诗体建设通常被视为保守，甚至是"革命"的对象。

〔1〕 吴思敬：《新诗应该是自由诗》，21世纪中国现代诗第五届研讨会暨"现代诗创作研究技法"学术研讨会论文，未刊稿。

〔2〕 [美]H. M. 卡伦：《艺术与自由》，张超金、黄龙宝等译，工人出版社，1989年，第6页。

〔3〕 长虹：《新文学的希望》，《莽原》1925年第五期。

〔4〕 仲云：《新文艺的建设》，《文学周报》，第四卷，开明书店，1928年，第81－87页。

随着“五四”新文化运动的深入及对传统的全盘否定，不仅否定了古代汉诗已有的诗体，外国诗歌也常有的诗应该有“诗体”的诗观也被否定，出现了“作诗如作文”“诗是写出来的，不是做出来的”等极端自由诗观，“新瓶装旧酒”这一白话诗运动的口号也就失去了意义，“作诗如作文”实质是“新诗无体”“诗文无别”，不仅是对“旧瓶”(旧诗体、旧诗法)的摒弃，也是对“新瓶”(新诗体)的否定，白话诗运动的结果是打碎了“旧瓶”，也无心更无力制造出“新瓶”。

时过境迁，今天新诗的功能和国人的生存方式都发生了巨变，新诗的文体也应该随之变化。“时运交移，质文代变，古今情理，如可言乎！……故知歌谣文理，与世推移，风去于上，而波震于下者。”[1]20 世纪是“革命”的时代，将政治自由与诗体自由混为一谈无可厚非，具有历史的“合法性”和“合理性”，自由诗也完全具有文体的“合法性”和“合理性”。21 世纪是建设的“时代”，是政治与艺术、政治自由与艺术自由应该适度分离的“和谐”时代。不同世纪的“诗体之争”在方法上和内容上都应该有质的区别。透过近期的“诗体之争”，特别是诗体建设是否是“伪话题”之争，却发现政治，特别是“独裁政治”的幽灵仍然在诗坛徘徊。尽管参与论争的学者，特别是主张自由诗和主张格律诗的学者都在文章或者发言中声称不走“极端”，但是不难发现一些学者仍然不由自主地采用 20 世纪的“非此即彼”“二元对立”的“对抗性”思维，总是“一分为二”地看问题，甚至保留了 20 世纪，特别是阶级斗争为纲的“运动”时代的“斗争”意识，一些学者不仅没有进入后现代社会的“解构主义”时代，具有“解构主义”思想，甚至缺乏现代社会的现代公民应该具有的“民主意识”，甚至可以结论说：今日新诗理论界并没有形成真正的“民主政治”。一些学者死守“吾爱吾师，吾更爱真理”这句名言，自以为真理在手，愿意为捍卫真理牺牲一切，甚至会为维护自己的“信仰”不择手段。却忘记了另外一句更应该在民主社会流行的名言：“海纳百川，有容乃大。”我举办武夷山会议，邀请到各帮各派，正是因为我提出了不仅要“以粮为纲”，还要主张“与敌人也要做生意”。因此尽管近年“重建诗体”的口号响彻诗坛，各家各派的构建策略却多有偏颇，总是有学者极端强调新诗的格律化，有学者极端主张新诗的自由化，在理论界，格律化和自由化的对抗比创作界严重。

诗体之争的立场需要反思，论争方式更需要检讨。可以用俗语“张飞打

---

〔1〕［梁］刘勰：《文心雕龙 · 时序》，周振甫：《文心雕龙今译》，中华书局，1986 年，第 250 页。

岳飞，打得满天飞”来描述诗体之争的现状。学者之间、学派之间严重缺乏层次清晰的交流平台，“闭门造车”的学术方式和“老死不相往来”的生活方式极大地影响了论争的客观、全面和深入。一些学者不读对方的文章，甚至不认真听对方的发言，更不愿意去弄清一些基本概念，如一些学者积极参与“诗体之争”，却不愿意花精力去回答最基本的问题“何为诗体”，更不愿意仔细研究论争对手的“诗体”观。不同学者的诗体观甚至是风马牛不相及的，却开始“你来我往”地进行“你死我活”的论争，当然会产生“秀才遇见兵有理说不清”的感觉，最后出现不愿对话甚至不屑对话的结果，导致论争不了了之。

基本概念混淆不清，基本术语模棱两可，研究对象和关注重点千差万别，导致诗体之争的学术品位很低和争论效果很差。最大的问题是新诗诗体研究者，特别是参与诗体之争的学者对“诗体”的理解差异太大。分类是人的本能和社会的本能。“当研究宗教和神话思想的某些特殊的原始形式(例如图腾社会的宗教)时，我们会惊异地发现，原始心灵对于它周围自然力量的辨别和划分，赋予它秩序和类别，其感受的愿望和需要已经达到一种很高的程度。”[1]人的分类本能却常常无法确定新文体在属类中的准确位置。以诗的定义为例，如黑格尔所言：“凡是写过论诗著作的人几乎全都避免替诗下定义或说明诗之所以为诗。事实上如果一个人事先没有研究过什么才是一般艺术的内容和表象方式，一开始就谈诗之所以为诗，就想确定诗的真正本质，那确是很困难的。”[2]惠特曼也结论说：“我认为，没有哪一个定义能把诗歌这一名称容纳进去，任何规则和惯例也不会是绝对可行的。只会有许多的例外出现不顾定义，推翻定义。”[3]对诗都无法下定义，对诗体下定义就更难了。

下面四个“诗体”的定义虽然有相同之处，如都重视诗体的形式特征，但是差异十分明显。这是导致诗体之争混乱和诗体建设策略杂乱的主要原因。周晓风认为：“所谓诗体，指的是诗歌的具体存在方式，但它又不等于一般所说的诗歌体裁，而是还包含了更为丰富的内涵。具体说来，这种诗体由以下三方面因素协调构成：一是诗人的主观审美倾向，它在很大程度上决定了诗人的主观作风及其对于表现材料的选择；二是诗人所选取的题材、主题的审美品质，如讴歌爱情与怀念乡土的题材或主题就具有不同的审美品质；三是

〔1〕［德］恩斯特·卡西尔：《国家的神话》，范进、杨君游、柯锦华译，华夏出版社，1990年，第16页。

〔2〕［德］黑格尔：《美学》，第3卷，下册，朱光潜译，商务印书馆，1981年，第17－18页。

〔3〕［美］惠特曼：《惠特曼散文选》，张禹九译，山西人民出版社，1984年，第28页。

诗人所运用的言语结构，它既是一首诗作所要表现的思想情感内涵的载体，它本身所形成的文体风格又是作品总体美学风格的重要构成因素。……上述三方面因素通过诗人的创造性努力结合在一起，便构成了具体的'诗体'。这种诗体既可以说是诗歌作品的言语结构模式，但又不仅仅是所谓的'形式'，而是还具有某种本体的意义。"[1]王珂认为："狭义的诗体指任何一首诗都具有的外在形态及表面形体。广义的诗体指在诗家族中按形体特征划分的具体类型，即非个人化的、具有普遍性的常规诗体（常体），如英语、法语、意大利语诗歌中的十四行诗体（sonnet）、古代汉诗中的格律诗和现代汉诗中的新格律诗。诗体更多是指约定俗成的诗的常规形体，如定型诗体和准定型诗体。即诗体是诗的形体范式，是诗的体裁属性的具体的显性表现，是对诗的形式属性制度化后的结果，即规范化、模式化的诗的语言秩序和语言体式，具有制定作诗法则的意义。"[2]吕进认为："审美视点是内形式；语言方式是外形式，即诗的存在方式。从内形式到外形式，或曰从寻思到寻言，这就是一首诗最初的生成过程。诗体，是诗歌外形式的主要元素。"[3]"诗体是诗的音与形的排列组合，是诗的听觉之美和视觉之美的排列组合。诗歌文体学就是研究这个排列组合的形式规律的科学。从诗体特征讲，音乐性是诗与散文的主要分界。从诗歌发生学看，诗与音乐从来就有血缘关系。"[4]"如果说，韵式是诗体属于听觉的美；那么，段式就是诗体属于视觉的美。"[5]吴思敬认为："所谓诗体，是具有稳定构造、标志诗的类别形式的特殊的符号系统。诗体的基本特征就是公用性，集中反映了诗体自身所具有的形式方面的特征。一种诗的体裁只有不仅被开创者自己，而且也被当时和后代的许多诗人所接受并共同使用，才能成为真正意义上的诗体。与公用性相伴而来的是诗体的稳定性，就是说，诗体具有相当稳定的、可以重复出现的特点。诗体由于它与具体内容无涉，可以从具体内容中抽象出来，这也恰恰造成了诗体的相对稳定性，某一种诗体形成后可以持续几十年、数百年不变。我国的近体诗和词，就是

---

〔1〕 周晓风：《新诗的历程——现代新诗文体流变（1919－1949）》，重庆出版社，2001年，第5－7页。

〔2〕 王珂：《新诗诗体生成史论》，九州出版社，2007年，第424－425页。

〔3〕 吕进：《诗歌的外形式与诗体》，吕进：《中国现代诗体论》，重庆出版社，2007年，第3页。

〔4〕 吕进：《诗歌的外形式与诗体》，吕进：《中国现代诗体论》，重庆出版社，2007年，第9页。

〔5〕 吕进：《诗歌的外形式与诗体》，吕进：《中国现代诗体论》，重庆出版社，2007年，第12页。

发展最为完善的格律诗,其公用性和稳定性是极其明显的。”[1]

骆寒超和陈玉兰虽然不使用“诗体”一词,却有独特的“诗体观”和诗体构建策略:“中国新诗在20世纪走过了近90年的探求历程。由于它至今尚未定型,所以这一诗国新生事物在中国诗歌史上是否定位得下来似乎还是个未知数。有鉴于此,21世纪的中国新诗再不能让它仍像一缕游魂样飘浮不定必须定型了。……我们必须把新诗的形式建设分两步走:第一步是造出几条形式规范的原则,并且作为‘诗教’普及到全社会;第二步,在这几条规范原则作用下,未来的新诗的节奏体系建设也就可以展开了。展开的逻辑起点则是:把新旧两大节奏形式体系从二元对立转为二元统一。……我们认为今后的新诗建设应有如下共识:在不违反已定形式原则的前提下,今天新诗诗坛要鼓励大家既采用回环节型形式写格律体新诗,也采用推进节奏型形式写自由体新诗。而尤其要提倡写这两大形式体系综合而成的兼容体新诗。”[2]

诗体论争还反映出一些新诗学者的知识结构有问题。这也可以归罪于现行的学术体制,专业分得太细。可以把现阶段的新诗研究者分为三种人:新诗史家、新诗理论家和新诗评论家。三者的知识结构、思维习惯甚至参与论争的话语方式都截然不同,并且各自都有“优越感”。这不但导致论争的自言自语、自得其乐和自以为是,而且会导致论争者的敌对情绪,把学术之争升级为政治之争,诗坛上的很多次学术之争都不幸沦为政治之争,学派之争沦落为帮派之争,如朦胧诗论争。虽然已过了30多年,一些当事人的人际关系还没有被完全修复。

1997年在武夷山“现代汉诗国际研讨会”上,一些从事新诗史和新诗理论研究的老学者感叹:“新诗正离我们远去。”当即遭到一些从事新诗创作和评论的年轻学者的反驳:“你们正离诗远去。”在诗体论争中,明显发现一些学者不但“离诗远去”,还“离新诗研究”远去,他们对新诗创作和新诗研究,特别是诗体研究的进程并不了解,没有意识到更没有能力做到“与时俱进”。很多人不知道今日的“新诗”与“诗体”都在发生日新月异的变化。我认为应该这样回答“何为当前的新诗”:新诗包括内容(写什么)、形式(怎么写)和技法(如何写好)。内容包括抒情(情绪、情感)、叙述(感觉、感受)和议论(愿望、冥

---

〔1〕 吴思敬:《新诗应该是自由诗》,21世纪中国现代诗第五届研讨会暨“现代诗创作研究技法”学术研讨会论文,未刊稿。

〔2〕 骆寒超、陈玉兰:《中国诗学:第一部形式论》,中国社会科学出版社,2009年,第730页。

想)。形式包括语言/语体(雅语:诗家语/陌生化语言、书面语和俗语(口语、方言)和结构/诗体(外在结构:句式、节式的音乐美、排列美,内在结构:语言的节奏)。技法包括想象(想象语言的能力、想象情感的能力和想象情节的能力)和意象(集体文化意象、个体自我意象、自然契合意象)。对技法、情绪、叙述、方言、诗体等方面的重视既是新诗"守常"的结果,更是"应变"的结果。它们正成为新诗重要的文体特征和文体价值,在新诗创作中越来越重要。可以用一句话来概括这个新诗观:新诗是采用抒情、叙述、议论的方式表现情绪、情感、感觉、愿望和冥想,重视语体、诗体、想象和意象的现代汉语抒情艺术。但是很多新诗学者仍然坚持一百多年前华兹华斯的"诗的定义":"诗是强烈情感的自然流露。它起源于在平静中回忆起来的情感。"[1](poetry is the spontaneous overflow of powerful feelings.)这个诗的定义中的英语 feelings 就应该译为"情绪"而非"情感"。今天的诗更是情绪的抒情艺术,而非情感的抒情艺术。诗体建设的赞成者和反对者都容易把新诗的"诗体"与古诗的"诗体"混淆。两者混淆的结果是:主张诗体建设者很容易走上极端强调格律的道路,反对者更会认为如同古诗的定型诗体,新诗诗体也会严重束缚诗人的创作自由和做人自由。实质上两者"小同大异",古诗的诗体是定型诗体,重视的是听觉形式,格律十分重要。新诗诗体是准定型诗体,更重视视觉形式,格律不太重要。一些新诗学者对文学理论界研究现状也不了解,一些学者仍然坚持"内容大于形式"的文学形式观,还停留在 20 世纪 80 年代的"体验美学"上,对文学研究的"语言学转向"十分陌生,仍然过分关注"生命""自由""体验""审美""主体"等文学理论术语。甚至他们的言说方式也停留在那个"扔炸弹"的"炮轰"时代,不知道已进入一个追求"言必有据"的学术规范时代和推崇"立"大于"破"的和平建设时代。

尽管不能说"新"就比"旧"好,但是仍有必要适度遵循文体进化原则。伏格曼认为:"进化原则说的是:整个生命的演化和进化是在偶然与必然相关条件下进行的。首先,演变也就是变化,演变就是转入具有不同结构的新的状态。向本质上的全新结构,向结构更为高级和更为复杂的方向发生变化,这就是进化。"[2]新诗在"革命"中诞生,在"运动"中发展,仅从把这种文体命名为"新诗",就不难发现推崇"标新立异"的"先锋性"是新诗重要的文体特

〔1〕[英]华兹华斯:《抒情歌谣集 1800 年序言》,伍蠡甫:《西方文论选》,下卷,上海译文出版社,1979 年,第 17 页。

〔2〕[德]布鲁诺·伏格曼:《新实在论》,张丹忱译,中国世界语出版社,1992 年,第137 页。

征。新诗研究者必须重视新诗的“先锋性”，更要警惕这种被“自由”胁迫的“先锋性”。因此，今日新诗理论界，不仅需要锐意的改革者，更需要稳健甚至适度保守的建设者，这既是由文体进化的“改良主义原则”决定的，也是由诗，特别是中国新诗这种特殊文体决定的，更是由被政治激进主义和文化解构主义“胁迫”的“非常时代”决定的。在新诗诞生之时，“白话诗”成为政治大革命和文化大革命的“替罪羊”，“白话诗运动”是世界诗歌史上最不纯正的“诗体大革命”。百年后的今天，中国已经进入“革命”必须让位于“改良”，“建设”必须取代“破坏”的新时代，百年前的悲剧不能重演！今天的诗体之争，应该在“改良”与“建设”，而不是在“革命”与“破坏”的心态和生态中进行。

2010.6.28－7.1“中国新诗：新世纪十年的回顾与反思——两岸四地第三届当代诗学论坛”；主办方：北京大学新诗所，首都师范大学中国诗歌研究中心；地点：北京卧佛山庄。

废名新诗应该是自由诗的实际影响和现实意义

摘　要："新诗应该是自由诗"是废名诗体观的精华，是在特殊语境中产生的，具有历史局限性和个人特殊性。它源自具有普及读物性质的大学"讲义"，专业性不强。这一观点在当时的实际影响较小，近年的影响越来越大，成为自由诗派和格律诗派诗体之争时的"关键语"。废名的"自由诗"与今天一些学者主张的"自由诗"有些差异，他不极端排斥定型诗体和准定型诗体。他的诗体观对今天的诗体建设颇有意义。新诗应该建立以准定型诗体为主导，以不定型诗体和定型诗体为辅助的诗体多元并存格局，没有必要极端肯定或否定"新诗应该是自由诗"这句名言，应该以宽容的态度、多元的心态来对待各种诗体实验。

关键词：废名　诗体　自由诗　格律诗

在中国新诗诗体建设史上，有两个"口号"最响亮：一个是在新诗草创期胡适提出的"作诗如作文"，另一个是在新诗成熟期废名提出的"新诗应该是自由诗"。大约在1915年至1916年间，胡适在美国与梅光迪、任叔永讨论诗歌改革时，写下了《戏和叔永再赠诗却寄绮城诸友》："诗国革命何时始？/要须作诗如作文。/琢镂粉饰丧元气，/貌似未必诗之纯。/小人行文颇大胆，/诸公一一皆人英。/愿共僇力莫相笑，/我辈不愿作腐儒。""作诗如作文"极大地影响了新诗，成为新诗革命的"行动纲领"。在中国新文学史上，废名以"小说家"不以"诗人"身份立世。尽管他在20世纪30年代中期在北京大学讲授过新诗课程，在40年代中期将讲义编成《谈新诗》出版，在这期间还发表了一些谈新诗的文章，如《新诗问答》发表于1934年11月5日《人间世》第15期，《诗及信》(他于1934年11月16日与卞之琳等人的信)发表于1935年1月《水星》第1卷第4期，他的诗论在80年代初和90年代后期再版。他在新诗理论史上的影响，特别是在20世纪上半叶和中期的影响却较小。最近十年，废名诗体观受到高度重视，尤其是他的一篇文章的题目《新诗应该是自由诗》成了"名言"，被新诗学者广泛"引用"，被自由诗派视为"金玉良言""金科玉律”。甚至在近年的“诗体大论争”中出现了“神化”或“妖魔化”这句“名言”的极端现象。“诗体重建”正成为新诗理论界的热门话题，很有必要弄清废名的自由诗诗体观的实质和意义，反思这一诗观的影响及得失。

“新诗应该是自由诗”问世的复杂性

“新诗应该是自由诗”是在特殊时代及特殊语境中产生的，具有明显的历史局限性和个人特殊性。在20世纪三四十年代，废名话语权很小，位卑言轻。废名早年是小学教员，1929年毕业于北京大学英国文学系，不是国文系，1935年到1937年在北京大学国文系开设新诗课程时只是讲师，出版《谈新诗》时在湖北一所初级中学当英文教师，1946年回到北京大学中文系任副教授。在三四十年代，文坛、诗坛及文论界的著名人士众多，胡适、周作人、朱光潜、宗白华、闻一多、徐志摩、梁实秋、梁宗岱、叶公超、李健吾等“留洋”教授名气很大，论资排辈，废名是“学生辈”和“小字辈”。在一个崇尚先到为君后到为臣，既尊老又流行个人崇拜的国度，他的言论及新诗观想要影响诗坛谈何容易。那时在社会生活中，因为抗战宣传的需要，自由诗受到重视。在诗坛，主张自由诗的“现代派”比主张格律诗的“新月派”更受欢迎。废名的“新诗应该是自由诗”确实是当时很多人的“共识”，甚至容易被误认为是“新诗常识”。从他的学生黄雨在1944年7月25日为《谈新诗》写的《跋》中可见一斑：“《谈新诗》为废名先生在前北京大学教现代文艺时编的讲义，这一部分是关于新诗方面的，专讲过去与将来的新诗上的意见，盖自五四旧诗解放以来，虽然常常有人做过研讨新诗的题目，大抵议论纷纷，总未得要领，好像还没有怎样值得注意的成绩，我想本书似乎可以填充这个空白的吧。……唯尚欲与陌生读者一言，著者原名冯文炳，乃知堂先生门人之一，不独于诗有卓见，亦写得一笔好小说，《莫须有先生传》与《桥》即是也。”[1]这里不仅借名人扬名，指出他是“知堂先生门人”，还介绍说他是优秀小说家，证明他多才多艺。在诗人与诗论家已经出现专业化和职业化的时代，这样的介绍会产生适得其反，产生负面效果，“艺多不养人”，写小说的谈诗并不一定“内行”，当然也会产生“旁观者清”的正面效果。小说是叙事性散文文体，又是当时的流行文体，在文坛及社会生活中已经形成“文体独裁”，会削弱废名的诗是抒情性韵

〔1〕 黄雨：《跋》，废名：《论新诗及其他》，陈子善编订，辽宁教育出版社，1998年，第149页。

文文体的文体意识，减少诗人应该有的文体自觉性，他才认为“新诗应该是自由诗”，强调诗人的文体独创性及创作自由。

1944年7月20日，周作人为《谈新诗》作序说：“这一册《谈新诗》是废名以前在北京大学讲过的讲义，黄雨君保存着一份底稿，这回想把他公刊，叫我写篇小序，这在我是愿意也是应当的。为什么呢？难道我们真是要想专卖废名么，那未必然。这也只因为我对于这件事多少更知道一点罢了。废名在北京大学当讲师，是胡适之兼任国文学系主任的时候，大概是民国二十四年至二十六年。最初他担任散文习作，后来添了一门现代文艺，所讲的是新诗，到第三年预备讲到散文部分，卢沟桥的事件发生，就此中止，这是很可惜的一件事。新诗的讲义每章由北大出版组印出之先，我都见过，因为废名每写好了一章，便将原稿拿来给我看，加上些意见与说明。我因为自己知道是不懂诗的，别无什么可否，但是听废名自讲或者就是只看所写的话，觉得很有意思。因为里面也总有他特别的东西，他的思索与观察。”[1]周作人为《谈新诗》作序，不仅是因为废名是他的学生，更是因为废名的“新诗应该是自由诗”与他早年的诗观有着惊人的相似。周作人的《小河》就是一首十分自由的诗，受到外国散文诗的巨大影响。滕固在1922年2月1日《时事新报·文学旬刊》发表的《论散文诗》认为：“我国新诗，大部分自由诗；散文诗极少，周作人的《小河》他自己说不是散文诗；在此我不得不希望有真的散文诗出现；于诗坛上开一新纪元。”[2]周作人《小河》发表于《新青年》第六卷第二号，他在《题注》中说：“有人问我这诗是什么体，连自己也回答不出。法国波特来尔(Baudelaire)提倡起来的散文诗，略略相像，不过他是用散文格式，现在却一行一行的分写了。内容大致仿那欧洲的俗歌；俗歌本来最要叶韵，现在却无韵。或者算不得诗，也未可知；但这是没有什么关系。”[3]《小河》在新诗史上被视为草创期的代表作。“最明显的例就是周作人君的《小河》长诗。(《新青年》六卷二号)这首诗是新诗中的第一首杰作，但是那样细密的观察，那样曲折的理想，绝不是那旧式的诗体词调所能达得出的。”[4]作为“知堂先生门人”，“每

---

〔1〕 周作人：《序》，废名：《论新诗及其他》，陈子善编订，辽宁教育出版社，1998年，第5页。

〔2〕 滕固：《论散文诗》，郑振铎：《中国新文学大系·文学论争集1917-1927》；影印本，上海文艺出版社，2003年，第310页。

〔3〕 周作人：《小河》，《新青年》第六卷第二号，1919年2月15日。

〔4〕 胡适：《谈新诗——八年来的一件大事》，胡适：《中国新文学大系·建设理论集1917-1927》；影印本，上海文艺出版社，2003年，第295页。

写好了一章，便将原稿拿来给我看”，周作人对《谈新诗》的影响不言而喻。

周作人的序言还透露出一个信息：废名给学生讲授新诗受到散文影响。最初他担任“散文习作”教师，这门课程不叫“新诗研究”，而叫“现代文艺”。在这门课程中，他把新诗当成“现代文艺”的一种文体，讲完后还要讲散文。这样的课程设置很容易让老师成为“杂家”而非“专家”，实质上是“通识课”而非“专业课”，如现在的“中国现代文学”课程教学，虽然讲解小说、诗歌、散文和戏剧，但是通常是在整体文学框架下讲授各体文学，采用的是整体文学理论，不是各体文学理论。诗歌理论与整体文学理论，诗歌的基本原理与文学的基本原理大相径庭。整体文学教材（讲义）编写者通常不是各体文学的专门研究者，很容易把“专体”讲成“混体”，出现文学理论研究中的“串义”现象。

周作人与黄雨都强调《谈新诗》是大学里的“讲义”。“讲义”的接受者通常不是专业的诗人和诗歌研究者，而是普通大学生，不可能讲得太深，具有“普及读物”的性质，专业性不是很强。这样的“讲义”出版后进入社会，读者通常是诗歌爱好者，专业诗人，特别是成名诗人很少成为受众。中国新诗长期形成了诗人轻视诗论家，特别是轻视喜欢“坐而论道”的学院派诗论家的现象，大学“讲义”很难走出大学，跨出学界，进入诗界，在诗人群体中广泛传播。这种现象现在仍然存在。

废名的《新诗应该是自由诗》是他的诗论中最强调自由诗的文章，文章的最后几句话非常武断：“我们的新诗应该是自由诗，只要有诗的内容然后诗该怎样做就怎样做，不怕旁人说我们不是诗了。”〔1〕这个观点与新诗革命时代流行的新诗应该有“绝端”的自由的激进观点并无多少差别。如 1920 年 2 月 16 日夜，郭沫若给宗白华写信说：“形式方面我是主张绝端的自由绝端的自主。”〔2〕俞平伯在激进的“五四”运动过了一年多后还主张新诗应该有极端的自由，他在 1920 年 12 月 14 日于杭州写的《诗底自由和普遍》中结论说：“我对于做诗的第一个信念是‘自由’。诗的动机只是很原始的冲动，……我平素很喜欢读民歌儿歌这类作品，相信在这里边，虽然没有完备的艺术，却有诗人底真心存在。诗人原不必有学问，更不是会弄笔头，只是他能把他所真感着

〔1〕 废名：《新诗应该是自由诗》，废名：《论新诗及其他》，陈子善编订，辽宁教育出版社，1998 年，第 23 页。

〔2〕 宗白华、郭沫若、田汉：《三叶集》，林同华：《宗白华全集》，第一集，安徽教育出版社，1994 年，第 239 页。

的，毫无虚饰毫无做作的写给我们。”[1]这些观点在新诗草创期很有市场，受到了新诗诗人，特别是崇尚自由的青年诗人热捧。

1926年堪称“新格律诗”的建设年。以闻一多为代表的新月派诗人共在《晨报副刊》上发表了《诗的格律》（闻一多）、《论诗的音节》（饶孟侃）等重要论文和著译诗作86首。30年代自由诗却得势，这是废名提出新诗是自由诗的重要原因。李健吾1935年7月20日在《大公报》发表《新诗的演变》，他认为：“从音律的破坏，到形式的试验，到形式的打散（不是没有形式：一种不受外在音节支配的形式，如若我可以这样解释），在这短短的年月，足见进展的迅速。我们或许感觉中间的一个阶段太短了些（勿需悲观，因为始终不断有人在努力形式的试验），然而一个真正的事实是：唯其人人写诗，诗也越发难写了。”[2]1936年吴奔星、李章伯等人建立了“小雅诗社”，他们希望办一个既不排斥散文化，也不排斥格律化的诗刊。叶公超1937年5月在《文学杂志》创刊号上发表了新诗理论史上的重要文章《论新诗》，竭力为格律辩护，主张诗人要承担起创设格律的重任：“从胡适之先生的《谈新诗》（出版于1919），直到最近《新诗》和《文学》的《新诗专号》等等，在这将近20年中，多半讨论新诗的人都有一种牢不可破的观念，就是，新诗是从旧诗的镣铐里解放出来的。……我们可以肯定地说，格律是任何诗的必需条件，惟有在适合的格律里我们的情绪才能得到一种最有力量的传达形式；没有格律，我们的情绪只是散漫的、单调的、无组织的，所以格律根本不是束缚情绪的东西，而是根据诗人内在的要求而形成的。假使诗人有自由的话，那必然就是探索适应于内在的要求的格律的自由，恰如歌德所说，只有格律能给我们自由。……我们新诗的格律一方面要根据我们说话的节奏，一方面要切近我们的情绪的性质。西洋的格律绝不是我们的‘传统的拍子’，我们自己的传统诗词又是建筑在另一种文字的节奏上的，所以我们现在的诗人都负着特别重要的责任：他们要为将来的诗人创设一种格律的传统，不要一味羡慕人家的新花样。”[3]叶公超认为西洋的格律绝不是我们的“传统的拍子”，因此中国新诗必须创设一种自己的格律。这个主张纠正了闻一多、徐志摩等新月派诗人在倡导现代格律诗时迷信西洋诗体的极端倾向。但是这些重视格律的观点受时代潮流

〔1〕 俞平伯：《诗底自由和普遍》，《新潮》第三卷第一号，1921年10月1日；《新潮》影印本，第2册，上海书店，1986年，第75－76页。

〔2〕 李健吾：《新诗的演变》，郭宏安：《李健吾批评文集》，珠海出版社，1998年，第27页。

〔3〕 叶公超：《论新诗》，陈子善：《叶公超批评文集》，珠海出版社，1998年，第50－51页。

及新诗发展的影响，并没有受到应该有的重视。整个诗坛，特别是青年诗坛，仍然极度推崇新诗应该是自由诗的诗体观。

在新诗史上，很多诗人，甚至胡适、沈尹默、周作人、俞平伯、郭沫若等主张自由诗的大诗人都出现了"老去渐于诗律细"现象，废名也有类似的变化，他一直在修正自己的诗体观。1937年他在北京大学中文系开设现代文艺课，共讲了12讲，第一讲是《尝试集》，第二讲是《一颗星儿》，两讲都讲胡适的诗。第三讲是《新诗应该是自由诗》，提出了极端的自由诗诗体观："新诗没有什么诗的格式，真是诗该怎样做就怎样做了。"[1]"如果要做新诗，一定要这个诗是诗的内容，而写这个诗的文字要用散文的文字。……我们写的是诗，我们用的文字是散文的文字，就是所谓自由诗。"[2]随着课程的深入，他的观点有些改变。第12讲是1937年课程的最后一讲，讲《沫若诗集》，他仍然主张自由诗，举的作品却呈现出他的"自由诗"包括不定型和准定型诗两种诗体，如他最喜欢的郭沫若的《夕暮》实质上是新格律诗，符合邹绛的现代格律诗体5大类型中的第一种（每行顿数整齐，字数整齐或不整齐者）和第二种（每行顿数基本整齐，字数整齐或不整齐者）。全诗如下："一群白色的绵羊，/团团睡在天上，/四围苍老的荒山，/好像瘦狮一样。//昂头望着天，/我替羊儿危险，/牧羊的人哟，/你为什么不见?"废名高度评价这首诗："不知诸位读了怎样？这首《夕暮》我甚是喜爱。新诗能够产生这样诗篇来，新诗无疑义的可以站得住脚了，不怕旧诗在前面威胁，也不怕新诗自己再生出别的花样来煽惑。为什么呢？理由很简单，也很明白，这样的诗不明明是新诗吗？用旧诗体裁不能写出这样的诗来，这首新诗也用不着什么新诗格律了。这首诗之成，作者必然是来得很快，看见天上的云，望着荒原的山，诗人就昂头诗成了，写得天衣无缝。这首诗真能表现一个诗人。"[3]1946年他回到北京后又讲了四讲，选的四位诗人几乎都是重视诗体的新格律诗诗人。他说："今天我就来讲卞之琳。我把他的诗重读之后，除了爱他的诗而外，我还有一个满足，便是，在我的讲新诗里头虽然没有讲徐志摩，并没有损失，卞之琳的文体完全发

〔1〕 废名:《新诗应该是自由诗》，废名:《论新诗及其他》，陈子善编订，辽宁教育出版社，1998年，第19页。

〔2〕 废名:《新诗应该是自由诗》，废名:《论新诗及其他》，陈子善编订，辽宁教育出版社，1998年，第22页。

〔3〕 废名:《沫若诗集》，废名:《论新诗及其他》，陈子善编订，辽宁教育出版社，1998年，第128页。

展了徐志摩的文体，这个文体是真新鲜真有力量了，……徐志摩的新诗可以不讲，徐志摩的文体则决不可埋没，也决不能埋没，所以有卞之琳之诗了。我现在对于新诗的形式问题比以前稍为宽一点，即是新诗也可以有形式，不过这不是根本的事情，根本的事情还是我以前的话，新诗要诗的内容散文的文字。我再一想，新诗本来有形式，它的唯一的形式是分行，此外便由各人自己去弄花样了。因为是散文的文字，同西洋诗的文字一样，要合乎文法，于是形式确是可以借助于西洋诗的形式写成好诗的。卞之琳与冯至的有规律体的诗确是很好了。”[1]此时，他不再极端地强调“新诗应该是自由诗”。

废名在第三讲提出“新诗应该是自由诗”有多方面的原因。课程的前两讲是讲胡适的诗，第三讲自然会受到胡适诗观的影响，在第三讲中也大量引用了胡适的诗作和观点。讲“新诗应该是自由诗”，与其说是在讲他的观点，不如说是在介绍胡适的观点。这一讲处在整个课程的前期，大学文科教师，特别是青年教师喜欢先抛出尖锐观点来吸引学生的“眼球”，这是讲课“策略”。废名当时是讲师，没有留学经历，自卑容易产生自负。他来自湖北黄梅，具有山里人敢想敢说的豪爽性格。他的个性有些偏激，还有些恃才傲世，又处在激情太盛的年轻岁月。他早年写小说，讲新诗课程前讲过散文课程，对散文语言了解更多，甚至会更有感情和感觉，更重视内容轻视形式。他本科学的是外语，对古代汉诗及传统文化甚至新诗的历史都不太了解。他处在动荡岁月，又是给喜欢追求“新潮”的北京大学文科学生上课。他早年细读过莎士比亚，莎士比亚的戏剧是诗剧，叙述、描写等散文成分较多……这些都会影响到他的新诗教学，使他更青睐“自由诗”。

诗人的语体和诗体意识既是在诗体知识的学习中获得的，也是在诗歌创作中强化的，只有经常写诗的人才明白诗体的利弊，才能感受到在创作中诗体法则与诗体自由既对抗又和解的复杂关系，甚至才能够在平衡这种关系中获得写作的快感。严格地说，当时的废名并不是成熟的诗人，他很难在创作中体会到诗体的重要性而具有一位优秀诗人应该有的文体自觉性。1935 年1月《水星》第一卷第四期刊发了他 1934 年 11 月 16 日给友人的信：“鹤西：两首诗我读了果然喜欢，就此贺你了。今早看了你的这两首诗，我也提笔来写一首了，你知道，我写诗完全是一个偶然，近来简直不有诗兴，也自己知道

〔1〕 废名：《十年诗草》，废名：《论新诗及其他》，陈子善编订，辽宁教育出版社，1998 年，第154 页。

我是不会有诗兴的，只是喜欢看别人有诗，但前日夜里忽然有一个诗的感觉，自己觉得这感觉很好，但也就算了，不想用纸笔把它留下来的，接到你的诗，为得表示欢喜起见，我乃同算算学一样把我的前夜诗用符号记录如下——我是从一个梦里醒来，——/看见我这个屋子的灯光真亮，/原来我刚才自己慢慢的把一个现实的世界走开了。/大约只能同死亡走开生一样，——/你能说这不是一个现实的世界么？/我的妻也睡在那壁，/我的小女儿也睡在那壁，/于是我讶着我的灯的光明，/讶着我的坟一样的床，/我将分明的走进两个世界，/我又稀罕这两个世界将完全是新的，/还是同死一样的梦呢？/还是梦一样的光明之明白？”[1]如果把它与同时代的诗，特别是戴望舒、卞之琳等反对格律诗的现代派诗人的诗作比较，不难发现它缺乏必要的诗意和诗艺。甚至可以结论说：如果不分行排列，它就是一则小散文或者散文诗。在新诗草创期，受胡适“作诗如作文”影响，散文诗被当作了新诗，一些人走上新诗的创作道路是从写散文诗开始的，如穆木天最早发表的作品是散文诗《复活日》，载于1922年11月25日《创造》季刊第一卷第三期。他最早发表的诗是《心欲》，载于1923年10月27日《创造日》第95期。徐志摩最早发表的作品也是散文诗。这种转变说明散文诗与诗在文体上有差异，特别是诗比散文诗更精致。所以诗人开始写诗就选择了散文诗，越写越追求精致，诗艺越来越高明，诗体意识及文体自觉性越来越强烈，便不再写散文诗而写诗。废名写这首诗，几乎正处在新诗诗人成长期中的“散文诗阶段”。在这个阶段，很容易推崇写作的自由，强调“新诗应该是自由诗”。

废名诗体观的影响及意义

废名的自由诗诗体观对新诗界的影响主要分为五个时期：20世纪30年代中期、40年代中期、80年代初期、90年代后期和21世纪初期。时代越近，影响越大。百年新诗史是诗体的自由化与格律化对抗的历史，格律诗与自由诗的“诗体之争”此起彼伏。杨匡汉准确地描述出20世纪格律诗与自由诗论争的历史：“中国新诗将近八十年的艺术运动，自由与格律的交替变奏已成规律之一。乱中之齐、同中之异、律中之变，既是创造者的美感要求，又是鉴赏

〔1〕 废名：《诗及信》，废名：《论新诗及其他》，陈子善编订，辽宁教育出版社，1998年，第215页。

者的习惯心理。古典诗词在形式(主要是格律)上有登峰造极的成熟,但太顽固化了,遂有'诗界革命',遂有现代白话诗的'尝试',遂有五四时期旨在彻底摆脱格律约束的诗体解放。自由诗如狂风席卷,日趋毫无节制的无序散漫,于是'新月派'在20年代揭竿而起,闻一多力主'戴着脚镣跳舞',倡导以'三美'(音乐美、绘画美、建筑美)为诗之格律,且理论与实践并重,惨淡经营其艺术的防线。不久时局丕变,30年代民族危亡,琴弦易为鼓角相闻,镣铐激使马蹄生烟,艾青等举起'散文美'的大旗,自由奔突,再度打破诗律王国的平衡。从50年代到70年代,在我国台湾地区,尽管有过诗之'乡土'与'现代'的情绪化的论争,但整齐或不整齐、格律化或自由化的诗作者始终各唱各的调;在大陆,渴求建立一种以民歌和古典诗歌为基础的统一诗格的努力,往往因意识形态化而收效甚微。80年代以降,无论是海峡此岸或彼岸,从大的趋向看,是又一次诗体解放对诗体律化的否定。"[1]自新诗诞生之日起,就有新诗是否应该有诗体,新诗的诗体建设应该走格律化还是自由化道路的巨大争论。最有名的两次大争论发生在20世纪20年代中后期和50年代中期。近年发生了第三次"诗体大争论",目前还在继续。正是这次争论引发了"废名热"。

80年代废名"重出江湖",有两家出版社,出版了他的著作:《谈新诗》(作者署名冯文炳)由人民文学出版社,1984年出版。《冯文炳选集》由人民文学出版社,1985年出版,共分四辑,第四辑共收录了四篇谈诗的文章:《跟青年谈鲁迅》(选三篇:《鲁迅的第一篇小说》《分析阿Q正传》《鲁迅对文学形式和文学语言的贡献》)《新诗应该是自由诗》《诗的语言和形式问题》《杜甫的价值及杜诗的成就》。《废名选集》由四川文艺出版社,1988年出版。他的自由诗诗体观的"二次问世"仍然有些"生不逢时"。尽管臧克家1977年12月24日在《光明日报》发表了《新诗形式管见——学诗断想》,1979年9月人民文学出版社,出版了卞之琳的《雕虫纪历(1930—1958)》,在《序》中他倡导建立新格律诗。1983年,钱仓水、周仲器合编的《中国现代格律诗选》和《中国现代格律诗论选》问世,自由诗仍受重视。当时艾青的《诗论》流行,《诗论》也主张"散文美",艾青当时在诗坛又是数一数二的"大师级"诗人,自然是"自由诗"的领袖,"新诗应该是自由诗"的观念已经深入人心。只有杨匡汉、刘福春等少数新诗学者重视废名的诗观,把废名的《新诗应该是自由诗》收入他们主编

〔1〕 杨匡汉:《说诗调——诗学札记之一》,吕进、毛翰:《中国诗歌年鉴》,1996年卷,重庆中国新诗研究所编印,1997年,第476页。原载《诗神》1996年9月号。

的《中国现代诗论》上编中，1985 年由花城出版社出版。

时来运转，越来越激烈的“诗体之争”使废名浮出水面。90 年代中期，中国出现了第三次新格律诗建设高潮，1994 年 10 月 23—25 日，深圳中国现代格律诗学会在北京雅园宾馆召开代表大会暨学术研讨会，中国新诗史上继新月诗派之后的第二个格律诗诗派雅园诗派成立。1997 年在武夷山“现代汉诗”国际研讨会上，诗体建设成为重要话题，骆寒超倡导现代格律诗，王珂提出建设“准定型诗体”。文学理论界的文体学研究也在 90 年代勃兴。恰好在这一年，辽宁教育出版社出版了陈子善编选的《论新诗及其他》，标明“废名著”。1997 年 7 月 15 日，陈子善在《本书说明》中说：“废名是公认的文体家。……近年来，废名作品的独特艺术价值越来越受到海内外的重视，……《谈新诗》是废名 30 年代在北京大学中文系开设现代文艺课时的讲义，共十二章。40 年代由黄雨编定，并由周作人作序，于 1944 年 11 月列为‘艺文社艺文丛书’之五，由北平新民印书馆出版。1946 年返回北大之后，作者又续写四章，但生前未公开发表。1984 年 2 月，人民文学出版社将前后两部分合并，删去初版本的序跋和附录，增加作者 1934 年写的《新诗问答》一文，出版了《谈新诗》增删本。作为现代作家讨论新诗的唯一的专著，《谈新诗》具有较高的学术价值。”[1]因为文体学研究走红，大家千方百计寻找历史上的文体研究者。“文体家”废名开始受到重视，应运而生。

陈子善写这段话时，绝对没有想到 10 多年后的今天，废名作为小说文体家并没有“越来越受到海内外的重视”，“诗歌文体家”的声誉却“如日中天”，特别是他的“新诗应该是自由诗”受到了前所未有的重视，尤其是在近年的“诗体重建”运动催生的新诗史上第三次自由诗派与格律诗派的“诗体大论争”中，被人极度推崇。论战双方都言必谈“废名”和他的这句名言。“新诗应该是自由诗”要么是主张自由诗者的“核心武器”，要么是主张格律诗者的“核心靶子”。在“诗体之争”中，有人把他视为新诗的大功臣，有人把他视为新诗的大罪人。自由诗派把“新诗应该是自由诗”视为名正言顺的“护身符”大力宣传，格律诗派把它作为自由诗派走极端的“罪证”大加鞭挞。如周仲器所言：“‘新诗就是自由诗’之说的难于成立，本来是很容易识别的，但现代派的权威理论家们自有一套振振有词的理论。比较早明确表态的是现代派理论

〔1〕 陈子善：《本书说明》，废名：《论新诗及其他》，陈子善编订，辽宁教育出版社，1998 年，第 3－4 页。

家废名先生。他1943年写的一篇文章，题目就叫《新诗应该是自由诗》，……当一个优秀诗人不顾常识乱发‘宏论’，它的负面影响就有可能被他的崇拜者所夸大。”[1]

2004年10月29日，首届“华文诗学名家国际论坛”在重庆召开，吕进认为中国现代新诗正面临三大前沿问题：实现“精神大解放”以后的诗歌精神重建问题、实现“诗体大解放”以后的诗体重建问题和在现代科技条件下的诗歌传播方式重建问题。他与骆寒超等诗论家提出了“新诗二次革命”，他们认为如果科学地总结中国新诗诞生以来的经验和考察新诗的现状就会发现，新诗面临着二次革命，三大前沿问题就是二次革命的内容。吕进认为：“诗体重建是新诗二次革命的重要内容，新诗在多样诗体中，要完成两个美学使命——规范自由诗，倡导格律诗。”[2]这个诗体观与废名的大相径庭。

2009年8月，由国家重点学科福建师范大学中国现当代文学学科主办，中国当代文学研究会协办的“现代诗创作研究技法”学术研讨会在武夷山召开。张炯在《开幕词》中说：“这次会议来了很多名家，既有主张格律体的代表，也有提倡自由体的代表。”[3]由于学派、地域等多种原因，这是格律诗派和自由诗派的诗论家首次大规模地集中“交流”甚至“交锋”，出现了多种观点：新诗应该建立定型诗体，新诗应该建立准定型诗体，新诗应该无诗体；新诗应该是格律诗，新诗是自由诗，新诗应该偏向格律诗，新诗应该偏向自由诗；新诗的诗体建设应该偏重音乐形式，新诗的诗体建设应该偏向视觉形式；诗体建设是“伪话题”，诗体建设是当务之急……吴思敬的发言题目及论文题目正是《新诗应该是自由诗》。他鲜明地指出：“‘自由’二字可说是对新诗品质的最准确的概括。……而对废名‘新诗应该是自由诗’的理解，恐怕也不宜把‘自由诗’狭隘地理解为一个专用名词，而是看成新诗应该是‘自由的诗’为妥，……‘新诗应该是自由诗’标明了自由诗在新诗中的主体位置。”[4]近年主张新诗诗体建设应该走自由化道路的学者大力张扬废名的“新诗应该是自由诗”诗观，郭沫若、戴望舒、艾青、废名成了自由诗派赖以生存的诗论家，艾

---

〔1〕 周仲器、周渡：《中国新格律诗史论》，雅园出版公司，2010年，第12页。

〔2〕 吕进：《诗歌的外形式与诗体》，吕进：《中国现代诗体论》，重庆出版社，2007年，封底。

〔3〕 张炯：《开幕词》，21世纪中国现代诗第五届研讨会暨“现代诗创作研究技法”学术研讨会论文，未刊稿。

〔4〕 吴思敬：《新诗应该是自由诗》，21世纪中国现代诗第五届研讨会暨“现代诗创作研究技法”学术研讨会论文，未刊稿。

青的《诗论》和废名的《谈新诗》成为最重要的经典著作，艾青的"诗的散文美"和废名的"新诗应该是自由诗"成了他们最常引用的经典理论。废名的"新诗应该是自由诗"更鲜明、更尖锐，又是一篇诗论的题目，更容易被引用，产生了广泛的影响。

邹绛选编的《中国现代格律诗选》(重庆出版社，1985 年出版)仅在 1919—1984 年间就选出了最早出自胡适等人之手的五种类型的现代格律诗 300 多首。邹绛把这些现代格律诗体分为 5 大类型[1]：一、每行顿数整齐，字数整齐或不整齐者。二、每行顿数基本整齐，字数整齐或不整齐者。三、一节之内每行顿数并不整齐，每节完全对称和基本对称者。四、以一、三两种形式变化者。以上四种类型诗都有有规律的押韵。五、每行顿数整齐或每节互相对称，但不押韵或没有一定的押韵格式者，有的每行顿数并不整齐而节与节互相对称者。尽管新格律诗客观存在，主张新诗应该走格律化道路的当代学者却很难"义正词严"地断言："新诗应该是格律诗"。因为他们的前辈诗人和理论家闻一多、徐志摩、何其芳都没有以此为题写过文章，更没有像废名那样多次表明自己的"自由诗"诗观。闻一多 1926 年 5 月 13 日在《诗的格律》中说："但是在我们中国的文学里，尤其不当忽略视觉一层，……我们才觉悟了诗的实力不独包括音乐的美(音节)，绘画的美(词藻)，并且还有建筑的美(节的匀称和句的均齐)。……增加了一种建筑美的可能性是新诗的特点之一。"[2]1954 年 4 月 11 日，何其芳给现代格律诗定义："我们说的现代格律诗在格律上就只有这样一点要求：按照现代的口语写得每行的顿数有规律，每顿所占时间大致相等，而且有规律地押韵。"[3]1985 年邹绛说："现代格律诗虽然讲究有规律的节奏，有规律的押韵，但并不是高不可攀的东西，写现代格律诗要比写旧体诗词容易得多了。有些写惯了自由体的诗人不是在无意间也写出了符合现代格律诗要求的作品么？"[4]这些主张格律诗的言论和言说方式与废名的相比，都显得很"软弱无力"。在今天的"诗体论争"中，自由诗派可以"斩钉截铁"地喊出"新诗应该是自由诗"，格律诗派即使喊出了

[1] 邹绛：《中国现代格律诗选 1919－1984》，重庆出版社，1985 年，第 28 页。

[2] 闻一多：《诗的格律》，杨匡汉、刘福春：《中国现代诗论》，上编，花城出版社，1985 年，第 124－125 页。原载 1926 年 5 月 13 日《晨报副刊・诗镌》7 号。

[3] 何其芳：《关于现代格律诗》，何其芳：《何其芳文集》，四川人民出版社，1979 年，第 153 页。

[4] 邹绛：《中国现代格律诗选 1919－1984》，重庆出版社，1985 年，第 30 页。

"新诗应该是格律诗",却会感觉有点名不正言不顺。国人一向强调"用典",近年学术规范越来越严,越来越强调"言必有出处",喊出"新诗应该是格律诗"者却无法找到"出处"。"新诗应该是自由诗"出自历史上的名家之口,又是名篇的题目。自由诗派自然会在"诗体之争"中占上风。

没有新诗的诗体研究热就没有废名热,废名的诗体观对现在和未来的诗体研究具有重要意义。近年诗体研究受到重视,出版了十多部著作,如吕进的《新诗文体学》、吕进主编的《中国现代诗体论》、骆寒超的《20世纪新诗综论》、骆寒超和陈玉兰合著的《中国诗学——第一部形式论》、许霆的《旋转飞升的陀螺——百年中国现代诗体流变史论》、许霆与鲁德俊合著的《新格律诗研究》和《十四行体在中国》、王珂的《诗歌文体学导论——诗的原理和诗的创造》《百年新诗诗体建设研究》《新诗诗体生成史论》《诗体学散论——中外诗体生成流变研究》、周仲器和周渡合著的《中国新格律诗论》《中国新格律诗史论》……一些新诗史和新诗论著也无法绕开"诗体",如龙泉明的《中国新诗流变论(1917-1949)》、周晓风的《新诗的历程1919-1949》、王光明的《现代汉诗的百年演变》、唐湜的《一叶谈诗》、蓝棣之的《现代诗的情感与形式》、吴开晋的《新诗的裂变与聚变》、公木的《公木诗学经典》、陈仲义的《扇形的展开——中国现代诗学谫论》和《中国前沿诗歌聚焦》、林于弘的《台湾新诗分类学》……但是诗体研究存在很多问题,如研究者的偏执、研究方法的落后和理论缺乏操作性等。无论是个人还是群体,目前的诗体研究都处在"瓶颈"时期,急需突破,急需理论资源。废名的新诗诗体观有三大现实意义:一、废名对自由诗的大力推崇,会让格律诗派,特别是极端强调新诗诗体建设应该走格律化道路,必须建设定型诗体的学者警醒,至少会让他们有所顾忌,纠正自己的偏激。二、尽管废名确实提出了"新诗应该是自由诗"这一极端主张,但是他在后来有意识地纠正了自己的偏激,这种实事求是的学风值得今天极端主张格律诗或自由诗者,特别是后者学习。三、如果不孤立地读《新诗应该是自由诗》,把废名的所有论新诗的文章读完,特别是在40年代出版的《谈新诗》中没有收录的四篇讲稿,即论卞之琳、冯至、林庚、朱英诞的诗的文章,甚至还读他的论古诗的文章,如《杜甫的价值及杜诗的成就》,就会发现他并不极端主张新诗诗体的自由化。废名认为郭沫若的《夕暮》是新诗的杰作,如果仔细研究这首诗的"诗体",就不难发现废名的"自由诗"与今天一些学者主张的"自由诗"不同,至少有两个概念:一是不定型无诗体的诗,二是准定型有诗体的诗。今天自由诗派主张的自由诗是"不定型无诗体的诗"。如陈仲义在2009年所言:“以吕进先生为代表的格律派坚持:‘自由诗只能充当一种变体,成熟的格律诗才是诗坛的主要诗体。’王珂在两部专著基础上,做了一些‘调整’,他认为,新诗应该建立以准定型诗体为主导的常规诗体。笔者的诗学观念与吕进、王珂二位不同。我的主张是:自由诗仍是新诗诗坛的常规诗体,自由诗将继续作为‘正体’而不是‘变体’,成为诗坛主流。新诗形式建构的朝向:是极少数诗体被律化,少量诗体泛格律化,大部分还将继续维持其自由体式,形成自由诗主导下的‘泛诗体’联盟。借此,我再重申20年前的老调:新诗成熟的标志,不是以建立一套完整的格律形式为准绳,而主要是以现代诗审美规范的全面确立为其尺度。”[1]

在某种程度上,废名并没有极端主张诗体的格律化与自由化的对抗,而是适度偏向两者的和解。这正是今日新诗诗体建设应该采用的策略。今天一些学者喜欢引用废名的“新诗应该是自由诗”,原因是对这句话有些误读,既没有考虑历史语境,更没有把这个结论放入废名的全部诗论中作深入细致的考察,没有分清废名的“自由诗”与今天的“自由诗”的差异。主张新诗诗体应该自由化,又不极端反对格律化的吴思敬意识到了这一点,他结论说:“而对废名‘新诗应该是自由诗’的理解,恐怕也不宜把‘自由诗’狭隘地理解为一个专用名词,而是看成新诗应该是‘自由的诗’为妥,所谈的与其说是一种诗体,不如说是在张扬新诗的自由的精神。‘新诗应该是自由诗’标明了自由诗在新诗中的主体位置。”[2]这个结论是客观的。

尽管后来废名适度纠正了“新诗应该是自由诗”这一极端观点。但是不难发现,他仍然如吴思敬所言,强调自由诗在新诗中的主体位置。今天的诗体建设不能完全采用这个策略,应该适度强调准定型诗体的主体位置。现在是21世纪,是“立”大于“破”的建设时代,诗体的格律化与自由化应该多和解少对抗,新诗应该建立以准定型诗体为主导的,以不定型诗体和定型诗体为辅助的诗体的多元并存格局。“诗是艺术地表现平民性情感的语言艺术。”[3]“狭义的诗体指任何一首诗都具有的外在形态及表面形体。广义的诗体指在诗家族中按形体特征划分的具体类型,即非个人化的、具有普遍性

---

〔1〕 陈仲义:《中国前沿诗歌聚焦》,中国社会科学出版社,2009年,第414页。

〔2〕 吴思敬:《新诗应该是自由诗》,21世纪中国现代诗第五届研讨会暨“现代诗创作研究技法”学术研讨会论文,未刊稿。

〔3〕 王珂:《诗是艺术地表现平民性情感的语言艺术——论现代汉诗的现实出路》,《东南学术》2000年5期,第104页。

的常规诗体(常体),……诗体是诗的形体范式,是诗的体裁属性的具体的显性表现,是对诗的形式属性制度化后的结果,即规范化、模式化的诗的语言秩序和语言体式,具有制定作诗法则的意义。对'诗体'的强调,即是对诗人的文体自律性的重视。如同游戏需要基本的规则,适度地规范诗的形式,建立起宽松而有节制的诗体环境,有助于诗,特别是目前的现代汉诗的健康发展。只有既尊重文体的民主政治和人的自由天性,又重视文体的相对稳定性和人在后天文化中建立起的秩序感,在诗体建设的'民主集中制'原则下,建立以准定型诗体为主导的诗体生态环境,才能使现代汉诗走出文体极端混乱与形式极端自由和诗艺十分粗糙与诗意十分缺乏的困境。"[1]废名的诗体观对当前的诗体建设具有重要意义,百年新诗的最大问题正是诗体建设问题,现在正是建设的大好时机,废名的自由诗体观既可以给我们经验,也可以给我们教训,没有必要极端肯定或否定"新诗应该是自由诗"这句名言。

2011年6月25-28日"中国现代诗歌的语言国际学术研讨会";主办方:南开大学文学院,中国当代文学研究会;地点:天津南开大学。

〔1〕 王珂:《新诗诗体生成史论》,九州出版社,2007年,第424-425页。

两岸四地中生代诗人的诗体意识及诗体理论比较分析

摘　要：诗的音乐形式和排列形式是诗体的重要内容。诗体具有诗学意义和美学意义与伦理学和政治学意义。两岸四地的诗歌生态培养出不同的诗体观念。祖国大陆存在格律诗派与自由诗派的极端对抗，有的偏向格律诗或偏向自由诗，有的偏重音乐形式或视觉形式。"诗体之争"常常是话语权及审美意识形态之争。我国台湾没有格律诗派与自由诗派论争的传统和对抗的生态，早期受外国诗歌影响，更重视诗的视觉形式而非音乐形式，更重视节奏而非韵律；近年受时局影响，更关注写什么。重视诗形淡化了诗律，图像诗和散文诗是重视诗体的"格律化"与轻视诗体的"散文化"的极端方式，分别减弱甚至转移了诗人的诗体自觉意识和诗体自由意识。大陆诗体心态偏激；台湾诗体心态平和。台湾中生代诗人不像前行代诗人那样重视诗体，但具有一定的文体自律及诗体自觉意识。台湾很多诗人都有"固定行数"的意识，有效地抵制了极端的自由诗。大陆缺乏的正是这种类似"准定型诗体"的"固定行数"的诗体意识，导致自由诗与格律诗的极端对抗。港澳诗人受到台湾和大陆的双重影响，从大陆去的接近大陆，当地的接近台湾。由大陆去港澳的诗人明显受到大陆诗歌诗体时尚影响。

关键词：诗体　中生代诗人　诗歌生态　格律诗　自由诗

研究中国大陆、中国台湾、中国香港、中国澳门——两岸四地中生代诗人的诗体意识，需要确定这样的观念：一方水土养一方人，一种地域养一种文化，一种文化养一种诗，一个年龄段有一种诗观。文化，特别是被意识形态主导的文化决定了诗歌生态，诗歌生态及诗歌传统决定了诗歌观念，尤其是诗体观念。很早就有人意识到地域文化或区域文化影响了诗歌。"我觉得有两种完全不同的文学存在着，一种来自南方，一种源出北方；……北方人喜爱的形象和南方人追忆的形象间存在着差别。气候当然是产生这些差别的主要原因之一。……南方诗歌与北方诗歌不同，它远不能和沉思相谐和，远不能激起思考所能感受的东西；耽于安逸的诗歌把一切有一定次序的思想差不多全都排斥在外了。"[1]"首先我们要对种族有个正确的认识，第一步先考察他的乡土。一个民族永远留着他乡土的痕迹，而他定居的时候越愚昧越幼稚，身上的乡土的痕迹越深刻。"[2]尽管任何文体规范及文体自由都不纯粹是文体自身及艺术内部的事情，都会指涉人甚至政治。

两岸四地的诗歌生态造成诗体观念的差异。台湾没有格律诗派与自由诗派论争的传统和对抗的生态，早期受外国诗歌影响，更重视诗的视觉形式而非音乐形式，更重视节奏而非韵律；近年受时局影响，更关注写什么。"中生代"是台湾诗歌界关于诗歌断代的一个命名。这样的命名却是我感到陌生的。中国社会发展的形态不同，意识形态的差异，造成了包括新诗在内的文化上的种种差异。当然，从文化的根源上讲，整个中国的文化是'大同'，但就各个不同的地域看，却存在着'小异'。我多次表述过正是这种'大同小异'，才造就了当代中国文化的丰富性。大陆和台湾，以及香港和澳门两岸四地新诗的发展，从总体上看，曾经存在大约一二十年的时间差。往往是在彼地发生的事件，过了一些时候，便会在此地以相似甚至相同的方式重演。现代诗论战便是如此。这种看似偶然的现象，其实却是必然。毕竟我们是同一文化母体下的中国诗歌，其发展脉络和规律有惊人的相似之处。"[3]"他们分布在中国四个社会制度不同的、意识形态迥异的地区，以各自独特的写作方式，形成各自的风格。"[4]"上世纪的四五十年代之交，中国大陆发生政权更迭的转折。受制于社会制度、文化环境等因素，两岸诗歌的走向出现明显的分化。这既表现在诗歌功能想象、诗歌题材主题上，表现在艺术方法、语言策略上，也表现在诗人身份、存在方式、诗歌传播方式和诗歌活动展开方式上。到了60年代，这种分野的性质、产生的后果和由此提出的问题，得到充分凸显。"[5]

但是诗是先锋文体，对自由的追求往往多于对法则的遵守。地域文化对它的影响属于文体外部的影响，这种影响常常因为诗歌文体特有的文体自主

〔1〕［法］史达尔：《论文学》，伍蠡甫：《西方文论选》，下卷，上海译文出版社，1979年，第124-127页。

〔2〕［法］丹纳：《艺术哲学》，傅雷译，人民文学出版社，1983年，第243页。

〔3〕谢冕：《承上启下的中生代——〈两岸四地中生代诗选〉序》，吴思敬、简政珍、傅天虹：《两岸四地中生代诗选》，作家出版社，2009年，第1页。

〔4〕谢冕：《承上启下的中生代——〈两岸四地中生代诗选〉序》，吴思敬、简政珍、傅天虹：《两岸四地中生代诗选》，作家出版社，2009年，第3页。

〔5〕洪子诚：《学习对诗说话》，北京大学出版社，2010年，第188页。

性和诗人主体性被削弱。“任何深刻的敏感和对艺术具有天赋的人(不应把想象力的敏感和心的敏感混为一谈)都会像我一样地感觉到,任何艺术都应该是自足的,同时应停留在天意的范围内。然而,人具有一种特权,可以在一种虚假的体裁中或者在侵犯艺术的自然肌体时不断地发展巨大的才能。”〔1〕诗是主情的文学。“认识自我不是被看成为一种单纯的理论兴趣;它不仅仅是好奇心或思辩的问题了,而是被宣称为人的基本职责。”〔2〕“抒情诗人的任务在于始终不离个人,叙说自己和自己的私人感受,同时又使这些感受成为对社会有意义的东西……一个抒情诗人,如果他显然没有把任何私人的激情贯注到他的抒情诗里面,他的笔下就可能枯涩呆滞。”〔3〕“一个艺术家表现的是情感,但并不是像一个大发牢骚的政治家或是像一个正在大哭或大笑的儿童所表现出来的情感。”〔4〕但是人的个体情感和人类情感都与人类文化休戚相关。“每一个文化还会形成一种成熟的包含着内省与人际因素之间的平衡的人格感。”〔5〕“每个具有创造力的人都是合二为一的,甚至是异质同构的复合体。他既是有个体生活的人,又是非个人的、创造的程序。……艺术家并不是一个生来就把追求自由意志(free will)作为最终目标的人,而是一个让艺术通过他来实现自身目的的人。作为一个人,他可能有自己的情绪、意志与目标,但是作为一位艺术家,他是一个具有更高意义的人——一个集体人。他承担和呈现着人类的无意识的心理生活。为了履行好这艰巨的责任,有时他不得不牺牲个人的幸福欢乐甚至普通人生活中值得生活的任何事物。”〔6〕“人的自我意识随着社会生活的发展而发展。”〔7〕人类文化,特别是以艺术为中心的传统文化和以政治为核心的现代文明总是对追求自由意志,强调人的主体性的诗人形成“影响的焦虑”。

诗体具有艺术价值和政治价值,既有艺术规范及艺术革命的潜能,也有

〔1〕 [法]波德莱尔:《哲学的艺术》,波德莱尔:《波德莱尔美学论文选》,郭宏安译,人民文学出版社,1987 年,第 390 页。

〔2〕 [德]恩斯特·卡西尔:《人论》,甘阳译,上海译文出版社,1985 年,第 6 页。

〔3〕 [俄]卢那察尔斯基:《论文学》,蒋路译,人民文学出版社,1978 年,第 154 - 155 页。

〔4〕 [美]苏珊·朗格:《艺术问题》,腾守尧、朱疆源译,中国社会科学出版社,1980 年,第 25 页。

〔5〕 [美]H. 加登纳:《智能的结构》,兰金仁译,光明日报出版社,1990 年,第 318 -319 页。

〔6〕 G. G. Jung. Psychology and Literature. 20 th Century Literary Criticism. London: Longman Group Limited, 1972. p. 165 - 186.

〔7〕 Denys Thompson. The Uses of Poetry. London: Cambridge University Press, 1974. p. 3.

政治律令及政治革命的潜能，是诗的文体功能及文体价值和诗人的存在意义及生存方式的显性表现。诗体类似福柯的“话语”，不仅是诗的语言体式，而且是调控权力之流的规则系统。如福柯所问：“从何时起，从什么样的语义或句法的转变开始，人能认识到语言已变成一种理性话语？”[1]又如福柯所言：任何社会的运作系统都“起源于三个宽阔的领域：控制事物的关系，对他者产生作用的关系，与自己的关系。这并不意味着三者中的任何一组对其他都是完全无关的……但是我们有三个特殊的轴心：知识轴心、权力轴心和伦理轴心，有必要分析它们之间相互作用的关系。”[2]“我不想把权力说成是‘特定的权力’(le pouvoir)，即确保公民们被束缚在现有国家的一整套制度和机构之中。我也不想把权力理解成一种奴役的方式，具有与暴力不同的规则形式。最后，我还不把它理解成一套普遍的控制系统，其中一个要素或一个组织控制另一个要素或组织，并且依次影响到整个社会。从权力出发来分析，不应该把国家主权、法律形式或统治体系视为原始的所予，因为国家主权之类只是权力的终极形式，我认为，我们必须把权力理解成多种多样的力量关系，它们内在于它们运作的领域之中，构成了它们的组织。它们之间永不停止的相互斗争和冲撞改变了它们，增强了它们，颠覆了它们。”[3]“哪里有权力，那里就有抵制。……这些抵抗不从属于一些不同性质的原则；但是，它们并不因此一定是让人失望的诱饵或许诺。它们是权力关系中的另一极，是权力关系不可消除的对立面。”[4]所以当代社会无处不在又时时转化的权力会对重视审美意识形态的诗人形成“体制性压迫”，“文明的碎片”会让诗人产生强烈的“荒诞感”和“疏离感”。

“任何价值系统都形成一种意识形态，很明显，一种意识形态只能存在于通过转移而被重新构建的境况之中。”[5]中国的诗体价值系统在一定程度上转移或重新构建了中国的政治价值系统。中国文人，特别是精英文人的处世之道是：穷则独善其身，达则兼济天下。中国诗歌形成了以“诗言志”为代表的“诗教”传统。中年人的社会角色重要，责任感甚至使命感强烈，很多中生

---

〔1〕［美］艾莉森·利·布朗：《福柯》，聂保平译，中华书局，2003年，38页。

〔2〕John Mc Gowan. Postmodernism and Critics. New York: Cornell University Press, 1991. p. 134.

〔3〕［法］米歇尔·福柯：《性经验史》，佘碧平译，上海人民出版社，2000年，第121－122页。

〔4〕［法］米歇尔·福柯：《性经验史》，佘碧平译，上海人民出版社，2000年，第71页。

〔5〕Judith Williams. Decoding Advertisements. London: Robert MAClehose and Company Limited, 1978. p. 43.

代诗人推崇梅洛-庞蒂的主张:“我们承担着介入到世界之中的政治责任,而这种介入不是通过沉默,而是通过真正地说出我们的生活经验,所以我们必须成为艺术家,成为歌唱我们生活和我们世界的艺术家。”[1]

“政治生活并不就是人类存在的唯一形式。”[2]现代诗歌功能的多元性,特别是唯美性、超现实性会削弱地域文化的影响。波德莱尔认为:“只要人们深入到自己的内心中去,询问自己的灵魂,再现那些激起热情的回忆,他们就会知道,诗除了自身外并无其他目的,它不可能有其他目的,除了纯粹为写诗而写的诗外,没有任何诗是伟大、高贵、真正无愧于诗这个名称的。”[3]诗人奥登认为:“诗不比人性好,也不比人性坏;诗是深刻的,同时却又是浅薄的,饱经世故而又天真无邪,呆板而又俏皮,淫荡而又纯洁,时时变幻不同。”[4]诗人奥克塔维奥·帕斯认为诗是介于所见与所言,介于所言与保持沉默,介于保持沉默同梦幻,介于梦幻及忘却的艺术。日本当代文论家滨田正秀这样定义现代抒情诗:“现在(包括过去和未来的现在化)的自己(个人独特的主观)的内在体验(感情、感觉、情绪、愿望、冥想)的直接的(或象征的)语言表现。”[5]这样的现代诗更多是诗人自己的感觉和情绪的内在体验。地域政治文化对这种“唯美写作”和“私人化写作”产生的影响是有限的。因此,针对中生代诗人的写作既是“公共写作”又是“私语写作”,中生代诗人的诗作既是“审美的”又是“意识形态的”等特点,研究两岸四地中生代诗人,既要重视“平行与交错”[6],更要重视“多元与契合”。“平行”偏向同步发展,“多元”重视步调不一致;“交错”偏向简单的交汇,“契合”偏向复杂的交融。前两者偏向“总体”,后两者偏向“个案”。两组四者结合,才能较好地描述出两岸四地中生代诗人及诗论家的诗体意识及流变形态。

---

[1] [美]丹尼尔·托马斯·普里莫兹克:《梅洛-庞蒂》,关群德译,中华书局,2003年,第89页。

[2] [德]卡西尔:《人论》,甘阳译,上海译文出版社,1985年,第81页。

[3] [法]波德莱尔:《再论埃德加·爱伦·坡》,波德莱尔:《波德莱尔美学论文选》,郭宏安译,人民文学出版社,1987年,第135页。

[4] 林以亮:《〈美国诗选〉序》,林以亮《美国诗选》,今日世界出版社,1976年,第4页。

[5] [日]滨田正秀:《文艺学概论》,陈秋峰、杨国华译,中国戏剧出版社,1985年,第47页。

[6] 白灵:《平行与交错——〈两岸四地中生代诗选〉出版的意义和影响》,北京大学新诗研究所、首都师范大学中国诗歌研究中心:《中国新诗:新世纪十年的回顾与反思——两岸四地第三届当代诗学论坛论文集》,第128页。会议时间2010年6月26日-6月27日,地点北京。

诗体的概念辨析和历史考察

诗体是对诗的形式规范，是诗歌作品的语言秩序及语言体式。“一件艺术品，如果缺乏正当的形式，正因为这样，它就不能算是正当的或真正的艺术品。对于一个艺术家，如果说，他的作品的内容是如何的好（甚至很优秀），但只是缺乏正当的形式，那么这句话就是一个很坏的辩解。只有内容与形式都表明为彻底统一的，才是真正的艺术品。我们可以说荷马史诗《伊利亚特》的内容就是特洛伊战争，或确切点说，就是阿基里斯的忿怒；我们或许以为这就很足够了，但其实却很空疏，因为《伊利亚特》之所以成为有名的史诗，是由于它的诗的形式，而它的内容是遵照这形式塑造或陶铸出来的。”〔1〕“只要它是个好的艺术品，又具备诗的形式，我们就应当承认它是首抒情诗。对于内容的每一个限制都是与艺术理论之精神相违背的过错。……情感若强烈得逾越了艺术的形式界限，那么它们纵使在抒情诗中也是不会再有任何地位的。”〔2〕“诗歌形式作为诗歌的基本条件，由于所选择的诗型的不同特点，对其情感表现过程本身就有决定性影响。不仅如此，某种诗型只要被采用达到一定限度，其作品形式必然形成感动客体化和古典化表现的模式。这一倾向在中国中世诗尤为明显。”〔3〕“艺术作品的物质结构方面是它的本体论状态，是它的现实存在的主要基础和条件，同时是它的直接的感性可感的面貌。……艺术中的物质结构（无论它具有怎样的审美性质）主要作为某种艺术信息的载体而‘工作’，它不仅荷载这种信息，而且要把这种信息从艺术家传输给观众；因为它，这种物质结构，只是相对独立的，而它的主要作用是成为应该保障艺术家和他的观众之间交际联系的那种符号系统的信号基础。”〔4〕“各种具体的和特定的手段，它们的组合、运用以及部分地说来它们的功能，在文学的历史进程中发生了巨大的变化。每个文学时代、每个文学流派都有一套特

〔1〕［德］黑格尔：《小逻辑》，贺麟译，商务印书馆，1997年，第279-280页。

〔2〕［德］玛克斯·德索：《美学与艺术理论》，兰金仁译，中国社会科学出版社，1987年，第365页。

〔3〕［日］松浦友久：《李白诗歌抒情艺术研究》，刘维治译，上海古籍出版社，1996年，第208页。

〔4〕［苏］莫·卡冈：《艺术形态学》，凌继尧、金亚娜译，北京三联书店，1986年，第278-279页。

有手段作为其特征,这些手段体现了文学体裁或者潮流的(广义的)风格。"[1]"文学的种类不是一个无足轻重的名称,它是一种能够在一件作品中参与显示其特点的美学惯例。"[2]"类型理论是秩序的法则(Theory of genres is a principle of order),它不是根据时间或地点(朝代或民族语言),而是根据特殊的文学组织或结构来划分文学和文学史的。在某种形式上,任何区别于历史研究的批评性和评价性研究,都呼唤这种结构。"[3]"在一个社会中,某些复现的话语属性被制度化,个人作品按照规范即该制度被产生和感知。所谓体裁,无论是文学的还是非文学的,不过是话语属性的制度化而已。"[4]

"从心理学的角度来看,艺术形式在某一文化当中的发展过程,很有可能是一个从某些相同的简单形状开始,然后又逐渐向复杂的形状进行过渡的过程。原始艺术中所出现的某些风格,是不能用缺乏技术或概括能力尚欠成熟来加以解释的。这些风格往往是由那些具有悠久传统的手工工艺经过长期锤炼逐渐形成的,是由这些手工工艺所锻炼出来的敏锐的视觉观察力和手的熟练技巧所创造的。在这些作品中,充分显示了对那些对称的、具有几何式样的图形的偏爱。但是,这样一些图形实际上仅仅是一些较为基本的图形。"[5]人类艺术最早起源于人对形式及体式的追求,诗人对诗的形体为主要显象特征的诗体的重视出于人的构形本性和艺术的本性。歌德在《论德国建筑》中说:"艺术早在其成为美之前,就已经是构形的了,然而在那时候就已经是真实而伟大的艺术,往往比美的艺术本身更真实、更伟大些。原因是,人有一种构形的本性,一旦他的生存变得安定之后,这种本性立刻就活跃起来;……因此野蛮人便以古怪的特色、可怕的形状和粗鄙的色彩来重新模塑他的椰子、他的羽饰和他自己的身体。而且虽然这些意象都只有任意的形式,形状仍旧缺乏比例,但是它的各个部分将是调和的,原因是:一个单一的情感将这些部分创造成为一个独特的整体,而这种独特的艺术正是唯一的真

[1] 陆梅林、程代熙主编:《美学文艺学方法论续集》,文化艺术出版社,1987年,第132页。

[2] René Wellek, Austin Warren. Theory of Literature. New York: Harcourt, Brace and Company, Inc. ,1956. p. 214.

[3] René Wellek, Austin Warren. Theory of Literature. New York: Harcourt, Brace and Company, Inc. ,1956. p. 217.

[4] [法]托多罗夫:《巴赫金、对话理论及其他》,蒋子华、张萍译,百花文艺出版社,2001年,第27页。

[5] [美]鲁道夫·阿恩海姆:《艺术与视知觉》,滕守尧译,中国社会科学出版社,1984年,第177-178页。

正艺术。当它出于内在的、单一的、个别的、独立的情感，对一切异于它的东西全然不管甚至不知，而向周围的事物起作用时，那么这种艺术不管是粗鄙的蛮性的产物，抑或是文明的感性的产物，它都是完整的、活的。”〔1〕王尔德甚至说：“艺术的对象并不在于简单的真而在复杂的美，它无非是极力铺陈的一种强烈形式。”〔2〕由于构形是人的天性，诗的韵律形体在诗的创造活动中格外重要。“在某些人身上，确有真正的基本的审美需要。丑会使他们致病（以特殊的方式），身临美的事物会使他们痊愈。……审美需要与意动、认知需要的重叠之大使我们不可能将它们截然分离。秩序的需要、对称性的需要、闭合性的需要、行动完美的需要、规律性的需要，以及结构的需要，可以统统归因于认知的需要、意动的需要或者审美的需要，甚至可以归于神经过敏的需要。”〔3〕诗体是诗的一种结构形式，是人对秩序的需要、对称的需要和结构的需要的诗化呈现。中外诗歌都出现过以格律诗为代表的“齐言体”，正是诗人和读者追求结构的需要及对称的需要的结果，也是人的秩序感的艺术体现。诗人对由人的秩序感产生的诗的形式感的重视，会促使诗人进行寻找形态的诗体实验，既会产生个人化的诗体，也会由于语言和已有诗体都具有的稳定性、普遍性和遗传性，使诗人的诗体实验非个人化，这有助于常规的、共用的诗体的建设，完成规范诗的形式、制定作诗法则的任务。

诗是通过语言作为情感符号形成一组符号结构图式的具体组合来完成的。诗体的产生是显性的语言符号和隐性的做诗规则融合的结果。人类的语言、符号都具有强烈的文化性和历史性，直接受到富有历史意识和群体意识的文化的制约。“许多人类知识的体现与交流都是通过符号来进行的，符号就是文化方面设计出来的含义系统，它们把握了重要的信息形式。语言、绘画、数学，这仅仅是为人类生存与生产的目的而在全世界都十分重要的三种符号系统。”〔4〕“语言的功能基本上是保守的和稳定的，因此，它往往起一种消极作用使人的认识活动趋于保守和静止。”〔5〕“普遍适用性就是人类符号系统的最大特点之一。”〔6〕符号的普遍适用性和语言的稳定性是造成诗体

〔1〕［德］恩斯特·卡西尔：《人论》，甘阳译，上海译文出版社，1985年，第179页。
〔2〕高健：《英美散文60家》，下册，山西人民出版社，1983年，第166页。
〔3〕［美］马斯洛：《动机与人格》，许金声译，华夏出版社，1987年，第59页。
〔4〕［美］H. 加登纳：《智能的结构》，兰金仁译，光明日报出版社，1990年、第75页。
〔5〕［美］鲁道夫·阿恩海姆：《视觉思维》，滕守尧译，光明日报出版社，1987年，第357页。
〔6〕［德］恩斯特·卡西尔：《人论》，甘阳译，上海译文出版社，1985年，第46页。

的稳定性及“诗有常体”甚至“诗有恒裁”的重要原因，所以中外诗歌史上定型诗体经久不衰，如人类早期诗歌中的“萨福体”和中晚期诗歌中的“十四行诗体”（商籁体）。这些诗体经久不衰的主要原因是较多地包含了能够超越时空限制的诗体的美的共性和诗歌写作的法则的通用性。

诗的音乐形式和排列形式是诗体的重要内容。“一般说来，诗的起源仿佛有两个原因，都是出于人的天性。……摹仿出于我们的天性，而音调感和节奏感（至于‘韵文’则显然是节奏的段落）也是出于我们的天性，起初那些天生最富于这种资质的人，使它一步步发展，后来就由临时口占而作出了诗歌。”[1]“有一种曾经很盛行的发生性描述在重复之中寻得了抒情诗的萌芽状态。……最早的歌曲是劳动号子，它用来减轻劳动和保存能量。……只有当运动是一种享受（倘能这样说的话）时，审美自由才得以开始，只有当节奏形式能固定与持久时，艺术才得以起步。……显然，开化民族中经常发生过——而且仍在发生着——这种情况，即在艺术节奏中有意无意地重复一种劳动节奏。”[2]“诗不但是一种特殊的艺术（peculiar art），也是所有艺术中最有威力的艺术，除戏剧以外，它是唯一的既需要耳朵又需要眼睛的艺术，是融视觉与听觉于一体的艺术。所有的艺术都需要耳或者眼，但并不是两者都需要。”[3]“诗人从事的是这样的工作，如同我们已经看到的，是借助具有自身的骨架和结构的词语的表演，赋予一段感受经验以秩序、凝结和自由。这样的骨架和结构由能够使感受经验聚合的冲动产生，可以有很多不同的方式通过词语来达到目的，把人的感受经验用诗表现出来的难题是语言心理学上的，而不是哲学上的。”[4]“自由诗（‘free’verse）不是简单地反对韵律，而是追求散体与韵体的和谐而生的独立韵律。如果意识不到这样的‘第三种韵律’（third rhythm），就无法解释诗失去规则韵律为何不会沦为散文。”[5]“只有当日常语言（everyday words）被给予有意味的形体（shape）时，才能够变为文

[1] [古希腊]亚里士多德：《诗学》，人民文学出版社，1962年，第11－12页。

[2] [德]玛克斯·德索：《美学与艺术理论》，兰金仁译，中国社会科学出版社，1987年，第244－246页。

[3] Louis Untermeyer. Doorways to Poetry. New York：Harcourt, Brace and Company, 1938. p. 4.

[4] I. A. Richards. Poetry and Beliefs. K. M. Newton：Twentieth-Century Literary Theory：A Reader. London：Macmillan Education Ltd. ,1988. p. 40－41.

[5] Northrop Frye. Anatomy of Criticism. New Jersey：Princeton University Press, 1971. p. 272.

学。没有形体就没有文学。……为什么形体十分重要?因为形体才能造就一件文学作品的整体(unity)与完美。"[1]"自由诗是没有韵律和缺乏一个有规律的诗律的统一的诗,自由诗不是形体上的自由。"[2]"我们非常关注诗体(poetic form),不仅是因为形式(form)可以作为结构(texture),还是一种能够让诗可能被抓住的形状(shape)。"[3]"所有的写作都包含不同程度的节奏,甚至散文也有节奏的因素。但是诗人格外突出和构建节奏,他通过调配轻重音节、平衡语词、使用韵律和重复等方式来创造出韵律范式。"[4]节奏所形成的格律正是诗体关注的重要内容,诗体的规范常常直接呈现为对诗的节奏、韵律的规范。"格式塔心理学家们也得出了一个相似的结论:每一个心理活动领域都趋向于一种最简单、最平衡和最规则的组织状态。"[5]人的分类本能在于分类的形式,目的是为了创造一种更稳定和谐又能发展的生存环境,早期诗歌创作重复同一句式,既顺口又可以在创新中保持已有的节奏韵律。

诗体的生成模式及建设方式按照形成特点大约可以分为三种:革命模式、调和模式和影响模式(改良模式)。诗体的传播与改良也常常通过专业诗人之手,如世界上最流行的十四行诗体的产生与传播。诗体是作诗的规范,这个规范会随着时代的变化而变化。"规范反映了某种价值系统,因为它们可以引导一个决策者做出恰当的选择;按照规范提供的标准行为,可以帮助决策者找到有利的选择方式,或是找到应当比其它选择方式更为有利的选择方式。……一般说来,因为外部规范是某种决策过程的结果,因此,它们还是应该服从形势的变化发展的要求的。行动者将始终要相对于原始系统和通信系统来估量现存的信息,从而修改或抛弃现存的规范,或者必要的话建立新的规范。"[6]诗体总是以动态的方式存在,总是处在自我完善的进化状态,既有渐变和量变,更有突变和质变。诗人的文体反叛和诗体的革命使诗成为

[1] David Bergman, Daniel Mark Epstein. The Heath Guide to Literature. Toronto: D. C. Heath Company, 1987. p. 623.

[2] David Bergman, Daniel Mark Epstein. The Heath Guide to Literature. Toronto: D. C. Heath and Company, 1987. p. 24.

[3] Mike Weaver. William Carlos Williams. London: Cambridge University Press, 1971. p. 55.

[4] Louis Untermeyer. Doorways to Poetry. New York: Harcourt. Brace and Company, 1938. p. 69-70.

[5] [美]鲁道夫·阿恩海姆:《艺术与视知觉》,滕守尧、朱疆源译,中国社会科学出版社,1984年,第37页。

[6] [荷]A. F. G. 汉肯:《控制论与社会》,黎鸣译,商务印书馆,1984年,第147-148页。

最具有革命性的艺术，诗体革命甚至还成了诗人追求人类自由的政治运动。

诗体常常在简单与繁复、华丽与朴素、定型与自由的对抗与和解中演变。汉诗诗体长期处在“恒裁”与“通变”这组矛盾的对抗与和解中，古代汉诗重视“恒裁”，现代汉诗推崇“通变”。以格律为代表的音乐形式和以齐言体为代表的排列形式是汉诗诗体的重要内容，古代汉诗形成了多种准定型诗体和定型诗体。“然诗有恒裁，思无定位，随性适分，鲜能通圆。若妙识所难，其易也将至；忽之为易，其难也方来。”〔1〕“时运交移，质文代变，古今情理，如可言乎！”〔2〕“古昔篇章，大别之为有韵无韵二类，其有韵者，皆诗之属也。其后因事立名，支庶繁兹，而本宗日以痟削，诗之题号，由此隘也。……诗体众多，源流清浊，诚不可以短言尽。”〔3〕“从‘诗体’的角度来看，在民国时代之后而起的‘现代诗’（又称新诗）出现之前，我国诗史常依年代的先后而被划分成‘古体诗’和‘近体诗’两个时期。……这种新体诗的最大特色，乃全诗皆由五个字为一行、或七个字为一行的型式所组成，而全首只有四行的诗称为‘绝句’，……则唐朝这种‘新体诗’便包含了‘五言绝句’、‘五言律诗’、‘五言排律’及‘七言绝句’、‘七言律诗’和‘七言排律’等六种可以目见的不同形体。”〔4〕汉诗诗体的形态及进化受到中国特有的政治文化的极大影响，“齐言体”是中国高度稳定的政治文化体制和以静制动的生存方式的诗化和文体化表现，形成了和谐、均衡、均匀、对称、秀美的美学传统和把玩精致的审美趣味。

文学“要是表示了一种风格上或技巧上的根本变革，它可能就是革命的。这种变革可能是一个真正先锋派的成就，它预示了或反映了整个社会的实际变革”〔5〕。“自由诗形式的出现本身就具有政治性，一方面，它反映着资产阶级自由解放的观念，另一方面，由于它‘自由’的气质，又潜藏‘不断革命’的动力。正因为此，它既是五四时期诗歌变革的参照、动力、手段和目标，又是从‘文学革命’到‘革命文学’的重要通道。”〔6〕

新诗问世和新诗革命爆发的原因可以用关系式表示：社会动乱—社会变革—政治文化变革—教育改革—科举制度的取消—文人生存方式巨变—

〔1〕 刘勰：《文心雕龙·明诗》，周振甫：《文心雕龙今译》，中华书局，1986年，第62页。
〔2〕 刘勰：《文心雕龙·时序》，周振甫：《文心雕龙今译》，中华书局，1986年，第396页。
〔3〕 黄侃：《文心雕龙札记》，周勋初导读，上海古籍出版社，2000年，第25页。
〔4〕 张双英：《中国文学批评的理论与实践》，国文天地杂志社，1980年，第132页。
〔5〕 [美]赫·马尔库塞：《现代美学析疑》，绿原译，文化艺术出版社，1987年，第2页。
〔6〕 王光明：《现代汉诗的百年演变》，河北人民出版社，2003年，第351页。

汉诗功能巨变—汉诗文体巨变—诗体大解放。新诗百年一直存在诗体的自由化与格律化之争。胡适、郭沫若、俞平伯、废名、艾青等人都推崇自由诗。“不但打破五言七言的诗体，并且推翻词调曲谱的种种束缚；不拘格律，不拘平仄，不拘长短；有什么题目，做什么诗；诗该怎样做，就怎样做。”[1]“我对于做诗的第一个信念是‘自由’。诗的动机只是很原始的冲动，……我平素很喜欢读民歌儿歌这类作品，相信在这里边，虽然没有完备的艺术，却有诗人底真心存在。诗人原不必有学问，更不是会弄笔头，只是他能把他所真感着的，毫无虚饰毫无做作的写给我们。”[2]“我们的新诗应该是自由诗，只要有诗的内容然后诗该怎样做就怎样做，不怕旁人说我们不是诗了。”[3]宗白华、闻一多、何其芳等人都重视诗体。“我想诗的内容可分为两部分，就是‘形’同‘质’。诗的定义可以说是：‘用一种美的文字……音律的绘画的文字……表写人的情绪中的意境。’这能表写的、适当的文字就是诗的‘形’，就是诗中的音节和词句的构造；诗的‘质’就是诗人的感想情绪。换一句话说，诗的‘形’就是诗中的音节和词句的构造；诗的‘质’就是诗人的感想情绪。所以要想写出好诗真诗，就不得不在这两方面注意。一方面要做诗人人格的涵养，养成优美的情绪、高尚的思想、精深的学识；一方面要作诗的艺术的训练，写出自然优美的音节，协和适当的词句。”[4]“但是在我们中国的文学里，尤其不当忽略视觉一层，因为我们的文字是象形的，我们中国人鉴赏文艺的时候，至少有一半的印象是要靠眼睛来传达的。原来文学本是占时间又占空间的一种艺术。既然占了空间，却又不能在视觉上引起一层具体的印象——这是欧洲文字的一个缺憾。我们的文字有了引起这种印象的可能，如果我们不去利用它，真是可惜了。所以新诗采用了西文诗分行写的办法，的确是很有关系的一件事。姑无论开端的人是有意还是无心的，我们都应该感谢他。因为这样一来，我们才觉悟了诗的实力不独包括音乐的美(音节)，绘画的美(词藻)，并

---

〔1〕 胡适:《谈新诗——八年来的一件大事》，胡适:《中国新文学大系·建设理论集 1917-1927》；影印本，上海文艺出版社，2003 年，第 299 页。

〔2〕 俞平伯:《诗底自由和普遍》，《新潮》第三卷第一号，1921 年 10 月 1 日；《新潮》影印本，合订本第二册，上海书店，1986 年，第 75-76 页。

〔3〕 废名:《新诗应该是自由诗》，废名:《论新诗及其他》，辽宁教育出版社，1998 年，第 23 页。

〔4〕 宗白华:《新诗略谈》，林同华:《宗白华全集》，第一集，安徽教育出版社，1994 年，第 168 页。原载 1920 年 2 月 9 日上海《时事新报·学灯》和同年 2 月 15 日刊行的《少年中国》，第一卷第八期“诗学研究”。

且还有建筑的美(节的匀称和句的均齐)。这一来,诗的实力又添上了一支生力军,诗的声势更扩大了。所以如果有人要问新诗的特点是什么,我们应该回答他:增加了一种建筑美的可能性是新诗的特点之一。”〔1〕“我们说的现代格律诗在格律上就只有这样一点要求:按照现代的口语写得每行的顿数有规律,每顿所占时间大致相等,而且有规律地押韵。”〔2〕

20世纪中国战争、运动此起彼伏,没有为诗体建设提供良好生态。1951年梁实秋在台北说:“因为一切艺术品总要有它的格律,有它的形式,格律形式可以改变,但是不能根本取消。我们的新诗,三十年来不能达于成熟之境,就是吃了这个亏。”〔3〕杨匡汉准确地描述出20世纪格律诗与自由诗论争的历史:“中国新诗将近八十年的艺术运动,自由与格律的交替变奏已成规律之一。乱中之齐、同中之异、律中之变,既是创造者的美感要求,又是鉴赏者的习惯心理。古典诗词在形式(主要是格律)上有登峰造极的成熟,但太顽固化了,遂有‘诗界革命’,遂有现代白话诗的‘尝试’,遂有五四时期旨在彻底摆脱格律约束的诗体解放。自由诗如狂风席卷,日趋毫无节制的无序散漫,于是‘新月派’在20年代揭竿而起,闻一多力主‘戴着脚镣跳舞’,倡导以‘三美’(音乐美、绘画美、建筑美)为诗之格律,且理论与实践并重,惨淡经营其艺术的防线。不久时局丕变,30年代民族危亡,琴弦易为鼓角相闻,镣铐激使马蹄生烟,艾青等举起‘散文美’的大旗,自由奔突,再度打破诗律王国的平衡。从50年代到70年代,在台湾地区,尽管有过诗之‘乡土’与‘现代’的情绪化的论争,但整齐或不整齐、格律化或自由化的诗作者始终各唱各的调;在大陆,渴求建立一种以民歌和古典诗歌为基础的统一诗格的努力,往往因意识形态化而收效甚微。80年代以降,无论是海峡此岸或彼岸,从大的趋向看,是又一次诗体解放对诗体律化的否定。”〔4〕

新诗百年,绝大多数时间都处在文体自发阶段,或从文体自发到自觉的过渡阶段,或幼稚的文体自觉阶段,并未真正进入成熟的文体自觉阶段,建立起成熟的诗体。在新诗草创期,诗形建设大致经历了三个阶段:一是直接套

〔1〕 闻一多:《诗的格律》,杨匡汉、刘福春:《中国现代诗论选》,上册,花城出版社,1985年,第124-125页。原载1926年5月13日《晨报副刊·诗镌》7号。

〔2〕 何其芳:《关于现代格律诗》,何其芳:《何其芳文集》,四川人民出版社,1979年,第153页。

〔3〕 梁实秋:《文学讲话》,徐静波:《梁实秋批评文集》,珠海出版社,1998年,第228页。

〔4〕 杨匡汉:《说诗调——诗学札记之一》,吕进、毛翰:《中国诗歌年鉴》,1996年卷,重庆中国新诗研究所1997年编印,第476页。原载《诗神》1996年9月号。

用外国诗的原始诗形。二是使用被“中国化”，特别是“自由化”了的外国诗的翻译诗的诗形。三是在两者基础上创造自己的诗形。到1923年左右，新诗开始建立起一些相对稳定的形体，建设起一些约定俗成的排列规则，如对称、均衡、整齐。20年代中期是新诗由草创期的粗糙向成熟期的精致转变的重要时期，诗的艺术性得到高度的重视，很多诗人或诗派都在诗的音乐形式和排列形式上进行了卓有成效的形式实验。特别是1926年不仅是诗人的诗体独创性尽情显露的创造年，也是一些诗体经过数年的建设开始走向规范的定型年。王独清在1926年3月《创造月刊》第1卷第1期上发表的《再谭诗——寄木天、伯奇》中说：“我所取的诗形有以下数种：1. 散文式的——无韵，不分行。2. 纯诗式的——有韵，分行（限制字数；不限制字数）。3. 散文式的与纯诗式的。”[1]这段话既说明当时诗人对诗形的重视，也说明当时已经建设起了多种诗形。以闻一多为代表的新月诗人在新格律诗的理论和创作上都颇有建树，共在《晨报副刊》上发表了《诗的格律》（闻一多）、《论诗的音节》（饶孟侃）等重要论文和著译诗作86首。闻一多认为诗应该有音乐美（音节）、绘画美（词藻）和建筑美（节的匀称和句的均齐），他还创作了近20种现代格律形体。朱湘主张诗的内容、外形和音乐应该并重。徐志摩在1926年4月1日的《诗刊弁言》中发出建设新诗诗体（诗式）的号召：“要把创格的新诗当一件认真事情做。……我们信我们这民族这时期的精神解放或精神革命没有一部像样的诗式的表现是不完全的，我们信我们自身灵里以及周遭空气里多的是要求投胎的思想的灵魂，我们的责任是替它们构造适当的躯壳，这就是诗文与各种美术的新格式与新音节的发见；我们信完美的形体是完美的精神唯一的表现。”[2]1926年的新诗诗体建设运动不仅很快夭折，后世评价也很低。1951年梁实秋在台北《自由青年》上发表的《文学讲话》中说：“老早有人悟到新诗必须要有格律与形式。所以经过初期幼稚的尝试以后，便有人处心积虑的在做试验，把诗的每行修得一般长短，每行的字数是一般多，不再是参差不齐的长短句了，印出来的时候四四方方的像是一块豆腐块，有人称之为‘豆腐干派’。他们用意是好的。但是失败了。眼睛看着整齐，不能算是

〔1〕 王独清：《再谭诗——寄给木天、伯奇》，杨匡汉、刘福春：《中国现代诗论》，上册，花城出版社，1985年，第104页。原载1926年3月《创造月刊》第一卷第二期。

〔2〕 徐志摩：《诗刊弁言》，郑振铎选编：《中国新文学大系·文学论争集1917-1927》；影印本，上海文艺出版社，1981年，第333页。

形式，诗的文字形式主要的是节奏，是用耳朵听的，豆腐干中看而不中听。”[1]邹绛选编了《中国现代格律诗选 1919—1984》，选出胡适等人的现代格律诗 300 多首。邹绛将 1919—1984 年的现代格律诗体分为 5 大类型：“一、每行顿数整齐，字数整齐或不整齐者；二、每行顿数基本整齐，字数整齐或不整齐者；三、一节之内每行顿数并不整齐，每节完全对称和基本对称；四、以一、三两种形式变化者，以上四种类型诗都有有规律的押韵；五、每行顿数整齐或每节互相对称，但不押韵或没有一定的押韵格式者，有的每行顿数并不整齐而节与节互相对称。”[2]受到政治激进主义和文化激进主义极大影响的中国新诗是崇尚自由的文体，新诗诗人更是具有文体独创精神和思想自由精神的现代人，甚至极度推崇人格独立和个性解放。新诗本质上是一种反对“经典化”“定型诗体”和“贵族性”的世俗化、自由化和平民化文体。

大陆中生代诗人及诗论家诗体观考察

近年在大陆，新诗文体学，特别是新诗诗体学近年受到重视，出版了十多部相关著作，如吕进的《新诗文体学》、吕进主编的《中国现代诗体论》、骆寒超的《20 世纪新诗综论》和《论新诗的本体规范与秩序建设》、骆寒超和陈玉兰合著的《中国诗学——第一部形式论》、许霆的《旋转飞升的陀螺——百年中国现代诗体流变史论》、许霆与鲁德俊合著的《新格律诗研究》和《十四行体在中国》、王珂的《诗歌文体学导论——诗的原理和诗的创造》《百年新诗诗体建设研究》《新诗诗体生成史论》《诗体学散论——中外诗体生成流变研究》、周仲器和周渡合著的《中国新格律诗论》《中国新格律诗史论》……一些新诗史和新诗论著也无法绕开“诗体”，如龙泉明的《中国新诗流变论（1917—1949）》、周晓风的《新诗的历程 1919—1949》、王光明的《现代汉诗的百年演变》、唐湜的《一叶谈诗》、蓝棣之的《现代诗的情感与形式》、吴开晋的《新诗的裂变与聚变》、陈仲义的《扇形的展开——中国现代诗学谫论》。不仅新诗学者关注文体建设，其他文学学者也关注此话题。如文艺学学者童庆炳在 2001 年 10 月 19 日说：“我一直认为，中国现代汉诗文体的建立，要充分考虑到四个方面：第一是‘诗意’，诗必须有诗意，这是诗区别于其他文体的一个特点，

〔1〕 梁实秋：《文学讲话》，徐静波：《梁实秋批评文集》，珠海出版社，1998 年，第 228 页。
〔2〕 邹绛：《中国现代格律诗选 1919－1984》，重庆出版社，1985 年，第 28 页。

当然这诗意必须渗入语言的运用中；第二是意境，意境是诗的形象，诗的形象区别于其他文体的形象就是它必须有这样或那样的意境，当然这形象也必须是语言（之内、之外）呈现出来的；第三是节奏，没有节奏就没有音乐美，当然节奏可以是不同的，不必完全套用近体律诗，但通过语言所创作的节奏，是读者诵读时所必须有的；第四是造型，也就是闻一多所说的建筑美，各种造型都可以，但通过文字来造型的诗歌传统不能丢。当以上四点相互契合的时候，诗的艺术文体就自然会呈现在读者的眼前。我特别欣赏词的文体，虽然它的句子长短不一，但它的文体是特别富于艺术性的。我有时候甚至想，要是我们能用现代汉语创造出新的一二百种不同的词牌来，也许我们的现代汉诗的文体将进入一个成熟时期。"[1]

诗体之争实际上是传统与现代之争。"新诗从它准备到诞生，从那时到现在，一直存在着议论和争论。这些议论和争论，随着环境的变换，也不断地变换着名称。但究其根源，大抵总是出于与中国古典诗歌以及外国诗歌二者的关系，也可以说是传统与现代二者的关系。这就是中国新诗的百年之痛。"[2]由于学派、地域、年龄甚至政治理念等多种原因，大陆诗学界分为格律诗派和自由诗派，细分为五派：极端支持格律诗，适度强调格律诗，极端反对格律诗，适度反对格律诗，中间派。自由诗派和格律诗派明显对立。"在2009年8月的'现代诗创作研究技法'学术研讨会上，不同学派的新诗学者展开了激烈的'诗体之争'。出现了多种观点：新诗应该建立定型诗体，新诗应该建立准定型诗体，新诗应该无诗体；新诗应该是格律诗，新诗是自由诗，新诗应该偏向格律诗，新诗应该偏向自由诗；新诗的诗体建设应该偏重音乐形式，新诗的诗体建设应该偏向视觉形式；诗体建设是伪话题，诗体建设是当务之急……"[3]

吴思敬倡导自由诗，他在《文艺研究》2011年第3期上发表了《新诗：呼唤自由的精神———对废名"新诗应该是自由诗"的几点思考》，全面介绍了他的诗体观："'自由'二字可说是对新诗品质的最准确的概括。这是因为诗

〔1〕 童庆炳：《〈诗歌文体学导论——诗的原理和诗的创造〉序》，王珂：《诗歌文体学导论——诗的原理和诗的创造》，北方文艺出版社，2001年，第3页。

〔2〕 谢冕：《序一：坚守着一角沉着冷静的寂寞》，王光明：《现代汉诗的百年演变》，河北人民出版社，2003年，第5页。

〔3〕 王珂、陈卫：《诗体之争与诗体重建——"现代诗创作研究技法"学术研讨会热点话题论争综述》，《江苏大学学报》2010年第6期，第47页。

人只有葆有一颗向往自由之心，听从自由信念的召唤，才能在宽阔的心理时空中任意驰骋，才能不受权威、传统、习俗或社会偏见的束缚，才能结出具有高度独创性的艺术思维之花。而对废名‘新诗应该是自由诗’的理解，恐怕也不宜把‘自由诗’狭隘地理解为一个专用名词，而是看成新诗应该是‘自由的诗’为妥。……这里所谈的与其说是一种诗体，不如说是在张扬新诗的自由的精神。”[1]“格律诗越是到成熟阶段，越是有一种封闭性、排他性，对原有格律略有突破便被说成是‘病’。自由诗则不同，它冲破了格律诗的封闭与保守，呼唤的是一种自由的精神。美是自由的象征，对诗美的追求就是对自由的追求。如前所述，新诗的诞生就是与人的解放的呼唤联系在一起的，自由诗最能体现人渴望自由、渴望解放的本性。自由诗以其内蕴的本原生命意义，确立了开放性的审美特征。”[2]

“所谓诗体，是具有稳定构造、标志诗的类别形式的特殊的符号系统。诗体的基本特征就是公用性，集中反映了诗体自身所具有的形式方面的特征。固然在具体的一首诗中，我们无法把它的形式与内容相剥离，然而在观察与分析了许多同类体裁的诗作后，我们却可以将它们共同的形式因素抽出来加以归纳。诗体不过问具体内容，它所强调的只是艺术符号的类别特征及其结构、秩序和组合原则。诗体一旦形成，便成为人类共同的精神财富，而不再是某个诗人自己的专利。换句话说，一种诗体只有不仅被开创者自己，而且也被当时和后代的许多诗人所接受并共同使用，才能成为真正意义上的诗体。与公用性相伴而来的是诗体的稳定性，就是说，诗体具有相当稳定的、可以重复出现的特点，某一种诗体形成后可以持续几十年、几百年、甚至上千年不变。我国的近体诗和词，就是发展最为完善的格律诗，其公用性和稳定性是极其明显的。至于现代格律诗，是在新诗诞生后出现的，在某种程度上，也是为了纠正自由诗过于散漫的偏颇而出现的，因此不像传统的格律诗，经过了漫长的酝酿与实践过程，而主要是由一些热心为新诗建立规范的人精心加以设计的。因此现代格律诗的先天性不足，就是公用性与稳定性的缺失。现在看来，闻一多设计的新格律诗也好，林庚的九言诗也好，何其芳的现代格律诗也好，基本上还停留在理论层面，连设计者本人都未能始终如一地按他的设

〔1〕 吴思敬：《新诗：呼唤自由的精神———对废名“新诗应该是自由诗”的几点思考》，《文艺研究》2011 年第 3 期，第 37 页。

〔2〕 吴思敬：《新诗：呼唤自由的精神———对废名“新诗应该是自由诗”的几点思考》，《文艺研究》2011 年第 3 期，第 38 - 39 页。

计写下去，更不用提后来者了。……与公用性与稳定性的缺失相联系的，是现代格律诗边界的模糊。作为一种诗体，现代格律诗是介于格律诗与自由诗中的一种中间状态，它不像自由诗与格律诗之间有明晰而森严的分野，它与自由诗之间往往纠缠不清，某些被一些诗人和批评家视为现代格律诗的诗作，往往被另一些诗人和批评家纳入自由诗的范围。我认为，由于自由诗的巨大的包容性，那些缺少公用性与稳定性的个别的现代格律诗的创作，都是可以纳入自由诗的范畴的，因为自由诗可以押韵，也可以不押韵，可以有整齐的建行，也可以有参差的建行，可以有明显的外部节奏，也可以没有明显的外部节奏。像朱湘的《采莲曲》，每一小节内，句子参差，有长有短，短的一行只有两个字，但节与节之间，呈现有规则的排列，这种建行，整齐中有变化，错综中有规律，不仅构成别有风姿的建筑美，同时也构成了章节流的回环，加强了诗的音乐性。"〔1〕

吕进倡导格律诗："诗体是诗的音与形的排列组合，是诗的听觉之美和视觉之美的排列组合。诗歌文体学就是研究这个排列组合的形式规律的科学。从诗体特征讲，音乐性是诗与散文的主要分界。从诗歌发生学看，诗与音乐从来就有血缘关系。"〔2〕"诗体重建是新诗二次革命的重要内容，新诗在多样诗体中，要完成两个美学使命——规范自由诗，倡导格律诗。"〔3〕2011 年 1 月 27 日，他再次强调建设新诗格律的必然性："格律诗好像会给诗人带来麻烦，其实给诗人带来的更是自由。写自由诗时的表达诗情无从下手、形式无所依托的烦恼就挥之而去了。作为中国诗歌的现代形态，新诗的命运可以从中国诗歌史中找到，中国诗歌诞生以后，从自由体向格律逐渐转化，一直到南北朝，格律基本定型，随之出现了唐诗宋词这样的古诗高峰。新诗是对只有形式没有内容的末期古体的叛逆，开始了中国诗歌的现代循环。我们现在正是在新诗的'律前时期'，和南北朝以前的状况相仿，新诗大的走向是可以预期的。尽管在现代汉语条件下，建设新诗的格律有其艰巨性，但是更有其必然性。"〔4〕

〔1〕 吴思敬：《新诗：呼唤自由的精神——对废名"新诗应该是自由诗"的几点思考》，《文艺研究》2011 年 3 期，第 40 页。

〔2〕 吕进：《诗歌的外形式与诗体》，吕进：《中国现代诗体论》，重庆出版社，2007 年，第 9 页。

〔3〕 吕进：《诗歌的外形式与诗体》，吕进：《中国现代诗体论》，重庆出版社，2007 年，封底。

〔4〕 吕进：《走向新诗的盛唐——序〈东方诗风〉论坛 10 年诗选》，万龙生：《东方诗风格律诗体新诗选》，吉林文史出版社，2011 年，第 2 页。

吕进还写过新格律诗《守住梦想》:“守住梦想/守住人生的翅膀//守住梦想/守住心上的阳光//不为一朵乌云放弃蓝天/不为一次沉船放弃海洋//荒漠中守住一方绿洲/风暴里守住一方晴朗”[1]。这首诗被收入深圳中国现代格律诗学会主编的《1914—2005中国新格律诗选萃》。全书共收入百年新诗史上200位诗人的326首新格律诗,还收入34位诗人的41首微型格律诗。吕进还是《东方诗风格律诗体新诗选》的荣誉主编。这本格律诗选收录了21世纪最初10年间“东方诗风”论坛注册会员43位诗人的241首诗作,少数未曾注册。其中吕进的7首,分别是《诗的马鞍山》《同心圆》《答台北诗人刘健化》《在那遥远的地方》《相会于台北》《别方敬》《伦敦丘吉尔庄园》。

骆寒超主张诗体建设走律化之路:“在不违反已定形式原则的前提下,今天新诗诗坛要鼓励大家既采用回环节型形式写格律体新诗,也采用推进节奏型形式写自由体新诗。而尤其要提倡写这两大形式体系综合而成的兼容体新诗。”[2]骆寒超还写了大量格律诗,与人合作出版了新诗创作集《伊甸园》和《三星草》。《三星草》是骆寒超、唐湜和岑琦三个合著的诗集,收录了300首汉式十四行诗。骆寒超在序中说:“新诗体式的现代化问题也必须考虑,……不讲究格式、不谐调音节和不押韵也就成为新诗的主要形式特征。在这‘三不’极端化的作用下,诗坛放纵无羁的‘无政府’状态也就在所难免了。与此对应,另有一批人无视中国诗歌形式审美的传统规范原则,把诗行字数的划一看成音节把握的决定条件,把各个诗行长度的划一看成格律把握的决定条件,把押尾韵和一韵到底看成鉴别诗与非诗的决定条件,来建立新格律诗,以致形成一边写诗、一边要计算字数的不正常现象。这种外在形式规范二级强化的倾向,导致新诗的体式无法在韵和音雅这一要求上定型。我们认为新诗不管怎么说总是要走律化之路的,但外在的声韵必须和内在的情韵作适度的应和,不能搞模式。具体点说,应把律化之路建立在这样的一个原则上;在约束中显自由,在自由中显约束。只有作这样的双向交流,才能使运用现代汉语写作的新诗求得形式的规范化定型。”[3]

---

〔1〕 吕进:《守住梦想》,深圳中国现代格律诗学会:《1914-2005中国新格律诗选萃》,吉林大学出版社,2005年,第327页。

〔2〕 骆寒超、陈玉兰:《中国诗学:第一部形式论》,中国社会科学出版社,2009年,第730页。

〔3〕 骆寒超:《新诗的规范与我们的探求》,现代汉诗百年演变课题组:《现代汉诗:反思与求索》,作家出版社,1998年,第259-260页。

唐湜也倡导格律诗："样式、音律不论是来自古典或五四新诗传统的，或来自西方现代诗的，我们应不拘一格，一视同仁，而且是越多样越好，越丰富越好。为了表现繁复的主题，繁复的题材，可以有整齐的多种诗体，也可以有多种多样的'长短句'体——由多种多样有规律的不同诗节结构与不同顿数的长短诗行组成的变体诗。"[1]"初唐的诗人们因为力破六朝的积习，创造了近体的绝句与律诗，中国诗史上才有了灿烂的盛唐。我们现在也必须力破停滞了千年的古典诗词的积习，创造我们新一代的新诗体，使自由诗能走向成熟的新阶段。我们要在民族语言的基础上吸取五四以来进步的新诗传统与欧美近代与现代诗有益的艺术营养，建立多样化的丰富多彩的新格律诗本，创造能反映时代脉搏不断跃动的新节奏、新旋律。"[2]唐湜进行了大量的格律诗写作实验。"从 40 年代初期起，我一直在学习写作自由诗，到 1958 年'反右'高潮中，抒写南方风土故事诗《划手周鹿之歌》时，还是用双行一节的自由诗体写了 1 000 行左右。近十多年来，我却作了几千次格律诗的试验，写了各式各样长长短短的 2 000 多首格律诗与半格律诗，叙事长诗 1 500 行左右的就有《魔童》《敕勒人，悲歌的一代》《海陵王》等几篇，还有三四百行以至七八百行的《春江花月夜》《泪瀑》《边城》《桐琴歌》《明月与蛮奴》，还有十四行连缀长诗《幻美之旅》《遐思：诗与美》及《默想》，给艾青、冯至与辛笛三位老诗人祝寿的不算长的贺诗等 20 多首；抒情诗有十四行与各式各样的四行诗、双行诗、长短句的诗习作一二千篇。"[3]

叶橹推崇自由诗："现代诗的最根本的特点就是'随时构造'自己的诗性和诗意的表达和表现的形式，而无须'别人替我们定的'。……只要是富于诗性意味的写作，特别是能够写出人们公认的好诗来，任何一种诗体都是有它的存在的理由和价值的。"[4]

与老学者比较，王光明、周晓风、陈仲义、王珂、毛翰、许霆、姜耕玉等中年学者更强调自由诗与格律诗体的和解，但是观点颇有差异。

王光明主张诗体并存与互动，适当重视文类："自由诗是可以成立的，但要想让自由诗成为诗，那还得遵循诗歌感觉、情绪思维的特点和基本的文类

〔1〕 唐湜：《一叶谈诗》，广西教育出版社，2000 年，第 137 页。

〔2〕 唐湜：《一叶谈诗》，广西教育出版社，2000 年，第 138 页。

〔3〕 唐湜：《一叶谈诗》，广西教育出版社，2000 年，第 135 页。

〔4〕 王珂、陈卫：《诗体之争与诗体重建——"现代诗创作研究技法'学术研讨会热点话题论争综述》，《江苏大学学报》2010 年第 6 期，第 49 页。

规则，比如在最简单的层次上遵循分行的原则，而在较为复杂的层面上，遵循诗歌运用语言的诗法原则。从这基本的原则看‘新诗’运动对自由诗的理解，可以说在对诗歌的功能与表现方面都充满着误解。”[1]“自由诗抛弃传统的格律形式，是语言发展的必然结果，……然而，第一，在取消了传统形式与技巧限制之后，只要写的仍然是诗，诗人的困难反而有增无减。……即使是自由诗，也不能永远以不讲形式为形式，甚至不能以‘每一首诗都有自己的形式’为借口，那是矜才使气，而不是写诗，诗永远要在自由与约束的辩证中寻找张力。第二，传统的形式不再成为可能之后，并不意味着诗歌从此不再需要形式，而是把寻找新形式的重担重新放在了诗人肩上。没有基本形式背景的诗歌是文类模糊、缺少本体精神的诗歌，是偶然的、权宜性的诗歌，是无法被普遍认同和被传统分享的诗歌，正如未被形式化的内容是粗糙的素材或灵感的火花一样。当然，反对‘新诗’不讲形式的倾向并不是要定于一尊，固定于一种形式，相反，正如唐诗有古体、近体的并存与互动才有唐诗的繁荣一样，‘新诗’的形式也应不是单一的。重要的是，要意识到散文与诗、诗意与诗是有区别的，写诗没有形式与语言的自觉，是最致命的。”[2]“闻一多提出的格律诗方案，当然有待于创作实践的检验，在具体方法和步骤上，也有可以商讨的问题(这方面我们后面还要讨论)。但作者的出发点，本不是要提供固定的‘新诗’形式，而是期待回到诗歌的基本问题，共同追求理想的诗歌。……从‘新诗’的发展道路看，格律的倡导是一种把新的现代经验形式化的追求，体现了从个人意识的觉醒到诗歌本体意识觉醒的重大转变，给‘新诗’带来了诗情的内敛和艺术独立的价值。”[3]“十四行诗(sonnet)是西方发展得非常完美的一种诗体。这种完美指的是它既标准化又有变化的弹性，既是诗歌规则与技巧练习的范型，又是一种能体现最伟大的创造性的诗体。”[4]

周晓风主张诗体的丰富性和诗人的独创性，倾向自由诗：“所谓诗体，指的是诗歌的具体存在方式，但它又不等于一般所说的诗歌体裁，而是还包含了更为丰富的内涵。……这种诗体既可以说是诗歌作品的言语结构模式，但

〔1〕 王光明：《现代汉诗的百年演变》，河北人民出版社，2003年，第134-135页。
〔2〕 王光明：《现代汉诗的百年演变》，河北人民出版社，2003年，第142-143页。
〔3〕 王光明：《现代汉诗的百年演变》，河北人民出版社，2003年，第212-213页。
〔4〕 王光明：《现代汉诗的百年演变》，河北人民出版社，2003年，第228页。

又不仅仅是所谓的‘形式’，而是还具有某种本体的意义。”[1]

陈仲义主张自由诗是“正体”：“全面格律化形式不适于规范现代诗。……自由诗仍是新诗诗坛的常规诗体，自由诗将继续作为‘正体’而不是‘变体’，成为诗坛主流。新诗形式建构的朝向：是极少数诗体被律化，少量诗体泛格律化，大部分还将继续维持其自由体式，形成自由诗主导下的‘泛诗体’联盟。”[2]

王珂主张“准定型诗体”是“正体”：“‘诗体’特指诗的‘体裁’、‘体式’的规范，……狭义的诗体指任何一首诗都具有的外在形态及表面形体。广义的诗体指在诗家族中按形体特征划分的具体类型，即非个人化的、具有普遍性的常规诗体……只有既尊重文体的民主政治和人的自由天性，又重视文体的相对稳定性和人在后天文化中建立起的秩序感，在诗体建设的‘民主集中制’原则下，建立以准定型诗体为主导的诗体生态环境，才能使现代汉诗走出文体极端混乱与形式极端自由和诗艺十分粗糙与诗意十分缺乏的困境。”[3]“只有通过实验不断地探索出适合现代汉语的，有利于诗歌艺术的现实存在和未来发展的，被相对公认的诗体，才能增强其生命力。”[4]“检验 20 世纪现代汉诗初步建设的诗体，如新格律诗、小诗、长诗、汉语十四行诗、图案体形异诗、民歌体诗、各种有准定型价值的自由体诗。特别需要检验、改良 20 世纪基本建设成的新格律诗诗体，扩展创建新的现代格律诗体。”[5]王珂长期写不押韵但分行和分节的自由诗，分行与分节都是随意的，共 1 000 多首，近年也写了十余首格律不严格的新格律诗。主要是四行分节的有韵诗。《当我年轻的时候》：“当我年轻的时候我听到/花零落成泥水凝结为冰/青春的旗伴舞孤独的魂/抒情的诗奉迎浪漫的心//当我年轻的时候我看到/花中花火里冰奇异仙境/一粒流星刺破一牙寒月/白日的梦驱逐现实的人//当我年轻的时候我读到/无字碑的字无形风的形/太阳无助地吊死在树梢/捞月的猴群快乐地守灵//当我年轻的时候我想到/海会枯石会烂闹会变静/天不再苍苍地不再茫

---

[1] 周晓风：《新诗的历程——现代新诗文体流变（1919－1949）》，重庆出版社，2001 年，第 5－7 页。

[2] 陈仲义：《中国前沿诗歌聚焦》，中国社会科学出版社，2009 年，第 414 页。

[3] 王珂：《新诗诗体生成史论》，九州出版社，2007 年，第 424－425 页。

[4] 王珂：《拓展内容职能　定型诗形诗体——21 世纪汉语诗歌文体的现实及理想构建》，现代汉诗百年演变课题组：《现代汉诗：反思与求索》，作家出版社，1998 年，第 292 页。

[5] 王珂：《拓展内容职能　定型诗形诗体——21 世纪汉语诗歌文体的现实及理想构建》，现代汉诗百年演变课题组：《现代汉诗：反思与求索》，作家出版社，1998 年，第 303 页。

茫/圣洁的爱终会无踪无影//年轻的时候总浪费年轻/不知雪地鸟迹空谷猿音”。《献给死难的学生》:“于无声处　没有惊雷响彻/一个个年轻灵魂鱼贯而出/优美的姿态让活着的心灵/酸楚　疼痛　煎熬　无助//号称母亲的大地杂草丛生/没有为孩子提供空间返回/琅琅书声回荡成永久哀鸣/所谓摇篮的校园长出墓碑//在人的地狱没有天摇地动/鲜嫩的躯体可以尽情生长/在神的天堂不怕飞沙走石/青春的魂魄可以放声歌唱//寒月将你的冤屈撒遍大地/艳阳定会带给你温暖温情/你的躯体让地狱更静更美/你的魂魄让天堂不再安宁”。还写了两行分节诗的有韵诗。《巫山神女》:“爱上一个不想回家的人/等待一扇不会开启的门//孤独的浮萍　踏歌而行/响应女神口令女妖哨声//霓虹灯光　光怪陆离/魅影憧憧　落英缤纷//圣水逢山开路不再圣洁/神山遇水搭桥不再神圣//一次回眸　一个鬼脸/一次招安　一阵销魂//忘掉那扇永远开启的门/追忆那个只想回家的人”。《爱情如风往事如韵》:“载歌载舞　哈萨克的姑娘/云淡天高　草原上的牧场//倒影惊鸿　森林间的残阳/午夜香吻　冰川中的月光//花开花落　维纳斯的臂膀/孤魂野鬼　都市里的村庄//梦中的马　踏破爱情宝藏/爱里的人　剪断幸福长廊//暗香伴情人　郁闷地忧伤/幻想陪诗人　无聊地歌唱//冥思苦想　肉体云游四方/纯音本色　心灵直达天堂”。还写了五行分节的有韵诗《多想在鼓浪屿浪来浪去》:“多想在鼓浪屿　浪来　浪去/在鼓浪石上　品味　海浪/在日光岩顶　拥抱　朝阳/在琴声鸟语中　欣赏/梦的　衣裳　诗的　芬芳//终于在鼓浪屿　浪来　浪去/踱进历史的深巷读出岁月的沧桑/浪去的是忧伤　浪来的是希望/在休闲的天堂游子不再思念故乡/生活不再是一张密不透风的　网”。

2002年,毛翰在他的专著《诗美创造学》中主张自由诗与格律诗并存:“新诗格律化的倡导和实验也是应该受到尊重的,正如我们尊重新诗自由化的坚持和探索一样。格律化的新诗与自由化的新诗同属新诗,两者在艺术上各有千秋,不妨长期并存,在竞争中各自发展。毕竟这是一个艺术民主和多元的时代……而作为新诗的习作者,我对新诗格律化并没有抵触情绪,我自己的习作,也常在不经意中也表现出了格律化倾向,尽管我并未刻意追求格律规范。如这首《相约在五月》……”[1]毛翰的诗作大多是重视音乐性,有的甚至是规范的新格律诗,如《相约在五月》:“五月的云岭天蓝蓝/我们相约去

〔1〕 毛翰:《诗美创造学》,西南师范大学出版社,2002年,第301页。

爬山/山上有一座神仙庙/我们到庙里去看神仙//五月的西江水蓝蓝/我们相约去划船/江心有一座月光岛/我们到岛上去会婵娟//五月的丁香为谁瘦/五月的山水为谁秀/五月你为什么不守约/辜负了一枝相思豆//五月来了你没来/五月的日记一片空白/五月来了你没来/五月你还不清相思债”。深圳中国现代格律诗学会主编的《1914—2005中国新格律诗选萃》收录了他的《冲淡》《空山鸟语》《归字谣》和《谣州词》。

毛翰曾任过《1914—2005中国格律诗选萃》(深圳中国现代格律诗学会主编,吉林大学出版社,2005年版)编委,他的新诗写作常有现代格律诗适度押韵的特点,因此他的诗常常被朗诵,甚至被谱成曲传唱。他常常自我调侃说把诗写成了“顺口溜”,“顺口溜”说明他的诗有一定的韵律,甚至重视押韵。歌词比新诗更重视音乐性,因为长期写有一定韵律的诗作,所以他也是一个优秀的歌词作者,在全国第四届农民运动会的歌词征集运动中,入选五首歌词,其中两首是他创作的。但是在理论上越来越倾向自由诗。2009年8月,在福建师范大学文学院国家重点学科中国现当代文学主办,中国当代文学研究会协办的“21世纪中国现代诗第五届研讨会暨‘现代诗创作研究技法’学术研讨会”上,毛翰在《新诗格律化的冷思考》中指出格律诗、自由诗、散文诗是诗的三种基本体裁,无所谓孰优孰劣,不必归于一统和确认谁为正宗;中国新诗(自由诗)本来就是为冲破传统诗词的格律禁锢而创立的,不必刻意格律化。2011年,他在他的论文《闻一多〈诗的格律〉献疑》中却更质疑新格律诗的“合法性”:“闻一多先生的关于新诗格律化的主张,可能有草率和偏颇之处。”[1]“我不知道究竟有多少人喜欢那种方方正正的豆腐干体,我对闻一多新诗格律化的代表作《死水》却是不大以为然,总觉得它过于严谨,有点‘死’。”[2]“为打破五七言格律诗一统天下,人们创造了自由诗。早期自由诗的幼稚,并不能导致自由诗必须格律化的结论。幼稚的自由诗自会成长,可以成长为格律诗,也可以成长为成熟的自由诗。事实上,20世纪中国的自由诗已经产生了不少经典之作。与自由诗相比,传统的五七言格律诗以其简洁和精致,更适合于记忆和背诵;与五七言格律诗相比,白话的口语的自由诗以其语言表达的清晰和畅快,更适合于朗诵和表演,更富于朗诵现场的感染力。

〔1〕 毛翰:《闻一多〈诗的格律〉献疑》,《诗探索》2011年第2辑,理论卷,九州出版社,2011年,第90页。

〔2〕 毛翰:《闻一多〈诗的格律〉献疑》,《诗探索》2011年第2辑,理论卷,九州出版社,2011年,第92页。

那么,新诗格律化,其独特的艺术价值何在呢?我希望它,能兼收二者之长,不要并蓄二者之短。"[1]

许霆出版过《新格律诗研究》《十四行体在中国》等诗体研究著作,他主张:"诗体呈现在表层的特征是语言的秩序安排和语言的组织方式,对诗歌来说既包括这种语言秩序和语言组织在书写中的视觉排列,又包括视觉排列的诗行在朗读中的听觉效果,它无疑是诗体的存在形式和表征形象。"[2]"我们在叙说百年中国现代诗体流变时,一方面需要着重从语言体式(语言秩序)层次去考察,另一方面需要从语言所指(精神品质)层次去理解,而且需要把二者有机地结合起来思考,因为二者正如纸的正面和反面,是你中有我、我中有你的有机整体。百年中国现代诗歌流变史,既是现代诗歌语言形式的不断建设和探索的历史,又是现代诗歌精神品质的不断嬗变和表现的历史,而这种历史在根本上可以归结成现代诗人诗学观念和审美情趣嬗变的精神发展的历史。"[3]"有人指明,现代格律诗如果能按照诗节形式的原则,进行宽泛的格律诗体建设,将会有新的发展前景,有望建立十余种宽泛意义上的'诗体'。不管我们抱怎样的感情,都无法否定这样的事实,即自由诗体由于自由天性牵引,其主导形式将持续沿着'诗无定行,行无定句,句无定字'的路子走下去,它必然加剧'无型便是型'的自由体式趋势。"[4]

姜耕玉没有专门研究过诗体,但他重视"新诗的语言意识",强调的是"汉语的诗性智慧"。他认为:"我在思考新诗语言建设中,力图作痛苦的语言体验与汉语诗性张扬的双重突破。……昌耀主张写诗要讲究语言技巧和境界。他看到我在《上海文学》(1992 年 5 月号)发的《咏石二题》,来信中称'这两首都有着一种音乐般的韵味,是一种形而上的境界,可凭想象驰骋'(1993 年 2 月 10 日信)。这是他对我的鼓励。"[5]"艺术的外形或表象的创造,不仅决定着艺术的直观性、独特性,同时也为艺术形象的蕴涵与形式结构意义,提供了

〔1〕 毛翰:《闻一多〈诗的格律〉献疑》,《诗探索》2011 年第 2 辑,理论卷,九州出版社,2011 年,第 105 页。

〔2〕 许霆:《旋转飞升的陀螺——百年中国现代诗体流变史论》,人民文学出版社,2006 年,第 6 页。

〔3〕 许霆:《旋转飞升的陀螺——百年中国现代诗体流变史论》,人民文学出版社,2006 年,第 5 页。

〔4〕 许霆:《旋转飞升的陀螺——百年中国现代诗体流变史论》,人民文学出版社,2006 年,第 11 页。

〔5〕 姜耕玉:《自序》,姜耕玉:《雪亮的风》,东南大学出版社,2005 年,第 3 页。

可能性。艺术家擅长运用形式美创造艺术形象。线条、形体、动作、声音、节奏、色彩、光等感性材料，是构成各类具体艺术形象的形式要素。如何通过特有的外形透析内在的生命精神，是各类艺术形象创造中不可回避的基本课题。"〔1〕他的一些诗作也具有新格律诗的特点，如《春去冬来》："三月是冷色的背景。/站在落叶纷纷中。/一九五四年第一场雪/拭亮我最初的哭声。//冗繁削尽　从骨头里发出声音。/带着微笑。躬行在大地上/头顶有块弧形的云"。

尽管大陆以自由诗为主，但是一些诗人和理论家专门致力于格律诗的创作与研究。1992年"深圳现代格律诗学会"在深圳注册登记，1993年更名为"深圳中国现代格律诗学会"，有海内外会员200余人。其中有很多"中生代诗人"。1994年10月23日到25日，该协会在北京雅园宾馆召开代表大会暨学术研讨会，"新诗史上继新月派之后的第二个新格律诗派——雅园诗派终于正式成立"〔2〕。雅园诗派的理论家周仲器认为："'新诗就是自由诗'之说难于成立，本来是很容易识别的，但现代派的权威理论家们自有一套振振有词的理论。……否定中国诗歌史上现代格律诗的客观存在，特别是无视现代格律诗在广大民间诗坛所取得的相当可观的发展。"〔3〕"概括地说，一面旗帜(格律)、两个诗派(新月诗派、雅园诗派)、三次浪潮(新月诗派开创格风气在先，何其芳倡导现代格律诗在中，雅园诗派重振格律雄风在后)、四种新格律的基本形态(整齐体、参差体、简明体、长短句体)和五个阶段(1. 1914—1933；2. 1934—1949；3. 1950—1977；4. 1978—2005)，是我们对新格律诗历史流变的主要认识和基本评估。"〔4〕

在格律派之间也有论争，如万龙生、王端诚、晓曲等与黄淮、周仲器、思宇等都倡导格律诗，但在这种诗的称谓、分类及写作方法上都有差异，万龙生等称其为"格律体新诗"，黄淮等称为"新格律诗""现代格律诗"或"现代汉语格律诗"。周仲器说："我一直坚持用'新格律诗'，当然我不反对用其他的名称。我为什么一直坚持用'新格律诗'这个名称呢？就是因为可以把它解释为一

〔1〕 姜耕玉：《艺术辩证法——中国艺术智慧形式》，高等教育出版社，2006年，第176页。

〔2〕 周仲器：《雅园诗歌纪事》，深圳中国现代格律诗学会主编：《1914-2005中国新格律诗选萃》，吉林大学出版社，2005年，第491页。

〔3〕 周仲器，周渡：《中国新格律诗史论》，香雅园出版公司，2010年，第12-13页。

〔4〕 周仲器：《新格律诗探索的历史轨迹与时代流向——从新月诗派到雅园诗派》，深圳中国现代格律诗学会主编：《1914-2005中国新格律诗选萃》，吉林大学出版社，2005年，第2-3页。

种新的体式——新格律体。但是新诗，新格律诗，我也不是说我的这个绝对是科学的。”[1]一些专门研究格律的学者也不极端强调格律诗，如丁鲁在《中国新诗格律问题》中说：“作者不是反对自由诗，而是主张自由、格律‘两条腿走路’，二者都应该重视诗艺，并认为在目前情况下应该在格律问题上多做点研究。……本书的写作目的，并非立即提倡写作白话格律诗，更不是具体指导创作。本书的写作目的，是希望在讨论的基础上解决中国诗歌的基本理论问题，并建立一套科学而不繁琐，能加强诗歌的声音的美感又没有多大束缚的作品（包括新诗创作、歌词创作、民歌、诗歌译文）。”[2]“对于中国新诗来说，格律是一个老大难问题。说老，是因为它是新诗与生俱来的缺陷。说大，它对外影响及于方方面面，对内则成了新诗的‘卡脖子问题’。说难，话就多了。最难之处，我看还在于解决它需要长时间。它不仅要有理论上的探讨，还得有创作实践；即使建立格律理论的事可以提早做到，积累大量作品却不能靠一朝一夕之功。”[3]

近年“东方诗风”诗派大力倡导格律体新诗，这一诗派的主要理论家万龙生认为：“格律体新诗的历史，目前公认出现了三个高潮，即新月派时期，1950年代前期，以及新时期以来。对其明确地提出分类，始自邹绛先生的《中国现代格律诗选》。他不但将入选作品分为五类，而且在该书长序中做了说明，但是没有给每类命名。这无疑在格律体新诗研究中具有开创之功。因为分类是对某一事物进行研究的基础工作，大有益于对该事物的把握与认识。后来到了2000年，我受邹绛先生启发，在《万龙生现代格律体新诗选》中，将入选作品分为‘整齐式’、‘参差式’、‘综合式’三部部分，并另设‘固定诗体’，收入四行、八行、十四行三种诗体。这成为如今‘三分法’的基础。”[4]

新诗主要建设起格律诗、长诗和小诗三种准定型诗体，从三种诗体的创作现状中也可以看出大陆中生代诗人的诗体意识。

大陆诗歌在50年代出现了新民歌热和新格律诗热。从50年代初期到70年代末期，“豆腐干”式的新格律诗及民歌体诗等准定型诗体是大陆诗坛

〔1〕 周仲器回答王珂采访的话。时间：2010年6月23日下午2:00－5:00，地点：江苏省镇江市江苏大学周仲器家。

〔2〕 丁鲁：《中国新诗格律问题》，昆仑出版社，2010年，第286页。

〔3〕 丁鲁：《中国新诗格律问题》，昆仑出版社，2010年，第286页。

〔4〕 万龙生：《再谈格律体新诗的“三分法”——与黄淮先生商榷》，http://blog,sina,com,cn/s/blog_574d2fe40100y71c,html.

的主流诗体。但是从70年代后期到现在，自由诗是主流，中青年诗人普遍反感格律诗，特别是青年诗人以写自由诗来与格律传统对抗为荣。在现代新诗史上，打破"无韵则非诗"做诗原则已成为青年诗人追求新诗的先锋性和获取人生与社会的自由精神的重要传统，胡适、俞平伯、郭沫若、艾青是各个时代的领军人物。但是他们在中年时代普遍不再走极端，都有"老去渐于诗律细"的转变过程。当代诗坛中年诗人的诗体心态也较平和。2008年吕进在《重庆诗坛的中年写作》说："中年诗人几乎都是写的自由诗，但是没有那种自由得漫无边际的自由诗。小心地维护自由诗的诗质，努力地提高自由诗的品格，是他们的共同愿望。"〔1〕骆寒超在2011年的《〈浙大诗选〉序》中说："体式上，新诗也受了西方潮流的影响，多年来以自由诗体为主，但新诗要走律化之路是个方向，这一点在这本《浙大诗选》中也已有所体现：有相当一部分新格律体与自由格律体的作品选入。唐湜是新格律体诗写作的代表人物，方牧等也在积极追求，而胡人等更年轻一代似乎也有或明或隐，或强或弱地作体式的律化探求。诗学的内在严肃性与科学性要求新诗有适度规范，这一点浙大的诗人看来是有觉识的。"〔2〕

这两段话虽然可以证明一些"中生代诗人"也较重视新格律诗，但写自由诗的更多。《1914—2005中国新格律诗选萃》收入高昌、高洪波、吉狄马加、卢卫平、牛庆国、李晃、刘川等十余位中青年诗人的诗作。《两岸四地中生代诗选》也收入了牛庆国的大致均齐分节不押韵的诗。这说明有些中生代诗人大多数时间写自由诗，有时也写格律诗，或者是在无意之中写出了格律诗。此诗选大陆部分诗作是自由诗。原因是由吴思敬编选，他主张自由诗，不极端反对格律诗的，可能带有诗体倾向性，但是最主要的原因还是大陆中生代诗人更喜欢写自由诗。李晃主编的《湖南青年诗选》明显没有诗体倾向性，也显示出格律诗不受中青年诗人重视。50后诗人23家38首，格律诗只有两首。一首是罗长江的《车过唐山》："随着祸胎临盆时一道道罪恶的蓝光/这里曾顷刻灰飞烟灭，万死千伤//几多高擎着憧憬的广厦毁于一旦/几多充溢着欢笑的甜梦惨遭罹难//好在不倒的信念大难不死呵/废墟上又勃长着花的长街灯的深巷//惟余下震中地带一堆堆瓦砾/莫是有意保留原状供后人参

〔1〕 吕进：《重庆诗坛的中年写作》，张铭远、傅天虹：《汉语新诗百年图上的"中生代"——首届当代诗学论坛论文集》，作家出版社，2008年，第81页。

〔2〕 骆寒超：《〈浙大诗选〉序》，http://blog，sina，com，cn/s/blog_448353950100qwxf.html.

观？//顿时，我心中掠过一场浩劫的痉挛/暗暗祈祷祖国上空别再有蓝光出现//如果说，如果说灾难的出现在所难免/也该提醒人们得有所提防……”[1]另一首是徐晓鹤的《找》：“我从那寻墨绿色的夜中走来，/断不是追求什么墨绿色的所在，/我愿变成一粒奔跑的光子，/在晨露中找到金色的时代。//我从那寻哭泣着的雨中走来，/断不是寻找什么哭泣的悲哀，/我愿变作一卡跳跃的热能，/在燃烧中找到新生的愉快。//我从那昏沉沉的雾中走来/断不是愿作什么昏沉沉的磕拜，/我愿变成一个坚强的细胞，/在自由中找到自己的情爱。”[2]60 后 85 人 124 首，类似格律诗的只有两首，一首是张枣的《罗密欧与朱丽叶》：“他最后吻了吻好娇艳的桃颊，/便认定来世是一块风水宝地；/嫉妒死永霸了她姣美的呼吸，/他便将究追不舍的剧毒饮下。//而她，看在眼里，急得直想尖咒：‘错了，傻孩子，这两分钟的死，/还不是为了生而演的一出戏？’/可她喊不出，像黑夜愧对白昼。//待到她挣脱了这场噩梦之网，/她的罗蜜欧已变成另两分钟。/她像白天疑惑地听了听夜晚。//唉，夜莺的婚曲怎么会是假的？/世界人声鼎沸，游戏层出不穷——/她便杀掉死踅进生的真实里。”[3]另一首是周瑟瑟的《葡萄》：“饱含痛苦的汁液，撞破我坚硬的胸膛/抱住春天的血，到夏天才在我口里燃烧//饱含甜蜜的汁液，要我回避死亡/紧靠妹妹美丽的双乳，我高喊：‘葡萄！’//葡萄啊！我青春的一瞬/痛苦而甜蜜的火苗//七月，我又像汁液一样暗暗惊喜/把葡萄铺满婚床”[4]

押韵顺口、分节方式大致固定的长诗也由准定型诗体变成了自由诗。特别是 90 年代长诗的文体变化更大，不仅打破了长诗赖以定型的“律化”规则，而且有的完全将诗、散文、散文诗文体融为一体，冲破了彼此间的文体疆界。如黎正光 1985 年的《迷川》、惟夫 1991 年的《正面与侧面》等诗作，不但打破了长诗与短诗的界线，还打破了散文与诗的文体分界。1994 年于坚的《零档案》更是与传统意义上的长诗诗体相差甚远，不仅打断了长诗押韵、句式单一等规则，还采用了很随意的口语，甚至完全打破了诗、散文诗和散文的文体界线。进入 21 世纪，长诗的诗体稳定性更是受到挑战，很多长诗只是短诗的拼

[1] 罗长江：《车过唐山》，李晃：《湖南青年诗选》，中国戏剧出版社，2011 年，第 6 页。

[2] 徐晓鹤：《找》，李晃：《湖南青年诗选》，中国戏剧出版社，2011 年，第 22 页。

[3] 张枣：《罗密欧与朱丽叶》，李晃：《湖南青年诗选》，中国戏剧出版社，2011 年，第 46－47 页。

[4] 周瑟瑟：《葡萄》，李晃：《湖南青年诗选》，中国戏剧出版社，2011 年，第 133 页。

凑，特别是长诗写作越来越不讲究诗的表面的音乐性，更不讲究诗的建行和分节，不遵守长诗已有的建行原则和分节方法。

小诗诗体相对稳定，受到很多人的欢迎。从 80 年代中期开始，黄淮的九言诗就产生影响，出版了《黄淮九言抒情诗》《诗人花园》和《中华诗塔》等诗集。1988 年蒋人初出版了《微型诗选》。1993 年李云鹏出版了《三行——潜入你的心园》，收录他创作的三行诗 300 多首。1996 年中国第一个《微型诗》专刊创刊。1997 年左右，穆仁、林彦、余薇野等重庆的老诗人掀起了写微型诗的热潮，仅出版的“微型诗丛”就有三辑 16 集，诗人多达 16 人。也有一些中年诗人参与。2007 年老诗人罗沙出版的诗集《野笛》，收录的诗大部分是小诗。由于各个时期都有诗人写小诗，这种诗体的变化不大，大多在十行以内，特别是三行诗、四行诗和五行诗流行。一些诗人创作“汉俳”，如老诗人纪鹏 2000 年出版了《纪鹏汉俳》。代表作有《某官昨失盗》：“某官昨失盗/黄连哑口不敢报/贿品怎追缴”。《穷庙富方丈》：“职工早停饷/经理‘考察’又出洋/‘穷庙富方丈’”。近年“手机诗”“微博诗”受到中青年诗人的喜受，如老巢等创作“手机诗”使小诗焕发了青春。

华语世界的人口分布具有地域性和世界性。地域性指形成了中国大陆、台湾、港澳及东南亚等稳定的华文语言区；世界性指华人的流动性较大，特别是诗人，有的甚至成了“世界居民”，不固定生活在特定地区或国度。华人文化既形成了相对独立的区域文化，又形成了相互影响的全球文化。特别是华语诗人的流动性和迁徙性较明显，一些诗人或诗论家常常移居到另一个地区或国度，如叶维廉从台湾到美国，林子、傅天虹、张诗剑从大陆到香港，苇鸣从澳门到香港，傅天虹、路羽从香港到澳门，林焕彰从台湾到东南亚……诗人的异地迁徙常常使某一地区或国度的诗体观念出现“横的移植”或“出口输出”现象，进入新地区或国度后又受到当地诗歌观念及文化观念的影响发生“变异”。

近年东南亚诗坛也流行小诗，不仅受到台湾小诗风的影响，也受到大陆小诗热的影响。有些专门致力于小诗创作的诗人是大陆培养的。以曾心为例，他生于泰国，祖籍广东普宁圆山乡，1967 年毕业于厦门大学汉语言文学系，后到广州中医学院深造，从事中国医学史研究与教学，1982 年返回出生地，现为泰国“小诗磨坊”召集人。2009 年出版了小诗集《曾心小诗点评》，分为佛、家史、记事本等 20 辑。吕进在诗集的序言中说：“小诗是汉语新诗的重要品种。1919 年到 1922 年，冰心、周作人、康白情、汪静之、冯雪峰、宗白华他们掀起小诗的第一波。冰心的《繁星》和《春水》奠定了小诗在新诗发展史上的地位。……初期的小诗主要是在从西方诗歌寻求出路，小诗开辟了向东方诗歌借鉴、向唐诗的绝句小令继承的新路。道路越多，诗歌就越繁荣。上个世纪 80 年代，小诗再掀高潮。这既是对冰心他们遗产的珍视，也是对新诗冗繁风气的反拨，和外国诗歌的关系不大。那个时代，除了流行的三五行、七八行的以外，有的小诗小到甚至只有一行：少女心爱的镜子，把小女弄丢了。(方鸣)碑上的字都能经住历史的风雨吗？(纪鹏)青蛙！一年又一年，你就总重复一个调子的歌么？(孙立洁)这些小诗，审美价值可不小，诗学价值可不小，辗转模仿的人群可不小。今天的中国，小诗也在继续活跃。近年在泰华文坛上小诗也开始露头。最先是台湾诗人林焕彰在他主编的《世界日报·湄南河副刊》推出刊头诗，篇幅在六行以内的刊头诗其实就是小诗。经过几年的跋涉，2006 年，岭南人、曾心、今石、杨玲、苦觉、蓝焰、博夫，再加上台湾的林焕彰，在曼谷 7＋1 组成'小诗磨坊'，泰华小诗诗人就吹响了集结号。诗磨不断，诗香遍地。正是在这样的语境下出现了曾心，他的《凉亭》是泰华文坛第一部小诗集。"[1]《凉亭》出版于 2006 年，收录了山水篇、哲理篇、咏史篇、怀旧篇等 16 辑。"泰华的小诗在上世纪二三十年代便在泰华文坛出版，1933 年林蝶衣出版了诗集《破梦集》，这个新诗集分为四编，第三辑是小诗专辑，收有短诗 52 首，这些短诗都冠以小诗之名。可见 70 多年前泰华诗坛也有小诗样式了。……曾心小诗集《凉亭》中的小诗，由四行至六行，尤以六行小诗居多，占全集百分之七十。"[2]"从 2003 年元旦起，'刊头诗'在泰国、印度尼西亚《世界日报》副刊版同时出现，迄今已有三年七个多月；每日一首，是从未间断过。作为'小诗'的一种新形式(限六行内)的尝试，已通过时间的考验，证明泰华、印华诗人对诗创新形式的要求，以及在六行以内的有限篇幅中，要展现个人内在蕴含的能量，存在着极大的可能性，而大多数诗人也乐于挑战，纷纷尝试，主动投入到'刊头诗'的写作行列。……在泰华、印华'刊头诗'写作群中，曾心不仅是率先响应者之一，而且也是一位'健将'。三年多来，他已创作了近二百首，且已积极凝集泰华'刊头诗'写作群，成立一个具有激励性、研讨性的'小诗磨坊'(似沙龙式的俱乐部)，在固定场所，做不定期的聚会，研讨六行以内'小诗'写作的种种艺术性的议题，为'小诗'写作者探讨理论基础，

[1] 吕进:《寓万于一，以一驭万——漫说曾心(代序)》，曾心著、吕进点评:《曾心小诗点评》，留中大学出版社，2009 年，第 1 - 2 页。

[2] 司马攻:《句中有余味　篇中有余意——序曾心小诗集〈凉亭〉》，留中大学出版社，2006 年，第 3 - 4 页。

以期再扩大影响，更上一层楼。”[1]

“小诗磨坊”的同仁都是“中生代”诗人，接受了大陆和台湾的小诗资源。“说起泰华‘小诗’，台湾著名诗人林焕彰功不可没。几十年来他一直痴迷于六行小诗的创作，积累了丰富的艺术经验。2003 年元旦起，林焕彰利用他任职于泰国、印度尼西亚《世界日报》副刊的便利，积极开辟了‘刊头诗 365’专栏，大力倡导小诗创作，从而延续了 1933 年林蝶衣《破梦集》出版后断裂了半个多世纪的泰华小诗传统并使其重放光彩。而‘小诗磨坊’的成立，则是因为 2006 年 7 月 1 日，诗人曾心新落成的‘小红楼’艺苑中，加盖了一座六角凉亭，他为了让泰华喜欢写小诗的朋友，能有一个固定场所可以不定期聚会，便将该亭取名为‘小诗磨坊亭’，林焕彰题写，苦觉刻字，横匾于亭中。同时，林焕彰在《世界日报》副刊增辟‘小诗磨坊’专栏，专刊探讨小诗写作的文章。9 月 18 日，博夫创建‘小诗磨坊博客’（http://BLOG. SINA. COM. CN/MOFANG2007），进一步向空中发展。”[2]“对于小诗的外在形式，说法不一，周作人认为应是一至四行，罗青主张 16 行之内，张默主张 10 行之内，洛夫主张 12 行之内，林焕彰主张 6 行之内，也有主张 3 行之内的，如四川重庆诗人提倡的微型诗。泰华小诗由于林焕彰的倡导其基本形式控制在 6 行之内。”[3]泰国华文作家协会主办的《泰华文学》也发表了大量小诗，如 2006 年 9 期发表了林焕彰小诗 4 首、苦觉小诗 8 首、今石小诗 5 首、沧澜小诗 6 首、博夫小诗 5 首、杨玲小诗 3 首、晶莹小诗 5 首、蓝焰小诗 5 首、曾心小诗 3 首。2009 年 12 期发表了苦觉、博夫、岭南人、杨玲、今石、蓝焰、晶莹等人的多首小诗。2010 年 6 期发表了博夫、杨玲、蓝焰、晶莹的多首小诗。因为重要的泰华小诗诗人来自台湾，如林焕彰；或大陆，如曾心，所以从他们的创作中可以窥见中国大陆和台湾两地诗人的一些诗体观念。

除了泰国，林焕彰也筹划在东南亚七国推动“小诗磨坊”，已成功出版了小诗磨坊文集的泰国、新加坡与马来卷。每文集有 7(本国)＋1(林作为筹划者与总编)作者的诗作，每人 30 首。这些诗作及诗人受到台湾和大陆小诗观

---

[1] 林焕彰：《六行、天地宽广——序曾心小诗集〈凉亭〉》，留中大学出版社，2006 年，第 8-9 页。

[2] 计红芳：《六行之内的奇迹——湄南河畔的“小诗磨坊”》，林焕彰：《小诗磨坊泰华卷 2》，世界文艺出版社，2008 年，第 7-8 页。

[3] 计红芳：《六行之内的奇迹——湄南河畔的“小诗磨坊”》，林焕彰：《小诗磨坊泰华卷 2》，世界文艺出版社，2008 年，第 8 页。

的双重影响。

台湾中生代诗人诗体观考察

“中生代”只是一个相对概念，无法准确界定。如果不以诗人的出生时间作为划分“中生代”的唯一标准，重视具体诗作的写作时间处于诗人的某个年龄段，很难准确地把某位诗人归入“中生代”，特别是对台湾诗界而言。如余光中、张默等五六十年代出现的诗人现在已过70岁，当然应该归入“前行代”，但他们的有些诗却写于50岁左右，是典型的“中年写作”。在2007年3月珠海举行的“两岸中生代诗学高层论坛暨简政珍作品研讨会”上，王珂主张用“中年写作”取代“中生代”。所以以下的考察，将“前行代”与“中生代”合为一体，既显示出两者的“继承性”，也呈现出两者的“交叉性”。

“‘中生代’作为一个诗人群体命名，最早见于台湾，台湾新诗史的‘代’的区隔，曾以‘前行代’、‘中生代’、‘新世代’来划分。‘中生代’大致指出生于上个世纪五六十年代的诗人，张默所编《台湾现代诗编目》统计，自1949至1972年，即已有三百九十人之多，至今都已五十岁左右，正当中年，其中一直坚持写作并获得骄人成就者有简政珍(1950年出生)、白灵(1951年出生)、苏绍连(1949年出生)等人。他们是上个世纪80年代被统称为‘新世代诗人’的一群，现在则被称为‘中生代’。多年来，他们在台湾诗坛的各个领域十分活跃，显然已形成一支不可低估的主要力量，例如一些重要的新诗刊物和年度诗选的‘前行代’诗人逐渐引退，交由‘中生代’诗人接掌；一些大学的有关学术研究机构中，‘中生代’学者，显然都是主力核心。在台湾学者看来，前有‘前行代’，后有‘新世代’，而作为中坚力量命名为‘中生代’的方式，不仅从诗人群体的代际谱系中凸显意义，更注重了命名的当下性，即彰显了‘中生代’在当前诗坛中作为中坚力量的现状。”〔1〕

“直至2007年3月10至13日，在北京师范大学珠海分校举办的‘两岸中生代诗学高层论坛暨简政珍作品研讨会’上，对‘中生代’的命名的研究，才

〔1〕 傅天虹：《汉语新诗百年图上的“中生代”——论“中生代”的命名与拓展意义》，张铭远、傅天虹：《汉语新诗百年图上的中生代——首届当代诗学论坛论文集》，作家出版社，2008年，第12页。

走上了轨道。"[1]"我觉得'中生代'的含义应该单一化,即不把它看成是流派概念、诗群概论,而仅仅是作为一个断代的时间概念,在目前可定位于20世纪50—60年代出生的诗人。这样'中生代'就成了文学史时间序列叙述的一个概念。"[2]"'新生代'、'中生代'、'老生代'的提法,虽然有其不稳定性,但毕竟20年一代的跨度,也还是相当长的一个时间段,利用这一套概念,还是可以抓住时间变化带来的艺术上的新变,对当下诗坛做出较为客观的书写的。"[3]"海峡两岸由于长时期的分隔与分治,使其创作与理论呈现了不同的风貌,这其中就包括有些术语与称谓的不对应。'中生代'在台湾诗坛,是已经普遍使用了十余年的概念,指的是出生于20世纪50—60年代的诗人。"[4]

"'中生代'此一名词的正式共同浮出于两岸诗学研究论坛是2007年3月于珠海举行的'两岸中生代诗学高层论坛暨简政珍作品研讨会'。……台湾则是在世纪之交后改用'前行代'称呼五六十年代出现的诗人,……'战后新世代'一词由1945年婴儿潮开始的出生者继承后,几乎延续到2002年他们都已近六十岁了似乎还成立,因此'新生代'又似乎没有'新世代'一词来得'长寿'。"[5]

近年一些学者,特别是参加了"两岸四地中生代诗学高层论坛"的新诗学者纷纷采用"中生代"这个代际命名,并做出了各自富有特色的"界定"。如专门研究台湾诗歌的大陆老学者古远清认为:"所谓中坚代诗人,又称中生代诗人。从年龄来说,通常是指自1949—1969年间出生的诗人,台湾叫五、六年级诗人。他们的位置在于前有纪弦、余光中、洛夫这样的诗坛前辈,后有新生

---

〔1〕 傅天虹:《汉语新诗百年图上的"中生代"——论"中生代"的命名与拓展意义》,张铭远、傅天虹:《汉语新诗百年图上的中生代——首届当代诗学论坛论文集》,作家出版社,2008年,第13页。

〔2〕 吴思敬:《大陆当下诗歌的代际划分与"中生代"命名》,张铭远、傅天虹:《汉语新诗百年图上的中生代——首届当代诗学论坛论文集》,作家出版社,2008年,第5页。

〔3〕 吴思敬:《大陆当下诗歌的代际划分与"中生代"命名》,张铭远、傅天虹:《汉语新诗百年图上的中生代——首届当代诗学论坛论文集》,作家出版社,2008年,第5页。

〔4〕 吴思敬:《大陆当下诗歌的代际划分与"中生代"命名》,张铭远、傅天虹:《汉语新诗百年图上的中生代——首届当代诗学论坛论文集》,作家出版社,2008年,第7页。

〔5〕 白灵:《平行与交错——〈两岸四地中生代诗选〉出版的意义和影响》,北京大学新诗研究所、首都师范大学中国诗歌研究中心:《中国新诗:新世纪十年的回顾与反思——两岸四地第三届当代诗学论坛论文集》,第131-132页。会议时间2010年6月26日-6月27日,地点北京。

一代。这部分诗人无论是加入诗社或游离于诗社，均活跃或成熟于上世纪八九十年代，现今成为承前启后的中坚力量。这些中坚力量，在开创后现代风潮方面起了骨干作用。但他们之间有明显的差别，如有的诗人不见得是典型的后现代诗人。以简政珍而论，无疑具有后现代的质疑与批判精神，但又与某些玩弄形式，像堆积木那样戏耍文字的写作方法不同。"[1]身为中生代诗人，白灵对台湾中生代诗人颇有研究，他不仅对台湾诗人做出了比较准确的"代际划分"，而且总结出了各代的特点："目前台湾的中生代以1950年至1959年出生为主力，加上少部分出生于1965年前后出生的诗人。"[2]"若要以'一字'形容这十年的台湾，或可借用向阳兄一本诗集的名称，就叫做'乱'。其肇端，起于族群间沟通方式之蹩脚、语汇之乏味，和焦点诚意皆毫无交集所致。此'无交集'，也正好表现在新世代诗人与前两代诗人之间，几乎形成断裂，但幸好还有一点点藕断丝连（前两代诗人的诗还会'被动'或'主动'地post上网），且幸好使用的是诗。"[3]"1995年，厚达一千三百余页的九歌版《新诗三百首》上下两册出版，选入诗人224家，诗作338首。该选集虽由台湾两位诗行家张默与萧萧合编，且以高达一半以上的台湾诗人诗作为整本选集的主干，1949年后的大陆诗人也仅选入46家，这是历史现象和趋势使然。所选诗家都尚称公允，大陆学者或诗人恐暂时很难大幅度更动这样的版图。目前被称为'中生代'的诗人在该选集中至少占了一半要角，他们多数虽然在七八十年代即活跃于诗坛，创办了诸多诗社，当时活力最旺的诗社皆出自他们之手，接二连三提出许多的主张、宣言和口号，喊得震天价响，博得许多报章杂志的大幅版面。这些'中生代'之中的二十位，后来即构成《新诗二十家》一书的主角们，也是近二十年来台湾诗坛的主力。"[4]"新世代诗人是在资讯环境快速进展下成长的一代，他们也是能将'诗的自由性'发挥到极致的一群。他们早就卸下中壮一辈沉重的历史包袱，离前行代念兹在兹的乡愁更为

---

〔1〕 古远清：《台湾当代新诗史》，文津出版社，2008年，第430页。

〔2〕 白灵：《平行与交错——〈两岸四地中生代诗选〉出版的意义和影响》，北京大学新诗研究所、首都师范大学中国诗歌研究中心：《中国新诗：新世纪十年的回顾与反思——两岸四地第三届当代诗学论坛论文集》，第137－138页。会议时间2010年6月26日－6月27日，地点北京。

〔3〕 白灵：《时代的剪影》，白灵：《新诗30家：台湾文学30年菁英选1978－2008》，九歌出版社，2008年，第7页。

〔4〕 白灵：《时代的剪影》，白灵：《新诗30家：台湾文学30年菁英选1978－2008》，九歌出版社，2008年，第9页。

遥远，甚至不知其为何物，对于大小乡土本土国土之争就更有莫名其妙的感受。新诗来到他们这一代，似乎有了极大的转弯，历史和乡土、边界和意识形态变成可笑的事物，但他们也不会反对，因为那是完全不同的思维系统。'我的户籍是世界，我是一个世界公民，只是恰巧住在台湾罢了'，这种类似大前研一(Kenichi Ohmae)'无国界'理论的说法，已经流行很久了。也因此，无关界线，一心要打破界线，模糊掉界线，或者'作掉界线'的'身体诗'、'情色诗'、'同志诗'、'图象诗'、'数位诗'、'动漫诗'、'影像诗'等等超越现代主义、偏离现实主义的诗作或作品，成了年轻人的创作常识，和可任意多元选择的创作方向。而现代主义恰是活跃于五六十年代的前代诗人的创作主轴，现实主义又刚好是活跃于七八十年代，如今叫中生代诗人的关怀核心。"[1]"由大陆来台的前行代诗人一生所系的乡愁，中生代诗人诗中所关照的大小乡土，到了新生代诗人，却能伸手就将乡愁和乡土轻轻举起，按键一按，即轻易将它们'种入'网路中了。《新诗三十家》所选包括了中生代诗人的菁英、网路新生代诗人的抽样，虽限于篇幅仅能各选五首，但应该不难看出这两代诗人风格迥异的时代剪影，当然包括对这十年'乱'的嘲讽和批判。"[2]

台湾中生代写作与大陆中生代写作颇有差异，洛夫的总结十分准确："大陆评论界曾有这样的看法：'在近年以运动为主要特征的诗歌环境里，诗坛几乎沦为赤裸裸的名利场，诗歌的艺术之争常变味为'话语权'之争。诗人的代际变化太快，如同长江后浪推前浪，一代又一代诗人各领风骚三两天……'(王珂语)，于是，有些社会责任感较强的中生代诗人面对如此恶化的诗坛生态，只有冷眼相对而抱持一种暂不作为的消极抗拒，其实是处在一种沉潜的，内视而深刻化的待势而起的积极状态中。王珂把他们的写作特性归类为'寂寞的个人写作'，'自我玩味的艺术写作'，'独善其身的人生反思写作'，与'哲理追寻的神性写作'等。如从诗歌的内在精神和诗艺层次的角度来看，以上四类的写作思路毋宁是正常的良性倾向，事实上也正是台湾与港澳诗人长期以来写作'路线'的几个重要选项。"[3]"台湾诗坛自 80 年代之后，就在现代

---

〔1〕 白灵：《时代的剪影》，白灵：《新诗 30 家：台湾文学 30 年菁英选 1978 - 2008》，九歌出版社，2008 年，第 11 页。

〔2〕 白灵：《时代的剪影》，白灵：《新诗 30 家：台湾文学 30 年菁英选 1978 - 2008》，九歌出版社，2008 年，第 12 页。

〔3〕 洛夫：《大海诞生之前的波涛——〈两岸四地中生代诗选〉序》，吴思敬、简政珍、傅天虹：《两岸四地中生代诗选》，作家出版社，2009 年，第 5 页。

主义精神并未完全消退，后现代写作日益标新立异之际，中生代诗人群体已隐隐崛起，且发生了变化。对现实的逼视，对政治的敏感，显然已成了他们主要的诗歌精神，其诗作大大发挥了参与意识和批判功能。不过其中也有部分诗人有着不同的价值取向与美学旨趣，他们多为大学中文系毕业，自始即从民族瑰宝的古典诗歌中摄取传统美学的精髓，并转化为自己的创作力量，他们最大的特色即在语言的典雅。”[1]“总体而言，台湾与港澳中生代诗歌既有后现代的颠覆，也有新美学的建立，有本土根性的追溯，也有大民族传统人文精神的现代重塑，有标举现实生活深层意义的发掘，也有独树一帜的个人内心独白的倾诉，题材多元，风格多样，诗观各异其趣，唯有对诗歌美学的认知与追求却有着相当的一致性：即对诗意境界的深层次的探索，多变的形式实验，和表现手法的推陈出新，特别着重于意象的经营，使常用的文字建构成一个现实生活中感受不到的语言空间，让其中充满想象、神秘、情趣、盎然生机，以及崇高理想的向往。或许由于台湾与港澳民主降临较早，诗人心灵空间较为广阔，因此他们的诗歌生态一直得到自由而正常的发展。诗人不太讲究‘写什么’，——即对主题或所谓‘主旋律’的抉择，什么都可以写，百无禁忌，他们讲究的是‘如何写’，即对诗法与创意的不断探究，如何把一首诗营造成一个质量优良的艺术品，把散漫的语言塑成一首由叙述层次进入美学层次的诗。”[2]

海峡两岸很多学者都论述了两地诗歌生态及创作风格的差异。“本土派不同于西化派，但1950年中期开始的‘现代派’运动，对本土文学的生长预留了空间，至少它的佯狂消解了政治力量的干预，使本土文学也有了生长发芽的机会，这就是为什么本土作家愿与外省作家一道参加‘新诗的再革命’和加盟‘现代派’的一个原因。以白萩而论，他先后参加过‘蓝星’、‘现代派’和‘创世纪’，后参与发起成立‘笠’诗社，一度还担任该刊主编。他早期的作品，充满浪漫情调，强调‘真实的体验’，形式上不断刷新。后来的作品，深入浅出地表现了对宇宙的探索和人生的思考。《诗广场》出版后，诗作充满了社会关怀和批判现实的精神。他的诗风不断变化，在意象、形式以及结构、语言方面不

〔1〕 洛夫：《大海诞生之前的波涛——〈两岸四地中生代诗选〉序》，吴思敬、简政珍、傅天虹：《两岸四地中生代诗选》，作家出版社，2009年，第6－7页。

〔2〕 洛夫：《大海诞生之前的波涛——〈两岸四地中生代诗选〉序》，吴思敬、简政珍、傅天虹：《两岸四地中生代诗选》，作家出版社，2009年，第7－8页。

懈地实验著，力图打破僵化模式，突破已存在的美。”[1]“纵观台湾四十多年新诗语言（及概念）演变的情形，可以发现一个大体的趋势：即从感性逐渐走向理性，促使这种转变的因素，在主观上来说，乃诗人背后创作动机及其表现意图的改变；在客观上来讲，则是内外政经情势的改观及社会思潮的转变。这种渐趋理性语言的现象，似乎逐渐在与诗的本质脱离，就语言的观点论语言，七八十年代新诗语言的愈趋贫困，是个危险的讯号，后现代诗的反动，便是明显的一个迹象。”[2]“正是两岸颇异的政治文化形态及两岸诗人截然不同的生态（生活经历与受教育的经历等）决定了两岸中年诗人的诗歌生态，使两岸中年诗人对诗的功能，特别是诗的诗教功能（启蒙功能）的看法颇异，在诗的“写什么”上形成了不同的创作理念，也影响到两者在“怎么写”上（语言机制、审美方式、诗歌传播方式等）的差异。”[3]“由《两岸四地中生代诗选》及其它相关数据中可看出两岸中生代在几方面呈现了极大的差异：（1）题材：……（2）语言：……台湾中生代更重视的其实是诗语言与散文语言的互补、少量文言与多数白话的完美搭配问题。……（3）形式：大陆多数中生代诗人诗作的不分段似乎是‘共识’，部分诗人喜创写中长型的诗作或组诗。在台湾除了余光中擅写不分段的诗作外，诗作分作几段几乎也是‘共识’，……90年代以后中生代诗人对小诗（10行以内）、俳句（三行），乃至图象诗、诗之形式实验、游戏性、利于教学、传播形式的重视和试验越来越讲究。（4）古典传统：……大陆中生代诗人由于‘切肤之痛’太深，乃至无心或无力于‘历史想象力’者甚为普遍，台湾多数中生代诗人由于浓重的文化乡愁和较深厚完整的古典文学素养、较能欣赏‘古典汉语之美’……对以文白夹杂的语言重铸白话诗的未来始终有种历史的责任感。（5）实验性：……台湾在各种大小长短‘诗型’（包括叙事诗、武侠诗、新闻诗、图象诗）、各种语言语境（包括闽南语诗、客语诗）的试验，以及各类题材（包括同志诗、批判意识强烈的政治诗）闯

[1] 古远清：《台湾当代新诗史》，文津出版社有限公司，2008年，第188页。

[2] 孟樊：《当代台湾新诗理论》，扬智文化，1998年，第28－29页。

[3] 王珂：《诗人何为？生命意识：隐；使命意识：秀——近年两岸“中年诗人”诗的功能及写作方式差异》，张铭远、傅天虹：《汉语新诗百年图上的中生代——首届当代诗学论坛论文集》，作家出版社，2008年，第101页。

荡早已数十载或十数载,……而上述各项试验的带领人都是台湾的中生代诗人。”[1]

台湾前行代诗人具有较强的诗体意识,很多诗人都写过新格律诗。《1914－2005中国新格律诗选萃》选了钟鼎文的《长城》、纪弦的《云和月》、彭邦桢的《月之故乡》、余光中的《民歌》《乡愁》和《乡愁四韵》、商禽的《凯亚美厦湖》、痖弦的《歌》、席慕蓉的《给你的歌》。可以归入严格意义上的中生代诗人只有席慕蓉一人。席慕蓉的《给你的歌》也不是严格的新格律诗:“我爱你只因岁月如梭/永不停留　永不回头/才能编织出华丽的面容啊/不露一丝褪色的悲愁//我爱你只因你已远去/不再出现　不复记忆/才能掀起层层结痂的心啊/在这无星无月的夜里//一层是一种挣扎/一层是一次蜕变/而在蓦然回首的痛楚里/亭亭出现的是你我的华年”[2]。“这种近乎格律的尝试,在席慕蓉早期的诗作中较为常见……”[3]

余光中的诗,特别是他的“中年写作”最能够呈现前行代诗人对诗的音乐性的重视。如写于1971年12月18日的《民歌》:“传说北方有一首民歌/只有黄河的肺活量能歌唱/从青海到黄海/风　也听见/　沙　也听见//如果黄河冻成了冰河/还有长江最最母性的鼻音/从高原到平原/鱼　也听见/龙　也听见//如果长江冻成了冰河/还有我,还有我的红海在呼啸/从早潮到晚潮/醒　也听见/梦　也听见//有一天我的血也结冰/还有你的血他的血在合唱/从A型到O型/哭　也听见/笑　也听见”[4]。又如1972年1月21日写的《乡愁》:“小时候/乡愁是一枚小小的邮票/我在这头/母亲在那头//长大后/乡愁是一张窄窄的船票/我在这头/新娘在那头//后来啊/乡愁是一方矮矮的坟墓/我在外头/母亲在里头//而现在/乡愁是一湾浅浅的海峡/我在这

---

〔1〕 白灵:《平行与交错——〈两岸四地中生代诗选〉出版的意义和影响》,北京大学新诗研究所、首都师范大学中国诗歌研究中心:《中国新诗:新世纪十年的回顾与反思——两岸四地第三届当代诗学论坛论文集》,第140－142页。会议时间2010年6月26日－6月27日,地点北京。

〔2〕 席慕蓉:《给你的歌》,深圳中国现代格律诗学会主编:《1914－2005中国新格律诗选萃》,吉林大学出版社,2005年,第365页。

〔3〕 林于弘:《席慕蓉新诗的草原书写研究——以〈我折选着我的爱〉为例》,北京大学新诗研究所、首都师范大学中国诗歌研究中心:《中国新诗:新世纪十年的回顾与反思——两岸四地经三届当代诗学论坛论文集》,第295页。会议时间2010年6月26日－6月27日,地点北京。

〔4〕 余光中:《民歌》,深圳中国现代格律诗学会主编:《1914－2005中国新格律诗选萃》,吉林大学出版社,2005年,第208－209页。

头/大陆在那头"[1]。余光中并不认为诗体会约束诗人的创作。他在1957年2月出版的《文学杂志》第1卷第6期上发表了他翻译的艾略特的《论自由诗》,指出"以人为的限制"才是真正的自由,以此呼应梁文星(吴兴华)和周弃子的新诗写作必须重视形式甚至诗体的主张。1988年,余光中在回忆自己的创作的文章《四窟小记》中说:"今日,多少诗人都自称是在写自由诗,最是误己误人。积极的自由,得先克服、超越许多限制;消极的自由只是混乱而已。'从心所欲,不逾矩'才是积极的自由。所谓'矩',正是分寸与法度。至于消极的自由,根本就没有'矩';不识'矩',也就无所谓是否'逾矩'。即以目前人人自称的自由诗而言,也不是完全自由的,因为至少还得分行,以示有别于散文。然则分行就是一种'矩'了。可是多少作者恐怕从不锻炼自己,所以也就随便分行,随便回行,果真是'随心所欲',却不断在'逾矩'。我写诗,是从20年代的格律诗入手,自我锻炼的'矩',乃是古典的近体与英诗的quatrain等体。这些当然都是限制,正如水之于泳,气之于飞,也都是限制,但自由也从其中得来。水,是阻力也是浮力,为溺为泳,只看你如何运用而已。回顾我四十年写诗的发展,是先接受格律的锻炼,然后跳出格律,跳出古人的格律而成就自己的格律。所谓'从心所欲,不逾矩',正是自由而不混乱之意,也正是我在诗艺上努力的方向。来高雄两年半,只写了四十四首诗,其中写垦丁景物的十九首小品,我只算它一整首。今年年底,我大概会收集这一时期的作品,出一本最新的诗集。目前我希望能多写下列这几种诗:第一是长篇的叙事诗;第二是分段而整齐的格律诗,尤其是深入浅出可以谱歌的那种;第三是组诗,例如以金木水火土的五行来分写一个大主题。"[2]

"余光中在第15届世界诗人大会上的发言《缪斯未亡》中说:'诗艺,正如其他艺术,不外是在整齐与变化之间灵活运用,巧作安排。真正的大匠总能在整齐之中求变化,在约束中争自由。若是一味固守整齐,就会沦为呆板,而反过来,若是只知追求变化,也必沦为纷繁。'"[3]"余光中认为节奏是诗相当重要的特性,他认为'如果诗是时代的呼吸,则节奏应该是诗的呼吸'。余光中以'乡愁'为主题的诗歌就以速缓为主旋律,表达难舍、难忘却又难归的无

[1] 余光中:《乡愁》,深圳中国现代格律诗学会主编:《1914-2005中国新格律诗选萃》,吉林大学出版社,2005年,第209页。

[2] 余光中:《四窟小记》,余光中:《余光中散文》,浙江文艺出版社,1997年,第314-315页。

[3] 梁笑梅:《壮丽的歌者:余光中诗艺研究》,西南师范大学出版社,2006年,第211页。

奈心态。”〔1〕“余光中诗歌的诗体美体现在富于变化的整饬观上。‘其言说方式可以概括为：格律体对称均齐中流动变化；自由体则流动变化中求对称均齐；至于半自由、半格律体更是错落参差而又富于整肃美感。这种律中求变，变中求律，律与变的诗性调和，正是余光中诗体美学因素开发的原则。’（吕进：《余光中的诗体美学》，吕进：《对话与重建》，西南师范大学出版社，2007年版，第357页）从余光中多产的作品中，我们不难发现：其中不乏自然天成的短诗，也有长达600多行的组诗；有叙事诗、抒情诗，也有哲理诗；有言志诗、讽刺诗，也有咏物咏史之作；有民歌民谣体，也有外国摇滚乐风味之作；有自由体，也有格律诗。有的情意绵绵，幽雅恬淡宛如古代小令；有的意象奇特，语法反常则来自西方现代诗的影响，他可以说是台湾现代诗人中众多诗体的集大成者。”〔2〕“由于这些地区与内地的背景长期不同，就我们迄今为止所接触到的资料来看，台港澳地区尚未出现过明显的新诗韵律运动，然而这些地区的诗人特别是台湾地区的诗人在50年代开始的现代诗运动与70年代开始的现实主义诗歌运动中，对新诗的艺术与形式仍然是有很多创造的。而且其中的一部分诗已经跨入了新格律诗的界域。以著名诗人余光中为代表的台湾诗人，其创作的新格律诗形式呈现出多样化的色彩。另外，香港诗人晓帆的汉俳和王一桃的自律体诗也是很有特点的。他们和内地诗人一起为建设新格律诗作出了一定的贡献。”〔3〕

痖弦也重视诗的音乐性。如《歌》：“谁在远方哭泣呀/为什么那么伤心呀/骑上金马看看去/那是昔日//谁在远方哭泣呀/为什么那么伤心呀/骑上灰马看看去/那是明日//谁在远方哭泣呀/为什么那么伤心呀/骑上白马看看去/那是恋//谁在远方哭泣呀/为什么那么伤心呀/骑上黑马看看去/那是死”〔4〕。又如《秋歌——给暖暖》：“落叶完成了最后的颤抖/荻花在湖沼的蓝睛里消失/七月的砧声远了/暖暖//雁子们也不在辽复的秋空/写它们美丽的十四行了/暖暖//马蹄留下踏残的落花/在南国小小的山径/歌人留下破碎的琴韵/在北方幽幽的寺院//秋天，秋天什么也没留下/只留下一个暖暖//只留

〔1〕 梁笑梅：《壮丽的歌者：余光中诗艺研究》，西南师范大学出版社，2006年，第217页。

〔2〕 梁笑梅：《壮丽的歌者：余光中诗艺研究》，西南师范大学出版社，2006年，第222页。

〔3〕 周仲器：《新格律诗探索的历史轨迹与时代流向——从新月诗派到雅园诗派》，深圳中国现代格律诗学会主编：《1914－2005中国新格律诗选萃》，吉林大学出版社，2005年，第10页。

〔4〕 痖弦：《歌》，深圳中国现代格律诗学会主编：《1914－2005中国新格律诗选萃》，吉林大学出版社，2005年，第245页。

下一个暖暖/一切便都留下了”。“暖暖”的妙用,特别是它形成的“节奏”是这首诗的一大特点(优点)。“暖暖”可以说是诗人生造的词语,也可以说是诗人改变了这个本来是形容词的词语的词性,如“暖暖的春天”,在本诗中还有名词的性质。“暖暖”可以产生“通感”,强烈地刺激人的触觉和听觉,从声音上和温度上都给人以温馨的感觉。诗又一咏三叹地“强化”这种感觉。“暖暖”在题目出现后,在诗中不厌其烦地重复出现。一、二两个诗节都用“暖暖”作为一个诗句结尾,两个“独立”的“暖暖”极大地强化了它的效果。最后两个诗节采用了诗歌创作中的“蝉联”技法,“只留下一个暖暖”是第四个诗节的结尾,也是第五个诗节的开头,不仅增加了诗的音乐性,还强化了主题:秋歌即是“暖暖”,“秋”的特点是“暖”,给人的也是“暖”。

2007年作家出版社,出版的《张默诗选》收录了自1956年到2006年的108首(组)诗,没有一首是讲究“节的匀称”与“句的均齐”,重视押韵与顿数的“新格律诗”。张默却有一定的文体自觉性和诗体意识。他采用了多种诗体写作,写了大量自由诗,也写了散文诗和小诗。张默的长诗也重视形式建构,甚至涉及格律。“写成于1992年9月,首发于《创世纪》诗刊同年冬季号,后来收入《落叶满阶》诗集的长诗《时间,我缱绻你》,的确堪称张默诗创作中具有里程碑意义的精品之作。它由独立完整、各具风采的四十节诗组成,又与其四十年的诗路历程暗合。这就意味着诗人着眼于对自身精神家园的审视,对自己诗性人生的描摹和新的构想。”[1]“从句式上看,实乃骈散结合;从声律上看,又属参差均衡的律动;从诗体方面说,则为新格律体与自由体的一种自然融合。应该说,张默的这种尝试是成功的,可贵的。”[2]

台湾中生代诗人没有前行代诗人重视诗体,仍然具有一定的文体自律及诗体自觉意识。以两本诗选为例。吴思敬、简政珍和傅天虹编选的《两岸四地中生代诗选》选取大陆30家,台湾13家,香港6家,澳门2家。13家台湾诗人共93首诗中,只有一首严格意义上的新格律诗。“人选有限制,必然有漏网之鱼。但所谓漏网之鱼,却可能是主编的美学对历史交代的依据。对于

〔1〕 陶保玺:《对西方现代诗和东方古典诗的双重逼近——论张默诗歌形式建构的妙谛及其音乐美》,傅天虹编:《狂饮时间的星粒——台湾著名诗人张默评论集》,作家出版社,2007年,第41页。

〔2〕 陶保玺:《对西方现代诗和东方古典诗的双重逼近——论张默诗歌形式建构的妙谛及其音乐美》,傅天虹编:《狂饮时间的星粒——台湾著名诗人张默评论集》,作家出版社,2007年,第45页。

台湾的诗人，那些玩弄形式戏耍，所谓的创意，实际上是浮面模仿西方而缺乏实质想象的作品；这些表象号称后现代，却缺乏后现代深层内涵的诗作，都不是我所要考虑的对象。”〔1〕不可讳言，简政珍的选诗标准有“内容大于形式”之嫌，有些重视自由诗轻视格律诗。导致这一结果的主要原因是中生代诗人写格律诗少。与台湾前行代诗人相比，台湾中生代诗人对自由诗的推崇远远大于格律诗。但是在这些诗作中，仍然可以发现闻一多主张的“建筑的美”。甚至少数诗的局部有“节的匀称”和“句的均齐”，特别是“节的匀称”受到一些诗人的重视，四行一节、五分一节、三行一节、二行一节等分节方式仍被采用。这些分节方式最早来自西方被中国现代诗人广泛借鉴并形成新诗相对规范的分行原则。如苏绍连的《风沙》第一个诗章分别是三行、五行和二行分节，第二个诗章二行分节，第四个诗章四行分节。《大肚山》第四诗章三行分节。简政珍的《能说与不能说》四行分节。《灾前》的分节方式是6、7、6、7、7、7。杜十三的《密码》是比较标准的新格律诗：“才输入一个密码/整个世界便开始氧化/所有的女人充满了爱/所有的男人充满了欲望//才输入一个密码/整个世界便开始还原/所有的女人化成了水/所有的男人　化成了烬”，具有“节的匀称”和“句的均齐”。《痕迹》分节方式是4、2。《孵》分节方式是4、3、3。白灵的《闻慰安妇自愿说》和《爱与死的间隙》全是两行分节。陈义芝的《缅甸的孩子》全是两节分行，《给我的搪瓷娃娃》全是三行分节，《上邪》是3、4，《海边的信》是5、5、5、5、6、6。詹澈的《下棋与下田》全是四节分行。罗智成的《满月》是相对规范的格律诗：“我们久已不在沙滩生殖或产卵/但是满月依然教我们小腹发胀/鲸鱼和牠猎食的浮游生物水乳交融/至今我们体内仍遗传着最初的海洋”。侯吉谅的《四绝句》有明显的建筑美。孙维民的《今天的难题》是两行分节，《上班》是三行分节。陈克华的《无眼界》全是两行分节，《无》是3、3、6、3、3、2、1、2。林耀德的《影》有句的均齐，李进文的《选举日》是2、2、3、2、3、3、3。陈大为的《靠近罗摩衍那》是7、9、9、10、10。诗歌节编辑小组主编的《2009年台北诗歌节诗选》收入周梦蝶、罗门、向明、张默、郑愁予、叶维廉、杨牧等台湾老、中、青诗人43家76首。两行分节的有李魁贤的《听海》，四行分节的有杨牧的《台湾栾树》和简政珍的《能说与不能说》。商禽的《遥远的催眠》第一诗节实为五行，后面14个诗节均为四行，每行7个字。五行分节的

〔1〕 简政珍、傅天虹：《后记》，吴思敬、简政珍、傅天虹：《两岸四地中生代诗选》，作家出版社，2009年，第7-8页。

有向阳的《秋辞》，九行分节的有简政珍的《放逐》。还有白灵的五行诗《不如歌》两则，陈黎的《五行诗》5 则，罗智成的《新绝句〈地球之岛〉》16 则，每则均为四行。

对诗选进行统计学分析是想说明尽管台湾没有大陆那种强调，甚至极端强调新格律诗的中生代诗人，但是台湾中生代诗人仍然具有一定的文体自律性和诗体自觉性，这是台湾没有像大陆那样出现极端的格律诗和自由诗的重要原因，也是台湾诗学界没有出现大陆诗体的格律化与自由化极端对抗产生的“诗体之争”的重要原因。

这个结果与林于弘 2009 年对《台湾诗选》的格律倾向的统计结果有异曲同工之处：“至于统计 2003～2008 年《台湾诗选》‘固定行数’诗作及其所占比率后，我们可以发现，六个年度的总平均为 17%，其中更有四个年度的比率都在 19%以上，平均每 5 首诗作，就有 1 首是采取完全固定行数的写法，比例不可谓之不高。可见《台湾诗选》中，有关选录诗作‘固定行数’的倾向，的确是不争的事实。……在统计 2003～2008 年《台湾诗选》‘固定行数’诗作之行数与段数的关系之后，我们也发现在行数上，是以 4 行最多（20 首），3 行和 5 行次之（12 首），2 行排第四（10 首），6 行和 8 行则并列第五（8 首），其余则寥寥无几。至于在段数上，是以 2 段最多（18 首），3 段次之（13 首），6 段和 8 段并列第三（8 首），4 段第五（7 首），5 段第六（6 首），1 段和 7 段并列第七（5 首），其余的比重都不高。最后若总和行数与段数来看，8 行 2 段第一（5 首），3 行 6 段、4 行 2 段、4 行 3 段、4 行 4 段、5 行 2 段、6 行 3 段并列第二（4 首），3 行 8 段、4 行 7 段为第三（3 首），其余的数量优势则不明显。可见‘固定行数’的行数选择与段数安排，虽然尚未有一致的看法，但也隐然有简约化的趋势。……有关个别作家在‘固定行数’偏好的统计，以陈义芝（5 首）、余光中（3 首）和陈育虹（3 首）的趋向较为明显，而这些作家平时的作品特色及书写习惯，似乎也有如此的固定模式，因此这样的统计结果，也可以相对印证，部分作家以‘固定行数’当成写作规范的可能。”[1]

“固定行数”类似闻一多新格律诗所要求的“节的匀称和句的均齐”中的“节的匀称”。台湾很多诗人都有“固定行数”的诗体意识。尽管这种诗体意识并不强烈，却能够在一定程度上有效地抵制极端的自由诗。大陆缺乏的正

〔1〕 林于弘：《台湾新诗“固定行数”的格律倾向——以〈台湾诗选〉为例》，《第三届华文诗学名家国际论坛论文集》，重庆西南大学，2009 年 11 月 6－10 日，第 292－294 页。

是这种类似“准定型诗体”的“固定行数”的诗体意识，导致自由诗与格律诗的极端对抗。为了保证研究结论的科学性，特选取简政珍、孟樊、方群（林于弘）、李进文、詹澈五位台湾中生代诗人的个人诗集，做“固定行数”及诗体意识的统计工作。除詹澈外，其他四位都是台湾重要的新诗学者。从他们的现代诗创作中也可以看出他们的诗体观。

“简政珍对读者要求的有感的阅读，是基于对生命底线的有感；相对而言，作品本身的生命力也扎根在存在的底线，碰触之际，就荡起一连串的涟漪。很遗憾这种对读者和作品的要求，至少在台湾，因为标准超出聚光灯下的诗人太多，而干脆被以‘看穿’的横暴方式掩饰他们的‘看不见’。我们的文学教育培养出来的读者品味是‘尚奇’，所谓‘奇’，往往指向内容的搜奇猎怪、语言的扭曲折叠、形式的排列变化、技巧的游戏性质。这种阅读方式暗含了窥密与嗜血的期待，而粉饰以要求作者交代写作背景、写作动机、写作对象。读者偏好重口味，长期下来的结果是对语言文字的无感、对生命的麻痹。虽然简政珍的诗是以语调的平淡来表现不同于流俗的‘奇’，林耀德仍以‘淡中见奇’统括简政珍的作品风格，召唤读者对‘奇’的渴盼。”[1]

北京作家出版社2006年出版的简政珍的《当闹钟与梦约会》共收诗142首，有两首长诗：《失乐园》和《流水的历史是云的责任》；有4行小诗一首，《黄昏四行》：“蝙蝠在屋檐伺机等待日落/花朵盛开为了黑夜的盟约/浇水竟把误会传给杂草/松鼠逼使枫树提早落叶”[2]。有“固定行数”的诗1首，七行一节共两节的《伞》：“撑出来的黑/遮去天空的灰/雨应景而下/也许是为了一场颠倒的是非/我们再也不能/展望原始的/白//街道的黑点/涌动成河/城市慢慢陷落/我们不曾淹死/留一身干爽/看看雨伞在风中翻转/如花”[3]。台北书林出版社2008年出版的简政珍的《放逐与口水的年代》共收诗68首，有“固定行数”的诗1首，四行一节共四节的《灾后》：“雨继续下，没有爽约的可能性/河水继续改变行程，山丧失它的面目/有烟雾作证，有桥梁的隆起/在大地留下不同的说词//你曾经在帐篷底下聆听当年的老歌吗？/风沙在乐声中飘扬，雷声在远方伴奏/一条组阁的旋律在淤浅的排水沟里回荡/一个新脸孔在漏水的临时建筑里凝结风霜//我们要在哪一栋剥皮的大厦约会？/以广场

[1] 郑慧如：《意象逼视人生的美学深度——读简政珍的诗》，简政珍：《当闹钟与梦约会》，作家出版社，2006年，第3-4页。

[2] 简政珍：《当闹钟与梦约会》，作家出版社，2006年，第152页。

[3] 简政珍：《当闹钟与梦约会》，作家出版社，2006年，第142页。

四周选后折断的旗帜为标志/或是在那一片新腾出的空地交心？/你会不会在皲裂的十字路口迷失方向？//不要再以陈年往事说教/当千禧年清洗了电脑既有的档案/我们在人事的大楼/已培养了威猛的病毒”[1]。

简政珍还写过相对“固定诗行”的诗，特别是第一节五个诗行，第二节六个诗行的诗。如《四点钟的约会》：“四点钟的时候/你将拨弄这一条街道的风沙/你将加速交通号志的闪烁/你将抖落/我们心中累积的微尘//四点钟的时候/你将带著遮蔽时间的面具/让我看不到快速移动的日影/让我逐渐老花的视野里/看到你春光乍现的/几根白发”[2]。《诗人》第一个诗节和第三个诗节均为五个诗行，第二个诗节六个诗行。“年轻的时候/我想成为一支乖巧的笔/以指尖负荷磅礴的心意/为呆滞的现实/演出纸上风云//后来发现/大量渗出的墨水/玷污了手指/也玷污了洁白的纸张/但，这已是/季节过后的事//如今，我只想/变成橡皮擦/我要拭去一切的表白/不让文字/随着爆竹翻脸”[3]。

“诗人所观照的现实并非现实的复制品，正如美国诗人史蒂文生所说：并非文学反映人生，而是人生反映文学。现实的事件经由诗人的思维而显露真实感。意象是人的思维，是诗人意识投射的结果，已别于客观世界的形象。诗是人意识构筑的世界。从诗兴涌动到落实于文字，诗人赋予物象人本的精神。人本的精神是诗存在的理由，也是现实‘模仿’的对象。若是人生反映诗的世界，现实的僵化的思考模式将瓦解。若现实以诗为理想国，所有表象的掩饰将层层剥落，所有虚浮的象征将自我解构，我们面对的将是无数充满变量的符号，指涉不时涌动的见解和创作力。”[4]不管诗人多么强调诗兴和诗意、诗的内容和诗的意象手法，诗的创作过程都是从诗兴涌动到落实于文字，这个过程即情感和思想的“迹化”过程，诗人都会受到美学惯例及诗歌常识，特别是诗体常识的影响，都有一定的文体自觉性。这正是简政珍不重视诗体却写出了准定型诗体的诗的重要原因。

台北唐山出版社2007年出版的孟攀的《旅游写真》共收诗56首，有“固定行数”的3首。不押韵却有着完全“句的均齐”和“节的匀称”的《夜上海》：“夜是烽火连天的星空爆开的一朵瑰云/夜是苏州河边肢体瘫痪的一张太阳

〔1〕 简政珍：《放逐与口水的年代》，书林出版有限公司，2008年，第128-129页。

〔2〕 简政珍：《放逐与口水的年代》，书林出版有限公司，2008年，第146页。

〔3〕 简政珍：《当闹钟与梦约会》，作家出版社，2006年，第180-181页。

〔4〕 简政珍：《诗和现实的辩证》，简政珍：《当代诗与后现代的双重视野》，作家出版社，2006年，第11页。

旗/夜是丁香花园内乳香轻颤声声的嘟哝/夜是老牌月历上蜡黄的紧身旗袍开叉/夜是只手一把摺扇张开的鸳鸯伴蝴蝶/夜在张爱玲荒凉的半生缘里向你走来//夜是一波波将消逝的烟尘袭来的江浪/夜是石库门泛黄的晾晒衣裤一字排开/夜是弄堂内十七八岁姑娘的喁喁低语/夜是豫园被金风吹皱的镂空红木轩窗/夜是赛金花流金岁月的一场游园惊梦/夜在王安忆唱起的一支长恨歌中怅惘//夜是上海交响乐团拔尖的那一声响亮/夜是车水马龙拱出的立交桥经纬纵横/夜是黄浦江两岸吞云吐雾的高楼大厦/夜是巍峨的东方明珠迳与天狼星比高/夜是十里洋场千姿百态的霓虹灯招展/夜在卫慧电吉它中重弹出带劲的宝贝”〔1〕。两行一节共八节的《莫高窟随想曲》:“从唐代扑面而来的传奇挟著满天风砂/一叠二叠三叠终于打了句点在绿洲前//午后乍雨挥就的一幅濡湿的山水画/挂在骨瘦如柴的大泉河旁微微合眼//沾著历史灰烬的余秋雨书页随风乱飞/在漆黑的洞窟里一擦亮张大千就生烟//天女散花自金戈铁马的五代/纷纷洒落我诗思饱满的眼前//走出北朝年间一摇曳生姿之靓女/藏经洞中的壁画兀自飞散成碎片//那浅笑那颔首那扬眉那柔波的流转/那杏眼桃腮的顾盼已成一则则经典//只把那洋人盗匪史坦因瞧得目瞪口呆/流金岁月漂洋过海被锁在大英博物馆//在井上靖的镜头后走出深邃的历史长廊/身后传来历时千年的倒弹琵琶辗转难眠”〔2〕。还有一首十四行诗《伦敦变奏十四行》:“歌剧魅影要等华灯初上才出现/妻说这出戏对牛弹琴超级无聊/对比于卡拉丝的卡门太过轻佻/商籁体如是起笔不免荒腔走板//哈洛兹百货是资本主义的代言/再提黛安娜芳菲岂非重弹老调/若不在丽池喝下午茶你会嘲笑/这般描写雾都百态必遭人白眼//都是大笨钟过于聪明一敲再敲/安详于西敏寺的诗人千年百年/诗到此这样押韵也没什好商量//海德公园热情演讲可一瞧再瞧/岂可错过老牌民主国家的嘴脸/好结束这首不痛不痒的十四行”〔3〕。

方群(林于弘)认为:“存在的意义也许只是如何解释的技巧问题。对我来说,安心的写诗是一种幸福,写诗的心安是一种承诺,我喜欢这种幸福,也将实践如此的承诺。”〔4〕他的诗集《航行,在诗的海域》共 86 首,有“固定行

〔1〕 孟樊:《夜上海》,孟樊:《旅游写真——孟樊旅游诗集》,唐山出版社,2007 年,第41 页。

〔2〕 孟樊:《旅游写真——孟樊旅游诗集》,唐山出版社,2007 年,第 60 - 61 页。

〔3〕 孟樊:《旅游写真——孟樊旅游诗集》,唐山出版社,2007 年,第 140 - 141 页。

〔4〕 方群:《航行,在诗的海域》,台北教育大学图书部、麋研笔墨有限公司,2009 年,第 255 页。

数”的1首。《苦行僧》四行分节：“从来就没有比这个还要坚定的信仰/在沉默的脑海里澎湃激荡/落发之后就已决定无怨无悔/再多的颠沛流离也将甘之如饴//终点也许就在地平线的那一端/沿路托钵可以体察人情的冷暖/分享的喜悦是美丽的雨露均沾/传说中的天堂应该就在不远的西方//千山独行不需亲朋好友的涕泣相送/迈步向前就要远离是非纠缠的喧哗/也许这样的选择并不十分划算/但人生旅途总得有个值得追寻的方向//这是不能选择的预设名单/苦行僧将承担所有的挫折与苦难/在轮回的街道他踽踽独行/在生死的关卡他低头合掌”[1]。

李进文的《一枚西班牙钱币的自助旅行》共收诗56首，有“固定行数”的诗3首。《上班》两行分节：“上班者的脑袋是衣架子新冒出来的/脱水橘子，被晨雾端出来//梦蹑手蹑脚地吃三明治、喝咖啡/迅速检阅一生有无被早报下错标题//窗外行道树如有骨无肉的英雄式偶句诗：/朗诵公事，漏读一个音节就错过这世界//上班者将四方型的窗口摆在梳理台/梳理一束晦涩的晨光//天亮后他准时返回卧室折被单/然后用无数个软弱的理由刷牙//出门时他发现廿四小时有人醒着叫卖/烧饼油条和存在，全不值几个钱//上班者被城市的千足追过额际的几条街/日子孤独地跨过胸骨赶搭公车”[2]。《你是谁》五行分节：“花丛里的香气，任性而/猖獗群聚：我将它削薄、扶正/以免游戏中的孩子提早感染，从此/不再抚着心，努力思索和怀疑——/当你慢慢长大//我的腕表在暴雨后睡了/又醒了，点滴含在叶子的舌尖/闷雷沉沉陷落喉间；记忆如此轻浮/四处拈花惹草。而我的童年是蜻蜓/停要你的脚踝这般轻盈//我将你一高一低的裤管拉齐/小帽扶正，却看见晨光一路乱敲/乱打苹果树；仍有一些水渍/在小学童的布鞋间哗笑/仍有我们不懂的青鸟飞过头顶//你指著天空，一脸羡慕/为了几朵逃学的云彩往地平线/跑去：你追不上/但很快就可以追上，迟早/用闪亮蹦跳的生命追上//用你即将成型的梦穿越香气/停在一粒饱满的果实上，如蜂蝶/的小脚稳稳抓牢时间膨胀的刻度/(我把香气削薄、扶正)/自树上摘下几叶好玩的问题//问你：‘你是谁！’/你站在这城市最冷漠的钢骨长椅/‘你是谁?’你天真学语。渐渐有鼎沸的人声在公园运动和散步/‘他们又是谁?’你笑著指向晨雾……”[3]。《如烟》三行分节：

[1] 方群：《航行，在诗的海域》，台北教育大学图书部、麋研笔墨有限公司，2009年，第28-29页。

[2] 李进文：《一枚西班牙钱币的自助旅行》，尔雅出版社，1998年，第120-121页。

[3] 李进文：《一枚西班牙钱币的自助旅行》，尔雅出版社，1998年，第83-85页。

“蓝调几乎要把地窖的酒喝光/灯那么醉，如何把梦说清楚？/你用骨匙轻轻搅动掌纹——//直到一盏茶也清醒了/故事是雪酿的、火铸的……/说出来：如烟//你走一条险峻的情节，有时/被黑色的标点绊倒，又痛快地站起来/将自己说成生命的局外人//你的嘴是海洋，我看见柠檬和盐/趴在高脚杯啜饮危险的夜/仰尽，怕千万尾鱼瞬间泛滥成话题//当故事舞动琥珀色的躯体/那位沙哑的歌者，唱出圆圆的脸/仿佛泡沫，相遇又一吻即破//空间静止。啊你走回/你的孤独；我甸一甸心事/悄悄放进被旅行磨破的袋子”[1]。

李进文在诗集的《后记》中阐述了他的创作观及诗体观：“我一直在探索属于自己的表达方式：要求意象务求精准，语法要知所分寸，而内涵必须自由，歧义且能紧扣着中心意图。这两年我进一步隐然掌握到一些些神秘的节奏，我相信只有‘节奏’才能测知脉搏和呼吸，才能使一首诗散发出属于个人的独特气质。”[2]“这是我的第一本诗集，写诗约略数来有十二年了，包括其间只读而未写的两年。诗集里收有四十五首，最早的是九一年的《椁》，然后就跳到九三年的《棒球系列》，九四年的《情诗〈1〉》，其余几乎都是九六、九七至九八年年初，最近两年多以来发表的作品。”[3]

台北秀威资讯科技有限公司 2008 年出版的詹澈的《绿岛外狱书》有“固定行数”的诗 8 首，两行一节的有《妳电话中的哭泣》，还有《铜锣荡漾》：“在摇晃中比太阳大一倍的铜锣/亮著太阳的光芒//在金黄中裹著曲线/中央突出一个乳房的形状//被撞击后的音波/从我心底荡漾开来//那是沉寂很久以后的一次撞击/黄昏时走在通往你的路上//锣响以后/唢呐的声音拔高了//在通往天国或地狱的路上/在仪队的后面//在生的欲望与送葬途中摇晃/音波荡漾的铜锣凸出一个乳房的形状”[4]。《时间的手指》也是两行一节：“我是大地上徒长的岩壁/生长著你的树//你树叶的眼睛千眼万眼皆凝视我/那是时间的眼睛//你在忘我的凝视中衰老/我是时间的手指//经过你年轻的肉体/然后埋藏你色衰的树叶//同时也被时间/还原为你的大地”[5]。三行一节的有《水草在那儿茁长》《我们同时摆渡》和《墙》，还有《玫瑰与西瓜》：“送来

[1] 李进文：《一枚西班牙钱币的自助旅行》，尔雅出版社，1998 年，第 28－29 页。

[2] 李进文：《后记》，李进文：《一枚西班牙钱币的自助旅行》，尔雅出版社，1998 年，第 154－155 页。

[3] 李进文：《后记》，李进文：《一枚西班牙钱币的自助旅行》，尔雅出版社，1998 年，第 153 页。

[4] 詹澈：《绿岛外狱书》，秀威资讯科技股份有限公司，2008 年，第 231 页。

[5] 詹澈：《绿岛外狱书》，秀威资讯科技股份有限公司，2008 年，第 213 页。

的鲜花和水果都已收到/细细观赏和品尝/你的心意和体香//我的胃觉和味觉/我们的唯物和唯心/在玫瑰与西瓜的思考中消化//你用绿色理念/托起红色思想/你是玫瑰//我用绿色理念/包著红色思想/我是西瓜//你从含苞而盛开/花瓣顺时钟旋转/你火把的形状//我从惨绿经纬逐渐张网/从圆至椭圆的形状/一颗旋转中的地球"[1]。六行一节的有《是风还是海浪》:"是风/还是海浪/把岩壁抚摩成沙滩/又把沙滩与岩壁连在一起/把沙滩和岩壁抚摩成/妳的腰和我的胸膛//把沙滩和岩壁和牢房连在一起/把妳和我连在一起/把妳和我的思想连在一起/又分开了/是风/还是海浪"[2]。

尽管台湾中生代诗人不重视诗的音乐美的新格律诗写作,但长诗和小诗创作颇有成就。但是他们的长诗写作采用的是自由体。没有人像现代诗人朱湘那样,用现代手法写传统题材,交织使用四行、五行、十行三种章法写出了用韵讲究,结构精致的七大段近千行的《王娇》。不仅打破了"无韵则非诗"的信条,还打破了文体界限。简政珍便是其中的代表诗人。"简政珍于 2004 年 3 月 28 日完稿的'诗小说'——《放逐口水的年代》长诗(409 行),为台湾'现代长诗'确立了'文类越界'的体制。"[3]简政珍认为"诗小说"与"传统长诗"的差异是:"'诗小说'的本质异于'传统长诗':前者的'诗'与'小说'是二合一的,就如同木瓜牛奶汁,已经是木瓜与牛奶经过调配后的新产品。后者书写的视角,大抵是'诗中人'等同于'诗人',以'诗人'的单一视角直抒胸臆。'诗小说'则不然:'以意象稠密'的诗语言,意象回环的圆转结构,延展著虚实相生、时空跳转的曲折情节。"[4]1990 年他写了《历史的骚味》,1998 年写了《失乐园》,2004 年写了《流水的历史不是云的责任》。蒋美华认为这些长诗具有"故事·抒情·意象"叙述结构的美学层次。"一首优美的长诗,必须具备'诗/现实/思的辩证';'舞姿'的诗质;翩翩首尾呼应的'圆转'结构。"[5]"1970 年代中期以后,白灵异常活跃,以'新民族诗风'著称诗坛。"[6]"在长篇

---

[1] 詹澈:《绿岛外狱书》,秀威资讯科技股份有限公司,2008 年,第 253 页。

[2] 詹澈:《绿岛外狱书》,秀威资讯科技股份有限公司,2008 年,第 116 页。

[3] 蒋美华:《新世纪台湾长诗美学的航向》,《台湾诗学学刊》第五号,台湾英文杂志社,2005 年 6 月,第 136 页。

[4] 蒋美华:《新世纪台湾长诗美学的航向》,《台湾诗学学刊》第五号,台湾英文杂志社,2005 年 6 月,第 133 页。

[5] 蒋美华:《新世纪台湾长诗美学的航向》,《台湾诗学学刊》第五号,台湾英文杂志社,2005 年 6 月,第 107 页。

[6] 古远清:《台湾当代新诗史》,文津出版社,2008 年,第 460 页。

叙事诗创作不发达的台湾，白灵知难而进，一口气写出300多行的《大黄河》和400多行的《黑洞》，以表现百年来中华民族的苦难和命运。"[1]

小诗一直受到台湾前行代诗人的重视。张默倡导过小诗，1987年撰编了《小诗选读》。他还喜欢写小诗。他在《时间水沫小札·附记》中说："《时间水沫小札》组诗，以三行形式出之，它们并非俳句，而是作者随意很自由的挥洒，把它称为'三行诗'即可。"小诗在《张默诗选》占了相当大的比例，不但有《小诗三帖》《四短章》《五官初绘》《俳句小集》(16首)，还有《呢喃十行》《秋千十行》等"十行诗"12首，诗集的最后一个组诗是《时间水沫小札》(86帖)，全是"三行诗"。在2006年台湾尔雅出版社出版的《浅出深入话新诗》中，丁旭辉以《澄明真挚论张默》为题，肯定了1998年张默手抄诗集《远近高低》中整整一卷的十行诗的价值。张默的小诗体宽松有余节制不足，他的很多小诗实质上是自由诗，他只是将未定型的自由诗适当建设成诗体十分松散的准定型诗体。除张默外，还有一些诗人致力小诗创作。岩上出版了《岩上八行诗》(高雄：派色文化出版社，1997年)。"他不认为诗能改变世界，可他并不以此做为放弃诗人责任感的藉口，如为下层人民写照的《那些手臂》，表现了世代间的交替。写一草一木、一花一果的八行诗，作者在物我交媾中努力寻求诗的奥秘。作者抱着与万物共存的观念，在鼓、秤、叶、雪这些寻常物中溶进自己对生活的特殊感受和体验，并在这些感受的基础上展开想象的彩翅，创作出不与他人雷同的咏物小诗和哲理小诗。"[2]

"台湾小诗在20世纪80、90年代有了新的发展和变化。1987年张默撰编《小诗选读》面世，收有台湾当代68位诗人的小诗68首。这些小诗一般都在十行以内，展示台湾小诗的创作风格。"[3]台湾中生代诗人继承了前行代诗人重视小诗的传统。白灵进行过"五行诗"创作，并以"五行诗"为题发表作品。如《台湾诗学季刊》1995年3月号发表了他的《五行诗》，其中一首是《掌纹》："阳光、风雪、哭和笑/兴高采烈地坐进小船，一艘艘/航入运着命的浪涛里/不论划多远，总有几座山远远地/伸出云端，隐约似如来佛的手指头"。还有一首《老者》："一路走上来的足印，与心之凹凸/都一一交给远方去收藏/山一座座大踏步向前/踩熄了来时路的隐隐残光/立在山头，他打了个讲究的呵

[1] 古远清：《台湾当代新诗史》，文津出版社，2008年，第461页。

[2] 古远清：《台湾当代新诗史》，文津出版社，2008年，第191页。

[3] 司马攻：《句中有余味　篇中有余意——序曾心小诗集〈凉亭〉》，曼谷留中大学出版社，2006年，第2-3页。

欠”。席慕蓉1989年6月23日写的《极短篇》只有五行。“白灵在1992—1997年主编《台湾诗学季刊》期间，倡导小诗运动，还编有《可爱小诗选》，这里讲的‘小诗’，是指十行以内，百字以下。他这时出版的《爱与死的间隙》《五行诗》充满张力，有独特的美感节奏，不像他的长诗那样激情澎湃，而是情感细腻，调子轻快，给人温婉的艺术享受。”[1]方群也写了很多小诗。《鸟事三例》均为三行诗。《候鸟》：“一张无家可归的宣传单/迫降在群情激愤的电线杆上/进退两难”[2]。《迷鸟》：“满天飞的选票/在你不经意的旅途上/落款”[3]。《留鸟》：“落地生根之后/护照是一本姗姗来迟的/过期签证”[4]。《花语四则》也是三行诗。《向日葵》：“被阳光晒伤的/金黄脸庞/浪漫　笑着”[5]。《玫瑰》：“多刺的艳红爱情/狠狠穿透——/无心思念的痛穴”[6]。《满天星》：“一把炫目的伪钻/闪烁　眼角/如余晖的失温冷光”[7]。《水仙》：“静默地凝望/我投射的真实背影/随波光　远去……”[8]他还写了《二行诗（虫篇）》。《蚊》：“宿命的悲哀/在掌中”[9]。《萤》：“点点，照亮/垂涎夜色的七彩目光”[10]。《蝉》：“急，急急，急急急——/这是你对夏日的唯一注脚”[11]。

---

〔1〕古远清：《台湾当代新诗史》，文津出版社有限公司，2008年，第461页。

〔2〕方群：《航行，在诗的海域》，台北教育大学图书部、麋研笔墨有限公司，2009年，第44页。

〔3〕方群：《航行，在诗的海域》，台北教育大学图书部、麋研笔墨有限公司，2009年，第44页。

〔4〕方群：《航行，在诗的海域》，台北教育大学图书部、麋研笔墨有限公司，2009年，第45页。

〔5〕方群：《航行，在诗的海域》，台北教育大学图书部、麋研笔墨有限公司，2009年，第78页。

〔6〕方群：《航行，在诗的海域》，台北教育大学图书部、麋研笔墨有限公司，2009年，第78页。

〔7〕方群：《航行，在诗的海域》，台北教育大学图书部、麋研笔墨有限公司，2009年，第78-79页。

〔8〕方群：《航行，在诗的海域》，台北教育大学图书部、麋研笔墨有限公司，2009年，第78-79页。

〔9〕方群：《航行，在诗的海域》，台北教育大学图书部、麋研笔墨有限公司，2009年，第104页。

〔10〕方群：《航行，在诗的海域》，台北教育大学图书部、麋研笔墨有限公司，2009年，第104页。

〔11〕方群：《航行，在诗的海域》，台北教育大学图书部、麋研笔墨有限公司，2009年，第104页。

《蝶》："孵化春天的密码，连线/登录甦醒"[1]。

台湾小诗还影响了泰国华文诗人。"说起泰华'小诗'，台湾著名诗人林焕彰功不可没。几十年来他一直痴迷于六行小诗的创作，积累了丰富的艺术经验。2003 年元旦起，林焕彰利用他任职于泰国、印度尼西亚《世界日报》副刊的便利，积极开辟了'刊头诗 365'专栏，大力倡导小诗创作，从而延续了 1933 年林蝶衣《破梦集》出版后断裂了半个多世纪的泰华小诗传统并使其重放光彩。"[2]"对于小诗的外在形式，说法不一，……罗青主张 16 行之内，张默主张 10 行之内，洛夫主张 12 行之内，林焕彰主张 6 行之内……"[3]

台湾诗人比较重视诗形，在一定程度上淡化了诗律。图像诗和散文诗是重视诗体的"格律化"与轻视诗体的"散文化"的极端方式，分别减弱甚至转移了诗人的诗体自觉意识和诗体自由意识。不像大陆诗界更多受唐诗（定型诗体）压迫，诗体心态偏激；似乎台湾更多受宋词（准定型诗体）影响，诗体心态平和。

"台湾现代诗的形式游戏得以高度发展的原因，除了受到西方康明思（E. E. Commings）、庞德（Ezra pound）、阿保里奈尔（Guillo-Sume Apollinaire）等诗人的影响外，中国文字本身的图象性也提供了沃土……台湾现代诗是从很早就发展图象诗的，如詹冰《水牛》《三角形》，林亨泰《风景》《车祸》《房屋》，白萩《流浪者》、洛夫《长恨歌》等。"[4]"台湾现代诗人中，最早创作图象诗的应属詹冰。1943 年，他为了实验如何能使文学作品可以像绘画、音乐般无国界限制而能使'世界通用'，首次写了《Affair》《自画像》二首图象诗……80 年代中期以后，台湾现代图象诗便生机蓬勃地发展开来了，洛夫、罗门、非马、杜国清、萧萧，罗青、苏绍连、杜十三、陈黎、罗智成、陈建宇、林耀德、罗任玲、颜爱玲等前行代、中生代与新生代的图象诗作者，以大量而优秀的图象诗作品，将詹冰、林亨泰、白萩撒下的种子，灌溉出一座花园锦簇的图

[1] 方群：《航行，在诗的海域》，台北教育大学图书部、麋研笔墨有限公司，2009 年，第 104 -105 页。

[2] 计红芳：《六行之内的奇迹——湄南河畔的"小诗磨坊"》，林焕彰：《小诗磨坊泰华卷 2》，香港世界文艺出版社，2008 年，第 7 - 8 页。

[3] 计红芳：《六行之内的奇迹——湄南河畔的"小诗磨坊"》，林焕彰：《小诗磨坊泰华卷 2》，世界文艺出版社，2008 年，第 8 页。

[4] 曾琮琇：《戏要与颠覆——论 80 年代以降台湾现代诗的形式游戏》，《台湾诗学学刊》第九号，唐山出版社，2007 年，第 60 - 61 页。

象诗花园。"[1]詹冰高度重视诗的视觉性特色，主张现代诗人应该将情绪予以解体分析后以新的秩序和型态构成诗，代表作有《三角形》《山路上的蚂蚁》《雨》《水牛图》《二十支的试管》等。

仅从《台湾诗学季刊》就能够看出台湾当代诗坛对图象诗及诗形的高度重视，它发表了大量作品与研究文章，第 13 期专门举办了图象诗大展，第 19 期出版了"人体诗专辑"。第 26 期也有多首图象诗，如陈孝慧的《背叛》，把"背"和"叛"二字独自单独组成两个圆圈。向阳的《城市，黎明》通过语言的排列描绘出一幅城市黎明立体图案。第 27 期刊登了萧萧的《空与有》三首、商禽的《不和春天说再见》和白灵的《蹬羚》。白灵的《蹬羚》形象地写出了蹬羚的跃进感和无奈的生存状态。萧萧的《我心中那头牛啊！（甲篇）· 双泯第十》，不仅将诗横排与直排结合，形成与诗意相关的图案，还采用不同的字体将诗题、引用的古诗、古诗的作者署名和自己写的诗有机地排列组合，抒发出现代人的荒诞感。萧萧在《云边书——阳明山国家公园所见所思》中两次采用了波浪形排列，呈现出流云的动感。第 31 期是"图案诗专号"，发表了大量作品。第 33 期"现代诗学"栏目发表了丁旭辉的论文《詹冰图象诗研究》。第 42 期发表的叶吴谨的《自恋列车十二节》将诗如列车车厢一样蜿蜒排列，每一个诗节为一节车厢。路痕的《森》形象地写出了绿色的藤蔓植物向上攀爬的立体感，"绿色"一词的巧妙排列构成了生机勃勃的墙。1999 年冬季号封三上刊发了苏绍连的《〈金谷园〉变奏曲》和《〈逢入京使〉变奏曲》。两首诗的诗形与新诗的传统诗形迥异。

"80 年代以来，诗人不仅吸取古典诗及台湾现代诗早期的形式游戏精神，加以发扬光大，走出诗的另一条道路，政治社会的多元性更提供现代诗多元的性格……台湾现代诗确实一再'超过'，它起因于分行诗的局限，并突围成功；唯在大量形式上的刺激之后，未来，如何能在形式中找回文字的感动，仍值得诗人们深思。"[2]"质疑图象诗的声浪却未曾间断，'文字游戏'成了理所当然的众矢之的。罗青认为图象诗无法处理叙事题材及抽象思维过多或过于繁复的神思，'在字体的大小上做实验'、'用符号代替文字'、'把一个字重复多次，以显其众'的方式是'多此一举'或'不足为训'的；余光中批评图象

[1] 丁旭辉：《詹冰图象诗研究》，《台湾诗学季刊》第 33 期，唐山出版社，2000 年，第 108 - 116 页。

[2] 曾琮琇：《戏耍与颠覆——论 80 年代以降台湾现代诗的形式游戏》，《台湾诗学学刊》第九号，唐山出版社，2007 年，第 82 - 83 页。

诗人‘不追求灵视的意境，却太追求目视的物象，甚至纸上的字形，舍本逐末，可说已到了绝境。我们不要忘记，诗不但可看，更应可听，但是许多诗人的耳朵显然已经退化。’”[1]

“‘形式主义’在台湾诗坛不能算是‘赞语’，比较接近‘贬词’，我想是因为受到社会一般观念的误导，认为所谓的‘形式主义’是指不重实际只重外观，抹金涂粉的行为。”[2]对“形式主义”的贬低导致台湾现代诗没有继承闻一多、徐志摩创立的新格律诗传统，没有极端强调诗的“节的匀称”和“句的均齐”的“豆腐干”式格律诗。但是台湾现代诗仍重视形式，一些诗人还高度重视诗形，特别是重视诗的形式实验。“不论李魁贤或白萩自己得到什么主义，其中有所重复或偏倚，其实都意味着白萩是一个形式主义的实验者，……”[3]“真正让人瞠目结舌的形式实验，是四首‘被误解为图象诗的诗’，李魁贤称之为‘立体主义’的作品：《流浪者》《蛾之死》《仙人掌》《曙光之升起》，这四首图象诗，如果视之为形式主义的实验，或许才符合白萩的诗想。”[4]“《由诗的绘画性谈起》是台湾诗坛上讨论‘图象诗’重要的一篇论文，其中有论有例，有白萩的重要概念：‘一首纯粹的图象诗，它不仅给你‘读’，并且给你‘看’，它的存在，就如大自然界中的一物，吸引你去了解它，它的好处，就是我们在阅读它们的第一个字之前，它对你已开始运作，这种以非言辞开始的言辞，对于一个读者宛如魔术般的引他入迷，对于一个诗人的诗艺上，也进一步的把握了‘简练’的本质。’”[5]

2008年出版的白灵主编的《新诗30家：台湾文学30年菁英选1978-2008》共选诗30家150首，其中40年代出生的3家15首，50年代出生的16家80首，60年代出生的9家45首，70年代出生的2家10首。除70年代出生的两家算“新生代”外，其他28家都可以归入“中生代”。没有一首严格意义上的新格律诗，却有两首图象诗具有一些新格律诗的“句的均齐和节的匀称”特点，分别是杜十三的《出口》和陈黎的《战争交响曲》。《出口》竖排，由左右两个诗节组成，左诗节每行增加一字，从一字一行到12字一行，右诗节每

[1] 曾琮琇：《戏耍与颠覆——论80年代以降台湾现代诗的形式游戏》，《台湾诗学学刊》第九号，唐山出版社，2007年，第62页。

[2] 萧萧：《现代新诗美学》，尔雅出版社，2007年，第174页。

[3] 萧萧：《现代新诗美学》，尔雅出版社，2007年，第176页。

[4] 萧萧：《现代新诗美学》，尔雅出版社，2007年，第180页。

[5] 萧萧：《现代新诗美学》，尔雅出版社，2007年，第181-182页。

行减少一字，由12字一行到一字一行。《战争交响曲》全由"兵"字构成，竖排，形如两军对阵，中间交锋。由三个诗节组成，第一个诗节10行，每行由24个"兵"字组成，句式整齐。第二个诗节的第一部分15行，每行24个"兵"字；第二部分7行，"兵"字逐行无规律减少，排列不整齐，形如兵士拼杀的混乱态势。第三个诗节是由每行24个"兵"字的16个诗行组成，排列整齐。这首诗形象地描绘出了战场的真实场景。

一些台湾诗论家并不看好跨越文体界限的图象诗的文体价值，特别是它的抒情价值和思想价值及哲理价值。"事实上，在70年代，对于诗坛所流行的图像诗，有些评论家就已经作出深沉的观察。袁鹤翔先生在《中外文学》里说道：'西文语言缺乏图形性，故西诗必须从字距结构安排与意象字的结合来造成形、声、意的综合效果……相反地中国文字本来就具有图像性，形、声、意俱在文字之中，故不须依赖形式上'故意'的安排来达到预期的效果。……刻意在形式上追求西化的诗句，反而常有东施效颦的恶果。'张汉良的《论台湾的具体诗》是70年代有关图像诗的重要论述。他认为当时的具体诗（图像诗）虽有少数可取之处，大多数的诗都是'陈腐的图形安排'。"[1]"张汉良说：'这种视文字本身为对象（object），而非后设（meta-）的语言系统，正是具体诗最充分的理论系统，这也惟有象形的中国文字才能做到的。'"[2]"但是刻意跨越散文藩篱的诗作，有时反而陷入另一种藩篱的囿郁，如标榜后现代、女性主义、后殖民论述等各种主义的书写，导致各种书写的框架。图像诗的写作也是如此。表面上，以文字'仿真'的图像似乎有所创见，但严格说来，图像所呈显的'意义'比之文字可能触及的意义，明显地稀疏单薄。但这些诗，很容易和某种主义如'后现代'攀结，有些批评家也最方便地将其放在评论的探照灯下。50、60年代林亨泰的一些图像诗，以及80年代后的夏宇、陈黎、林耀德等人为主义或是理论生产的图像诗，经常成为评论的焦点，但和这些诗人的其它'正常'的诗作相较，有时虽然略有趣味，这些诗大都只能一笑置之。陈黎的《战争交响曲》[《岛屿边缘》(112—14)]如此，林耀德的《金字塔》[《都市

〔1〕 简政珍：《结构与空隙》，简政珍：《当代诗与后现代的双重视野》，作家出版社，2006年，第200页。

〔2〕 简政珍：《结构与空隙》，简政珍：《当代诗与后现代的双重视野》，作家出版社，2006年，第201-202页。

终端机》(248—49)]、《梦之薨》的图像[《都市之薨》(179—81)]也是如此。”[1]但是任何人都无法否认图像诗的形式价值及审美价值,也无法否定诗人创作图像诗的文体独创意识。

世界第一部散文诗集《巴黎的忧郁》的作者波德莱尔受到贝尔特朗的《夜朗加斯巴》文体的影响,想创建一种新的抒情文体:“老实说,在这个怀着雄心壮志的日子里,我们哪一个不曾梦想创造一个奇迹——写一篇充满诗意的、乐曲般的、没有韵律没有韵脚的散文:几分柔和,几分坚硬,正谐和于心灵的激情、梦幻的波涛和良心的惊懨?”[2]波德莱尔在长期的诗歌创作活动中感受到了文体“形式”的“专横”。他的散文诗创作正是为了冲破“诗的形式的专横”和“散文的形式的专横”特别是人类最早也是最高的语言艺术——诗的形式的独裁式压迫。波德莱尔认为诗人有特权发展体裁:“任何深刻的敏感和对艺术具有天赋的人(不应把想象力的敏感和心的敏感混为一谈)都会像我一样地感觉到,任何艺术都应该是自足的,同时应停留在天意的范围内。然而,人具有一种特权,可以在一种虚假的体裁中或者在侵犯艺术的自然肌体时不断地发展巨大的才能。”[3]在《巴黎的忧郁》的扉页上,波德莱尔的题词证明他还是认为散文诗是诗:“总之,这还是《恶之花》,但更自由、细腻、辛辣。”[4]

台湾一些中生代诗人有与波德莱尔相似的文体处境,喜欢写散文诗,缓解了诗体,特别是传统的格律诗体对诗人的“文体压抑感”,冲破了“文体霸权”及“诗体霸权”。“散文诗……是借散文的形式写成的诗,本质上仍是诗。……几已成为台湾诗人的共识(如纪弦、洛夫、萧萧、罗青、渡也、苏绍连……”[5]“在台湾中生代诗人中,刻意经营散文诗这一文类的苏绍连则是相当具代表性的一位,在他迄今出版的十部诗集中,光是散文诗集就有三本:《惊心散文诗》(1990)、《隐形或者变形》(1997)、《散文诗自白书》(2007)……

〔1〕 简政珍:《结构与空隙》,简政珍:《当代诗与后现代的双重视野》,作家出版社,2006年,第199-200页。

〔2〕 [法]波德莱尔:《〈巴黎的忧郁〉序言》,波德莱尔:《巴黎的忧郁》,亚丁译,漓江出版社,1986年,第2页。

〔3〕 [法]波德莱尔:《哲学的艺术》,波德莱尔:《波德莱尔美学论文选》,郭宏安译,人民文学出版社,1987年,第390页。

〔4〕 亚丁:《〈巴黎的忧郁〉译本言》,波德莱尔:《巴黎的忧郁》,亚丁译,漓江出版社,1986年,扉页。

〔5〕 孟樊:《苏绍连的散文诗》,北京大学新诗研究所、首都师范大学中国诗歌研究中心:《中国新诗:新世纪十年的回顾与反思——两岸四地第三届当代诗学论坛论文集》,第273-274页。会议时间2010年6月26日-6月27日,地点北京。

收录了总数251首散文诗作……”[1]“苏绍连在《散文诗自白书》的自序中说：‘散文诗，它简单的定义就是：用散文的分段形式写出来的诗。此外，就不再规范它是甚么了，或它应是怎么了，都不要再规范，则散文诗的创作会自由自在，海阔天空，无限可能的面貌都会出现……’此一说法颇能应合此处文类批评的观点。”[2]“苏绍连开始创作时以古典诗的现代变奏为主，以后又创作《山围》一类的四言格律诗，并进行散文诗的系列实验。其实验方法为开头一段命题，最后一段得出结论，中间用非理性变形作衔接。他这种写法不仅拓宽了散文诗的表现方法，而且为消除现代诗的散文化找到了一条新路。”[3]“苏绍连另一个耕耘领域是超文本诗创作。超文本诗没办法像传统文本印制在平面上，而只能展现在电脑荧光屏上，其长处是可能让读者自由地读取及展现作品的风貌；读者与作品本身都处于一种挑战与被挑战的状态，作品具有开放性、不可预测性及容纳各种读法；作品是在断裂、破碎中由读者加以拼贴，带有游戏成分。苏绍连1999年开始写这种诗，处女作《心在变》简单地用微软的网页编辑软体写成，套用跑马灯的效果。后来又成批生产这类作品，其中有文字图像化和象征化，有的是文本的拼合、拆解和重组，另有不同路径和多重选择，搜索和探寻不同结果。”[4]

从台湾到美国的诗人的创作中也可以发现台湾诗人的诗体心态较平和，诗体观念不偏激。他们以写自由诗为主，有时也写规范不严格的新格律诗。如杜国清的《回梯》：“我心中有回梯千转/自从那天见了你/你的声音回荡出千呼万唤/日夜萦绕在我心里//我心中有千面镜子/自从那天见了你/你的影子繁映出百媚千姿/日夜顾盼在我心底//那千镜砌成的回梯/通向我灵魂的阳台/你攀登　踏着幸福的音阶/你眺望　那岛与湖的世界/日夜交抱细诉着爱/灿阳与星光的艳语”[5]。又如非马的《一千零一夜》：“听一个故事，杀一

---

〔1〕 孟樊：《苏绍连的散文诗》，北京大学新诗研究所、首都师范大学中国诗歌研究中心：《中国新诗：新世纪十年的回顾与反思——两岸四地第三届当代诗学论坛论文集》，第273页。会议时间2010年6月26日-6月27日，地点北京。

〔2〕 孟樊：《苏绍连的散文诗》，北京大学新诗研究所、首都师范大学中国诗歌研究中心：《中国新诗：新世纪十年的回顾与反思——两岸四地第三届当代诗学论坛论文集》，第276页。会议时间2010年6月26日-6月27日，地点北京。

〔3〕 古远清：《台湾当代新诗史》，文津出版社，2008年，第457页。

〔4〕 古远清：《台湾当代新诗史》，文津出版社，2008年，第459页。

〔5〕 杜国清：《回梯》，深圳中国现代格律诗学会：《1914－2005中国新格律诗选萃》，吉林大学出版社，2005年，第211页。

个妻/杀一个妻，听一个故事/这样的天方夜谭/幼小的我/竟深信不疑//人，总有长大的时候//诵一段经，杀一批异教徒/杀一批异教徒，诵一段经/这样的天方夜谭/现在的我/才深信不疑//人，总有长大的时候”[1]。

台湾现代诗创作界没有发生韵律运动及诗体建设运动，理论界也未出现诗体格律化与自由化的激烈论争。较重要的争论只有一次。“《文学杂志》1卷4期(1956年10月)和1卷6期(1957年2月)上，刊登了梁文星(吴兴华)的《现在的新诗》[洪子诚注：据刘福春的考证，梁文星(吴兴华)的《现在的新诗》一文曾在1941年11月10日的《燕京文学》第3卷第2期发表过，署名‘钦江’。参见刘福春《吴兴华的诗与诗论》，《创世纪》140－141期(2004年10月30日)，第345页。因此，‘现在的新诗’的现在，既指50年代，也指40年代，可见这一问题的‘恒久’性质]、周弃子的《说诗赘语》两篇文章。梁文星谈到对新诗目前状况的‘不可抑制的悲感’，强调诗歌写作‘固定的’、‘恰好的’形式的必要，说‘所谓‘自然’和‘不受拘束’是不能独自存在的；非得有了规律，我们才能欣赏作者克服了规律的能力，非得有了拘束，我们才能了解在拘束之内可能的各种巧妙表演’。周弃子也呼吁‘新的诗体的建立’，认为有了现代的内容，还要有合宜的、固定的形式。在1卷6期上，还刊登余光中翻译的艾略特的《论自由诗》，指出只有‘以人为的限制’才算是真正的自由，来支援梁、周二人的观点。随后，夏济安在2卷1期(1957年3月)上发表《白话文与新诗》，提出中国‘未来的大诗人’的必备条件，是在精通各种旧有形式的基础上，创造‘中国新的诗体’，以为后来人‘预备好了形式和规律’。他们在实质上都主张，新诗的创新，应该在传统已经建立的基础上来进行，并都把‘形式’问题提到重要位置。对于他们的观点，覃子豪在1957年的《笔汇》上，发表了《论新诗的发展——兼评梁文星、周子济、夏济安先生的意见》，认为他们三人的观点‘比较保守’，且‘太自囿于形式’。这场争论后并未展开。”[2]

在台湾现代诗史上，也有人提出在形式上重视韵文传统。“《春风》(1984.4创刊)发刊词《诗史自许·写出史诗》则以现实主义直接非难四九年后的台湾新诗‘恶性西化’与‘横的移植’，认为那些东西使人无视于时代的恶与苦痛，遁入个人内化的唯心世界，并提出了三大信念：‘第一、在形式上，继承优美的韵文传统，走向平民化社会化。……扬弃没有生活内涵的文学；第

〔1〕 非马：《一千零一夜》，深圳中国现代格律诗学会：《1914－2005中国新格律诗选萃》，吉林大学出版社，2005年，第276页。

〔2〕 洪子诚：《学习对诗说话》，北京大学出版社，2010年，第209－210页。

二、在内容上，秉承优秀的现实主义传统及其抗争精神……扬弃一切个人化的文学观、价值观、生命观；第三、在方向上，继承新诗发展以降的平民性、运动性，批判不义，拥抱台湾……使诗成为全面的进步运动的一环。”〔1〕

台湾诗论家很少直接谈论诗体，特别是格律诗体。只在一些具体的诗人诗作、诗歌技法和诗歌文类研究中，呈现出较强的文体意识及诗体意识。虽然形式、文体、文类、节奏、韵律、结构等仍然是诗论家使用的理论术语，甚至是展开研究的关键词。但是在具体的研究中，这些诗歌形式方面的术语并没有得到普遍关注，研究者更关心诗的主题和意象。如 2010 年 12 月出版的《台湾诗学季刊》第 16 号的《商禽研究专辑》共有 9 篇论文，只有一篇涉及形式，是白灵的《约束与涌现——商禽诗的形式与精神意涵》，也不是单纯谈形式。

近年台湾诗论家多次参加大陆召开的新诗研讨会，提交的论文大多紧贴创作，如台湾的图象诗和散文诗繁荣，多篇论文涉及两种诗体。1997 年武夷山现代汉诗研讨会，萧萧提交的论文是《台湾散文诗美学》，总结了台湾散文诗的历史：“台湾散文诗之蓬勃发展，还是从纪弦 1951 年发表与出版散文诗为起点，其后商禽、季陶、痖弦、管管继起，桓夫、鼓邦桢、羊令野、菩提、梅新、沈甸、楚戈、张默、朵思等人亦偶一为之，林焕彰、张错是承续下来的另一个新生代，直至渡也、苏绍连二人都出版了散文诗专集而蔚为大观。其中，1977 年 12 月，《创世纪》诗刊 46 期曾出版‘散文诗小辑’，亦有推波助澜之效。”〔2〕2010 年北京《中国新诗：新世纪十年的回顾与反思——两岸四地第三届当代诗学论坛》，孟樊提交的论文是《苏绍连的散文诗》，他高度评价了苏绍连的散文诗文体实验：“在台湾中生代诗人中，刻意经营散文诗这一文类的苏绍连则是相当具代表性的一位……”〔3〕“苏绍连开始创作时以古典诗的现代变奏为主，以后又创作《山围》一类的四言格律诗，并进行散文诗的系列实验。其实验方法为开头一段命题，最后一段得出结论，中间用非理性变形作衔接。他这种写法不仅拓宽了散文诗的表现方法，而且为消除现代诗的散文化找到了

〔1〕 丁威仁：《从“诗文学联邦”到“诗文学邦联”：初论八十年代至九十年代创社诗刊的思维变迁(续)》，《风球诗杂志》2009 年 3 期，第 123 页。台北风球出版社，2009 年 11 月。

〔2〕 萧萧：《台湾散文诗美学》，现代汉诗百年演变课题组：《现代汉诗：反思与求索》，作家出版社，1998 年，第 322 页。

〔3〕 孟樊：《苏绍连的散文诗》，北京大学新诗研究所、首都师范大学中国诗歌研究中心：《中国新诗：新世纪十年的回顾与反思——两岸四地第三届当代诗学论坛论文集》，第 273 页。会议时间 2010 年 6 月 26 日－6 月 27 日，地点北京。

一条新路。”[1]

2011年天津“中国现代诗歌的语言国际学术研讨会”，郑慧如提交的论文是《当代汉诗游戏诗论述的省思》。她全面总结了包括图象诗的台湾游戏诗的得失：“如果游戏的精神在于创新，那么在形式上重复同样的表现方式显然不能再称之为实验；而一再以同样的形式游戏自我重复、固定反应，只能证明诗人修辞的僵化、不自觉的暴露癖性与急着被承认的焦虑；而诗作中溢出纸面的滔滔雄辩，不但无法呈现人文的轨辙，反而让读者看到绝非清明的、对生命的轻蔑与痴狂。”[2]“诗人个别的‘诗游戏’，常见的如填空游戏、连连看、视觉诗、超文体等等；以诗人群组或活动的方式‘玩诗’的，著名的有1983年的诗人画会上街展、1986年的诗的声光、视觉诗十人展，一九九〇年代有全方位艺术家联盟，21世纪则各种艺术策展以类诗的样态和稍纵即逝的烟火效应大行其道，在传播层面为‘诗歌’加油添醋。尤其21世纪初以来，网络超文本成为新世纪的不容忽视的诗潮，一方面，一些未必以诗为志业的艺术家，从音乐与涂鸦等表演文化跨向新诗，而有各种实验；另一方面，有些原来以诗为志业的诗人也在游戏风潮中乐而忘返，忽略了游戏的功能与局限，于是涌出笔下的作品丧失了原本可以具备的色泽与温度。”[3]“而在成功的诗作中，形式只是诗人构思中不可或缺的一部分，它与诗人意境的实现不可分离。在大多数的情况下，形式应该是朦胧不明而难以捉摸；从事创作的诗人甚至应该不可能觉察到形式的存在，更不要提自觉地认知所选择形式的心理。故而，诗作形式的理想产生过程是一种潜在美学的表现，理想的结果是有意味的形式。形式是美学，因为正是诗人选择后的创作整体构成诗的美感和价值。我们明白：无论游戏或者其规则本身围起了宽松或者严苛的活动范围与否，最终它的产物必定带有某种趣味或游戏成分；然而，存在可否透过‘游戏诗’展现？‘游戏诗’可曾给创作者‘被充满’的感觉？游戏对竞赛而言是好的，但对诗和人性却未必。反过来说，如果那些伪装成诗的游戏不见了，这个世界可能更丰盛，因为剩下的是真正的诗。而潜在、隐约、有意味、不以形式

[1] 古远清：《台湾当代新诗史》，文津出版社，2008年，第457页。

[2] 郑慧如：《当代汉诗游戏论述的省思》，《中国现代诗歌的语言国际学术研讨会论文集》，天津南开大学，2011年6月25-28日，第242页。

[3] 郑慧如：《当代汉诗游戏论述的省思》，《中国现代诗歌的语言国际学术研讨会论文集》，天津南开大学，2011年6月25-28日，第249页。

为诉求的形式，更是当代汉诗的终极艺术追求。”〔1〕

2005年北京“中国新诗一百年国际研讨会”，翁文娴提交的论文是《新诗语言结构的传承和变形》，重视新诗的排列和建构：“新诗经历了近百年的转化沉淀，正是一个适切时机，去思考一些更为内质的问题。组成诗的分子，是那一只一只的‘字’，字与字产生空间，空间酝酿着全体组合的结果：譬如诗人的视野创新点、美感揭示、文化包涵、或者社会是非的著力处、与乎个人的传记情怀等等。是透过一字一字的辨认，我们去到诗人带领所去的，那个令人振拔神驰、手舞足蹈的诗境。”〔2〕“诗的珍贵不是她说了什么，而是她是如何表达的？诗的整个血肉之躯的美感，来自其一只一只字的排列和建构，诗经如此，唐诗如此，现代汉诗如此，法国诗或西班牙诗也应如此。但现时我们面对古典诗，习惯依赖大堆学者的读诗心得，一下子便以为这首诗‘说’了什么；读外国诗时，亦多依赖翻译，在译者的诠释下来读诗。长期在一种‘中介公司’的状况下接近诗，使我们更重视诗内的‘言说’成分，诗的原始精神乃日渐衰微！”〔3〕“新诗只有百年历史，我们波荡其内，缺乏时代的间距，自然觉得问题复杂太多。新诗人的学养来源千变万化，而且尚有台湾和大陆背景之不同，70年代与90年代的诗亦相貌大异。但由于大家都是汉字书写，文法与词意总不致变成非汉语，而且若以符号学的想法，自诗经魏晋唐宋一路阅读下来，再加以西方语文的知识，则当代新诗人脑袋中的语言格局，吸收与反应的状态，又隐隐有若干线索可寻。”〔4〕“台湾在五六十年代，是现代诗草创期。诗人们筚路蓝缕地筹办那些很少人买，又常引起文界人士攻讦笔战的诗刊，但因前面一片荆棘，倒引发了诗人丰厚的创造力，诸多峥嵘的角色，影响至今。七八十年代中生代诗人，大多仍沿用他们开创出来的语法，要颠覆他们

〔1〕 郑慧如：《当代汉诗游戏论述的省思》，《中国现代诗歌的语言国际学术研讨会论文集》，天津南开大学，2011年6月25－28日，第250页。

〔2〕 翁文娴：《新诗语言结构的传承和变形》，《中国新诗一百年国际研讨会论文集》第一册，北京大学中文系 北京大学诗歌中心 首都师范大学文学院 首都师范大学中国诗歌研究中心 2005年8月18－21日，第1页。

〔3〕 翁文娴：《新诗语言结构的传承和变形》，《中国新诗一百年国际研讨会论文集》第一册，北京大学中文系 北京大学诗歌中心 首都师范大学文学院 首都师范大学中国诗歌研究中心 2005年8月18－21日，第1页。

〔4〕 翁文娴：《新诗语言结构的传承和变形》，《中国新诗一百年国际研讨会论文集》第一册，北京大学中文系 北京大学诗歌中心 首都师范大学文学院 首都师范大学中国诗歌研究中心 2005年8月18－21日，第3页。

再冒出头来,非要相当的另类知识,个性特强者才能之。”[1]

虽然诗体研究在台湾并不流行,但是仍然受到一些台湾诗论家,特别是学院派诗论家的重视。

在台湾诗论家中,孟樊以博杂的知识结构、深刻的洞察力和缜密的理论思辩能力独树一帜。“出于孟樊的特定历史和知识结构,使他有可能把社会最新的文化动向摄取过来,同时又在一定程度上表示自己的倾向。这反映在后现代现象的研究中能拓宽知识面,为后现代现象的出现提供理论根据,从而和一些陈旧的文化观念划清界限;但出于学术上的冷静态度和对现象的描述或说明,又使孟樊的观点与后现代主义者保持一定的距离。总之,这是一个善于在客观的观察基础上提出自己的批语意见的新世代理论家,他对社会文化现象所持的是‘观察加批评’的态度,所高扬的是阿诺德所说的‘是认清对象的真相’的批判旗帜。”[2]孟樊的代表作是《当代台湾新诗理论》(1998年)。“本书收作者1986至1994年间的文论,重新加以编排,以凸显诗史和诗论的双重意图。大体来说,本书涉猎范围广,参考资料丰富,为台湾诗的研究提供了有价值的宏观角度。”[3]

在这本书中,孟樊通过总结台湾现代诗创作提出了自己的一些诗体观:“就我国在台湾发展的新诗来看,基本上,……前期新诗的发展以现代诗为主;不过,在台湾发展的现代诗,在很多方面确和大陆时期的新诗或白话诗有不同之处,譬如就诗的语言(与概念)来考察,即可发现到两者的差异,‘白话诗的语言……粗率、简单,不能表现出精微的情思’(注:覃子豪:《论现代诗》,台中:普天出版社,1976年版,第192页),甚至被人讥为乃‘小脚的放大’;现代诗的语言则繁富、精密、奔放自由……”[4]“五六十年代,是现代诗大量模仿西化的时期,首由纪弦创立现代派并引进现代主义而发生,发生背景是‘一方面,60年代的台湾,在经过自一九五一年开始的美援物资支持后,经济已快速成长到一个幅度,工商发达,随之以继来的是文化上、生活上的西化风潮;另一方面,由于文学传统在特殊的政治背景下产生了脱节现象,文学

〔1〕 翁文娴:《新诗语言结构的传承和变形》,《中国新诗一百年国际研讨会论文集》第一册,北京大学中文系 北京大学诗歌中心 首都师范大学文学院 首都师范大学中国诗歌研究中心 2005年8月18-21日,第4页。

〔2〕 古远清:《台湾当代新诗史》,文津出版社,2008年,第420页。

〔3〕 奚密:《新诗有没有未来》,孟樊:《当代台湾新诗理论》,扬智文化,1998年,第366页。

〔4〕 孟樊:《当代台湾新诗理论》,扬智文化,1998年,第19-20页。

工作者自然转而向西方寻求学习'。(注：向阳：《70 年代现代诗风潮试论》,《文讯月刊》第 12 期,1984 年,第 49 页。)在这样的背景之下引进的现代主义宣示了三项主张：认为新诗乃是横的移植,而非纵的继承;知性的强调;追求诗的纯粹性。纪弦本人更进一步主张'现代诗根本否定了文字的音乐性,无论其为韵文或散文的'。"[1]"(二)诗语言音乐性的丧失。这点影响极大,可以说完全改变了中国传统诗的特色,音乐性之所以丧失,乃现代诗不讲究格律(包括平仄、押韵,甚或对仗),虽然亦有诗人强调'节奏',认为'诗的音乐性之表现,内在的节奏较外在的韵律更为动人;节奏是自然产生的,韵律是人为的。诗的创造,贵在自然,它的音乐性是随著情绪的波动和语言上的节奏所形成的',(注：覃子豪：《论现代诗》,台中：普天出版社,1976 年版,第 20 页。)然而,在这种定义下所谓诗的'节奏',和'否定了文字的音乐性'又有何区别？流风所及,遂致现代诗人几乎不强调音乐性的重要,而使诗与歌逐渐脱离。"[2]"不过,认真说来,八十年代初期诗的明朗化以及回归乡土的主张,主要并非语言改革的要求,其真正的著眼点在于内容的诉求(譬如'社会诗'、'政治诗'、'生态诗'的出现,这三类诗可在前卫版的《一九八三年台湾诗选》中看到),故内容的回归本土与重视现实的生活、关怀社会,才是改革的主要目的,至于语言的明朗化只是顺应这股要求而不得不随之改变的主张;同样,技巧的表现也成了较次要的目的,背后的意识形态与立场恐怕成了论诗的主要标准(《春风》诗刊'狱中诗专辑'即为明显的代表)——这点与五六十年代评诗的标准显然有很大的不同——流风所及,也易引起诗人与诗人、诗社与诗社之间的不安与对立。"[3]"从这里亦可发现七八十年代充斥于诗坛上新诗的语言,很多都不够精炼,一首二、三十行的诗恐怕只要十行就可以表达完整,其原因大概是散文式的句子过于累赘所致吧？如前所述,有人认为'诗是散文的浓缩',诗的语言是'高度效率化的语言',当时一些诗作的语言则似乎将自己'还原'为散文的语言,显得软弱无力、暮气沉沉而不够活泼。我们似乎不复有'希腊式的星空'了。至于八十年代末九十年代初由于后现代诗的冲击,新诗的语言明显又有新的走向,语言平白的情形虽有改善,但却显得零碎不堪,更加没有温柔敦厚的情怀,语言的运用变成游戏了。"[4]"纵观台湾

〔1〕 孟樊:《当代台湾新诗理论》,扬智文化,1998 年,第 20 - 21 页。
〔2〕 孟樊:《当代台湾新诗理论》,扬智文化,1998 年,第 22 页。
〔3〕 孟樊:《当代台湾新诗理论》,扬智文化,1998 年,第 26 页。
〔4〕 孟樊:《当代台湾新诗理论》,扬智文化,1998 年,第 28 页。

四十多年新诗语言(及概念)演变的情形,可以发现一个大体的趋势:即从感性逐渐走向理性,促使这种转变的因素,在主观上来说,乃诗人背后创作动机及其表现意图的改变;在客观上来讲,则是国内外政经情势的改观及社会思潮的转变。这种渐趋理性语言的现象,似乎逐渐在与诗的本质脱离,就语言的观点论语言,七八十年代新诗语言的愈趋贫困,是个危险的讯号,后现代诗的反动,便是明显的一个迹象。"[1]

孟樊的"旅游诗"创作也呈现出他的一些诗体观,特别能够说明他是一个重视"文类"及诗体实验的诗人。"旅游诗是孟樊在《S.L.和宝蓝色笔记》出版之后刻意经营的一个'文类',这本旅游诗集可以说是一种'理念先行'的创作,成书之前,作者已经先有了明晰的主题概念,决定把作者将近二十年走过的旅游足迹化为诗之文字,配合他拍摄的照片,以图文并茂的形式,藉由纸本诗集呈现出来,这在台湾诗坛还是一项创新的尝试。纪游诗作古已有之,但现代旅游新诗如何表现,以及该有怎么不同的展现,孟樊的这本诗集尝试提供一种答案。旅游诗,顾名思义,系因旅游而来,而旅游当有所旅、有所游之处,亦即要有景点入诗——即便是借景抒情,否则不足以言'旅游',因而景物入诗便成作者创作时一个重要的界阈;基此,为了阅读的便利,在每首诗后,作者特地附上一篇'旅游写真',以记述当时的旅游心情或创作背景,方便让读者按图索骥,乃至于跟诗人一同于纸上神游一番;如斯作法也算是台湾诗集出版的一项创举。这本旅游诗集的出版,当能更丰富当今以散文创作为主的旅游文学。"[2]"整本诗集的体例,先诗(旅游诗)后文(旅游写真),形成两种文类相互辉映的挑战。孟樊以极简的'旅行写真',极富情思的旅游诗作;挑战'言征实而难巧'的限制,挑战'意翻空而易奇'的极限。藉由时空坐标的定点,藉由背景的蜻蜓点水,留给读者'散文'的踏板,带领读者'现代诗'的凌空飞跃,体验文类'双剑合璧'的美感。"[3]"为了令景物能进入诗中,也为了让读者跟着进入诗中的天地,让我兴起为每首诗做一番小小的'纸上导游'的构想。这想法其实在我心中翻来覆去好一阵子,怕这诗余的一二百字——即'旅游写真',变成批评家眼中所谓的'画蛇添足',多此一举;兼之,国内诗坛亦从未有过如此作法,宛如为每首诗作后面都附上一篇'后记'(这'后记'仍

〔1〕 孟樊:《当代台湾新诗理论》,扬智文化1998年,第28-29页。

〔2〕 孟樊:《旅游写真——孟樊旅游诗集》,唐山出版社,2007年,封底。

〔3〕 张春荣:《序:当才气遇上书卷气》,孟樊:《旅游写真——孟樊旅游诗集》,唐山出版社,2007年,第3页。

保留我创作的秘密)，是否可行，只有留给方家指正了。"[1]

丁旭辉是台湾研究诗体，特别是诗的形体的优秀学者，出版过《早期新诗的跨行研究》《台湾现代诗图象技巧研究》和《台湾现代诗中的老庄身影与道家美学实践》。"在对五四以来一直到当代两岸的新诗、现代诗的长期关注与阅读中，我发现相对于其他新诗、现代诗，台湾现代诗有一个特色逐渐浮现，那就是图象技巧的高度发展。谈到台湾现代诗的图象技巧，首先必须谈图象诗的发展。在现代诗'分行'的特色(散文诗除外)与'跨行'技巧的灵活使用下，其建行自由，诗歌外形的塑造因此出现'随物赋形'的可能，而台湾现代诗则充分发挥了这个可能，再加上汉字本身强烈的图象特质与由方块字形所成的建筑特色，遂使图象诗有了令人惊喜的发展。"[2]"'类图象诗'是我们所提出的一个新名词，用以指称在一般非图象诗中，援用图象诗手法，利用文字排列，制造视觉暗示效果的诗；'类图象诗'技巧的形成，代表台湾现代诗图象技巧的进一步发展。这样的诗作在台湾现代诗中极其普遍，可视为一种广义的图象诗，但因为一直没有得到正视与系统的研究，也缺乏必要的区隔，所以反而与图象诗纠缠不清，造成一般人对'图象诗'与'类图象诗'的非难。"[3]

《台湾诗学季刊》第 33 期(2000 年冬季号)"现代诗学"栏目发表了丁旭辉的论文《詹冰图象诗研究》。他在文中称："台湾现代诗人中，最早创作图象诗的应属詹冰。1943 年，他为了实验如何能使文学作品可以像绘画、音乐般无国界限制而能使'世界通用'，首次写了《Affair》《自画像》二首图象诗……1975 年，詹冰又写了《山路上的蚂蚁》，虽然是童诗，但仍不失为图象诗的佳作。在理论上，他认为图象诗是'诗与图画的相互结合与融合，而可提高诗效果的一种诗的形式'。对于汉字在图象诗创作上的优点，他说：'我国文字是一种象形文字。最适合做图象诗的工具。这一点对写图象诗的我国诗人，比起外国人是有利而幸运的。我想中国图象诗的前途是无可限量的。'不过他同时也说：'要写图象诗必要有适于图象诗的诗材，才可写出成功的图象诗。不然的话，是徒劳无功的。所以图象诗'先天失调'及'后继无人，而不了了之'的原因也在这里。我想今后若遇到有适于图象诗的诗材，仍可以写出成

〔1〕 孟樊：《自序》，孟樊：《旅游写真——孟樊旅游诗集》，唐山出版社，2007 年，第 11－12 页。

〔2〕 丁旭辉：《文学研究丛刊③台湾现代诗图象技巧研究》，春晖出版社，2000 年，第 1 页。

〔3〕 丁旭辉：《文学研究丛刊③台湾现代诗图象技巧研究》，春晖出版社，2000 年，第 367 页。

功的作品。由此可见詹冰虽然在理论上著墨不多，但他对汉字图象特质的认识是非常深刻的，对图象诗的发展则是悲观中有乐观的期待。悲观是基于现实的，因为詹冰说这话是 1978 年，70 年代末到 80 年代初正是图象诗的低潮期；乐观则是来自对汉字的高度理解与信心，而这乐观果然在不久后实现了，因为 80 年代中期以后，台湾现代图象诗便生机蓬勃地发展开来了……"[1]

林于弘是台湾新诗学者中少有的研究新诗文类及诗体的学者，2004 年他出版了诗论集《台湾新诗分类学》，系统探讨了台湾的政治诗、都市诗、生态诗、母语诗、女性诗、小诗、后现代诗和网路诗。在第十章《小诗的尝试与开拓》中的第三节《小诗的界定与格律》中，他认为："诗之所以吸引众生，关键就在于它的精致典雅，诗虽有古今之别，但对形式与内容的要求却千古不易。对诗人或读者言，连篇累牍的赘词废语，绝对比不上简洁精确的只字片言，而上天下地的奇思妙想，往往都能因灵光一闪而产生意想不到的巨大共鸣。五四以后，新诗语言以白话为正统，形式则以分行为主，格律被当成妨碍内容的桎梏。不过在一切讲究'自由'之后，语言漫无章法，句型日趋冗长，这样的演变，不仅失去客观的品评标准，同时也难以建立崭新的模范，如此使得写诗与爱诗的人口大幅萎缩。时至今日，发展已近百年的新诗，依然在颠踬困顿中摸索。然而在种种的可能中，一种兼顾着回首过往与瞻望未来的微渺希望——小诗，已悄悄闪现它智慧的晨光。"[2]"小诗的语言精确，内容诚恳，且能符合快速阅读与回味隽永的现实要求，也正是它之所以风靡的主要原因。事实上，任何一种文体的盛衰兴灭，除了自身进化的必然趋势之外，也脱离不了与整个社会的互动与干涉。而小诗以最有限的文字空间，寓含无穷尽的丰富意涵，取得应有的一席之地。是以在新世纪的诸多期待中，小诗也将担负起更重大的使命，怀抱更瑰丽的梦想。"[3]

2009 年 11 月，在重庆第三届华文诗学名家国际论坛上，他提交了《台湾新诗"固定行数"的格律倾向——以〈台湾诗选〉为例》，采用统计学的方式，全面展示了台湾新诗格律倾向的具体情况。"本研究是以 2003—2008 年的《台湾诗选》为研究对象，并以量化的统计分析为基础，尝试凸显台湾新诗在'固定行数'的格律倾向。以下将采逐年（册）的统计方式，分别统计各年（册）《台

〔1〕 丁旭辉：《詹冰图象诗研究》，《台湾诗学季刊》第 33 期，唐山出版社，2000 年，第 109 - 110 页。

〔2〕 林于弘：《台湾新诗分类学》，鹰汉文化企业股份有限公司，2004 年，第 327 - 328 页。

〔3〕 林于弘：《台湾新诗分类学》，鹰汉文化企业股份有限公司，2004 年，第 348 页。

湾诗选》'固定行数'格律倾向的诗作及其相关内容。2003年《台湾诗选》共选录86首诗作，其中属于'固定行数'的作品，计有……7首。以行数言，计有2、3、4、6、8、10行，以2行的数量最多，若以段数言，则有2、3、7、9段，以3段的数量最多。……2004年《台湾诗选》共选录70首诗作，其中属于'固定行数'的作品，计有……13首。以行数言，计有2、3、4、5、6、24行，以4行的数量最多，若以段数言，则有1、2、3、4、6、7、8段，以4、8段的数量最多。……2005年《台湾诗选》共选录70首诗作，其中属于'固定行数'的作品，计有……9首。以行数言，计有2、4、6、8、9行，以4行的数量最多，若以段数言，计有2、3、4、5段，以2段的数量最多。……2006年《台湾诗选》共选录79首诗作，其中属于'固定行数'的作品，计有……17首。以行数言，计有2、3、4、5、6、8、10行，以4、5行的数量最多，若以段数言，计有1、2、3、4、5、6、7、8段，以3段的数量最多。……2007年《台湾诗选》共选录78首诗作，其中属于'固定行数'的作品，计有……17首。以行数言，计有2、3、4、5、6、7、8行，以5行的数量最多，若以段数言，计有2、3、4、6、7、8、16段，以2段的数量最多。……2008年《台湾诗选》共选录75首诗作，其中属于'固定行数'的作品，计有……14首。以行数言，计有2、3、4、5、6、7、8行，以3行的数量最多，若以段数言，计有1、2、3、4、5、6、9、10、11、12段，以1段的数量最多。……至于统计2003～2008年《台湾诗选》'固定行数'诗作及其所占比率后，我们可以发现，六个年度的总平均为17%，其中更有四个年度的比率都在19%以上，平均每5首诗作，就有1首是采取完全固定行数的写法，比例不可谓之不高。可见《台湾诗选》中，有关选录诗作'固定行数'的倾向，的确是不争的事实。……在统计2003—2008年《台湾诗选》'固定行数'诗作之行数与段数的关系之后，我们也发现在行数上，是以4行最多(20首)，3行和5行次之(12首)，2行排第四(10首)，6行和8行则并列第五(8首)，其余则寥寥无几。至于在段数上，是以2段最多(18首)，3段次之(13首)，6段和8段并列第三(8首)，4段第五(7首)，5段第六(6首)，1段和7段并列第七(5首)，其余的比重都不高。最后若总和行数与段数来看，8行2段第一(5首)，3行6段、4行2段、4行3段、4行4段、5行2段、6行3段并列第二(4首)，3行8段、4行7段为第三(3首)，其余的数量优势则不明显。可见'固定行数'的行数选择与段数安排，虽然尚未有一致的看法，但也隐然有简约化的趋势。……有关个别作家在'固定行数'偏好的统计，以陈义芝(5首)、余光中(3首)和陈育虹(3首)的趋向较为明显，而这些作家平时的作品特色及书写习惯，似乎也有如此的固定模式，因此这样的统计结果,也可以相对印证,部分作家以'固定行数'当成写作规范的可能。"[1]"诗是精致文学的典范,向来以精巧取胜。五七言绝律堪称我国传统诗歌成就的巅峰,其中最长的七律不过五十六字,而最短的五绝则只有二十字,少则少矣,却不失结构之完整,亦不妨碍内涵之丰富。因此在漫长时间的考验之后,这些优秀的文化结晶仍能历久弥新。诗之所以吸引众生,关键就在于它的精致典雅,诗虽有古今之别,但对形式内容的要求却千古不易。五四以后,新诗语言以白话为正统,形式则以分行为主,格律被当成妨碍内容的桎梏。不过在一切讲究'自由'之后,语言漫无章法,句型日趋冗长,这样的演变,不仅失去客观的品评标准,同时也难以建立崭新的模范。事实上,对于新诗'格律'的追求并非近日之事,其中尤以对'固定行数'的尝试者最为普遍,然可惜并无获致共识。发展已近百年的新诗,依然在颠踬困顿中摸索,时至今日,写诗与爱诗的人仍然有限,这是否与新诗缺乏一套可供公评的'规矩'有关,其实也值得深思。"[2]

一些台湾出生的海外学者也较重视文体或文类,特别是从外文系出身的学者,早期如叶维廉,他重视图象诗研究,晚期如奚密。两位新诗学者都是求学于台湾,任教于美国大学。叶维廉在《中国诗学》一书中有一文题为《中国古典诗中的传释活动》,研究了回文诗。他举了周策纵发表于《当代文艺》1967 年的一首回文诗,对回文诗中语法所呈现的"完全灵活性"高度肯定:"首先,这种灵活性让字与读者之间建立一种自由的关系,读者在字与字之间保持着一种'若即若离'的解读活动,在'指义'与'不指义'的中间地带,而造成一种类似'指义前'物象自现的状态。我们在这首诗的前面,那些字,仿佛是一个开阔的空间里的一些物象,由于事先没有预设的意义与关系的'圈定',我们可以自由进出其间,可以从不同的角度进出,而每进可以获取不同层次的美感。"[3]奚密在现代汉诗研究中十分重视文类。"作为诗的专业研究者,尤其是外文系出身的学者,奚密研究现代诗的方法与中文系出身的学者不完全相同。她认为解读现代诗不能用古典诗的标准,而必须涵盖四个方面:第一是诗文本,第二是文类史,第三是文学史,第四是文化史。这四个层

[1] 林于弘:《台湾新诗"固定行数"的格律倾向——以〈台湾诗选〉为例》,《第三届华文诗学名家国际论坛论文集》,重庆西南大学,2009 年 11 月 6 - 10 日,第 286 - 293 页。

[2] 林于弘:《台湾新诗"固定行数"的格律倾向——以〈台湾诗选〉为例》,《第三届华文诗学名家国际论坛论文集》,重庆西南大学,2009 年 11 月 6 - 10 日,第 293 - 294 页。

[3] [美]叶维廉:《中国诗学》,生活 · 读书 · 新知三联书店,1992 年,第 17 页。

面就像四个同心圆，处于中心的是诗文本，没有文本这个基础，任何理论和批评就如同沙上城堡，是经不起检验的。从文本出发，然后涉及文类研究。每一种文类都有它自身发展的历史与内在变化的逻辑，不可忽略。尤其是对于中国这样悠久的诗歌传统来说，诗人往往有浓厚的文类意识。”[1]

港澳中生代诗人诗体观考察

港澳诗人既受到台湾的影响，又受到大陆的影响，形成了有别于大陆和台湾的诗体观，特别是很多诗人都在大陆接受的诗歌教育，接受了更多的大陆的诗体观念，当地成长的诗人更接近台湾。

老诗人犁青诗体意识强烈。他 90 年代后期写过新格律诗《白鸽子是座坚实的桥》：“白鸽子展开了翅膀/站立在多瑙河中央//一翅直抵东方/一翅直抵西方//人群从翅膀上踏过/车辆在翅膀上蠕动//海鸥在河上穿飞/小船在河中流淌//飞弹仍在天空坠落/古堡满身披着火光”[2]。他用图象诗写同样的主题。1999 年 7 月 16 日，他创作了《戈雅，1999 年 3 月 24 日——仿戈雅名画〈五月三日蒙克洛阿的处决〉》，形象地写出了北约空军轰炸科索沃的暴行，通过恰当的文字排列呈现出轰炸机俯冲，炸弹垂直降落，落地后四散炸开的立体形象。1999 年 7 月 25 日，他创作了《毕加索“贝尔格莱特”——仿毕加索名画〈桂尼卡〉》，形象地写出了北约空军轰炸南斯拉夫中国大使馆的情形。“犁青认为写图象诗的目的之一是藉图象、视觉美的优势，把语言的意旨表达得清晰和强烈，使诗语言的张力达到极限。”[3]“我坚持的是：写既有强烈的思想性和激情，也有完美的语言上和结构上的艺术形式。风格清新、明朗、自然、‘平和’。这是顶抗现实主义派的不重视或反对形式主义的艺术观；也是顶抗现代主义、后现代主义的不重视主题思想或反对诗的思想性和浪漫激情。我反对‘诗匠’，崇颂自然写作。诗要写得朴素有劲，大巧若拙，不必炫耀骗人。总之，写立体诗、有立体效应的诗。”[4]“到 90 年代以后，他的诗像发飙式地走向了诗的最前锋，为了创新求变，他甚至向立体主义和超现实主义

〔1〕 古远清：《台湾当代新诗史》，文津出版社，2008 年，第 415 - 416 页。

〔2〕 犁青：《白鸽子是座坚实的桥》，深圳中国现代格律诗学会：《1914 - 2005 中国新格律诗选萃》，吉林大学出版社，2005 年，第 259 页。

〔3〕 犁青：《犁青论犁青的立体诗》，汇信出版社，2002 年，第 13 - 14 页。

〔4〕 犁青：《犁青论犁青的立体诗》，汇信出版社，2002 年，第 30 - 31 页。

的方向尝试，从1990年5月所写的《东京铁塔》，他将直立的外型移进诗的造型开始，接着1991年的《南斯拉夫是一座耸立着的倒置金字塔》，以及1992年的《诗的项链》等都是自法国的立体主义大师阿波里乃尔那儿的立体造型找到滋养。”[1]

苇鸣写了大量小诗，如《1999——澳门的某一种忧愁》：是/一个/999?!。收入他的诗集《黑色的沙与等待》（香港华南图书出版中心1988年版）的《小诗十三首》[2]中，有的诗只有三句，如《遥》：我投诉月儿的冷感/她说她并不冷/冷的是距离。《无》：晚潮冲上沙滩，/辩证说：/谁也没来过。《长》：我/一会看云/一会看雨//他们在/互道珍重。《逆》：云依依看着雨/雨依依回望云//他们总是在/分手的时候/才懂得对方的情意。有的甚至只有一句，如《等》：黑夜像个黑色的蛮女。他的诗集《传说》中也收录了大量小诗，一些诗还采用了传统的小诗体式，一首诗共四行，分成两个诗节，如《也是一种爱情》：午后的阳光，/晒瞎了某一扇窗子。//后者却依旧，/反射着前者的灿烂。《两岸四地中生代诗选》收入了他的《树的奋斗史》：“小树：招风/大树：招风/它们都有叶子//秃树，也招风/它还有枝椏//枯树，更招风/它笔直挺立/更惹狂飙恼”[3]。“苇鸣的作品中，创作形式推陈出新，文字除了是因循文学自身的功能、本质外，更肩负了批判现代社会、刺激个人感官的重责。他的作品经常采用拼贴的形式，以戏谑的手法穿插在诗歌之内，不少作品曾因而引起激烈的争论。可以肯定的是，诗人多方面的尝试，均是针对了社会上的压抑，旨在通过文字进行还击。在《诗网络》的访谈中，苇鸣坦然表示非常关注诗歌的形式问题。他在创作中不时注入大量的跨文化、跨媒介及跨学科的用语及表达形式，这与诗人的学术背景不无关系。读者不难发现苇鸣的作品中往往融入了考古学、田野考察、历史研究等术语。他明言：我其实经常思考作品的外环形式（我有时称之为图式、阵式或模式，即pattern）、内核节奏（由情感出发至语言，然后表现定形为字词句行段章篇，也包括留白、堆填、重迭、跨跳等等的空间和心理空间的处理，以至于时间和心理时间的节奏表

---

〔1〕 向明：《微笑诗人为何愤怒》，犁青：《科索沃·苦涩的童话》，汇信出版社，2001年，第230－231页。

〔2〕 苇鸣：《黑色的沙与等待》，华南图书文化公司，1988年，第98－99页。

〔3〕 苇鸣：《树的奋斗史》，吴思敬、简政珍、傅天虹：《两岸四地中生代诗选》，作家出版社，2009年，第168页。

现等等)和整体的音乐感的问题。"[1]"生于上海,长于澳门,而近年因工作、生活往来港澳之间,苇鸣的视域原不偏狭啊!这本集子,正是他以不同的'眼',去探看每处他熟悉而关切的土地!"[2]

苇鸣是香港中生代诗人中的代表诗人,也是将华语诗人特有的区域性与中国性及世界性经验结合得特别好的诗人。他的教育经历、求职经历及生活经历都十分丰富。"苇鸣简介:原籍浙江省宁波鄞县,1958年12月生于上海。1962年徙澳门,后往香港求学;1981年重回澳门。1987年12月至1990年8月于香港中文大学从事研究工作,1990年9月起任教于澳门东亚大学(后易名为澳门大学)至今。作品集:《双子叶》(新诗合集,1985)、《三弦》(散文合集,1985)、《心雾》(短篇及极短篇小说合集,1985)、《黑色的沙与等待》(现代诗个人专集,1988)、《小城无故事》(短篇小说合集,1990)、《血门外无血的沉思》(现代诗个人专集,1991)、《无心眼集》(现代诗自选集,1995)。"[3]他实验过多种诗体。如《俳句六首》[4]:《蜗牛语》:山巅不远矣/但足下辽阔世界/总教我缅怀。《无题》:圆月意最冷/携手共上小斜坡/远处是渔火。《无题》:作为一个人/慈悲、残酷眼底过/我,仍然活着。《无题》:朋友,过来吧/只要你还知羞愧/便能面对我。《题钟志求画'聚一'之明信片复制兼赠芦荻教授》:分、聚,人之常/一如这画的构思/色彩,有浓淡。《致罗大佑》:明天会更好/若然你愿意相信/明天会更坏。《致罗大佑》还有一段后记:"罗大佑,我最喜爱的台湾作曲家、填词人和歌手。他对当代文化的反省及挑战不良传统的勇气,使人敬佩。其歌曲低沉的调子,其实是一种内敛的愤激,这又可从其歌词里(其实是诗)得到证明。不过,近期他又显得乐观起来了……但罗大佑,你真的相信'明天会更好'吗?"[5]

"多元混杂"的生态并没有使苇鸣失去创作个性,他形成了自己独特的诗歌观和文化观:"是的,我是非常形式主义的,那又怎么样?"[6]"诗,作为一种艺术,已有趋向腐败的迹象,我早已闻到尸臭;我平生最讨厌陈腔滥调,故我

---

〔1〕 余丽文:《暴力与现代社会:解读苇鸣》,张铭远、傅天虹:《汉语新诗百年图上的"中生代"——首届当代诗学论坛论文集》,作家出版社,2008年,第395页。

〔2〕 罗魂:《集·眼·心·无——苇鸣诗集〈无心眼集〉序》,苇鸣:《无心眼集》,诗双月刊出版社,1995年,第3页。

〔3〕 苇鸣:《传说》,莲峰书舍,1998年,第132页。

〔4〕 苇鸣:《黑色的沙与等待》,华南图书文化公司,1988年,第133页。

〔5〕 苇鸣:《致罗大佑》,苇鸣:《黑色的沙与等待》,华南图书文化公司,1988年,第13页。

〔6〕 苇鸣:《黑色的沙与等待》,华南图书文化公司,1988年,第133页。

常常竭尽全力与之搏斗，视之为生死攸关的事。我不希望诗就此耻辱地死去。我认为创作的原则是要具有自由的手段（即技法）和独立的精神（即思想）。而我唯一可做的是在作品里有勇气地把我喜欢写的题材真诚地写出来，但我要求自己必须为她找到合适的形式和语言，她必须是新的、是我的。这样做当然是一种冒险，一个搅得不好就会置身绝境，遍体伤痕，甚至尸骨无存，但这又有何妨——安全地写诗是最没有意思的。”〔1〕“我的诗，当然是革命的，但我并无意识要去刻意地摧毁一些甚么，我只会揭露哪些是走肉行尸，哪些是已经死亡的僵诗，而我的其中一些作品，是一种新的诗性综合文体，最少，我主张如此，我为此作出过相当努力的尝试。”〔2〕“近来很流行文化身份的探讨，我认为在谈这一点的时候，不宜太过标榜地域性。一位诗人应该有独立的思考和鲜明的个性，文化上应能做到兼收并蓄，多元并存，地域传统反而不应该是最重要的一点。在香港，颇有一些人，以文化身份的判断为名，其实是以它作为攻击武器，以达到排挤异己的目标。这种做法，理应加以否定。但目前在香港文坛，这种土生土长自我保护式的小圈子，还是挺有市场的。不过，这一切，都是非诗的，不会长久。我认为自己的作品，既与大陆的、台湾的主流诗有著本质上的差异，更不同于港澳所流行的诗。但这又有何妨？我仍是中国现当代文化里的一份子。”〔3〕这些诗歌观和文化观呈现出他的创新而又不偏激的诗体观，令人想到“转益多师”和“无法而法”两种艺术史上的流行说法。他的诗是“转益多师”的结果，是“无法而法”的结晶。

毕业于厦门大学的香港诗人张诗剑写了新格律诗《乡愁》：“乡愁的小溪/流过脚旁/洗也不净/擦也不干/在清溪边/我坐成一块岩/俯视深潭/有一只青蟹凫来/钳住了脚板//乡愁的月光/笼罩心头/喊也无声/哭也无调/在月色里/我站成一棵树/仰望苍穹/盼一只鸽子青睐/飞落肩头//乡愁这支歌/震荡耳旁/吟也有味/嚼也生香/我把家乡的榕叶/卷成青笛/轻轻地吹/竟吹出个/铅球般的惆怅”〔4〕。但是他比大陆诗人更有文体独创意识，并不受文体规范的束缚。“诗人作家在创作自己的作品的时候，不要老是说自己要写诗、写戏剧，只要想写，只要是写文艺作品就行了，不要有那么明确的文体意识，因为

〔1〕 苇鸣：《自跋》，苇鸣：《传说》，莲峰书舍，1998年，第121-122页。

〔2〕 苇鸣：《自跋》，苇鸣：《传说》，莲峰书舍，1998年，第126-127页。

〔3〕 苇鸣：《传说》，莲峰书舍，1998年，第128—129页。

〔4〕 张诗剑：《乡愁》，深圳中国现代格律诗学会：《1914-2005中国新格律诗选萃》，吉林大学出版社，2005年，第300-301页。

创作研究还是两码事。这也许是张诗剑先生的诗在诗画结合上给我们的启示。"[1]

傅天虹1947年生于南京，从南京师范大学毕业后移民香港，90年代移居澳门。去香港后与台湾诗人交流颇多，活跃在两岸四地，是新诗诗坛著名的"诗歌活动家"和"诗歌出版家"。"转益多师"的诗歌生态形成了中庸稳健的诗体观念。《傅天虹诗存》分为四辑。第一辑《童年的我》，第二辑《金陵早春》，第三辑《港岛虹影》，第四辑《四地沉吟》。在其中找不到极端的格律诗和极端的自由诗。他的诗都重视节和句的大致整齐。如收入《两岸四地中生代诗选》的《慈云山木屋歌》《残雪》《黑夜意识》均是四行分节，句式相对整齐。他的很多诗都遵守了新格律诗四行分节的传统。如《十字街头》："香烛沿街摆卖/人和神也有媒介交流/风筝是一条暗喻/动荡写满青天//蟑螂、白蚁、蚊蝇/港府放任不管/青马大桥伸长了鼻子/高官心中只有玫瑰园//线条在重新组合/人心是混乱的蜂群/图案上凭空画出粟米/粒粒无根无蒂//落下的叶子/总该有几片返青/临近岁晚/有人在重读一片流云。"《1914－2005中国新格律诗选萃》的"微型格律诗"栏目还收入了他《神像》："它之所以显得高大/因为我们低下了头"[2]。说明他受格律诗的影响较大。傅天虹也写了大量小诗，出版了《傅天虹小诗八百首》。收入有一行诗、两行诗、三行诗、四行诗、五行诗、六行诗、八行诗和九行诗。他说："自己特别喜欢小诗，二十多年前创办当代诗坛杂志，我就辟有'小诗大观的栏目'。"[3]

"纵观香港诗坛的中生代似乎并不存在'断裂'的现象，七八十年代，作为承上启下的一批移居香港的女诗人，如：林子、梦如、李剪藕、路羽、舒非、蔡丽双等，除了林子之外，他们都是50—60年代出生的，应该大都属于中生代诗人。来港后创作了不少作品，她们的人生经历比较坎坷，都在大陆经历了文革等运动，对人生也特别深刻，她们带着淡淡的乡愁，带着异乡人的迷惘，来到了这个商业城市，对这个新城市充满好奇和期待。"[4]路羽

[1] 邹建军、袁玉梅：《张诗剑诗歌作品的艺术分析》，张诗剑：《香港作家作品研究》，第七卷，香港文学报社出版公司，2005年，第306－307页。

[2] 傅天虹：《神像》，深圳中国现代格律诗学会：《1914－2005中国新格律诗选萃》，吉林大学出版社，2005年，第477页。

[3] 傅天虹：《编后小记》，傅天虹：《傅天虹小诗八百首》，中国文史出版社，2009年，第283页。

[4] 路羽：《两位香港中生代女诗人的乡愁诗》，路羽：《路羽自选集》，银河出版社，2007年，第145页。

1950年至1978年生长于福建泉州，她的小诗写作也颇有特色。她将传统的三、五行小诗扩展为11行、12行或13行，小诗的长度增加，仍然保留了小诗的精致，有的小诗不分节，如《报晓》："月隐之夜/万物/并未成为黑暗的俘虏/鼻息安详/如同自由的山风/主题的披露/包含无穷的感受/尤如一朵山花/现身于如期而至的/黎明/去拥抱美丽的太阳"。有的分节，通常采用新格律诗的四行一节的分节方式，如《枯叶》："树叶/以飘然的姿态/从高枝/投下//幻想散发的浪花/激起欢呼/在窗口/形成了一曲绝唱//却被一阵风吹起/你的身影/在空中泅渡/成了一个孤独的魂"。有的诗也五行分节或三行分节。"94、95年两次发表《鼓山石刻》十二行短诗，其中，每三行成一小段倒意蕴深沉的。"[1]三行、四行或五行的分节方式把一首短诗拆成了多首"规范的小诗"。将小诗与格律诗的诗体方式有机结合，适当重视节的匀称与句的均齐，是路羽的特色，说明她有一定的诗体自律和文体自觉。很多从大陆去香港的中生代诗人，特别是50年代前期出生的诗人都有路羽这样的诗体意识。

在大陆接受诗歌教育的港澳诗人明显受到大陆诗体时尚的影响，在大陆，50年代中后期到70年代中期，新格律诗是主流诗体，甚至是"霸权诗体"。70年代后期和八九十年代流行自由诗体，朦胧诗人和第三代诗人都极度推崇自由诗。如舒婷的《致橡树》和于坚的《尚义街六号》。姚风1958年生于北京，成年后才移居澳门，尽管他熟悉以准定型诗体——"自由诗体"而非不定型诗体——"自由诗"为主潮的外国诗歌，他的诗体自觉意识明显弱于傅天虹、路羽这样的40年代后期和50年代初期出生的诗人，他的年龄与大陆的第三代诗人相近，如于坚生于1954年，张曙光、欧阳江河、李琦生于1956年，王家新、杨克、大解生于1957年，吕德安生于1960年，韩东生于1961年，杨黎生于1962年。他接受过较好的中外诗歌教育，又在澳门大学任教，他的诗体观也比较稳健，没有出现自由诗和格律诗的极端对抗。《两岸四地中生代诗选》选了他8首诗，其中不分节的3首：《坏人》《白夜》《景山》，分节的5首：《车过中原》分节方式是2、8，《南京》是4、5，《狼来了》是5、3，《卡洛斯》是5、4，《在圣玛丽娅医院》是4、4、4。这些诗不仅有大致的节的匀称，也有相对的句的均齐。即使是发表于大众报刊的口语诗，也讲究诗形和节奏，如2008年6月25日发表于《南方都市报》的《狼来了》："狼来了/羊们都没有跑/只是停

---

〔1〕 潘亚墩：《儒商诗人路羽诗》，路羽：《路羽自选集》，银河出版社，2007年，第153页。

止了吃草/他们排成整齐的队列/像一垄垄棉花//狼嗥了一声：天气真他妈热/所有的羊/都脱下了皮大衣。”

结语：异曲同工与求同存异

在做诗体研究时，特别是考察两岸四地中生代诗人的诗体观念时，我一直牢记两个词语：“异曲同工”与“求同存异”。还时时想到胡适的两句名言：“多研究些问题，少谈些主义”，“容忍比自由更重要。”因为20多年的诗体研究让我明白：新诗诗体论是新诗本体论的重要组成部分，两者的方法论有异曲同工之处，只有在关系主义与本质主义的对抗与和解中才能更好地确立新诗本体，只有在格律诗与自由诗的对抗与和解中才能搞好新诗的诗体建设。本质主义的本体观强调名称所对应的具体事物的唯一性和个体性；关系主义的本体观重视名称指称的具体事物与其他事物的联系及它在公共领域的位置，具有共享(share)性和可扩展性(Extendibility)，强调多样性和团体性。现代本体观重视形式本体(Formal ontology)、混合本体(Mixed ontology)和表现本体(Representational ontology)，更具有巴赫金的“对话”和哈贝马斯的“交往”，甚至还具有梅洛-庞蒂的“身体”的意味。因此在讨论新诗诗体及新诗本体时，既要重视本质主义视域中的本体，重视这些约定俗成的诗歌观念：诗是最高的语言艺术，诗是人类语言智能的典型范例，诗通常是韵文，新诗是现代汉语诗歌，新诗是具有现代精神、特别是自由精神的诗歌，新诗是打破了“无韵则非诗”做诗信条的自由诗……更要重视关系主义视域中的本体，尤其要重视新诗的形式本体——多种诗体、混合本体——多种文体、表现本体——多种技法。如果按照这样的本体观确立新诗的本体，可以得出这样的结论：新诗是由多种诗体(定型诗体、准定型诗体和不定型诗体)共存、多种文体(散文、戏剧、小说、新闻)共建和多种技法(抒情、叙述、议论、戏剧化)共生的文体。即新诗是采用抒情、叙述、议论，表现情绪、情感、感觉、感受、愿望和冥想，重视语体、诗体、想象和意象的汉语艺术。仔细考察两岸四地的诗体观念后，我对这个新诗的定义更有信心。

2011年9月23-26日“第四届两岸四地当代诗学论坛”；主办方：台北教育大学；地点：台北。

诗歌心理精神疗法的实践与理论

摘　要：文艺学应该重视理论与实践结合，基础理论要服务于社会。“诗歌心理精神疗法”采用“跨学科研究”的方式，将现代诗歌创作和理论研究与文艺理论研究，特别是文艺心理学研究结合，“介入”社会生活，通过讲座形式向社会推广，效果较好。讲座效果的好坏由内容决定，更由讲座的形式决定，关键是采用多种手段营建“气场”。诗是采用象征语言和意象方式写作，可以产生听觉和视觉刺激的抒情艺术，诗宣泄的低级、中级和高级情感能够满足人的低级、中级和高级需要。诗是与音乐有关的艺术相关。诗歌阅读和诗歌写作，特别是后者可以产生有利于身心健康的快感。诗歌的三功能与心理危机干预的三方法相似，可以改变创伤者的观念、体验和行为。

关键词：诗歌疗法　书写表达　阅读疗法　低级情感　高级情感

在国外，“诗歌疗法（Poetry Therapy）是阅读疗法的一种，即向患者推荐一些有不同情感色彩的诗歌，让病人独自阅读、写诗或在心理医生的指导下集体诵读，通过认同、净化、娱乐和领悟等作用，消除患者的不良情绪或心理障碍，是一种提高心身健康质量的心理治疗方法。”[1]诗歌疗法的先驱是阿瑟·勒内（Arthur Lerner，1915.01.15 - 1998.04.01），美国心理学家、诗人。他的诗歌疗法偏向“阅读疗法”。在前人研究的基础上，近年我在理论和实践中作了一些尝试，将“阅读疗法”与“书写疗法”结合，特别重视“书写表达”。我把“诗歌疗法”扩展为“诗歌心理精神疗法”，通过诗歌创作和诗歌欣赏，预防和治疗心理精神疾病，特别是在突发事件中进行有效的心理危机干预。还从理论上探讨出诗歌有治疗效果的主要原因是诗歌采用象征语言的意象写作，是一种可以产生听觉和视觉刺激的抒情艺术，能够产生低级、中级和高级情感，满足人的低级、中级和高级需要。

〔1〕互动百科：《阿瑟·勒内》，http://www，hudong，com/wiki/%E9%98%BF%E7%91%9F%C2%B7%E5%8B%92%E5%86%85.

诗歌心理精神疗法的应用实践

生于书香世家，我从小接受的教育是“读万卷书，行万里路”“知行合一”“学以致用”。这种教育的结果是：不断地转变研究方向，本科是英语语言文学，硕士是中国各体文学（现为中国现当代文学）现代诗歌理论与创作研究，博士是文艺学文学的基本原理，博士后是文艺学新诗理论及创作研究。不停地选择生活和工作地点与工作种类，1966 - 1990 年在重庆，1990 - 1996 年在兰州，1996 - 1999 年在福州，1999 - 2004 年在北京，2004 - 2012 在福州。硕士研究生毕业后在文学研究所从事新诗研究和创作 4 年，又到中文系教写作 5 年，再从事文艺学文学概论、中国现当代文论和西方文论与中国现当代文学的现当代诗歌教学与研究 8 年，现在是福建师范大学国家重点学科中国文学中国现当代诗歌方向的负责人和文艺学硕士点负责人。这样的人生经历、知识结构和职业使我更重视“跨学科”和“应用推广”，更重视将理论与实践相结合。如做诗歌研究既研究诗的基础理论和诗的历史，也关注诗歌创作，特别是当下的诗歌创作。即将文学理论与文学批评兼顾，要求自己是三分之一的诗论家、三分之一的诗史家和三分之一的诗评家。作为一个文艺理论工作者，我会“潜心学问”，但不会“闭门造车”，更不会“孤芳自赏”。“饱读诗书”不是为了“自我享受”，而是为了“造福社会”。特别是随着年龄的增长，这种想以专家身份，采用“跨学科研究”的方式，“介入”社会生活的愿望越来越强烈。近年我将现代诗歌创作和理论研究与文艺理论研究，特别是文艺心理学研究结合，将诗歌与心理学、教育学、社会学合为一体，在国内率先进行“诗歌心理精神疗法”研究。

我在学术的黄金岁月将学术重心转移到诗歌疗法既必然又偶然。我从小写诗，真实地体会到写诗对人的心理和生理的舒缓减压作用，特别是在身心受到突然伤害时，诗歌写作是极好的心理危机干预方式。我有以诗救己和救人的亲身经历。长期专业研究诗歌的经历让我见到了很多实例，诗歌研究和文艺心理学研究让我可以从理论上解释诗疗为何会有效果。偶然性主要有三件事。一是 2009 年我妻子患肿瘤，在长期的治疗中我体会到精神及心理治疗在现代医学中的重要性。二是 2008 年四川汶川大地震中，解放军心理援助专家、北川中学名誉校长王利群在北川中学使用诗歌朗诵，较好地解决了学生的心理危机问题。三是 2010 年 3 月，福建医科大学的“教授助你成才”大讲台请我做讲座，要求我将文学与医学结合。这促使我将以前的研究系统化、深入化，让研究成果从“书斋”走入“社会”。在讲座前，我与王利群作了全面的交流。2010 年 6 月 2 日，我在福建医科大学作了诗歌疗法的第一场讲座，题目是《诗歌欣赏和诗歌创作与心理干预和精神疗法》，听众是福建医科大学各班心理委员、部分老师和普通同学共 200 多人，共讲了 3 个多小时，几乎没有听众离场。我都没有料到诗疗讲座会受到欢迎，更没有料到它会传播开来。这场讲座结束后讲座录像在 2010 年 7 月 27 日被放上“超星学术视频”，反响强烈，到 2012 年 9 月 12 日，已有 13 679 人次收看。2010 年 9 月，我接到东南大学的邀请，10 月 24 日和 25 日晚，我分别为本科生和研究生作了两场诗疗讲座，反映较好。东南大学校报这样报道：“应我校研究生院邀请，福建师范大学教授博士生导师王珂先生做客我校医学人文大讲堂，为东大学子带来了一场题为‘漫谈诗歌心理精神疗法’的精彩演讲，吸引了大量学生前往。王教授首先讲述了诗疗的历史及意义，指出意大利、美国、日本等国重视诗疗的现状，强调诗词可以造就美人，书写表达可以促进身体健康，并举例说明诗疗及阅读疗法渐渐受到了中国学者的重视，然而我国的精神卫生现状仍不容乐观。随后，王教授介绍了诗疗的理论与方法。在基本理论的介绍中，他强调了意志在治疗中的重要作用，并举例证明了诗歌在治疗中的可行性，它可以给人意志和力量，可以给人快感，可以满足人的不同需要等指出诗疗的最大目的是建立自信。最后，王教授结合具体的诗作及自己以诗自救的经历详细阐释了诗疗的实践及应用，并邀全体同学共同朗诵了食指的《相信未来》，并赠送了自己的诗作《从今天起》为本次讲座拉下了帷幕。王珂教授是从事中国现当代文学诗歌的重要研究者之一，他学识渊博，才华横溢，轻松幽默亲切自然的演讲风格多次赢得台下听众的热烈掌声。他的精彩演讲给大家带来了新的听觉冲击，引起了大家对诗歌疗法的关注，同时也让在场的所有同学开拓了视野，丰富了知识。”这场讲座录像在 2011 年 4 月 26 日放上“超星学术视频”，到 2012 年 9 月 12 日，已有 14 092 人次收看。

我采用先理论，再实践，再将两者结合，相互修正的方式研究诗歌疗法。主要通过举办讲座的方式“推广诗歌疗法”，先后在福建医科大学、东南大学、安徽农业大学、安庆师范学院、福建师范大学、福建省图书馆、福建省税务局、发改委、妇联等单位做讲座，听众有大学生、公务员、教师、医生等多种类型。每次都根据受众情况调整内容，特别强调当场治疗的效果。给本科生做讲座，重视“道德教育”；给研究生做讲座，重视“研究方法”。给文学专业的学生做讲座，注重诗歌知识及文学理论的介绍。给医学专业学生做讲座，偏重医学、心理学，少谈文学。给福建省发改委的领导干部作讲座，既强调人的低级情感，更重视人的高级情感，特别是道德情感，在对干部们进行心理治疗的同时对他们进行“爱岗敬业”教育，如用舒婷的《祖国啊，我亲爱的祖国》作为“高级情感体验”阶段的诗作，激发他们的爱国情感。给 2012 年第一期福建省妇女干部（处级）培训班学员的讲座题目是《传统文化（诗疗）与科学精神（诗教）——做幸福完美的现代女干部》，我告诉大家：女人的完美是由两个方面来决定的，第一个是对爱情的追求，我们要大胆地说我要爱，我需要爱；第二是对知识的追求。女人只有在对爱的追求和对知识的追求中才能获得完美。其实换一句非常浅显的话就是：事业爱情双丰收。我归纳出女干部幸福完美的四大标志：作为女干部，首先要知识渊博，第二是能力全面，第三要人格健全，第四要心理健康。知识、能力、人格、心理，四者都必须具备。现代女干部的五大素养是：一、现代情感：重视自然情感和社会情感的和谐；二、现代意识：重视个人意识和群体意识的融合；三、现代思维：重视语言思维与图像思维的综合；四、现代文化：强调保守主义与激进主义的共处；五、现代政治：追求宽松自由与节制法则的和解。我还号召在座的女干部们不但要为福建的经济建设和政治改革作贡献，还要为妇女解放作贡献。由此可见，我的诗疗讲座的目的性非常明确，既重视专业性，也重视思想性。在讲座中，我坚持使用法国启蒙主义大师蒙田的写作原则：在社会礼义允许的范围内，把事情的真相告诉给大家。在针对特殊人群的讲座中，甚至有些“醉翁之意不在酒”，如面对干部，我不仅讲“反腐倡廉”，更讲“民主科学”，甚至讲政治改革和普世价值。针对大学生，我强调将个人幸福与国家民族利益结合，正确处理自然人与社会人的关系。我是一个愿意“为诗消得人憔悴，衣带渐宽终不悔”的人，不管针对哪类听众，我都借讲座普及诗歌知识，推广“新诗”。

从以下两则听众各异的诗疗讲座的宣传介绍可以看出诗疗讲座的共同性和差异性。2010 年 12 月 28 日在福建师范大学福清分校的讲座“介绍”是：“中国疾病预防控制中心精神卫生中心 2009 年初公布的数据显示，我国各类精神疾病患者人数在 1 亿人以上。精神疗法源远流长，‘阅读疗法’和‘书写表达’是心理危机干预的有效手段。本讲座从理论与实践探讨诗歌欣赏和创作与心理干预和精神疗法的关系，主要分为诗疗意义、诗疗理论、诗疗实践（方案）和诗疗注意事项四个部分。王珂教授‘诗疗’的基本概念是：通过诗歌欣赏和诗歌创作，治疗精神性疾病，特别是在突发事件中进行有效的心理危机干预。讲座的过程就是对听众进行‘诗疗’的过程,可以欣赏到优美的诗歌,知道一些诗歌知识,使听众获得诗歌欣赏和诗歌教育的机会,增加听众的人文艺术修养,还能够学习到一些具体的‘诗疗’方法。‘诗疗’肯定低级情感,倡导高级情感,在听讲座过程中听众可以宣泄情感和净化情感。讲座既适合诗人、诗歌爱好者与心理医生、心理学爱好者等专业听众,也适合关心身心健康和喜欢文学艺术的大众听众。”2011 年 12 月 17 日在福建省图书馆的讲座“介绍”是:“精神疗法源远流长,德国瑞士籍的医生和哲学家帕拉塞尔苏斯(Paracelsus,1493? －1541)有句名言:‘你们应该知道,意志的作用在治疗中很重要。’早在上个世纪 80 年代,心理学界就发现‘书写表达’是心理干预的有效手段。近年一些心理学家在平时的心理咨询和地震期间的心理干预中,采用诗歌诵读等方式取得了很好的治疗效果。本讲座从理论与实践上探讨了诗歌的欣赏和创作与心理干预和精神疗法的关系,讲座的过程就是对听众进行‘诗疗’的过程,对大学生,特别是有心理问题的大学生有较好的‘治疗’作用,还可以欣赏到优美的诗歌,知道一些诗歌知识,使听众获得诗歌欣赏和诗歌教育的机会,增加学生的人文艺术修养,还会介绍一些具体的‘诗疗’方法,为听众提供职业性的‘心理危机干预和精神治疗’的方法。‘诗疗’倡导高尚情感,讲座过程也是对听众,特别是大学生进行‘思想品德教育’的过程。讲座主要分为诗疗意义、诗疗理论、诗疗实践(方案)和诗疗注意事项四个部分。重点在诗疗理论部分:系统介绍诗歌理论和精神疗法理论,介绍如何将两者结合起来进行‘跨学科研究’。”

讲座效果的好坏不仅由内容决定,更由讲座的形式决定,高度重视细节。关键是采用多种手段营建一种“气场”,通过声音、图像等多媒体手段,通过诗歌朗诵,特别是集体朗诵营造气氛,使受众受到强烈刺激,让被压抑的情感,特别是低级情感先得到宣泄,让中级情感得到升华,最后让高级情感得到巩固。讲座人的着装、体态语言,ppt 的色彩都要与讲座内容结合,如对大学生做讲座,讲座人的服装,ppt 的色彩都是橘黄色——国际救援队采用的色彩。针对老年听众的讲座,有意识地安排青春美少年和美少女上台朗诵诗歌,唤起老年人的青春回忆。

由于工作关系,我不可能把主要精力放在诗疗研究和推广上,必须唤起很多人,特别是专家的重视,我只起“抛砖引玉”作用。这个目的已基本达到,国内已有了一批同行。还受到了媒体的关注,新华网、《深圳特区报》等媒体曾以《王珂教授来安徽作“诗歌疗法”循环演讲》《诗歌疗法具有心理医学的临床功用》为题作了报道。2010年11月10日新华网报道:"……安徽农业大学人文社科学院中文系、心理学系的师生以及合肥市铁四局医院精神病科的相关临床医卫人员200余人,济济一堂,被学生们称为'阳光大男孩'的王珂教授,侃侃而谈,2个多小时的演讲和问答,让听众在优美的诗歌朗诵、舒缓的音乐背景下,接受诗歌欣赏、诗歌创作与心理干预和精神疗法的新理念的浇灌。王珂风趣、幽默、饱含挚情的讲座,让听众如沐春风……"2010年11月17日《深圳特区报》报道:"……王珂教授在安徽农业大学作讲座时,该校人文社科学院中文系、心理学系的师生及当地医院精神病科的相关临床医护人员200余人一同前往听讲,在优美舒缓的背景音乐下,大家聆听着诗歌朗诵,体验了'诗歌疗法'这一全新的心理干预理念与实践,在场听众反响良好。"[1]

诗歌心理精神疗法的基础理论

精神疗法源远流长,德国瑞士籍医生和哲学家帕拉塞尔苏斯(Paracelsus,1493? -1541)有句名言:"你们应该知道,意志的作用在治疗中很重要。"[2]1930年,著名传记作家斯蒂芬·茨威格在《精神疗法》一书的《引言》中梳理了精神疗法的历史:"第一个反对揭穿医疗奇迹面纱,反对医疗失去灵魂的,是帕拉塞尔苏斯。他以他那农民式的粗鲁举起棍棒发难反对'医生'们,指控他们干巴巴的书本知识,反对他们把人体内的微观世界像人工制造的钟表一样拆卸开再拼凑到一起,……这个人的精神上的影响却似乎在时代的表层下继续发展,随后在19世纪初期的所谓'浪漫'的医学中断裂开,这种医学是哲学—文学运动的一个分支,它再一次努力寻求肉体—精神的更高层次的统一。……通过浪漫派的医学,疾病,器官和治疗问题第一次重新被当作一个整体来看待。"[3]"在治疗技术这个领域和其他领域一样,仅只凭借语言也可以无数次地发生真正的奇迹,仅仅通过许诺和目光,这种由人及人的

〔1〕 http://news.china.com.cn/rollnews/2010-11/17/content_5195177.htm.

〔2〕 [奥地利]斯蒂芬·茨威格:《精神疗法:梅斯梅尔、玛丽·贝克尔、弗洛伊德》,王威译,西苑出版社,1998年,第1页。

〔3〕 [奥地利]斯蒂芬·茨威格:《精神疗法:梅斯梅尔、玛丽·贝克尔、弗洛伊德》,王威译,西苑出版社,1998年,第9-10页。

交流信号,有时会在完全毁坏的器官中再一次凭借精神重建健康。"[1]"医学较为公正地观察着'通过精神来治疗'的各种现象,并且终于对它们的规律性有了好奇心,……几百年以来,单方面研究人体的材质和形式的严密的科学已经追根穷底,这时,关于'建筑了人体的精神'的问题又再一次提了出来。"[2]

诗疗的两大方法是读书疗法(读诗、诵诗)与书写表达(写诗)。早在上个世纪 80 年代,心理学界就发现"书写表达"是心理干预的有效手段。"通过披露和表达与个人重要经历有关的感受和想法,由此促进心理健康的心理干预方法统称为书写表达。书写表达自 20 世纪 80 年代出现以来,逐渐发展为一种成熟的心理干预方法。研究结果显示,身体健康的个体参与书写表达可以长期有效地保持健康,降低焦虑和抑郁,提升自我调节能力和自我效能感。"[3]

美国心理学家、诗人阿瑟·勒内是诗歌疗法的先驱。他曾任洛杉矶大学的心理学教授,加利福尼亚万努斯精神病院诗歌疗法的顾问、加利福尼亚恩西诺诗歌治疗研究所的创始人和负责人、国际诗歌治疗协会主席。"勒内倾心于文学,特别是诗歌,这使他相信,人类最伟大的成就在于语言,而生活是一种"诗的解释"。为了阐明这一主题,他写了《韵律、无韵律、领会、起点》一书。勒内将所有的文学样式都看作是理解人类行为的主要来源,他认为一个人的认知和无意识理解是由影响人的成长和发展的语言、符号、隐喻和明喻构成的。他还将诗歌用于治疗和咨询的实践,认为'诗歌在治疗过程中是一种工具而不是一种说教',从而创立了诗歌疗法。这方面的代表作有《诗歌在治疗过程中的运用》。"[4]

直接论及诗疗的理论很少,但相关理论很多,足以支持这项跨学科研究。主要理论家和理论如下:

弗洛伊德认为:"为什么神经症患者比其他人更特别强烈地感到焦虑这一问题从未得到过足够认真的讨论。也许它已被看作是一个自明的问题:

[1] [奥地利]斯蒂芬·茨威格:《精神疗法:梅斯梅尔、玛丽·贝克尔、弗洛伊德》,王威译,西苑出版社,1998 年,第 11 页。

[2] [奥地利]斯蒂芬·茨威格:《精神疗法:梅斯梅尔、玛丽·贝克尔、弗洛伊德》,王威译,西苑出版社,1998 年,第 14-15 页。

[3] 王永、王振宠:《书写表达促进身体健康》,《文摘报》,2010 年 4 月 8 日第 4 版。

[4] http://www,hudong,com/wiki/%E9%98%BF%E7%91%9F%C2%B7%E5%8B%92%E5%86%85.

'神经过敏'(nervos)和'焦虑'(angstlich)这两个词可互相通用,似乎意指同样的东西。但这是不正确的:有一些'焦虑'的人一点也不'神经过敏',而症候很多的'神经过敏'的人却没有表现出'焦虑'的倾向。不过,有一点是无可置疑的:即焦虑问题是一个重要的核心问题,我们若是弄清楚了这个问题,便可以明了我们的整个心理生活了。"[1]"精神分析开始于对关系到心灵一切内容的东西的研究,而它与自我完全不同,它关系到症状,这个起点不管是对精神分析的发展过程、还是对它所引起的反响而言,都不是无关紧要的。症状是从被压抑中产生的,它们好像是被压抑物派往自我的代表;但被压抑物是与自我完全不相同的领域——一种异质的内部领域——就好像现实是自我的异质的外部领域一样(希望你们原谅我的这种奇特的表达方式)。这是一条从症状通向无意识,通向本能生活,通向性的道路;由于精神分析研究这些东西,因而遭到了堂皇的反对,人类不仅是性生物,而且还有比性更高贵更高级的欲望冲动。然而,我们也可以补充说,由于受到有关这些高级冲动意识的浸染,人们常常想当然以为有权利思考荒唐之事而忽视事实。诸位很清楚,我们一开始指出人类的病态,是起因于本能生活的要求和人类本身所产生的反对本能生活的抵制之间的冲突,我们一刻都未忽略这种抵制的、反抗的、排斥的因素,我们认为,它是由自己种种特殊的力量即自我本能装配起来的,它和一般心理学中的自我相一致吻合。"[2]

荷妮认为:"关于焦虑,这不仅表明我们可能有我们未曾意识到的焦虑,而且还表明这种焦虑很可能是我们生活中的决定因素,而我们并未意识到这一点。事实上,我们仿佛在极力地逃避焦虑,或者避免感受它。对此有很多的原因,最常见的原因就是,强烈的焦虑是我们所具有的最折磨人的情感。那些遭受过强烈焦虑的病人们,他们宁死也不愿再体验焦虑的感受。此外,焦虑中还包含着某些因素,这些因素对病人尤为难以承受。其中一个因素就是无助。在面对巨大的危险时,人们可能会变得积极而有勇气。但是在焦虑状态中,事实上,人们感到非常无助。"[3]"在我们的文化中,逃避焦虑有四种

---

〔1〕[奥]西格蒙德·弗洛伊德:《精神分析导论讲演》,周泉、严泽胜、赵强海译,国际文化出版公司,2007年,第330页。

〔2〕[奥]西格蒙德·弗洛伊德:《精神分析导论讲演新篇》,程小平、王希勇译,国际文化出版公司,2007年,第330页。

〔3〕[美]卡伦·荷妮:《我们时代的病态人格》,陈收译,国际文化出版公司,2007年,第31页。

方法：理性化，否认，麻痹，避免可能会产生焦虑思想、感受、冲动的情景。第一种方法——理性化——乃是避免责任的最佳解释方法。它包括将焦虑转化为理性的恐惧。”[1]

弗罗姆认为：“没有比这样的观念更具有普遍性了，那就是我们这些生活在20世纪西方世界的人精神十分健全。尽管事实上我们中的很多人患有或轻或重的心理疾病，但这并不能使我们对心理健康的普遍标准产生丝毫怀疑。我们相信，只要通过采用较好的心理卫生方法，我们就能更进一步地改善我们的精神健康状况，至于个人的精神障碍，我们则仅仅看做是个别的偶发事件，或许只惊异于在一个被认为是如此健全的文化中怎么会发生这么多的此类事件。我们能够保证从不自欺欺人吗？精神病院里的许多病人都认定，除了他自己，别人全疯了。很多严重的精神病症患者相信，他的强迫性固定行为或歇斯底里的发作都是对某种非正常的环境所做出的正常反应。那么我们自己呢？”[2]“‘人’的定义不仅仅局限于解剖学和生理学，其成员还具有共同的基本心理特征，控制他们的精神和情感的普遍规律，以及完满解决人的存在问题的共同目标。事实上，我们对于人的认识仍然很不完全，还不能够从心理学的角度为‘人’下一个令人满意的定义。最终正确地描绘出称之为‘人性’的东西是‘人学’的任务。而‘人性’不过是人的诸多表现形式的一种——通常是病理学的一种——这一错误的定义经常被用来维护一个特殊类型的社会，认为这个社会是人类精神构成的必然产物。”[3]

阿德勒认为：“个体心理学发现，一切人类问题均可主要归为三类：职业类、社会类和性类。”[4]“社会感在此，我们可以发现所有错误的‘生命意义’的共同之点和所有正确的‘生命意义’的共同之点。所有失败者——神经病患者、精神病患者——之所以失败，就是因为他们缺少同类感和社会兴趣。他们在处理工作、友谊和性生活中的问题时，都不相信这些问题能通过相互合作得到解决。他们所赋予生命的意义是一种个人所有的意义。那就是：

---

[1] [美]卡伦·荷妮：《我们时代的病态人格》，陈收译，国际文化出版公司，2007年，第32页。

[2] [美]埃里希·弗罗姆：《健全的社会》，王大庆、许旭虹、李延文、蒋重跃译，国际文化出版公司，2007年，第11页。

[3] [美]埃里希·弗罗姆：《健全的社会》，王大庆、许旭虹、李延文、蒋重跃译，国际文化出版公司，2007年，第19-20页。

[4] [奥]阿尔弗雷德·阿德勒：《生命对你意味着什么》，周朗译，国际文化出版公司，2007年，第11-12页。

任何人都不能从个人成就中获益。这种人成功的目标实际上仅仅是谋求一种虚假的个人优越感,而他们的成功也只对他们自己有意义。"[1]

加登纳认为:"在诗人身上,我们极清晰地看到了语言的核心操作能力在起着作用。诗人有对文字的敏感性,一位个体正是凭着这种敏感性才能看出'有意识地'、'故意地'或'有目的地'打泼墨水这三种表达之间的微小差异。诗人有对文字排列的敏感性——有遵循语法规则,而在精心选择的场合下则又有打破这种语法规则的能力。从某种较高感觉层次上(对声音、节奏、回折及文字节拍的敏感性)说,诗人又具有那种能使诗歌即便在翻译成外文之后也仍然优美动听的能力。他还有对语言的不同功能(其便于朗诵的特征、其说服力、激发力、传达信息或使人愉快的力量)的敏感性。"[2]

诗歌能治疗病人的重要原因是诗的语言是象征语言,象征语言是一种可以与心灵情感契合的语言。弗罗姆认为:"什么是象征?一个象征通常被界定为'代表他物的某物',这个定义几乎令人失望,然而,如果我们自己关注对这些看、听、闻、抚摸的感官表达的象征,关注那些代表内在经验、感觉、思考等'他物'的象征,那么,这个定义就会更加引人入胜。这种象征是外在于我们的东西,它的象征物存在于我们的内心深处。象征语言是我们表达内在经验的语言,它似乎就是那种感官体验,是我们正在作的某物或物理世界对我们产生影响的某物,象征语言是这样一种语言,其中,外部世界是内在世界的象征,是我们灵魂和心灵的象征。"[3]朗格认为:"音乐中,时间过程借助纯粹的音响因素成为可听的。这些因素单为耳朵存在。在延续的音乐意象中,所有音乐对我们实际时间感觉的帮助,均被音调感受所排除和取代。但是,文学的要素则不是这种声音。即使在诗歌中,文字也绝非仅仅为了听,它们已经成为一种符号,即'规定'符号,而不是像形状、音调那样一些可以当作'自然'符号形式的纯粹感觉对象。用文字的方式产生的艺术幻象不是声音的不安宁的形式结构,而是一种全然不同的幻象。所以尽管默读现象发生在两种艺术上,各自却具有不同的意义。"[4]滨田正秀这样定义现代抒情诗:"现在

[1] [奥]阿尔弗雷德·阿德勒:《生命对你意味着什么》,周朗译,国际文化出版公司,2007年,第11-12页。

[2] [美]H. 加登纳:《智能的结构》,兰金仁译,光明日报出版社,1990年,第87页。

[3] [美]埃里希·弗罗姆:《被遗忘的语言——梦、童话和神话分析导论》,郭乙瑶、宋晓萍译,国际文化出版公司,2007年,第12页。

[4] [美]苏珊·朗格:《情感与形式》,刘大基、傅志强、周发祥译,中国社会科学出版社,1986年,第155页。

(包括过去和未来的现在化)的自己(个人独特的主观)的内在体验(感情、感觉、情绪、愿望、冥想)的直接的(或象征的)语言表现。”[1]汉语诗歌,特别是当代抒情诗更强调“象征的语言表现”。

诗有治疗效果和诗是与音乐相关的抒情艺术有关。“爱伦·坡的诗更重视的是声音而不是结构,他不断地实验出制造出诗的音乐性的方法,把诗定义为‘美的韵律的创造’,……坡感觉到诗的真正目的是‘快乐’不是‘真实’。但是他的‘快乐’不意味着欢乐。他认为一首好诗应该让读者产生温柔的忧伤。”[2]诗还是融视觉与听觉一体的艺术。昂特纳尔诗是融视觉与听觉于一体的艺术。“诗不但是一种特殊的艺术(peculiar Art),也是所有艺术中最有威力的艺术,除戏剧以外,它是唯一的既需要耳朵又需要眼睛的艺术,是融视觉与听觉于一体的艺术。所有的艺术都需要耳或者眼,但并不是两者都需要。”[3]

诗歌阅读和诗歌写作,特别是后者可以产生有利于身心健康的快感。如柯勒律治所言:“诗是一种创作类型,它与科学作品不同,它的直接目的不是真实,而是快感。与其他一切为目的的创作不同,诗的特点在于提供一种来自整体的快感,同时与其组成部分所给予的个别快感又能协调一致。……诗是诗的天才的特产,是由诗的天才对诗人心中的形象、思想、感情,一面加以支持、一面加以改变而成的。最理想最完善的诗人能把他的整个心灵抖擞起来……良知是诗才的躯体,幻想是它的衣衫,运动是它的生命,而想象则是它的灵魂,无所不在,贯穿一切,把一切塑成一个有风姿、有意义的整体。”[4]

诗歌还有一种催眠的作用,因为艺术提供了大量的感应技术的模式。根据“神经语言程序”理论的研究,精神催眠活动已经扩展到了写作的范围里,作品是在跟读者进行无意识交流。

诗歌的三功能与心理危机干预的三方法相似,可以改变创伤者的观念、体验和行为。一、诗的“言志”功能有利于改变人的观念。言志的诗可以催

〔1〕[日]滨田正秀:《文艺学概论》,陈秋峰、杨国华译,中国戏剧出版社,1985年,第47页。

〔2〕Peter B High. An Outline of American Litreature. New York: Longman Inc. ,1986. p. 56-57.

〔3〕Louis Untermeyer. Doorways to Poetry. New York: Harcourt, Brace and Company, 1938. p. 4.

〔4〕[英]柯勒律治:《文学传记》,伍蠡甫:《西方文论选》,下卷,上海译文出版社,1979年,第33-34页。

人上进，热爱生活，珍惜生命。二、诗的“缘情”功能有利于改变人的体验。缘情的诗可以宣泄人的压抑情感，稀释孤独。三、诗的“宣传”功能可以改变人的行为。集体诵读诗是很好的“团体疗法”，容易产生“共鸣”，可以形成“场”。

马斯洛认为：“在某些人身上，确有真正的基本的审美需要。丑会使他们致病（以特殊的方式），身临美的事物会使他们痊愈。他们积极地热望着，只有美才能满足他们的热望。这种现象几乎在所有健康儿童身上都有体现。这种冲动的一些证据发现于所有文化，所有时期，甚至可以追溯到洞穴人时代。审美需要与意动、认知需要的重叠之大使我们不可能将它们截然分离。秩序的需要，对称性的需要，闭合性（closure）的需要，行动完美的需要，规律性的需要，以及结构的需要，可以统统归因于认知的需要，意动的需要或者审美的需要，甚至可以归于神经过敏的需要。”[1]波德莱尔说：“现代诗歌同时兼有绘画、音乐、雕塑、装饰艺术、嘲世哲学和分析精神的特点；不管修饰得多么得体、多么巧妙，它总是明显地带有取之于各种不同的艺术的微妙之处。”[2]诗歌写作和欣赏可以满足人的这种基本的审美需要及结构的需要，可以实现真正将各种艺术甚至各种学科融为一体的理想。这也是诗疗有效的重要原因。

2012年11月10－11日“百年文学理论学术路径的反思学术研讨会”；主办方：北京师范大学文艺学研究中心；地点：北京师范大学。

---

〔1〕［美］马斯洛：《动机与人格》，许金声译，华夏出版社，1987年，第59页。

〔2〕［法］波德莱尔：《波德莱尔美学论文选》，郭宏安译，人民文学出版社，1987年，第135页。

大陆台湾诗体观念比较

摘　要：中国大陆和中国台湾的政治体制、文化形态、教育方式，特别是新诗运作系统的三大轴心(知识、权力和伦理)颇有差异。台湾诗人的诗体意识随着时代减弱，形成了"诗体解放"及"诗体自由化"态势。前行代诗人普遍重视诗的音乐性，现代格律诗受到重视；中生代诗人更关注诗的视觉性，很多诗人都有"固定行数"意识，图象诗受到重视；新世代诗人推崇诗体的自由，仍有一定的文体自律和诗体自觉意识，没有完全摆脱传统诗体观念的束缚，少数诗人仍有"固定行数"意识。近年出现的几种诗体定义基本上能够反映出大陆诗坛的诗体观念，大致可以分为不定型诗派自由诗派、定型诗派格律诗派和准定型诗派。主要是自由诗派和格律诗派，两派的对抗相当明显。新诗建设的当务之急是重视诗体建设和诗美建设。

关键词：新诗　诗体　格律诗　自由诗

很早就有人意识到地域文学的存在，如史达尔认为："我觉得有两种完全不同的文学存在着，一种来自南方，一种源出北方；前者以荷马为鼻祖，后者以我相为渊源。……北方人喜爱的形象和南方人追忆的形象间存在着差别。气候当然是产生这些差别的主要原因之一。"[1]古代汉诗出现唐代"边塞诗"，现代汉诗也出现过"西部诗歌"的概念。在当代，交通工具的改进缩短了人际交往的空间距离，在对文学创作的影响因素中，空间的力量减弱，文化的力量增加，重视自然的"地域"一词被重视文化的"区域"一词取代，区域文学比地域文学更能反映出当代文学的形态，研究文学，特别是研究文学生产，文学社会学比文学地理学重要。当代文学生产及文学生态如埃斯皮尔所言是一个生产场："凡文学事实都必须有作家、书籍和读者，或者说得更普通些，总有创作者、作品和大众这三个方面。于是，产生了一种交流圈，通过一架极其复杂的，兼有艺术、工艺及商业特点的传送器，把身份明确的(甚至往往是享

〔1〕[法]史达尔：《论文学》，伍蠡甫：《西方文论选》，下卷，上海译文出版社，1979 年，第 124－125 页。

有盛名的)一些人跟多少有点匿名的(且范围有限的)集体联结在一起。"[1]文学的运作系统是社会运作系统的一个子系统,其存在方式如福柯所言:"起源于三个宽阔的领域:控制事物的关系,对他者产生作用的关系,与自己的关系。这并不意味着三者中的任何一组对其他都是完全无关的……但是我们有三个特殊的轴心:知识轴心、权力轴心和伦理轴心,有必要分析它们之间相互作用的关系。"[2]

中国大陆和中国台湾的政治体制、文化形态、教育方式等方面都有较大差异,特别是新诗运作系统的三大轴心(知识、权力和伦理)颇有差异,同样是用现代汉语写诗,台湾用的是繁体字,大陆用的是简化字,前者具有更多的文化记忆和历史意识,这是台湾民众的"国学"水平高于大陆的重要原因,当然不可否认台湾的国学教育比大陆好,"文革"几乎让中国文化传统在大陆断裂。语言的差异带来了诗人思维的差异。繁体字比简化字更有图像感,所以台湾的图像诗远远比大陆的繁荣,台湾图像诗使诗人有了更极端的追求诗形的规范与自由的诗体方式,所以闻一多、徐志摩等人在 1926 年倡导的新格律诗在台湾并不像在大陆那样受欢迎。大陆 50 年代出现了何其芳的现代格律诗,90 年代出现了第三次格律诗热潮。今天,大陆还有以黄淮、周仲器为首的一批雅园诗人大力倡导"新格律诗",万龙生、王端诚为首的一批诗人倡导"格律体新诗",都办有专门的刊物。

如金克木所说:"功能决定文体,文体反映功能。"[3]也如韦因斯坦所说:"要想把在一定的历史—地理环境中牢固地扎了根的某种体裁移植于另一种历史—地理环境中,是不可能的。另一方面,对这类不成功的移植实验的研究可以表明东西方的巨大差异,并解释造成这种差异的原因。"[4]新诗的历史就是某种体裁移植于另一种历史—地理环境中或历史—文化环境中的历史。梁实秋在 1930 年 12 月 12 日给徐志摩的信中说:"我一向以为新文学运

---

〔1〕[法]罗贝尔·埃斯卡皮:《文学社会学的原则和方法》,罗贝尔·埃斯卡皮:《文学社会学》,王美华译,浙江人民出版社,1987 年,第 1 页。

〔2〕John McGowan. Postmodernism and Critics. New York: Cornell University Press, 1991. p. 134.

〔3〕金克木:《八股新论》,启功、张中行、金克木:《说八股》,中华书局,2000 年,第 101 页。

〔4〕[美]韦斯坦因:《比较文学与文学理论》,刘象愚译,辽宁人民出版社,1987 年,第 104 页。

动的最大的成因，便是外国文学的影响；新诗，实际上就是中文写的外国诗。”[1]以英语诗歌为代表的自由诗移植到中国（大陆）是第一次文体大移植，到台湾又是第二次文体大移植，台湾的移植既从大陆移植，也从西文移植，这是台湾把用现代汉语写的诗称作“现代诗”的一大原因。由此可见大陆和台湾的新诗文体观念，特别是诗体观念的生态和形态颇有差异。

台湾诗人的诗体观念：和解与平淡

台湾没有大陆诗坛那种声势浩大的“自由诗”与“格律诗”的争论，追求“节的匀称”和“句的均齐”的准定型诗体“新格律诗”远没有不定型诗体自由诗受欢迎。台湾新诗也没有走诗体自由化或格律化的极端，少有胡适与郭沫若和艾青倡导的那种“诗体大解放”和追求诗的“散文美”的自由诗。

西方的自由诗运动不是极端的诗体大解放，为了为自己的自由体诗写作辩护，英语自由诗的创始人惠特曼结论说：“我认为，没有哪一个定义能把诗歌这一名称容纳进去，任何规则和惯例也不会是绝对可行的，只会有许多的例外出现不顾定义，推翻定义。”[2]惠特曼也鄙视强调建立艺术秩序的文论家阿诺德：“他带给世界的正是世界上泛滥的东西：细腻、雅致、精美、雕琢、分寸、批判、分析，可谓浓艳，凝重，污浊，臭不可闻。”[3]但是惠特曼的诗并没有完全打破“无韵则非诗”这一个世界通用的做诗信条。即使在自由诗流行的英语当代诗坛，也讲究一定的诗体规范。“过去的很多诗采用的是定型形式，现在美国诗人更愿意采用开放形式，尽管韵律和节奏已经没有它们过去那样流行，但是它们仍然明显存在。”[4]“自由诗是没有韵律和缺乏一个有规律的诗律的统一的诗，自由诗不是形体上的自由。”[5]美国诗人乔治·欧佩（George Open）认为诗的形式具有两大重要性，1961 年他给玛丽·艾伦·索

---

〔1〕 梁实秋：《新诗的格调及其他》，杨匡汉、刘福春：《中国现代诗论》，下编，花城出版社，1985 年，第 141 页。原载 1931 年 1 月 20 日《诗刊》创刊号。

〔2〕 [美]惠特曼：《惠特曼散文选》，张九龄译，太原山西人民出版社，1983 年，第 28 页。

〔3〕 [美]雷纳·威勒克：《近代文学批评史》，第四卷，杨自伍译，上海译文出版社，1997 年，第 228 页。

〔4〕 X. J. Kennedy. Literature: An Introduction to Fiction, Poetry, and Drama. Toronto: Little, Brown and Company, 1983. p. 557.

〔5〕 David Bergman, Daniel Mark Epstein. The Heath Guide to Literature. Toronto: D. C. Heath and Company, 1987. p. 24.

沃特的信中说："我们非常关注诗体（poetic form），不仅是因为形式（form）可以作为结构（texture），还是一种能够让诗可能被抓住的形状（shape）。"[1]

台湾诗人比大陆诗人更了解西方诗歌，叶维廉、洛夫等都毕业于外语系，台湾诗歌和西方诗歌的发展历程同步，台湾的诗体观念相对平淡，没有出现自由化与格律化的极端对抗。

1951年梁实秋在台北《自由青年》上发表的《文学讲话》中的两段话颇能体现出这种自由诗与格律诗和解的特色。梁实秋说："白话诗运动起初的时候，许多人标榜'自由诗'（Vers libres）作为无上的模范。……我们的新诗，一开头便采取了这样的一个榜样，不但打破了旧诗的格律，实在是打破了一切诗的格律。这是不幸的。因为一切艺术品总要有它的格律，有它的形式，格律形式可以改变，但是不能根本取消。我们的新诗，三十年来不能达于成熟之境，就是吃了这个亏。"[2]梁实秋意识到了自由诗缺乏文体规范的弱点，他却否定闻一多等的新格律诗主张。他说："老早有人悟到新诗必须要有格律与形式。所以经过初期幼稚的尝试以后，便有人处心积虑地在做试验，把诗的每行修得一般长短，每行的字数是一般多，不再是参差不齐的长短句了，印出来的时候四四方方的像是一块豆腐块，有人称之为'豆腐干派'。他们用意是好的。但是失败了。眼睛看着整齐，不能算是形式，诗的文字形式主要的是节奏，是用耳朵听的，豆腐干中看而不中听。"[3]

70年代初台湾学者陈芝敬对新格律诗的评价也能呈现台湾诗论界及创作界的平和态度，他肯定了它有三大功劳：使漫无拘束的自由诗受到了限制，可以匡救初期新诗的缺失，由于形式上的欧化带来了内容上的欧化。他也认为由于其过于讲求形式与过于重视格律而给新诗套上了新的枷锁，招致了所谓"方块诗体""豆腐干派"和"带着镣铐跳舞"这一连串的讥嘲，最后出现了这种外来的格律诗的没落。[4]

前行代诗人承接的更多是20世纪上半叶的新诗传统，具有较强的诗体意识，普遍重视诗的音乐性，不少诗人都写过新格律诗。《1914－2005中国新格律诗选萃》是优秀的新格律诗选本，选了多位台湾诗人的诗作。如最老的

〔1〕 Mike Weaver. William Carlos Williams. London: Cambridge University Press, 1971. p. 55.

〔2〕 梁实秋：《文学讲话》，徐静波：《梁实秋批评文集》，珠海出版社，1998年，第228页。

〔3〕 梁实秋：《文学讲话》，徐静波：《梁实秋批评文集》，珠海出版社，1998年，第228页。

〔4〕 陈之敬：《中国文学的由旧到新》，文成出版社，1970年，第39－40页。

诗人钟鼎文的《长城》和纪弦的《云和月》，较老的诗人彭邦桢的《月之故乡》、商禽的《凯亚美厦湖》和痖弦的《歌》。选了余光中的《民歌》《乡愁》和《乡愁四韵》。甚至还选了可以属于中生代的席慕蓉的《给你的歌》。但是这些诗的听觉形式和视觉形式并不严整，常常是闻一多的《死水》和徐志摩的《再别康桥》那样的"豆腐块"诗的"变体"，并不极端重视诗的音乐美和建筑美。

很多台湾诗人，特别是老诗人都如同张默，有较强的文体自由意识，也有一定的文体自觉性和诗体意识。他的现代诗的成功写作与他的诗体意识相关，他十分喜欢的小诗体是准定型诗体。张默以"十行诗""三行诗"为代表的小诗创作具有把说理与抒情有机结合的特色。他的小诗体是诗人的文体自律意识与文体自由意识和解而不是对抗的结果，是诗体传统与个人的创体才能相结合的结果。2007 年作家出版社出版的《张默诗选》收录了自 1956 年到 2006 年的 108 首(组)诗，没有一首讲究"节的匀称"与"句的均齐"，是重视押韵与顿数的"新格律诗"。他不太重视诗的表面的音乐性，特别是诗的格律，只重视诗的内在的音乐性，即使重视表面的音乐性，也重视节奏轻视韵律，喜欢用两个字组成的诗句来突出节奏。

中生代诗人具有一定的文体自律及诗体自觉意识，不像前行代诗人那样重视定型诗体，如吴思敬、简政珍和傅天虹编选的《两岸四地中生代诗选》收入 13 家台湾诗人，只有一人写过严格意义上的新格律诗。一些诗人仍重视诗的"固定行数"，如四行一节、五行一节、三行一节、二行一节。如简政珍的《能说与不能说》采用的是四行分节。但是常常是将前人相对固定的分节方式混合使用，如苏绍连的《风沙》第一个诗章分别是三行、五行和二行分节，第二个诗章二行分节，第四个诗章四行分节。也有中生代诗人写新格律诗，但是并不严格遵守"格律"。以杜十三的《密码》为例："才输入一个密码/整个世界便开始氧化/所有的女人充满了爱/所有的男人充满了欲望//才输入一个密码/整个世界便开始还原/所有的女人化成了水/所有的男人化成了烬"。这首诗在形体上可以归入新格律诗，却根本没有韵律。

新世代诗人更推崇诗体的自由，只有少数诗人有"固定行数"意识。前期新世代诗人重文体创新及跨界写作，后期新世代诗人的文体及诗体观念较平和，丰富多彩的诗歌生态减弱了他们的文体自觉意识和诗体规范意识，他们"为我所用"地使用和调整已有诗体。

新世纪诗人，特别是后期诗人这种在诗体上的平和甚至平庸的根本原因是他们"见多识广"或"见惯不惊"。生于 1984 年的谢三进描述了七年级诗人的生态:"二〇〇四、二〇〇五年之间产生变化的不只是Blog品牌的选用,还有网路文学论坛的影响力渐大。……在此自由发言的环境下,网路达成了年轻创作者、读者进行'造山运动'的最佳条件,各种成熟的、不熟悉的想法都有获得肯定的可能,多元美学共存此世间(且毫无畏惧),几乎可以说是成为一九八〇、九〇年代自由开放风气、后现代现象再延展的良好基础。"[1]生于1985年的风球诗社社长廖亮羽更准确地揭示出她这一世代的诗歌生态:"早期新世代诗人因在资讯环境快速发展的时代,一心打破边界,模糊掉界线,拥有超越各种主义或无国界理论的创作意识,是那时的新世代诗人非常焦虑而积极实践的创作主轴,因而衍生了影像诗,动漫诗,身体诗,同志诗,情色诗,数位诗,图像诗……等等要跨越界线的创作。……而在这个连读者都能轻易跨界变身为创作者,来将原创作品依个人看法,在网路上径行修改为自己理想中作品发布给网友见证的时代,以及成长于边界,而与边界融为一体或本身都是随时在开创边界或取消边界的新世代,都已让七年级诗人不再面临到有那么庞大的边界有待跨越,转而关注其他议题。"[2]前代诗人的创新之体已经成为了"理所当然的诗类型",前辈重视的跨界突破的议题成为了年轻一代的"知识常识"。这种丰富多彩的诗歌生态就像一个大超市,为年轻一代诗人提供了可以任意选择的商品(诗体),也严重挫伤新一代诗人的文体独创意识,他们的文体自觉意识和诗体规范意识也会因为可以有多种选择而减弱。

大陆诗人的诗体观念:对抗与极端

受政治权力影响,大陆诗歌在50年代出现了声势浩大的新民歌热和现代格律诗热。1954年4月11日,文化官员何其芳给现代格律诗下出定义:"按照现代的口语写得每行的顿数有规律,每顿所占时间大致相等,而且有规律地押韵。"[3]"豆腐块"式的现代格律诗及民歌体诗等准定型诗体从50年代中期到70年代后期几乎是大陆诗坛的主流诗体。

---

〔1〕 谢三进:《晨兴理初穗——敢为七年级诗人早点名》,谢三进、廖亮羽:《台湾七年级新诗金典》,秀威资讯科技股份有限公司,2011年,第15-16页。

〔2〕 廖亮羽:《快乐的读一本年轻诗人诗选集》,谢三进、廖亮羽:《台湾七年级新诗金典》,秀威资讯科技股份有限公司,2011年,第27-29页。

〔3〕 何其芳:《关于现代格律诗》,杨匡汉、刘福春:《中国现代诗论》,下编,花城出版社,1985年,第63-64页。

吕进、骆寒超等人在90年代也大力倡导现代格律诗。1992年，主张新诗应该走格律化道路的学者诗人还在深圳成立了全国性的现代格律诗协会——深圳中国现代格律诗学会，从1992年到2012年，组织学术活动二次，1994年10月23日在北京雅园宾馆组织召开了“深圳中国现代格律诗首届年会”——雅园诗会。“订定了现代格律诗最低纲领：鲜明和谐的节奏，自然有序的韵式。”[1]2007年10月20日，在常熟召开了“新诗格律与格律体新诗理论研讨会”，“会议提出‘诗体建设’的口号，提出‘诗体建设’的三个方向：提升自由诗，成形现代格律诗，增多诗体。”[2]

在70年代后期，出现了对现代格律诗的否定，自由诗成为主流诗体。1979年刘再复和楼肇明甚至否定说：“首先在理论上提出现代格律的是学者兼诗人闻一多先生，与他同时在创作实践中作出了努力的有徐志摩、朱湘等人。……毫无疑问，这种努力没有成功。”[3]即使是那些主张现代格律诗的诗论家也将诗体建设的重点放在诗的音乐形式上，只有吕进等极少数人重视诗的形体建设。他在1982年出版的《新诗的创作与鉴赏》的第3章《诗的形式》中，把诗的形式分为音乐美、排列美和精炼美，并以专节讨论了以诗行、诗节及诗行的排列方式呈现的新诗的“排列美”。他把新诗的诗行的排列方式分为五种：半自由体、高低行、楼梯式、对称体和图案体。尽管他认为：“排列美、精炼美也是诗的形式的重要质素，但从根本上说，它们仍然统摄于、制约于诗的音乐美。”[4]但是他对诗的形式的重视远远大于同时代的诗论家和诗人，特别是他高度肯定了“图案体”：“图案体特别注重诗体的建筑美。通过宛如图案的诗体加强诗的抒情内容的形象性，加强诗的节奏与音韵。图案是多种多样的。”[5]

从翻译诗可以看出大陆对格律的重视，当然最重要的原因是被翻译的外国诗歌普遍是有格律的。中国翻译长期将“信、达、雅”作为翻译标准，原来是格律诗的外国诗自然会让译者设法译成格律诗。1954年8月29日《人民日

---

[1] 赵青山：《序言　论世纪之交的雅园诗派》，丁国成、周仲器、赵青山：《雅园诗论选》，雅园出版公司，2013年，第5页。

[2] 赵青山：《序言　论世纪之交的雅园诗派》，丁国成、周仲器、赵青山：《雅园诗论选》，雅园出版公司，2013年，第5页。

[3] 刘再复、楼肇明：《关于新诗形式问题的质疑》，杨匡汉、刘福春：《中国现代诗论》，下编，花城出版社，1985年，第236页。

[4] 吕进：《新诗的创作与鉴赏》，重庆出版社，1982年，第71页。

[5] 吕进：《新诗的创作与鉴赏》，重庆出版社，1982年，第97页。

报》发表了郭沫若在全国翻译工作会议上的讲话。郭沫若说:“外国诗译成中文,也得像诗才行。有些同志过分强调直译,硬译。可是诗是有一定的格调,一定的韵律,一定的诗的成分的。如果把以上这些一律取消,那么译出来就毫无味道。”[1]很多翻译家知难而进,追求格律。王科一1957年4月9日写的朗费罗的《海华沙之歌》的《译者前记》,道出了主张“译诗要讲究格律”的翻译家的方法和同感:“原诗用的是‘四音步抑扬格’,无脚韵。……中译文中尽量照顾到这一点,……我改变了原诗的无韵体,以最大程度的可能运用了脚韵,理由是:第一,中文押脚韵容易做到;第二,原诗有浓厚的民歌色彩,中译文中用了脚韵,在传达原诗的神韵和情调上,容易奏效些。”[2]余振在1980年上海译文出版社出版的《莱蒙托夫诗选》译本序中道出了当时外国诗歌翻译家普遍接受的“译诗要讲究格律”的观念:“莱蒙托夫是一个用很严格的俄罗斯‘格律诗’体写诗的诗人。为了传达原作的格律,我最初翻译莱蒙托夫的时候,采用了我们前辈诗人们已经用过的中国‘格律诗’体。……总认为前辈诗人这样的做法是应当学习的。这样翻译虽然不敢说已把原诗的格律介绍过来,但起码可以使读者知道原诗不是像我们的自由诗似的自由诗。”[3]1980年周煦良在《外国语》第2期上发表《谈谈翻译诗的几个问题》认为:“我一直主张诗要有格律,有格律才便于吟诵,便于记忆,但不一定非是某一种格律不可,不一定原诗是四音步句就不能译成三音组句,或者扩充为五音组句。象我译的《希罗普郡少年》第三十一首就是将四音步句译为五音组句的……”[4]“我觉得原诗有整齐的格律,译诗也应当有整齐的格律,但是译诗的格律要不要符合原诗的格律,就得看情形了。事实上,古今中外译诗的人所关心的,与其说是表现原诗的格律,还不如说是把原诗纳入本国人民所熟悉的格律。”[5]“我们受过五四以来新诗运动洗礼的人,对格律都免不了怀有一种畏惧,觉得格律总是一种拘束,所以在新诗界一向就有自由诗和格律诗之争。在译诗界,这个问题幸而并不存在;只要译的不都是自由诗,翻译家总

[1] 郭沫若:《谈文学翻译工作》,中国翻译工作者协会、《翻译通讯》编辑部:《翻译研究论文集》,外语教学与研究出版社,1984年,第23页。原载《人民日报》1954年8月29日。

[2] [美]朗费罗:《海华沙之歌》,王科一译,新文艺出版社,1957年,第20-21页。

[3] [俄]莱蒙托夫:《莱蒙托夫诗选》,余振译,上海译文出版社,1980年,第27页。

[4] 周煦良:《谈谈翻译诗的几个问题》,中国翻译工作者协会、《翻译通讯》编辑部:《翻译研究论文集》,外语教学与研究出版社,1984年,第145页。原载《外国语》1980年第2期。

[5] 周煦良:《谈谈翻译诗的几个问题》,中国翻译工作者协会、《翻译通讯》编辑部:《翻译研究论文集》,外语教学与研究出版社,1984年,第148页。原载《外国语》1980年第2期。

觉得须要照顾到原诗的格律,问题只在于采用那一种格律。”[1]周煦良的观点是百年来,特别是 20 世纪中期译诗界的流行观点。

70 年代中期何其芳的译诗方法也证明格律诗受到了重视。1978 年秋天陈敬容在《他曾经这样歌唱——记诗人何其芳同志》中回忆说:“有一次其芳拿出他译的几首海涅的抒情诗给我看,并且说还要多译一些,成为一部《海涅抒情诗选集》。起先我还以为他是从英译本转译的,一问,才知竟然是根据德文原著。每译完一首,又参照英译本法译本仔细修改;每首都是先译成散文诗形式,然后推敲节奏和音韵,加工成为格律诗。”[2]

近年在大陆,新诗文体研究及诗体研究受到重视,出版了十多部相关著作。如周仲器和周渡合著的《中国新格律诗论》、许霆的《趋向现代的步履——百年中国现代诗体流变综论》、王珂的《新诗诗体生成史论》和吕进主编的《中国现代诗体论》。周晓风的《新诗的历程 1919 - 1949》、王光明的《现代汉诗的百年演变》等新诗史著作和唐湜的《一叶谈诗》、陈仲义的《中国前沿诗歌聚焦》等新诗理论著论也涉及诗体。沈奇等新诗学者近年也认为诗体问题是新诗存在的重大问题,支持新诗诗体研究。谢冕 2012 年 4 月 20 日接受记者采访时也说:“现在很多诗歌没有章法,其实诗歌是最讲规则的文体。”[3]

早在 2001 年,周晓风就给“诗体”下定义:“所谓诗体,指的是诗歌的具体存在方式,但它又不等于一般所说的诗歌体裁,而是还包含了更为丰富的内涵。具体说来,这种诗体由以下三方面因素协调构成:一是诗人的主观审美倾向,它在很大程度上决定了诗人的主观作风及其对于表现材料的选择;二是诗人所选取的题材、主题的审美品质,如讴歌爱情与怀念乡土的题材或主题就具有不同的审美品质;三是诗人所运用的言语结构,它既是一首诗作所要表现的思想情感内涵的载体,它本身所形成的文体风格又是作品总体美学风格的重要构成因素。……这种诗体既可以说是诗歌作品的言语结构模式,但又不仅仅是所谓的‘形式’,而是还具有某种本体的意义。”[4]在周晓风、吕

〔1〕 周煦良:《谈谈翻译诗的几个问题》,中国翻译工作者协会、《翻译通讯》编辑部:《翻译研究论文集》,外语教学与研究出版社,1984 年,第 143 页。原载《外国语》1980 年第 2 期。

〔2〕 陈敬容:《他曾经这样歌唱——记诗人何其芳同志》,陈敬容:《陈敬容选集》,四川人民出版社,1983 年,第 192 页。

〔3〕 王庆环:《请维护诗歌的尊严》,《文摘报》,2012 年 5 月 1 日。

〔4〕 周晓风:《新诗的历程——现代新诗文体流变(1919 - 1949)》,重庆出版社,2001 年,第 5 - 7 页。

进、骆寒超、吴思敬等人的诗体定义基础上，2007 年王珂给诗体下了一个较完整的定义："'诗体'特指诗的'体裁'、'体式'的规范，即从'怎么写'上来考察诗的形式特征，指的是'诗人所运用的言语结构'，即通常所说的诗的'形式'(form)。……诗体更多是指约定俗成的诗的常规形体，如定型诗体和准定型诗体。即诗体是诗的形体范式，是诗的体裁属性的具体的显性表现，是对诗的形式属性制度化后的结果，即规范化、模式化的诗的语言秩序和语言体式，具有制定作诗法则的意义。"[1]2008 年王珂将这个诗体定义简化为："诗体，即是对诗的形式属性及文体属性的制度化的具体呈现。"[2]

骆寒超和吕进是主张"诗体重建"的重要学者。早在 1997 年，骆寒超就在武夷山现代汉诗国际研讨会上提出："新诗体式的现代化问题也必须考虑，……我们认为新诗不管怎么说总是要走律化之路的，但外在的声韵必须和内在的情韵作适度的应和，不能搞模式。具体点说，应把律化之路建立在这样的一个原则上：在约束中显自由，在自由中显约束。只有作这样的双向交流，才能使运用现代汉语写作的新诗求得形式的规范化定型。"[3]十多年后他不改初衷："在不违反已定形式规范原则的前提下，今后新诗诗坛要鼓励大家既采用回环节奏型形式写格律体新诗，也采用推进节奏型形式写自由体新诗。而尤其要提倡写这两大形式体系综合而成的兼容体新诗。"[4]2012 年吕进提出较完整的"诗体重建"策略："在正确处理新诗的个人性和公共性的关系上的诗歌精神重建；在规范和增多诗体上的诗体重建；在现代科技条件下的诗歌传播方式重建。"[5]他认为："诗体是诗的音与形的排列组合，是诗的听觉之美和视觉之美的排列组合。诗歌文体学就是研究这个排列组合的形式规律的科学。从诗体特征讲，音乐性是诗与散文的主要分界。从诗歌发生学看，诗与音乐从来就有血缘关系。"[6]

吴思敬认为诗体的基本特征就是公用性，他认为："'自由'二字可说是对

---

〔1〕 王珂：《新诗诗体生成史论》，九州出版社，2007 年，第 424-426 页。

〔2〕 王珂：《诗体学散论——中外诗体生成流变研究》，上海三联书店，2008 年，第 12 页。

〔3〕 骆寒超：《新诗的规范与我们的探求》，现代汉诗百年演变课题组：《现代汉诗：反思与求索》，作家出版社，1998 年，第 259-260 页。

〔4〕 骆寒超、陈玉兰：《中国诗学：第一部形式论》，中国社会科学出版社，2009 年，第 730 页。

〔5〕 吕进：《新诗诗体的双极发展》，《西南大学学报》2012 年第 1 期，第 69 页。

〔6〕 吕进：《诗歌的外形式与诗体》，吕进：《中国现代诗体论》，重庆出版社，2007 年，第 9 页。

新诗品质的最准确的概括。这是因为诗人只有葆有一颗向往自由之心，听从自由信念的召唤，才能在宽阔的心理时空中任意驰骋，才能不受权威、传统、习俗或社会偏见的束缚，才能结出具有高度独创性的艺术思维之花。而对废名'新诗应该是自由诗'的理解，恐怕也不宜把'自由诗'狭隘地理解为一个专用名词，而是看成新诗应该是'自由的诗'为妥。……这里所谈的与其说是一种诗体，不如说是在张扬新诗的自由的精神。"[1]

这些诗体定义基本上能够反映出大陆诗坛的诗体观念的派别，大致可以分为不定型诗派自由诗派、定型诗派格律诗派和准定型诗派。但是主要是自由诗派和格律诗派，两派的对抗相当明显。如在2013年9月8日，在山东大学威海分校举办的21世纪现代诗第七届研讨会上，深圳中国格律诗学会会长黄淮大力主张偏向格律体的诗体构建方针，他近年的格律诗主张也日渐平和，提出了"共律体"和"自律体"概念。但是仍然得不到青年新诗理论家的赞成，燎原等中年新诗理论家也认为这样的实验没有太大现实意义，因为近三十年仍然是自由诗的世界。

新诗诗体的构建策略：诗体与诗美

巴赫金认为："文学体裁就其本质来说，反映着较为稳定的、'经久不衰'的文学发展倾向。一种体裁中，总是保留着已在消亡的陈旧的因素。自然，这种陈旧的东西所以能保存下来，就是靠不断地更新它，或者叫现代化。……在文学发展过程中，体裁是创造性记忆的代表。正因为如此，体裁才能保证文学发展的统一性和连续性。"[2]D. 托马斯把诗描绘为："耗费体力和脑力去建立一个形式上天衣无缝的词的框架……用它来保留创造性的大脑和身体，灵感仅仅是一种突如其来的体内能量，向构造和技巧能力的转化。"[3]威勒克更是看重文学种类的重要性。"文学的种类不是一个无足轻重的名称，它是一种能够在一件作品中参与显示其特点的美学惯例。"[4]"类

---

〔1〕 吴思敬：《新诗：呼唤自由的精神——对废名"新诗应该是自由诗"的几点思考》，《文艺研究》2011年第3期，第37页。

〔2〕 [俄]巴赫金：《诗学与访谈》，白春仁、顾亚玲译，河北教育出版社，1998年，第140页。

〔3〕 [英]伊丽莎白·朱：《当代英美诗歌鉴赏指南》，李力、余石屹译，四川人民出版社，1987年，第33页。

〔4〕 René Wellek, Austin Warren. Theory of Literature. New York: Harcourt, Brace and Company, Inc. , 1956. p. 214.

型理论是秩序的法则(Theory of genres is a principle of order),它不是根据时间或地点(朝代或民族语言),而是根据特殊的文学组织或结构来划分文学和文学史的。在某种形式上,任何区别于历史研究的批评性和评价性研究,都呼唤这种结构。"[1]

诗体类似威勒克的"美学惯例",是诗的语言"秩序的法则"。"在一个社会中,某些复现的话语属性被制度化,个人作品按照规范即该制度被产生和感知。所谓体裁,无论是文学的还是非文学的,不过是话语属性的制度化而已。"[2]

在写诗与读诗过程中,眼睛最重要,诗人最先关注是诗的形体,即诗体,具有物理性和客观性。如阿恩海姆所言:"刺激物是指投射到视网膜上的几何图形,它不是一种心理经验。而是一种物理事物,具有自身的客观性,因而可以独立地去描述。"[3]所以阿恩海姆又说:"人类的思维,不管是其知觉思维还是理性思维,在寻找某些事件发生的原因时,总是在发生这一事件的附近寻找。正是这个原因,全世界的人才一致认为,影子是由投射这个影子的物体创造出来的。在这儿我们又一次发现,黑暗在人的眼睛里并不是光明的缺席,而确确实实是一种独立存在的实体。"[4]

新诗诗体构建一定要有历史意识。如艾略特所言:"假若传统或传递的唯一形式只是跟随我们前一代人的步伐,盲目地或胆怯地遵循他们的成功诀窍,这样的'传统'肯定是应该加以制止的。……这种历史意识既意识到什么是超时间的,也意识到什么是有时间性的,而且还意识到超时间的和有时间性的东西是结合在一起的。有了这种历史意识,一个作家便成为传统的了。这种历史意识同时也使一个作家最强烈地意识到他自己的历史地位和他自己的当代价值。"[5]

---

〔1〕 René Wellek, Austin Warren. Theory of Literature. New York: Harcourt, Brace and Company, Inc. ,1956. p. 217.

〔2〕 [法]托多罗夫:《巴赫金、对话理论及其他》,蒋子华、张萍译,百花文艺出版社,2001年,第27页。

〔3〕 [美]鲁道夫·阿恩海姆:《艺术与视知觉》,滕守尧、朱疆源译,四川人民出版社,1998年,第73页。

〔4〕 [美]鲁道夫·阿恩海姆:《艺术与视知觉》,滕守尧、朱疆源译,四川人民出版社,1998年,第428页。

〔5〕 [英]托·斯·艾略特:《艾略特文学论文集》,李赋宁译,百花洲文艺出版社,1994年,第2-3页。

受文化记忆和诗歌知识的影响，特别是受到讲究格律的古代汉诗教育的影响，在大陆中小学语文教育中，古代汉诗的比重远远大于现代汉诗的比重，即使在今天的社会生活中，写古诗的人远远多于写新诗的人，在普通民众心目中，以唐诗宋词元曲为代表的古代汉诗比现代汉诗更重要，“诗要押韵”与“诗要分行”一样，成为普通民众接受的诗歌知识中的基本常识。新诗读者在阅读自由诗时，如同面对黑暗就会想到光明，会不由自主地用古代汉诗的诗体规范来要求现代汉诗，由不定型的自由诗想到定型的格律诗，两者综合，相互退让，准定型诗体很容易被接受。

诗体意识是一种文化记忆。德国学者阿莱德·阿斯曼认为它有神经维度、社会维度和文化维度：“供给和稳固生物学记忆（das biologische Gedächtnis）（主要是大脑）的交感区域的两个：一个是社会的相互作用和交流，另一个是借助符号和媒介文化的相互作用。神经网总是与这两个维度相联：社会网络和文化领域。文本、图像和文物古迹等物质表现以及节日、仪式等符号手段都属于后者。正如生物学记忆是在与他人的相互作用中形成和扩展的一样，它也在与文化产品和文化行为的相互作用中发展。这处作为社会记忆（das soziale Gedächtnis）被构建起来的东西没有确定和稳固的形态，随着时间推移表现出一种充满活力的存在，而文化记忆（das kulturelle Gedächtnis）的媒介则拥有得到制度保证的稳定性和持久性。在回忆过程中通常同时具备三个维度：神经结构、社会作用和符号媒介都要包括在内，而不同记记层次的区别在于，它们居于中心地位的侧重点各有不同。”[1]

追求自由是人的天性，更是诗人的特性。正是因为诗在各种文学体裁中长期是最具有形式感和规范性的艺术，使诗人对作诗规范产生强烈的抵触情绪和背叛行为。“诗有恒裁”等作诗规范还使诗体内部存在的诗体革命潜能剧增。诗人的反叛和诗体的革命使诗成为最具有革命性的艺术，诗体革命甚至还成了人类自由的象征。人类社会的自由解放运动常常由诗体革命开始，如中国的“新诗革命”成为中国“新文化运动”及“五四”政治运动的先锋。因此诗既是人的社会生活中秩序的代名词，又是自由的象征词。想利用普遍的社会规律来重建历史是困难的，想利用诗的普遍性来过分强调“诗有恒裁”也是不符合人类知识及诗歌艺术的发展与进化的。人类的文明及文学艺术总

〔1〕［德］阿莱德·阿斯曼：《记忆的三个维度是神经维度、社会维度和文化维度》，王扬译，冯亚琳、［德］阿斯特莉特·埃尔：《文化记忆理论读本》，北京大学出版社，2012 年，第 43 页。

体上是由低级向高级发展，文学艺术的创作技巧也通常由简单向复杂演化，导致了文体的成熟与丰富。但是这种发展的轨迹并不是绝对的由低级向高级、由简单到复杂的递进式、直线式的，而是既有前进也有停滞，甚至还有倒退和复辟。以人类文明的进化为例，19 世纪资本主义的出现使人类相信人类的科学技术及物质文明必定越来越发达，精神文明的程度和质量也会随之越来越高，但是 20 世纪前半叶的两次世界大战彻底打破了人类的这种乐观美梦。诗体常常在诗体的简单与繁复、华丽与朴素、定型体与自由体的对抗与和解中演变。

由于处在一个革命的动荡时代，诗人的破坏欲远远多于秩序感，文体自发性远远大于文体自觉性，导致了新诗的诗体建设始终在自发与自觉间徘徊，甚至总是在"无体"的状态下生存与发展。无论是 19 世纪末的"诗界革命"，还是 20 世纪初的"白话诗（新诗）运动"，都是被严重意识形态化（政治化）、世俗化（急功近利地实用化）的非诗的文体运动，是利用了诗自身的文体革命潜能进行的政治体制改革和文化启蒙运动，注定了新诗一诞生就是一个难于进行诗体建设，并且与时代政治靠得太近的"畸形儿"，决定了当时的白话诗无法进行必要的诗体建设，无法对自由诗进行适度的形式规范。诗体建设的先天不足还为以后近百年，乃至今天的现代汉语诗歌无法建立"定型"诗体，甚至准定型诗体埋下了隐患。

针对 20 世纪汉语诗歌在诗体上"破"多"立"少的弱点，21 世纪汉诗更需要和解，要多"立"少"破"。21 世纪的中国要建立"和谐社会"，也应该建设"和谐诗歌"，更有必要强调诗歌的多元与和谐，这种和谐甚至应该包括古代汉诗（格律诗）与现代汉诗（自由诗）的各种诗体的"和平共处"式的和谐。只有既反对诗体的极端自由，又反抗诗体的高度定型，在诗体建设的"民主集中制"原则下，建立宽松而有节制的诗体生态环境，形成以准定型诗体为主导诗体，以不定型诗体自由诗体和定型诗体格律诗体为辅助诗体的诗体构建格局，才能使新诗走出形式极端自由、诗艺十分粗糙的现实困境。

新诗建设的当务之急是重视诗体建设和诗美建设，两者可以互相促进。美是诗的主要属性，诗美是一种艺术美，具有物理性和心理性，通常是客观现实美通过诗人、诗家语和诗体有机融合后发生裂变的结果，是诗的技巧美、形式美和内容美有机组合后的感性显现，是人（作者和读者）与物（世界和文本）共生共建的。诗的外形式造就客观诗美，如排列美和音乐美。诗的内形式造就主观诗美，如情感美和思想美。诗美有共性和个性，不同时代诗美的构成要素也有差异，如古代汉诗重视描述美、音乐美和雅语美；现代汉诗重视叙述美、排列美和俗语美。新诗诗美建设既要坚持原则，也要与时俱进。新诗仍然是融视觉美与听觉美于一体的艺术，在图像时代更要重视诗形。新诗理论界需要借鉴和修正黑格尔和宗白华的重视内容、形式和技法的策略，承认艺术的纯形式价值，适当轻视内容诗学和简单诗学，重视技巧诗学和形式诗学，建立技巧大于形式，更大于内容的现代诗学新观念。诗美是一种美学惯例，诗美建设要重视诗体建设，注意情绪已经成为现代诗创作的主要动力。

2013年11月2－3日“新诗国际研讨会”；主办方：南京大学中国新文学研究中心；地点：南京国际学术交流中心。

网络诗歌语言的俗与雅
——博客情色诗的语言伦理学考察

摘　要：写人的身体欲望的诗作都可以称为情色诗。以博客诗歌为代表的网络诗歌带来了现代汉诗生成传播方式的巨变。一些诗人将上个世纪90年代的“个人化写作”，新世纪初的“隐私性写作”发展到今天的“身体性写作”。博客情色诗出现语言“俗化”倾向，一些诗人缺乏基本的语言伦理——日常语言伦理、书面语言伦理和诗歌语言伦理，过分重视人的自然情感，忽视人的社会情感，严重缺乏艺术家应该有的审美情感。语言伦理学要求优秀的“情色诗”必须将人的生物性本能情感、社会性伦理情感和审美性艺术情感有机结合。

关键词：情色诗　伦理　语言　博客

广义的“情色诗”指抒写人的本能情感，尤其是生物性情感，与“性”休戚相关的抒情诗，可以与“色情诗”互换；狭义的“情色诗”指将人的生物性本能情感与社会性伦理情感合为一体的抒情诗。可以用“情诗”“爱情诗”“色情诗”“情色诗”“性诗”“性器官诗”等名称来指称这类写人的身体欲望的诗作。身体欲望不单指人的生物性情感，还包括人的心理性情感。正如社会生活中的“情人”，既指生物性情人，如“一夜情”中的情人更多是指“生物性情人”而非“心理性情人”，是因为“性”的吸引而不是因为“情”的需要而结合。人是“性”的动物，也是“情”的动物，两者有时分离甚至对立，一半是海水，一半是火焰；有时合为一体，甚至浑然一体，在天愿作比翼鸟，在地愿为连理枝。如果是自然人，情与性可以分离；如果是社会人，尤其是在社会生活中有婚姻的人，通常情况下不允许情与性分离，既要求用情专一，更要求保持贞洁。所以中国各地都建有“贞节牌坊”。

以上六个指称身体欲望写作的称谓各有侧重，可以呈现这类诗作关注性的六种层次。按照从前往后的顺序，不难发现后者比前者更重视“性”，写作及阅读的“快感”会递增，“美感”会递减。“情诗”强调心理性情感，“性诗”强调生物性情感。“爱情诗”比“情诗”更偏重生物性情感，“爱”包括“情爱”与

“性爱”。“色情诗”与“情色诗”更重视“性”。

近年网络诗坛出现情色诗甚至性诗热潮，一些诗人，特别是女诗人大有“将革命进行到底”的理想，将上个世纪90年代的“个人化写作”，新世纪初的“隐私性写作”发展到今天的“身体性写作”。如在网络引起一阵“骚动”的《乳房之诗》《子宫之诗》和《阴道之诗》，都出自女诗人玉上烟之手。2013年6月12日，梅纾在博客发文《摸诗31：道学家看见淫：女诗人们的性器官诗写》，他认为：“几乎不关注诗歌，网络的、纸媒的，偶尔瞥见近几日网络上，关于女诗人写的性诗甚火，据说有青蓝格格、夜鱼、重庆子衣、紫影等一干诗圈妇女各自操刀。……这次几位‘40岁女诗人’的‘性书写’，以集体的姿态登陆，引起热议，大约也与她们的性别身份有关联，网络男性‘公’民的起哄、乘机点火最忙碌，大约也是这种文化心理在发酵。……新红颜的倡导者李某君《流水》之后，最近又有诗歌因指涉器官而走红，网络诗圈一片‘沸羊羊’，这就是玉上烟的《乳房之诗》。……上海举办过‘一个江南美丽女孩创作中国第一部性诗——2009年9月13日叶钊岐‘性诗歌朗诵’专场。……在我看来，优美的性诗必然是诗性郁郁的，必然是讲究‘中庸之趣、平衡之美’的……”[1]

玉上烟的《乳房之诗》《子宫之诗》和《阴道之诗》确实如梅纾所言在性的保守与开放上，具有一定的“中庸之趣”和“平衡之美”，其裸露的程度完全逊色于上个世纪80年代中后期流行的女诗人的“黑旋风”写作和世纪之交的“下半身写作”及“垃圾派”中的一些“低诗歌”写作，特别是语言，具有“雅致温和”的特色。以《乳房之诗》最后一个诗行为例：“窗外，树叶在轻轻飘落。/现在。我想抽支烟，/或者，听点音乐。我悲伤是因为我在等待一个永远不会到来的人。/尽管，我有美好的乳房。”

由此可见，尽管可以结论“情诗”“爱情诗”“色情诗”“情色诗”“性诗”“性器官诗”所指的诗对“性”的关注递增，但是不能认为在语言上有从雅到俗的巨变。不得不指出的是，近年网络诗歌，特别是诗人博客上的情色诗写作出现了语言的“俗化”甚至“痞化”倾向，一些诗人缺乏基本的语言伦理——日常语言伦理、书面语言伦理和诗歌语言伦理，更缺乏诗是人类语言智能的典型范例，诗是最高的语言艺术等诗的基本知识，过分重视人的自然情感，忽视人的社会情感和艺术家应该有的审美情感。

[1] 梅纾：《摸诗31：道学家看见淫：女诗人们的性器官诗写》，http://blog.sina.com.cn/s/blog_6072307d0101c7j0.html.

蒙田的写作原则是在社会礼义允许的范围内把事情的真相告诉给大家，加上我们仍然处在"谈性色变"的时代，本篇论文又是严肃的"国际学术会议"的论文。所以本文选取的文本及研究的对象是"情色诗"而非"色情诗"，更不是"性诗"甚至"性器官诗"，主要以男诗人的写作为例。在中外成千上万诗的定义中，滨田正秀的抒情诗定义较适合今日中国诗坛："现在（包括过去和未来的现在化）的自己（个人独特的主观）的内在体验（感情、感觉、情绪、愿望、冥想）的直接的（或象征的）语言表现。"[1]但是这个定义更关注诗的"写什么"，忽视诗的"怎么写"，更没有规定出好诗的必要标准。所以近年笔者提出了两个诗的定义。"诗是艺术地表现平民性情感的语言艺术。"[2]"新诗包括内容（写什么）、形式（怎么写）和技法（如何写好）。内容包括抒情（情绪、情感）、叙述（感觉、感受）和议论（愿望、冥想）。形式包括语言/语体（雅语：诗家语/陌生化语言、书面语、俗语/口语、方言）和结构/诗体（外在结构：句式、节式的音乐美、排列美；内在结构：语言的节奏）。技法包括想象（想象语言、情感和情节的能力）和意象（集体文化、个体自我和自然契合意象）……可以用一句话来概括这个新诗观：新诗是采用抒情、叙述、议论，表现情绪、情感、感觉、感受、愿望和冥想，重视语体、诗体、想象和意象的汉语艺术。"[3]第二个定义是对第一个定义的补充。可以在这个定义的基础上，从三个方面考察甚至确定博客情色诗的语言伦理：

一是诗有三大功能：启蒙（思想启蒙与身体/性启蒙）、抒情（高级情感与低级情感、心理性情感与生物性情感）、治疗（心理治疗与生理治疗）。情色诗有身体启蒙的功能，特别是性启蒙或性教育的功能，重视生物性情感的抒情，具有治疗作用。二是诗的写作有三大方法：抒情、叙述、描写。情色诗更注重情节的叙述和细节的描写。最重要的是诗的语言有三层次：口语（俗语、一般语、雅语）、书面语（俗语、一般语、雅语）、诗家语（俗语、一般语、雅语）。博客情色诗的现实语言几乎是口语，理想语言应该是诗家语。因为口语和诗家语都可以细分为俗语、一般语和雅语，所以在现实生活中及当下诗坛，人们读诗人博客上的情色诗几乎都持相对宽容态度，没有出现上个世纪80年代朦胧诗问世时的"大惊小怪"。这不只是因为中国改革开放了30年，政治上

---

〔1〕［日］滨田正秀：《文艺学概论》，陈秋峰、杨国华译，中国戏剧出版社，1985年，第47页。

〔2〕王珂：《诗是艺术地表现平民性情感的语言艺术——论现代汉诗的现实出路》，《东南学术》2000年第5期，第104页。

〔3〕王珂：《今日新诗应该守常应变》，《西南大学学报》2010年第4期，第27页。

的民主制式与生活上的多元方式已经深入民心，更是因为诗人写这类诗时具有采用俗语、一般语和雅语的写作能力，特别是优秀诗人在处理语言的雅俗上有较好的技法。

以近年"生活流口语诗"写作的两位代表诗人为例。笔者2013年10月31日从陈衍强博客上复制到两首诗。严格地说，这两首诗不能归入广义的"情色诗"中，如果把它们视为狭义的"情色诗"，"情"也远远多于"色"。特别是第一首《记得勒晚在丹江口》，通过叙事与描写呈现出一位青年男诗人的"凡夫俗子"式的生存境况，尤其是写出了他的"七情六欲"及"酒色人生"：

你娃穿一条窑裤儿
请一帮人切摊子上吃宵夜
离离连箩篼都没坐热就梭喽
你因为要数芊芊结帐
送美女诗人回宾馆的好事
让一个贵州崽儿捡了耙活
你心头自然就不安逸了噻
只好提起酒瓶跟我们扭倒费
直到搞归一几件啤酒
才把自己搁平
开初我还以为你喝酒猫杀
原来是耿直
第二天我听跟你住一间的哥子摆
你返回住处先是批垮批垮的
后头越来越千翻
在铺头不停的爪梦脚
半夜三更还在惊叫唤
他问你啷个的
你说克西头连二杆痛得遭不住
我不是绍你的皮

陈衍强在诗的题目后标明"用四川方言写作"。一方水土养一方人，人类的性用语具有明显的地方性，特别是性器官的称谓和以此骂人的语言甚至性爱时的语言都颇有差异。情色诗写作通常是本能性冲动式写作，本能既指发泄情感的本能，也指说出语言的本能，都具有自然冲动性。后者如同日常生活中的人说"脏话"，常常是脱口而出。脑昏迷病人在失去理智不受社会伦理控制后会不由自主地说脏话骂人，完全没有伦理感。宣泄欲望是创作情色诗的主要目的，采用方言会更直接甚至更有力，更容易产生通俗而又诙谐的效果。

如果不懂得四川方言，尤其是不懂得诗中的一些有一定色情意味的语言，很难读出陈衍强这首诗的色情意味，如"窑裤儿""捡了耙活""批垮批垮的"。陈衍强是云南人，对四川话也不完全清楚，加上平时写作多用口语中的"一般语"甚至口语中的"雅语"，所以尽管本诗标明用四川方言，有些也是标准语，如"美女诗人"。这个例子也说明在普通话已经成为垄断性语言的现实生活中，诗人，特别是一些成名诗人很难完全采用方言写作，他们已经成了混用普通话与方言的"双语诗人"。

第二首诗是陈衍强的《地震时期的爱情》，采用的仍然是口语，却有书面语甚至诗家语特色。尽管也能从"与妻相拥""从今晚开始""再度弥漫花朵的芳香"等诗句中读出"身体"甚至"性"，它却是一首写得很美的"情诗"而非很俗的"情色诗"。从语言上很难看出作者生活在云南偏远的小县城彝良，是一个没有经过正规的现代诗歌教育的"地方诗人"甚至"乡村诗人"：

我在惊恐的人群中
与妻相拥
恍如隔世的电影
从今晚开始
我们勾销了所有的恩怨
从今晚开始
我们用心修补婚姻的裂缝
当所有的恨随风飘逝
我们都在曾经吵得地覆天翻的家园
祈祷废墟上再度弥漫花朵的芳香
顺便找回生死相依的爱情

陈衍强较重视方言写作，他说："革命不分先后，写作不在早晚。我的诗龄已有20多年，由于水平低，没有学问，加之我的生活经历，注定我的写作不按常理出牌。……由于我是背靠四川的云南人，所以我的诗歌有四川的方言语境，我觉得用方言写诗比端公跳神更有意思，我用四川话写的《投票支持张靓颖》也发在《人民文学》，估计编发我诗的人也喜欢和熟悉川妹子。这首诗不长，而且有点好耍：‘从去年开始/我也变成了瓜娃子/喜欢看湖南卫视/喜欢喝浏阳河酒/喜欢气成都/因为我是超女的/超级苕粉条和烧包谷/不过我不喜欢周笔畅/她的样子像机器猫/我也不喜欢春春/她不仅打扮得不男不女/唱歌也是烟锅巴嗓子/看到她我咋个也雄不起来/我喜欢的是张靓颖/这个长得像莫文蔚的粉子/英文歌曲唱得安逸得很/我好想跟她耍朋友/如果她觉得难为我喽/我就说莫来头/只要她愿意与我勾兑/我当一哈儿葩耳朵也要得/要是哪个敢掏她是歪货/老子就扇龟儿子两耳屎。’其实，我的诗歌写作是固执的，我不受别人写作方向的左右。我以我心写诗，这也是我的诗歌有些另类和被屏蔽的原因。”[1]《投票支持张靓颖》大胆写出了一位健康男人的“色心”：“只要她愿意与我勾兑/我当一哈儿葩耳朵也要得”。爱美之心人皆有之，男人对优秀女人有“色心”才正常。

江苏诗人陈傻子写情色更直露，更口语，甚至更粗俗。如《妓女是活菩萨》采用的完全不是传统意义上的“雅语”，揭示的性爱真实及社会真实却让人“过目不忘”。

身体的压抑会导致精神的焦虑。当代人精神性疾病的主要原因是性压抑，爱情诗甚至情色诗正是治疗这种疾病的良方。情色诗写作是一种自慰式“意淫”写作，有利于宣泄“低级情感”，在写作过程中，本能性的“性爱”往往会升华为精神性的“爱情”，低级情感会向高级情感转化。因为诗人在写作中既是普通人，也是艺术家，前者更追求抒情的“快感”，后者更追求诗意的“美感”。即使是普通人，也有审美需要。前者可以满足马斯洛总结的人的低级需要——对性爱和归宿的需要；后者能够满足人的高级需要——对美和自我实现的需要，特别是可以呈现出人的“审美本能”。如马斯洛所言：“在某些人身上，确有真正的基本的审美需要。丑会使他们致病（以特殊的方式），身临美的事物会使他们痊愈。……审美需要与意动、认知需要的重叠之大使我们不可能将它们截然分离。秩序的需要，对称性的需要，闭合性的需要，行动完

〔1〕陈衍强：《我以我心写诗——（节选）》，http://blog，sina，com，cn/s/blog_4c81e5d00102dzkz，html.

美的需要，规律性的需要，以及结构的需要，可以统统归因于认知的需要，意动的需要或者审美的需要，甚至可以归于神经过敏的需要。”[1]诗人写情色诗时重视审美的需要，既可以缓解人的本能冲动，让自然情感受到社会情感的影响，也会增加诗人对诗的语言形式的注意，减慢写作速度，让激情成为华兹华斯所言的“平静中的情感”，让诗作不出现鲁迅所言的“激情太盛扼杀诗美”，可以保证抒情的“纯度”、语言的“精度”和诗意的“高度”。

早在1997年，在武夷山国际现代汉诗研讨会上，美国华文诗人、诗论家杜国清提交的论文题目就是《网路诗学：21世纪展望》。他认为：“国际网络世界形成了一个资讯共有、人人平等的大同世界（commomwealth）。就诗的创作而言，网络世界具有最大的言论出版自由和想象变幻的乐趣。”[2]当时很多诗论家，特别是大陆诗论家都不同意他的观点。十多年来，大陆的诗歌生态发生了巨变，网络诗歌，特别是博客诗歌的出现，彻底改变了过去“发表难”的局面，出现了真正的“言论发表自由”。近年新诗博客渐渐成为传播新诗作品的主要媒介，吸引了大量受众。从2005年起，很多诗人和理论家在新浪、网易、天涯等网站建立了自己的新诗博客。到2013年，海内外约有两千多位诗人在新浪、网易等门户网站建立了新诗博客。诗人开设博客时大多采用“实名制”，作者不得不重视自己的声誉。这在一定程度上保证了色情诗的质量。

在博客上写作和发表诗作的巨大自由为诗人对抗社会权力及社会伦理创造了条件，博客诗的运作系统在一定程度上可以“游离”于社会，不受知识、权力和伦理的无情限制，也不受语言伦理的制约。如巴赫金所言：“狂欢既是一种世界的和语言的一般感受，也是一种特殊的文体形式的一般感受。”[3]无论是个人写作还是群体写作，博客情色诗写作都如一种语言狂欢。以个人写作为例，如“1月31日玉上烟（颜梅玖）推出了《乳房之诗》，当这首诗在网络诗圈引起了一段轰动，老梅忙着给它命名为‘上半身诗歌’时，2月7日她的《子宫之诗》分娩，接着2月11日，她又亮出了《阴道之诗》。”[4]群体写作如2010年9月“网络诗选”发出公开征集优美性诗活动的倡议后，很多诗人，特

〔1〕［美］马斯洛：《动机与人格》，许金声译，华夏出版社，1987年，第59页。

〔2〕王光明：《现代汉诗的百年演变》，河北人民出版社，2003年，第685页。

〔3〕Jamesp，Zapen. MikhailBakhtin，(1895－1975)，http://www，rpi，edu/～zap. enj/Bibliograp. hies/bakhtin，htm.

〔4〕梅纾：《摸诗31：道学家看见淫：女诗人们的性器官诗写》，http://blog，sina，com，cn/s/blog_6072307d0101c7j0，html.

别是女诗人群体响应，这种集体写情色诗并在博客上展示的行为既是身体与思想的狂欢行为，更是语言和文体的狂欢行为。在狂欢中，一切禁忌都可以被打破，语言伦理会荡然无存，所以一些博客情色诗的语言缺乏"美感"，不是象征性的语言表现，而是直接性的语言表现，"俗"大于"雅"。

这种推崇"低俗"的语言策略与网络写作方式有直接关系。如果诗人直接在博客上写作，特别是读了别人的情色诗马上进行"在线写作"，很难控制欲望冲动与写作冲动，这种写作属于典型的"冲动性写作"，如同"冲动性犯罪"，缺乏必要的"伦理""知识"和"权力"控制。这种写作如同人在日常生活中说粗话、脏话，往往是"力比多"过剩，意淫式语言会脱口而出，有性欲释放和语言宣泄的双重快感。诗人自己可以控制诗作在博客上发表的时间与频率，可以控制读者，如果觉得自己的某首诗太色情，随时可以取下来，甚至可以暂时或者永久关闭博客。约有十分之一的诗人博客不采用实名制，博客的匿名性也增加了这种写作与发表的自由。这种自由是博客情色诗"色情泛滥""语言低俗"和"诗质低劣"的重要原因。

近年很多诗人还是重视诗的写作伦理，为情色诗写作的合法性作贡献，特别是一些成名诗人，把情色诗写得很有趣甚至很美。如安徽中年男诗人龙羽生 2013 年 7 月 19 日写的《石头》：

想，或不想
或蠢蠢欲动
雄赳赳
纠不出什么情况

日复一日，年复一年
干啥呢

一晚复一晚，一夜复一夜
有人代我抢答
他在磨石头

一块石头
一块混沌的石头

这首情色诗的语言没有走极端，更倾向"含蓄"，采用了意象化口语，严格地说，是诗家语保证了中年男人写"性"写得很"机敏"，保证了诗的"性"意味富有"张力"：介于可言与不可言，可见与不可见，也保证了诗的语言在观感上的"清洁"。还采用了传统诗歌语言的一些技法，如"雄赳赳/纠不出什么情况"，采用的是"顶真联"手法和"谐音联"手法，指涉的"性"既逼真又虚幻，逼真得可以想到男性的性器官甚至性爱的场景，虚幻得让人无法感受到身体的存在，只有精神和灵魂。"一块石头/一块混沌的石头"。一咏三叹的语言形式直观地呈现出中年夫妻性爱的重复，写出了中年夫妻"磨石头"式性爱的无奈、无趣甚至无聊。

"口语性诗"仍然需要适当的"意象"，如同性压抑者读色情小说比看色情影片更能够缓解压抑，原因是后者可以让读者尽情想象。意象化写作是提升情色诗的艺术质量和增加治疗效果的重要方式。这也是诗歌心理生理疗法成立的重要原因。如弗罗姆所言："什么是象征？一个象征通常被界定为'代表他物的某物'，这个定义似乎令人失望，然而，如果我们自己关注对这些看、听、闻、抚摸的感官表达的象征，关注那些代表内在经验、感觉、思考等'他物'的象征，那么，这个定义就会更加引人入胜。这种象征是外在于我们的东西，它的象征物存在于我们的内心深处。象征语言是我们表达内在经验的语言，它似乎就是那种感官体验，是我们正在作的某物或物理世界对我们产生影响的某物，象征语言是这样一种语言，其中，外部世界是内在世界的象征，是我们灵魂和心灵的象征。"[1]

近年情色诗写作过分重视写实，过分强调要"言之有物"甚至"言之有性"，缺乏必要的"想象"，特别是可以带来性爱的美感的想象。情色诗应该坚持诗的抒情本体，意识到叙述、描写只是为了更好地完成抒情的辅助性手法。因为叙述的常常是现实中已有的事情，甚至原生态的东西，如果作者不进行必要的艺术加工，采用不加提炼的原生态语言，会出现诗的写什么与怎么写的双重粗鄙。

针对网络诗歌，特别是博客情色诗的语言的世俗化甚至庸俗化倾向，有必要进行适当的纠正，建立"雅"比"俗"好的语言伦理观，但是如同诗歌疗法

---

〔1〕［美］埃里希·弗罗姆：《被遗忘的语言——梦、童话和神话分析导论》，郭乙瑶、宋晓萍译，国际文化出版公司，2007年，第12页。

中既要肯定“低级情感”又要倡导“高级情感”，针对这类诗作的主要功能不是“启蒙”也不是“审美”，而是为了“治疗”，所以对“俗”也不能过分指责。如马尔库塞所言：“而诗歌又使得那种在散文世界中曾经不可能的东西成为可能：人在诗歌中，可超越所有社会的孤独和距离，谈及任何东西。这些文学作品用崇高而优美的语词，战胜了现实中的孤寂，它们甚至可以把孤寂表现为一种形而上的美。罪犯和圣徒、王子和仆人、贤士和愚夫、富贾和穷汉都可以对话交流；其自由奔放，可谓是真理之诞生。艺术和艺术人物的纯洁人性所表现出的统一体是非实在的东西：他们是出现在社会现实中的东西的倒影。但是，在艺术非实在性的深处，理想之批判和革命力量，充满生气地保存着人在低劣现实中最热切的渴望；这些东西，在餍足了的社会阶层完全背弃他们自身理想的时代，表现得最为清楚。”[1]情色诗的语言伦理建设应该采用波德莱尔的诗的世俗化原则：“这不是那种喜欢训诫的道德，那种因其学究的神气、教训的口吻能够败坏最美的诗的道德，而是一种受神灵启示的道德，它无形地潜入诗的材料中，就像不可称量的大气潜入世界的一切机关之中。道德并不作为目的进入这种艺术，它介入其中，并与之混合，如同融进生活本身之中。诗人因其丰富而饱满的天性而成为不自愿的道德家。”[2]

惠特曼的经历对博客情色诗建设有较大启示，特别值得那些反对情色诗的人反思，改变观念。“惠特曼宣布：‘我是身体的诗人，我是灵魂的诗人。’作为‘身体的诗人’，他大胆地让性进入诗的领域：

Urge and urge and urge,
Always the procreant urge of the world,
Out of the dimness opposite equals advance, always substance
And increase, always sex

这种进步冲击了大多数 19 世纪的美国人，包括爱默生。他的两首写性的诗让很多人难堪和愤怒。两首诗是 1860 年出版的《草叶集》第三版中的 Children of Adamt 和 Calamus，一个更重要的进步发生在诗的形式领域（the area of poetic form）。……他创造了一种全新和全美国式的诗的表达形式。

〔1〕［美］赫伯特·马尔库塞：《审美之维》，李小兵译，广西师范大学出版社，2001 年，第 13 页。
〔2〕［法］波德莱尔：《对几位同代人的思考》，波德莱尔：《波德莱尔美学论文选》，郭宏安译，人民文学出版社，1987 年，第 101 页。

他是第一个开发出自由诗(free verse)的可能性诗人。在他的诗中,诗行不再由有规则的诗节组成,它们更像是普通的句子,尽管几乎不用韵律和音步,我们仍然可以听到或者感觉到有一个清楚的韵律。如果你回顾这些诗,就会发现词语或声音常常重复。这些内部的东西,使他的诗成为一个整体。惠特曼让他的文体适合他想传达的信息和他希望拥有的读者,他的写作不采用通常的诗的修饰(poetic ornaments),采用朴素文体,因此普通读者可以读懂。他坚信美国将在人类的未来中扮演特殊角色,尽管他经常指责美国社会,但是他肯定美国民主的成功是人类未来幸福的钥匙。"[1]

林以亮认为:"老实说,五四以来,中国的新诗走的可以说是一条没有前途的狭路,所受的影响也脱不了西洋浪漫主义诗歌的坏习气,把原来极为广阔的领土限制在(一)抒情和(二)高度严肃性这两道界限中间。我们自以为解除出了旧诗的桎梏,谁知道我们把自己束缚得比从前更紧。中国旧诗词在形式上限制虽然很严,可是对题材的选择却很宽:赠答、应制、唱和、咏物、送别,甚至讽刺和议论都可以入诗。如果从19世纪的浪漫派的眼光看来,这种诗当然是无聊,内容空洞和言之无物,应该在打倒之列。可是现代诗早已扬弃和推翻了19世纪诗的传统而走上了一条康庄大道。现代英国诗人,后入美国籍的奥登(W. H. Auden)曾经说过:'诗不比人性好,也不比人性坏;诗是深刻的,同时却又是浅薄的,饱经世故而又天真无邪,呆板而又俏皮,淫荡而又纯洁,时时变幻不同。'最能代表现代诗的精神。"[2]博客情色诗从内容到形式都有"裸露"特色,这种"裸露"正是由人追求自由的天性和文体甚至语言追求自由的本性决定的,在某种程度上可以说是一种"进步",但是又不能走极端。情色诗的写作伦理及语言伦理建设都有必要遵守这样的"淫荡而又纯洁"的现代诗精神,要求诗人遵守一定的语言伦理及写作伦理,要求优秀的"情色诗"是将人的生物性本能情感、社会性伦理情感和审美性艺术情感合为一体的抒情诗。

2013年11月23-24日"中国现代诗歌语言与形式学术研讨会";主办方:首都师范大学中国诗歌研究中心,北京大学新诗研究院;地点:北京香山饭店。

---

〔1〕 Peter B High. An Outline of American Literature. New York: Longman Inc. ,1986. p. 72-73.

〔2〕 林以亮:《〈美国诗选〉序》,今日世界出版社,1976年,第4页。

两岸四地新诗文体比较研究透析

摘　要：“新诗”是“华文文学”的重要组成部分，主要分布在中国大陆、台湾、香港、澳门以及东南亚、北美等地，其中两岸四地，特别是大陆和台湾最重要。诗歌生态在很大程度上决定诗歌功能，诗歌功能决定诗歌文体，诗歌文体在一定程度上决定诗歌价值。新诗是富有政治性的特殊文体，新诗生产是社会性极强的生产场，是特殊的社会运作系统，受到意识形态及社会权力的巨大影响，还受到通用知识和普遍伦理的控制。尽管两岸四地都是用现代汉语写在白话诗运动中产生的新诗，这种汉语文学的抒情体裁可以更准确地称为“现代汉诗”，它保证了汉语抒情文学发展的统一性和连续性，但是由于地域空间、政治体制、文化记忆等原因，尤其是政治原因，形成了不同的诗歌生态，导致文体的功能、形态甚至价值都有差异。比较研究两岸四地的新诗文体具有重要的诗歌、文化和政治意义。两岸四地新诗文体的共同性和差异性研究，可以为四地的联系，特别是为政治和文化的交流提供经验。

关键词：两岸四地　新诗文体　比较研究　新诗生态　新诗功能

“新诗”是“华文文学”的重要组成部分，主要分布在中国的大陆、台湾、香港、澳门，东南亚，北美等地，其中两岸四地，特别是大陆和台湾最重要。诗歌生态在很大程度上决定诗歌功能，诗歌功能决定诗歌文体，诗歌文体在一定程度上决定诗歌价值。新诗是富有政治性的特殊文体，新诗生产场是社会性极强的生产场，是特殊的社会运作系统，受到意识形态和社会权力的巨大影响，还受到通用知识和普遍伦理的控制。尽管两岸四地都是用现代汉语作由白话诗运动产生的诗，这种汉语文学的抒情体裁可以更准确地被称为“现代汉诗”，它保证了汉语抒情文学发展的统一性和连续性，但是由于地域空间、政治体制、文化记忆等原因，尤其是政治原因，形成不同的诗歌生态，导致文体的功能、形态甚至价值都有差异。比较研究两岸四地的新诗文体具有重要的诗歌、文化和政治意义。两岸四地新诗文体的共同性和差异性研究，可以为四地的联系，特别是为政治和文化的交流提供经验。

体裁在文学流变中占有重要位置，体裁的稳定性保证了文学传统的客观存在，也为文学的现代化提供了基础。巴赫金认为："文学体裁就其本质来说，反映着较为稳定的、'经久不衰'的文学发展倾向。一种体裁中，总是保留着已在消亡的陈旧的因素。自然，这种陈旧的东西所以能保存下来，就是靠不断地更新它，或者叫现代化……在文学发展过程中，体裁是创造性记忆的代表。正因为如此，体裁才能保证文学发展的统一性和连续性。"[1]华夏儿女遍布世界，形成了丰富多彩的"华文文学"。大陆学界30多年来统称"华文文学"，成立了"中国世界华文文学学会"，已召开了18届国际学术研讨会。近年来海外学者造出一个英语词语 Sinophone，可译为"华语语系"。"Sinophone Literature 的概念，最初是由加州大学洛杉矶分校东亚系的史书美(Shu-mei Shih)教授提出的。作为出生于韩国、在台湾接受教育然后留美的第二代华人，史教授希望以此概念抗衡中国大陆的文学生产。我想，Sinophone 这一概念的潜能不止如此。在我看来，华语语系文学及人文视野提供了一个新的批评的界面。由此视之，新加坡不仅是一个人来人往的枢纽(hub)，而且自成一处有创造力的场域(productive site)，凭借其独异的位置与视角，产生新的动能。这和人来了人又走了、或许什么也没留下的'枢纽'的性质是很不一样的。"[2]"华文文学"与"华语语系文学"之争，既证明巴赫金所言的体裁才能保证文学发展的统一性和连续性，也说明了不同政治文化生态下存在的体裁会有差异性。

"新诗"这种体裁的基本特征是用现代汉语写作，表现的是现代情感，具有现代精神和现代意识。可以用一个更科学的术语来取代"新诗"，那就是"现代汉诗"。正是现代汉语、现代情感及现代精神保证了华文文学中的这种抒情文体的相对统一性和连续性。但是新诗是富有政治性的先锋文体，也是一种社会运作系统，受到权力、知识和伦理的控制。新诗革命是政治文化革命的急先锋，不管是在大陆还是在台湾，尤其是在大陆，新诗近30年的最大成就是促进了思想解放，推进了民主进程。台湾诗坛20世纪50年代和60年代的"现代派"运动和"民族化"运动，大陆诗坛50年代的"新民歌"运动，都带有强烈的政治性。台湾的"海洋诗歌"、香港的"都市诗歌"等也带有强烈的政治倾向。对两岸四地，特别是大陆和台湾的新诗文体进行比较研究，如同

---

〔1〕［俄］巴赫金:《诗学与访谈》，白春仁、顾亚玲译，河北教育出版社，1998年，第140页。

〔2〕《"华语语系"(Sinophone)的概念提供了新的批评界面：王德威教授专访》，新加坡：《联合早报》，2012年9月23日，http://www.douban.com/note/239107395/，2012-09-28 09:55:23.

巴赫金强调的“对话”，哈贝马斯重视的“交往”，不仅具有重要的诗歌意义，还具有特殊的文化意义和政治意义。

一方水土养一方人，一种地域育一种文学。很早就有人意识到地域对文学的影响。史达尔认为：“我觉得有两种完全不同的文学存在着，一种来自南方，一种源出北方；前者以荷马为鼻祖，后者以莪相为渊源……北方人喜爱的形象和南方人追忆的形象间存在着差别。气候当然是产生这些差别的主要原因之一。”[1]地域对文学的影响也是有限的，特别是在现当代，现代交通工具大大缩短了地区之间的时空距离，现代通讯技术结束了“家书抵万金”的思念时代，经济全球化狂潮加强了区域之间的文化联系，甚至一些文化观也改变了政治文化的力量对比。尽管没有出现“大同”世界，地区间的纽带却越系越紧，文化交流越来越多，政治对话越来越频繁。政治上的互信不仅缩短了交往的心理距离，也改变了空间距离，如过去海峡两岸的“咫尺之隔，竟成海天之遥”的悲惨现象已成历史。由于地域文化、政治经济等原因，特别是政治原因，两岸形成了诗歌生态颇异的大陆、台湾、香港和澳门四大新诗生产场。生态决定功能，功能决定文体，文体决定价值。尽管都用现代汉语写诗，新诗在四地的文体功能、文体形态甚至文体价值等方面都有差异。

20 世纪华文世界政治运动风起云涌，新诗写作既具有个人性，更具有社会性和时代性。“凡文学事实都必须有作家、书籍和读者，或者说得更普通些，总有创作者、作品和大众这三个方面。于是，产生了一种交流圈，通过一架极其复杂的，兼有艺术、工艺及商业特点的传送器，把身份明确的（甚至往往是享有盛名的）一些人跟多少有点匿名的（且范围有限的）集体联结在一起。”[2]甚至作品解读也是一个生产场，解读“场域”决定着解读者的言说内容和话语方式。由于历史原因，两岸四地形成了既同又异的知识、权力和伦理，它们对新诗文体的形成和流变也构成了较大威胁。“要想把在一定的历史—地理环境中牢固地扎了根的某种体裁移植于另一种历史—地理环境中，是不可能的。另一方面，对这类不成功的移植实验的研究可以表明东西方的

[1] [法]史达尔：《论文学》，伍蠡甫：《西方文论选》，下卷，上海译文出版社，1979 年，第 124－125 页。

[2] [法]罗贝尔·埃斯卡皮：《文学社会学的原则和方法》，罗贝尔·埃斯卡皮：《文学社会学》，王美华译，浙江人民出版社，1987 年，第 1 页。

巨大差异，并解释造成这种差异的原因。”[1]如叙事风格的散文诗移植到诗的国度——中国，自然转变成了偏重抒情风格的散文诗。仅以散文诗为例，大陆有人主张它是诗，也有人主张它是散文，在台湾却少有这样的文体归宿争论，甚至用“分段诗”来指称这种文体。

不可否认，新诗文体在两岸四地之间有“横的移植”现象，如从大陆“移植”到香港，不仅本土的香港诗人受到大陆新诗的直接影响，从大陆去的“移民诗人”也是在大陆接受的新诗教育，如傅天虹，后来傅天虹又到了澳门。有的香港诗人早就是大陆的著名诗人，如林子中年才移居香港。在 20 世纪 80 年代，流沙河等大陆诗人把台湾诗人的诗作介绍到大陆，影响了很多大陆诗人，特别是青年诗人的创作。2013 年 9 月 28 日，在南京先锋书店主办的“漂泊的诗人”两岸诗人座谈会上，大陆青年诗人朵渔告诉台湾老诗人洛夫，他在北京师范大学求学时读到的台湾现代诗给了他巨大影响。这也是一种“移植”现象。

“横的移植”并不能消除差异。用现代汉语写的这种诗歌文体在大陆的主要称谓是“新诗”，在台湾既称为“新诗”又称为“现代诗”或“现代新诗”。以几部重要的台湾新诗著作和诗选的书名为例，萧萧的《台湾新诗美学》(2004 年)、杨宗翰的《台湾现代诗史》(2002 年)、白灵的《新诗 30 家》(2008 年)、张默的《现代女诗人选集》(2011 年)。又如一些台湾学者把“散文诗”称为“分段诗”，罗青认为：“散文诗，其名甚谬，驳之者众，然众说纷纭，至今尚未有一切实可用的新名称。因其形式有别于‘分行诗’，故我建议不妨称之为‘分段诗’。”[2]大陆则统一称为“散文诗”。

新诗在台湾长时间地被称为“现代诗”，与新诗在新文化运动时期受到西方现代诗歌运动的影响有关，更与台湾一些诗人鼓吹“横向移植”西方现代诗有关。白话诗运动出现了诗体“西洋化”甚至“全盘西化”。如梁实秋在 1930 年 12 月 12 日给徐志摩的信中说：“我一向以为新文学运动的最大的成因，便是外国文学的影响；新诗，实际上就是中文写的外国诗。”[3]台湾在 20 世纪 50 年代出现了现代派诗歌运动，纪弦于 1953 年创办了《现代诗》季刊，1956

[1] [美]韦斯坦因：《比较文学与文学理论》，刘象愚译，辽宁人民出版社，1987 年，第 104 页。

[2] 罗青：《从徐志摩到余光中——白话诗研究》，第一册，尔雅出版社，1988 年，第248 页。

[3] 梁实秋：《新诗的格调及其他》，杨匡汉、刘福春：《中国现代诗论》，上编，花城出版社，1985 年，第 141 页。

年1月在台北召开了现代诗人第一届年会，正式宣布成立“现代派”，提出了“现代诗六大信条”。在同一时期，大陆更强调“纵的继承”。1951年2月19日冯雪峰在《我对于新诗的意见》一文中主张：“我觉得将来新诗形式的建立，可以假定有如下的三类：一类是‘自由诗’，即‘散文诗’，无论分行或不分行，但语言必须比现在的更精炼，也更经济。第二类是从民歌蜕化出来的，就是说，虽然比原来的民歌已经有变化，但是保持有有规律可循的格律的。从这种蜕化来创造格律，当然是新的创造，并且是很要紧和有成效的创造。李季的《王贵与李香香》，就已经给这种创造带来了好的消息。这作品应该是这一类创造的一个起点。第三类是根据人民口语，创造完全新的各种格律。但这三类，都只有精通了人民语言，并且下极大苦工，才能够一步一步地实现。”[1]由此可见，如果比较大陆和台湾在相同时段，特别是在两岸政治对立及军事对抗时期的现代汉语诗歌写作，不难发现有完全不同的诗歌生态和风格迥异的诗歌文体。

“血浓于水”，除韩国的许世旭等少数诗人外，各地的新诗诗人大多是华夏子孙，祖先都生活在“诗的国度”，不少人受到中华文化及古代汉语诗歌传统的潜移默化和中国现代诗歌文体的直接影响，新诗文体在四地都有“纵的继承”关系。台湾很多诗人，特别是余光中、郑愁予、文晓村、罗门、蓉子、向阳、张默、洛夫及金筑等老一辈诗人都是因为战乱由大陆去台湾的。以文晓村为代表的葡萄园诗人面对台湾现代诗狂潮，提出了“健康、明朗、中国”的方针，在以后的40多年中坚持走“民族化”道路。

四地在诗歌教育和诗歌接受上也有差异。以“朦胧诗”为例，谢冕在1980年5月7日发表于《光明日报》的《在新的崛起面前》中说：“的确，有的诗写得很朦胧，有的诗有过多的哀愁(不仅是淡淡的)，有的诗有不无偏颇的激愤，有的诗则让人不懂。”[2]叶维廉却说：“所谓‘朦胧’，所谓‘难懂’，对大陆以外一般的读者而言，根本不存在。这些诗被批判的主要原因是：他们用了多重意义多重指涉的意象和隐喻……在大陆，长久以来，作者、读者一再走向一种观察现实的方式，走向一种表达现实的方式。”[3]

---

〔1〕 冯雪峰：《我对于新诗的意见》，杨匡汉、刘福春：《中国现代诗论》，下编，花城出版社，1986年，第8页。

〔2〕 谢冕：《在新的崛起面前》，杨匡汉、刘福春：《中国现代诗论》，下编，花城出版社，1985年，第254－255页。

〔3〕 [美]叶维廉：《中国诗学》，生活·读书·新知三联书店，1992年，第273－274页。

“任何价值系统都形成一种意识形态，很明显，一种意识形态只能存在于通过转移而被重新构建的境况之中。”[1]在当代，四地的最大差异在意识形态，即政治文化上的不同。不同的意识形态造成了不同的新诗生态和新诗功能，导致了新诗文体的差异。即使在同一地区，意识形态也在发生剧烈变化。如近30年是大陆改革开放导致文化大转型时期，但各地的政治开放程度及文化转型力度都颇有差异，有的地区已经进入后现代社会，有的仍是现代社会，有的还没有完全进入现代社会。这种地区差异造成新诗生态的复杂多变，导致新诗功能和文体的巨大差异。如20世纪80年代流行集体化写作，90年代流行个人化写作，新世纪初流行私人化写作，近年又流行底层写作。大陆80年代流行的政治抒情诗和政治讽刺诗，90年代却销声匿迹。

甚至突发事件也会改变诗人的诗歌观念及诗歌的创作生态，导致新诗功能与文体变化。如大陆的“震灾诗写作”既有自发的写作，也有自觉的写作；诗人既有自然人的情感，更有社会人的情感。震灾诗强化了新诗的实用性、抒情性和严肃性，新诗诗人的介入意识及使命意识和新诗的写作伦理及入世价值，受到高度重视，持续了十多年的个人化写作被削弱。针对校舍是豆腐渣工程导致学生受难的事实，多年未见的“愤怒出诗人”现象涌现，不少诗人写起了针砭时弊的政治抒情诗。如在新华社供职的福州诗人谢宜兴以新闻记者的敏锐和诗人的敏感，在2008年6月19日凌晨写了《不该是你们——写给汶川大地震废墟下不再醒来的孩子们》：“不该是你们背负坍塌的天空/不该是你们遭受死神的突袭/不！不该是你们！孩子/你们只是初萌的叶芽/不可能为了撑起春天的冠盖/泥土下把手伸向别人的土地/不可能为了挨过秋风的追逼/脚跟前堆起一片片谎言/还没开花，不可能发出芳香的毒/还没长枝，不可能结出错误的果/所有的罪过都是我们的/可是谁把你们当成替罪的羔羊/如果因此无由地向你们道歉/只能说明我们虚伪而矫情/如果因此侥幸而向你们致谢/也只会更显我们的残忍和丑恶/苟活的人啊，是否感到有什么/正在锯着我们的良心和灵魂/可有谁能告诉我，在汶川/在2008年5月12日14时28分/苍天是否打了盹上帝是否出了错/如果他们也有良知，是否感到/从此自己也多了一分罪孽”。这首诗不仅有“悲伤”，更有“悲愤”和“鞭挞”。但是“震灾诗”运动过后，政治抒情诗和政治讽刺诗又退出了大陆诗坛，

---

〔1〕 Judith Williams. Decoding Advertisements. London: Robert MAClehose and Company Limited, 1978. p. 43.

个人化写作再次流行。

尽管台湾的“现代诗六大信条”也涉及政治，如第六条强调追求自由与民主，还卷入了“政党、体制之争”。甚至现代汉语诗歌这种文体的称谓，也受到政治影响。“对这些连自己都看不懂的怪诗和伪诗，纪弦十分恼火，乃至宣布‘现代诗是邪恶的象征’，要取消现代诗。正因为这个原因，‘新诗’的名称在1970年代以后又再度流行起来。但‘现代诗’的名称已经写进1960年代以来的诗史，成了取代过去流行的‘新诗’术语，并以此作为和大陆诗区隔的一个标杆，谁要‘取消’它也难。”[1]新诗术语命名的话语权特征显而易见。

“和一切艺术家一样，每个诗人都有其所属的社会背景，甚至更代表了不同的意识或价值。”[2]由于时局动荡，台湾在20世纪八九十年代出现“政治诗”。在世纪之交，诗人，特别是中年诗人更关注社会生活，甚至直面政治。简政珍是台湾著名的新诗学者，他追求诗的艺术性，也不回避诗人的责任，他的一首诗的题目甚至是《流水的历史是云的责任》。他在诗中宣称：“我们要为失足的政客准备拐杖/我们更需要一口深井/去承载口水的回音”。他甚至还自信地说：“我们将以如下的言语作为生命的传承：/云的责任不是流水的历史”。台湾诗人，特别是中生代诗人对政治的强烈关注正是由台湾近年的政治生态决定的。简政珍的一首诗的题目正是《“岛国”风暴》，这个题目可以用《台湾动荡政治》来取代。雪莱曾说诗人是栖息在黑暗中用美妙的声音来安慰自己寂寞的夜莺，荷尔德林写出了“人诗意地栖居”这样的诗句，古代汉诗有山水诗及田园诗，人类甚至出现过素朴的“牧歌”时代，即使在感伤的“浪漫时代”，诗人仍然有“诗意”的生态。受到“岛国风暴”影响的简政珍，在诗中发出的不仅是深沉的“喟叹”，还是愤怒的“质问”：“看了政客们谜似的笑容/你怎么还能和花园里的小鸟对话?”为了更好地采用诗表现社会政治生活，如同当年黄遵宪用长诗体来记录中日战争等重大社会事件，具有强烈使命意识的简政珍放弃了短小的抒情诗，甚至还放弃了长诗，写起了“诗小说”。“简政珍于2004年3月28日完稿的‘诗小说’——《放逐口水的年代》长诗(409行)，为台湾‘现代长诗’确立了‘文类越界’的体制。”[3]多位台湾诗人都认为小诗及抒情诗等抒情文体无法抒写宏大沉重的题材，题材与体裁出现了前所

〔1〕 古远清:《台湾当代新诗史》,文津出版社,2008年,第92页。

〔2〕 余光中:《种瓜得瓜，请尝甘苦——读詹澈的两本诗集》,詹澈:《詹澈诗选》,台海出版社,2005年,第339-340页。

〔3〕 蒋美华:《新世纪台湾长诗美学的航向》,《台湾诗学学刊》第五号,第136页。

未有的矛盾，“跨界”写作甚至“跨界”艺术获得很多诗人，尤其是鸿鸿等青年诗人的青睐。

在台湾的中年诗人中，詹澈的人生具有传奇色彩。他1978年从军中退役后成了“为民代言”甚至“为民请命”的“农民诗人”。由于在社会生活中具有较大的影响力，马英九等台湾地区政要都参加了他的婚礼。他坚决主张诗人应该有使命感：“我不想只是成为一个‘农民诗人’，而是做为一个‘诗人’。”[1]“成为”诗人与“做为”诗人的社会生活存在方式有质的差别，后者强调参与社会运动的主动性。他是介入社会生活最深入的台湾当代诗人之一，不仅把诗当成行动的“号角与喇叭”，用诗来启蒙甚至宣传大众，他还争当社会运动的领袖。2002年11月23日，他领导12万农渔民大游行，是这次“与农共生”运动的总指挥。“一件艺术品，经常是情感的自发表现，即艺术家内心状况的征兆。如果它再现的是人，那么它或许就是某种面部表现的复制，示意着这些人应有的情感。也可以说它表现着情感赖以发生的社会生活，即表明了人们的习俗、衣着、行为，反映了社会的混乱与秩序，暴力与和平。此外，它无疑可以表现作者的无意识愿望和梦魇。”[2]詹澈的诗抒发的通常是社会情感。“詹澈被誉为‘目前最有潜力为中下层农民画像的新写实主义诗人’（蒋韵语）。其深受乡土文学派的思想启蒙，反对权威，反对专制，诗作具有浓厚的人道主义和理想主义的倾向。”[3]

古代汉诗极端重视格律诗的主要原因是受到统治者的倡导甚至高压。科举制度实行了1300多年，试帖诗和八股文成为考试的两大文体。当代新诗的文体建设，特别是以自由诗和新格律诗为代表的诗体建设也一直受到政治的巨大影响。大陆于20世纪50年代流行的新格律诗和新民歌分别由文化官员何其芳和国家领袖毛泽东倡导。何其芳就是著名诗人，他出来倡导甚至制定新诗的文体规则还名正言顺，可以服人。冯雪峰并不是诗人，只是文化官员，也以权威的身份来谈论新诗的形式建设，就显得有些“外行”，他甚至将“自由诗”与“散文诗”混为一体。

自由诗与散文诗在新诗草创期确实被混为一体，但是很快就被视为了两

〔1〕 詹澈：《堡垒与梦土》，詹澈：《詹澈诗选》，台海出版社，2005年，第380页。

〔2〕 [美]苏珊·朗格：《情感与形式》，刘大基、傅志强、周发祥译，中国社会科学出版社，1986年，第35页。

〔3〕 张羽：《土地请站起来说话——台湾诗人詹澈论》，詹澈：《詹澈诗选》，台海出版社，2005年，第370页。

种不同的诗体，甚至有人认为散文诗不是诗，周作人认为散文诗是诗与散文之间的桥。沈尹默在《新青年》第五卷第二号上的《三弦》是他入选中国第一套新文学大系诗集中唯一的一首“新诗”。周作人在《小河》发表于《新青年》第六卷第二号时在《题注》中说：“有人问我这诗是什么体，连自己也回答不出。法国波特来尔(Baudelaire)提倡起来的散文诗，略略相像，不过他是用散文格式，现在却一行一行的分写了。内容大致仿那欧洲的俗歌；俗歌本来最要叶韵，现在却无韵。或者算不得诗，也未可知；但这是没有什么关系。”〔1〕但是胡适把《小河》视为新诗的草创期的“杰作”：“最明显的例就是周作人君的《小河》长诗(《新青年》六卷二号)。这首诗是新诗中的第一首杰作，但是那样细密的观察，那样曲折的理想，决不是那旧式的诗体词调所能达得出的。”〔2〕1922年前后出现了散文诗是否是诗的大讨论。滕固认为：“散文诗是诗中的一体，有独立的艺术的存在，也可无疑。”〔3〕“穆木天1926年1月4日给郭沫若的信中认为：“中国一般人对散文诗，是不是有了误解我不知道。我自己懂散文诗不懂，我也不敢说。在我自己想，散文诗是自由句最散漫的形式。虽然散文诗有时不一句一句的分开——我怕它分不开才不分——它仍是一种自由诗罢？所以要写成散文的关系，因为旋律不容一句一句分开，因旋律的关系，只得写作散文的形式。但是它的诗的旋律是不能抹杀的，不是用散文表诗的内容，是诗的内容得用那种旋律才能表的……我认为散文诗不是散文……散文诗是旋律形式之一种，是合乎一种内容的诗的表现形式。”〔4〕1926年是新诗诗体的建设年，自由诗与散文诗的文体界限已经非常明显。

1958年3月22日，毛泽东在成都会议讲话中指出中国诗的出路是民歌和古典，要求新诗的形式是民歌，后来由各地党委组织，开展了一场全民性的“新民歌”运动，王老九等一些农村诗人纷纷登上了由政府主办的“赛诗台”。尽管这些农村诗人参加赛诗会的很多诗作都不是出自他们之手，而是由文人诗人当“枪手”。中华人民共和国成立后，很多文人流落民间。王珂的二伯父

〔1〕 周作人：《小河》，《新青年》第六卷第二号，1919年2月15日。

〔2〕 胡适：《谈新诗——八年来的一件大事》，胡适：《中国新文学大系·建设理论集1917-1927》；影印本，上海文艺出版社，2003年，第295页。

〔3〕 滕固：《论散文诗》，《时事新报·文学旬刊》，1922年2月1日。

〔4〕 穆木天：《谭诗——寄沫若的一封信》，陈惇、刘象愚：《穆木天文学评论选集》，北京师范大学出版社，2000年，第139-140页。

王北军就为四川合江的农民诗人王月村写过大量诗作，但是文人诗歌的特性，如精神的主体性和文体的自由性荡然无存，写出的完全是响应政府号召的"指令性"诗歌，如同科举考试要求写的"试帖诗"，内容与形式都被严格规范。所以只在"识字班"里被"扫盲"过的王月村能够顺利参加大队、公社、区、县、省甚至全国性的"农民赛诗会"。

台湾没有大陆诗坛那种声势浩大的"自由诗"与"格律诗"的争论，闻一多和徐志摩在1926年倡导的追求"节的匀称和句的均齐"的准定型诗体"新格律诗"远没有不定型诗体自由诗受欢迎。如纪弦在1961年说："是的，直到今日，这还是一个自由诗的时代。自由诗的路还没有走完。而在自由诗的世界里，还有许许多多高山大川没有被人发现，还有好大一片处女地有待开垦。对于有写自由诗的才能的人们，这还是一个大有作为，大可以一显身手的时候。"[1]台湾新诗也没有走诗体自由化或格律化的极端，少有胡适与郭沫若和艾青倡导的那种"诗体大解放"和追求诗的"散文美"的自由诗。

"'世代'是文学社会学的重要概念。一批年龄相近的写作人，在某一个时间阶段呈现的文学景观，包括创作行为及活动方式等，在多样的面貌中存在着某些一致性，或可称之为'世代性'。从文学史的角度来看，它常是检验文学发展的重要指标。每一个历史时期都有它的'新世代'。"[2]台湾诗人的诗体意识随着时代而减弱，形成了"诗体解放"及"诗体自由化"态势。不同世代的诗人关注的诗体元素也有差异。前行代诗人承接的更多的是20世纪上半叶的新诗传统，具有较强的诗体意识，普遍重视诗的音乐性，不少诗作堪称新格律诗，如钟鼎文的《长城》、纪弦的《云和月》、彭邦桢的《月之故乡》、商禽的《凯亚美厦湖》、痖弦的《歌》和余光中的《乡愁四韵》。中生代诗人只具有一定的文体自律及诗体自觉意识，不重视诗的押韵，只适当重视诗的"固定行数"。以杜十三的《密码》为例："才输入一个密码/整个世界便开始氧化/所有的女人充满了爱/所有的男人充满了欲望//才输入一个密码/整个世界便开始还原/所有的女人化成了水/所有的男人化成了烬。"新世代诗人较推崇诗体的自由，"为我所用"地使用和调整已有诗体，几乎没有押韵意识，只有少数诗人有"固定行数"意识。

文体学主要指体裁学（文类学）与风格学，主要研究文本的体裁特征、本

〔1〕 杨宗翰：《台湾现代诗史》，巨流图书公司，2002年，第296页。
〔2〕 李瑞腾：《〈新世代诗人诗作论述〉前言》，《台湾诗学季刊》第32期，第6页。

质及其规律，尤其重视文体的生态及功能。文体学研究是文艺学、语言学、美学、社会学、心理学、政治学甚至伦理学等学科交融的跨学科研究，主要分为形式文体学、功能文体学、文学文体学及语言学文体学等。19世纪后，新文体的产生周期由过去的每50年减为每10年，文体学受到重视，研究对象及研究方法异彩纷呈。巴利认为文体学的任务是探讨表达感情特征的语言手段和它们之间的关系。斯皮泽将文体学视为连接语言学与文学史的桥梁，要求通过文体研究考察作者心灵、集体意识及民族思想文化的流变历史。韦勒克与沃伦的《文学理论》认为文体学研究一切能够获得某种特别表达力的语言手段。受巴赫金对话理论及福柯话语理论影响，话语文体学及历史/文化文体学受到重视，文学生态及文学功能研究成为文体学研究的重要内容，一些文体学家想借此揭示和批判语言中的意识形态和权力关系，通过研究文体的复杂结构反思社会生活，特别是社会政治生活和文化习俗的形态。

在"诗言志"及"诗教""文以载道"总纲下，中国文学研究过分重视文学功能研究。中国当代文体学研究起步较晚，主要是外语学者，而且与语言学的关系密切，如1978年王佐良的《英语文体学研究及其他》主张文体学将语言学和文学结合。20世纪90年代文体学才受到中文学者的重视，北师大出版社出版了"文体学研究丛书"，代表作是童庆炳的《文体与文体的创造》。他的"文体"定义富有创新意义："我们大致上给文体这样一个界说：文体是指一定的话语秩序所形成的文本体式，它折射出作家、批评家独特的精神结构、体验方式、思维方式和其他社会历史、文化精神。上述文体的定义实际可分为两层来理解，从表层看，文体是作品的语言秩序、语言体式，从里层看，文体负载着社会的文化精神和作家、批评家的个体的人格内涵。"[1]这个"文体"定义仍然是在"内容决定形式""形式对内容具有反作用"的理论框架内完成的，仍然没有超越中国传统文论所强调的"文质彬彬"和中国传统文体理论所强调的"文体与风格"互为一体观念。

"在一个社会中，某些复现的话语属性被制度化，个人作品按照规范即该制度被产生和感知。所谓体裁，无论是文学的还是非文学的，不过是话语属性的制度化而已。"[2]"文体生成错综复杂，新诗是多元发生的文体……一种

〔1〕 童庆炳：《文体与文体创造》，云南人民出版社，1994年，第1页。

〔2〕 [法]托多罗夫：《巴赫金、对话理论及其他》，蒋子华、张萍译，百花文艺出版社，2001年，第27页。

文体在某种程度上是一代文人、一段历史、一个社会的象征。"〔1〕以总体文学的文体理论"大一统"地面对分体文学，特别是解释新诗这种在特定时代产生的特殊文体常常是徒劳的。质文代变，新诗生态的巨变导致新诗文体，特别是诗体的巨变，如过去新诗是不可争议的抒情艺术，但是近年大陆新诗界，特别是创作界出现叙事风潮，甚至出现了"拒绝抒情""零度写作"等极端口号，"诗言志"中"志"的"记录"功能受到前所未有的重视。在写作内容上，出现情绪取代情感。在写作方法上，网络诗歌写作赋予诗人更多的文体自由，出现了新一轮的新诗诗体"自由化"思潮。

诗体有政治革命的潜能，是个体的诗人或群体的诗派，甚至一个地区民众的生存方式和政治文化体制的显性表现。如写新格律诗的诗人在社会生活中大多比较保守自律，写自由诗的诗人大多独立奔放，甚至天马行空。文化记忆、社会习俗、政治环境、自然风貌等无不影响着诗人的生活与创作，特别是影响着诗歌群落的风格。如大陆长期存在"一分为二""非此即彼"的哲学思维，"一统天下"甚至"威权政治"加剧了"文体专横"及"文体霸权"，所以长期存在格律诗派与自由诗派的极端对抗。学术性的"诗体之争"常常在最后沦落于政治性极强的话语权之争和帮派性极强的人际纠纷之争。台湾没有格律诗派与自由诗派论争的传统和对抗的生态，诗人没有过多的"诗体影响的焦虑"，读者也没有强烈的"诗体期待视野"，诗人与读者的心态都较平和。其中一个原因是图像诗和散文诗较繁荣，特别是前者，给诗人带来了更多的诗体实验自由，诗人的诗体自觉意识和诗体自由意识都不走极端，所以在大陆"此起彼伏"的自由诗派与格律诗派的大论争几乎没有出现。港澳诗人受到台湾和大陆的双重影响，整体上是从大陆去的诗人文体观念接近大陆，本土诗人接近台湾，香港更受台湾影响，澳门更受大陆影响。

新诗已有百年历史，在创作和研究上都取得了较大成绩，如 2006 年出版的《中国新诗书刊总目》收录了 1920 年 1 月至 2006 年 1 月汉语新诗集、评论集 17 800 余种。近年新诗创作与研究都较繁荣，"据有的人统计，去年(2005年)国内举办的比较大的诗歌节，就有 98 个，也包括北大的诗歌节，整整举办了一个月，全国各地有一百多名诗人来参加。评奖的活动也不少，有各种名目的奖项。"〔2〕《新诗著作叙录(2007)年》统计出 2007 年出版新诗集 277 种、

〔1〕 王珂：《新诗诗体生成史论》，九州出版社，2007 年，封底。
〔2〕 洪子诚：《学习对诗说话》，北京大学出版社，2010 年，第 147 页。

诗论集 34 种。《2007 年新诗研究论文索引》收录了公开刊物论文 1 278 篇，《2007 年新诗研究论文摘要》涉及论文 71 篇，《2007 年新诗研究硕士、博士论文摘要》涉及硕士论文 73 篇、博士论文 10 篇。仅在大陆高校就有十多家研究机构，如西南大学中国新诗研究所、首都师范大学中国诗歌研究中心、北京大学中国诗歌研究院、海南大学诗学研究所、中国人民大学现代诗学研究所、北京师范大学中国当代新诗研究中心、山东大学威海分校现代诗歌研究中心、东南大学华文诗歌研究所、广西师范学院华文诗歌研究所。仅在南京，就有三家新诗研究机构，分别设在东南大学、南京大学和南京理工大学。尤其是东南大学为了恢复 20 世纪的诗歌传统，正在建立现代汉诗研究中心，其中包括新诗诗体研究所。采用"现代汉诗"取代"新诗"的目的是为了强调新诗的现代汉语性和现代精神性。陆志韦、李思纯、宗白华、闻一多、徐志摩、梁实秋等著名新诗诗人或新诗学者在东南大学任过教，美国诗人罗伯特·温德讲授过英语诗歌，陈梦家等也在此求过学。南开大学近年的研究实力快速增长，成为大陆西南大学、首都师范大学后新诗教学研究人才培养的重要大学，也在建设新诗研究机构。诗人于坚到云南师范大学任教授，也建立了新诗研究机构。一些未成立研究机构的高校也有较好的新诗教学力量，如福建师范大学文学院有 4 位教师的博士或博士后研究方向是新诗研究。目前大陆从事新诗研究的教授有 30 余人，副教授和讲师超过百人。中国语言文学学科的中国现当代文学和文艺学博士点和硕士点培养了数百位新诗研究的硕士、博士。如西南大学的新诗研究所 28 年来培养了 200 多位硕士博士，目前活跃在新诗界的青年诗评家大多毕业于这个研究机构。首都师范大学中国诗歌研究中心既研究古代汉诗，也研究现代汉诗，成立十多年来也培养了数十位优秀新诗学者。南开大学近年也培养了多位优秀新诗博士。

近年，新诗文体研究及诗体研究在大陆受到重视，出版了十多部相关著作。如周仲器和周渡合著的《中国新格律诗论》、许霆的《趋向现代的步履——百年中国现代诗体流变综论》、吕进主编的《中国现代诗体论》等。吴思敬的《吴思敬论新诗》、陈仲义的《中国前沿诗歌聚焦》等新诗理论著作也涉及诗体。

陈仲义在 2009 年出版的《中国前沿诗歌聚焦》中说："新诗的尖端前卫部分——即现代诗，由于自由天性牵引，其主导形式将持续沿着'诗无定行，行无定句，句无定字'的路子走下去，它必然加剧'无型便是型'的自由体式趋势。因此，现代诗的外形式一般遵守'分行排列'的结构原则就行了，无须事先预设框架。全面格律化形式不适于规范现代诗。但是，若干格律形式可以在新诗的基础部位——白话诗（传统新诗）以及少量广义现代诗那里找到可能性。我主要指的是，建立十余种宽泛意义上'诗体'的可能性。它渴望在某一种、某几种体式上，获得局部成功，却无望取得规范新诗形式——全面成型化的胜利。因为它再有多么丰富的形式手段，也难以涵盖早已分化了的新诗，尤其是无法规范新诗的尖端部位——现代诗。以吕进先生为代表的格律派坚持：'自由诗只能充当一种变体，成熟的格律诗才是诗坛的主要诗体。'王珂在两部专著基础上，做了一些'调整'，他认为，新诗应该建立以准定型诗体为主导的常规诗体。笔者的诗学观念与吕进、王珂二位不同。我的主张是：自由诗仍是新诗诗坛的常规诗体，自由诗将继续作为'正体'而不是'变体'，成为诗坛主流。新诗形式建构的朝向：是极少数诗体被律化，少量诗体泛格律化，大部分还将继续维持其自由体式，形成自由诗主导下的'泛诗体'联盟。借此，我再重申 20 年前的老调：新诗成熟的标志，不是以建立一套完整的格律形式为准绳，而主要是以现代诗审美规范的全面确立为其尺度。"[1]

陈仲义 2013 年 12 月出版的《蛙泳教练在前妻面前的似醉非醉》分为诗潮篇、诗本体篇、诗学篇、诗人篇、诗体篇和诗艺篇。诗学篇共四篇论文：《自由诗主导下的"泛诗体"联盟》《网络体诗：四大"症候"剖析》《"声、像、动"全方位组合——一种新兴的超文体诗歌》和《互文性与符号性并转交叠》。《自由诗主导下的"泛诗体"联盟》是他最重要的"诗体学"文章，发表于《文艺评论》2011 年第 1 期，全文有四个小标题："新诗格律化，举步维艰难成正果"[2]；"新诗'泛格律化'，自由诗体的微约束'变种'"[3]；"新诗难以定型化的内在深层原因"[4]；"新诗主导下的'泛诗体'联盟"[5]。他在文中描述了大陆近年的"格律诗热"："从 90 年代出现第一个格律新诗发表阵地《现代格律诗坛》（黄淮总编），到《世界汉诗》（周拥军总编）、《格律体新诗》（晓曲主编），

---

〔1〕 陈仲义：《中国前沿诗歌聚焦》，中国社会科学出版社，2009 年，第 414 页。

〔2〕 陈仲义：《自由诗主导下的"泛诗体"联盟》，陈仲义：《蛙泳教练在前妻面前的似醉非醉》，作家出版社，2013 年，第 264 页。

〔3〕 陈仲义：《自由诗主导下的"泛诗体"联盟》，陈仲义：《蛙泳教练在前妻面前的似醉非醉》，作家出版社，2013 年，第 266 页。

〔4〕 陈仲义：《自由诗主导下的"泛诗体"联盟》，陈仲义：《蛙泳教练在前妻面前的似醉非醉》，作家出版社，2013 年，第 270 页。

〔5〕 陈仲义：《自由诗主导下的"泛诗体"联盟》，陈仲义：《蛙泳教练在前妻面前的似醉非醉》，作家出版社，2013 年，第 275 页。

再到新世纪格律体网络平台——东方诗风论坛、世界汉诗论坛、诗歌与音乐论坛、中国格律体新诗网，以及《新世纪格律体新诗选》《2006 年格律体新诗选》等运作、编选，这一切，都说明百年新诗诗体建设的'老大难'，一直都没有被轻易放弃，时刻都处于耐心的攻坚之中。不过，从总体上说，百年诗体建设的理论与实践，举步维艰，收效不太大，应该承认。"[1]他仍然坚持"泛诗体"主张："自由诗仍是新诗诗坛的常规诗体，自由诗将继续作为'正体'而不是'变体'，成为诗坛主流。新诗形式建构的朝向：是极少数诗体被律化，少量诗体泛格律化，大部分还将继续维持其自由体式，形成自由诗主导下的'泛诗体'联盟。"[2]

沈奇等新诗学者近年也认为诗体问题是新诗存在的重大问题，支持新诗诗体研究。谢冕 2012 年 4 月 20 日接受记者采访时也说："现在很多诗歌没有章法，其实诗歌是最讲规则的文体。"[3]

骆寒超和吕进是主张"诗体重建"的重要学者。早在 1997 年，骆寒超就在武夷山现代汉诗国际研讨会上提出："新诗体式的现代化问题也必须考虑……我们认为新诗不管怎么说总是要走律化之路的，但外在的声韵必须和内在的情韵作适度的应和，不能搞模式。具体点说，应把律化之路建立在这样的一个原则上：在约束中显自由，在自由中显约束。只有作这样的双向交流，才能使运用现代汉语写作的新诗求得形式的规范化定型。"[4]十多年后他不改初衷："在不违反已定形式规范原则的前提下，今后新诗诗坛要鼓励大家既采用回环节奏型形式写格律体新诗，也采用推进节奏型形式写自由体新诗。而尤其要提倡写这两大形式体系综合而成的兼容体新诗。"[5]2012 年吕进提出较完整的"诗体重建"策略："在正确处理新诗的个人性和公共性的关系上的诗歌精神重建；在规范和增多诗体上的诗体重建；在现代科技条件下

〔1〕 陈仲义：《自由诗主导下的"泛诗体"联盟》，陈仲义：《蛙泳教练在前妻面前的似醉非醉》，作家出版社，2013 年，第 265 页。

〔2〕 陈仲义：《自由诗主导下的"泛诗体"联盟》，陈仲义：《蛙泳教练在前妻面前的似醉非醉》，作家出版社，2013 年，第 276 页。

〔3〕 王庆环：《请维护诗歌的尊严》，《文摘报》，2012 年 5 月 1 日，第 8 版。

〔4〕 骆寒超：《新诗的规范与我们的探求》，现代汉诗百年演变课题组：《现代汉诗：反思与求索》，作家出版社，1998 年，第 259 - 260 页。

〔5〕 骆寒超、陈玉兰：《中国诗学：第一部形式论》，中国社会科学出版社，2009 年，第 730 页。

的诗歌传播方式重建。”[1]他认为：“诗体是诗的音与形的排列组合，是诗的听觉之美和视觉之美的排列组合。诗歌文体学就是研究这个排列组合的形式规律的科学。从诗体特征讲，音乐性是诗与散文的主要分界。从诗歌发生学看，诗与音乐从来就有血缘关系。”[2]

吴思敬堪称“自由诗”派的领袖，他一直主张“新诗应该是自由诗”。2009年8月16-18日，21世纪中国现代诗第五届研讨会暨“现代诗创作研究技法”学术研讨会在武夷山召开。吴思敬提交的论文和主题发言的题目都是《新诗应该是自由诗》，非常鲜明地表明了他的诗体观。会议结束后的几年间，尽管他一直在修正他的观点，仍然坚持新诗应该走诗体自由化道路。大会结束后不久，他修改了会议论文，论文题目变得平和些，改为《关于“新诗应该是自由诗”的几点思考》，收入王珂和陈卫主编的《51位理论家论现代诗创作研究技法》，由海峡文艺出版社于2012年出版。2010年3月25日，他又细改了原文，将题目改为《新诗：呼唤自由的精神——对废名“新诗应该是自由诗”的几点思考》，发表在《文艺研究》2011年第3期。虽然题目越改越不尖锐，但是观点始终没有变化。如坚持了两年前在武夷山诗会上的重要诗体观——诗体的基本特征就是公用性：“‘自由’二字可说是对新诗质量的最准确的概括。这是因为诗人只有葆有一颗向往自由之心，听从自由信念的召唤，才能在宽阔的心理时空中任意驰骋，才能不受权威、传统、习俗或社会偏见的束缚，才能结出具有高度独创性的艺术思维之花。而对废名‘新诗应该是自由诗’的理解，恐怕也不宜把‘自由诗’狭隘地理解为一个专用名词，而是看成新诗应该是‘自由的诗’为妥……这里所谈的与其说是一种诗体，不如说是在张扬新诗的自由的精神。”[3]2013年9月8日，在山东大学威海分校举办的21世纪现代诗第七届研讨会上，主张“自由体”的吴思敬与主张“共律体”的中国现代格律诗研究会会长黄淮坐在一起，并不对立，相互欣赏。在9月9日的闭幕词中，吴思敬还高度肯定了黄淮等诗人在新诗格律诗创作中的成绩。但是在2013年11月出版的《吴思敬论新诗》中，他把《新诗：呼唤自由的精神——对废名“新诗应该是自由诗”的几点思考》放在第一位，说明他对

[1] 吕进：《新诗诗体的双极发展》，《西南大学学报》2012年第1期，第69页。

[2] 吕进：《诗歌的外形式与诗体》，吕进：《中国现代诗体论》，重庆出版社，2007年，第9页。

[3] 吴思敬：《新诗：呼唤自由的精神——对废名“新诗应该是自由诗”的几点思考》，《文艺研究》2011年第3期，第37页。

新诗诗体建设的重视。这篇论文的四个小标题充分显出他对自由诗的喜爱：“‘新诗应该是自由诗’是从内在精神角度对新诗质量的概括”[1]；“‘新诗是自由诗’标明了自由诗在新诗中的主体位置”[2]；“自由诗在新诗中具有本原生命意义与开放性的审美特征”[3]；“公用性与稳定性的缺失使现代格律诗难以与自由诗相抗衡”[4]。

这部诗学著作由吴思敬自己编著，精选了他一生中的优秀诗论30篇，还有多篇涉及诗体，如《诗体略论》《论新诗的分行排列》《短时存贮容量限制与诗的建行》等。还收入了他2012年5月12日写的《自由的精灵与沉重的翅膀——中国新诗90年感言》，高度肯定了新诗的“自由”质量。文章的第一段如下：“2005年在广西玉林举行的一次诗歌研讨会上，一位记者向老诗人蔡其矫提出了一个问题：‘如果用最简洁的语言描述一下新诗最可贵的质量，您的回答是什么？’蔡老脱口而出了两个字：‘自由！’蔡其矫出生于1918年，他在晚年高声呼唤的‘自由’两个字，在我看来，应当说是对新诗品质的最准确的概括。”[5]

早在2001年，周晓风就给“诗体”下定义：“所谓诗体，指的是诗歌的具体存在方式，但它又不等于一般所说的诗歌体裁，而是还包含了更为丰富的内涵。具体说来，这种诗体由以下三方面因素协调构成：一是诗人的主观审美倾向，它在很大程度上决定了诗人的主观作风及其对于表现材料的选择；二是诗人所选取的题材、主题的审美质量，如讴歌爱情与怀念乡土的题材或主题就具有不同的审美质量；三是诗人所运用的言语结构，它既是一首诗作所要表现的思想情感内涵的载体，它本身所形成的文体风格又是作品总体美学风格的重要构成因素……这种诗体既可以说是诗歌作品的言语结构模式，但

---

[1] 吴思敬：《新诗：呼唤自由的精神——对废名“新诗应该是自由诗”的几点思考》，吴思敬：《吴思敬论新诗》，中国社会科学出版社，2013年，第3页。

[2] 吴思敬：《新诗：呼唤自由的精神——对废名“新诗应该是自由诗”的几点思考》，吴思敬：《吴思敬论新诗》，中国社会科学出版社，2013年，第6页。

[3] 吴思敬：《新诗：呼唤自由的精神——对废名“新诗应该是自由诗”的几点思考》，吴思敬：《吴思敬论新诗》，中国社会科学出版社，2013年，第8页。

[4] 吴思敬：《新诗：呼唤自由的精神——对废名“新诗应该是自由诗”的几点思考》，吴思敬：《吴思敬论新诗》，中国社会科学出版社，2013年，第10页。

[5] 吴思敬：《自由的精灵与沉重的翅膀——中国新诗90年感言》，吴思敬：《吴思敬论新诗》，中国社会科学出版社，2013年，第37页。

又不仅仅是所谓的'形式'，而是还具有某种本体的意义。"[1]在周晓凤、吕进、骆寒超、吴思敬等人的诗体定义基础上，2007年王珂给诗体下了一个较完整的定义："'诗体'特指诗的'体裁'、'体式'的规范，即从'怎么写'上来考察诗的形式特征，指的是'诗人所运用的言语结构'，即通常所说的诗的'形式'(form)……诗体更多的是指约定俗成的诗的常规形体，如定型诗体和准定型诗体。即诗体是诗的形体范式，是诗的体裁属性的具体的显性表现，是对诗的形式属性制度化后的结果，即规范化、模式化的诗的语言秩序和语言体式，具有制定作诗法则的意义。"[2]2008年王珂将这个诗体定义简化为："诗体，即是对诗的形式属性及文体属性的制度化的具体呈现。"[3]

大陆以外的新诗学者也取得了较多成果。以台湾学者为例：孟樊《文学史如何可能——台湾新文学史》、陈千武《台湾新诗论集》、萧萧《台湾新诗美学》、李翠瑛《雪的声音——台湾新诗理论》、李癸云《与诗对话：台湾现代诗评论集》、解昆桦《诗史本事：战后台湾现代诗人的诗史对话》、李瑞腾《台湾文学风貌》、简政珍《台湾现代诗美学》、杨宗翰《台湾现代诗史》、陈明台《台湾文学研究论集》，这些著作研究对象大多是台湾现代诗，没有进行两岸四地比较研究。港澳及海外学者的著作主要有叶维廉《中国诗学》、杜国清《论诗·诗评·诗论诗》、奚密《从边缘出发：现代汉诗的另类传统》及傅天虹《大中华新诗辞典》等。

这些著作部分涉及文体研究，叶维廉研究过具象诗及图像诗，奚密认为解读现代诗必须涵盖诗文本、文类史、文学史和文化史，每一种文类都有它自身发展的历史与内在变化的逻辑，新诗诗人有浓厚的文类意识。只有少数台湾学者专门研究过新诗文体。如丁旭辉的论文《早期新诗的跨行研究》和专著《台湾现代诗图像技巧研究》对新诗的形体，特别是图像诗有深入研究。林于弘的专著《台湾新诗分类学》探讨了台湾的政治诗、都市诗、生态诗、母语诗、女性诗、小诗、后现代诗和网络诗。论文《台湾新诗"固定行数"的格律倾向——以〈台湾诗选〉为例》(2009年)采用统计学的方式，展示了台湾新诗格律倾向的情况。论文《典范的复写与置换——2001－2010〈年度诗选〉的选录观察》(2011年)探讨选本对台湾新诗文体的具体影响。2012年8月，《河南

[1] 周晓风：《新诗的历程——现代新诗文体流变(1919－1949)》，重庆出版社，2001年，第5－7页。

[2] 王珂：《新诗诗体生成史论》，九州出版社，2007年，第424－426页。

[3] 王珂：《诗体学散论——中外诗体生成流变研究》，上海三联书店，2008年，第12页。

社会科学》2012年第8期首次让两岸诗体研究者合作，推出了“海峡两岸新诗诗体研究专题”，刊发了王珂的《新诗诗体学的历史、现实和未来——兼论新诗诗体学的构建策略》、林于弘的《台湾新诗的‘固定行数’的格律倾向——以〈台湾诗选〉为例》和丁旭辉的《象形指事、图像技巧的理论接轨与图像诗体学的建立》。

两位台湾学者对台湾新诗诗体状况作了较充分的调查研究。林于弘认为：“统计2003-2010年《台湾诗选》‘固定行数’诗作及其所占比率后，我们可以发现，八个年度的总平均为17%，其中更有五个年度的比率都在19%以上（参见表10），平均每5.88首诗作，就有1首是采取完全固定行数的写法，比例不可谓之不高。可见《台湾诗选》中有关选录诗作‘固定行数’的倾向，的确是不争的事实，而这也可以某种程度地反证部分诗人‘固定行数’的创作想法。”[1]丁旭辉认为：“狭义的图像诗指的是整首诗或诗的主体是以图像技巧来表现的诗作，广义的图像诗称为‘类图像诗’，指的是在一般的分行诗中，局部诗行使用了图像技巧以制造图像效果。而‘类图像诗’又分为‘形体暗示’（静态图像）、‘状态暗示’（动态图像或事象）、‘一字横排的视觉暗示’（多字并排、一字成行）、‘文字图像的形体暗示’（从文字形体发想，创发诗境与诗意）与‘标点符号的形体暗示’（以标点之形体暗示图像）等五种次类别，每一种次类别也都有他们自己的定义。”[2]林于弘和丁旭辉的研究说明台湾新诗也有必要进行文体及诗体研究。

新诗文体研究的主要任务是为21世纪的现代汉语诗歌提出理想的文体构建策略，为新诗创作提供文体规范、诗体范式和创作技法。当务之急是对大陆、台湾、香港、澳门的新诗文体进行全面、系统、深入的比较研究，要重视“平行与交错”，更要重视“多元与契合”，才能梳理出四地新诗文体60年来的流变形态，探讨出各种诗体的文体特征和文体价值，揭示出新诗在不同地域及不同时期的生态和功能，透过文体生态呈现政治生态和文化境遇。

新诗文体研究的重点是新诗诗体研究，两岸四地新诗文体的比较研究需要重视以下四点：（1）充分利用诗歌学、心理学、政治学、音韵学、美术学、美学、文体学等学科的理论和方法，重视诗体的基础理论研究；（2）重视四地诗

〔1〕 林于弘：《台湾新诗“固定行数”的格律倾向——以〈台湾诗选〉为例》，《河南社会科学》2008年第8期，第8页。

〔2〕 丁旭辉：《象形指事、图像技巧的理论接轨与图像诗体学的建立》，《河南社会科学》2008年第8期，第12页。

体的历史研究，考察它们的诗体资源——外国诗体、中国古代汉诗诗体、民间诗歌诗体和20世纪上半叶新诗诗体；(3) 重视各地诗体的创作实践的统计学研究；(4) 重视诗体的生态研究。不仅需要思辩法、体悟法、归纳法、经验总结法等传统方法，更需要现代科学研究方法，如用社会学的田野调查法，采访重要诗人、理论家、重要诗刊的编者和重要诗歌流派的领袖，用经济学的统计学方法统计分析两岸四地的现代格律诗、小诗、散文诗、新诗的"固定行数"的具体数据。只有将个案研究与整体研究、全面研究与重点研究、共时性研究与历时性研究、历史考察与比较分析、定量研究与定性研究、诗潮研究与文本细读结合，才能完成以新诗文类学、新诗语言学、新诗意象学、新诗生态学、新诗功能学、新诗文化学、新诗政治学、新诗传播学、新诗诗美学等为主要内容的新诗诗体学研究，才能完成以新诗诗体学为主要内容的新诗文体学研究。

2014年6月9-15日"2014世界华文文学国际研讨会"；主办方：中国世界华文文学学会，台湾中国诗歌艺术学会，福建省台港澳暨海外华文文学学会；地点：台北科文馆。

现代汉语诗歌诗体的现代性

摘　要：现代汉语诗歌诗体的现代性主要指语体和文体的现代性。现代世俗性情感和现代通俗性语言是现代汉诗诗歌的两大现代性特征。现代汉语诗歌诗体的现代性建设必须重视人的构形本性与艺术的具形本性。既要重视诗既需要耳朵又需要眼睛的特性，和现代汉诗既是重视语言的现代也重视精神的现代的特性；更要重视现代汉语的实用性和个体性，重视现代汉诗的先锋性和现代诗人的时代性。尤其要重视古今汉诗的诗歌生态及诗歌功能的差异性。如现代汉诗更重视情绪古代汉诗更重视情感，现代汉诗更重视写作过程古代汉诗更重视写作的结果，现代人的视觉思维比古代人更发达，现代汉诗的视觉形式建设就比音乐形式建设更重要。现代汉语诗歌诗体的现代性应该体现在诗的形体的现代性上，要重视现代汉语及现代汉诗的特性，也要与世界现代诗保持联系。新诗在语言形式上要偏向"中国化"，内容技法上要偏向"外国化"。

关键词：新诗　诗体　现代性　现代意识　现代汉语

现代汉语诗歌诗体的现代性主要指语体和文体的现代性。本文题目采用《现代汉语诗歌诗体的现代性》，不用《新诗诗体的现代性》或者《现代诗诗体的现代性》，是想强调这种文体的语言特性，更是为了强调这种抒情文体的诗体建设需要重视现代汉语。本来涉及"现代性"问题，最准确的题目应该是《现代汉诗诗体的现代性》。

用"现代汉诗"取代"新诗"的历史并不长，这种"取代"在某种程度上可以呈现出新诗诗人，特别是新诗理论家们渴望新诗被"现代性"，甚至渴望新诗的文体建设与中国政治经济改革的现代化进程同步的心态。1991年春天，唐晓渡与芒克、孟浪等人创办了诗歌民刊《现代汉诗》。1996年，王光明获得国家社会科学基金重点课题项目"现代汉诗的百年演变"。1997年夏天，由他负责的"现代汉诗的百年演变"课题组在武夷山承办了福建师范大学、中国社会科学院文学所联合举办"现代汉诗诗学国际研讨会"。笔者是课题组成员，负责这次研讨会的会务。海外学者奚密教授也提出了"现代汉诗"概念，她的两部著作的名称就是《从边缘出发：现代汉诗的另类传统》《现代汉诗：1917年以来的理论与实践》。大陆很多新诗学者，如沈奇也认为应该把讨论限定在"现代汉诗"的范畴内才有效。

笔者一直主张用"现代汉诗"取代"新诗"。1997年，在武夷山"现代汉诗诗学国际研讨会"上，我提出"现代汉诗"的"现代"指"语言的现代"和"情感的现代"，即现代汉诗是用现代汉语写现代情感的诗。

2000年，笔者给当时的现代汉诗下的定义是："诗是艺术地表现平民性情感的语言艺术。"〔1〕这个定义两次用了"艺术"一词，目的是强调这种抒情文体的艺术性，却用了"平民性情感"来强调现代汉诗的两大现代性特征——现代世俗性情感和现代通俗性语言。这个定义受到了西方现代诗人波德莱尔和奥登的影响。一个世纪以前，世界现代诗歌的鼻祖波德莱尔就意识到了诗的自主性和世俗化特征："只要人们深入到自己的内心中去，询问自己的灵魂，再现那些激起热情的回忆，他们就会知道，诗除了自身外并无其他目的，它不可能有其他目的，除了纯粹为写诗而写的诗外，没有任何诗是伟大、高贵、真正无愧于诗这个名称的。"〔2〕"即便在理想的诗中，缪斯也可以与人来往而并不降低身份。"〔3〕半个世纪以前，奥登加快了世界诗歌，尤其是现代诗的世俗化进程："诗不比人性好，也不比人性坏；诗是深刻的，同时却又浅薄，饱经世故而又天真无邪，呆板而又俏皮，淫荡而又纯洁，时时变幻不同。"〔4〕

十年后，笔者把这个诗的定义扩展为："新诗包括内容（写什么）、形式（怎么写）和技法（如何写好）。内容包括抒情（情绪、情感）、叙述（感觉、感受）和议论（愿望、冥想）。形式包括语言/语体（雅语：诗家语/陌生化语言、书面语、俗语如口语等）和结构/诗体（外在结构：句式、节式的音乐美、排列美，内在结构：语言的节奏）。技法包括想象（想象语言、情感和情节的能力）和意象（集体文化、个体自我和自然契合意象）……可以用一句话来概括这个新诗

〔1〕 王珂：《诗是艺术地表现平民性情感的语言艺术——论现代汉诗的现实出路》，《东南学术》2000年第5期，第104页。

〔2〕 [法]波德莱尔：《再论埃德加·爱伦·坡》，波德莱尔：《波德莱尔美学论文选》，郭宏安译，人民文学出版社，1987年，第135页。

〔3〕 [法]波德莱尔：《再论埃德加·爱伦·坡》，波德莱尔：《波德莱尔美学论文选》，郭宏安译，人民文学出版社，1987年，第134页。

〔4〕 林以亮：《〈美国诗选〉序》，林以亮：《美国诗选》，今日世界出版社，1976年，第4页。

观：新诗是采用抒情、叙述、议论，表现情绪、情感、感觉、感受、愿望和冥想，重视语体、诗体、想象和意象的汉语艺术。”[1]这个定义超越了把诗分为内容（写什么）与形式（怎么写）的“两分法”，把应该属于“怎么写”的技法（如何写好）单列，目的是为了强调现代汉诗在写作技法上的现代性——现代汉诗是用现代技法写的现代汉语诗。这个定义还总结出现代汉诗的几个特质：一、在写什么上多变的情绪多于稳定的情感。二、在写作手法上叙述受到重视，但是诗的叙述是从主观世界，尤其是从感觉和感受出发，写的是所感所思；散文的叙述是从客观世界，尤其是从生相和物相出发，写的是所见所闻。三、平民化口语多于贵族性书面语，方言受到重视。四、诗的内在节奏大于诗的外在节奏，诗的音乐性减弱。五、诗的视觉结构大于听觉结构，诗的排列形式重于诗的音乐形式。

四年后的今天，具体为 2014 年 10 月 16 日，笔者给研究生上“诗歌文体学”课程时，提出了“新诗是体现现代精神的诗”，主张“新诗的现代化必须与中国人的现代化基本同步”和“新诗的现代性建设必须为中国的现代性建设作贡献”。认为新诗与现代情感、现代意识、现代思维、现代文化、现代政治、现代文体一致。具体为：一、现代情感重视自然情感和社会情感的和谐；二、现代意识重视个人意识和群体意识的融合；三、现代思维重视语言思维与图像思维的综合；四、现代文化强调保守主义与激进主义的共处；五、现代政治追求宽松自由与节制法则的和解；六、现代文体需要本质主义与关系主义的同构。这六点实际上是对今日新诗“如何现代”的总结，也是新诗文体及诗体的“现代性”建设的构建策略。

现代汉语诗歌诗体的现代性应该体现在诗的形体现代性上。人类艺术最早起源于人对形式及体式的追求，诗人对诗的形体为主要显象特征诗体重视出于人的构形本性和艺术的具形本性。歌德在《论德国建筑》说：“艺术早在其成为美之前，就已经是构形的了，然而在那时候就已经是真实而伟大的艺术，往往比美的艺术本身更真实、更伟大些。原因是，人有一种构形的本性，一旦他的生存变得安定之后，这种本性立刻就活跃起来。”[2]“在一个社会中，某些复现的话语属性被制度化，个人作品按照规范即该制度被产生和感知。所谓体裁，无论是文学的还是非文学的，不过是话语属

〔1〕 王珂：《今日新诗应该守常应变》，《西南大学学报》2010 年第 4 期，第 27 页。
〔2〕 [德]恩斯特·卡西尔：《人论》，甘阳译，上海译文出版社，1985 年，第 179 页。

性的制度化而已。"[1]"我们大致上给文体这样一个界说：文体是指一定的话语秩序所形成的文本体式，它折射出作家、批评家独特的精神结构、体验方式、思维方式和其他社会历史、文化精神。上述文体定义实际上可分为两层来理解，从表层看，文体是作品的语言秩序、语言体式，从里层看，文体负载着社会的文化精神和作家、批评家的个体的人格内涵。"[2]"文体生成错综复杂，新诗是多元发生的文体……一种文体在某种程度上是一代文人、一段历史、一个社会的象征。"[3]"诗体"特指诗的"体裁""体式"的规范，即从"怎么写"上来考察诗的形式特征，指的是"诗人所运用的言语结构"，即通常所说的诗的"形式"(form)。诗人无法逃避的被"类型化"(体裁化)了的那种形式。诗体，即是对诗的形式属性及文体属性的制度化的具体呈现。

"诗不是一种特殊的艺术(peculiar art)，却是所有艺术中最有威力的艺术，除戏剧以外，它是唯一的既需要耳朵又需要眼睛的艺术，是融视觉与听觉于一体的艺术。所有的艺术都需要耳或者眼，但并不是两者都需要。"[4]诗体更多是指约定俗成的诗的常规形体，包括视觉形体和听觉形体，即诗的音乐范式(the music of poetry)和图画模式(the shape of poetry)。诗体主要分为定型诗体和准定型诗体两种，即诗体是诗的形体范式，是诗的体裁属性的具体的显性表现，是对诗的形式属性制度化后的结果，即规范化、模式化、公共化的诗的语言秩序和语言体式，具有制定作诗法则的意义。诗体总是以动态的方式存在，总是处在自我完善的进化状态中。诗的内在逻辑，总是以动态的方式存在，诗的内在逻辑的发展，常常会导致另一种理性和另一种感性向已成为统治的社会惯例所合并的理性和感性挑战，决定了诗的形式及诗体的不稳定性。人的追求自由的本能要求打破形式的羁绊，追求"诗无恒裁"的自由境界；艺术的自主性要求诗人必须遵循特定艺术的形式，"诗有恒裁"使诗一直在对形式的"破"与"立"的矛盾中运动，使诗体运动频繁。追求自由是人的天性，更是诗人的特性。正是因为诗在各种文

[1] [法]托多罗夫：《巴赫金、对话理论及其他》，蒋子华、张萍译，百花文艺出版社，2001年，第27页。

[2] 童庆炳：《文体与文体创造》，云南人民出版社，1994年，第1页。

[3] 王珂：《新诗诗体生成史论》，九州出版社，2007年，封底。

[4] Louis Untermeyer. Doorways to Poetry. New York: Harcourt, Brace and Company, 1938. p. 4.

学体裁中是最具有形式感和规范性的艺术，使诗人对作诗规范既有由人的秩序感产生的依赖感，也会因人的自由感产生强烈的抵触情绪和背叛行为。“诗有恒裁”等作诗规范还使诗体内部存在的诗体革命潜能剧增。诗人的反叛和诗体的革命使诗成为最具有革命性的艺术，诗体革命甚至还成了人类自由的象征。所以诗体构建的目标是建设宽松而有节制的诗体格局，策略是准定型诗体＞定型诗体＞不定型诗体；诗美构建的目标是多元而有界限的诗美格局，策略是技巧美＞形式美＞内容美。

从笔者2000年、2010年和2014年给现代汉诗下的定义的变化，具体为从重视“主题的现代”与“体裁的现代”的共处，到偏向体裁的现代，最后到偏向主题的现代，不难看出笔者的政治观影响了诗歌观。在2000年前后，笔者大力主张建立准定型诗体，受到了建设宽松而有节制的上层建筑的政治观的影响。2010年前后，笔者大力强调诗的语言技法，甚至在2008年在“九龙湖诗会”上提出了“谁掌握了语言技巧，谁就是新诗的主人”的极端口号，还于2009年在武夷山举办了“现代诗研究创作技法研讨会”，与当时中国政治强调建设“和谐社会”有直接关系。当时随着改革开放的深入，特别是“和谐社会”口号的深入人心，新诗与政治的关系远远没有改革开放中前期那么紧密。近年笔者又重视起现代汉诗的“现代精神”，甚至在文体学研究中高度重视功能文体学及语话文体学，也与时局有关。因为笔者从中外诗史，特别是诗体流变史中发现，诗体具有艺术价值和政治价值，既有艺术规范及艺术革命的潜能，也有政治律令及政治革命的潜能，是诗的文体功能及文体价值和诗人的存在意义及生存方式的显性表现。“任何价值系统都形成一种意识形态，很明显，一种意识形态只能存在于通过转移而被重新构建的境况之中。”[1]诗体研究实质上是诗的本体研究。现代社会越来越重视“形式本体”“混合本体”和“表现本体”，新诗诗体三者兼具，特别是当代及未来的新诗，是由多种诗体（定型诗体、准定型诗体和不定型诗体）共存、多种文体（散文、戏剧、小说、新闻）共建和多种技法（抒情、叙述、议论、戏剧化）共生的文体。诗体在当代社会更具有特殊价值，不仅是诗的语言体式，而且是调控权力之流的规则系统。因此建设新诗诗体学不仅具有诗学的意义，还具有政治学和伦理学的价值，讨论现代汉语诗歌诗体的现代性，就是在讨论现代汉语诗歌，尤其是现

〔1〕 Judith Williams. Decoding Advertisements. London: Robert MAClehose and Company Limited, 1978. p. 43.

代汉诗的现代性。即在现代汉语诗歌诗体的现代性建设中,要高度重视它的政治建设,重视它与意识形态的直接关系。

现代汉诗是与中国政治文化变革基本同步的先锋性文体。仅从共和国成立到改革开放,就出现过多次论争,如新诗的民族形式、新诗与传统等。改革开放30年是中国政治大改革、文化大转型和思想大解放的特殊时期。诗歌论争更是层出不穷,如80年代的朦胧诗论争、90年代的个人化写作论争等。今天,这种文体在功能、文体、体裁、题材、技法、写作方式和传播方式等方面都有较大变化,如技法、情绪、叙述、方言、诗体、个体自我意象等受到重视。这些变化正是现代汉诗被“现代性”或者“现代化”的结果。

生态决定功能,功能决定文体。“新诗”“现代诗”和“现代汉诗”“现代汉语诗歌”等多种称谓被用来指称胡适、刘半农等人领导的“白话诗”运动产生的这种汉语文学中的抒情文体。这种抒情文体主要分布在中国大陆、台湾、香港、澳门和东南亚等地。虽然各地都是用现代汉语写源自白话诗运动的诗,“现代汉语”这种抒情文体的同一性,由于地域空间、政治体制、文化记忆等原因,尤其是政治原因,形成了不同的诗歌生态,导致文体功能、形态甚至价值都有差异。如用现代汉语写的这种诗歌文体在大陆的主要称谓是“新诗”,台湾在50年代到70年代,主要称为“现代诗”。台湾20世纪50年代出现了现代派诗歌运动,纪弦1953年创办了《现代诗》季刊,1956年1月在台北召开了现代诗人第一届年会,正式宣布成立“现代派”,提出了“现代诗六大信条”。70年代后,尤其是21世纪,“新诗”称谓又受到重视,出现了“现代诗”与“新诗”共存现象,以几部重要的台湾新诗著作和诗选的书名为例,萧萧的《台湾新诗美学》(2004年)、杨宗翰的《台湾现代诗史》(2002年)、白灵的《新诗30家》(2008年)及张默的《现代女诗人选集》(2011年)等。同一位台湾新诗理论家也将“现代诗”与“新诗”混用,如丁旭辉的著作名称为《浅出深入话新诗》和《台湾现代诗图象技巧研究》。

在澳门,也有人认为“现代诗”有别于“新诗”,如陶里主张应该用“现代诗”取代“新诗”。“在中国语境中论说现代诗,首先遭遇到的是如何区分‘新诗’与‘现代诗’的问题。依陶里之见,将这两者等同起来显然不恰当,而这种等同恰恰是中国学界的普遍做法。在写于1989年的《认识现代诗》一文中,陶里指出所谓‘现代诗’有两种界说:其一指‘五四’以来的新诗,国内学界多持此种看法;其二指二战以后反传统或反既定模式、强调个人实验或感觉历程的诗,海外学界多持此种看法,陶里说他认同后者。”[1]“1989 年,陶里、黄晓峰等人组建‘五月诗社’,极力鼓吹现代诗。正如陶里所说:‘五月诗社以弘扬现代主义的姿态出现于保守的澳门诗坛,引起文化震荡。’”[2]

梁实秋在 1930 年 12 月 12 日给徐志摩的信中说:“我一向以为新文学运动的最大的成因,便是外国文学的影响;新诗,实际上就是中文写的外国诗。”[3]1951 年,梁实秋在台北所言:“白话诗运动起初的时候,许多人标榜‘自由诗’(Vers libres)作为无上的模范。……我们的新诗,一开头就采取了这样一个榜样,不但打破了旧诗的规律,实在是打破了一切诗的规律。这是不幸的。因为一切艺术品总要有它的格律,有它的形式,格律形式可以改变,但是不能根本取消。我们的新诗,三十年来不能达于成熟之境,就是吃了这个亏。”[4]但是今天外国现代诗的影响越来越少,可以说是“荡然无存”。现代汉语诗歌诗体的现代性既要重视现代汉语及现代汉诗的特性,也要与世界现代诗保持一定的联系,如适当讲究诗体规范。在西方,现代诗不能等同于自由诗,自由诗严格地说是自由体诗。“在通常意义上,形式指一件事物作为整体的设计图样或结构布局。任何诗人都无法逃避已经形成类型的某些形式。……用定型形式写诗,指一个诗人跟随或者发现一些模式,如十四行诗体,它有自己的韵式和十四个五音步抑扬格诗行。通常,定型形式的诗倾向于寻找规则和对称……采用定型形式写作的诗人明显追求完美,也许很难替换已采用的任何词语。……采用非定型形式(open form)的诗人通常自由地使用空白作为强调,能够根据感觉的需要来缩短或者加长诗行,诗人让诗根据它的进程来发生自己的形状,如同水从山上流下,由地形和隐形的障碍物来调整形状。过去的很多诗采用的是定型形式,现在美国诗人更愿意采用开放形式,尽管韵律和节奏已经没有它们过去那样流行,但是它们仍然明显存在。”[5]“自由诗是没有韵律和缺乏一个有规律的诗律的统一的诗,自由诗不

---

[1] 李观鼎:《论陶里的现代诗论》,《世界华文文学论坛》2001 年第 3 期,第 31 页。

[2] 李观鼎:《论陶里的现代诗论》,《世界华文文学论坛》2001 年第 3 期,第 31 页。

[3] 梁实秋:《新诗的格调及其他》,杨匡汉、刘福春:《中国现代诗论》,上编,花城出版社,1985 年,第 141 页。

[4] 梁实秋:《文学讲话》,徐静波:《梁实秋批评文集》,珠海出版社,1998 年,第 228 页。

[5] X. J. Kennedy. Literature:An Introduction to Fiction, Poetry, and Drama. Toronto: Little, Brown and Company, 1983. p. 557.

是形体上的自由。”[1]“自由诗(free verse)不是简单地反对韵律,而是追求散体与韵体的和谐而生的独立韵律。”[2]美国诗人乔治·欧佩(George Open)认为诗的形式具有两大重要性,1961年他给玛丽·艾伦·索沃特的信中说:“我们非常关注诗体(poetic form),不仅是因为形式(form)可以作为结构(texture),而且还是一种能够让诗可能被抓住的形状(shape)。”[3]西方诗体学偏重诗歌语言的听觉形式和视觉形式研究,如诗节、诗行、音步、抑扬格或扬抑格等,语体是诗体的重要内容。如1938年纽约出版的《诗的门口》(Doorway to Poetry)共六章,三章涉及诗体。第二章是《诗的语体》(the Diction of Poetry),第三章是《诗的类型》(the Kinds of Poetry),第五章是《诗的构成》(the Forms of Poetry)。第五章分为四个小节:《诗是如何建立的》(How Poetry is Built)、《形体与诗节》(Shape and Stanzas)、《十四行诗》(the Sonnet)和《定型形式与自由形式》(Forms Fixed and Free)。作者路易士·昂特梅尔(Louis Untermeyer)这样定义自由体诗:“自由体诗(Free verse)韵律自由、规则的音步自由和诗节形式的常规限制自由。”[4]

“艺术乃是一种视觉形式,而视觉形式又是创造性思维的主要媒介,要想使艺术从它的非创造性的孤立状态中解放出来,就必须正视这一点。”[5]诗形建设是新诗诗体建设的主要内容。新诗的韵律不严格甚至完全没有表面的韵律结构所造成的诗的音乐性的减少,必然导致它对诗的内容与形式的承载功能的减弱,诗的分行排列及对诗的排列的高度重视恰好可以弥补诗的音乐性的减少所造成的损失。因此新诗的视觉形式建设比音乐形式建设更重要。但是诗体重建不能走格律化的极端,必须考虑新诗的自由化、世俗化等文体特性,在百年新诗诗体建设已有的基础上,进行改良式的“常规诗体”的建设。任何文体的生成和创造及演变都既与文体传统有关,更与当时的社会政治文化和创作主体有关,文体变革的三大动力是社会变革、人的创造天性

---

[1] David Bergman, Daniel Mark Epstein. The Heath Guide to Literature. Toronto: D. C. Heath and Company, 1987. p. 24.

[2] Northrop Frye. Anatomy of Criticism. New Jersey: Princeton University Press, 1971. p. 272.

[3] Mike Weaver. William Carlos Williams. London: Cambridge University Press, 1971. p. 55.

[4] Louis Untermeyer. Doorways to Poetry. New York: Harcourt, Brace and Company, 1938. p. 417.

[5] [美]鲁道夫·阿恩海姆:《视觉思维》,滕守尧译,光明日报出版社,1987年,第426页。

和文体自身的进化潜能。现代汉诗本质上是一种反对“经典化”“定型诗体”和“贵族性”的世俗化、自由化和平民化文体。因此今天的诗体重建应该顺应历史潮流，遵循渐变的文体进化原则，强调诗歌及诗体的多元与和谐，这种和谐甚至应该包括古代汉诗(格律诗)与新诗(自由诗)的“和平共处”式的和谐。但是要重视古今汉诗的诗歌生态及诗歌功能的差异性，如现代汉诗更重视情绪古代汉诗更重视情感，现代汉诗更重视写作过程古代汉诗更重视写作的结果。

2014 年 10 月 30－11 月 3 日“如何新诗，怎样现代——中国诗歌现代性问题学术研讨会”；主办方：首都师范大学中国诗歌研究中心，北京大学新诗研究院；地点：北京香山饭店。

新诗诗体及新诗诗体学的构建策略

摘　要：在中外文体史上，诗是最具有形式及体式的文体。诗人重视诗的形体出于人的构形本性和艺术的具形本性。新诗史上一直存在新诗是否需要诗体，特别是定型诗体的“诗体之争”，即自由诗派与格律诗派之争。新诗史就是诗体之争的历史，也是新诗诗体的建设史和新诗诗体学的成长史。诗体的多元格局和新诗理论界的学术民主带来了近年新诗诗体学的繁荣。目前，新诗的视觉形式建设比音乐形式建设重要，诗的分行排列及对诗的排列的高度重视恰好可以弥补诗的音乐性的减少造成的损失。诗体重建有助于建立新诗创作规范及新诗批评和鉴赏标准，强化诗人的文体自觉意识。建立全面科学又富有特色的新诗诗体学，是新诗理论界的当务之急。新诗诗体学必须借鉴已有的文体学及诗体学的研究成果。

关键词：新诗　诗体　新诗诗体学　自由诗　新格律诗

新诗诗体的构建策略

人类艺术最早起源于人对形式及体式的追求，诗人对诗的形体的重视出于人的构形本性和艺术的具形本性。歌德在《论德国建筑》说：“艺术早在其成为美之前，就已经是构形的了，然而在那时候就已经是真实而伟大的艺术，往往比美的艺术本身更真实、更伟大些。原因是，人有一种构形的本性，一旦他的生存变得安定之后，这种本性立刻就活跃起来，……因此野蛮人便以古怪的特色、可怕的形状和粗鄙的色彩来重新模塑他的椰子、他的羽饰和他自己的身体。而且虽则这些意象都只有任意的形式，形状仍旧缺乏比例，但是它的各个部分将是调和的，原因是，一个单一的情感将这些部分创造成为一个独特的整体。而这种独特的艺术正是唯一的真正艺术。当它出于内在的、单一的、个别的、独立的情感，对一切异于它的东西全然不管、甚至不知，而向周围的事物起作用时，那么这种艺术不管是粗鄙的蛮性的产物，抑是文明的感性的产物,它都是完整的、活的。”[1]黑格尔在《小逻辑》中认为艺术品无形式就不是艺术品:“一件艺术品,缺乏正当的形式,正因为这样,它就不能算是正当的或真正的艺术品。对于一个艺术家,如果说,他的作品的内容是如何的好(甚至很优秀),但只是缺乏正当的形式,那么这句话就是一个很坏的辩解。只有内容与形式都表明为彻底统一的,才是真正的艺术品。我们可以说荷马史诗《伊利亚特》的内容就是特洛伊战争,或确切点说,就是阿基里斯的愤怒;我们或许以为这就很足够了,但其实却很空疏,因为《伊利亚特》之所以成为有名的史诗,是由于它的诗的形式,而它的内容是遵照这形式塑造或陶铸出来的。”[2]巴赫金在《诗学与访谈》中认为:“文学体裁就其本质来说,反映着较为稳定的、‘经久不衰’的文学发展倾向。一种体裁中,总是保留着已在消亡的陈旧的因素。自然,这种陈旧的东西所以能保存下来,就是靠不断地更新它,或者叫现代化。……在文学发展过程中,体裁是创造性记忆的代表。正因为如此,体裁才能保证文学发展的统一性和连续性。”[3]

诗是最高的语言艺术,是人的语言智能的典型范例。随着诗的生成发展,诗的体式也相伴而生,诗演变成最具有形式及体式的文体。“诗人从事的是这样的工作,如同我们已经看到的,是借助具有自身的骨架和结构的词语的表演赋予一段感受经验以秩序(order)、凝结(coherence),还有自由(freedom)。这样的骨架和结构由能够使感受经验聚合的冲动产生。可以有很多不同的方式通过词语来达到目的。把人的感受经验用诗表现出来的难题是语言心理学上的,而不是哲学上的。”[4]这里的词语表演具有的“骨架和结构”指词语表演时的安排方式,即诗的体式,包括诗的韵律形式和语言的排列形式,即诗的音乐形式和诗的建筑形式(诗的图式)。“诗不是一种特殊的艺术(peculiar art),却是所有艺术中最有威力的艺术,除戏剧以外,它是唯一的既需要耳朵又需要眼睛的艺术,是融视觉与听觉于一体的艺术。所有的艺术都需要耳或者眼,但并不是两者都需要。”[5]随着人类文明的提高,人的视觉思维获得更多的开发,诗的形体越来越受到重视。“诗最早是以纯粹的口头

〔1〕 [德]恩斯特·卡西尔:《人论》,甘阳译,上海译文出版社,1985年,第179页。

〔2〕 [德]黑格尔:《小逻辑》,贺麟译,商务印书馆,1997年,第279-280页。

〔3〕 [俄]巴赫金:《诗学与访谈》,白春仁、顾亚玲译,河北教育出版社,1998年,第140页。

〔4〕 I. A. Richards. Poetry and Beliefs. K. M. Newton. Twentieth-Century Literary Theory: A Reader. London: Macmillan Education Ltd., 1988. p. 40-41.

〔5〕 Louis Untermeyer. Doorways to Poetry. New York: Harcourt, Brace and Company, 1938. p. 4.

传播模式存在的，但是当诗人们将听到的诗用文字记录下来时，他们就对语言的视觉成分感兴趣。诗人们通常分行书写。诗行的结尾是表示诗的韵律、意义和形式的视觉体现，它通常不是规规矩矩的。因此，重视视觉方位的诗和重视听觉方位的诗在文本上是有差异的。所有诗作一旦被印刷，都在一定程度上具有视觉感。但是，一些诗人更会使用诗的视觉资源。采用诗的视觉成分的最简单的方法是把诗行或词语排列得像一个物体。这样的形体诗(shaped verses)有很长的历史，也许在英语中最有名的是乔治·赫伯特的《复活节的翅膀》(Easter Wings)。"[1]人类对诗的形体的重视使诗体的建设，特别是定型诗体的建设成为可能，使"诗要有体""诗有恒裁"成为写诗的常识。诗体甚至具有做诗法的意义，既是呈现诗这种特殊文体的表象特征的"诗的图式"，是诗区别于小说、散文等其他文体的重要标志，更是呈现诗的形式规范及写作规范的"诗的法则"，是诗歌写作方式与小说、散文等其他文体的写作方式迥异的重要原因。在相当长时期，诗体受到极端重视，如中国的格律诗体在一千多年间独霸诗坛，尽显"诗体霸权"，堪称"独裁诗体"。即使在自由诗流行的英语当代诗坛，也讲究一定的诗体规范。[2] "自由诗(free verse)不是简单地反对韵律，而是追求散体与韵体的和谐而生的独立韵律。"[3]

诗形建设是新诗诗体建设的主要内容。如闻一多在《诗的格律》中说："但是在我们中国的文学里，尤其不当忽略视觉一层，因为我们的文字是象形的，我们中国人鉴赏文艺的时候，至少有一半的印象是要靠眼睛来传达的。原来文学本是占时间又占空间的一种艺术。既然占了空间，却又不能在视觉上引起一层具体的印象——这是欧洲文字的一个缺憾。我们的文字有了引起这种印象的可能，如果我们不去利用它，真是可惜了。所以新诗采用了西洋诗分行写的办法，的确是很有关系的一件事。姑无论开端的人是有意还是无心的，我们都应该感谢他。因为这样一来，我们才觉悟了诗的实力不独包括音乐的美(音节)，绘画的美(词藻)，并且还有建筑的美(节的匀称和句的均齐)。这一来，诗的实力又添上了一支生力军，诗的声势更扩大了。所以如果

---

〔1〕 David Bergman, Daniel Mark Epstein. The Heath Guide to Literature, Toronto: D. C. Heath and Company, 1987. p. 649-650.

〔2〕 David Bergman, Daniel Mark Epstein. The Heath Guide to Literature. Toronto: D. C. Heath and Company, 1987. p. 24.

〔3〕 Northrop Frye. Anatomy of Criticism. New Jersey: Princeton University Press, 1971. p. 272.

有人要问新诗的特点是什么,我们应该回答他:增加了一种建筑美的可能性是新诗的特点之一。[1]

1951年梁实秋在台北所言:"白话诗运动起初的时候,许多人标榜'自由诗'(vers libres)作为无上的模范。……我们的新诗,一开头就采取了这样一个榜样,不但打破了旧诗的规律,实在是打破了一切诗的规律。这是不幸的。因为一切艺术品总要有它的格律,有它的形式,格律形式可以改变,但是不能根本取消。我们的新诗,三十年来不能达于成熟之境,就是吃了这个亏。"[2]今天仍然可以结论百年新诗不能达于成熟之境,如郑敏认为新诗根本没有形成传统,在很大程度上,也正是吃了这个亏。新诗百年,绝大多数时间都处在文体自发阶段,或从文体自发到自觉的过渡阶段,或幼稚的文体自觉阶段,并未真正进入成熟的文体自觉阶段,建立起成熟的诗体,以致今天很多诗人、读者、研究者都不知道"新诗为何物"。

20世纪中国战争、运动此起彼伏,没有为诗体建设提供良好的诗歌生态,今日中国正在进行和谐社会建设,为新诗的诗体建设提供了合适的土壤。诗体重建不仅有利于建设和谐诗歌,也有利于建设和谐社会。诗体重建有助于建立新诗创作规范及新诗批评和鉴赏标准,强化诗人的文体自觉意识。目前新诗创作正进入一个新的历史时期,特别是网络诗歌带来了诗的功能、诗的创作方式和诗的传播方式等全方位的巨变,甚至出现了新的"诗体大解放"运动,如"梨花体""废话诗"等歪风邪气。规范新诗的形式,重建诗体已成当务之急。

但是诗体重建不能走格律化的极端,必须考虑新诗的自由化、世俗化等文体特性,在百年新诗诗体建设已有的基础上,进行改良式的"常规诗体"的建设。任何文体的生成和创造及演变都既与文体传统有关,更与当时的社会政治文化和创作主体有关,文体变革的三大动力是社会变革、人的创造天性和文体自身的进化潜能。生于20世纪的新诗更是特殊时代的产物,社会政治文化等非诗因素极大地影响了新诗文体的健康发展。新诗生长于"革命"受到极端重视的乱世,既有高度的严肃性、精英性,更有强烈的时代性、平民性、世俗性、青年性和先锋性。

政治激进主义和文化激进主义影响下的中国新诗更是崇尚自由的文体,新诗诗人更是具有文体独创精神和自由思想与自由精神的人,极度推崇人格

[1] 闻一多:《诗的格律》,杨匡汉、刘福春:《中国现代诗论》,上编,花城出版社,1985年,第124-125页。原载1926年5月13日《晨报副刊·诗镌》7号。

[2] 梁实秋:《文学讲话》,徐静波:《梁实秋批评文集》,珠海出版社,1998年,第228页。

独立和个性解放。新诗本质上是一种反对"经典化""定型诗体"和"贵族性"的世俗化、自由化和平民化文体。因此今天的诗体重建应该顺应历史潮流,反对诗体的极端自由和诗体的高度定型,建立既宽松又有节制的常规诗体,要以准定型诗体为主、不定型诗体(自由诗体)和定型诗体格律诗体为辅。诗的音乐范式和排列图式与具体诗体的体式建设是新诗诗体建设的基本内容,要加强新诗的音乐范式和排列图式与具体诗体的体式建设,要格外重视诗的视觉形式建设。诗体建设要博采众家之长,广泛吸收古今中外已有的诗体资源,重视诗歌传统、新诗的文体特性、诗体建设经验和世界诗歌的世俗化潮流,不要极端强调新诗的诗体规范。诗体进化应该遵循渐变的文体进化原则。在传播方式更新的新形势下,高度重视诗的视觉形式及诗的排列美。

新诗要在源远流长的汉语诗歌历史中,在早已形成传统和早已被经典化为经典文体的古代汉诗(文言格律诗)的强势文体的文体霸权中获得自己的文体合法性和文体生存权,必须在目前的诗体重建中高度重视"和谐诗体"及"和谐诗歌"的建设,既要重视对常规诗体及重点诗体的建设,特别是要针对某种具体诗体,进行适度的规范建设,形成以准定型诗体为主导诗体、不定型诗体(自由诗体)和定型诗体格律诗体为辅助诗体的诗体构建的格局,更要承认诗人的文体自由,也要强化诗人的文体自律意识。特别要强调诗歌及诗体的多元与和谐,这种和谐甚至应该包括古代汉诗(格律诗)与新诗(自由诗)的"和平共处"式的和谐,更应该减少新诗中的自由诗与格律诗的对抗。诗体的"自由化"与"律化"的极端对抗长期阻碍着新诗的健康发展。

新诗诗体学的构建策略

在新诗史上,诗人的秩序与自由及文体自觉与文体创造、诗体的破坏与建设及诗体的自由化与格律化等矛盾尖锐,一直存在新诗是否需要诗体,特别是定型诗体的"诗体之争",即自由诗派与格律诗派之争。"中国新诗将近八十年的艺术运动,自由与格律的交替变奏已成规律之一。乱中之齐、同中之异、律中之变,既是创造者的美感要求,又是鉴赏者的习惯心理。"[1]在新

〔1〕 杨匡汉:《说诗调——诗学札记之一》,吕进、毛翰:《中国诗歌年鉴·1996年卷》,重庆中国新诗研究所编印,1997年,第476页。原载《诗神》1996年9月号。

诗史上，每当有人推崇“文体自由”甚至“诗体大解放”时，就有人出来反对，最有代表性的是朱经农“对抗”胡适，宗白华“修正”郭沫若。1918年6月5日朱经农于美国给胡适写信说：“……‘白话诗’应该立几条规则。……要想‘白话诗’发达，规律是不可不有的。此不特汉文为然，西文何尝不是一样？如果诗无规律，不如把诗废了，专做‘白话文’的为是。”[1]胡适毫不客气地回击他：“我们做白话诗的大宗旨，在于提倡‘诗体的解放’。有什么材料，做什么诗；有什么话，说什么话；把从前一切束缚诗神的自由的枷锁镣铐，拢统推翻；这便是‘诗体的解放’。因为如此，故我们极不赞成诗的规则。”[2]1920年2月，宗白华尖锐地指出：“沫若君说真诗好诗是‘写’出来的，不是‘做’出来的，这话自然不错。……我们对于诗，要使他的‘形’能得有图画底形式的美，使诗的‘质’（情绪思想）能成音乐式的情调。”[3]宗白华甚至在致郭沫若的信中直言：“沫若兄：……你《天狗》一首是从真感觉中发出来的，总有存在的价值，不过我觉得你的诗，意境都无可议，就是形式方面还要注意。”[4]

如果按照胡适的观点，新诗是“诗体大解放”的产物，打破了“无韵则非诗”的做诗“信条”，诗体在新诗中都不存在，研究新诗诗体的新诗诗体学也就没有了研究对象，当然没有学术价值。但是事实并非如此，诗体一直没有退出历史舞台。胡适的白话诗“尝试”并非无源之水般的“弑父”式写作。他创作白话诗前，非常重视中外诗歌的诗体经验。他不仅采用外国的自由诗诗体，如英语意象派诗人的自由体诗体写作，还采用过外国的定型诗体，用英语写过十四行诗。他在1924年为侄儿胡思永的遗诗作序说：“他的诗，第一是明白清楚，第二是注重意境，第三是能剪裁，第四是有组织，有格式。如果新诗中真有胡适之派，这是胡适之的嫡派。”[5]“有组织，有格式”正是对“诗体”的重视。胡适倡导“诗体大解放”，并没有完全摒除诗体。“用韵，他说有三种自由：（一）用现代的韵，（二）平仄互押，（三）有韵固然好，没有韵也不妨。

---

〔1〕 朱经农：《致胡适的信》，耿云志：《胡适论争集》，上卷，中国社会科学出版社，1998年，第33-34页。

〔2〕 胡适：《答朱经农》，耿云志：《胡适论争集》，上卷，中国社会科学出版社，1998年，第31页。

〔3〕 宗白华：《新诗略谈》，《少年中国》第8期，第61-61页。

〔4〕 宗白华、郭沫若、田汉：《三叶集》，林同华：《宗白华全集》，第1集，安徽教育出版社，1994年，第227页。

〔5〕 胡明：《胡适诗存》，人民文学出版社，1989年，第420页。

方法，他说需要用具体的做法。”[1]胡适的“用现代的韵”和“有韵固然好”，说明他并不极端地反对诗的韵律。

新诗革命没有真正实现“诗体大解放”，更没有革掉“诗体”的命。这一时期的“口号”与“创作”有巨大脱节。在创作界，确实出现过短暂的“诗体大解放”，如散文诗被当成了新诗的发展方向。徐志摩、穆木天等人都是通过写散文诗走上诗坛的。徐志摩早期也推崇自由诗。“他对诗歌特征的理解是‘分行的抒写’，是散文的分行抒写。”[2]因为过分强调“作诗如作文”，导致了“文”与“诗”两种文体的混乱，一些散文也被标明是“散文诗”。如俞平伯的《〈忆〉序》，刊于 1923 年 5 月 15 日中国新诗社编的《诗》第二卷第二号时，标明是“散文诗”。沈尹默在《新青年》第五卷第二号上的《三弦》是他入选中国第一套新文学大系诗集中唯一的一首“新诗”。《三弦》是典型的散文诗。周作人的《小河》也更像散文诗，他在《小河》发表于《新青年》第六卷第二号时在《题注》中说：“有人问我这诗是什么体，连自己也回答不出。法国波特来尔(Baudelaire)提倡起来的散文诗，略略相像，不过他是用散文格式，现在却一行一行的分写了。内容大致仿那欧洲的俗歌；俗歌本来最要叶韵，现在却无韵。或者算不得诗，也未可知；但这是没有什么关系。”[3]但是胡适把《小河》视为新诗的草创期的“杰作”：“最明显的例就是周作人君的《小河》长诗。(《新青年》六卷二号)这首诗是新诗中的第一首杰作，但是那样细密的观察，那样曲折的理想，决不是那旧式的诗体词调所能表达得出的。”[4]1922 年前后出现了散文诗是否是诗的大讨论。滕固认为：“散文诗是诗中的一体，有独立的艺术的存在，也可无疑。”[5]穆木天 1926 年 1 月 4 日给郭沫若的信中认为：“中国一般人对散文诗，是不是有了误解我不知道。我自己懂散文诗不懂，我也不敢说。在我自己想，散文诗是自由句最散漫的形式。虽然散文诗有时不一句一句的分开——我怕它分不开才不分——它仍是一种自由诗罢？所以要写成散文的关系，因为旋律不容一句一句分开，因旋律的关系，只得写作散文的形式。但是它的诗的旋律是不能抹杀的，不是用散文表诗的内容，

---

〔1〕 朱自清：《中国新文学大系・诗集导言》，朱自清：《中国新文学大系・诗集 1917－1927》；影印本，上海文艺出版社，2003 年，第 2 页。

〔2〕 蓝棣之：《现代诗的情感与形式》，华夏出版社，1994 年，第 31 页。

〔3〕 周作人：《小河》，《新青年》第六卷第二号，1919 年 2 月 15 日。

〔4〕 胡适：《谈新诗——八年来的一件大事》，胡适：《中国新文学大系・建设理论集 1917－1927》；影印本，上海文艺出版社，2003 年，第 295 页。

〔5〕 滕固：《论散文诗》，《时事新报・文学旬刊》，1922 年 2 月 1 日。

是诗的内容得用那种旋律才能表的。……我认为散文诗不是散文，……散文诗是旋律形式之一种，是合乎一种内容的诗的表现形式。”[1]

一些标明是“诗”的作品甚至与散文没有什么区别。如胡适的《一念》，发表于1918年1月《新青年》第四卷第一号。全诗如下：“我笑你绕太阳的地球，一日夜只打得一个回旋；/我笑你绕地球的月亮儿，总不会永远团圆；/我笑你千千万万大大小小的星球，总跳不出自己的轨道线；/我笑你一秒钟走五十万里的无线电，总比不上我区区的心头一念。/我这心头一念：/才从竹竿巷，忽到竹竿尖，/忽在赫贞江上，忽到凯约湖边；/我若真个害刻骨的相思，便一分钟绕遍地球三千万转！”[2]朱自清选编的《中国新文学大系·诗集 1917－1927》把它作为开篇之作。当时为了强调白话诗是打破了“无韵则非诗”这一中外诗歌通行原则的“新诗”，除出现了“散文诗”称谓外，还出现了“无韵诗”称谓。这类形态的诗歌被称得最多的是“白话诗”，如《新青年》最早发表胡适的这类诗的标题是《白话诗八首》(1917年2月1日《新青年》第二卷第六号)。译介外国诗歌通常采用的是“无韵诗”或“散文诗”。如《新青年》发表泰戈尔的译诗时用的是“无韵诗”。1918年《新青年》第五卷第三号刊载了刘半农的《译诗十九首》，其中有泰戈尔的《海滨》(On the Seashore)和《同情》(Sympathy)。译者注说：“以上印度 R. Jagore 氏所作无韵诗七首。”[3]很多刊物发表屠格涅夫、波德莱尔的译作时多标明是“散文诗”。

小诗体的流行说明当时新诗渴望建立新诗体，甚至饥不择食，一种连诗人都不承认的“诗”居然成了新诗的经典诗体，也说明新诗应该有诗体才能正常“运行”。1932年清明节，冰心说：“《繁星》，《春水》不是诗，至少那时的我，不在立意做诗。……所以《繁星》第一天在《晨副》登出的时候，是在‘新文艺’栏内。登出的前一夜，伏园从电话内问我，‘这是什么？’我很不好意思的，说：‘这是小杂感一类的东西。’”[4]“我终觉得诗的形式，无论如何自由，而音韵在可能的范围内，总是应该有的。”[5]她1959年还说：“现在，我觉得，当时我之所以不肯称《繁星》《春水》为诗的原故，因为我心里实在是有诗的标准的，

〔1〕 穆木天：《谭诗——寄沫若的一封信》，陈惇、刘象愚：《穆木天文学评论选集》，北京师范大学出版社，2000年，第139－140页。

〔2〕 胡适：《一念》，《新青年》1918年4月第1期，第43页。

〔3〕 刘半农：《译诗十九首》，《新青年》1918年5月第3期，第230页。

〔4〕 冰心：《我的文学生活》，卓如：《冰心全集》，第三卷，海峡文艺出版社，1994年，第9－10页。

〔5〕 冰心：《我的文学生活》，卓如：《冰心全集》，第三卷，海峡文艺出版社，1994年，第11页。

我认为诗是应该有格律的——不管它是新是旧——音乐性是应该比较强的。同时情感上也应该有抑扬顿挫，三言两语就成一首诗，未免太单薄太草率了。因此，我除了在二十岁前，一口气写了三百多段‘零碎的思想’之外，就再没有像《繁星》和《春水》这类的东西。”[1]

20 世纪 20 年代中期出现了诗体建设的第一个高潮，1926 年堪称“新诗诗体建设年”，诗体受到高度重视。朱自清 1934 年 8 月 31 日为《中国新文学大系·诗集 1917－1927》写《导言》时总结了这段诗体建设历史：“闻一多氏的理论最为详明，他主张‘节的匀称’，‘句的均齐’，主张‘音尺’，重音，韵脚。他说诗该具有音乐的美，绘画的美，建筑的美；音乐的美指音节，绘画的美指词藻，建筑的美指章句。他们真研究，真试验；每周有诗会，或讨论，或诵读。……新诗形式运动的观念，刘半农氏早就有。他那时主张（一）‘破坏旧韵，重造新韵’，（二）‘增多诗体’。……第一个有意实验种种体制，想创新格律的，是陆志韦氏。他的《渡河》问世在十二年七月。他相信长短句是最能表情的做诗的利器；他主张舍平仄而采抑扬，主张‘有节奏的自由诗’和‘无韵体’。……闻氏作情诗，态度也相同；他们都深受英国影响，不但在试验英国诗体，艺术上也大半模仿近代英国诗。梁实秋氏说他们要试验的是用中文来创造外国诗的格律，装进外国式的诗意。这也许不是他们的本心，他们要创造中国的新诗，但不知不觉写成西洋诗了。这种情形直到现在，似乎还免不了。”[2]正是因为有很多诗人致力于诗体建设并取得了较大成绩，朱自清在总结 1917—1927 年新诗诗体格局时才得出这样的结论：“若要强立名目，这十年来的诗坛就不妨分为三派：自由诗派，格律诗派，象征诗派。”[3]即是说在新诗草创期，就出现了自由诗派与格律诗派的对立与共存。

在 20 世纪 50 年代，出现了现代格律诗的第二个高潮，何其芳成为领袖。何其芳认为：“我们说的现代格律诗在格律上就只有这样一点要求：按照现代的口语写得每行的顿数有规律，每顿所占时间大致相等，而且有规律地押

---

〔1〕冰心：《我是怎样写〈繁星〉和〈春水〉的》，卓如：《冰心全集》，第五卷，海峡文艺出版社，1994 年，第 127－128 页。

〔2〕朱自清：《中国新文学大系·诗集导言》，朱自清：《中国新文学大系·诗集 1917－1927》；影印本，上海文艺出版社，2003 年，第 5－7 页。

〔3〕朱自清：《中国新文学大系·诗集导言》，朱自清：《中国新文学大系·诗集 1917－1927》；影印本，上海文艺出版社，2003 年，第 8 页。

韵。”[1]冯雪峰在1951年2月19日在《我对于新诗的意见》一文中主张：“我觉得将来新诗形式的建立，可以假定有如下的三类：一类是‘自由诗’，即‘散文诗’，无论分行或不分行，但语言必须比现在的更精炼，也更经济。第二类是从民歌蜕化出来的，就是说，虽然比原来的民歌已经有变化，但是保持有有规律可寻的格律的。从这种蜕化来创造格律，当然是新的创造，并且是很要紧和有成效的创造。李季的《王贵与李香香》，就已经给这种创造带来了好的消息。这作品应该是这一类创造的一个起点。第三类是根据人民口语，创造完全新的各种格律。但这三类，都只有精通了人民语言，并且下极大苦工，才能够一步一步地实现。”[2]现代格律诗在当代受到了很多诗人的拥护，出现了“老去渐于诗律细”现象。1985年，邹绛结论说：“现代格律诗虽然讲究有规律的节奏，有规律的押韵……，但并不是高不可攀的东西，写现代格律诗要比写旧体诗词容易得多了。有些写惯了自由体的诗人不是在有意无意间也写出了符合或基本符合现代格律诗要求的作品么？”[3]艾青是主张“散文美”，是自由诗派的领军人物，在中晚年也不极端反对诗的格律。1982年，吕进总结说：“艾青，虽然并没有、也不准备向格律化转化，但他的诗歌美学有了明显变化。新版的艾青的名著《诗论》中，艾青有一处引人注目的修改。原文：‘目前中国新诗的主流，是以自由的崇高的朴素的散文，扬弃了脚韵与格律的封建羁绊，作为形式。’新版在‘扬弃……羁绊’之后添加了如下一句：‘加上明显的节奏和大致相近的脚韵’。”[4]这种现象不但说明新诗诗人和古诗诗人一样，具有自觉的诗体意识，也说明新诗不是与诗体无关的抒情文体。

不可否认，自由诗在新诗史上占有主导地位。甚至还出现了一些极端的自由诗观。不但有胡适的“作诗如作文”和郭沫若的“诗是写出来的”等极端诗观，还有很多诗人提出相同观点。废名于1943年在《文学集刊》第1集上发表了《新诗应该是自由诗》：“我们的新诗应该是自由诗，只要有诗的内容然后诗该怎样做就怎样做，不怕旁人说我们不是诗了。”[5]2009年8月，吴思敬

---

〔1〕 何其芳：《关于现代格律诗》，何其芳：《何其芳选集》，第二卷，四川人民出版社，1979年，第153页。

〔2〕 冯雪峰：《我对于新诗的意见》，杨匡汉、刘福春：《中国现代诗论》，下编，花城出版社，1986年，第8页。

〔3〕 邹绛：《中国现代格律诗选1919－1984》，重庆出版社，1985年，第29－30页。

〔4〕 吕进：《新诗的创作与鉴赏》，重庆出版社，1982年，第121页。

〔5〕 废名：《新诗应该是自由诗》，废名：《论新诗及其他》，辽宁教育出版社，1998年，第23页。

高度肯定了废名的自由诗体观:"'自由'二字可说是对新诗品质的最准确的概括。……而对废名'新诗应该是自由诗'的理解,恐怕也不宜把'自由诗'狭隘地理解为一个专用名词,而是看成新诗应该是'自由的诗'为妥。废名说:'我的本意,是想告诉大家,我们的新诗应该是自由诗,只要有诗的内容然后诗该怎样做就怎样做,不怕旁人说我们不是诗了。'这里所谈的与其说是一种诗体,不如说是在张扬新诗的自由的精神。"[1]

回顾20世纪,特别是20世纪初新诗草创期历史,不难发现新诗诗体学与新诗同时诞生。尽管还没有形成系统学说,但是"诗体""格律""音乐美""建筑美""诗行""诗节""音步"等今日新诗诗体学的基本术语,已经成为人们谈论新诗的"关键词",还出现了多次新诗是否需要诗体和如何建设诗体的诗体之争。因此可以结论说新诗史就是诗体之争的历史,也是新诗诗体的建设史,更是新诗诗体学的成长史。

尽管闻一多、林庚、孙大雨、饶孟侃、废名、何其芳、朱光潜、朱自清等人都论及诗体,特别是闻一多和何其芳堪称"新诗诗体学家",但是他们没有出版系统的诗体学著作。直到20世纪80年代初中期,新诗诗体学才迎来第一个春天。当时新诗的流行带来了新诗理论的繁荣,出版了吕进的《新诗的创造与鉴赏》(1982年)、吴思敬的《诗歌基本原理》(1987年)等十余部新诗理论著作,当时自由诗流行诗坛,尽管这些诗歌著作没有提出"诗体学"概念,但是已经涉及诗体学的重要内容"诗歌类型学",特别是吕进的《新诗的创作与鉴赏》对自由诗、新格律诗等多种诗体作了明确的界定,肯定了诗的"音乐美"和"建筑美",堪称新诗史上第一部未冠名的"诗体学"著作。

世纪之交,新诗诗体学迎来了第二个春天,多部著作论及诗体。如吕进主编的《中国现代诗体论》、骆寒超的《论新诗的本体规范与秩序建设》、许霆的《旋转飞升的陀螺——百年中国现代诗体流变史论》和《趋向现代的步履——百年中国现代诗体流变综论》、周仲器和周渡合著的《中国新格律诗论》和《中国新格律诗史论》。

越来越多的新诗理论家主张新诗应该有文体及诗体规则。1997年骆寒超认为:"新诗体式的现代化问题也必须考虑,……我们认为新诗不管怎么说总是要走律化之路的,但外在的声韵必须和内在的情韵作适度的应和,不能

[1] 吴思敬:《关于"新诗应该是自由诗"的几点思考》,王珂、陈卫:《51位理论家论现代诗创作研究技法》,海峡文艺出版社,2012年,第11-12页。

搞模式。具体点说，应把律化之路建立在这样的一个原则上：在约束中显自由，在自由中显约束。只有作这样的双向交流，才能使运用现代汉语写作的新诗求得形式的规范化定型。”[1]2012年吕进强调“诗体重建”：“重破轻立一直是新诗的痼疾。当下的新诗面临三个‘立’的使命：在正确处理新诗的个人性和公共性的关系上的诗歌精神重建；在规范和增多诗体上的诗体重建；在现代科技条件下的诗歌传播方式重建。推进三大重建，新诗才能摆脱危机，重新成为中国文学的王冠。”[2]谢冕2012年4月20日接受记者采访时说：“现在很多诗歌没有章法，其实诗歌是最讲规则的文体。”[3]也有人反对，叶橹甚至认为“诗体建设”是“伪话题”：“有关‘诗体建设’、‘诗体重构’的议论依然时起时伏。这些理论的提倡者虽然都是学养有素的学者，但是我却觉得他们是不是把精力浪费在一个‘伪话题’的理论上了。”[4]

从新诗史上不同时期的“诗体之争”不难看出新诗诗体建设的艰巨性。“诗体之争”不但说明诗体是新诗无法回避的话题，也说明新诗诗体具有特殊性。这些“诗体之争”消解了诗体建设的力量，也让人们意识到诗体研究在新诗的理论研究和创作实践中的重要性，还意识到建立新诗诗体学的必要性。新诗史上最重要的三次“诗体之争”分别发生于20世纪20年代、50年代和21世纪初。第三次“诗体之争”学术性最强，参加的新诗学者最多，为新诗诗体学的全面建设打下了基础。2009年8月16日到8月19日，在武夷山召开了“21世纪中国现代诗第五届研讨会暨‘现代诗创作研究技法’学术研讨会”。张炯在开幕词中说：“这次会议来了很多名家：既有主张格律诗的代表，也有提倡自由体的代表。……我相信，通过不同主张和观点的交锋与互补，一定能够在相当程度上推进我们对于现代汉诗的表现技法的更深刻的认识，从而也会促进我们对于发展现代汉诗的大方向的把握。”[5]会议确实取得了这样的效果。如会议报道所言：“尽管这次研讨会的主题是‘现代诗创作研究技法’，因为诗体是诗的技法的重要内容，自然成为诗论家们关注的‘焦

---

〔1〕 骆寒超：《新诗的规范与我们的探求》，现代汉诗百年演变课题组：《现代汉诗：反思与求索》，作家出版社，1998年，第259－260页。

〔2〕 吕进：《新诗诗体的双极发展》，《西南大学学报》2012年第1期，第69－70页。

〔3〕 王庆环：《请维护诗歌的尊严》，《文摘报》，2012年5月1日。

〔4〕 叶橹：《形式与意味》，王珂、陈卫：《51位理论家论现代诗创作研究技法》，海峡文艺出版社，2012年，第86－87页。

〔5〕 张炯：《‘现代诗创作研究技法’学术研讨会开幕词》，王珂、陈卫：《51位理论家论现代诗创作研究技法》，海峡文艺出版社，2012年，第1期。

点’。……吴思敬的《新诗应该是自由诗》认为：……自由诗在新诗中具有本原生命意义与开放性的审美特征。……现代格律诗所具有的先天性不足，就是公用性与稳定性的缺失。……王珂的《新诗要适度重视音乐形式高度重视排列形式——新诗技法研究的策略和方法举隅》认为：对诗体的重视实质上是对语体的重视，对语体的重视实质上是对语言的重视，这一切都可以归结为对诗的语言形式及话语结构甚至诗的做诗技法的重视。……熊辉的《建立准定型诗体：朱自清的新诗形式观念》认为：诗人在创作新诗的时候必须考虑形式因素。对于很多创作新诗尤其是自由诗的人而言，诗歌的韵律和形式也许成了束缚他们表达自由心灵和深邃思想的镣铐，但是诗人创作时如果能够考虑形式因素，不但不会妨碍诗情的表达，而会为自己找到表现思想和艺术的凭藉。”〔1〕

正是诗体的多元格局和新诗理论界的学术民主带来了近年新诗诗体学研究的繁荣。这种学术民主是前所未有的。王珂是吕进的硕士和吴思敬的博士后，但是并没有因为师生关系及学派关系影响自己的诗体观，吴思敬主张自由诗，吕进主张格律诗，王珂主张建设准定型诗体，适当偏向格律诗，但是与吕进又有差异，吕进认为新诗诗体建设重点在音乐形式建设，王珂更强调视觉形式，即“诗形”建设。近年在格律诗派和自由诗派各自的内部也形成了多种派别。万龙生、王端诚、晓曲等与黄淮、周仲器、思宇等都倡导格律诗，但在这种诗的称谓、分类及写作方法上都有差异，万龙生等称为“格律体新诗”，黄淮等称为“新格律诗”“现代格律诗”或“现代汉语格律诗”，周仲器坚持用“新格律诗”。周仲器、黄淮等主张建设相对宽松的新格律诗体，万龙生、王端诚等人主张建设严谨的格律体新诗。

尽管近年诗体学研究进展较快，仍然存在很多问题。由于研究难度较大，需要将基础理论研究和应用研究结合，将诗体理论与创作实验结合，对研究者的知识结构要求较高，导致研究人员数量偏少，特别是中青年新诗学者很少有人愿意投入此项研究。研究方法单一，研究对象陈旧，多数学者受到闻一多、何其芳的格律诗理论束缚，无视新诗的书写方式和传播方式都发生了巨大变化的现状，导致研究出来的诗体理论无法推广应用。

近年诗体研究的最大问题是一些基本概念混乱，如最基本的概念“诗

〔1〕 王珂、陈卫：《新诗重“立”轻“破”的“建设时代”来临——21世纪中国现代诗第五届研讨会暨“现代诗创作研究技法”学术研讨会综述》，王珂、陈卫：《51位理论家论现代诗创作研究技法》，海峡文艺出版社，2012年，第470-474页。

体”就有多种定义，甚至是相互矛盾的。“诗体是诗的音与形的排列组合，是诗的听觉之美和视觉之美的排列组合。诗歌文体学就是研究这个排列组合的形式规律的科学。从诗体特征讲，音乐性是诗与散文的主要分界。从诗歌发生学看，诗与音乐从来就有血缘关系。”〔1〕“所谓诗体，是具有稳定构造、标志诗的类别形式的特殊的符号系统。诗体的基本特征就是公用性，集中反映了诗体自身所具有的形式方面的特征。”〔2〕“所谓诗体，指的是诗歌的具体存在方式，……这种诗体既可以说是诗歌作品的言语结构模式，但又不仅仅是所谓的‘形式’，而是还具有某种本体的意义。”〔3〕“‘诗体’特指诗的‘体裁’、‘体式’的规范，即从‘怎么写’上来考察诗的形式特征，指的是‘诗人所运用的言语结构’，即通常所说的诗的‘形式’(form)。……诗体更多是指约定俗成的诗的常规形体，如定型诗体和准定型诗体。即诗体是诗的形体范式，是诗的体裁属性的具体的显性表现，是对诗的形式属性制度化后的结果，即规范化、模式化的诗的语言秩序和语言体式，具有制定作诗法则的意义。”〔4〕“诗体，即是对诗的形式属性及文体属性的制度化的具体呈现。”〔5〕这些诗体定义虽然在一定程度上确立了新诗的本体，即确定了新诗诗体学基本的研究内容，但是仍然缺乏系统性、公共性和稳定性，严重影响了研究的全面深入。

近年的新诗诗体研究普遍缺乏外国和中国古代文体及诗体理论的有力支持，也缺乏从纵向上对新诗史，特别是百年诗体建设历史的全面深入考察，更缺乏从横向上对同一时段不同文化背景下的新诗的比较研究，如两岸四地（大陆、台湾、香港和澳门）与海外（东南亚（以老移民为主）、美国、澳大利亚、新西兰（以新移民为主））的现代汉语诗歌的文体特征及诗体方式颇有差异。

新诗诗体学必须借鉴已有的文体学及诗体学的研究成果。新诗诗体学要借鉴形式文体学、功能文体学、文学文体学、语言学文体学、文化文体学、话

〔1〕 吕进：《诗歌的外形式与诗体》，吕进：《中国现代诗体论》，重庆出版社，2007年，第9页。

〔2〕 吴思敬：《新诗：呼唤自由的精神——对废名“新诗应该是自由诗”的几点思考》，《文艺研究》2011年第3期，第40页。

〔3〕 周晓风：《新诗的历程——现代新诗文体流变(1919-1949)》，重庆出版社，2001年，第5-7页。

〔4〕 王珂：《新诗诗体生成史论》，九州出版社，2007年，第424-426页。

〔5〕 王珂：《诗体学散论——中外诗体生成流变研究》，上海三联书店，2008年，第12页。

语文体学、批评文体学和计算文体学，建设包括新诗文类学、新诗语言学、新诗意象学、新诗生态学、新诗功能学、新诗文化学、新诗政治学、新诗传播学、新诗诗美学等为主要内容的新诗诗体学。

中外文学研究中的文体学(stylistics)和诗体学(prosody)既古老又年轻。诗体学是文体学的组成部分，通常把研究诗歌文体的文体学称为诗体学。两者又有差异，传统意义上的文体学偏向艺术风格学，诗体学偏向艺术类型学。传统意义上的文学类型学也包括文学分类学和文学风格学，现代意义上的文学类型学偏向文学体裁学和文学形态学。两者又受到文学功能学的巨大影响。现代文体学主要研究某种文体的文体特征和文体价值，特别重视文体的生存状态和外部环境，重视文本的体裁特征、本质及其规律研究，是语言学、文艺学、美学、心理学、社会学、政治学等学科的跨学科研究。文学类型学(文学功能学)、文学修辞学(文学技巧学)和文学社会学(文学政治学)是研究的重点，强调在特定语境中(particular contexts)研究语言体式的特色(elements of language style)。由于新文体的产生周期由过去的每50年减为每10年，文体学在当代受到高度重视。现代文体学源于俄国形式主义及布拉格学派。巴利、索绪尔、雅各布森、哈利德、苏珊·朗格、波斯彼洛夫、卡冈、巴赫金、卡勒都为文体学的发展作了贡献。60和70年代涌现了形式文体学、功能文体学、文学文体学、语言学文体学等众多学派。80年代受巴赫金对话理论影响的话语文体学被高度重视。90年代受福柯话语理论影响，出现历史/文化文体学，认为文体学的任务是揭示和批判语言中的意识形态和权力关系。中国很早就有文体研究，如刘勰的《文心雕龙》、许学夷的《诗源辩体》。中国当代文体学研究最早在外文系，如1978年王佐良在《英语文体学研究及其他》一文中主张文体学将语言学和文学融合。90年代文体学才受到中文系学者，特别是文学理论界的重视，北师大出版了“文体学研究丛书”，童庆炳的《文体与文体的创造》把文体分为相互独立又相互联系的三个层面：体裁—语体—风格，认为文体与作家个性、时代精神、历史文化相关。2003年中山大学成立中国文体学研究中心，主要从事中国古代文体学研究。褚斌杰、杨仲义、吴承学等学者的古代汉诗文体学成果颇丰。

传统意义上的“诗体”指诗的“体裁”“体式”，有时也指“风格”。西方从亚里士多德的《诗学》、黑格尔的《美学》，到卡冈的《艺术形态学》、卡勒的《结构主义诗学》……中国从《尚书》《毛诗序》，到刘勰的《文心雕龙》、许学夷的《诗源辩体》……都有关于诗体的论述。西方诗体学偏重诗歌语言的听觉形式和视觉形式研究，如诗节、诗行、音步、抑扬格或扬抑格等，语体是诗体的重要内容。如 1938 年纽约出版的《诗的门口》(Doorway to Poetry)共六章，三章涉及诗体。第二章是《诗的语体》(the Diction of Poetry)，第三章是《诗的类型》(the Kinds of Poetry)，第五章是《诗的构成》(the Forms of Poetry)。作者路易士·昂特梅尔(Louis Untermeyer)这样定义自由体诗："自由体诗(Free verse)韵律自由、规则的音步自由和诗节形式的常规限制自由。"[1]中国古代诗论的诗体兼顾体裁和风格。国外近年随着文体学、艺术类型学、艺术形态学等的繁荣，诗体研究受到重视。如英语诗歌在诗的形体和诗的音乐与具体的诗体类型，如十四行诗、具象诗等方面的研究成果颇丰。中国古诗诗体研究也较繁荣，出版了杨仲义的《汉语诗体学》等专著。新诗诗体学需要将古代汉诗与现代汉诗、外语现代诗与汉语现代诗分别视为不同语言体系和不同思维方式产生的抒情文体，意识到新诗诗体学不但必须有别于外语诗体学，也有别于古代汉诗诗体学。但是仍然需要借鉴古代汉诗诗体学和外语现代诗诗体学的研究方法，提出构建策略。

建立全面科学又富有特色的新诗诗体学，是新诗理论界的当务之急。如在讨论新诗本体时，既要重视本质主义视域中的本体，重视这些约定俗成的诗歌观念：诗是最高的语言艺术，诗是人类语言智能的典型范例，诗通常是韵文，新诗是现代汉语诗歌，新诗是具有现代精神、特别是自由精神的诗歌，新诗是打破了"无韵则非诗"做诗信条的自由诗……更要重视关系主义视域中的本体，尤其要重视新诗的形式本体——多种诗体、混合本体——多种文体、表现本体——多种技法。新诗诗体学必须研究以下基本问题：何为新诗(新诗的文体特征)？何为诗体(一般的诗体概念、范畴及中外诗体理论的历史和评价)？何为新诗诗体(特殊的诗体概念、构建)？新诗如何生成(新诗文体生成的文学本体研究和社会文化研究)？新诗为何要和如何建立常规诗体？新诗诗体为何定型难……

尽管目前诗体研究存在研究方法落后、理论缺乏操作性等问题，导致诗体构建策略偏颇，如极端强调诗体的格律化或自由化，新诗诗体的理论体系更没有建立。虽然已经有了多部优秀的新诗史(论)，如王光明的《现代汉诗的百年演变》、龙泉明的《中国新诗流变论》等，却没有完整的新诗诗体的生成

[1] Louis Untermeyer. Doorways to Poetry. New York: Harcourt, Brace and Company, 1938. p. 417.

演变史(论),更没有纯粹的新诗诗体理论专著。但是涉及诗体的新诗文体的某些局部研究较有成就,如吕进的新诗文体学研究、骆寒超的古代诗体与新诗诗体建设研究、姜耕玉的新诗的语言形式研究、许霆的十四行诗和新诗诗体流变研究、台湾丁旭辉的诗的图式研究和林于弘的诗的"固定行数"研究、荷兰柯雷的新诗的音乐性研究、美国杜国清的网络诗学研究……这些研究成果已经构成了新诗诗体学的重要内容,呈现出这一学术的光明前景。如果继续寻找新的理论资源和研究视角,如在对已有的文体理论及诗体理论的全面梳理研究、诗体理论的基本构成研究、诗体的流变特点研究、外国现代诗歌的文体诗体特点考察、新诗诗体的全面重点研究基础上,构建当代新诗诗体理论,提出 21 世纪现代汉语诗歌的诗体重建策略,完全可以完成新诗诗体学的全面构建。

纵观中外诗史,特别是诗体流变史,不难发现诗体具有艺术价值和政治价值,既有艺术规范及艺术革命的潜能,也有政治律令及政治革命的潜能,是诗的文体功能及文体价值和诗人的存在意义及生存方式的显性表现。"任何价值系统都形成一种意识形态,很明显,一种意识形态只能存在于通过转移而被重新构建的境况之中。"[1]诗体研究实质上是诗的本体研究。现代社会越来越重视"形式本体""混合本体"和"表现本体",新诗诗体三者兼具,特别是当代及未来的新诗,是由多种诗体(定型诗体、准定型诗体和不定型诗体)共存、多种文体(散文、戏剧、小说、新闻)共建和多种技法(抒情、叙述、议论、戏剧化)共生的文体。诗体在当代社会更具有特殊价值,不仅是诗的语言体式,而且是调控权力之流的规则系统。因此新诗诗体学不仅具有诗学的意义,还具有政治学和伦理学的价值。只有坚持新诗是现代汉语诗歌和现代意识诗歌,重视理论的前瞻性和操作性,坚持生态决定功能、功能决定诗体、诗体决定价值的方针,将诗体的基础理论研究、已有诗体的生成流变研究和优秀诗体的应用推广研究有机结合,真正实现跨学科研究,新诗诗体学才能获得更大的学术空间,成为新诗理论研究中的"显学"。

2014 年 11 月 6－8 日"中国现代文学研究会第 11 届年会";主办方:中国现代文学研究会,南京晓庄学院,南京大学新文学中心,南京师范大学中国现当代文学学科;地点:南京晓庄学院。

---

〔1〕 Judith Williams. Decoding Advertisements. London: Robert MAClehose and CompanyLimited, 1978. p. 43.

今日新诗应该高度重视现代性建设

摘　要：诗歌生态决定诗歌功能，诗歌功能决定诗歌文体。新诗是一种现代性文体，但是新诗的现代性建设之路坎坷。新诗的现代性建设必须为中国的现代化建设服务。今天需要将本质主义和关系主义结合，重视由"形式本体"产生的新诗的诗体形式性和"混合本体"产生的新诗的文体混合性。采用哲学的现代性理论、文体学的功能理论和文学社会学的生态理论，在中外现代诗歌的大背景下考察新诗，完成新诗的理论创作研究、影响生态研究和建设策略研究。新诗的现代性建设主要分为启蒙现代性建设和审美现代性建设，具体为一大问题、两大需要、三大功能、四大任务、五大特质和六大建设。应该学习波德莱尔，把新诗建设成既世俗又精致的现代汉语诗歌。

关键词：中国现代诗　现代性建设　世俗性　先锋性　启蒙现代性　审美现代性

由中国当代文学研究会发起的"21世纪中国现代诗研讨会"至今已经在浙江湖州、浙江温州、广西南宁、海南海口、福建武夷山、广东湛江、山东威海举办了七届。除"21世纪中国现代诗研讨会"外，新世纪新诗理论界还有两个论坛。一个是"两岸四地当代诗学论坛"，由中国大陆、中国台湾、中国香港和中国澳门的新诗理论家发起，由中国当代文学学会与四地的大学联办，2007年在珠海开了第一届后，又在澳门、北京、台北、天津、香港举办了六届。还有一个是"华文诗学名家论坛"，由西南大学中国新诗研究所联合《文艺研究》等单位主办，2005年在重庆举办了第一届后，已经举办了五届。近年我参加了三大"论坛"的绝大部分会议，深刻地感受到"21世纪中国现代诗研讨会"用"现代诗"取代"新诗"，就是为了强调汉语诗歌这种已有百年历史的抒情文体的"现代性"。这种"现代性"可以简洁地表述为"启蒙现代性"和"审美现代性"。这种抒情文体也可以"一针见血地"称为"现代汉诗"——用现代汉语和现代诗体写的富有现代情神和现代意识的诗。

2009年8月10日到13日，在福建武夷山召开了"21世纪中国现代诗第五届研讨会暨'现代诗创作研究技法'学术研讨会"。由我所在的福建师范大学文学院与中国当代文学研究会联办，我负责研讨会的具体工作。在确立会议研讨主题时，我有感于新诗已有百年历史，长期存在内容大于形式、情感大于技法等重“写什么”轻“怎么写”等问题，认为这严重影响了新诗的健康发展。所以有意识地想回避新诗的“新”与现代诗的“现代”，希望新诗研究界如80年前的胡适所言“多研究些问题，少谈些主义”，甚至想“逃避生活”“远离政治”。所以请51位新诗理论家到风景秀丽“形式”极美的武夷山不讲“内容”，只研讨“现代诗创作研究技法”。这是新诗研究界首次以“技法”为主题举办的大型研讨会。这个主题得到了谢冕教授、吕进教授、吴思敬教授等大多数诗论家的赞扬，认为新诗应该进入重视技法的建设时代，技法建设应该是新诗建设的重要内容，应该全面进入“和谐诗歌”和“艺术诗歌”的建设时期，处理好个体与群体、自由与法则等矛盾。但是也有学者反对极端的技法建设，认为既要重视“怎么写”，也要关注“写什么”。甚至我自己也在大会发言时表示自己致力于新诗文体学及诗体学研究20多年，并不如外界所传言的只是在研究“怎么写”，不关心“主义”只研究“问题”，我也有如萨特所言的“介入意识”和中国古代文人推崇的“兼济天下”的“政治野心”——我鼓吹新诗既不能采用自由诗，也不能采用格律诗，而应该建立准定型诗体，就是希望中国建设宽松而有节制的“上层建筑”及“政治体制”。

第八届研讨会仍然继承了这个传统，既强调中国现代诗的“审美现代性”及“现代文体”，也重视“启蒙现代性”及“现代精神”。如同启蒙主题是中国新文学的一大主题一样，中国新诗更是一种政治化的文体，白话诗运动不是一次纯正的诗体大解放运动，而是充当了新文化运动甚至政治运动的急先锋。所以启蒙功能是新诗重要的功能。这次会议的“正式邀请函”上关于会议议题的一段话呈现出这种“学术”与“政治”密不可分的特色。“本次研讨会将重点围绕‘中国现代诗理论话语体系构建与反思’为中心展开研讨，请就下述议题撰写论文：（一）中国现代诗诗意生成机制研究。（二）中国古代诗学理论话语的现代转换。（三）西方诗学话语体系对中国现代诗理论的影响及反思。（四）中国现代诗审美特征研究。（五）网络时代新诗艺术方式的新变。（六）与中国现代诗诗理论建设相关的其他话题。”〔1〕

诗歌生态决定诗歌功能，诗歌功能决定诗歌文体。现代诗诗意生成及网

〔1〕 中国当代文学研究会、安徽师范大学文学院、安徽师范大学中国诗学研究中心、安徽师范大学学报编辑部：《21世纪中国现代诗第八届研讨会正式邀请函》，未刊稿。

络时代新诗艺术方式的新变都与诗歌的生态环境有关，即与现代中国人和现代中国有关。在总题目和分题目中都出现的“话语”一词，更显示出此次会议较浓的“意识形态性”和今日新诗理论家强烈的“介入意识”。因为无论是巴赫金的话语理论还是福柯的话语理论，都强调政治，甚至权力的力量。福柯总结出社会运作系统的基本构建模式。“起源于三个宽阔的领域：控制事物的关系，对他者产生作用的关系，与自己的关系。这并不意味着三者中的任何一组对其他都是完全无关的……但是我们有三个特殊的轴心：知识轴心、权力轴心和伦理轴心，有必要分析它们之间相互作用的关系。”[1]埃斯卡皮也强调文学生态圈的客观存在。“凡文学事实都必须有作家、书籍和读者，或者说得更普通些，总有创作者、作品和大众这三个方面。于是，产生了一种交流圈，通过一架极其复杂的，兼有艺术、工艺及商业特点的传送器，把身份明确的(甚至往往是享有盛名的)一些人跟多少有点匿名的(且范围有限的)集体联结在一起。”[2]

2014 年 11 月 2 日，在由首都师范大学中国诗歌研究中心、首都师范大学文学院、北京大学中国新诗研究所在北京香山饭店召开的“如何现代，怎样新诗——中国诗歌现代性问题学术研讨会”上，上个世纪 80 年代初就在大陆出名，后来旅居法国多年的新诗理论家钟文先生在大会发言中认为现代诗歌的创始人波德莱尔的阳光还没有照到中国新诗的大地上。我颇有同感，在 11 月 3 日的大会发言中尖锐地指出：大陆新诗对西方现代诗的接受还远远不够，与世界现代诗的联系还不够，现在大陆新诗界还不是妄谈“中国化”，甚至“去西方化”的时候。我主张今天我们研讨中国诗歌“现代性”问题，必须涉及“洋为中用”是否“开放”问题。甚至提出今日新诗在现代性建设上，语言形式上要偏向“中国化”，内容技法上要偏向“外国化”。讨论现代汉语诗歌诗体的现代性，必须重视人的构形本性和艺术的具形本性，重视“与时俱进”般的时代赋予新诗及新诗诗人的“现代性”。既要重视新诗的语言的现代性和精神的现代性，更要重视现代汉语的实用性和个体性，重视现代汉诗的先锋性和现代诗人的时代性。现代汉语诗歌诗体的现代性主要指语体和文体的现代性。现代世俗性情感和现代通俗性语言是

[1] John McGowan. Postmodernism and Critics. New York: Cornell University Press, 1991. p. 134.

[2] [法]罗贝尔·埃斯卡皮:《文学社会学的原则和方法》,罗贝尔·埃斯卡皮:《文学社会学》,王美华译,浙江人民出版社,1987 年,第 1 页。

现代汉语诗歌的两大现代性特征。

今天研究新诗现代性，准确点说是探讨新诗现代性建设，尤其是寻找新诗现代性建设策略，即回答“现代诗如何现代，新诗如何新”，过去流行的本质主义和现在流行的关系主义都不可能回答这个复杂问题，必须将两者结合起来，把新诗现代性问题细分为以下多组关系：现代性和后现代性，世俗性和先锋性，断代性和相关性，叙事性和抒情性，主体性和主体间性，文体性和诗体性，启蒙性和审美性。尤其是弄清各组关系两者之间的既对抗又和解的复杂关系，才能完成新诗的本体理论和新诗的现代性理论的建设，才能回答“新诗何为”与“何为新诗”这些基本问题。

首先要辨析关键词“现代性”。这是一个众说纷纭的词语，常与“现代化”“现代化进程”“现代主义”“后现代主义”等术语纠结不清。如马泰·卡林内斯库在《现代性的五副面孔》一书认为现代性有五个基本概念：现代主义、先锋派、颓废、媚俗艺术和后现代主义。他甚至认为“现代化”是现代性的第六副面孔。五个概念是相互交错的，如“现代主义”和“后现代主义”都有“现代性”，尤其是都有“先锋”特色，“颓废”和“媚俗艺术”都涉及世俗化、日常生活化，甚至欲望化、庸俗化。库尔珀在《纯粹现代性批判——黑格尔、海德格尔及其以后》一书中说：“‘modern（现代）’这个术语源于一个拉丁词，意思是‘在这个时代’。这一英语词汇迅速地演变出两种用法，意味着‘当代、当今’，另一用法则添加了这样的涵义——在现代时期，世界已不同于古典的和中世纪的世界。在这一词汇的现今用法中保留了这两层含义，只是当今世界与之相对立的历史时期已经不只是古典的和中世纪的两个阶段了。在社会科学中，而且某种程度上在它的通常用法中，已演绎出关于现代的和传统的生活方式之间的一种更为精致的对立。很多的时代可能也会觉得他们是与众不同的，但我们倾向于认为我们的独特性远非一般的差异可比；我们正在发展着历史中的崭新事物。”〔1〕库尔珀强调“新”，重视现代与传统的对立，把现代性事物视为“历史中的崭新事物”。20世纪出现的这种用现代汉语写的抒情文体，就是“历史中的崭新事物”，它是与古代汉诗“对立”的产物，所以称为“新诗”或“现代诗”都有异曲同工之妙，不管它被称为“新诗”“现代诗”“现代汉诗”“汉语新诗”，都具有“现代性”特

〔1〕［美］库尔珀：《纯粹现代性批判——黑格尔、海德格尔及其以后》，藏佩洪译，商务印书馆，2004年，第22－23页。

质，都是特定时代产生的“现代性”文体。

詹姆逊考证出“现代性”的词源历史，总结出“现代性的四个基本原则”。“作为一个概念，‘现代性’一词经常与现代相关联，因此当我们发现这个词实际上早在公元5世纪就已经存在时，不免会大吃一惊。基拉西厄斯（Gelasius）教皇一世（公元494－公元495）在使用该词时，它仅仅用于区分不同于先前教皇时代的当代，并不含有现在优越于过去的意思（除了现在在时间顺序中的排列）。现在与最近的过去属于一个连续体，两者都与基督在世时的特殊历史时期有着巨大差别。因此，拉丁语‘modernus’仅指‘现在’或‘现在时’；在希腊语中，不存在指代这种意思的一个对应词，因此关于该意义的拉丁语与希腊语是一致的。然而，差不多处于同一时期，当卡西奥德洛斯写作时，即哥特人征服罗马帝国以后，这个词开始有了新的含义；在这位基本上属于从事文学研究的学者看来，‘现代’有了一个对应词，他称之为‘过去’。站在教皇的角度看，哥特人新建立的帝国并没有在基督教传统中形成一种断裂；但对于知识人士而言，它却代表了一种根本性的分界，这种分界使得先前的经典文化有别于现代文化，而后者的历史任务在于对先前的文化进行再造。正是这种分界使得‘现代’这一术语形成了特定的意义，这一特点因此延续至今。对于卡西奥德洛斯而言，这个词充满了后来者因为无法超越前人而产生的忧郁，但这无关重要，在各种文艺复兴语境里（加洛林王朝，12世纪的文艺复兴，以及伯克哈特的意大利），人们欣喜地接受了一种新的历史使命。这里的一个争议是关于‘新’（novus）和‘现代’（modernus）的区别。我们能不能说，凡是现代的必然是新的，而新的未必就是现代的？在我看来，这个问题类似于个人与集体（或者历史的）之间的区别问题：一方面是形成个人经验的事件，另一方面是对整个集体暂时性进行明显调整的那些时刻作出隐含或者公开的认同。我们不能低估像‘现代’这样一个具有不规则动力的词语。要理解这一术语，我们至少有两个互为竞争的模式。第一种模式是将它放入时间框架中并对它进行分类。这势必引出一些划分时间的词（将来时、前将来时、过去将来时、未完成时，等等）。我们可以跟随莱恩哈特·科西勒克，列出在漫长历史中形成的各种观点，将关于时间的新词视为一个证据，并以此推断出关于历史意识形成的叙事。然而，从哲学的角度思考，这种方法会由于二律背反而失败，因为，关于时间已经有这样一种权威说法：‘当我们要谈论时间时，总是太迟了。’另一种显而易见的方法属于语言学模式，它不是从探讨意义、意识角度出发，而是从物质符号入手。可以这么说，‘现代’一词属于耶斯坡森称之为转换词(shifters)一类：即功能词，或者是用于指代言说语境的指涉词(reference)，它所代表的意义和内容因人因时发生变化。代词(如，我——包括主格和宾格，你)指涉地点的词(如，这里，那里)，当然也包括指涉时间的词(如，现在，当时)，都属于这一类。事实上，正如大家知道的，现代语言学产生之前，黑格尔在《精神现象学》开卷处就对这些转换词提出了讨论；他指出，这些词乍看显得再具体不过，但当我们对它们的变异有所认识以后，就会发现，情况不是这样。不过，转换词的确存在，虽然它们在哲学层面上显得不连贯；在过去看来众所周知的各种'现代'说法，向我们暗示，完全可以将'现代'一词归入转换词一类。不过，这样一来，现代的各种悖论就缩减为仅仅是新的悖论；而现在的每一种语言中都有转换词，这有可能使我们目前探讨的目标丧失历史性，而历史性恰恰又是以前一种模式所强调的。"[1]"第一个基本原则：断代无法避免。……'现代性'常常意味着确定一个日子并把它当做一个开始。……各种各样的现代性到处可见：世俗化以及尼采提出的'上帝死了'；工业资本主义进入第二阶段或者称之为官僚/垄断阶段以后，韦伯的合理化理论；美学领域的现代主义以及语言的物化，各种各样的形式抽象；另外，最后但并非不重要的一点，苏联革命。……第二个基本准则：现代性不是一个概念，无论是哲学的还是其他的，它是一种叙事类型。……第三个基本准则：不能根据主体性分类对现代性叙事进行安排；意识和主体性无法得到展现；我们能够叙述的仅仅是现代性的多种情景。……第四个基本准则：任何一种现代性理论，只有当它能和后现代与现代之间发生断裂的假定达成妥协时才有意义。然而，依然存在着一种关于现代的用法，它与现在的相关性(不管多么复杂而且具有悖论意义)似乎无法被否定。这是它的审美范畴或审美适应，它必然假定一种对于工作的经验存在于现在，不管它的历史起源如何。因此，我们现在必须将注意力转向艺术现代主义的讨论。"[2]

如詹姆逊所言研究现代性及提出任何一种现代性理论，必须将注意力转向艺术现代主义的讨论。但是诗的现代性如哲学的现代性一样难以分辨得一清二楚。弗雷西在《现代作家与他的世界》一书中认为很难确定诗的现代

〔1〕[美]詹姆逊:《现代性的四个基本原则》，王亚丽译，王逢振:《詹姆逊文集，第 4 卷，现代性、后现代性和全球化》，中国人民大学出版社，2004 年，第 13 - 15 页。

〔2〕[美]詹姆逊:《现代性的四个基本原则》，王亚丽译，王逢振:《詹姆逊文集，第 4 卷，现代性、后现代性和全球化》，中国人民大学出版社，2004 年，第 23 - 75 页。

性标准："在诗中，读者更能体会到'现代'的明显风格，特别表现在诗的格调上，尽管很难给出诗中的'现代性'的绝对标准。"[1]弗雷斯在《表现主义》一书中说："法国的'现代'诗无疑开始于波德莱尔。诗人们如英国的艾略特和庞德在他和拉弗格、兰波那里找到了他们正在寻求的现代性。20世纪的法国诗歌中并没有什么彻底的创新可与艾略特和庞德在1914－1920年的英国所作的一切进行比较，这一切在数十年前的法国就已经完成了。早在1870年，兰波就宣称：'应该绝对地现代'。"[2]但是也没有研究出波德莱尔和兰波的"现代性"的准确含义。

对新诗进行外部研究和内部研究，针对中国的现代化进程及今日中国国情的特殊性，参考世界现代诗的文体特性，借用詹姆逊的"现代性的四个基本原则"和马泰·卡林内斯库"现代性的五副面孔"的理论和方法，可以确定出新诗现代性的一些基本概念：世俗性、先锋性、断代性、叙事性、相关性、主体性、主体间性、本体性、诗体性、启蒙性和审美性等。即新诗是一种先锋性世俗化文体，先锋性既指诗意的先锋，如启蒙功能受到重视；更指诗艺的先锋，如各种流派及写作方式此起彼伏。世俗化既指诗意的世俗化，如平民情感受到重视，更指诗艺的世俗化，如口语和自由诗体被广泛使用。无论是先锋性还是世俗性，都与现代汉语有关，这种抒情文体可以称为"现代汉语诗歌"。这样更能凸显这种文体的语言特性。强调这种抒情文体的诗体建设及现代性建设需要高度重视现代汉语，即新诗的现代性建设包括启蒙现代性建设和审美现代性建设两大部分，前者更多指新诗应该"写什么"——写现代意识和现代精神，后者指新诗应该"怎么写"——采用现代汉语和现代诗体。用"现代汉诗"来指称这种抒情文体比用"新诗"更准确，即现代汉诗是用现代汉语和现代诗体写现代意识和现代精神的诗。

用"现代汉诗"取代"新诗"的历史并不长，最大原因是随着中国的建设时代及汉语诗歌的建设时代的来临，人们越来越发现用"新诗"指称这种文体会助长诗人的创新意识，会太"标新立异"，"破坏"会大于"重建"。虽然"现代"也强调诗人的主体性和文体的独立性，但是还承认"主体间性"，承认"他者"的存在及它对确立"自我"的意义，更不极端否定传统。"在全世界，各种包含文化传统信仰的巨大的意识形态系统已经极大地丧失了它们在受过西方较

〔1〕 G. S. Frase. The Modern Writer and His World. England: Penguin Books Ltd., 1964. p. 31.

〔2〕 [美]R. S. 弗内斯：《表现主义》，艾晓明译，昆仑出版社，1989年，第90页。

高教育的人群中的权威。”[1]但是传统仍然是构建和维系历史及文化的重要链条。“当我们言及知识传承与知识传播(transmission and communication of knowledge)时,我们乃意指文明进程的两个方面:一是我们累积的知识在时间上的传承,二是同时代人之间就其行动所赖以为基础的信息所进行的传播。但是,这二者并不能够截然分开,因为同时代人之间用以传播知识的工具,乃是人们在追求其目的时常常使用的文化遗产的一部分。”[2]艾略特是重要的现代诗人,他针对当时一些诗人误以为现代诗就是与传统诗对立的诗的观念,写了那篇著名的文章《传统与个人才能》。他说:“假若传统或传递的唯一形式只是跟随我们前一代人的步伐,盲目地或胆怯地遵循他们的成功诀窍,这样的‘传统’肯定是应该加以制止的。……传统是一个具有广阔意义的东西。传统并不能继承。假若你需要它,你必须通过艰苦劳动来获得它。首先,它包括历史意识。对于任何一个超过二十五岁仍想继续写诗的人来说,我们可以说这种历史意识几乎是绝不可少的。这种历史意识包括一种感觉,即不仅感觉到过去的过去性,而且也感觉到它的现在性。这种历史意识迫使一个人写作时不仅对他自己一代了若指掌,而且感觉到从荷马开始的全部欧洲文学,以及在这个大范围内他自己国家的全部文学,构成一个同时存在的整体,组成一个同时存在的体系。这种历史意识既意识到什么是超时间的,也意识到什么是有时间性的,还意识到超时间的和有时间性的东西是结合在一起的。有了这种历史意识,一个作家便成为传统的了。这种历史意识同时也使一个作家最强烈地意识到他自己的历史地位和他自己的当代价值。”[3]多年以后,文学理论家巴赫金也强调文体的“现代化”必须继承传统:“文学体裁就其本质来说,反映着较为稳定的、‘经久不衰’的文学发展倾向。一种体裁中,总是保留有已在消亡的陈旧的因素。自然,这种陈旧的东西所以能保存下来,就是靠不断更新它,或者叫现代化。一种体裁总是既如此又非如此,总是同时既老又新。一种体裁在每个文学发展阶段上,在这一体裁的每部具体作品中,都得到重生和更新。体裁的生命就在这里。因此,体裁中保留的陈旧成分,并非是僵死的而是永远鲜活的;换言之,陈旧成分善于更新。体裁

〔1〕 Raoul Naroll. The Moral Order. California: SAGE Publications Inc. ,1983. p. 374.

〔2〕 [英]弗里德里希·冯·哈耶克:《自由秩序原理》,邓正来译,生活·读书·新知三联书店,1997年,第25页。

〔3〕 [英]托·斯·艾略特:《传统与个人才能》,《艾略特文学论文集》,李赋宁译,百花洲文艺出版社,1994年,第2-3页。

过着现今的生活，但总是在记着自己的过去，自己的开端。在文学发展过程中，体裁是创造性记忆的代表。正因为如此，体裁才可能保证文学发展的统一性和连续性。”[1]

用“现代汉诗”取代“新诗”在某种程度上可以呈现出新诗诗人，特别是新诗理论家们渴望新诗被“现代性”，甚至持有渴望新诗的文体建设与中国政治经济改革的现代化进程同步的“介入”心态。1991 年春天，唐晓渡与芒克、孟浪等人创办了诗歌民刊《现代汉诗》。1996 年，王光明教授获得国家社会科学基金重点课题项目“现代汉诗的百年演变”。1997 年夏天，由他负责的“现代汉诗的百年演变”课题组在武夷山承办了由福建师范大学、中国社会科学院文学所联合举办的“现代汉诗国际研讨会”。我是课题组成员，负责这次研讨会的会务。当时很多学者，尤其是海外学者，如杜国清就强调新诗的“现代性”，他提交的论文是关于网络诗歌的，那是我最早见到的研究网络诗歌的学术论文。海外学者奚密教授也提出了“现代汉诗”概念，她的著作的名称就是《从边缘出发：现代汉诗的另类传统》和《现代汉诗：1917 年以来的理论与实践》。在这次研讨上，我提出“现代汉诗”的“现代”指“语言的现代”和“情感的现代”，即现代汉诗是用现代汉语写现代情感的诗。

“任何价值系统都形成一种意识形态，很明显，一种意识形态只能存在于通过转移而被重新构建的境况之中。”[2]现代汉诗是与中国政治文化变革基本同步的先锋性文体。这种文体在功能、文体、体裁、题材、技法、写作方式和传播方式等方面都有较大变化，如技法、情绪、叙述、方言、诗体、个体自我意象等受到重视。这些变化正是现代汉诗被“现代性”或者“现代化”的结果。

2014 年 9 月到 2015 年 2 月，西南大学新诗研究所研究生王觅在台湾元智大学作交换生，我设计采访提纲，请他在台湾采访了余光中、洛夫、张默、管管、碧果、简政珍、郑慧如、林于弘、白灵、萧萧、杨宗翰、杨佳娴等老中青诗人、诗论家 50 人。我特地设计了一个问题：“目前采用现代汉语写的这种抒情文体主要有三种称谓：新诗、现代诗和现代汉诗，您认为哪种称谓更为合理？您认为现代诗和新诗的区别主要在哪里？”虽然很多台湾诗人都认为没有多少区别，却有自己的倾向性。

---

〔1〕［俄］巴赫金：《诗学与访谈》，白春仁、顾亚玲译，河北教育出版社，1998 年，第 140 页。

〔2〕 Judith Williams. Decoding Advertisements. London: Robert MAClehose and Company Limited, 1978. p. 43.

林于弘回答说："在台湾，现代诗跟新诗是没有区别的，因为台湾的新诗是受现代派的影响，所以我们的课名就叫现代诗及习作。但其实在我的观念里面我愿用新诗，就是用五四以来的新诗这个名词，更明确。"[1]

白灵回答说："我觉得什么名称其实都没有关系。不过看起来好像现代汉诗这个词是比较谦虚的。至少它是用汉文写的，叫现代汉诗。所以可以跑出现代满文诗、现代蒙古文诗、现代闽南语诗。这是一个比较谦虚的一个讲法，不像现代诗是用中文写的，'中文'这两个字就有点霸气，'汉文'这两个字就比较谦虚。我的《新诗三十家》之所以会用新诗而不用现代诗，我们年轻的时候都用现代诗，参加朗诵会，都称为'中国现代诗朗诵会'。那时候的'中国'就代表台湾，不是大陆，是自己认定的。慢慢才改成新诗，因为和大陆交流，大陆那时候都用新诗，不用现代诗，在大陆叫'现当代诗'，大陆现代诗就从白话诗运动开始算，台湾现代诗是从 1949 年后开始算，所以台湾就改用新诗。新诗这个词也中性一点，比较简短。现代诗有三个字，新诗只有两个字，所以叫新诗是更简化了一个称法，它刚好可以包含多种语言，用闽南语写的，可以叫做新诗，用客家语写的也可以叫新诗。现代汉诗好像限定在汉文上面，新诗好像有更广泛的范围。所以三个词都可以用。"[2]

杨宗翰回答说："我也经过很多矛盾跟挣扎，你看我的两本书，2002 年巨流出版社出的这本书书名就叫《台湾现代诗史》，副标题是《批判的阅读》；10 年之后的 2012 年，书名就改叫《台湾新诗评论》，副标题则是《历史与转型》。我的学术思维在这点上有很大变化。早期我非常坚持'现代诗'是最重要的名称，其他都一概不应被认可。但我日后发现，'新诗'这个名称应该相对而言更为宽泛的，可以容纳日据时代迄今的台湾诗史。至于'现代汉诗'这个词在台湾很少用，它也缺乏与'台湾经验'的连结。进一步讲，坊间通常所称之'新诗批评'，在我的书里则改用'新诗评论'。我在《台湾新诗评论：历史与转型》中提到，回溯中国古典文学的历史，'评论'这个词比"批评"这个词更适合，所以我现在都正名为台湾新诗评论。我不会用台湾现代诗，也不会用台湾新诗批评，我都用台湾新诗跟评论的结合。可以说书名正代表了我对这个提问的响应。"[3]

---

〔1〕 王觅采访林于弘录音，未刊稿。

〔2〕 王觅采访白灵录音，未刊稿。

〔3〕 杨宗翰、王觅：《与台湾新诗与评论的历史对决》，《创作与评论》2015 年第 1 期，第 122 页。

台湾长期流行"现代诗"称谓，与台湾的现代诗运动相关。1953年纪弦在台湾创办《现代诗》季刊，发起成立现代诗社，引起台湾诗坛关于现代诗的一次论争。1957年，覃子豪在《蓝星诗选·狮子星座号》上发表了诗论文章《新诗向何处去?》："中国新诗自'五四'运动以来，否定了旧诗词，而新诗尚不能独自生长，不得不依赖外来的影响，在西洋诗中去学习方法。英德浪漫派的昂扬，法国象征派的含蓄，英国的格律诗和美国的自由诗的技巧，均曾经过中国诗人的实验。……中国人民的社会生活并没有达到现代化的水准，我们的诗不可能超越社会生活之表现。……中国新诗不应该是西洋诗的尾巴。"[1]覃子豪在当时以"中国人民的社会生活并没有达到现代化的水准"来反对台湾以纪弦为代表的现代诗运动是有道理的。纪弦的现代派运动当时确实不被很多诗人理解。2015年1月15日，有台湾新诗活字典之称的85岁高龄的麦穗在台北家中接受了王觅的采访。王觅问："您曾加盟纪弦创办的'现代派'。请回忆一下当时的情况。对您的创作产生了怎样的影响?"麦穗回答说："他成立的时候，我也去参加了。但是，其实讲起'现代派'，像我们这批人就是捧他的场而已。'现代派'真正的成员是纪弦、夏宇。他确实有一群人，像郑愁予。我们这些人等于是外围的，不是正式的。共一百多个人参加，核心人士只有几个。其实，到后来看一看，'现代派'也没有搞出什么名堂来。《现代诗》就是因为纪弦在大陆出过现代诗的诗刊，到台湾以后，《新诗周刊》停了，他自己就搞了《现代诗》。出《现代诗》前，他出了一本《诗志》，只出了一期，就没有了。《现代诗》在那很吃香。因为台湾没有诗刊，就它一个。后来才有《创世纪》，才有《笠》诗刊，是几年以后的事。他的《现代诗》确实搞得轰轰烈烈的。"[2]

台湾新诗的现代性建设确实要比大陆诗歌好得多，台湾诗人的现代诗的意识也比同期的诗人强烈得多。如罗门所言："由于我一再强调自己是对'生命'与'艺术'在做双向投资的诗人，所以便不能不在重视诗'主体性'的同时，也特别重视诗的'本体性'，诗的'主体性'是需要诗的'本体性'来呈现的。至于诗的'本体性'思想它不外是依靠比喻、象征、超现实、白描、投射乃至其他现代艺术使用的立体、组合、蒙太奇、具象、抽象、超写实、极限、达达、空间观念以及现代艺术使用的解构与多元拼凑等这许多技巧与手段，来自由地运作

〔1〕 覃子豪：《新诗向处去?》，杨匡汉、刘福春：《中国现代诗论》，下编，花城出版社，1985年，第199－200页。

〔2〕 王觅采访麦穗录音，未刊稿。

推展与营建，不必受限于任何一个带有‘框限性’的艺术主义与流派，即使超现实主义类有较优越的艺术表现，但诗人在创作中，还是要机动与多面性有效地提升与活用各种艺术流派主义的特殊机能，来自由参与诗的创作活动。这样则显然有较更宽广与多变化的表现空间与有多面性的创作形态。这也就是我一直主张的‘多向性’(NDB)艺术创作观点，解除所有无形与有形的框限与标签，使所有主义流派等美学包装形态，所有出现的资料、媒体以及古今中外等时空范畴乃至现代、后现代……不断呈现的新的现代，都只是自由纳入创作心灵熔化炉的有机元素，有待诗人自由的运用与创造出诗的全新的艺术生命。”〔1〕

在澳门，陶里主张应该用“现代诗”取代“新诗”。“在中国语境中论说现代诗，首先遭遇到的是如何区分‘新诗’与‘现代诗’的问题。依陶里之见，将这两者等同起来显然不恰当，而这种等同恰恰是中国学界的普遍做法。在写于1989年的《认识现代诗》一文中，陶里指出所谓‘现代诗’有两种界说：其一指‘五四’以来的新诗，国内学界多持此种看法；其二指二战以后反传统或反既定模式、强调个人实验或感觉历程的诗，海外学界多持此种看法，陶里说他认同后者。”〔2〕“1989年，陶里、黄晓峰等人组建‘五月诗社’，极力鼓吹现代诗。正如陶里所说：‘五月诗社以弘扬现代主义的姿态出现于保守的澳门诗坛，引起文化震荡。’”〔3〕

今天的新诗现代性建设首先要搞好新诗的启蒙现代性建设，要突出的一大问题是“生存问题”。必须关注“生存”，尤其是人的生存问题。诗不仅要反映和记录现代人，准确点说是当代人的生存境遇，还要给社会和人提供实用的生存帮助。前者可以通过诗的启蒙，甚至宣传功能来完成。后者可以通过诗的抒情功能，甚至治疗功能来实现。要重视人的生理需要和审美需要。前者如弗洛伊德所关注的如何成为健康的人。后者如马斯洛所关注的如何成为优秀的人。弗洛伊德发现力比多过剩是艺术家创作的动力，马斯洛发现人具有真正的审美需要。现代诗必须关注现代人的生物性情感、心理性情感和审美性情感，不排斥情感宣泄情感写作和纯形式美感写作。还要重视三大功能的建设。在战争或革命时期，启蒙功能，甚至是宣传功能格外重要；在和平

---

〔1〕 罗门：《诗与我》，《在诗中飞行——罗门诗选半世纪》，文史哲出版社，1999年，第10-11页。

〔2〕 李观鼎：《论陶里的现代诗论》，《世界华文文学论坛》2001年第3期，第31页。

〔3〕 李观鼎：《论陶里的现代诗论》，《世界华文文学论坛》2001年第3期，第31页。

时期或建设时期，治疗功能十分重要；抒情功能居于其间，常常处在战争与和平、革命与建设相互交融的时期。抒情也常常可以达到治疗效果，有的抒情也可以作为启蒙，如政治抒情诗既有抒情功能，也有启蒙宣传功能。现在中国正处在和平建设时期，应该科学地处理三种功能，尤其是适当重视纯形式美感写作。

今天的新诗现代性建设还要加强新诗的审美现代性建设。首先要完成四大任务：促进改革开放、记录现代生活、优美现代汉语和完美汉语诗歌。把促进改革开放置于新诗现代性建设的四大任务之首，是为了突出中国特色和时代特色。既是为了强调中国文学的“文以载道”，中国诗歌的“诗教”和中国文人的“达则兼济天下”的传统，更是为了突出中国新诗的先锋性及政治性的文体特征和中国新诗诗人的浪漫性及革命的现代性。虽然“完美汉语诗歌”被放在四大任务之尾，但是并非“本末倒置”地让“现代中国人”大于“现代中国诗人”，“写好诗”和“当好诗人”仍然是四大任务中的重中之重，要以诗人的身份，通过写出好诗来促进改革开放和优美现代汉语，来完美汉语诗歌。还要重视今日新诗的五大文体特质：一、在写什么上多变的情绪多于稳定的情感。二、在写作手法上叙述受到重视，但是诗的叙述是从主观世界，尤其是从感觉和感受出发，写的是所感所思；散文的叙述是从客观世界，尤其是从生相和物相出发，写的是所见所闻。三、平民化口语多于贵族性书面语，方言受到重视。四、诗的内在节奏大于诗的外在节奏，诗的音乐性减弱。五、诗的视觉结构大于听觉结构，诗的排列形式重于诗的音乐形式。新诗的现代性建设只能采取“守常应变”的原则。将“诗是抒写感情的语言艺术”改为“诗是抒发情绪的语言艺术”。新诗百年，前70年是抒情时代，叙述只是一种可有可无的创作手法甚至修辞手段，甚至被视为抒情的敌人。后30年，尤其是今天，是叙事与抒情共生的时代，甚至叙事有“喧宾夺主”之势，“拒绝抒情”成为近年诗坛的流行口号。新诗现代性建设主要分为六大建设，要建设中国人的现代情感、现代意识、现代思维、现代文化、现代政治和现代文体。具体为：一、现代情感重视自然情感和社会情感的和谐。二、现代意识重视个人意识和群体意识的融合。三、现代思维重视语言思维与图像思维的综合。四、现代文化强调保守主义与激进主义的共处。五、现代政治追求宽松自由与节制法则的和解。六、现代文体需要本质主义与关系主义的同构。

与英、美、法、日本、印度等国的现代诗诗歌运动比较，中国诗歌的现代运动较晚，它与中国人的现代化和中国国家的现代化进程同步，中国人和中国国家的现代化道路都是崎岖不平的。新诗现代性建设要将本质主义和关系主义结合，弄清建设的本质对象和相关对象是什么，要改变新诗文体是静态的新诗本体观，重视现代本体研究强调的“形式本体”“混合本体”和“表现本体”，尤其要重视由“形式本体”产生的新诗的诗体形式性和“混合本体”产生的新诗的文体混合性。

中国新诗的现代性建设，应该学习波德莱尔。“波德莱尔的重要性体现在两个方面：他既是现代诗歌之父，……也是受到高水平的批评的自我意识的限制和精致化的现代诗人的原型，保罗·瓦雷里这样写道：‘法国诗歌至少上升到了民族前沿，它发现到处都有读者，建立起了现代时代的纯粹诗歌。’”〔1〕有必要学习波德莱尔的“诗的道德”观念：“道德并不作为目的进入这种艺术，它介入其中，并与之混合，如同融进生活本身之中。诗人因其丰富而饱满的天性而成为不自愿的道德家。”〔2〕“美的东西并不比不正派更正派。……诗人们，如果你们想事先担负一种道德目的，你们将大大地减弱你们的诗的力量。”〔3〕波德莱尔给“现代诗歌”下的定义是：“现代诗歌同时兼有绘画、音乐、雕塑、装饰艺术、嘲世哲学和分析精神的特点，不管修饰得多么得体，多么巧妙，它总是明显地带有取之于各种不同的艺术的微妙之处。”〔4〕这样的“现代诗歌”能够满足人的生理需要和审美需要，它具有马尔库塞所说的那种文学艺术的功能——有“义务让人感知那个使个人脱离其实用性的社会存在与行为的世界”，有“义务解放主观性与客观性之一切范围内的感觉、想象和理智”〔5〕。它还具有马尔库塞所说的审美形式：“作为自由象征的审美形式，既是人类实存的方式（或阶段），同样也是一种自然宇宙的存在方式或客观性质。……改造了的、‘人化’的自然，将反过来推动人对完满的追求，或者说，没有前者，后者就不可能。”〔6〕所以波德莱尔强调写诗的快乐：“只要人

〔1〕 Michael Hamburger. The Truth Poetry-Tensions in Modern Poetry from Baudelaire to the 1960s. London: Carcanet New Press Ltd. ,1982. p. 1.

〔2〕 [法] 波德莱尔：《对几位同代人的思考》，波德莱尔：《波德莱尔美学论文选》，郭宏安译，人民文学出版社，1987 年，第 101 页。

〔3〕 [法] 波德莱尔：《对几位同代人的思考》，波德莱尔：《波德莱尔美学论文选》，郭宏安译，人民文学出版社，1987 年，第 107 页。

〔4〕 [法] 波德莱尔：《对几位同代人的思考》，波德莱尔：《波德莱尔美学论文选》，郭宏安译，人民文学出版社，1987 年，第 135 页。

〔5〕 [美]赫·马尔库塞：《现代美学析疑》，绿原译，文化艺术出版社，1987 年，第 9 页。

〔6〕 [美]赫伯特·马尔库塞：《审美之维》，李小兵译，广西师范大学出版社，2001 年，第 125 页。

们愿意深入到自己的内心中去，询问自己的灵魂，再现那些激起热情的回忆，他们就会知道，诗除了自身外并无其他目的，它不可能有其他目的，除了纯粹为写诗的快乐而写的诗之外，没有任何诗是伟大、高贵、真正无愧于诗这个名称的。”[1]

马尔库塞认为：“从感性到感受性（感性认知）再到艺术（美学）的概念发展背后，什么是实在的东西呢？这就是感受性，即那个中介性调节概念，它赋予感官以认知的源泉和机能的含义。但感官并不是包容一切的东西，更不是首要的认知机能。它们的认识功能与它们的欲求功能（感性），是同时俱在的。它们是感性的，因而它们受制于快乐原则。从这种认知和欲求功用的融合中，产生出感官认知中混杂的、低级的、被动的性质。这使得它不适应现实原则，除非它屈从于理性或理智的概念活动，或者被这些活动所构造。”[2]波德莱尔的诗正是人的自我意识完全觉醒的产物，追求快感和美感，所以能够让读者感知到人的存在和社会的存在。阿多诺认为波德莱尔的现代诗能够把社会压制自然与人性的复杂真实反映出来：“当编制性的社会愈超越个人，Lyric的艺术的情况愈游移不定。波特莱尔是第一个关注这个现象的诗人，……通过一种自身绝对客观性的建立，这种诗无视现行社会狭窄的、受限历史性的、意识形态片面的所谓客观性的传达方式……而设法保持一种活泼泼、未变形、未玷污的诗。”[3]今日中国，也需要这种“活泼泼、未变形、未玷污的诗”。

2015年6月7-9日“21世纪中国现代诗第八届研讨会”；主办方：中国当代文学研究会，安徽师范大学文学院，中国诗学研究中心，《安徽师范大学学报》编辑部；地点：安徽师范大学。

〔1〕［法］波德莱尔：《再论埃德加·爱伦·坡》，［法］波德莱尔：《波德莱尔美学论文选》，郭宏安译，人民文学出版社，1987年，第205页。

〔2〕［美］赫伯特·马尔库塞：《审美之维》，李小兵译，广西师范大学出版社，2001年，第50页。

〔3〕［美］叶维廉：《散文诗——为“单面人”而设的诗的引桥》，［美］叶维廉：《叶维廉文集》，第5卷，安徽教育出版社，2004年，第227页。

新诗现代性建设要追求现实主义与现代主义的和解

摘　要：“现代诗如何现代？新诗如何新？”这是近年新诗理论界关注的热点话题。它成为热点的原因是它不仅指涉文学上的现实主义与现代主义、地域文学与整体文学、传统文化与现代文明等关系，还涉及政治上的传统与现代和中国化与全球化，甚至改革开放与闭关锁国和中国特色与西方风格等矛盾。今日新诗应该意识到新诗是一种先锋性世俗化文体，是用现代汉语和现代诗体，抒写现代生活和现代情感，具有现代意识和现代精神的语言艺术。必须加强新诗的现代性建设，尤其要通过启蒙现代性建设和审美现代性建设为培养现代中国人和建设现代中国作贡献。在现阶段，尤其在一些相对落后的地区，新诗应该绝对现代，但不能极端现代，要追求现实主义与现代主义的和解而不是对抗，把现实主义作为现代性的七副面孔之一，学习我国台湾和美国诗歌的现代性建设经验，重建具有现代性的现实主义。

关键词：现代性　现代主义　现实主义　现代性的现实主义

“在西部，活着是首要的！”

这是20多年前从兰州到甘南师范专科学校任教的西部著名诗人阿信在上个世纪90年代初的“名言”。

这句名言今天还有诗人提及。如西部诗人过河卒于2015年7月5日在甘肃陇南武都白龙江畔写了《听王珂教授诗歌讲座》。全诗如下：“写了三十多年诗，/也发表过一些作品，/甚至有些作品常被文朋诗友津津乐道，/听了王珂教授的诗歌讲座，/突然觉得自己很无知，/突然觉得自己不知道什么是诗，/突然觉得自己不会写诗了。//王教授和我同岁，/王教授专门研究现代新诗，/王教授发表了数百篇诗论文章，/王教授著作等身，/王教授现任东南大学人文学院中文系教授兼博导，/王教授以国际视野关注汉诗，/王教授是应朋友之邀来陇南的，/王教授是陇南来的第一位国内诗学大家，/王教授说这是他第一次在大学以外的市级城市讲座，/王教授在甘肃工作过，/王教授是重庆人，/王教授说甘肃是他第二故乡，/王教授说他关注陇南诗歌创作好多年了，/王教授的讲座很精彩，/王教授提纲挈领深入浅出，/王教授回答了陇南诗友的好多提问，/王教授的讲座历时两小时结束了，/王教授讲座后我更不懂诗了。//屈原跳江被人们纪念，/会读《诗经》堪称高雅，/知道李白杜甫白居易也很正常。/可在当下中国，/特别是在行政事业单位工作，/很多喜欢诗歌创作的人，/很多发表了诗歌作品的人，/很多视诗歌创作为崇高神圣的人，/大多忌讳别人称其为诗人，/大多忌讳别人视为神经病，/最令文学爱好者狼狈不堪的是，/领导准备重用的关键时刻，/有人很严肃地提醒，/该同志是诗人。//诗人怎么了？/诗歌怎么了？/改革开放后现代新诗怎么了？/中国的诗界，/病了吗？//王教授讲的很多，/文朋诗友的现场提问也很多，/没来得及提问，/陷入深深思考的人更多。//总之，在王教授的讲座前，/陇南的诗歌在半死不活，自生自灭地成长着，/王教授的讲座后，/陇南的诗歌还将半死不活，自生自灭地成长。/包括中国的诗歌。//诗的人性与神性固然重要，/诗的高贵与普世亦然重要。/而我觉得，/诗言志也罢，诗到语言为止也罢，/诗，不过是一种，/不同于小说散文的文学体裁。//而在当下，/在还是国家重点扶贫攻坚大市的陇南，/近邻甘南藏族自治州诗人阿信的那句话，/仍不无道理，/在物质文明与精神文明相对孽障的西部，/生存依然是最重要的事情。”〔1〕

“真实是诗人唯一的自救之道！”

这是我从 1990 年到 1996 年在甘肃兰州西北师范大学专门从事西部诗歌研究时最喜欢使用的“名句”。如我发表于 1993 年 2 月 6 日《陇南报》的《陇上犁诗片论》就大力倡导这种“平民化生活性真实写作”：“陇上犁忠实于充满了爱和创造力的家乡土地，发掘出一种伟大而朴素的情感，唱出具有浓郁的乡土气息的泥土的歌——山之子的衷曲。陇上犁八七年开始练笔，八八年发表作品，迄今为止，虽然只发表了四十余篇（首）诗及评论，却逐渐引起诗坛的瞩目。他的诗路历程大致分为生命体验型西部诗创作和情感体验型家

〔1〕 过河卒：《听王珂教授诗歌讲座》，http://blog，sina，com，cn/s/blog_406c7ad10102vmdk，html.

园诗创作两个阶段。……在西部诗的大潮影响下，他还创作了《寻找石头》《天空与河流》《戈壁写意》《鹰飞得很高》等表面很‘西部’的西部诗。试图通过体验生命创作一种自恋和自慰的、梦幻和迷狂的、潇洒和神圣的贵族化诗歌。由于诗人的人生阅历和笔力有限，对西部的事情并不全都熟悉。他尽管可以把语言‘玩’得很空灵很像‘诗’。这个阶段从抒情内容到语言形式都步人后尘。因此很难发展，陷入‘超人自恋’的怪圈。诗人最熟悉的家园中的老人山和仇池山拯救了苦闷中的陇上犁。一旦他把‘在天上’的诗降临人间，他的抒情活力就产生了。近年他颇有‘占山为王’之味，发挥地域文化的优势，创作了老人山系列组诗和仇池系列组诗。如他所说：‘我在诗中所要做的，就是以一个脱离桑麻生产的文化人的眼光，将父老乡亲的种种美德乃至愚昧的行径定格为具象的诗歌作品’。忠实于老人山，即忠实于生养他的土地，唱出土地颂歌。在一定意义上，老人山是他的精神天堂，是情感心灵空间被物质生产日渐‘蚕食’的现代人梦寐以求的净土。抒写仇池，实际上是观今鉴古式的历史反思。仇池曾在历史上辉煌过，如今竟默默无闻。诗人的登临，一种被忽略与蔑视的伤感油然而生：‘我们这些诗人的登临/仅是擦刷锈斑’。直面现实和洞察历史，是陇上犁成功地飞出偏居一隅的陇南山地的两翼。真实，是诗人的自救之道。脚下的土地固然是挖掘不尽的诗歌富矿，却需要先进的工具和科学的手段。对于一个年轻诗人，他的前途并不在于他观念的独创性，也不在于他情绪的力量中，而存在于他的语言技巧之中。年轻的陇上犁已经使抒情内容‘平民化’，使抒情方式‘贵族化’已成他的当务之急。”〔1〕

我在此不惜篇幅大量引用原诗和原文的原因不只是因为它们可以真实地呈现出西部诗歌过去甚至现在的生态，借此折射出今日中国诗坛的一些真相，由此说明今天加强新诗现代性建设的迫切性，更是因为最近的一段经历深深地触动了我，让我重新认识了“现实主义”。

2015 年 6 月 26 日到 7 月 16 日，为了更好地完成我近年致力的新诗现代性建设研究课题，我借用社会学的田野调查方式，专程到甘肃的合作市、陇南市、成县、西和县、天水市、兰州市、嘉峪关市和新疆的哈密市、吐鲁番市，实地考察新诗的生态。我参加了十多次诗人座谈会，见到了阿信、桑子、波眼、陇上犁、雪潇、欣梓、王元中、丁念保、周舟、刘晋、孟杨、支路、李开红、孙立本等

〔1〕 王珂：《陇上犁诗片论》，1993 年 2 月 6 日《陇南报》，http://blog.sina.com.cn/s/blog_c87352be0102vjj5.html.

上百位诗人，录音采访了包容冰、王小忠、完玛央金、扎西才让、毛树林、王若冰、胡杨、高平、彭金山、高凯等十余位诗人，还在甘肃民族学院、陇南市文联、成县文联、天水师范学院做了四场新诗讲座。针对工作生活在省城以下的基层诗人的创作现状，我在陇南市文联和成县文联的讲座题目都是《新诗创作新观念》，试图把我在大学校园里研究出的最新成果，特别是新诗现代性建设研究成果，告诉给基层诗人，让他们摆脱"现实主义"的"束缚"，接受"现代主义"的"洗礼"。即我讲座的"新诗创作新观念"的核心思想就是"新诗必须现代"，现实主义诗人必须向现代主义诗人学习。

在讲座的第一部分《诗的定义新观念》中，我特地介绍了四个"现代诗歌"定义来试图改变一些当地诗人的诗歌观念。用艾略特的定义来调整"浪漫主义"诗观，纠正新诗的高度的抒情性。"诗不是感情的一种释放，而是感情的一种逃离；诗不是个性的一种表现，而是个性的一种逃离。"[1]这个观点与朗格的相同，反对直抒胸臆的抒情方式及个人化激情写作。"艺术品的情感表现——使艺术品成为表现性形式的机制——根本就不是症兆性的。一个专门创作悲剧的艺术家，他自己并不一定要陷入绝望或激烈的骚动之中。事实上，不管是什么人，只要他处于上述情绪状态中，就不可能进行创作；只有当他的脑子冷静地思考着引起这样一些情感的原因时，才算是处于创作状态中。"[2]用波德莱尔和奥登的定义来调整"现实主义"诗观，纠正新诗的高度的严肃性。波德莱尔的定义具有开放性和多元性，界定了现代诗的功能。"只要人们愿意深入到自己的内心中去，询问自己的灵魂，再现那些激起热情的回忆，他们就会知道，诗除了自身外并无其他目的，它不可能有其他目的，除了纯粹为写诗的快乐而写的诗之外，没有任何诗是伟大、高贵、真正无愧于诗这个名称的。"[3]奥登的定义如林以亮所言最能代表现代诗的精神。"中国旧诗词在形式上限制虽然很严，可是对题材的选择却很宽：赠答、应制、唱和、咏物、送别，甚至讽刺和议论都可以入诗。如果从 19 世纪的浪漫派的眼光看来，这种诗当然是无聊，内容空洞和言之无物，应该在打倒之列。可是现代诗早已扬弃和推翻了 19 世纪诗的传统而走上了一条康庄大道。现代英国

〔1〕 T. S. Eliot. Tradition and the Individual Talent. David Lodge. 20th Century Literary Criticism. London: Longman Group Limited, 1972. p. 76.

〔2〕 [美]苏珊·朗格：《艺术问题》，腾守尧、朱疆源译，中国社会科学出版社，1980 年，第 23 页。

〔3〕 [法]波德莱尔：《波德莱尔美学论文选》，郭宏安译，人民文学出版社，1987 年，第 205 页。

诗人,后入美国籍的奥登(W. H. Auden)曾经说过:'诗不比人性好,也不比人性坏;诗是深刻的,同时却又是浅薄的,饱经世故而又天真无邪,呆板而又俏皮,淫荡而又纯洁,时时变幻不同。'最能代表现代诗的精神。"[1]用弗依的定义来强调新诗不应该是不讲诗体规范的极端的自由诗。"自由诗不是简单地反对韵律,而是追求散体与韵体的和谐而生的独立韵律。"[2]

在讲座的第二部分《新诗创作新观念》中,我讲解了近年新诗创作的新观念:形式大于内容,情绪大于情感,叙述多于抒情,口语多于书面语,口语诗多于意象诗,小诗多于长诗,审美多于启蒙,诗疗大于诗教……

我还讲了以下一些新观念:今日新诗应该是艺术地表现平民性情感的语言艺术,是采用抒情、叙述、议论,表现情绪、情感、感觉、感受、愿望和冥想,重视语体、诗体、想象和意象的现代汉语艺术。今日新诗诗人的两大任务是培养现代中国人和建设现代中国。现代汉诗是用现代汉语和现代诗体抒写现代精神和现代意识的语言艺术。新诗的"新"指新语言和新形式与新精神和新思想。新诗要为建设中国人的现代情感、现代意识、现代思维、现代文化、现代政治、现代生活和现代文体作出贡献。当新诗诗人的基本要求是"一基二要":一基:推敲之功是基本功;二要:诗需要学、诗需要改。新诗创作的原则及好诗的标准是"一体二象三关四要":一体:诗体;二象:意象与想象;三关:诗的语言关、诗的知识关、诗的技巧关;四要:学养、技巧、难度、高度。"一体"指新诗必须重视"诗体",诗人应该有诗体意识,新诗要建设常规的准定型诗体;"二象"指诗的写作,特别是口语诗的写作和叙述诗的写作要重视"想象"与"意象";"三关"指要适度提高新诗行业的"准入"难度,如古代诗人需要有"推敲"基本功和格律常识,新诗诗人应该过"语言关、诗的知识关和诗的技巧关";"四要"指新诗诗人要重视"学养、技巧、难度和高度","四要"也可以称为新诗创作的"四种境界"。针对当地诗人,尤其是一些乡土诗人格外迷信现实生活,错误地认为写诗更需要观察力而不是想象力,我特别强调写诗必须有较强的想象力,把诗人的想象力细分为想象情感的能力,想象细节的能力,想象语言的能力(靠语言思维写作)和想象图像(场景)的能力(靠视觉思维写作)。

在甘肃的四场讲座中,我都严肃地谈到当前地域诗歌创作存在的三大问

[1] 林以亮:《〈美国诗选〉序》,林以亮:《美国诗选》,今日出版社,1976年,第4页。

[2] Northrop Frye. Anatomy of Criticism. New Jersey: Princeton University Press, 1971. p. 272.

题：内容大于形式，主题先行，题材单一。我都提到了 1995 年 10 月我在西北师范大学任教时参加甘肃省文联主办的文艺理论家座谈会的那场争论。一位老理论家提出甘肃作家诗人有得天独厚的地域文化，他说河西走廊的每一块石头都有一个故事，甘肃作家应该为生活在这片神奇的土地上而自豪，应该有文化优越感，因此必须写这片土地。我反驳说如果没有写故事的技巧，石头永远只是石头。这次在与多位甘肃诗人的单独交流中，我也爱提及这件事情。因为整整 20 年过去了，我发现一些甘肃诗人，尤其是文化官员，仍然有强烈的本土意识和狭隘的地方思想。

甘肃诗坛 30 多年来在全国都处于领先地位，优秀诗人和写诗的人的数量都多于其他省，堪称“诗歌大省”，我在每个县都遇到了诗人，有的水平还很高。但是他们中的很多人明显仍然受到地域意识的限制。今日大陆诗坛，很多诗人，尤其是生活在乡镇和县城的诗人成了“不知有汉”的“井底之蛙”，不仅与他们写诗前没有系统接受过从现实主义到现代主义的诗歌的系统教育有关，也与他们所处的底层生活环境缺乏学习现代诗歌的良好生态有关，甚至还与近年官方通过评奖、举办培训班等方式，以“接地气”之名过分强调“体验生活”，极端推崇现实主义写作，让诗人失去了“仰望星空”的“诗人意识”和“技巧至上”的“匠人意识”有关。甚至还与官方刊物选发诗作或评奖评优时极端重视写实性地域写作有关。导致诗人们，尤其是年轻诗人将地域写作视为发表诗作、参与评奖及扬名诗坛的“终南捷径”。

20 多年来全国诗界都出现过极端重视地域写作的恶劣现象，有的诗人甚至是以写某某村、某某山、某某沟、某某湖成名。今日生活在海南的优秀诗人江非也曾写过生养他的山东村庄。这是今日很多成名诗人共有的写作经历。如冯雷所言：“江非早期的诗大致以其家乡‘平墩湖’为中心和重心，‘平墩湖’经由江非成为了一个具有地标意义的文化符号。江非通过‘平墩湖’发出自己的声音，凸显自己的存在，并以之为据点而与世界、与社会、与历史对话，写出了现代处境之下关于乡村社会、乡土文明的怀恋、不甘、忧戚、背弃等种种复杂情状。”[1]“以家乡为原型，通过想象或实地构筑一个乌托邦式的村庄，这是当前诗歌、小说创作中常见的一种策略。或许是出于概括文学现象的需要，‘平墩湖’之于江非也曾是许多评论者集中讨论的话题之一。……江

〔1〕 冯雷：《作为“小诗人”的江非》，《海拔》第 20 期，海南省作家协会诗歌创作委员会主编，第 146 页。

非则谈到：很多朋友是误解了我和‘平墩湖’的关系。导致这种长期的误读主要有两个方面的原因，一是除了对身边的朋友之外，我并未明确、主动地阐述过我的这个念头，另一个方面就是朋友们并未认真、系统地读过那些‘平墩湖’。如果仔细读过了，就会发现无论是在主观上还是在诗歌实践中，我都一点儿没想沦陷到某个具象的村庄里去。虽然说到它时，不管是对它的自然概念、地理概念还是文化概念，我都饱含深情，但是这些深情还是来源于那个更大的人类社会在内心全盘关注的‘情怀’。”[1]一些成名诗人也喜欢写地域题材，有的也写出了优秀诗作。如天水诗人周舟写过大型系列组诗《渭南旧事》。《寻找地址的火车》是其中的一首，全诗如下：“一张脸　一片月光/一个空空的站台/那些年/它们就像渭南镇的柿子树上/反复凋谢的叶子/——一封写了又写的书信/火车一次次盲目地/与我擦肩而过/但它的速度我不认识/它的声音我也不认识/它一次次地来/仿佛向我打听一个/已经模糊的地址”。但是很少有诗人，尤其是乡土诗人，有江非、周舟这样的清醒意识和高明技巧。

2015年7月15日，我在兰州高平家采访他时还专门提到“河西走廊的石头”一事。高平50年代就闻名诗坛，时年已83岁，他曾在上个世纪90年代担任甘肃省作协主席十年，那次理论家会议正是由他主持的。他直率地告诉我说：“诗人写生养自己的土地无可厚非，但是不能过分迷信地域写作，那句名言‘越是民族的越是世界的’害了很多诗人，导致他们过分迷信‘越是地方的就越是全国的’。甘肃诗坛的一大问题是诗人如何开放自己，走出地域诗歌的限制。”[2]

同一天，我还在兰州甘肃省文联大厦采访了甘肃省文学院院长高凯。他也曾经以写地域诗歌成名，为他的家乡陇东写了大量“乡土诗”。如《陇东十三行诗》《身在陇东》等，组诗《在田野上》获1983年《飞天》文学奖。但是他后来的创作如江非一样发生了巨大的转变。他发表于《诗刊》2000年10月号的《村小：生字课》受到诗界好评。全诗如下：“蛋蛋 鸡蛋的蛋/调皮蛋的蛋乖蛋蛋的蛋/红脸蛋蛋的蛋/张狗蛋的蛋/马铁蛋的蛋/花花 花骨朵的花/桃花的花杏花的花/花蝴蝶的花花衫衫的花/王梅花的花/曹爱花的花/黑黑 黑白的黑/黑板的黑黑毛笔的黑/黑手手的黑/黑窑洞的黑/黑眼睛的黑/外外 外面

---

〔1〕 冯雷：《作为“小诗人”的江非》，《海拔》第20期，海南省作家协会诗歌创作委员会主编，第148页。

〔2〕 王珂采访高平录音，未刊稿。

的外/窗外的外山外的外外国的外/谁还在门外喊报到的外/外外——/外就是那个外/飞飞 飞上天的飞/飞机的飞宇宙飞船的飞/想飞的飞拍膀膀飞的飞/笨鸟先飞的飞/飞呀飞的飞……”高凯写这首诗已经不再像年轻时那样简单描绘自己生活过的素朴乡村，而是采用了现代诗的技巧。如五个生字“蛋”“花”“黑”“外”“飞”的运用让人想起庞德的“意象叠加”手法。这首诗的情感的节制、音乐性的运用和知识的联想，令人想到艾略特的“智性写作”和“学问写作”。他接受我的采访时说：“这首诗得利于我当村小教师的经历，但是我是精心构思的，写作中我还想起了那张著名的‘希望工程’宣传画《大眼睛》。”[1]在《飞天》2007 年 1 月号发表的《百姓中国》是高凯的第一首长诗，全诗撷 772 个姓氏，共 348 行，这首诗更是颠覆了高凯“乡土诗人”“陇东诗人”的“朴素”形象。

我强调“新诗要现代”的“新诗创作新观念”的讲座虽然给当地诗人们带来了一些震动，但是效果确实如过河卒的诗《听王珂教授诗歌讲座》所言，因为“观念新潮”而难被“现实接受”：“写了三十多年诗，/也发表过一些作品，/甚至有些作品常被文朋诗友津津乐道，/听了王珂教授的诗歌讲座，/突然觉得自己很无知，/突然觉得自己不知道什么是诗，/突然觉得自己不会写诗了。”过河卒的诗《听王珂教授诗歌讲座》，让我不由自主地想起了李亚伟在上个世纪 80 年代写的名诗《中文系》中的诗句：“中文系也学外国文学/重点学鲍狄埃学高尔基，有晚上/厕所里奔出一神色慌张的讲师/他大声喊：同学们/快撤，里面有现代派”。30 年后的今天，角色反转，大学教授成了“现代派”，受到了社会“基层诗人”的无情抵制。这不知道是“校园教授”的悲哀还是“社会诗人”的悲哀？

西北行这段新诗生态调查经历也使我深刻地意识到“现实主义”，甚至“浪漫主义”在今日中国，尤其是在经济文化相对落后的地区不但没有过时，而且应该是新诗现代性建设的重要类型，应该得到高度重视。同时也意识到新诗现代性建设不能过分重视现实主义和浪漫主义，尤其是现实主义，必须更加重视现代主义和后现代主义，尤其是在现代诗歌信息相对闭塞，诗歌教育相对落后的基层地区，一些诗人，甚至一些成名诗人的当务之急就是要完成由现实主义诗人到现代主义诗人的角色大转化，尤其要完成在写作方法及写作技法上的技巧大转型。21 年前为陇上犁写诗评时，我借用奥登的年青

〔1〕 王珂采访高凯录音，未刊稿。

诗人的前途存在于他的语言技巧之中的观点，提醒他完成了抒情内容的"平民化"后，还要实现抒情方式的"贵族化"。实质上就是要求他多学习现代诗歌的创作技法，完成从现实主义诗人向现代主义诗人的"大转型"。

台湾诗界在上个世纪五六十年代较好地完成了这样的"转型"，才带来了台湾现代诗的繁荣。叶维廉那时在台北上大学，亲历了这次"现代文学"运动。他在《台北与我》一文中回忆说："在那段波起潮击的日子里，我和文兴等人的切磋是相当繁密的，虽然我那时也忙于在香港推出《新思潮》《好望角》，也忙于和痖弦、洛夫、商禽等人试探现代诗新的表达形式。我们关心的毕竟是同一的问题，都是要求建立语言的艺术来补救当时'只知故事不知其他'的小说创作。我不妨附带说，当时偏重艺术性，是针对当时历史上的需要而发的，而非完全的追求艺术至上主义，当时确是如此。即就后来必须批评现代主义（基于另一种历史上的需要）的好友陈映真，在当时的成就也是语言艺术先于社会意识的。这并不是说社会意识不重要，事实上，我还没有看到一个完全脱离社会意识而可以立足的作家。"[1]"我和《现代文学》合作无间，与先勇同班同学打成一片，恐怕也是历史的机缘。我自香港来台北，带着三四十年代诗人们给我的'现代'意识和手法，带着我在学习中的后期象征主义的手法和其他的前卫运动，带着二者对艺术性刻心镂骨的凝练，带着中国古典诗在我艺术意识中的呼喊，进入了一段创作上只求内容而不求写作技巧的贫乏时代。在这空谷中，夏济安师在《文学杂志》里很技巧地推出了福楼拜的《风格绝对论》和詹姆斯的小说艺术。《现代文学》的同仁大部分都曾受益于济安师，当时继起兴办的《现代文学》正好响应着我内心的渴求：向'艺术营养不良症'进军。我和《现代文学》一呼万应地合作无间，这当然是重要原因之一。"[2]

正是这次"现代文学运动"及"现代诗运动"，造就了洛夫、痖弦、碧果这样的用诗来反映现代人生活的现代诗人。如叶维廉所言："我们所拥有的'自然'面貌已经逐渐变化到可以纳入焦虑、动荡、残暴、非理性和混乱。就像洛夫所说的：'揽镜自照，我们所见到的不是现代人的影像，而是现代人残酷的命运，写诗即是对付这残酷命运的一种报复手段。这就是为什么我的诗的语

---

〔1〕［美］叶维廉：《台北与我》，叶维廉：《叶维廉文集》，第九卷，安徽教育出版社，2002 年，第 69 页。

〔2〕［美］叶维廉：《台北与我》，叶维廉：《叶维廉文集》，第九卷，安徽教育出版社，2002 年，第70 - 71 页。

言常常触怒众神，使人惊觉生存即站立在血的奔流中此一赤裸裸的事实。'于是，我们看到洛夫和痖弦各以自己的方式抓紧当代经验中锋锐的张力(angular tension)和遽跃的节奏(disjunctive rhythm)。"[1]2014年11月22日，我参加了由东南大学世界华文诗歌研究所主办的"背离与回归——洛夫诗歌创作70年研讨会"，专门与洛夫探讨了西方现代诗对他的影响问题。后来中国作家网报道说："洛夫在研讨会上说，我的诗歌风格从早期的实验主义、超现实主义到后来向传统文化和古典诗歌回归，并不是评论界臆测的'浪子回头'，而是追求现代与传统的有机融合，建立新诗的现代美学体系。"[2]2015年1月5日，与洛夫一同致力于台湾超现实主义运动的诗人碧果在台北家中接受王觅采访时说："汉语新诗就是现代作者写出现代意识和现代精神的语言艺术，我是这样进行创作的。"[3]

大陆新诗的现代性建设有必要借鉴台湾的经验，也不能照搬台湾经验，更不能机械地移植"西方经验"。"现代"及"现代性"是新诗现代性建设的"关键词"。它们在西方思想界及文艺界也众说纷纭，甚至"现代"指哪一时期都有争议。姚斯界定为古罗马帝国向基督教世界过渡的时期，汤因比的"现代时代"指的是1475年到1875年。马泰·卡林内斯库认为现代指的是一个至少在一方面主要受未来掌握的时代。

如同托姆逊所言："人的自我意识随着社会生活的发展而发展。"[4]哈贝马斯认为人的现代观随着由科学促成的信念的不同而变化。库尔珀准确地描述了这种变化。"现代性的新颖之处就在于，表现为抽身与自我规定的这一自由过程现在以一种更为彻底的方式被体制化。在早期社会中，在一个人作为一个的同一性与他或她确定的社会角色之间不存在任何分离现象。一个人在他或她自己的思想中描画这样一种分离，这种可能性确实存在，但是，这种制度却不存在：在其中，人们可以以那种分离为基础进行生活。分离并不是在结构中被确认的，借此结构人们在社会中证实彼此的自我性。没有为'人本身'建立起交互性确认的形式，也没有真正清空偶然的社会内容。要给

[1] 叶维廉：《中国现代诗的语言问题》，叶维廉：《叶维廉文集》，第三卷，安徽教育出版社，2002版，第221-222页。

[2] 中国作家网：《洛夫创作70年：背离与回归》，http://www，chinawriter，com，cn/bk/2014-12-10/79179，html.

[3] 王觅采访碧果录音，未刊稿。

[4] Denys Thompson. The Uses of Poetry. London: Cambridge University Press, 1974. p. 3.

人本身下定义，总是要参照某一部落、某一人民、某一民族、某一角色、某些信念和某些方式。若是有人想脱离所有社会给定的内容，按他或她对人形的抽象定义来生活，结果必然是过一种苍白的内在精神生活或隐居于社会之外。在整个西方历史中，贯穿着一个人类同一性概念逐渐从偶然内容中纯化出来的过程。在法国大革命期间，人们试图建成一种具有将个人定位为纯粹选择者的确认结构的社会和政治学。但是，这种尝试仅仅否定性地定义了自我，即不受偶然内容的制约，其结果便是毁灭社会。”[1]库尔珀还较完整地论述了艺术中的现实主义、现代主义及后现代主义的依存关系，甚至结论说传统就是现代主义本身。“对形式过程与内容之间的分离以及普遍准则与特殊个人之间的新关系加以关注、推进、赞扬和责难的另一个场所位于艺术领域中。艺术和批评理论的很多流派已致力于纯粹形式化的目标，而且现代艺术对于反思自己的创作已呈现出一种不断进行革命和发明新形势的现代主义趋势。打破前人的准则并创造新的艺术模式已变得十分重要。即使是现实主义者以及其他一些对现代主义者的冲动持反对意见的人，对这种艺术家的那种典型的现代自我性常常也是起了一种强化作用；这种艺术家在选择其风格和定义其自身时，反对传统的固定性——在此，传统就是现代主义本身。艺术中的现代主义运动是一个意义模糊的现象；它拒绝被安置于任何准则或形式体系之中，而且它还经常进行自我参照，因此，它表明有一种空虚的主观性在其中起作用。然而，对于那种在许多其他生活领域中作为典型现代意愿所表现出的对同一性和系统性的追求，对那种纯粹形式的追求，它却加以拒绝。这样，它还是现代的吗？抑或是它是否在走向一种新型的后现代艺术？近来，后现代这个术语极为时髦，又没有什么明确的含义，但它却揭示了一个重要的问题域。J. F. 利奥塔根据启蒙运动的趋势描述了我们现代世界的特征，即通过对生活条件的控制来捕获这个世界，使其系统化，并且解放人类的可能性(利奥塔，1984)。这一描述仅仅触及了空虚的现代主观性面对这个世界的诸多可能方式中的一种；另外还有浪漫的、反讽的已绝望的现代生活方式。但是利奥塔却触及了现代性的一个中心主题。”[2]

新诗现代性建设有必要借鉴库尔珀的现代性理论，还应该接受艾略特和

〔1〕［美］库尔珀：《纯粹现代性批判——黑格尔、海德格尔及其以后》，藏佩洪译，商务印书馆，2004 年，第 61 - 62 页。

〔2〕［美］库尔珀：《纯粹现代性批判——黑格尔、海德格尔及其以后》，藏佩洪译，商务印书馆，2004 年，第 46 页。

韦伯的观点。艾略特在强调现代诗歌语言应该适应多元化的现代文化时，充分承认诗人的独创性和民族的独特性。“我们的文化体系包含极大的多样性和复杂性，这种多样性和复杂性在诗人精细的情感上起了作用，必然产生多样的和复杂的结果。诗人必须变得愈来愈无所不包，愈来愈隐晦，愈来愈间接，以便迫使语言就范，必要时甚至打乱语言的正常秩序来表达意义。”[1]他还强调每个国家或民族有独特的批评意识。“每一个国家，每一个民族，不仅有自己的创造，还有自己独特的批评意识。它的批评习惯的缺点和局限比它的创造天才明显得多。”[2]中华民族不仅有自己的批评意识，还有自己的审美标准，如推崇均衡、和谐和对称形成的美。在现代性建设中对民族性的重视正是对自我意识的重视。韦伯认为现代性要处理好传统与现代的传承关系。“在韦伯的眼中，现代性就是对古往今来的自我和社会的一种明白确认，现代同一性并非仅仅是历史性构造系列中的又一个例；它是对那些构造之既有根基的一种去蔽。不管是福还是祸，我们终于赢得了自我意识，这是一个常见的现代主题。”[3]

美国的现代性建设经验也值得借鉴。“现代美国（modern America）的基础构建于文化物质流行的镀金时代（Golden Age），高度集中的经济、政治和道德权威在 1896 年开始运动，形成了新的文化冲击力，并集结成强大力量，直到为 20 世纪的美国的整个社会创造出新的政治准则。”[4]“从 1890 年到第一次世界大战期间，女权运动是活跃而有生气的。历史学家往往把这一时期看成是有组织的妇女全力以赴进行妇女参政运动的时代。实际上，这是一个各种各样富有创新精神的妇女活动家不断出现的阶段，妇女的各种组织都在激增。女权主义者和改革家们早已意识到现代美国妇女所面临的一系列问题。”[5]“19 世纪是政治上的民族主义兴起的时代。”[6]正是在 19 世纪，美国

〔1〕［英］托·斯·艾略特：《玄学派诗人（1921）》，［英］托·斯·艾略特：《艾略特文学论文集》，李赋宁译，百花洲文艺出版社，1994 年，第 24－25 页。

〔2〕 T. S. Eliot. Tradition and the Individual Talent. David Lodge. 20th Century Literary Criticism. London：Longman Group Limited，1972. p. 71.

〔3〕［美］库尔珀：《纯粹现代性批判——黑格尔、海德格尔及其以后》，藏佩洪译，商务印书馆，2004 年，第 33 页。

〔4〕 Lawernce Goodwyn. The Populist Moment. London：Oxford University Press，1978. p. 265.

〔5〕［美］洛伊斯·班纳：《现代美国妇女》，侯文蕙译，东方出版社，1987 年，第 78 页。

〔6〕 Charles R. Hoffer. The Understanding of Music. California：Wadsworth Publishing Company，1985. p. 360.

的现代化进程突飞猛进，造就了有现代意识和现代精神的“现代美国人”。

惠特曼在1881年结论说：“我们美国人被认为是最实用主义和最会赚钱的人。在承认这一点的同时，我自己的看法是：我们也是最富感情、最有主观精神和热爱诗歌的人民。”[1]惠特曼堪称美国最重要的现代诗人，他的充满现代精神的诗歌为培养现代美国人和建设现代美国作出了巨大贡献。如他所言：“只要是有男人和女人的地方，自由必然为英雄人物所信奉……但诗人从来是比别的任何人都更加支持和欢迎自由的，他们是自由的呼声和讲解人。他们是若干时代以来最能与这个伟大概念相称的人。”[2]这种现代意识也反映在诗歌改革中，1844年，艾默生在《诗人》一文中说：“因为形成一首诗的，不是韵律，而是由韵律所组成的主题，是一个如此热烈奔放和生气蓬勃的思想，像草木或动物的精灵一样，有它本身的构造，用一种新的东西来装饰自然。从时间的程序看，思想与形式是平等的，但是从起源的程序看，思想则先于形式。”[3]

美国的现代主义受到德国的巨大影响。英国的维·沃尔夫把现代主义从1910年算起，劳伦斯以1915年为界。“在德国舞台上，甚至早在第一次世界大战爆发之前，就已经以其对反叛、暴力和神秘主义的处理清楚地显示出可被称为适合于表现主义的新视野。另一种甚至更适合于表现主义激流般的情感、不安宁和非现实的艺术形式是抒情诗，这里一个重要的名字是瓦尔登(Herwarth Walden)(即格奥尔格·莱文)，他也是至关重要的刊物《风暴》的编辑。这个周刊1910年创建于柏林，在倡导新观点方面起了重要作用。同年它发表了柯柯式加的绘画，次年它又印出了马里内蒂的《未来主义宣言》。1912年3月，瓦尔登的兴趣逐渐转向视觉艺术，而阿波利奈尔用法文贡献了他的‘环带’诗，诗人斯特兰姆(August Stramm，1874—1915)探明了一项重要的文学发现。柏林的《风暴》团体也激起了同样的勇气：1910年库尔特·希勒创立了‘新激情酒吧’，与之有联系的诗人有布拉斯(Blass，1890—1929)、利钦斯坦(Alfred Lichtenstein，1889—1914)、霍迪斯(Jakob van Hoddis，1887—1942?)。另一个杂志《行动》(由弗兰茨·普费姆费尔特1911年在柏林创办)发表了霍迪斯的诗《末世》，不久又发表了利钦斯坦的《黄昏》，这被

[1] [美]惠特曼：《美国今天的诗歌——莎士比亚——未来》，惠特曼：《草叶集》，下册，楚图南、李野光译，人民文学出版社，1994年，第1144页。

[2] [美]惠特曼：《〈草叶集〉初版序言》，惠特曼：《草叶集》，下册，楚图南、李野光译，人民文学出版社，1994年，第1088页。

[3] [美]艾默生：《诗人》，伍蠡甫：《西方文论选》，下卷，上海译文出版社，1979年，第491页。

称之为德国文学中表现主义的开端。这两首诗是……诗歌现代性的好范例。汉堡这样描述它们说：'这些诗的新颖之处在于，它们不是别的，而只是取自现代生活的种种意象的任意联结；它们表现了一幅画，但不是那种现实主义的……它们是一种抽象派的拼贴画……'"[1]到了1914年，在德国，"戏剧和抒情诗都已从19世纪的模式中脱离出来，趋向于更强悍、更不稳定和更强烈的主观表现的方式"[2]。

以下言论较详细地描述了美国现代主义诗歌运动。"现代主义在法国和德国出现早些，1910年左右才从法、德传入英、美。"[3]"诗是感到压力和起来反叛的最后文化媒介之一。1912年一些不满的年轻诗人聚集在芝加哥和纽约的格林尼治村开始了反叛之举。在他们的眼中，过去的都是死的，诗的生命力在于自发（spontaneity）、自我表现（self-expression）和改革（innovation）。"[4]"可敬的美国妇女也有过贡献。……梅布尔·道奇·鲁汉在寄居意大利十年之后于1912年在纽约住了下来，决意把启蒙运动带到美国。艾米·洛厄尔在波士顿也很活跃，同时在芝加哥，哈里特·孟罗和玛格丽特·安德森急于为文化奋斗，来自旧金山的舞蹈家伊莎贝拉·邓肯醉心于别人认为丢脸的启蒙运动。发扬风行中的新情绪的刊物纷纷出版。1912年哈里特·孟罗创办《诗刊：诗的杂志》（POETRY：A Magazine of Verse）……1912年比哪一年都能标志美国诗中一个富饶时期的开端。……'新诗'（New poetry）的来临，比较散文中类似的运动迟了好多，因之它的孕育时期相当长久：新诗并不是早熟的天才光芒万丈的表现。"[5]

美国现代主义受到德国和法国现代主义的影响，却没有采用"横的移植"方式，甚至继承了欧洲传统。"文学往往反映时代的主要趋势。它来源于影响作者感受力的道德、社会以及思想变迁。美国文学尤其是这样，因为作为一个国家，从其发展的崛起时期起，美国人便有意识地将比较古老的欧洲文明形式移植到美国的拓荒文明中来，所以，一般美国人通常不仅意识到自己在历史中的地位，而且还把自己的日常生活和本国政府及社会机构的形成直接联

〔1〕［美］R. S. 弗内斯：《表现主义》，艾晓明译，昆仑出版社，1989年，第42－43页。

〔2〕［美］R. S. 弗内斯：《表现主义》，艾晓明译，昆仑出版社，1989年，第53－54页。

〔3〕袁可嘉：《现代派论·英美诗论》，中国社会科学出版社，1985年，第96页。

〔4〕Roderick Nash. The Call of The Wild (1900－1916). New York: George Braziller, Inc., 1970. p. 141.

〔5〕［英］马库斯·埃利夫：《美国的文学》，方杰译，今日世界出版社，1975年，第233－234页。

系在一起。因此,与更为定型的社会中的文艺作品相比,美国的文学便自然更为强烈地反映了这种联系。"[1]美国的现代国家建设和现代文学建设因此具有既推崇现代又兼顾传统的"美国特色"。"美国在1898年以及后来的帝国主义行为,颇像一个沉湎于狂欢的国家,以青年的鲁莽方式庆贺自己刚刚发现的力量和即将到来的成熟期。"[2]"美国的自然主义在19世纪90年代战战兢兢地开始发展,在20世纪的前五十年中成长为美国最流行的文学态度。"[3]

马泰·卡林内斯库的著作《现代性的五副面孔》考察了"现代"的概念和"新"的概念,认为它们在20世纪前期被等同起来。所以他总结出现代性有五个基本概念:现代主义、先锋派、颓废、媚俗艺术和后现代主义。这种将"现代"与"新"等同的现象在20世纪中国的政治、经济、文化等众多领域十分普遍。以文学界为例,"新文学"与"现代文学""新诗"与"现代诗"几乎是等同的。但是今日中国的新诗现代性建设却不能照搬马泰·卡林内斯库的观点,认为今日新诗的现代性只有他所说的"五副面孔"。他也不完全肯定现代性就只有这"五副面孔",他在这本书的序言中认为现代的不明确性游移于现代主义与现代性之间和后现代主义与后现代性之间,甚至认为"现代化"可能是现代性的"第六副面孔"。他甚至提出现代性可以有许多面孔,也可以只有一副面孔或者没有一副面孔。

虽然人类社会都有全球性的现代化进程,人类诗歌也有全球性的现代派运动,如波德莱尔被公认为世界现代诗歌的鼻祖。但是不同国家和不同地区却有不同的现代主义。如赵振江所言:"拉丁美洲的现代主义诗歌与国内评论界一般所说的西方现代派诗歌根本不是一回事。现代主义一词最早出现在拉丁美洲,这就是以鲁文·达里奥为代表的现代主义。大约三十年后,欧美文学界无视这一事实,将另一种完全不同的文学现象仍然称作现代主义,这便导致了名称上的混乱。墨西哥诗人帕斯对此颇有微词,称其为'文学沙文主义',但事实即如此,我们只有接受。国内学术界一般所称的西方现代主义诗歌,在拉丁美洲叫先锋主义或先锋诗歌。"[4]

---

〔1〕[美]罗德·霍顿、赫伯特·爱德华兹:《美国文学思想背景》,房炜、孟昭庆译,人民文学出版社,1991年,第1-2页。

〔2〕[美]罗德·霍顿、赫伯特·爱德华兹:《美国文学思想背景》,房炜、孟昭庆译,人民文学出版社,1991年,第313页。

〔3〕[美]罗德·霍顿、赫伯特·爱德华兹:《美国文学思想背景》,房炜、孟昭庆译,人民文学出版社,1991年,第282页。

〔4〕赵振江、熊辉:《采撷西语文学的笙歌与谣曲》,《重庆评论》2015年第1期,第26页。

所以今天的新诗现代性建设也应该适度强调“中国特色”,尤其是大陆的“初级阶段”特色和“幅员辽阔”特色。因此应该把新诗的现代性区分为“七副面孔”或七大类型。它们分别是现实主义、浪漫主义、现代主义、后现代主义、先锋派、颓废和媚俗艺术。“任何价值系统都形成一种意识形态,很明显,一种意识形态只能存在于通过转移而被重新构建的境况之中。”[1]七大类型各自独立又相互依存,甚至可以互相转化,尤其是现代主义诗歌在很大程度上存在于现实主义诗歌和浪漫主义诗歌的“现代性转移”而被“中国化重构”的境况之中。因此今日新诗现代性建设的重大任务是要务实地完成现实主义诗歌向现代主义诗歌的改造,这种改造既要有“接地气”的现实,更要有“望天空”的理想,最重要的是要强调“低空飞行”。

马泰·卡林内斯库认为“现代”对过去的权威一直怀有深刻的矛盾心理,他借用庞德的名言“使之新!”,认为“现代”主要指的是“新”。庞德确实强调过“新”,尤其是在诗的题材上的新,在诗的体裁上却相对保守。美国自由诗革命中重要的代表诗人卡尔·桑德堡(Carl Sandberg)在1915年高度评价庞德在英语诗歌改革运动中的成就:“假如我非得说一个还活在世上的人的名字,这个人使用英语语言,以他自己创造诗歌艺术的范例,为激起诗歌中新的冲动做出了最大的贡献,那么,我很可能会推举艾兹拉·庞德。”[2]庞德并不认为意象派运动是独创性运动。“意象主义存在已经很久了,它是一种类型的诗歌。庞德说,‘在这种诗歌中,绘画或雕刻似乎‘正在变为言语’。‘意象主义……主要以文体运动、批评运动闻名,而不是以创造运动闻名’。”[3]“庞德本人不接受意象派创始人的称号。他说这种运动调动了英语诗歌中的潜在能力,促成这场运动的基本思想必须归于T. E. 休姆(Hulme)。”[4]

1913年庞德在《诗刊》发表了意象派诗歌的纲领性文章《意象主义者的几“不”》,强调对传统的学习和对诗本身的重视。“然而首先必须是一个诗人。”[5]“尽可能多地受伟大的艺术家们的影响。”[6]他甚至还论述了具体的写诗技巧。“不要用多余的词,不要用不能揭示什么东西的形容词。……不

[1] Judith Williams. Decoding Advertisements. London: Robert MAClehose and Company Limited, 1978. p. 43.

[2] [美]J. 兰德:《庞德》,潘炳信译,中国社会科学出版社,1992年,第68页。

[3] [美]J. 兰德:《庞德》,潘炳信译,中国社会科学出版社,1992年,第54页。

[4] [美]J. 兰德:《庞德》,潘炳信译,中国社会科学出版社,1992年,第51页。

[5] [英]彼德·琼斯:《意象派诗选》,裘小龙译,漓江出版社,1986年,第156页。

[6] [英]彼德·琼斯:《意象派诗选》,裘小龙译,漓江出版社,1986年,第153页。

要沾抽象的边。不要在平庸的诗中重讲在优秀的散文中已讲过的事。不要以为你试着把你的作品切成了行,避开了优秀散文艺术的极难的难处,就能骗得过任何一个聪明人。……不要以为诗的艺术比音乐的艺术要简单一些。或者当你在诗的艺术上所作出的努力还不如一个一般的钢琴教师在音乐的艺术上作出的努力时,就不要以为你能讨专家的欢心。"[1]庞德的诗的韵律观是现代性的,却具有改良性,他并不主张打破"无韵则非诗"的英语诗歌韵律传统。"一首诗并不一定是非要依赖音乐不可的,但如果它确实依赖音乐了,那就必须是能使专家听了满意的音乐。让初学者熟悉半韵和头韵,直接的韵和延缓的韵,简单的韵和多音的韵,就像一个音乐家理应熟知和谐、对位以及他这一门艺术中所有的细节。给这些事或其中一件事时间,无论如何也不会太多,纵然艺术家很少用得上它们也罢。……你的节奏结构不应该损毁你的文字的形状,或它们自然的声音和意义。……和谐一词在诗中是误用了,它指的是不同音调的声音同时出现。然而,在最好的诗中有一种余音袅袅,久久留在听者的耳里,或多或少象风琴管一样起着作用。如果一种节奏要给人欢乐,就必须在其中有一点稍稍令人惊讶的成分。这不一定要是古怪的或奇特的,但要用就须用得好。"[2]

中国的新诗现代性建设有必要学习庞德的美国新诗现代性建设策略。正是因为应该把新形式下或者"新常态"下的现实主义诗歌和浪漫主义诗歌,尤其是前者,纳入今日新诗现代性的"七大类型"之中,才有必要把新诗现代性建设分为启蒙现代性建设和审美现代性建设两大类,虽然两者有交叉,但是前者更关注新诗题材的现代性建设,后者更重视新诗体裁的现代性建设。既重视文体狂欢又重视文体自律是新诗文体建设的基本方针。新诗文体现代性建设的总方针应该是高度重视题材的"现代"和适度坚持体裁的"保守",前者重视以"现代精神"及"现代意识"为代表的启蒙现代性建设,后者重视以"诗家语"及"准定型诗体"为代表的审美现代性建设。

2015年11月28-29日"两岸四地第七届当代诗学论坛·代际经验与呈现国际学术研讨会";主办方:暨南大学海外华文文学与华语传媒研究中心,中国文艺评论基地;地点:广州暨南大学。

---

〔1〕[英]彼德·琼斯:《意象派诗选》,裘小龙译,漓江出版社,1986年,第153页。
〔2〕[英]彼德·琼斯:《意象派诗选》,裘小龙译,漓江出版社,1986年,第154-155页。

政治性诗歌的“现代性”与“民间性”
——北岛《回答》《一切》的生态功能考察

摘　要：诗是个体的抒情艺术，不管如何强化政治诗歌的公共性和现代性，个人性和民间性始终存在，两者应该多和解少对抗，现代性的“政治书写”应该融入民间性的“书写表达”。北岛在 20 世纪 70 年代写的《回答》和《一切》是具有强烈的启蒙现代性的杰作，唤醒了中国人的现代意识，参与了中国的现代化建设，促进了中国的思想开放，加快了中国的民主进程，也有鲜明的个人化写作和民间诗歌的特点。北岛被“神化”成“启蒙诗人”甚至“政治诗人”，与两首诗被时代误读和被政治利用有关。它们有意识形态性也有诗性，有启蒙功能也有治疗功能，具有现实主义的“真实”和现代主义的“颓废”。今天应该肯定两首诗的虚无主义色彩，尤其是《一切》的“颓废”的现代性价值，它是北岛成为“现代诗人”的标志性诗作，也是他在“政治诗歌”这一诗题方面对新诗现代性建设做的一大贡献。《回答》和《一切》在写作生态及传播方式上也具有民间性。

关键词：政治诗歌　现代性　民间性　颓废　功能

新诗被称为“现代诗”，强调的是现代人写的有现代理念的诗。新诗更应该被称为“现代汉诗”，既指用现代汉语和现代诗体写的诗，更指有现代意识和现代精神的诗。百年新诗的历史就是新诗的现代性建设的历史，也是社会精英想通过新诗这种抒情文体来培养现代中国人和打造现代中国的历史。正如 2016 年 4 月 20 日首都师范大学中国诗歌研究中心发出的《北岛诗歌创作研讨会正式邀请函》所言：“在中国当代诗歌发展史上，北岛是位有重要影响的诗人。他的直面现实的勇气、独立的人格力量和觉醒者的先驱意识，他诗中凝结的一代人的痛苦经历与思考，使他理所当然地成为朦胧诗派的代表人物。作为新时期现代主义诗风的开启者，北岛对中国新诗的现代转型起了重要的推动作用，他的作品构成了当代中国的一种重要的文化现象。"[1]尽管这个评价不仅超越了过去的习惯性结论：北岛的诗以思想取胜，是新时期最重要的启蒙诗人；还肯定了北岛在当代新诗的启蒙现代性和审美现代性上的成就，认为他是"新时期现代主义诗风的开启者"。这个结论堪称近年正在兴起的北岛诗歌研究的"重大进展"。但是这个结论仍然过分强调北岛诗歌的"政治性"，忽视"审美性"；过分重视新诗的"启蒙功能"，轻视"抒情功能"甚至"治疗功能"；过分重视新诗的"公共性"，轻视新诗的"个人性"；过分重视新诗的"严肃性"，轻视新诗的"自娱性"。百年新诗是与百年中国政治文化的现代性建设基本同步的现代性文体。新诗现代性的基本概念主要有：世俗性、自娱性、先锋性、断代性、叙事性、相关性、启蒙性和审美性。新诗的现代性建设分为启蒙现代性建设和审美现代性建设，新诗现代性建设重点是要建设现代情感、现代意识、现代思维、现代文化和现代政治。现代情感关心自然情感与社会情感的融合，现代政治追求宽松而有节制的上层建筑。在百年新诗史上，很多诗人都为新诗的现代性建设作出了贡献，北岛是杰出代表，尤其是在20世纪70年代后期，在唤醒中国人的现代情感和打造中国的现代政治方面作出了一定贡献。他甚至被"神化"成百年新诗史上最重要的"启蒙诗人"甚至"政治诗人"，这与他在20世纪70年代写的两首诗《回答》与《一切》被时代误读和被政治利用休戚相关，特别是与这两首诗的传播方式有关。"想象一种语言就意味着想象一种生活形式。"[2]如果把新诗视为一种现代性文体，采用功能文体学理论和生态文体学理论与文体研究和文化研究方法，考察两首诗的生成传播生态，还原历史语境，细分写作功能，不难发现这两首著名的"政治性诗歌"的"现代性"中含有丰富的"民间性"，不难得出这样的结论：诗是个体的抒情艺术，不管如何强化政治诗歌的公共性和现代性，个人性和民间性始终存在，民间写作中有现代性，现代性写作中有民间性。

两首诗的生态呈现出偏民间性的现代性

"老实说，五四以来，中国的新诗走的可以说是一条没有前途的狭路，所

---

〔1〕 中国当代文学研究会、廊坊师范学院文学院、首都师范大学中国诗歌研究中心：《北岛诗歌创作研讨会正式邀请函》，未刊稿。

〔2〕 [奥]维特根斯坦：《维特根斯坦全集8 哲学研究》，涂纪亮主编，涂纪亮等译，河北教育出版社，2003年，第14页。

受的影响也脱不了西洋浪漫主义诗歌的坏习气，把原来极为广阔的领土限制在(一)抒情和(二)高度严肃性这两道界限中间。"[1]正是西方浪漫主义诗歌的革命激情与中国20世纪中国诗人的时代使命高度契合，高度严肃性才成为20世纪新诗文体特色，启蒙功能成为新诗最重要的功能。在五四时期、抗战时期、改革开放初期，启蒙功能都远远大于其他功能，新诗几乎沦落为一种政治性文体。20世纪70年代末的大陆新诗，尤其是朦胧诗，让这种"严肃性"登峰造极，不管是想当诗意的先锋还是诗艺的先锋，那个时代的诗人都有一种"舍我其谁"的革命英雄主义气概，都有一种想改朝换代的大无畏的革命精神。30年后的今天反观那段"诗歌运动史"，反思以朦胧诗为代表的那代诗人的代表作，不难发现那段诗歌历史被"神化"了，更被"政治化"了，一些诗人和一些诗作成了"神话"。特别是北岛被"神化"为"中国思想改革的先锋诗人"，是当代政治抒情诗诗人的领袖，他的《回答》和《一切》被视为"中国思想解放的宣言书"，是当代政治抒情诗的经典之作。

尽管那一代诗人确实生活在一个崇尚"革命"的时代，有一种关注中国命运甚至"解放全人类"的使命感。如北岛所言："在70年代，个人命运与国家甚至世界的命运连在一起了，胸怀祖国放眼世界，绝不仅仅是一句口号，而是我们当时面对的现实。"[2]"我们开始写诗，多少有一种'前无古人后无来者'的悲凉感。是青春和社会高压给予我们可贵的能量。如果把《今天》的历史放在一个大背景中看，首先要看到它与中国文化传统之间的重大偏离，文化革命成了推进这一偏离的动力。《今天》的重要成员几乎都是青年工人，有人半开玩笑地说，'《今天》是工人教育知识分子的运动'。而知识分子作为群体当时在精神上已被彻底打垮，无力载道，正是一群没受过多少正规教育的青年人敢领风气之先，在历史的转折时刻闯出条新路。"[3]但是政治的动荡更容易让青年人产生幻灭感。查建英曾问北岛："你曾经在一次访谈中说：'自青少年时代起，我就生活在迷失中：信仰的迷失，个人感情的迷失，语言的迷失，等等。'那么，你曾经有过一个虔诚的信仰期吗？是甚么经历触发了这种

〔1〕 林以亮：《美国诗选序》，林以亮：《美国诗选》，今日世界出版社，1976年，第4页。

〔2〕 陈炯、北岛：《用"昨天"与"今天"对话》，北岛：《古老的敌意》，Hong Kong：Oxford University Press(China) Limited，p. 66.

〔3〕 田志凌、北岛：《今天的故事》，北岛：《古老的敌意》，Hong Kong：Oxford University Press(China) Limited，2012. p. 102.

迷失感呢？请谈谈你的少年时代。”[1]北岛回答说：“我曾很深地卷入‘文化革命’的派系冲突中，这恐怕和我上的学校有关。我在‘文化大革命’前一年考上北京四中，‘文革’开始时我上高一。北京四中是一所高干子弟最集中的学校。我刚进校就感到气氛不对，那是‘四清’运动后不久，正提倡阶级路线，校内不少干部子弟开始张狂，自以为高人一等。‘文化大革命’一开始，批判资产阶级教育路线的公开信就是四中的几个高干子弟写来，后来四中一度成为‘联动’（‘联合行动委员会’的简称，一个极端的老红卫兵组织）的大本营。我们也组织起来，和这些代表特权利益的高干子弟对着干。”[2]“除了阶级路线的压力外，由于我数理化不好，‘文革’对我是一种解放——我再也不用上学了。那简直是一种狂喜，和革命的热情混在一起了。‘虔诚的信仰期’其实是革命理想、青春骚动和对社会不公正的反抗的混合体。由于派系冲突越来越激烈，毛主席先后派军宣队、工宣队进驻学校控制局势。最后他老人家干脆把所有学生都送到乡下去。这一决定，最终改变了一代人——中国底层的现实远比任何宣传都有说服力。我们的迷失是从那时候开始的。”[3]因此那一代诗人更重视诗的启蒙功能甚至宣传功能，接受的更多是激进的甚至是“革命的”浪漫主义诗观，如雪莱所言的诗人是“立法者”。“诗的功能有二重作用：一重功用是给知识、力量、快乐创造新的资料；另一重功用是给心灵产生一种愿望，要去再度产生这些资料，并依照所谓美和善的某种节奏和秩序，来安排这些资料。……一个伟大的民族觉醒起来，要对思想和制度进行一番有益的改革，而诗便是最为可靠的先驱、伙伴和追随者。……诗人们是世界上未经公认的立法者。”[4]如雷抒雁终生推崇雪莱的这一“革命的积极浪漫主义”诗观。

北岛那一代人在年轻时代接受的诗歌教育，尤其是学校诗歌教育更多是浪漫主义而不是现代主义，甚至还有现实主义，那时整个诗坛强调的是“革命的现实主义与革命的浪漫主义相结合”。但是即使在上个世纪70年代，来自前苏联的“社会主义的现实主义”流行，也没有完全否定诗的个人性。1978

〔1〕 查建英、北岛：《80年代采访录》，北岛：《古老的敌意》，Hong Kong：Oxford University Press(China) Limited，2012. p. 71.

〔2〕 查建英、北岛：《80年代采访录》，北岛：《古老的敌意》，Hong Kong：Oxford University Press(China) Limited，2012. p. 71.

〔3〕 查建英、北岛：《80年代采访录》，北岛：《古老的敌意》，Hong Kong：Oxford University Press(China) Limited，2012. p. 72.

〔4〕 [英]雪莱：《诗辩》，伍蠡甫：《西方文论选》，下卷，上海译文出版社，1979年，第56-57页。

年人民文学出版社出版的卢那察尔斯基的《论文学》认为："抒情诗人的任务在于始终不离个人，叙说自己和自己的私人感受，同时又使这些感受成为对社会有意义的东西……一个抒情诗人，如果他显然没有把任何私人的热情贯注到他的抒情诗里面，他笔下就可能枯涩呆滞。"〔1〕强调艺术宣传功能的列宁也喜欢听贝多芬的奏鸣曲，也承认艺术的自主性："……我不能常常听音乐，使我想说一些漂亮的蠢话，抚摸人们的脑袋，因为他们住在肮脏的地狱里，却能创造出这样美丽的东西来。"〔2〕浪漫主义诗歌的一大特点就是重视抒情的个人性与写作的民间性，如柏格森所说："艺术永远着眼于个别……诗人所吟咏的乃是一种他自己的，他独有的，永远不会再现的心境。"〔3〕雪莱的诗人定义曾被当时很多中国青年诗人推崇。"一首诗则是生命的真正的形象，用永恒的真理表现了出来。……诗人是一只夜莺，栖息在黑暗中，用美妙的声音唱歌，以安慰自己的寂寞。"〔4〕

北岛在70年代的诗歌写作，尤其是在1978年诗作公开发表前的个体写作及民间写作，具有浪漫主义向现代主义转化的特点，浪漫主义重视诗的"个人的声音"，现代主义重视"个体的迷惘"。这从北岛回忆食指对他的影响的一段话中可以呈现出来："那大约是1970年春，我和两个好朋友史康成、曹一凡(也是我的中学同学，我们被人称为'三剑客')在颐和园后湖划船。记得史康成站在船头，突然背诵起几首诗，对我震撼极大。我这才知道郭路生的名字。我们当时几乎都在写离愁赠别的旧体诗，表达的东西有限。而郭路生诗中的迷惘深深地打动了我，让我萌动了写新诗的念头。他虽然受到了贺敬之、郭小川的革命诗歌的影响，但本质完全不同——他把个人的声音重新带回到诗歌中。"〔5〕北岛对"迷惘"产生共鸣与时代有关，也与他的个性有关。他说："其实我不是一个勇敢的人，我的勇气和我的个人经历有关。我妹妹赵珊珊1976年夏天游泳救人时淹死了。我跟我妹妹感情很好，当时痛不欲生。"〔6〕像北岛这样具有忧郁气质的诗人在当时不可能去全力争当"世界上

〔1〕［俄］卢那察尔斯基：《论文学》，蒋路译，人民文学出版社，1978年，第154－155页。

〔2〕［美］赫·马尔库塞：《现代美学析疑》，绿原译，文化艺术出版社，1987年，第37页。

〔3〕［美］威勒克：《近代文学批评史》，第一册，杨岂深译，上海译文出版社，1987年，第118页。

〔4〕［英］雪莱：《诗辩》，伍蠡甫：《西方文论选》，下卷，上海译文出版社，1979年，第53页。

〔5〕查建英、北岛：《80年代采访录》，北岛：《古老的敌意》，Hong Kong：Oxford University Press(China) Limited，2012. p. 75.

〔6〕查建英、北岛：《80年代采访录》，北岛：《古老的敌意》，Hong Kong：Oxford University Press(China) Limited，2012. p. 77.

未经公认的立法者”,“大”写“社会改革的号角”式的政治抒情诗,让“一个伟大的民族觉醒起来”,“要对思想和制度进行一番有益的改革”。但是造化捉弄人,时势造英雄,自从1978年《今天》发表《回答》后,准确地说是1979年《诗刊》发表《回答》后,“政治抒情诗的领袖”(朦胧诗的领袖)北岛才横空出世,几十年来,“诗人北岛”一直是中国诗坛上的一个“反抗专制”的政治符号。

很多政治诗歌都具有“民间性”。不仅《回答》和《一切》的功能带有“民间性”,而且它的写作生态与传播生态也带有“民间性”。“北岛当时在青年特别是在大学生中有点‘偶像式’的影响。……一首诗可以此起彼伏形成浩瀚的心灵的风波……”[1]“北岛在70年代末、80年代初的诗,大体上也是那样一种抒情‘骨架’,但确有较多新的诗歌质素和方法。要是不避生硬简单,对北岛的诗可归纳出一个‘关键词’的话,那可以用否定的‘不’来概括。舒婷呢,或许可以用‘也许’、‘如果’这样的词?”[2]《回答》和《一切》能够在当时的青年,特别是大学生中“此起彼伏形成浩瀚的心灵的风波”,并不完全是因为意识形态的原因,不是因为新诗的启蒙功能发生了奇效,而是因为写出了那代青年思想上的迷惘,情感上的软弱和心理上的焦虑。就像舒婷的《致橡树》在那个时代受到欢迎,在现在却不受欢迎的原因是她写出了被禁止多年的爱情。这也是《回答》和《一切》,尤其是后者当时受到大批判的原因,最大的罪名就是“颓废”。这也是舒婷读了《一切》后对北岛“放心不下”,写了要他及他代表的一代“颓废”青年振作起来的诗作《这也是一切——答一位青年朋友的〈一切〉》的重要原因。

2016年5月20日下午3点,在北京首都师范大学图书馆前,笔者与北岛、吴思敬、沈奇等诗人和诗论家等人,一起坐首都师范大学中国诗歌研究中心的车,去河北廊坊师范学院参加“北岛诗歌研讨会”。笔者在与北岛的交流中,特别问了舒婷的《这也是一切——答一位青年朋友的〈一切〉》的写作时间,他告诉我说:“这首诗写于1977年,是她回复我的一封信中写的。”由此可见,北岛的《一切》和舒婷的《这也是一切——答一位青年朋友的〈一切〉》的写作都具有“民间性”,它们是两位未成名的青年诗人之间的“书信往来”,采用的是很“个人化”,甚至可以说是很“私人化”的写作与传播方式,发出的是个

〔1〕 洪子诚:《一首诗可以从什么地方读起——读北岛的诗》,洪子诚:《学习对诗说话》,北京大学出版社,2010年,第92页。

〔2〕 洪子诚:《一首诗可以从什么地方读起——读北岛的诗》,洪子诚:《学习对诗说话》,北京大学出版社,2010年,第101页。

人的真实的声音。2006年，北岛回忆1998年创办《今天》的历史时说："当时我通过蔡其矫认识舒婷，一直保持通信联系。我也选了蔡其矫和舒婷的诗。舒婷其中一首诗的原题为《橡树》，根据上下文，我觉得加上'致'字效果会更好，于是改成了《致橡树》，都没跟她商量。"[1]这说明两人私交较好，可以"以诗会友"。这种以诗相赠的"和诗"传统在汉语诗歌中源远流长，在民间生活中尤其盛行。由于后来这两首诗各自成了在道德伦理上代表两种青年人生观的政治抒情诗，《一切》是"落后青年"的诗，《这也是一切——答一位青年朋友的〈一切〉》是"先进青年"的诗。两首诗"问世"的真实历史被"政治"遮蔽了，它们写作与传播的个人性与民间性荡然无存。

比较两首诗作，不难发现后者代表的是主流的、政治的，甚至是官方倡导的人生观。从这两首诗中也可以看出为何同为朦胧诗的主将，北岛和舒婷后来选择了截然不同的人生道路和职业生涯。从两首诗的传播与接受上可以看出两首诗的功能差异。2013年3月6日，刘志在"知乎"网站发帖说："尽管当时文学理论课上，违心地被老师要求写舒婷的《这也是一切》比北岛的《一切》如何好的小论文，但是至今而言我还是觉得北岛写的无论是在意境还是在文字上都可以甩舒婷一条街！舒婷的诗，主要胜在思想乐观、上进，没有北岛的诗歌的颓废、悲观，但是多读几遍舒婷的诗，你会发现，没有任何感觉，完全就是大街上的口号，而北岛的诗显然不是这样。诗歌追求的是语言的'陌生化'（口语诗可以例外），也就是说我们写诗歌的时候，如果只能写人人都随口能说的句子，那样的诗歌，或许会让读诗的人兴趣索然，而北岛的诗在语言的'陌生化'方面则做得很好。北岛的这首诗最大的问题就是诞生在中国这样的似病态追求幸福感的国度，他的诗歌所体现的现实主义风格当然也不怎么被主流文学接受。"[2]中文系的文学理论老师要求中文系学生写这样的"非学术性"论文，目的想通过"诗教"来培养学生"正确的人生观"，老师代表的是主流的官方意识形态，当时甚至被称为"共产主义的爱情观"。几十年过去了，在一些青年人的励志性诗歌朗诵会上，甚至在德育政治课上，两首诗仍然被当成"反面教材"与"正面教材"，被"互文性"朗诵。

改革开放之初本想从事纯文学的诗人成了思想解放甚至政治改革的"先驱者"和"立法者"，"诗歌明星""歪打正着"成了"政治明星"，原因复杂，主要

[1] 田志凌、北岛：《今天的故事》，北岛：《古老的敌意》，Hong Kong：Oxford University Press(China) Limited，2012. p. 87.

[2] 刘志：《知乎网帖》，http://www，zhihu，com/question/20605734＃answer－1651018.

有时代原因及政治原因。在《今天》创刊30周年时,《经济观察报》记者要北岛解释为什么《今天》是一个纯文学杂志,很多人还是会把它跟政治联系到一起。北岛回答说:"《今天》的出现释放了巨大的能量,那是精神的能量,语言的能量。这和精神与语言长期处在高压状态下有关。那是一个非常特殊的历史转折期,诗歌承担了过于沉重的负担。诗人甚至一度扮演了类似如今歌星的角色,那也是反常的现象。……那是政治压倒一切的时代,在那样的语境中,提出'纯文学'就是一种对政治的反抗。"[1]

在那个时代,很少有人相信北岛的诗是"纯文学",尤其是《回答》和《一切》被"理所当然"地视为"启蒙者的政治宣言"。舒婷的爱情诗《致橡树》也被"政治化"为"女性独立宣言",也促进了当时的思想解放。"《致橡树》是舒婷的名篇,写于1977年3月。1979年4月在《诗刊》发表后,便以其鲜明的女性意识、崇高的人格精神和对爱情的热烈呼唤,引起了广大读者的强烈共鸣,被多种诗歌选本选入,并成为朗诵会的保留篇目。"[2]那个时代需要的不是新诗先锋,而是思想先锋。尽管一些诗人,如北岛数十年后所言当时是为"诗歌"而不是为"政治"写作,但是读者却不这么看。当时的新诗几乎是政治宣传的工具,一些"生活抒情诗"被误读为"政治抒情诗",一些"政治抒情诗"被误读为"政治讽刺诗",诗人几乎都成了"政治诗人"。80年代后期主要由大学校园诗人组成的第三代诗人喊出PASS北岛,PASS舒婷的口号的一大原因正是不想让新诗再当"政治的传声筒"。

30多年来,很多新诗理论家也看重朦胧诗的思想性。1996年,舒婷的丈夫陈仲义为朦胧诗辩护时也强调它的启蒙功能。"以《今天》为发端的朦胧诗潮,酿成了新诗史上令人瞩目的一次诗运……它完全是土生土长的,属于文革痛定思痛的产物,而绝不是全盘西化的'舶来品'。正是这一群早熟的觉醒者,对文化专制残余的抗争,对外来文化的大胆吸纳,才能于满目疮痍的废墟上,迅速冒出令人震颤的'井喷'。"[3]2009年,刘士杰高度肯定了北岛的《回答》批判现实的政治意义,代表了当时人们对北岛及《回答》的看法。"70年代初,他开始写诗,与当时所有的青年一样,北岛也经历了从狂热到失望,从

---

〔1〕 北岛:《靠"强硬的文学精神"突破重围》,读书 · 凤凰网站,http://book,ifeng,com/psl/zjdt/200901/0119_3552_976072,shtml.

〔2〕 吴思敬:《女性人格独立的宣言——读舒婷的〈致橡树〉》,吴思敬:《中国当代诗人论》,社会科学出版社,2015年,第373页。

〔3〕 陈仲义:《中国朦胧诗人论》,江苏文艺出版社,1996年,第1页。

失望到觉醒的心路历程。在‘四五’运动中，他压抑不住满腔的怒火和激情，写下了著名诗篇《回答》。该诗在《诗刊》1979年第3期发表后，顿时引起了惊世骇俗的巨大反响。……北岛的诗典型地表达了社会转型期一代青年的愤怒和抗争。北岛是一位敢于直面人生，直面丑恶现实的诗人。他善于在诗中表现现实矛盾在他内心引起剧烈冲突的激情。如他在那首著名的《回答》一诗中，对十年动乱的荒谬现实进行了尖锐而又形象的否定的批判。诗中表现了一个叛道者的高大形象，那是一个不承认失败，坚决斗争到底的铮铮铁汉的形象。”[1]

只有洪子诚在《回答》发表30年后，才有些“独具匠心”地指出《回答》的“非政治性”和北岛诗歌的“艺术性”。“这首诗最初发表在《今天》的第1期（1978年12月）上，次年被《诗刊》转载。很多人认为这首诗的写作与1976年4月的‘天安门事件’有关，是对这一事件作出的反应。但齐简在回忆文章（《诗的往事》（收入《持灯的使者》一书，香港牛津大学出版社，）提出，《回答》的初稿写在1973年3月15日，最初的名字是《告诉你吧，世界》。齐简保存有这首诗初稿的手抄本。后来北岛多次修改，才成了我们看到的样子。后来的修改受到‘天安门事件’影响，我觉得并不是没有这种可能性。其实，是不是针对‘天安门事件’，我觉得并不是那么重要。”[2]他还强调了北岛当年写作的“艺术目的”和“生活目的”，说当时北岛想建立的是“诗的世界”。“我们看到的当时北岛唯一谈论自己的写作的文字，是1982年在《上海文学》‘百家诗会’上一段几百字的短文。……他说，要通过写作，建立一个‘诗的世界’，这是一个‘独立的世界’‘人道’和‘正义’的世界。……北岛他们虽然也强调诗歌跟现实世界的联系，但是认为诗歌（文学）世界有它的想象的，‘虚构’的‘独立性’，‘超越’的‘独立性’。在诗的写作与生活目的关系上，北岛那一代人趋向把它们看做是‘同一’的；诗歌写作也是在处理、实现人的生活目标，是追求更好的生活方式的手段。”[3]洪子诚的两段话在一定程度上还原了“历史真相”，为“为时势造出的政治诗歌英雄”北岛“平了反”。

洪子诚是率先指出《回答》可能与“四五天安门运动”无关的诗歌史家，他

〔1〕 刘士杰：《现代主义诗歌在中国的命运》，社会科学文献出版社，2009年，第196页。

〔2〕 洪子诚：《一首诗可以从什么地方读起——读北岛的诗》，洪子诚：《学习对诗说话》，北京大学出版社，2010年，第102页。

〔3〕 洪子诚：《一首诗可以从什么地方读起——读北岛的诗》，洪子诚：《学习对诗说话》，北京大学出版社，2010年，第105页。

的这一观点重要到需要重写当代文学史或者重新评价北岛的程度。2008年，北岛在接受《南方都市报》记者田志凌的采访时说出了"历史真相"。这段采访录如下："问：你在创办《今天》之前就写《回答》了吗？答：对，史保嘉有一篇回忆录《诗的往事》，收入了《持灯的使者》一书，由牛津大学出版社出版。她在文章中引用了这首诗的最初版本，写于1973年，我自己都没有留底稿。1973年就写了。问：为什么说《回答》的写作与'四五运动'有关呢？答：我最后一次修改是1978年，为了《今天》创刊号，也就是人们现在看到的版本。后来在《诗刊》发表时，为了安全起见加上'1976年'，故人们认为与'四五运动'有关。问：定稿与初稿差别在吗？答：差别不小，初稿虽说比较个人化，但无疑问与当时社会的高压有关，更愤怒也更绝望。"[1]

北岛坦言《回答》的初稿"比较个人化"，但是没有直接说《回答》的写作与"四五运动"的关系。署名"《今天》编辑部"的《今天》创刊词确实赞美了"四五运动"，甚至还批判了"四人帮"。"'四人帮'的文化专制主义就是只准精神具有一种存在形式，即虚伪的形式；只准文坛只开一种花朵，即黑色的花朵。而今天，在血泊中升起黎明的今天，我们需要的是五彩缤纷的花朵，需要的是真正属于大自然的花朵，需要的是开放在人们内心的花朵。过去，老一代作家们曾以血和泪写下了不少优秀的作品，在我国'五四'以来的文学史上立下了功勋。但是，在今天，作为一代人来讲，他们落伍了。而反映新时代精神的艰巨任务，已经落在我们这代人的肩上。'四五运动'标志着一个新时代的开始，这一时代必须确立每个人的生存的意义，并进一步加深人们对自由精神的理解；我们文明古国的现代更新，也必将重新确立中华民族在世界民族中的地位。我们的文学艺术，则必须反映出这一深刻的本质来。"[2]发表于《今天》创刊号上的《回答》体现出这个办刊宗旨，正是这样的现代性文本："确立每个人的生存的意义"，"加深人们对自由精神的理解"，完成"我们文明古国的现代更新"。

北岛曾反感复旦大学某位教授把《回答》归入"伤痕文学"，因为它的创作时间与"伤痕文学"错位。在接受海外作家查建英的采访时，北岛还强调说："我一直对'朦胧诗'这一标签很反感，我认为应该叫'今天派'，因为它们首先

---

〔1〕 田志凌、北岛：《今天的故事》，北岛：《古老的敌意》，Hong Kong：Oxford University Press(China) Limited，2012. p. 99 - 100.

〔2〕《今天》编辑部：《致读者——〈今天〉创刊号发刊词》，北岛：《古老的敌意》，Hong Kong：Oxford University Press(China) Limited，2012. p. 105 - 106，

是出现在《今天》上的。至于官方刊物接受《今天》的诗歌非常复杂，与当时‘思想解放运动’在文艺界的影响有关。比如，邵燕祥读《今天》时看中我的《回答》和舒婷的《致橡树》，于1979年春转发在他担任副主编的《诗刊》上。当时《诗刊》发行上百万份，其影响之大可想而知。”[1]查建英的采访录以《80年代访谈录》为题刊发于2006年香港牛津大学出版社和北京三联书店出版的《80年代访谈录》。几年后，在接受大陆《南方都市报》记者田志凌的采访时，北岛更详细地回忆了《回答》在《诗刊》发表的“复杂”背景。田志凌的采访录以《〈今天〉的故事》为题刊发于2008年6月1日的《南方都市报》。“第一期《今天》出版后，我送给邵燕祥一本，他很喜欢《回答》，还有舒婷的《致橡树》，问我能不能把它们发在《诗刊》上，我说当然可以，他就在1979年《诗刊》三月号发表了《回答》，四月号发表了《致橡树》。《诗刊》当时的发行量上百万份，这两首诗借此广为流传，造成全国性影响。……在1979年《今天》第一次朗诵会上，陈凯歌朗诵的就是这首诗，当时很多人喜欢这首诗，在我看来是表达一种反叛精神，与时代的转折有关，我理解人们的这种阅读期待，但我并不认为这首诗是我的代表作。”[2]“1979年4月8日，我们在玉渊潭公园举办了第一次诗歌朗诵会……朗诵者中还有陈凯歌，他当时还是电影学院的学生，他曾在《今天》发表过小说，也是《今天》在北京电影学院的代理人，每期刊物都由他在那儿张贴出售。”[3]

《诗刊》发表《回答》的时间是1979年3月，陈凯歌朗诵这首诗的时间是4月。正是被称为“官方诗歌第一刊”或者“诗歌国刊”的《诗刊》发表，《回答》才被广为传播。当时《诗刊》发表某位诗人的诗，不仅是一种“诗歌待遇”，证明他是“国家承认的诗人”，更是一种“政治待遇”，证明他是“党信任的诗人”。当时艾青、木斧等老诗人在政治上的“复出”的一大“标志”就是诗作在《诗刊》上“发表”，是一种“政治信号”。因为被朗诵，这首诗才更被普通民众知晓。《诗刊》的纸质传播与各种诗歌朗诵会的声音传播相得益彰，《诗刊》的传播具有官方性，一些官方举办的朗诵会及电台的传播也具有官方性。《今天》在北

[1] 查建英、北岛：《80年代采访录》，北岛：《古老的敌意》，Hong Kong：Oxford University Press(China) Limited，2012. p. 78.

[2] 田志凌、北岛：《今天的故事》，北岛：《古老的敌意》，Hong Kong：Oxford University Press(China) Limited，2012. p. 100.

[3] 田志凌、北岛：《今天的故事》，北岛：《古老的敌意》，Hong Kong：Oxford University Press(China) Limited，2012. p. 94.

京玉渊潭公园举办过两次朗诵会，在70年代后期和80年代初期，像那样的非官方举办的诗歌朗诵会较多，还有诗歌爱好者喜欢在饭局上朗诵《回答》，这些传播都具有民间性。两者的传播目的大多是为了思想启蒙，很多传播者都把《回答》当成了具有宣传思想解放的功能的“政治抒情诗”甚至“政治讽刺诗”。

邵燕祥喜欢《回答》也是因为北岛所说的“阅读期待”和笔者总结的“传播目的”。他通过北岛得到刊发了《回答》的《今天》，并事先私下问北岛愿不愿让《诗刊》发表这首诗。《回答》的这段传播经历也具有民间传播的特点，假若两人没有“惺惺相惜”式的私人交情，《回答》就不可能被《诗刊》“适时”发表。邵燕祥年轻时因为写作被打成“右派”，1979年才被恢复“政治名誉”，属于“归来的诗人”那一代，甚至是北岛所言的“作为群体当时在精神上已被彻底打垮，无力载道”的“知识分子”，是《今天》创刊词所言的“落伍了”的“老一代作家”。他敢于在《诗刊》上推出《回答》说明他还有能力载道，在精神上还没有被打垮。他后来越来越敢仗义执言，在世纪之交成为著名的“公共知识分子”。《回答》中的“我不相信”既是如北岛所言的“没受过多少正规教育的”“青年工人”的“宣言”，更是受过政治迫害的老一代“知识分子”想发出，在当时却不敢发出的抗议声。尽管当时的文艺界为了揭批“四人帮”的政治目的，大力倡导“伤痕文学”，如雷抒雁、韩瀚等很多诗人写诗悼念被专制扼杀的张志新烈士，但是“归来的”那批老诗人，尤其是“右派诗人”并没有积极参与“主旋律”的“政治诗写作”，写出有影响力的作品的主要是青年诗人。“1978年8月号的《诗刊》同时推出了两首在全国读者那里引起心灵地震的诗篇，一首是叶文福的《将军，不能这样做》，另一首就是雷抒雁的《小草在歌唱》……其实，张志新遇害的悲剧披露后，几乎引起了全国所有民众，也包括诗人的强烈愤慨。归来者艾青写了《听，有一个声音》，归来者公刘写了《唉，大森林》，朦胧诗人舒婷写了《遗产》。雷抒雁的《小草在歌唱》影响最大，一经问世，就在全国卷起了汹涌澎湃的诗潮，真是‘潮似连山喷雪来’，到处在传阅，到处在朗诵，到处在转载，一时洛阳纸贵。”[1]但是这两首诗在艺术性上存在弱点，甚至可以说是“主题先行”的“应景之作”。当时胡风刚从四川监狱出来，还写信给雷抒雁提醒他注意诗的艺术性。雷抒雁2010年5月18日给“七月派”诗

〔1〕 吕进：《论中国新时期诗歌与“新来者”（代序）》，吕进：《中国新时期诗歌“新来者”诗选》，西南师范大学出版社，2014年，第7页。

人鲁煤写信说:“《小草》初发表后,胡风仍以‘大反革命头目’身份未被平反,但他对此诗情有独钟,惊喜得‘忘乎所以’,竟敢隐姓埋名,毛遂自荐,给《诗刊》投稿,衷心拥戴、赞美此诗,并拟出对诗中个别词语修改、提高的建议,供作者参考。”〔1〕《回答》既有被特定时代“泛意识形态化”的读者赋予的思想性,也有一定的艺术性,又比较短小,既有启蒙宣传功能,也有抒情治疗功能,可以满足多种“阅读期待”,更适合在公众场合朗诵,自然比《小草在歌唱》等当时“纯正的政治抒情诗”更受民众,尤其是“社会青年”的欢迎。

反腐败的《将军,不能这样做》和反独裁的《小草在歌唱》的发表时间比《回答》早半年,已在社会生活中掀起“以诗议政”的热潮,《诗刊》1979 年 3 月号发表《回答》时又将写作日期标为 1976 年,被不明底细的研究者归入同时期的“伤痕文学”中,甚至还与“四五运动”联系上,如“及时雨”一般为政治诗热潮推波助澜。这一创作时间的改动非常重要,它使《回答》由个体抒情的虚无主义甚至是颓废文本,变成了集体启蒙的实用主义甚至政治文本。有必要深究这一改动是作者还是诗刊编辑所为,甚至还是《诗刊》编辑部乃至更上一级领导的意见。笔者 2016 年 5 月 21 日下午两点在廊坊师范学院询问林莽:“《回答》在《诗刊》发表时,‘1976 年’这个非常重要的写作日期是北岛自己加的,还是发稿编辑《诗刊》副主编邵燕祥加的? 甚至有没有可能是官方上层指示《诗刊》编辑加的?”林莽告诉我说这是北岛在《今天》公开刊发此诗时自己加的。北岛却说:“我最后一次修改是 1978 年,为了《今天》创刊号,也就是人们现在看到的版本。后来在《诗刊》发表时,为了安全起见加上‘1976 年’,故人们认为与‘四五运动’有关。”〔2〕林莽是北岛的好友,长期担任《诗刊》的编辑,关于北岛的创作时间“1976 年”是谁加的这一“悬案”的答案,两人竟然可能不同,由此可见其中的复杂性。如果没有《诗刊》的同意,即使北岛自己加了时间,也可能不会通过。

《回答》的写作时间由 1973 年推迟到 1976 年,诗的题目与语言都有改变,使这首诗的“民间性”减弱,“现代性”增强,导致这种巨变的最重要原因是写作时间被“故意”放在了“1976 年”,一首偏向“个人化写作”的诗成为偏向

〔1〕 雷抒雁、鲁煤:《雷抒雁与胡风、艾青“七月派”——雷抒雁与鲁煤的通信》,http://www,chinawriter,com,cn/2013/2013-03-20/157436,html。原载《中国艺术报》2013 年 3 月 20 日。

〔2〕 田志凌、北岛:《今天的故事》,北岛:《古老的敌意》,Hong Kong: Oxford University Press(China) Limited,2012. p. 97 - 98.

"政治化写作"的诗，甚至成为当时最具有战斗力的"政治抒情诗"和"政治宣传诗"甚至"政治讽刺诗"，成为众多政治性群众集会上的"朗诵诗"的必读篇目。舒婷针对《一切》写了《这也是一切——答一位青年朋友的〈一切〉》，后一首诗也成为群众集会上必朗诵的重要诗篇，常常与《回答》一起被青年朗诵，成为鼓励士气的"政治鼓动诗"。这些传播方式都强化了两首诗的政治意义，突出了它们的"公共性"与"现代性"。

两首诗的功能呈现偏现代性的民间性

两首诗如30年来通行的结论所言确实具有明显的"启蒙功能"，堪称新诗启蒙现代性建设的代表作。但是这个流行结论不但严重忽略了它们的"抒情功能"甚至"治疗功能"，而且否定了它们在新诗审美现代性建设上的成绩，把北岛变成了一个"单向度"的"政治诗人"，把他"符号化"和"偶像化"了。尤其是《回答》一诗被长期"误读"为当代新诗史上最纯正的"政治抒情诗"甚至"政治宣传诗"，改变了"诗人北岛"的命运。可以说是成也《回答》败也《回答》，因为《回答》被时代误读和被政治利用，北岛被贴上了"政治诗人"的标签，"朦胧诗"在某种程度上成了"政治诗"的代名词，导致北岛及整个朦胧诗诗人的诗的思想性被夸大，艺术性被忽视。也正是因为北岛被官方和民间，尤其是被官方视为"政治诗人"，他才在"极左思潮"流行的某个特殊时期受到"政治批判"甚至"政治迫害"。"诗无达诂"式的"政治性误读"或"政治性阅读期待"，既让北岛因为《回答》一举成名天下知，也让北岛成为了"批判对象"。这种"政治性误读"或"政治性阅读期待"曾在上个世纪50年代导致诗人昌耀、流沙河、沈泽宜等受到"政治迫害"。历史竟然有惊人的相似之处，北岛成为"批判对象"不是因为"生活抒情诗"《回答》被"政治性误读"为"政治抒情诗"，而是因为他的爱情诗《慧星》被"政治解读"。2008年北岛回忆说："1981年初，中共中央发了一个关于清理民刊的九号文件，几乎所有民刊的头头都被一网打尽。我当时在《新观察》杂志当编辑，《新观察》隶属中国作家协会，九号文件下来后，公安局找到作家协会，对我施压，希望我写检查交代问题，被我拒绝了。……但让我停职反省。在《新观察》半年多不许工作，自己也觉得无趣，后来通过关系调到了外文局的《中国报导》，……1983年，我在外文局成了'反精神污染'的批判对象，再次停职反省。……跟《今天》没有直接关系。'反精神污染运动'开始以后，雷抒雁化名卢丁写了篇批判文章，对我的一首爱情诗《慧星》进行政治解读，我成了文化部的整顿重点，有一年多的时间禁止发表作品。"[1]

如果思考发生在同一位诗人身上的两次改变其命运的"政治解读"，会得到深刻的答案，可以真实地呈现出那个时代的诗歌生态和政治生态。30 多年后的今天，新诗研究有必要摒弃这种"误读"方法，还原一个真实的北岛，强调北岛人的"凡人性"和诗的"丰富性"，肯定他具有虚无主义的"颓废"写作的现代性意义和"诗疗"写作的现实性意义。

在启蒙、抒情和治疗三大功能中，不可否认启蒙功能是 20 世纪新诗的最大功能，政治抒情诗是批判精神的启蒙功能的重要诗体。"五四给我们的贡献最大者莫过于怀疑精神，反对人云亦云的批评态度……"[2]正是这种批判精神和怀疑精神导致了新诗的高度严肃性，也导致了新诗成为一种政治性文体，新诗诗人普遍渴望成为政治家和思想家。但是也有一些诗人坚持艺术的自主性和诗人的主体性。加缪说："荒谬产生于人的需要与世界无理的沉默之间的冲突。"[3]卡西尔甚至说："政治生活并不就是公共人类存在的唯一形式。"[4]这是"纯诗"及"为艺术而艺术"的唯美写作存在的重要原因。《回答》和《一切》都具有现实主义的"真实"和现代主义的"颓废"。在现实主义流行的时代，真实是诗人唯一的自救之道，在过分强调"男儿有泪不轻弹"的时代，忧郁与颓废被视为小资产阶级情调，后者还被认为会动摇无产阶级的"军心"，当然会受到"革命者"的批判。多年以后，才有少数诗评家对此作出了科学与公正的评价。早在 1986 年，谢冕就认为："北岛的诗确有令人注目的忧郁，他几乎总是以耽于思虑的忧郁症感染我们。他以冷峻的基本色调表现不能如愿的人生、幻想的破灭、寻求的遗憾。他用诡奇的断续的辞语，缝缀着一张破旧的风帆。他的确给人留下了悲观的影子。"[5]虽然谢冕很高明地采用了"忧郁症"一词，肯定了北岛是一个"凡人"甚至是一个"病人"，却没有采用"颓废"一词，更没有承认新诗的治疗功能，没有意识到北岛写《回答》和《一切》这样的诗，如同今日心理学界采用"书写表达"来治疗"忧郁症"患者，是为

〔1〕 田志凌、北岛：《今天的故事》，北岛：《古老的敌意》，Hong Kong：Oxford University Press(China) Limited，2012. p. 99－100.

〔2〕 [美]叶维廉：《中国诗学》，生活·读书·新知三联书店，1992 年，第 12 页。

〔3〕 [英]莱恩·多亚尔、伊恩·高夫：《人的需要理论》，商务印书馆，2008 年，扉页。

〔4〕 [德]恩斯特·卡西尔：《人论》，甘阳译，上海译文出版社，1985 年，第 81 页。

〔5〕 谢冕：《北方的岛和他的岸——论北岛》，谢冕：《中国现代诗人论》，重庆出版社，1986 年，第 304 页。

了宣泄压抑的情感和思想而写作，没有想到今日哲学界会承认“颓废”是“现代性的五副面孔”之一，文学界会认为“颓废文学”并非一种“消极文学”。

在80年代的中国，“颓废青年”等同于“落后青年”或“不求上进的青年”，甚至被社会视为“坏青年”和“坏孩子”，文艺上的“颓废”被视为“资产阶级的东西”，在政治上更会受到批评。这正是本应该是学术之争的80年代初的“朦胧诗之争”沦落为“你死我活”的“姓社姓资”的“意识形态之争”的重要原因。在那个特定的“政治化”年代，谢冕也是为了保护“诗人北岛”，才“用心良苦”地如此这般，千方百计地寻找他的诗中的“积极因素”甚至“政治的正确性”，为北岛的“忧郁”做的辩护，几乎可以称之为“积极的忧郁”。“作为特定的一代人，他的诗体现了他们这一代人对生活的思考。他们对青春年华消失的惆怅，对憧憬和梦想的幻灭的抗议，恰恰表现了他们对于生活的执着和认真。单凭这一点执着，这一份认真，我们便可推断，北岛的诗不是另一时代的产物。他忠实地表现了一代人的追求和憧憬，狂热和失望，浓厚的失落感，有点玩世不恭而又不甘沉沦，亟思振作而又缺乏坚定目标的复杂的情感和思绪。北岛以他人不可替代的心灵的碎片，最细密也最充分地‘拼凑’了一代人的心史。总是那样的纷繁与落寞，总是那样的追寻而不能如愿。一方面，他表现了心灵与世界的断裂，个人与群体的冲突，同时，他又与批判的对象认同，承认自身‘并非在无辜’、‘早已和镜子中的历史成为同谋’。这样，他的批判也理所当然地包括了自身。”[1]30年后的今天，回顾中国30年政治生活的风云变化，还原《回答》《一切》的创作背景，不难发现谢冕这段话所说的并非北岛当年真实的写作目的，过分强调了诗的启蒙宣传功能，忽视了诗的抒情治疗功能。

多年以后，北岛在采访中多次提到早年写作的“颓废”情绪的“合法性”与“合理性”，他甚至承认写诗的心理治疗功能。《南方人物周刊》2009年第46期以《此刻离故土最近》为题，发表了该刊记者刘子超对北岛的采访录。刘子超问：“您怎么评价自己早年的诗作，包括它们和当时的政治之间的紧张关系？”[2]“我没有保留最初的诗稿，但我还能记得第一首诗叫《因为我们还年轻》，在当时高度的政治化的压力下，我们这代人存在着虚无颓废的倾向，那

〔1〕 谢冕：《北方的岛和他的岸——论北岛》，谢冕：《中国现代诗人论》，重庆出版社，1986年，第304页。

〔2〕 刘子超、北岛：《一个四海为家的人》，北岛：《古老的敌意》，Hong Kong：Oxford University Press(China) Limited，2012. p. 8.

首诗针对的是这一倾向，带有明显的道德说教意味。当时就有个朋友指出了这一点。这是我早期写作中一直在克服的问题。其实《回答》也是有道德说教的影响，只不过在反抗的姿态中似乎被掩盖了。《回答》最初写于1973年，1978年首先发表在《今天》创刊号上，第二年春天被《诗刊》转载。由于过于鲜明的政治反抗色彩，为安全起见，发表时标的创作时间是1976年。”〔1〕不可否认北岛所言的1973年写作的《回答》有“过于鲜明的政治反抗色彩”，但是他那个时期的写作是“消沉”大于“反抗”，如他在2008年回忆说：“1976年以前中国社会极度黑暗，看不到希望，看不到我们的作品发表的可能。1978年政治上松动终于给了我们一个机会。”〔2〕“60年代后期，即红卫兵运动的高峰期就有人开始写诗了，比如食指。60年代末，‘上山下乡’运动把大家一下抛到了社会底层，生活的动荡加青春的苦闷，使年轻一代从书本和写作中寻找精神的出路。”〔3〕他在2009年还说：“在《今天》出现之前我们其实很消沉，看不到甚么希望。”〔4〕因此可以结论说：在北岛《今天》出现之前的写作中，带有个人性的民间写作色彩的现代主义的“消沉”写作，远远多于带有公共性的官方写作色彩的“反抗”写作，虽然两者有交叉，甚至相得益彰，但是前者偏向个体治疗功能，后者偏向社会启蒙功能。北岛在回答刘子超的提问“是甚么帮您度过了最艰难的时刻”〔5〕时提到了“心理治疗”。“第一是写作，写作首先是与自己对话，相当于心理治疗。在写作中，你才会不断重新定位，确定生存的意义。第二是对家人、朋友的责任，首先是对父母、对女儿的责任。第三就是喝酒。”〔6〕北岛所言的才是很多诗人，包括一些政治抒情诗诗人真实的写作生态。发表于2011年10月13日《南方周末》的《野兽怎么活，诗人就该怎么活》是王寅采访北岛的访谈录。北岛再次承认了诗歌的治疗功能：“其实

〔1〕 刘子超、北岛：《一个四海为家的人》，北岛：《古老的敌意》，Hong Kong：Oxford University Press(China) Limited，2012. p. 8.

〔2〕 田志凌、北岛：《今天的故事》，北岛：《古老的敌意》，Hong Kong：Oxford University Press(China) Limited，2012. p. 78.

〔3〕 田志凌、北岛：《今天的故事》，北岛：《古老的敌意》，Hong Kong：Oxford University Press(China) Limited，2012. p. 85.

〔4〕 刘子超、北岛：《一个四海为家的人》，北岛：《古老的敌意》，Hong Kong：Oxford University Press(China) Limited，2012. p. 10.

〔5〕 刘子超、北岛：《一个四海为家的人》，北岛：《古老的敌意》，Hong Kong：Oxford University Press(China) Limited，2012. p. 17.

〔6〕 刘子超、北岛：《一个四海为家的人》，北岛：《古老的敌意》，Hong Kong：Oxford University Press(China) Limited，2012. p. 17.

在某种意义上，诗人（或者说每个人）都是病人，写作就是一种心理治疗。"[1]

近年笔者在东南大学开设的"大学生通识课"《诗歌欣赏与诗歌疗法》课程上，也把两首诗与臧克家的《烙印》，梁小斌的《中国，我的钥匙丢了》，海子的《面朝大海，春暖花开》，食指的《相信未来》一起让上百位工科大学生集体朗诵，在心理治疗上产生了较好的效果。细究原因，不只是因为两首诗是"公共性"和"现代性"诗作，也是"个人性"和"民间性"诗作。前两者是它们产生"诗教"效果的重要原因，后两者是它们有利于"诗疗"的主要原因。

《诗探索》2003 年第 3－4 辑以《我一直在写作中寻找方向》为题发表了唐晓渡与北岛的对话。唐晓渡问："让我们抓住你所说的（新诗）传统的'动力和缺憾'问题。在我看来它极为重要。你能不能扼要从正面谈一谈你的个人看法？"[2]北岛回答："马查多认为，诗歌是忧郁的载体。也许这就是我所说的'动力与缺憾'的问题所在，即在中国新诗的传统中，要么缺少真正的忧郁，要么缺少其载体。这样说似乎有点儿耸人听闻，但细想想是有道理的。你看看，如果一个诗人不是被悲哀打倒的人，他能写些甚么呢？而那些被悲哀打倒的人，往往又找不到形式的载体。回顾近一百年的中国新诗历史，是值得我们好好反省的。我想这和我们民族总体上缺乏信仰、注重功利、及时行乐有关。"[3]

尽管对北岛几十年后的这些"回忆"不可全信，但是至少可以还原一个相对真实的北岛，再现当时的写作境况。2008 年 12 月 13 日，北岛在《今天》杂志创刊 30 周年纪念会上的致辞中说："《今天》在中国出现，无疑与'文化大革命'中成长的那代人有关。他们在迷失中寻找出路，在下沉中获得力量，在集体失语的沉默中呐喊，为此甚至不惜付出生命的代价。"[4]"我要特别强调的是，一个民族需要的是精神的天空，特别是在一个物质主义的时代，没有想象与激情，一个再富裕的民族也是贫穷的，一个再强大的民族也是衰弱的。在这个意义上，《今天》又回到了最初的起点，它反抗的绝不仅仅是专制，而是语

---

〔1〕 王寅、北岛：《野兽怎么活，诗人就该怎么活》，北岛：《古老的敌意》，Hong Kong：Oxford University Press(China) Limited，2012. p. 19.

〔2〕 唐晓渡、北岛：《我一直在写作中寻找方向》，北岛：《古老的敌意》，Hong Kong：Oxford University Press(China) Limited，2012. p. 124.

〔3〕 唐晓渡、北岛：《我一直在写作中寻找方向》，北岛：《古老的敌意》，Hong Kong：Oxford University Press(China) Limited，2012. p. 124.

〔4〕 北岛：《远行》，北岛：《古老的敌意》，Hong Kong：Oxford University Press(China) Limited，2012. p. 180.

言的暴力，审美的平庸和生活的猥琐”。[1] 这两段话非常有助于今天的研究者弄清《回答》和《一切》的创作目的及诗歌功能。这两首诗应该说是《今天》创刊时代的诗，它们“反抗的绝不仅仅是专制，而是语言的暴力，审美的平庸和生活的猥琐。”即它们既有“启蒙功能”，也有“审美功能”，还有“治疗功能”。如同发表于《今天》第一期的发刊词所言：“历史终于给了我们机会，使我们这代人能够把埋藏在心中十年之久的歌放声唱出来，而不致再遭到雷霆的处罚。”[2]它们既参加了当时新诗的启蒙现代性建设，也参加了审美现代性建设，使当时的一代青年能够人格独立又心理健康，为培养现代中国人和打造现代中国作出了特殊贡献。

“现代性的动力首先是在一个拥有传统和固定信念的世界里开始动摇传统和信念的。它们在催生一种现代社会格局上是有帮助的。但它们仅仅有一次成功地完成了这一任务，在它出现在所谓的世界舞台上之后两千年。在它们最初出现的时候，现代性的动力遇到了一种非常暧昧的接受。”[3]北岛是在“拥有传统和固定信念的世界里”“动摇传统和信念的”。《回答》的主人公发出的现代声音“我不相信”，是建立在“穷则独善其身，达则兼善天下”这一中国文人传统的生存方式及生存理念上的，喊出了一代中国文人的幻灭与绝望。“作为一个概念，‘现代性’一词经常与现代相关联……我们能不能说，凡是现代的必然是新的，而新的未必就是现代的？在我看来，这个问题类似于个人与集体（或者历史的）之间的区别问题：一方面是形成个人经验的事件，另一方面是对整个集体暂时性进行明显调整的那些时刻作出隐含或者公开的认同。”[4]《回答》既有“个人经验”，更有“集体暂时性进行明显调整的那些时刻作出隐含或者公开的认同”，它发出的是个体的声音，也是群体的声音。最重要的是，《回答》呈现的“虚无主义”和“启蒙运动”正是现代诗的重要特征。“法国的‘现代’诗无疑开始于波德莱尔。……早在 1870 年，兰波就宣称：‘应该绝对地现代’。”[5]“‘在法国，现代被理解为一种特定的现代性，它

[1] 北岛：《远行》，北岛：《古老的敌意》，Hong Kong：Oxford University Press（China）Limited，2012. p. 180.

[2] 《今天》编辑部：《致读者》，北岛：《古老的敌意》，Hong Kong：Oxford University Press（China）Limited，2012. p. 105.

[3] [匈]阿格尼丝·赫勒：《现代性理论》，李瑞华译，商务印书馆，2005 年，第 65 页。

[4] [美]詹姆逊：《现代性的四个基本原则》，王亚丽译，王逢振：《詹姆逊文集，第 4 卷，现代性、后现代性和全球化》，中国人民大学出版社，2004 年，第 13 页。

[5] [美]R. S. 弗内斯：《表现主义》，艾晓明译，昆仑出版社，1989 年，第 90 页。

始于波德莱尔和尼采，因而它带有虚无主义色彩：就它与现代化，尤其与历史的关系，以及它对进步采取的怀疑和顾虑而言，这个概念从一开始就显得模棱两可……然而，在德国，现代始于启蒙运动，否定现代就意味着抛弃各种文明理念。'……波德莱尔首次使用的现代仅仅指法国传统中的审美现代主义，剩下来的还有西班牙的用法。"[1]人类社会的"现代性"意义首先存在于城市，也正是城市诗人通过城市诗歌来反思人类现代化进程中出现的优点和缺点。虚无主义正是城市诗歌的一大特色。有必要强调北岛的"城市诗人"角色，尽管他与兰波、波德莱尔生活在不同时代和不同国度，但是城市生活，尤其是身居国家首都的大都市（一个国家的政治、经济和文化中心）生活，使他更容易赞同兰波的诗歌"应该绝对地现代"的观点。这种现代不仅指社会的现代，如工业的现代化，也指政治的现代化，如上层建筑的民主化，还指人的现代化，如生活方式的多元化。

马泰·卡林内斯库在《现代性的五副面孔》一书中认为现代性有五个基本概念：现代主义、先锋派、颓废、媚俗艺术和后现代主义。从波德莱尔开始，颓废成为现代诗的一大重要主题，更是城市诗歌的一大特色。颓废的原因主要是生活的压力，尤其是政治生活的压力。想介入政治生活又没有能力，便对生存的价值产生质疑，怀疑人的存在意义。带有颓废性质的诗歌写作是以退为进的一种生存策略。"我们承担着介入到世界之中的政治责任，而这种介入不是通过沉默，而是通过真正地说出我们的生活经验，所以我们必须成为艺术家，成为歌唱我们生活和我们世界的艺术家。"[2]所以北岛在特殊时代会写《回答》和《一切》。如果说《回答》是激进的浪漫主义甚至革命现实主义的"硬汉子宣言"，有那个时代流行的"高大全"式的革命英雄主义色彩。那么《一切》应该是现代主义的"颓废者宣言"。诗人写《回答》时是雪莱所说的"立法者"，写《一切》时是雪莱所说的"夜莺"。实质上，《回答》有些"外强中干"，不难读出人生的虚无和人性的软弱与时代的焦虑和时代的病态。甚至可以结论说：《回答》是偏向启蒙功能，但是也有通过写诗来自我疗伤的政治抒情诗，《一切》是偏向治疗功能却有启蒙色彩的生活抒情诗。《回答》含有"虚无"，《一切》含有"颓废"。

---

〔1〕［美］詹姆逊：《现代性的四个基本原则》，王亚丽译，王逢振：《詹姆逊文集，第4卷，现代性、后现代性和全球化》，中国人民大学出版社，2004年，第82－83页。

〔2〕［美］丹尼尔·托马斯·普里莫兹克：《梅洛—庞蒂》，关群德译，中华书局，2003年，第89页。

现代性的“政治书写”应该融入民间性的“书写表达”

近年由于政治上和经济上的“中国梦”的提出，文化上甚至文学上的“中国梦”也应运而生，偏重启蒙现代性的“政治书写”正在“驱逐”偏重审美现代性的“书写表达”。政府有意识地提出了要筑就中华民族伟大复兴时代的文艺高峰，要求文艺振奋民族精神。很多诗人响应号召又做起了“兼济天下”的“英雄梦”，都想为实现“中国梦”作贡献。因此诗的公用性及公共性、诗的启蒙功能及宣传功能再次被高度重视，“诗歌精神重建”的口号也日渐深入人心，无论是“居庙堂之高”的官方诗人，还是“处江湖之远”的民间诗人，都想从边缘回到中心，由深山进到广场。导致近年主张“极物”的现实主义诗歌回光返照，现代主义诗歌受到打压，诗人们都重视推崇“立意高远境界自出”，诗坛流行多年的“玩”诗销声匿迹。尤其是上个世纪 90 年代的“个人化本能（身体本能和审美本能）写作”和新世纪 10 年代的“民间娱乐（个体娱乐和网络娱乐）写作”退潮，甚至绝迹多年的政治抒情诗也重返诗坛，抒写“重大历史题材”和“重大政治题材”的“宏大抒情”和“现实叙事”也受到理论界的“青睐”和创作界的“跟风”。应该肯定这是一种好现象和新气象，也涌现出了一些好诗人和好作品，但是也出现了一些诗人“接地气”后不但没有强化诗人应该有的“赤子之心”，重视诗人的写作伦理，反而凭借自己是“现实代言人”不真诚写作，粉饰太平甚至装神弄鬼。像这样写出来的诗不是真正的现实主义诗歌，极端倡导现实主义诗歌，尤其是推崇“为政治而政治”的“政治书写”，并不利于中国的现代化建设和中国新诗的现代性建设。今日有志于现实主义诗歌，甚至政治抒情诗创作的诗人应该向当年的北岛学习，始终以诗人的身份说真话和说行话。如下面几位不同时代、不同政治派别的外国理论家所言：诗，尤其是抒情诗，应该是个人的艺术。“抒情诗人的任务在于始终不离个人，叙说自己和自己的私人感受，同时又使这些感受成为对社会有意义的东西……一个抒情诗人，如果他显然没有把任何私人的激情贯注到他的抒情诗里面，他的笔下就可能枯涩呆滞。”[1]“社会意识包括个人意识的特定内容及其对于革命的主观潜能这个简单化的概念”[2]“多数作家认为，随着文明的增进，

---

〔1〕［俄］卢那察尔斯基：《论文学》，蒋路译，人民文学出版社，1978 年，第 154－155 页。

〔2〕［美］赫·马尔库塞：《现代美学析疑》，绿原译，文化艺术出版社，1987 年，第 5 页。

必然有一个想象衰颓的过程。约翰·布朗(1715－1766,英国)在《诗歌与音乐的兴起、融合、兴盛、进展、分离以及破坏》(1763)中认为：在各个民族中都形成过一种最初的‘歌、舞、诗三位一体的汇合’,韵文先于散文,因为‘对旋律和舞蹈的自然感情,势必把伴奏歌曲推向一种谐和的节奏’。随着文明的推进,所有的艺术开始分门别类。起先它们‘乱七八糟地混为一团,多少处于无可辨认的混合状态,交织于相同的组织之中’。然而,诗人、音乐家、艺术立法者的原始统一消失了,于是产生出个别的艺术类型。诗歌最早是各种体裁的混合物,是一种‘令人狂喜的圣歌、历史、寓言、神话的大杂烩’。继而是个别种类的兴起,开始是抒情诗,颂歌和圣歌,因为‘这些艺术在初期阶段不外是喜悦、悲伤、胜利或狂欢时的一种忘情的呼喊’。然后是史诗的出现,末了是戏剧。稍后的过程是再度由整而零,向专门化发展,以及在布朗看来是由世风日下而造成的退化。”[1]“布朗的体系肯定受到过卢梭的影响,当时许多作家也曾修正过这一体系。如亚当·弗格森在《论文明社会的历史》(1767)中把文学史描绘成劳动渐次分工的过程,布朗和弗格森以其思辩的体系而成为19世纪布吕纳介和约翰·西蒙兹这些信奉演化论的文学史家的先行者。不过他们在文学史方面的具体知识却是肤浅的。虽然他们抓住了演化和变迁与社会的关系,却完全把捉不住作家的个性。他们把文学当成远远望去的一团总体、一种几乎无可名状的实体来处理。约瑟夫·沃顿(英国)的《蒲柏论》把假定想象力衰颓而流于散文体这种历史学说,跟体裁分类与人的分类才能同时发生这种理论结合在一起。沃顿坚信诗歌必须而且非表现时代的真情实感不可,它必须具有个人的甚至是自传般的真挚性。”[2]政治抒情诗人也应该有“私人感受”“个人意识”“作家的个性”“时代的真情实感”和“个人的甚至是自传般的真挚性”。这也正是北岛、舒婷为代表的朦胧诗诗人能够成为“政治明星”的重要原因。

新诗现代性建设的三大任务是建设现代诗体、培养现代国人和打造现代中国,让新诗为“中国梦”作更大贡献。具体方式是通过以“诗体重建”为主的审美现代性建设和以“诗歌精神重建”为主的启蒙现代性建设,完成新诗的文体建设,让新诗真正成为采用现代汉语和现代诗体,抒写现代情感和现代生

---

〔1〕［美］雷纳·威勒克:《近代文学批评史》,第一卷,杨岂深、杨自伍译,上海译文出版社,1997年,第160页。

〔2〕［美］雷纳·威勒克:《近代文学批评史》,第一卷,杨岂深、杨自伍译,上海译文出版社,1997年,第160页。

活，具有现代意识和现代精神的语言艺术。这才是今日重新审视北岛当年的“身份”，让他“走下圣坛”的主要目的。以《回答》和《一切》为代表的北岛在70年代后期写作的“政治书写”不容否定，却也不能忽略以下几点：北岛诗歌的个人性：公共性写作中的个人化写作；北岛诗歌的民间性：政治写作中的民间写作；北岛诗歌的现代性：现实写作中的现代写作；北岛诗歌的诗疗性：“诗教”写作中的“诗疗”写作。总结为一句话是：北岛的现代性的“政治书写”有民间性的“书写表达”。还可以表述为：当前重视新诗的现实功能时要兼顾“诗教功能”和“诗疗功能”。这里的“书写表达”是“诗歌疗法”的专用术语。“通过披露和表达与个人重要经历有关的感受和想法，由此促进心理健康的心理干预方法统称为书写表达。书写表达自20世纪80年代出现以来，逐渐发展为一种成熟的心理干预方法。研究结果显示，身体健康的个体参与书写表达可以长期有效地保持健康，降低焦虑和抑郁，提升自我调节能力和自我效能感。”〔1〕北岛写《回答》和《一切》，既是为了完成启蒙现代性任务的“政治书写”行为，也是为了自我治疗的“书写表达”行为，所以这两首诗既有古代汉诗的“诗教”功能，更有现代汉诗的“诗疗”功能。

这样的研究才能还原一个真实的“诗人北岛”，还原当代新诗写作，尤其是政治诗歌写作的“真实境遇”，揭示出当时的“历史真相”。要把已被“招牌化”“偶像化”甚至“妖魔化”了的北岛由“政治诗人”还原为“抒情诗人”，必须采用新的研究方法，尤其是要将新诗文体学研究与新诗现代性研究合为一体，让文体学理论与现代性理论相互支持。如功能文体学理论可以回答新诗为何过度重视启蒙现代性，为何具有高度的严肃性和极端的启蒙功能，政治抒情诗为何受到国人欢迎。才能明白北岛为何在上个世纪80年代被中国改革开放的时代潮流“裹挟”成了“政治改革的代言人”，为何他的《回答》和《一切》成了渴望中国有暴风骤雨般变革的一代青年的“宣言”，“我不相信”成了那个时代的反叛青年的“口头禅”和“护身符”。功能文体学家斯皮泽认为通过文体研究可以考察作者心灵、集体意识和民族思想文化的流变历史。话语文体学及历史/文化文体学的学者想用文体研究来揭示语言中的意识形态和权力关系甚至政治生活和文化习俗的形态。新诗的现实功能主要分为启蒙功能、治疗功能和审美功能，其中新诗的启蒙功能（传统的“诗教”）和治疗功能（现代的“诗疗”）在今天应该受到重视，让新诗大可以“爱国”，小可以“治

〔1〕 王永、王振宠：《书写表达促进身体健康》，《文摘报》2010年4月8日，第4版。

病”，两者相得益彰。民众心理健康才能更好地“爱国”，才能建设“和谐社会”。海子等诗人自杀不仅是诗歌界也是国家的巨大损失，诗人心理健康才能完成“文艺振奋民族精神”的时代使命，才能“筑就中华民族伟大复兴时代文艺高峰”。

2016年5月20－21日“北岛诗歌创作研讨会”；主办方：中国当代文学研究会，首都师范大学中国诗歌研究中心，廊坊师范学院文学院；地点：河北廊坊师范学院。

穆旦现代汉诗的现代性

——青春期写作的颓废与情色

摘　要：穆旦的现代汉诗写作具有重要的现代性意义，他在新诗现代性建设上的贡献主要在现代主义和颓废上，为诗题及新诗功能的现代性建设作出了巨大贡献。他的青春期“快感”甚至“肉感”写作，即“情色写作”具有较大的抒情价值和治疗价值。穆旦1942年1月和2月写作的3首诗是他青春期冲动性写作的代表作。《春底降临》和《春》真实地写出了诗人在寒冷的冬天里的“春心荡漾”。《诗八首》写出了爱的真实感受和真实经历，也有多个含有情色意味的诗行。穆旦深受奥登的影响，奥登的诗淫荡而又纯洁的诗观，有助于理解穆旦青春期写作中的颓废与情色。

关键词：穆旦　青春期写作　颓废　情色

诗人的人生是丰富多彩的，诗人的写作更是丰富多彩，诗人的诗歌之路与人生之路常常有共通之处，尤其是那些一生都在写作的诗人，或者是写作时间较长的诗人，更应该重视其创作的多样性与丰富性，尤其是阶段性特色。近年诗坛已经公认有一个“穆旦现象”，即穆旦成名很早，在上个世纪40年代不仅蜚声诗坛，而且引起了国外诗界的重视，成为入选国外重要诗选作品最多的中国诗人。但是在上个世纪后半叶，诗人穆旦却从诗坛销声匿迹，80年代《九叶诗集》的出版才略为人知，90年代初才被研究界视为“诗歌大师”，被称为中国诗坛的“一道闪电”。这种被某段历史“遮蔽”后被重新发现其存在价值，甚至被“神化”的现象，似乎印证了那个著名的结论：一切历史都是当代史。甚至可以说诗歌史都是当代人写的。但是历史就是历史，历史是最无情的，也是最公正的，所以人们常说一句话：要经得起历史的考验。尽管穆旦的影响在近20多年来逐渐增加，他在新诗史上的地位仍然有争议，两派结论甚至大相径庭，有人认为他是大诗人，有人认为他只是一个诗歌爱好者，一个新诗的自发写作者，他的写作，尤其是他的青春期写作并非一个成熟诗人的自觉写作。

在90年代，当穆旦被诗坛，尤其是以京城学者为主的新诗学者“神化”为

“闪电”“大师”时,我曾对此保持沉默,我根本不认为穆旦的诗歌成就如有些新诗学者所认为的,超过了徐志摩、戴望舒,甚至认为他不如冯至、卞之琳。2010年我接受新华社记者龙羽生采访时公开表态说中国诗坛有两个诗人被研究界神化了,一个是海子,另外一个就是穆旦。随着时间推移,具体地说是随着我的诗歌观念的改变,由重视公共性转向重视个人化写作,最后主张两者的结合,但偏向个人化写作;由重视现实主义诗歌转向重视现代主义诗歌,虽然承认现实主义是现代性的七副面孔之一,但是仍然主张现实主义诗人应该向现代主义诗人学习甚至转化,我越来越发现穆旦在百年新诗史中的重要性。尤其是近年从事新诗现代性建设研究,发现穆旦的新诗写作具有重要的现代性意义,他为新诗的现代性,尤其是诗题及新诗功能的现代性建设做出了巨大贡献。马泰·卡林内斯库在著作《现代性的五副面孔》总结出现代性有五副面孔:现代主义、先锋派、颓废、媚俗艺术和后现代主义。穆旦在新诗现代性建设上的贡献主要在现代主义和颓废这两副面孔上,学术界普遍承认他在现代主义上的贡献,认为他是百年新诗史上杰出的现代主义诗人。但是没有意识到他在颓废上的贡献,导致了对他的青春期写作,准确点是青春期“快感”甚至“肉感”写作,甚至可以说是“情色写作”的价值肯定不够,尽管王毅等学者高度肯定了他的《诗八首》的抒情宣泄价值。

世界诗坛确实出现了全球性的现代性建设及现代诗运动,从爱伦·坡到波德莱尔,再从庞德到艾略特,现代诗诗潮一浪高过一浪。“法国的‘现代’诗无疑开始于波德莱尔。诗人们如英国的艾略特和庞德在他和拉弗格、兰波那里找到了他们正在寻求的现代性。20世纪的法国诗歌中并没有什么彻底的创新可与艾略特和庞德在1914－1920年的英国所作的一切进行比较,这一切在数十年前的法国就已经完成了。早在1870年,兰波就宣称:‘应该绝对地现代’。”[1]“诗是感到压力和起来反叛的最后文化媒介之一。1912年一些不满的年轻诗人聚集在芝加哥和纽约的格林尼治村开始了反叛之举。在他们的眼中,过去的都是死的,诗的生命力在于自发(spontaneity)、自我表现(self-expression)和改革(innovation)。”[2]艾略特指出现代诗歌语言如何适应多元化的现代文化:“我们的文化体系包含极大的多样性和复杂性,这种多样性和复杂性在诗人精细的情感上起了作用,必然产生多样的和复杂的结

〔1〕［美］R. S. 弗内斯:《表现主义》,艾晓明译,昆仑出版社,1989年,第90页。

〔2〕Roderick Nash. The Call of The Wild (1900－1916). New York: George Braziller, Inc.,1970. p. 141.

果。诗人必须变得愈来愈无所不包,愈来愈隐晦,愈来愈间接,以便迫使语言就范,必要时甚至打乱语言的正常秩序来表达意义。”[1]1953 年艾略特在题为《美国文字和美国语言》的演说中说:“出发点,即人们通常地、便利地认作现代诗歌的起点,是 1910 年左右伦敦的一个名为‘意象主义者的团体’。”[2]

虽然不同地区有不同的现代主义,如赵振江所说:“拉丁美洲的现代主义诗歌与国内评论界一般所说的西方现代派诗歌根本不是一回事。现代主义一词最早出现在拉丁美洲,这就是以鲁文·达里奥为代表的现代主义。大约三十年后,欧美文学界无视这一事实,将另一种完全不同的文学现象仍然称作现代主义,这便导致了名称上的混乱。墨西哥诗人帕斯对此颇有微词,称其为‘文学沙文主义’,但事实即如此,我们只有接受。国内学术界一般所称的西方现代主义诗歌,在拉丁美洲叫先锋主义或先锋诗歌。”[3]但是东亚诗歌的现代主义,尤其是中国新诗的现代主义有点随世界大流,紧跟西方的现代主义。当然中国的现代主义诗歌有点像拉美诗歌,也有明显的“中国特色”,几乎没有纯粹的现代主义诗人,很多诗人都是集现实主义、浪漫主义和现代主义于一身,尤其是前两者,特别是现实主义的影响巨大,很多现代主义诗人严格地说都是现实主义诗人。一大原因是个人和国家的“生存问题”是 20 世纪中国的最大问题。富有“家国情怀”的中国诗人在革命、战争、运动、改革为主旋律的时代,自然认为新诗的启蒙功能远远大于抒情功能,因此“小资产阶级情调”的“颓废写作”及“情色写作”与“无产阶级的革命文学”如同水与火,势不两立。这也是穆旦被长期“遮蔽”的重要原因。如果根据中国国情及新诗诗坛实情,把新诗的现代性分为“七副面孔”:现实主义、浪漫主义、现代主义、后现代主义、先锋派、颓废和媚俗艺术。如果坚持这样的观点:“任何价值系统都形成一种意识形态,很明显,一种意识形态只能存在于通过转移而被重新构建的境况之中。”[4]七大类型就既可以各自独立,又能够相互依存,甚至相互转化。就不难发现中国新诗中的现代主义通常存在于现实主义和浪漫主义的“现代性转移”而被“重新建构”的现实境况之中。今天就能更

[1] [英]托·斯·艾略特:《玄学派诗人》(1921),托·斯·艾略特:《艾略特文学论文集》,李赋宁译,百花洲文艺出版社,1994 年,第 24 - 25 页。

[2] [英]彼德·琼斯:《意象派诗选导论》,彼德·琼斯:《意象派诗选》,裘小龙译,漓江出版社,1986 年,第 2 页。

[3] 赵振江、熊辉:《采撷西语文学的笙歌与谣曲》,《重庆评论》2015 年第 1 期,第 26 页。

[4] Judith Williams. Decoding Advertisements. London: Robert MAClehose and CompanyLimited, 1978. p. 43.

好地理解穆旦新诗创作的丰富性和独特性,更多地肯定他的具有颓废风格的情色写作,寻找出他的青春期冲动性快感写作甚至肉感写作在百年新诗史上,尤其是在上个世纪40年代那个中国特殊时期的写作价值。叶维廉说:"40年代是一个动荡的社会,到街上去,街上有太多的社会事物等待诗人去写,战争、流血,和'逻辑病者的春天'。但40年代的诗人并没有排斥语言艺术世界所提供出来的语言的策略……"[1]穆旦正是这群"40年代的诗人"中的优秀诗人。

穆旦1942年1月和2月写作的3首诗颇能体现出这种特色。其中两首的题目中都有"春"字,分别是《春底降临》和《春》,这两首诗真实地写出了诗人在寒冷的冬天里的"春心荡漾"。这个写作时间段产生的诗作让人想起雪莱《西风颂》中的那句名言:"冬天来了,春天还会远吗?"这两首诗也有与此相似的主题,也明显受到了它的影响,甚至有主旨完全相同的句子,如《春底降临》的第一个诗节的前四个诗行所示:"现在野花从心底荒原里生长,/坟墓里再不是牢固的梦乡,/因为沉默和恐惧底季节已经过去,/所有凝固的岁月已经飘扬,"这首诗的前部分有雪莱的浪漫主义诗歌风格,重视理想;后半部分有奥登的现代主义风格,重视现实。如诗句所言:"过去底回忆已是悲哀底遗忘,/而金盅里装满了燕子底呢喃,//而和平底幻象重又在人间聚拢,/经过醉饮的爱人在树林底边缘,/他们只相会于较高的自己,/在该幻灭的地方痛楚地分离,/但是初生的爱情更浓于理想,/再一次相会他们怎能不奇异:/人性里的野兽已不能把我们吞食,/只要一跃,那里连续着梦神底足迹;"尤其是这些诗句呈现出穆旦对现实世俗生活的喜爱。这种生活甚至是一种即时行乐的纵欲生活。"金盅里装满了燕子底呢喃"可以理解为纵欲行为的意象叙事,"金盅"甚至可以如同解读冯至在青年时代写的《蛇》中的"蛇""茂密的草原",理解为与性爱相关的身体意象。"燕子底呢喃"可以理解为情人间的私语甚至情到深处的呻吟。正是这种灵与肉结合的快感,尤其是源自生命的本能冲动带来的身体快感,让诗人得出这样的结论:"初生的爱情更浓于理想""人性里的野兽已不能把我们吞食,/只要一跃,那里连续着梦神底足迹;""人性的野兽"可以理解为传统的伦理观念,"已不能把我们吞食"指不可能再束缚"初生的爱情"及"身体的冲动","只要一跃",指的是爱的行动——亚当夏娃受蛇的诱惑偷吃禁果的行动,就可以"连续着梦神底足迹"。梦是无拘无束的,如诗人歌德所言:哪位少年不多情?哪位少女不怀春?在心理学上,做"春

〔1〕[美]叶维廉:《中国诗学》,生活·读书·新知三联书店,1992年,第236页。

梦”，准确点说是“性梦”，是人在青春期的正常行为，完全不受社会伦理控制，也可以说是来自社会的道德导致了人的身体压抑，这种压抑并非只是弗洛伊德所言的“力比多”过剩的结果，而是荣格所言的自然人与社会人对抗的结果。诗人穆旦不但认为“初生的爱情更浓于理想”，而且还认为“只要一跃，那里连续着梦神底足迹”，给予了世俗的肉体的爱极高的地位，它比“理想”重要，与“梦神”一样重要，他分明是一个“爱情至上者”或者是“女性崇拜者”。这首诗虽然没有像穆旦后来的诗那样，公开以《我歌颂肉体》为题，甚至用了这样的诗句作为诗的结尾：“男女的仙子倦于/享受，和平底美德和适宜的欢欣。”却较鲜明地表现出他对“肉体”的喜爱，也是一首“歌颂肉体”的诗。

在中外文学作品，尤其是中国古代、近代和现代的文学作品中，一直存在着这样的伦理取向和道德追求：人存在的价值重在社会价值而非个人价值，作家或诗人是“社会的良心”，是社会的精英，应该是正统道德的守护者和主流伦理的建设者。有“达则兼善天下，穷则独善其身”之说，甚至还有“天下兴亡，匹夫有责”之论，穷与达都与“善”有关，这里的“善”更多是伦理学上的“善”，而非文学上的“真”。在中国文学传统中，尤其是在中国伦理学传统中，“善”与“真”通常是错位的，文学的“真”总是屈从于伦理学的“善”，所以才有源远流长的“诗教”传统，极端强调诗的“兴观群怨”的启蒙教化等社会功能，才有“诗三百，一言以蔽之，思无邪”的武断结论，甚至还有“文以载道”“文章千古事”等抬高文学的济世功能的言论。所以在公开的尤其是官方的诗歌选本中，情色诗甚至爱情诗都很少出现，诗歌选本成了“洁本”，整个汉语诗歌史成了纯洁的“诗教史”。实际在民间写作中，尤其是古代汉诗写作中，并不存在如此“高度的严肃性”，宣泄本能情感，甚至是生物性情感的“情色写作”大量存在，即在“诗教写作”的同时也有“诗疗写作”。虽然“诗疗”既需要写低级情感的诗作，也需要写高级情感的诗作，但是它更需要低级情感，所以写作情色诗有利于人的心理健康。

如果说穆旦 1940 年 1 月写的《春底降临》是他对肉体的爱的初步肯定之作，可以定位为一首“情色诗”，是爱的萌动之作。那么同年 2 月写的《春》的情色成分更重，是爱的骚动之作，语言更直接，行为更大胆，思想更解放。全诗处处洋溢着爱的欣喜，流动着情的欲望，如诗中有大量真情毕露、欲望尽现的句子：“他渴求着拥抱你”“看这满园的欲望多么美丽”“蓝天下，为永远的迷迷惑着的/是我们二十岁的紧闭的肉体，/一如那泥土做成的鸟的歌，/你们被点燃，却无处归依。/呵，光，影，声，色，都已经赤裸，/痛苦着，等待伸入新的组合。”1940年2月是穆旦的情感爆发期，他写出相同题材的《诗八首》，写出了爱的真实感受和真实经历。诗中也有多个含有情色意味的诗行：“你底年龄里的小小野兽，/它和青草一样地呼吸，/它带来你底颜色，芳香丰满，/它要你疯狂在温暖的黑暗里。”“你我的手底接触是一片草场。/那里有它底固执，我底惊喜。”“那窒息我们的/是甜蜜的未生即死的言语，/它底幽灵笼罩，使我们游离，/游进混乱的爱底自由和美丽。”“再没有更近的接近，/所有的偶然在我们间定型……”

穆旦1940年的写作就已经具有这种风格。1940年，他23岁。“作诗《蛇的诱惑》(2月)、《玫瑰之歌》(3月，载《今日评论》第3卷第14期1940.4.7)《漫漫长夜》(4月，载《大公报》香港版1940.7.22)、《写在郁闷的时候》(4月，载《今日评论》第3卷第24期1940.6.16)……”[1]《蛇的诱惑——小资产阶级的手势之一》，这首诗虽然与色情无关，甚至没有写到爱情，年轻的诗人却在思考蛇诱惑人的事情。他在诗中结论说：“创世以后，人住在伊甸乐园里，而撒旦变成了一条蛇来对人说，上帝岂是真说，不许你们吃园当中那棵树上的果子么？/人受了蛇的诱惑，吃了那棵树上的果子，就被放逐到地上来。/无数年来，我们还是住在这块地上。可是在我们生人群中，为什么有些人不见了呢？在惊异中，我就觉出了第二次蛇的出现。/这条蛇诱惑我们。有些人就要被放逐到这贫苦的土地以外去了。”他甚至还认为“夜晚是狂欢的季节”。思考的结果是对生命及生存方式的困惑：“呵，我觉得自己在两条鞭子的夹击中，/我将承受哪个？阴暗的生的命题……”

杜运燮在上个世纪90年代曾回忆说：“我在西南联大时期即喜欢奥登等‘粉红色的30年代’诗人的诗。主要是奥登。……奥登只比我早生11年，当时还年轻，较接近我们一代，有一种我喜欢的明朗、机智、朝气和锐气。”[2]穆旦的青春期写作也有这样的朝气和锐气，他的青春诗歌具有现代诗的自发(spontaneity)和自我表现(self-expression)。王佐良1989年11月28日致李方的信说：“我们是同班。从南方去的我，注意到这位瘦瘦的北方青年——其实他的祖籍是浙江海宁——在写诗，雪莱式的浪漫派的诗，有着强烈的抒情

〔1〕 李方：《穆旦(查良铮)年谱》，李方：《穆旦诗文集》，第2集，人民文学出版社，2014年增订版，第375页。

〔2〕 香港《诗双月刊》第39期(1998年4月出版)，杜运燮：《杜运燮60年诗选》，人民文学出版社，2000年，第374-375页。

气质，但也发泄着对现实的不满。”[1]周珏良在《穆旦的诗和译诗》中说：“在清华大学和西南联大我们都在外国语文系，首先接触到的是英国浪漫诗人，然后在西南联大受到燕卜逊先生的教导，接触到现代派的诗人如叶芝、艾略特、奥登乃至更年轻的狄兰·托马斯等人的作品和近代西方的文论。”[2]“联大的屋顶是低的……在战争初期，图书馆比后来的更小，然而仅有的几本书，尤其是从外国刚运来的珍宝似的新书，是用着一种无礼貌的饥饿吞下的……但是这些联大的年轻诗人们并没有白读了他们的艾略特和奥登……这些年轻作家迫切地热烈地讨论着技术的细节，高声的辩论有时伸入夜晚。”[3]穆旦深受奥登的影响。奥登的诗观非常有助于理解穆旦青春期写作中的颓废与情色。林以亮说：“现代英国诗人，后入美国籍的奥登(W. H. Auden)曾经说过：‘诗不比人性好，也不比人性坏；诗是深刻的，同时却又浅薄，饱经世故而又天真无邪，呆板而又俏皮，淫荡而又纯洁，时时变幻不同。’最能代表现代诗的精神。”[4]需要强调的是穆旦有颓废却没有极端的消极，追求情色却不沉沦其中，相反，可以说是青年穆旦热爱生活的诗化证明。他的青春期写作将浪漫主义的“情感自由”(主情的诗(纯洁))与现代主义的“肉感颓废”(主性的诗(淫荡))结合，成为百年新诗史上少有的优秀的青春期写作。

1938年2月19日至4月28日，清华大学、北京大学和南开大学“三校200余名师生组成‘湘黔滇步行团’，在闻一多、曾昭抡、李继桐等教授的带领下，步行3 500华里，历时68天，跨越湘、黔、滇三省而抵达昆明。查良铮以‘11级清华学号2720(外)编入12级学生为主的第二大队一中队一分队，亲历此次‘世界教育史上艰辛而具有伟大意义的长征’。途中，写下组诗《三千里步行》(1940年10月分别发表于重庆《大公报》)……”[5]在这次迁校远行中，刘兆吉等大学生一边步行一边搜集民歌，编辑成《西南采风

[1] 李方：《穆旦(查良铮)年谱》，李方：《穆旦诗文集》，第2集，人民文学出版社，2014年增订版，第371页。

[2] 李方：《穆旦(查良铮)年谱》，李方：《穆旦诗文集》，第2集，人民文学出版社，2014年增订版，第371页。

[3] 王佐良：《一个中国诗人》，李方：《穆旦诗文集》，第2集，人民文学出版社，2014年增订版，第373页。

[4] 林以亮：《序》，林以亮编：《美国诗选》，今日世界出版社，1976年，第4页。

[5] 李方：《穆旦(查良铮)年谱》，李方：《穆旦诗文集》，第2集，人民文学出版社，2014年增订版，第372页。

录》,请他们的老师闻一多写序,闻一多为少数民族风俗文化辩护说:“你说这是原始,是野蛮。对了,如今我们需要的正是它。我们文明得太久了。”[1]闻一多的这个感叹非常有助于今天的新诗学者理解穆旦这种青春期写作的原因和价值。

2016年6月17-19日“穆旦与百年中国新诗:21世纪中国现代诗第九届研讨会”;主办方:南开大学文学院,中国当代文学研究会;地点:天津南开大学。

〔1〕 洪长泰:《到民间去——1918-1937年的中国知识分子与民间文学运动》,董晓萍译,上海文艺出版社,1993年,第287页。

论童庆炳先生新诗需要词牌的诗体建设观

摘　要：作为著名的文体学家，童庆炳先生的文体观和诗体建设观十分重要。前者已受到文体学界的重视，后者越来越受到新诗研究界的重视，成为近年新诗理论界学者经常讨论的“诗体重建”的一种方法。他主张新诗的文体建设要用现代汉语创造出新的一二百种不同的词牌来。新诗文体研究的主要任务是为21世纪的现代汉语诗歌提出理想的文体构建策略，他的这个主张有助于完成这一重任。童庆炳先生的文体定义和新诗诗体建设主张颇能体现出他严谨锐利的学术品质，既有学者的个性偏爱又有学者的客观科学。

关键词：新诗　词牌　文体定义　诗体建设观

中外文学研究中的文体学(stylistics)和诗体学(prosody)既古老又年轻。诗体学是文体学的组成部分，通常把研究诗歌文体的文体学称为诗体学。两者又有差异，传统意义上的文体学偏向艺术风格学，诗体学偏向艺术类型学。传统意义上的文学类型学也包括文学分类学和文学风格学，现代意义上的文学类型学偏向文学体裁学和文学形态学。现代文体学主要研究某种文体的文体特征和文体价值，特别重视文体的生存状态和外部环境，重视文本的体裁特征、本质及其规律研究，是语言学、文艺学、美学、心理学、社会学、政治学等学科的跨学科研究。文学类型学(文学功能学)、文学修辞学(文学技巧学)和文学社会学(文学政治学)是研究的重点，强调在特定语境中(particular contexts)研究语言体式的特色(elements of language style)。由于新文体的产生周期由过去的每50年减为每10年，文体学在当代受到高度重视。现代文体学源于19世纪俄国形式主义及布拉格学派。巴利、索绪尔、雅各布森、哈利德、苏珊·朗格、波斯彼洛夫、卡冈、巴赫金、卡勒、福柯等都为文体学的发展作出了贡献。60和70年代涌现了形式文体学、功能文体学、文学文体学、语言学文体学等众多学派。80年代受巴赫金对话理论影响的话语文体学被高度重视。90年代受福柯话语理论影响，出现历史/文化文体学，认为文体学的任务是揭示和批判语言中的意识形态和权力关系。中国很早就有文体研究，如刘勰的《文心雕龙》、许学夷的《诗源辩体》。中国当代文体学研究最早在外文系，如1978年王佐良在《英语文体学研究及其他》一文中主张文体学将语言学和文学融合。90年代文体学才受到中文系学者，特别是文学理论界的重视，北师大出版了"文体学研究丛书"，童庆炳先生的《文体与文体的创造》把文体分为相互独立又相互联系的三个层面：体裁——语体——风格，认为文体与作家个性、时代精神、历史文化相关。作为著名的文体学家，童先生有两个观点特别重要。

一个是他在1994年谈文体的："我们大致上给文体这样一个界说：文体是指一定的话语秩序所形成的文本体式，它折射出作家、批评家独特的精神结构、体验方式、思维方式和其他社会历史、文化精神。上述文体的定义实际可分为两层来理解，从表层看，文体是作品的语言秩序、语言体式，从里层看，文体负载着社会的文化精神和作家、批评家的个体的人格内涵。"〔1〕

另一个是他在2001年谈诗体的："中国现代汉诗文体的建立，要充分考虑到四个方面：第一是'诗意'，诗必须有诗意，这是诗区别于其他文体的一个特点，当然这诗意必须渗入语言的运用中；第二是意境，意境是诗的形象，诗的形象区别于其他文体的形象就是它必须有这样或那样的意境，当然这形象也必须是语言（之内、之外）呈现出来的；第三是节奏，没有节奏就没有音乐美，当然节奏可以是不同的，不必完全套用近体律诗，但通过语言所创作的节奏，是读者诵读时所必须有的；第四是造型，也就是闻一多所说的建筑美，各种造型都可以，但通过文字来造型的诗歌传统不能丢。当以上四点相互契合的时候，诗的艺术文体就自然会呈现在读者的眼前。我特别欣赏词的文体，虽然它的句子长短不一，但它的文体是特别富于艺术性的。我有时候甚至想，要是我们能用现代汉语创造出新的一二百种不同的词牌来，也许我们的现代汉诗的文体将进入一个成熟时期。"〔2〕

前者已经受到了文体学学者的高度重视。这个"文体"定义出现在童先生《文体与文体的创造》这部当代文体学研究的杰作中，几十年来，被很多学者引用，堪称权威的"文体定义"。如果说童先生的"文学定义"——"文学是审美的意识形态理论"还有些争议，他的这个"文体定义"20多年来没有任何异议。

---

〔1〕 童庆炳：《文体与文体创造》，云南人民出版社，1994年，第1页。

〔2〕 童庆炳：《〈诗歌文体学导论——诗的原理和诗的创造〉序》，王珂：《诗歌文体学导论——诗的原理和诗的创造》，北方文艺出版社，2001年，第3页。

后者由于童先生不在新诗研究界，不是新诗理论家，平时他又宣称不喜欢新诗，加上这个观点只出现在他 2010 年 10 月为我的《诗歌文体学导论——诗的原理和诗的创造》写的序言中，这篇序言至今都没有公开发表，也没有收录在他的文集中。我的这本书 2011 年由北方文艺出版社出版后也没有产生较大影响，导致了很多人不知道童先生对新诗文体建设，尤其是对新诗诗体建设还发表了如此重要的"高见"。近年我在《两岸四地新诗文体比较研究》和《新诗现代性建设研究》等论著中多次"引用"这段话，引起了一些新诗学者的重视。一些主张新诗应该是自由诗的学者认为新诗要像宋词那样建立词牌的言论完全是"奇谈怪论"；但是一些主张新诗应该建立准定型诗体甚至格律诗体的新诗学者却认为这个定义是"旁观者清"，这个由文艺理论家而不是新诗理论家提出的"诗体重建"方案颇有现实意义和操作性。近年新诗创作界出现的"汉俳""截句""微诗"等诗体实验热潮也证明了这个方案的可行性。我近年提出现代汉诗要继承古代汉诗重视准定型诗体的优良传统，主张新诗诗体建设应该建设"赋体新诗""律体新诗""词体新诗""曲体新诗"，尤其强调"词体新诗"应该成为今日或未来新诗的重要诗体，在某种意义上正是受到了童先生的现代汉诗应该"用现代汉语创造出新的一二百种不同的词牌"的诗体建设观的影响。

说实话，2011 年 10 月 25 日我作为第一读者看到他的这个观点时，我哑然失笑，认为童先生真的是太保守了，居然想出了这样的主张，甚至认为他根本是"新诗的门外汉"。平时他给我留下的印象是他喜欢古诗不喜欢新诗，尤其喜欢宋词。后来我才慢慢意识到，童先生作为著名文体学家，完全能够通过对总体文学的研究，高屋建瓴地对分体文学谈出高见，尽管他从个人角度不喜欢新诗，却并不回避对它的研究，从这段话中可以看出他对新诗文体的建设历史和新诗的文体特征也作过深入的研究。尤其是我在新诗诗体学的纵深研究中，越来越发现童先生这个诗体建设主张的价值。只有将个案研究与整体研究、全面研究与重点研究、共时性研究与历时性研究、历史考察与比较分析、定量研究与定性研究、诗潮研究与文本细读结合，才能完成以新诗文类学、新诗语言学、新诗意象学、新诗生态学、新诗功能学、新诗文化学、新诗政治学、新诗传播学、新诗诗美学等为主要内容的新诗诗体学研究，才能完成以新诗诗体学为主要内容的新诗文体学研究。童先生的这个诗体建设观及文体定义，非常有助于我的新诗诗体及新诗文体学研究。新诗文体研究的主要任务是为 21 世纪的现代汉语诗歌提出理想的文体构建策略，为新诗创作提供文体规范、诗体范式和创作技法。他的这个主张有助于完成这样的文体研究任务。

从这段话中，我能够感受到童先生对新诗有一种“恨铁不成钢”的感觉。尽管他不喜欢新诗，他并不像有些人那样否定新诗的成绩。如毛泽东在上个世纪 50 年代后期认为给他三百块大洋也不读新诗。在世纪之交还有一位名叫李柯的人认为“新诗是百年之骗”。但是童先生也毫不客气地指出了新诗的最大缺点是缺乏音乐性，所以他说：“汉语新诗当然是有成绩的……但相当多的现代人如果想拿诗来表达自己的感情的话，还是喜欢用合辙押韵的旧体诗词。这是为什么？这就是汉语新诗还没有完全找到‘自己’。”〔1〕

童先生的这个观点与著名新诗诗人和新诗理论家郑敏“英雄所见略同”。郑敏也强调汉语、汉诗的继承性，她说：“我深感到，一个民族丢掉了自己的纯熟的语言之后，它的整个文化都受到影响，因为语言和文化是互为表里的。语言和人的思想也是互为表里的，是我们的语言塑造了我们的思想感情，而语言又是思想感情的化石和纪录。语言和文化是不可分割的。当中国告别了自己的语言传统时，在世界潮流的冲击下，陷入了一种漩涡状态。在这种情形下，新诗的创作肯定是非常困难的。我觉得不管我们怎么面对世界，我们必须首先找回我们的汉语。在这个基础上，丰富我们的语言，使它现代化，吸收当代世界上可以丰富我们语言的因素。”〔2〕她还说：“我认为中国新诗在 21 世纪的任务是找回汉语诗歌自身的性格。同时，我们一定要开放地和世界的思潮、诗潮进行对话。如果我们丢掉自己，我们就无法对话，而只能抄袭、回应，做西方的影子。”〔3〕新诗理论家吕进也高度重视新诗的音乐性。他说：“诗体是诗的音与形的排列组合，是诗的听觉之美和视觉之美的排列组合。诗歌文体学就是研究这个排列组合的形式规律的科学。从诗体特征讲，音乐性是诗与散文的主要分界。从诗歌发生学看，诗与音乐从来就有血缘关系。”〔4〕

---

〔1〕 童庆炳：《〈诗歌文体学导论——诗的原理和诗的创造〉序》，王珂：《诗歌文体学导论——诗的原理和诗的创造》，北方文艺出版社，2001 年，第 1 页。

〔2〕 郑敏：《诗歌与哲学是近邻——结构－解构诗论》，北京大学出版社，1999 年版，第 469 页。

〔3〕 郑敏：《诗歌与哲学是近邻——结构－解构诗论》，北京大学出版社，1999 年版，第 470 页。

〔4〕 吕进：《诗歌的外形式与诗体》，吕进：《中国现代诗体论》，重庆出版社，2007 年版，第 9 页。

童先生的文体定义和新诗文体及诗体建设主张颇能体现出"童先生文体学"及"童先生诗学",甚至"童先生文学"的特点,尤其是在为诗体、文体甚至文学下定义时,主要有五大特色:一、重视本质主义而非关系主义。二、重视审美性而非意识形态性。三、重视贵族性而非平民性。四、重视中国而非外国。五、重视体裁而非风格。但是他又不是极端地重视前者,轻视后者,总是既有学者的个性偏爱又有学者的客观科学。

这些特点可以说是典型的"童先生学术风格"。2000年秋天,他带1999级博士生赵勇、吴子林和我登香山时,在香山顶上,他对我们再三强调学者应该有的正确的思维方式是"一分为三",他说他曾经带过一个"访问学者",来北师大前不怎么会写论文,但是很快就会写了,原因就是他改变了这位"访问学者"的学术思维方式,用"一分为三"的方式取代了"一分为二"甚至"唯我独尊真理在手"的极端方式。

童先生强调学者应该"谨严"大于"锐利",认为两者的结合构成一个学者应有的品质。2001年10月19日,童先生在北京师范大学为我的《诗歌文体学导论——诗的原理和诗的创造》作序说:"文体问题尤其是现代汉语诗歌问题,是当前文学理论和批评中一个热点问题。虽然是热点,谈论也很不少,但系统深入的研究迄今还基本上是空白。王珂的这部著作可以说是名副其实地填补了这个空白。我阅读了全书感到王珂治学的谨严与锐利。谨严,是说他的著作搜集了大量丰富的资料,他的研究是建立在事实的基础上的,这里有求是之心,没有虚玄之论,并且对问题的方方面面都作了周详的考虑;锐利,是说他的著作,不囿于陈言旧说,有学术创新的勇气。这两点对于一个学者来说,实是在很重要的。这两者的结合构成一个学者应有的品质。"[1]"王珂的这部著作从立意之新鲜、视野之开阔、资料之丰赡、分析之详尽、概括之深刻、举例之多样、逻辑之严密、文字之流畅,都可以看出在这部著作中倾注了他全部的学力和积累。这种认真的治学态度,正是我对青年学者所期待的。祝愿王珂在学术的原野上继续驰骋,获得更丰硕的成果。"[2]

当时我正在读"文艺学文学的基本原理方向"博士生,跟着他做"文体学研究",他的这个做学问的"先进理念"让我有了"脱胎换骨"式的变化。所以

〔1〕 童庆炳:《〈诗歌文体学导论——诗的原理和诗的创造〉序》,王珂:《诗歌文体学导论——诗的原理和诗的创造》,北方文艺出版社,2001年,第1页。

〔2〕 童庆炳:《〈诗歌文体学导论——诗的原理和诗的创造〉序》,王珂:《诗歌文体学导论——诗的原理和诗的创造》,北方文艺出版社,2001年,第3页。

我2001年9月18日在写这本著作的《后记》时动情地说："还应该感谢我的博士生导师、著名文体学研究专家、我国唯一的国家级文艺学研究中心主任、北京师范大学中文系的童庆炳教授，是他帮助我解决了目前我国从事文学史研究的学者'不懂文艺理论'的通病。在近三年的博士学习中，'恶补'了中外古今文论，使我完成了由江湖激情型诗评家向学院沉思型诗论家的转变（本书有意识地保留了两种风格）。不但本书的刘勰诗本体论研究正是跟着他研读《文心雕龙》的结果，而且全书的很多地方都借鉴了他的高见。"[1]我之所以在后记中这样说，是因为我从他给我写的序言中读出的不是他对我的"夸奖"，而是一种"厚望"甚至"警示"。由于我此前一直从事的是新诗研究，尤其是新诗评论工作，缺乏正规的学术训练和正统的学风规范，锐利远远多于谨严，尤其是为人的"耿直"导致了为文的"偏执"，"诗人"的"激情"远远大于"学者"的"稳重"。童先生的序言不仅给我指明了学术前进的方向，还教会了我以后如何当导师带研究生。我对研究生也强调"谨严与锐利"，要求写博士论文"倾注了全部的学力和积累"，力求"立意之新鲜、视野之开阔、资料之丰赡、分析之详尽、概括之深刻、举例之多样、逻辑之严密、文字之流畅"。

2011年教师节，我格外想念我的三位研究生导师：硕士生导师吕进先生、博士生导师童庆炳先生和博士后导师吴思敬先生。我细细回忆他们当年对我的言传身教，联想到自己正带的博士生鄢冬等人，想总结我的导师们带研究生的经验，写出了一篇近万字的散文《慈师严师，大爱如父》，文章的最后两段如下："近日读童老师的著作《代价》，读到了他写他的导师——我的祖师爷黄药眠先生的一段文字：'黄先生宽阔的襟怀、民主的作风和追求真理的精神，是特别值得称道的。1956年，他同时在《人民日报》《文艺报》上发表了《论食利者的美学》的长文，发动并参与了解放后美学的第一次大讨论。当时，他既批评了朱光潜的观点，也不同意蔡仪的观点，对李泽厚的看法也持保留的意见。朱、蔡、李对黄先生的观点也提出过批评。可以说，朱、蔡、李三人都是他的'论敌'。然而，黄先生于1957年3月至5月间，把朱光潜、蔡仪、李泽厚等先生一一请到北师大讲美学课。他坐在教室里聚精会神，微笑地听着各派的观点和对自己的批评。黄先生这种恢宏的气度和博大的胸怀，来自他对真理执著的追求。他常说：'不是真理属于我，而是我属于真理。服膺真

〔1〕 王珂：《〈诗歌文体学导论——诗的原理和诗的创造〉后记》，王珂：《诗歌文体学导论——诗的原理和诗的创造》，北方文艺出版社，2001年，第720页。

理，修正错误，这是一个学者的基本品质。'他还说：'真理是客观的，人人不得而私！真理不一定要通过我而获得，谁先找到它那并不是十分重要的事情。'正因为先生的学术研究以追求真理为目的，而不掺杂私念，所以他的精神能达到一种自由坦荡的境界。'我明白了我的导师们发扬光大了中国文人做学问的优良传统——学术研究以追求真理为目的，而不掺杂私念的'学统'。他们具有'宽阔的襟怀、民主的作风和追求真理的精神'。这是当代中国学术的幸运，更是年轻学者我的幸运。如《愚公移山》所言'子子孙孙无穷尽也'，我发扬光大了这种'学统'，也是我的学生的幸运。如果我的学生又能传承下去，那将是'学子学孙'的幸运。"[1]童先生的学术品格更可以总结为他有宽阔的襟怀、民主的作风和追求真理的精神，这一点完全可以从他谈文体和论诗体的两个观点中体现出来。

2016年10月29－30日"文化诗学与童庆炳先生学术思想研讨会"；主办方：北京师范大学文艺学研究中心，福建师范大学文学院，连城县政府；地点：福建连城。

〔1〕 王珂：《慈师严师，大爱如父》，王珂：《两岸四地新诗文体比较研究》，知识产权出版社，2015年，第450－451页。

小诗磨坊为何享誉世界

摘　要：诗体是对诗的形式及文体属性的制度化，诗体建设难是百年新诗的最大问题。经过十年的建设，小诗磨坊名副其实地成为新诗史上第三次小诗运动重要的“创作基地”和“交流中心”。当今诗界有无数个诗社诗群，小诗磨坊却能一枝独秀，享誉世界，原因是多方面的。首先是有优秀的作品，“磨”出了具有现代精神和现代技巧的现代小诗，很多作品都堪称现代汉诗中的精品。其次是有成功的运作，把小诗的诗体建设视为系统工程，加强与社会联动，重视生产手段、营销方式和传播策略，尤其是重视诗体的特殊生态，把诗体生态视为和商品生产场一样的交流圈，遵守社会运作系统的基本构建模式，重视知识轴心、权力轴心和伦理轴心，通过整体传播来完成诗体传播及诗体重建的重任。小诗磨坊为21世纪的现代汉诗的诗体重建提供了宝贵的经验。

关键词：小诗磨坊　诗体　诗体建设　小诗

小诗磨坊的创作经验

一方水土养一方人，诗歌生态决定诗歌功能。研究“泰国”小诗磨坊，严格地说是“泰华”小诗磨坊，因为林焕彰不是泰国人，他现在生活在台北。不仅要把它与中国大陆、中国台湾、中国香港、中国澳门等其他地方的小诗创作诗群进行共时性研究，更需要把它放在百年新诗历史，尤其是百年小诗的历史中进行历时性研究，把它与其他几次小诗创作运动比较，才能客观公正地评价它的成就。在百年新诗史上，诗人们只建立起现代格律诗、现代小诗和现代长诗三种准定型诗体，虽然小诗声势不如现代格律诗大，但是小诗创作的持续时间长，百年来一直都有人创作小诗，还出现了三次高潮。前两次的现代性建设都不够，写出的小诗都不足以称为“现代小诗”，尤其没有应该有的现代精神和现代意识，也没有应该有的现代诗技巧。在以小诗磨坊为代表的第三次创作高潮中出现的一些小诗，才配称为“现代小诗”。这些小诗不但重视诗人的主体性、诗作的娱乐性和诗艺的技巧性，还重视小诗内容的世俗性、小诗形式的多样性和小诗体裁的混合性。

第一次小诗创作高潮发生在五四时期后的新诗草创期。“1921 年到 1924 年前后，在日本小诗和印度泰戈尔小诗影响下，中国新诗诗坛掀起了一阵小诗热。这种小诗，少至一两行，多至四五行，也称为‘短诗’、‘繁星体’、‘春水体’。除冰心出版过小诗集《繁星》《春水》，宗白华出版过《流云》外，刘大白、王统照、朱自清、徐玉诺等也都创作过不少小诗，《时事新报·学灯》《文学旬刊》《晨报副刊》《小说月报》《诗》等报刊都为小诗的繁盛创造了条件。”[1]1922 年是小诗丰收年，系列小诗有刘大白的《旧梦》101 首（连载于 1922 年 2 月 6 日至 19 日上海《时事新报·学灯》），王统照的《小诗》76 首（连载于 1922 年 3 月 5 日至 18 日北京《晨报副刊》），刘大白的《泪痕》141 首（连载于 1922 年 5 月 21 日至 6 月 12 日上海《民国日报·觉悟》），汪馥泉的独句小诗《妹嫁》29 首（载于《诗》第一卷第四期）……其中宗白华的《流云》48 首最有名。但是百年小诗的第一次高潮持续不到两年。朱自清总结说：“周启明氏民十翻译了日本的短歌和俳句，说这种体裁适于写一地的景色，一时的情调，是真实简练的诗。到处作者甚众。……《流云》出后，小诗渐渐完事，新诗跟着也中衰。”[2]冯铿在 1925 年前后在广东《岭东日报》上发表了总题为《深意》的小诗百余首，1926 年以后北京海音文艺社发起出版了谢采江的《荒山野唱》《梦痕》《不快意之歌》和张秀中的《清晨》《晓风》《动的宇宙》小诗集。从此以后的数十年，小诗基本退出诗坛。所以朱自清在《〈中国新文学大系·诗集〉导言》中称：“民十二宗白华氏的《流云小诗》，也是如此。这是所谓哲理诗，小诗的又一派。……《流云》出后，小诗渐渐完事，新诗跟着也中衰。”[3]龙泉明认为：“小诗随新诗一同诞生，在早期白话诗歌中，就有胡适、周作人、俞平伯等写的小诗。不过，那时小诗的声音还很微弱。但到了 1921 年，诗人们几乎不约而同地写起小诗来了。……其中成绩最好、影响最大的是冰心和宗白华。是他们把小诗创作推向高潮，奠定了中国新诗这种独特形式的艺术

[1] 潘颂德：《中国现代新诗理论批评史》，学林出版社，2002 年，第 105－106 页。

[2] 朱自清：《中国新文学大系·诗集导言》，朱自清：《中国新文学大系·诗集 1917－1927》，影印版，上海文艺出版社，2003 年，第 4 页。

[3] 朱自清：《中国新文学大系·诗集导言》，朱自清：《中国新文学大系·诗集 1917－1927》，影印版，上海文艺出版社，2003 年，第 4 页。

基础。"[1]

小诗创作的第二个高潮出现于世纪之交。尽管在80年代初期诗坛上流行过韩瀚的《重量》,顾城的《一代人》,北岛的《网》。尤其是韩翰写张志新的《重量》在思想解放的特殊时代广为流传。全诗是:"她把带血的头颅/放在生命的天平上/让所有的苟活者/都失去了——重量"。但是这首诗与80年代初期流行的政治抒情诗相比,完全是小巫见大巫。80年代中后期,黄淮等诗人在大陆主张"微型诗",1988年蒋人初出版了《微型诗选》,也没有掀起大的热潮。1996年1月,中国第一个《微型诗》专刊创刊,标志着小诗的第二个高潮出现。在这个刊物的团结下,一群小诗诗人,尤其是生活在重庆的老诗人把所有精力都投入到了小诗创作上,仅在1997年,重庆诗人穆仁、林彦、余薇野等编辑的"微型诗丛"三辑,为16位小诗诗人出版了诗集。这是百年新诗史中最大规模的小诗诗集出版行为,虽然这些诗集印得不精致,其中小诗的质量总体上也没有超越第一次小诗高潮中的小诗,但是在诗坛造成了较大的影响。特别是其中一些诗人成了小诗的虔诚信徒,把余生全都献给了小诗,如黄淮至今还在大规模地创作小诗,致力于他的"353小汉俳"诗体实验,如《小》:"急匆匆/拎俩旅行包/去远征";《汉》:"又是水/五湖四海水/最宽容";《俳》:"人非人/佛心爱众生/人乃人"。稍后创办的《小诗原》与《微型诗》一样,也是小诗的重要诗刊,也团结了大批小诗诗人。"正是在张天授、牛汉、绿原、白莎、曾卓、冀坊、刁永泉、王尔碑、木斧、圣野、黄淮、申身、梁上泉、马瑞麟等老诗人于2001年在重庆创刊的《小诗原》民办诗刊平台上,在21世纪初的新十年(2001-2009)中,展示了多姿多彩的'新诗劲吹中国风'。有两个民间诗社(上海新声研究小组、成都新体诗研究所)若干老诗人(刘章、梁上泉、黄淮等)参加了这个大合唱,蔚为壮观。2009年12月休刊的《小诗原》共出了四十期,所刊十行以内的小诗的体裁、题材、表现手法各有特色,不乏参考价值。"[2]近年中国大陆很多老诗人仍然在写小诗,有的还办刊物,如长期写小诗的重庆老诗人穆仁2014年4月6日于重庆给李忠利写信说:"《小诗原》2009年休刊,《中国小诗苑》2012年创刊,暂为一年两期,主办者为中老年作者……"[3]

---

〔1〕 龙泉明:《中国新诗流变史》,人民文学出版社,1999年,第110页。

〔2〕 余之思:《关于"六行体绝句"——读李忠利的〈夕阳之歌〉》,《新声诗刊》第54期,第71页。

〔3〕 穆仁:《穆仁致李忠利》,《新声诗刊》第54期,第79页。

"'modern(现代)'这个术语源于一个拉丁词,意思是'在这个时代'。这一英语词汇迅速地演变出两种用法,意味着'当代、当今',另一用法则添加了这样的涵义——在现代时期,世界已不同于古典的和中世纪的世界。在这一词汇的现今用法中保留了这两层含义,只是当今世界与之相对立的历史时期已经不只是古典的和中世纪的两个阶段了。在社会科学中,而且某种程度上在它的通常用法中,已演绎出关于现代的和传统的生活方式之间的一种更为精致的对立。很多的时代可能也会觉得他们是与众不同的,但我们倾向于认为我们的独特性远非一般的差异可比;我们正在发展着历史中的崭新事物。"[1]"我们不能低估像'现代'这样一个具有不规则动力的词语。要理解这一术语,我们至少有两个互为竞争的模式。第一种模式是将它放入时间框架中并对它进行分类。这势必引出一些划分时间的词(将来时、前将来时、过去将来时、未完成时,等等)。"[2]库尔珀强调"新"是为了突出现代与传统的对立,把现代性事物视为"历史中的崭新事物"。

20世纪出现的这种用现代汉语写的抒情文体,就是"历史中的崭新事物",它是与古代汉诗"对立"的产物,所以称为"新诗"或"现代诗"都有异曲同工之妙,不管它被称为"新诗""现代诗""现代汉诗""汉语新诗"……这些命名都具有"现代性"特质,都是特定时代产生的"现代性"文体。但是在小诗的前两次高潮中,这种新的意识并不强烈,如第一次高潮过分重视小诗的"诗教"功能,严重忽略了小诗的世俗性。冰心写作小诗史上最早的小诗集《繁星》的一大目的就是用来教育弟弟。冰心1921年在《繁星自序》中说出了创作经过:"1919年的冬夜,和弟弟冰仲围炉读泰戈尔(R. Tagore)《迷途之鸟》(Stray Birds),冰仲和我说:'你不是常说有时思想太零碎了,不容易写成篇段么? 其实也可以这样的收集起来。'从那时起,我有时就记下在一个小本子里。1920年的夏日,二弟冰叔从书堆里,又翻出这小本子来。他重新看了,又写了'繁星'两个字,在第一页上。1921年的秋日,小弟弟冰季说,'姊姊!你这些小故事,也可以印在纸上么?'我就写下末一段,将它发表了。是两年前零碎的思想,经过三个孩子鉴定。《繁星》的序言,就是这个。"[3]这段话说

〔1〕 [美]库尔珀:《纯粹现代性批判——黑格尔、海德格尔及其以后》,臧佩洪译,商务印书馆,2004年,第22-23页。

〔2〕 [美]库尔珀:《纯粹现代性批判——黑格尔、海德格尔及其以后》,臧佩洪译,商务印书馆,2004年,第22-23页。

〔3〕 冰心:《繁星自序》,卓如:《冰心全集》,第一卷,海峡文艺出版社,1994年,第233页。

得很清楚：这些是记录零碎思想的“小故事”，是经过三个孩子鉴定的，不是诗。这些文字以“诗”的名义问世后，虽然好评如潮，模仿者众，但是也有人质疑，如梁实秋在《创造周报》第十二号发表的《〈繁星〉与〈春水〉》就认为：“冰心女士是一个散文作家，小说作家，不适宜于诗，《繁星》《春水》的体裁不值得仿效而流为时尚。”[1]冰心也有自知之明，从此不但不再写这种“小诗”，甚至还“悔其少作”。1932年，冰心在《我的文学生活》也认为当时不是在写诗，她把这些文字称为“小杂感”：“《繁星》，《春水》不是诗，至少那时的我，不在立意做诗。我对于新诗，还不了解，很怀疑，也不敢尝试。我以为诗的重心，在内容不在形式。同时无韵而冗长的诗，若是不分行来写，又容易与‘诗的散文’相混。我写《繁星》，正如跋言中所说，因着看泰戈尔的《飞鸟集》，而仿用他的形式，来收集我零碎的思想。所以《繁星》第一天在《晨报副刊》登出的时候，是在‘新文艺’栏内。登出的前一夜，伏园从电话内问我，‘这是什么？’我很不好意思的说：‘这是小杂感一类的东西。’”[2]1959年，冰心在《我是怎样写〈繁星〉和〈春水〉的》中说：“‘五四’以后，在新诗的许多形式中，有一种叫做‘短诗’或‘小诗’的。这种诗很短，最短的只有两行，因为我写过《繁星》和《春水》，这两本集子里，都是短诗，人家就以为我是起头写的。现在回忆起来，我不记得那时候我读过多少当代的别人的短诗没有，我自己写《繁星》和《春水》的时候，并不是在写诗，只是受了泰戈尔《飞鸟集》的影响，把自己许多‘零碎的思想’，收集在一个集子里而已。”[3]“现在，我觉得，当时我之所以不肯称《繁星》《春水》为诗的原故，因为我心里实在是有诗的标准的，我认为诗是应该有格律的——不管它是新是旧——音乐性是应该比较强的。同时情感上也应该有抑扬顿挫，三言两语就成一首诗，未免太单薄太草率了。因此，我除了在二十岁前，一口气写了三百多段‘零碎的思想’之外，就再没有像《繁星》和《春水》这类的东西。”[4]

第一次高潮中的小诗诗人都是年轻人，第二次高潮中的小诗诗人绝大多数是老人，很多都是老干部，如领军人物穆仁1923年生，曾任重庆出版社副

---

〔1〕 梁实秋：《繁星与春水》，《创造周报》第十二号，1923年7月29日第9版。

〔2〕 冰心：《我的文学生活》，卓如：《冰心全集》，第三卷，海峡文艺出版社，1994年，第9-10页。

〔3〕 冰心：《我是怎样写〈繁星〉和〈春水〉的》，卓如：《冰心全集》，第五卷，海峡文艺出版社，1994年，第126页。

〔4〕 冰心：《我是怎样写〈繁星〉和〈春水〉的》，卓如：《冰心全集》，第五卷，海峡文艺出版社，1994年，第127-128页。

总编辑，代表作有：诗集《早安啊，市街》《绿色小唱》《星星草》，诗论集《偶得诗话》《微型诗话》，杂文集《故事新编百篇》，寓言集《雄鸡下海》。另一位代表性诗人林彦1926年生，曾任中共重庆市委宣传部文艺处处长。代表作有：《黑牢诗话》《窗口》《六月的雨》《拾荒集》《百味集》《〈挺进报〉与〈反攻〉纪事》《40年代后期的重庆杂文》《林彦杂文选集》《林彦短诗选》《历史没有空白》《冬天，春天》《断简残篇录》等。由于过分重视小诗的"抒情"功能，甚至把这种文体变成了治疗中国大陆"老干部的牢骚症"的抒情文体，小诗写作并没有给这些老人们带来太多的写作快乐。丰富的生活经历，尤其是早年的革命经历，如林彦共和国成立前就在重庆参加了共产党的地下组织，后来的从政经历，使他们更重视诗的启蒙宣传功能，更强调诗的内容要大于形式。他的《黑牢诗话》写的是上世纪40年代后期在重庆国民党监狱中的共产党员创作诗歌的历史。尽管这批老干部晚年赋闲在家，有较多的时间精力写诗。但是仍然缺乏马斯洛所言的人的"审美需要"。"在某些人身上，确有真正的基本的审美需要。"[1]现代小诗应该关注现代人的生物性情感、心理性情感和审美性情感，现代小诗写作应该重视情感写作和美感写作，甚至应该关注本能写作和快感写作。但是第二次高潮中的老诗人处在"清心寡欲"的年龄，写作缺乏激情。小诗写作主要变成了"老年写作"，暮气太重，朝气不足，沉思有余，热情不够，缺乏现代汉诗应有的现代精神和现代意识。

只有第三次高潮中的一些小诗诗人，尤其是第三次高潮中的代表诗群——小诗磨坊的诗人们才真正享受到了用小诗这种文体写作的快乐甚至快感和美感。如吕进所言："说来奇怪，在中国，染指小诗的年轻人不太多见。小诗的诗人群往往年龄偏大，诗龄偏长。在海外好像也如此。林焕彰和我同年。通过信，相互关注，但我访问过台湾三次，可以说几乎认识所有台湾的知名诗人，居然至今与他没有见面之缘。曾心长我一岁，所以我老称他'诗兄'。为什么更多的老诗人倾心小诗？这是老诗人对漫漫人生路的领悟，这是老诗人对诗的'个中三昧'的领悟。所谓'删繁就简三秋树'，所谓'繁华之极，归于平淡'。'就简'是诗艺的高端，'平淡'是人生的高端，所以，小诗实在是高端艺术。"[2]尽管林焕彰、曾心、岭南人都已过"古稀之年"，但是他们的心理年龄比实际年轻得多，仍然有生活的激情和写作的热情。这是他们的小诗比大

〔1〕［美］马斯洛：《动机与人格》，许金声译，华夏出版社，1987年，第59页。

〔2〕吕进：《寓万于一，以一驭万——漫说曾心》，曾心、吕进：《玩诗，玩小诗——曾心小诗点评》，秀威资讯科技股份有限公司，2009年，第8－9页。

陆很多老年人写的小诗更有诗意的重要原因。小诗磨坊人员结构合理,由老中青三代诗人组成,其中还有三位女诗人,近年又增加了两位在大学任教的诗歌理论家,年轻诗人可以给老诗人激情和生气。13 位诗人因诗结缘,因诗结社,十年磨小诗,也磨出了感情,大家情投意合,亲如一家。

最重要的是小诗磨坊的诗人们能够心态平和地处理小诗创作中长期存在的抒情与说理、小我与大我、文体自发与自觉、内容的世俗化与形式的精致化等矛盾。他们的小诗可以称为"现代小诗",具有"现代语言"和"现代诗体"与"现代情感"和"现代精神"。他们最大的优点同具有强烈的文体自觉性,十年磨一剑,十多人一起写小诗,一起"玩"小诗,创造了极好的小诗创作生态。2009 年台北秀威资讯科技股份有限公司出版了曾心著,吕进点评的《玩诗,玩小诗——曾心小诗点评》。这本书中书名中出现"玩诗,玩小诗"字样,尤其是"玩"字,充分说明这样的小诗写作给曾心带来了快乐。小诗磨坊用"磨"而不用"魔",也说明这群诗人尽管都是小诗的虔诚信徒,都愿意达到"衣带渐宽终不悔,为诗消得人憔悴"的境界,愿意在"磨"的过程享受到写小诗的乐趣。这样的以平常心写作的心态,是第一次高潮中的宗白华、王统照等人,第二次高潮中的穆仁、林彦等人所不具备的。小诗磨坊掀起了小诗创作第三次高潮。"玩"与"磨"是小诗磨坊这个诗群的写作特点,也是这个诗群对诗坛,尤其是对小诗的现代性建设做出的巨大贡献。

小诗磨坊在新诗功能的现代性建设上做出了巨大贡献。"现代性的动力首先是在一个拥有传统和固定信念的世界里开始动摇传统和信念的。它们在催生一种现代社会格局上是有帮助的。但它们仅仅有一次成功地完成了这一任务,在它出现在所谓的世界舞台上之后两千年。在它们最初出现的时候,现代性的动力遇到了一种非常暧昧的接受。"[1]"现代的精神气质始终像妄自尊大一样是自我泄气的,而且总是两者同时兼有。"[2]如果把历史/文化文体学和话语文体学结合,透析百年小诗历史,不难发现这种文体的"现代性的动力"正是在"一个拥有传统和固定信念的世界里开始动摇传统和信念的",它同样具有像妄自尊大一样自我泄气的"现代的精神气质"。这也是百年来小诗潮起潮落的重要原因。

严格地说,小诗这种文体本身就是一种"非常暧昧"的文体,在功能上的

---

[1] [匈]阿格尼丝·赫勒:《现代性理论》,李瑞华译,商务印书馆,2005 年,第 65 页。

[2] [美]罗伯特·皮平:《作为哲学问题的现代主义——论对欧洲高雅文化的不满》,阎嘉译,商务印书馆,2007 年,第 265 页。

定位都不明确，有时过分重视“启蒙功能”，强调小诗的哲理性，如宗白华小诗。这种文体又具有巨大的反叛精神。1922 年 6 月 29 日，周作人《论小诗》从理论上为刚兴起的小诗创作保驾护航，是小诗第一次高潮中最重要的理论文献，第一次赋予了小诗的现代性意义，使小诗成为了“现代小诗”。他认为小诗最适合表现现代人的情绪：“如果我们‘怀着爱惜这在忙碌的生活之中浮到心头又复随即消失的刹那的感觉之心’，想将它表现出来，那么数行的小诗便是最好的工具了。”[1]这个小诗的定义还改变了中国诗歌传统的“诗言志”的“诗教职能”，甚至还颠覆了“诗缘情”的抒情传统，诗的内容由稳定的，具有伦理性的“情志”变成了不稳定的，没有道德感的“感觉”。正是因为诗的内容不再受到伦理限制，诗人不再在作品中呈现明显的价值取向，写作时不再牢记“文章千古事”的古训，不再有“铁肩担道义”的神圣感，而是把诗人当成普通人，把小诗写作当成普遍事，把小诗文体当成一种世俗化的文体。这样的写作由于享受了充分的自由，不但没有束缚诗人的主体性和创造性，反而可以写出更有哲理性，甚至思想性的作品，如现代卞之琳的《断章》，当代顾城的《一代人》。但是正是由于整个新诗都具有高度的严肃性，小诗从一开始不过分强调思想性和哲理性，诗人越想“立意高远”越不可能让“境界自出”，最后不知诗为何物，只好弃诗而去。这也是小诗诗人越想写得“空灵”却越不得要领的重要原因。小诗磨坊的诗人们也重视哲理，甚至因为生活在佛国而追求佛理。但是在泰国，尽管佛教是国教，却融入了人们的日常生活，既神圣又世俗。这种诗人生态决定了小诗磨坊的诗人们在写小诗时追寻哲理却没有走极端，他们往往会从日常生活中去寻找哲理，“俗”中见“雅”，反而达到了预料不到的效果。

在上个世纪 80 年代，吕进给诗下的定义是：“诗是歌唱生活的最高语言艺术，它通常是诗人感情的直写。”[2]今天他仍然认为小诗是“最高的语言艺术”，主张小诗要有品位甚至境界。所以他说：“小诗是多路数的。有一路小诗长于浅吟低唱，但需避免脂粉气；有一路小诗偏爱哲理意蕴，但需避免头巾气；还有一路小诗喜欢景物描绘，但需避免工匠气。从诗人来说，艾青是天才，以气质胜；臧克家是地才，以苦吟胜；卞之琳是人才，以理趣胜；李金发是鬼才，以奇思胜。无论哪一路数，小诗都不好写。或问，制作座钟难，还是制

[1] 仲密：《论小诗》，杨匡汉、刘福春：《中国现代诗论》，上编，花城出版社，1985 年，第 62 页。原载 1922 年 6 月 29 日《觉悟》。

[2] 吕进：《新诗的创作与鉴赏》，重庆出版社，1982 年，第 20 页。

作手表难？答曰：各有其难。但是制作手表更难，原因就是它比座钟小。因为小，所以小诗的天地全在篇章之外。工于字句，正是为了推掉字句。海欲宽，尽出之则不宽；山欲高，尽出之则不高。无论何种路数，小诗的精要处是：不着一字，尽得风流。”[1]中国文学，尤其是中国诗歌过分强调“立意高远境界自出”，导致一些诗人热衷于“玩深沉”，反而脱离了生活，失去了品位。其实汉语中的“玩味”“味道”一词最能体现出小诗的创作特点，先有“玩”才有“味”，先有“味”才有“道”，这才是小诗创作应该有程序。谁先谁后，应该根据小诗诗人的才情、个性甚至写作环境而定。以小诗磨坊的诗人为例，尽管大家都寻找写小诗的快乐，都有“玩”小诗的特点，但是男诗人苦觉、曾心更喜欢追寻哲理思想，女诗人杨玲、澹澹（蛋蛋）更偏爱真情实感。吕进甚至认为在泰华诗坛岭南人是抒情诗的诗仙，曾心是小诗的诗圣。这个结论说明同样是“老年写作”，曾心和岭南人风格迥异。取长补短，合而不同；八仙过海，各显神通。良好的诗社生态正是小诗磨坊能够造就优秀诗人和优秀诗作的基本保证。

小诗磨坊的运作经验

小诗磨坊的最大成就无疑是在现代汉诗诗体建设上的成就，无论从纵向还是从横向看，它都堪称重要的小诗诗社。诗体建设难是百年新诗的最大问题，进入21世纪，一些学者提出“诗体重建”。骆寒超认为：“在不违反已定形式规范原则的前提下，今后新诗诗坛要鼓励大家既采用回环节奏型形式写格律体新诗，也采用推进节奏型形式写自由体新诗。而尤其要提倡写这两大形式体系综合而成的兼容体新诗。”[2]吕进认为：“在正确处理新诗的个人性和公共性的关系上的诗歌精神重建；在规范和增多诗体上的诗体重建；在现代科技条件下的诗歌传播方式重建。”[3]大陆诗人周仲器、黄淮、万龙生、王端诚等人全力致力于新诗的诗体格律化建设，但是应者寥寥，中国大陆新诗仍然以自由诗为主。中国台湾新诗的诗体自由化越来越严重，诗人越来越没有

---

〔1〕 吕进：《寓万于一，以一驭万——漫说曾心》，曾心、吕进：《玩诗，玩小诗——曾心小诗点评》，秀威资讯科技股份有限公司，2009年，第5－6页。

〔2〕 骆寒超、陈玉兰：《中国诗学：第一部形式论》，中国社会科学出版社，2009年，第730页。

〔3〕 吕进：《新诗诗体的双极发展》，《西南大学学报》2012年第1期，第69页。

诗体自觉意识。在大陆新诗理论界出现了新诗史上第三次诗体格律化与自由化之争。吴思敬坚决主张:"'自由'二字可说是对新诗品质的最准确的概括。……这里所谈的与其说是一种诗体,不如说是在张扬新诗的自由的精神。"[1]叶橹甚至认为"诗体建设"是"伪话题":"有关'诗体建设'、'诗体重构'的议论依然时起时伏。这些理论的提倡者虽然都是学养有素的学者,但是我却觉得他们是不是把精力浪费在一个'伪话题'的理论上了。"[2]在"诗体重建"并不太受欢迎的形势下,居然出现了全球性的新诗小诗创作热及小诗诗体重建热。如同阿基米德的那句名言"给我一个支点我就可以撬动整个地球",引发新诗史上第三次小诗创作热的"支点"竟然是一个叫小诗磨坊的俱乐部式同人小团体。它不是出现在中国大陆和中国台湾两大新诗重地,而是问世长大于泰国曼谷。"2006 年 7 月 1 日,岭南人、曾心、林焕彰(中国台湾)、博夫、今石、苦觉、杨玲、蓝焰等(7+1)八人,象征着'八仙过海,各显神通'。在小红楼艺苑中的凉亭成立'小诗磨坊'。随后把凉亭命名'小诗磨坊亭'。"[3]曾心有首小诗的题目就是《小诗磨坊亭》:"风儿到这里/驻了脚/醉——诗人的自由谈//鸟儿到这儿/停了歌唱/惊——磨坊里磨出的诗"。吕进点评说:"第一个这样的磨坊,难怪风醉鸟惊。"[4]

诗体是对诗的形式属性及文体属性的制度化的具体呈现。"诗体"特指诗的"体裁""体式"的规范,即通常所说的诗的"形式"。肯尼迪认为:"在通常意义上,形式指一件事物作为整体的设计图样或结构布局。任何诗人都无法逃避已形成类型的某些形式。"[5]"定型形体给诗带来了一些好处:它使诗更容易被记住。……韵律或者固定的节奏可以防止一个又一个传唱者的增减修饰。"[6]诗人重视以诗的形体为主要显象特征的诗体出于人的构形本性。

---

〔1〕 吴思敬:《新诗:呼唤自由的精神——对废名"新诗应该是自由诗"的几点思考》,《文艺研究》2011 年第 3 期,第 37 页。

〔2〕 叶橹:《形式与意味》,王珂、陈卫:《51 位理论家论现代诗创作研究技法》,海峡文艺出版社,2012 年,第 86 - 87 页。

〔3〕 小诗磨坊:《小诗磨坊亭》,http://blog, sina, com, cn/s/blog_4ad87d7b01008pz8.html.

〔4〕 小诗磨坊:《小诗磨坊亭》,http://blog, sina, com, cn/s/blog_4ad87d7b01008pz8.html.

〔5〕 X. J. Kennedy. Literature: An Introduction to Fiction, Poetry, and Drama. Toronto: Little Brown and Company, 1983. p. 557.

〔6〕 X. J. Kennedy. Literature: An Introduction to Fiction, Poetry, and Drama. Toronto: Little Brown and Company, 1983. p. 558.

歌德在《论德国建筑》中说："艺术早在其成为美之前，就已经是构形的了，……人有一种构形的本性，一旦他的生存变得安定之后，这种本性立刻就活跃起来；……"[1]黑格尔在《小逻辑》中说："一件艺术品，如果缺乏正当的形式，正因为这样，它就不能算是正当的或真正的艺术品。……《伊利亚特》之所以成为有名的史诗，是由于它的诗的形式，而它的内容是遵照这形式塑造或陶铸出来的。"[2]卡西尔说："对一个伟大的画家，一个伟大的音乐家，或一个伟大的诗人来说，色彩、线条、韵律和语词不只是他技术手段的一个部分，它们是创造过程本身的必要要素。"[3]马斯洛说："在某些人身上，确有真正的基本的审美需要。……秩序的需要，对称性的需要，闭合性的需要，行动完美的需要，规律性的需要以及结构的需要。"[4]诗体即是诗的一种结构形式，它是人对秩序的需要、对称的需要和结构的需要的诗化呈现。正是人的构形本性产生了文学体裁及诗体类型，使文学类型的划分和诗体的建立成为可能。威勒克认为："文学的种类不是一个无足轻重的名称，它是一种能够在一件作品中参与显示其特点的美学惯例。"[5]"类型理论是秩序的法则，它不是根据时间或地点（朝代或民族语言），而是根据特殊的文学组织或结构来划分文学和文学史的。在某种形式上，任何区别于历史研究的批评性和评价性研究，都呼唤这种结构。"[6]托多罗夫认为："在一个社会中，某些复现的话语属性被制度化，个人作品按照规范即该制度被产生和感知。所谓体裁，无论是文学的还是非文学的，不过是话语属性的制度化而已。"[7]

诗体的生成进化十分复杂，有的产生于诗体革命，有的产生于诗体改良，有的是其他国度的诗体的横的移植，有的是本国诗体的纵的继承，分别可以分为革命模式、调和模式和影响模式（改良模式）。名人创体是诗体产生的主要方式。尼采说："很长时间，有教养的人只以学者的姿态出现，实属惊人；甚

〔1〕［德］恩斯特·卡西尔：《人论》，甘阳译，上海译文出版社，1985年，第179页。

〔2〕［德］黑格尔：《小逻辑》，贺麟译，商务印书馆1997年，第279－280页。

〔3〕［德］恩斯特·卡西尔：《人论》，甘阳译，上海译文出版社，1985年，第180－181页。

〔4〕［美］马斯洛：《动机与人格》，许金声译，华夏出版社，1987年，第59页。

〔5〕René Wellek, Austin Warren. Theory of Literature. New York: Harcourt, Brace and Company, Inc., 1956. p. 214.

〔6〕René Wellek. Austin Warren. Theory of Literature. New York: Harcourt, Brace and Company, Inc., 1956. p. 217.

〔7〕［法］托多罗夫：《巴赫金、对话理论及其他》，蒋子华、张萍译，百花文艺出版社，2001年，第27页。

至我们的诗艺也不得不从渊博的仿作演绎出来，即就韵律的主要作用而言，我们也见到我们的诗体不是出自乡土之音，而是源于博学雅言的艺术试作。”[1]苏珊·朗格认为：“有种被经常重复的观点——西奇威克教授就坚持这种观点——断定民谣没有作者，它是群众的作品，是‘一群人情感的结晶’。我认为这样断言缺乏根据。……但是就民歌而言，没有一个具体的人创作像《招待员的好妻子》这样的诗是根本不可能的。不论它有多少种变化形式，总有某个人第一个在韵律，节奏上创作了这个故事，并为这个题目的各种变化提供了‘诗的内核’。”[2]公元前6世纪希腊的萨福，创造了一种在当时广为流传的诗体，被后世称为“萨福体”。以14世纪意大利诗人彼特拉克(petrarch)命名的彼特拉克式十四行诗，也称意大利式的十四行诗，分为两个部分：“一组八行连句诗(Octave)，韵脚格式为abbaabba和一组六行连句诗(Sestet)，韵脚格式为cdecde，也可以有些变体，如cdccdc。”[3]中国现代格律诗在生成与传播上取得了一些成就，离不开闻一多、徐志摩、何其芳、邹绛等专业诗人的大力倡导。

新诗的小诗更是英雄创造的诗体。古今中外诗歌史上都存在的微型诗体，如古希腊的“诗铭”，现代汉诗中的小诗源于古代汉诗中的绝句、日本诗歌中的俳句和印度的“伽陀”(偈)及泰戈尔的小诗。这种诗体在百年新诗中已经形成了一定的诗体传统，是百年来新诗诗体建设中基本成熟的两种准定型诗体(新格律诗、小诗)之一。谢冕2012年4月20日接受记者采访时说：“现在很多诗歌没有章法，其实诗歌是最讲规则的文体。”[4]诗体规范会随着时代变化。汉肯认为：“规范反映了某种价值系统，因为它们可以引导一个决策者做出恰当的选择；……一般说来，因为外部规范是某种决策过程的结果，因此，它们还是应该服从形势的变化发展的要求的。行动者将始终要相对于原始系统和通信系统来估量现存的信息，从而修改或抛弃现存的规范，或者必要的话建立新的规范。”[5]威廉姆斯认为：“任何价值系统都形成一种意识形

[1] [德]尼采：《悲剧的诞生》，缪朗山译，海南国际新闻出版中心，1996年，第93页。

[2] [美]苏珊·朗格：《情感与形式》，刘大基、傅志强、周发祥译，中国社会科学出版社，1986年，第319-320页。

[3] [美]艾布拉姆斯：《欧美文学术语辞典》，朱金鹏、朱荔译，北京大学出版社，1990年，第333页。

[4] 王庆环：《请维护诗歌的尊严》，《文摘报》，2012年5月1日。

[5] [荷]A. F. G. 汉肯：《控制论与社会》，黎鸣译，商务印书馆，1984年，第147-148页。

态，很明显，一种意识形态只能存在于通过转移而被重新构建的境况之中。"[1]人和社会都是在自由与法则的对抗与和解中存在的，诗体的规范与自由正是人类这种存在方式的艺术呈现，诗体也具有意识形态性，也存在于通过转移而被重新构建的境况之中。在重新构建过程中，确实出现了"功夫在诗外"的现象，如诗体革命有诗歌内部与诗歌外部的原因，如白话诗运动既是古代汉诗自身需要改革的结果，更是诗歌以外的政治文化革命的结果，科举制度的取消、留学生运动的出现、白话运动的兴起、报刊业的繁荣，甚至清政府的解体等都是新诗革命的重要原因。所以王珂结论说："文体生成错综复杂，新诗是多元发生的文体。……一种文体在某种程度上是一代文人、一段历史、一个社会的象征。"[2]林于弘也认为："事实上，任何一种文体的盛衰兴灭，除了自身进化的必然趋势之外，也脱离不了与整个社会的互动与干涉。"[3]如余光中所言："和一切艺术家一样，每个诗人都有其所属的社会背景，甚至更代表了不同的意识或价值。"[4]

埃斯卡皮认为文学是如同商品的生产场一样是"交流圈"："凡文学事实都必须有作家、书籍和读者，或者说得更普通些，总有创作者、作品和大众这三个方面。于是，产生了一种交流圈，通过一架极其复杂的，兼有艺术、工艺及商业特点的传送器，把身份明确的（甚至往往是享有盛名的）一些人跟多少有点匿名的（且范围有限的）集体联结在一起。"[5]在这种交流圈中，生产方式及传播手段十分重要。福柯总结出社会运作系统的基本构建模式："起源于三个宽阔的领域：控制事物的关系，对他者产生作用的关系，与自己的关系。这并不意味着三者中的任何一组对其他都是完全无关的……但是我们有三个特殊的轴心：知识轴心、权力轴心和伦理轴心，有必要分析它们之间相互作用的关系。"[6]

---

〔1〕 Judith Williams. Decoding Advertisements. London: Robert MAClehose and Company Limited, 1978. p. 43.

〔2〕 王珂：《新诗诗体生成史论》，九州出版社，2007年，封底。

〔3〕 林于弘：《台湾新诗分类学》，鹰汉文化企业股份有限公司，2004年，第348页。

〔4〕 余光中：《种瓜得瓜，请尝甘苦——读詹澈的两本诗集》，詹澈：《詹澈诗选》，台海出版社，2005年，第339－340页。

〔5〕 [法]罗贝尔·埃斯卡皮：《文学社会学的原则和方法》，罗贝尔·埃斯卡皮：《文学社会学》，王美华译，浙江人民出版社，1987年，第1页。

〔6〕 John McGowan. Postmodernism and Critics. New York: Cornell University Press, 1991. p. 134.

海外新诗生产及消费存在于这样的社会运作系统中，也形成了一种交流圈。其中知识轴心远远大于权力轴心和伦理轴心，伦理轴心大于权力轴心。小诗磨坊的运作及小诗诗体的传播也遵守社会运作的基本方式，受到三轴心的巨大影响，三者的影响力颇有差异。

知识轴心主要指诗的知识轴心，具体包括诗人写诗要过诗的知识关、诗的语言关和诗的技巧关。所以海外诗人比大陆诗人有更强烈的学习写诗的意识。小诗磨坊更有强烈的学习意识，也强调诗需要学，邀请过吕进、陈仲义等大陆诗评家，舒婷、龙彼德等中国大陆诗人和中国台湾诗人、诗评家白灵到泰国作专业讲座。小诗磨坊的新浪博客 2014 年 7 月 25 日报道说："留中总会文艺写作学会 2014 年 7 月 20 日在帝日酒店隆重举办的庆祝成立 7 周年暨《湄河心语》《2014 小诗磨坊》新书发布会。会上邀请中国大使馆陈疆文化参赞、中国大陆著名作家陈慧瑛、中国台湾著名诗人林焕彰、著名诗人兼诗评家白灵等，来泰担任文学讲座会的主讲嘉宾。……文艺写作学会全力以赴，……出版了十一本文集（包括今年的《湄河心语》），举办了 7 次文学讲座会，把中国两岸三地的知名作家、诗人、评论家都请到这个平台来传授经验。……陈疆参赞演讲《传统与创新——谈中西方文艺的美学比较和中国当代文艺的发展趋势》……陈慧瑛教授演讲《散文创作之我见》……林焕彰演讲《诗，视觉图象的作用——我的写作经验》……白灵演讲《磨坊诗行短，红楼树影长——泰华'小诗磨坊'在台湾诗坛引发的波澜》……出席演讲会还有：……岭南人、……曾心、杨玲、……晶莹、苦觉、……莫凡、温晓云、蛋蛋、……聂进等等。"[1]小诗磨坊成员几乎都参加了活动。

这则报道透露出小诗磨坊如何运作及小诗为何在泰国繁荣的信息。可以明显地看出小诗磨坊也是一个社会运作系统，围绕知识轴心、权力轴心和伦理轴心运作。知识轴心和伦理轴心都与权力轴心有关，甚至可以转化为权力轴心。诗可以是非常自我的艺术，是可以"独善其身的穷者"的艺术，小诗磨坊的诗人也可以躲进小红楼，自得其乐地闭门磨诗。但是他们又有达者的"兼济天下"的"鸿鹄之志"，采用传统与现代的多种传播手段扩大影响，甚至向"权力靠拢"，如请中国大陆或中国台湾著名诗评家、诗人为诗选作序，如吕进、张默分别为年度诗选作过序。吕进还专门为曾心的数百首小诗作过点

〔1〕 小诗磨坊：《留中总会文艺写作学会隆重举办文学讲座与新书发布会》，http://blog，sina，com，cn/s/blog_4ad87d7b0102uy43，html.

评,并结集成书。强强结合,分别在中国台湾和中国出版了《曾心小诗点评》,极大地扩大了小诗及小诗磨坊的影响。小诗磨坊搞文学活动不仅要请诗人和诗评家等专家,还要请政界人士,如中国驻泰国大使馆的官员。

自己打造一个平台,获得了基本的话语权,用小平台(小诗磨坊)依靠大平台(留中总会文艺写作学会),再把创作平台扩展为对外交流平台。把小诗诗人的交流平台拓展为小诗诗人与写其他诗体的诗人的交流平台。白灵既写小诗,更写其他诗,还写诗评。拓展为新诗文体的使用者与其他文体的使用者的交流平台。陈慧瑛是著名的散文作家。甚至拓展为文化甚至政治的交流平台,如请陈疆参赞演讲。这个平台可以请外面的人来交流,也可以走出去与外界交流。如小诗磨坊成员岭南人、曾心等人就先后到大陆厦门大学、西南大学等大陆著名大学作学术交流。较好地利用了其他平台,特别是大学的学术平台。2016 年 7 月,小诗磨坊所在的泰国留学中国大学校友总会与泰国皇太后大学联合在泰国举办了"'一带一路'与泰华文学国际学术研讨会",来自中国大陆、中国台湾、日本、韩国的 30 多位著名诗评家参加了会议,提交的论文其中一半以上是写小诗磨坊的,在华语诗界产生了巨大的影响。

《第十届东南亚华文文学研讨会在厦门召开》报道说:"泰国留学中国大学校友总会以廖锡麟主席为团长出席 5 月 24 日至 26 日在厦门、泉州召开的第十届东南亚华文文学研讨会。代表团共有 20 人,团长廖锡麟……秘书长曾心、团员岭南人……第十届东南亚华文文学研讨会会议课题是'东南亚华文新文学:创作与批评新探讨'。主办单位:厦门东南亚华文文学研究会、厦门大学东南亚华文文学研究中心、泉州师范学院及菲华作家协会等单位联合主办。……提交大会论文 100 多篇。……岭南人宣讲的题目:《探讨六行内小诗之诗体建构——从〈小诗磨坊〉说起》……"[1]

2009 年 11 月,曾心参加西南大学中国新诗研究所举办的第三届华文诗学名家国际论坛,提交了论文《论六行内的小诗》,并作为重要专家在开幕式上发表了主题讲演。他在学术发言中有意识地"推介"小诗磨坊:"2006 年 7 月 1 日在林焕彰和我的共同策划下于曼谷艺苑小红楼的凉亭成立了'小诗磨坊'……三年多来,小诗磨坊每年出版一本《小诗磨坊》诗集,已出版三集,还开了三次发布会,出席会议都在一百多人以上。'小诗磨坊"'还开设了博客,

---

〔1〕 小诗磨坊:《第十届东南亚华文文学研讨会在厦门召开》,http://blog,sina,com,cn/s/blog_4ad87d7b0101k8zn,html.

正式向全球华文诗坛展开六行小诗的传播工作……在林焕彰先生的推动下，按泰国'小诗磨坊'的模式，先后在新加坡、马来西亚、菲律宾等地成立了小诗磨坊，共同探讨六行以内小诗诗体。新加坡和马来西亚也先后出版了（新加坡卷）《小诗磨坊》和（马来西亚卷）《小诗磨坊》小诗集。"[1]曾心的这段讲演还透露出一个信息：小诗磨坊振兴小诗不仅有历史渊源，也有现实支持，尤其是得到了中国大陆和中国台湾诗界的"权威人士"的有力支持。吕进是中国大陆"诗体重建"的领袖级人物，又是西南大学"华文诗学名家国际论坛"的主办者。林焕彰是中国台湾最重要的小诗诗人，长期生活在东南亚，在东南亚具有较大的影响。这种广告学上的"定位依附"方法让传播效果极好。如这次论坛的"会议综述"所言："由西南大学中国诗学研究中心、中国新诗研究所和《文艺研究》编辑部共同主办的'第三届华文诗学名家国际论坛'于 2009 年 11 月 6 日至 9 日在重庆西南大学举行。……来自海内外 10 多个国家和地区的 150 余位学者和诗人齐聚一堂……泰国曾心结合自己的创作对'六行体'小诗的论析……"[2]

小诗磨坊的成员还积极参加包括大陆在内的各种文学评奖。2014 年 2 月 25 日，《首届国际潮人文学奖（2000－2012）》报道说："热烈祝贺'小诗磨坊'召集人曾心的《曾心自选集——小诗 300 首》诗集，荣获'首届国际潮人文学奖'诗歌奖，这不仅是曾心个人的荣誉，也是泰华'小诗磨坊'的荣誉。此奖的获得，说明了以六行内新诗体'创格'的尝试，获得诗学界的认可。这是很可喜的，小诗磨坊同仁加油！"[3]颁奖评语如下："《曾心自选集》诗集以短诗形式，意象诠释千姿百态的存在镜像，以此表达对生活乃至生命的热爱。其语言精简、质朴，有情趣，可归类为老诗人借物抒情言志的咏怀诗。"[4]

小诗磨坊成立才十年，已经成现代汉诗界最有影响力的小诗交流平台。在权力、知识及伦理保护下的平台可以有效地整合诗歌、文化甚至政治资源，

---

〔1〕 曾心：《论六行内的小诗》，http://blog，sina，com，cn/s/blog_4ad87d7b0100g794.html.

〔2〕 向天渊、杨晓瑞：《从爆破到建构：现代诗学话语机制的转换——第三届华文诗学名家国际论坛述评》，http://xinshi，swu，edu，cn/xinshisuo/shownews，php? id＝116&direct＝list06，php&bid＝6.

〔3〕 小诗磨坊：《首届国际潮人文学奖（2000－2012）》，http://blog，sina，com，cn/s/blog_4ad87d7b0101ilv3，html.

〔4〕 小诗磨坊：《首届国际潮人文学奖（2000－2012）》，http://blog，sina，com，cn/s/blog_4ad87d7b0101ilv3，html.

获取最佳的交流效果及传播效果。作为诗人,小诗磨坊的诗人们当然认为自己的首要任务是写好诗。但是作为想通过学习交流把诗写得更好的诗人,尤其是想把一种文体发扬光大的诗人,特别是一个诗群,就不能闭门造车,必须造成影响,既要单兵突击,更要集团冲锋,甚至还要通过搞活动来扩大影响。《泰华作家协会和留中总会文艺写作学会承办第7届东南亚华文诗人大会在曼谷隆重召开》报道说:"由泰华作家协会和留中总会文艺写作学会承办的第7届东南亚华文诗人大会2012年12月8日至9日在曼谷帝日酒店隆重召开。这是东南亚华文诗人聚首和中国两岸四地接轨,促进汉语新诗创作和诗学发展的盛会。……代表共一百多人,欢聚一堂,共同启动一个多元的、具体的诗歌诗学交流的平台。……并举行了专场的诗歌朗诵会……共朗诵了东南亚华文诗人和中国两岸四地的佳作共28首,其中有泰华小诗磨坊的诗连线《磨坊花语》、林焕彰的《我的岛屿》、岭南人的《柠檬茶的下午》……"[1]从大会的参加者、论文题目及朗诵的诗的题目及作者,都可以看到小诗磨坊的身影,"小诗"及"小诗磨坊"成了大会的"关键词",研究小诗及小诗磨坊成了会议的一大主题。这种全面深入的系统性整体传播让小诗磨坊在东南亚诗坛产生了巨大的辐射作用。

小诗磨坊运作系统中的伦理轴心主要指源自传统的汉语诗歌写作伦理对海外诗人的巨大影响。如泰华作家协会会长梦莉在留中总会文艺写作学会2014年7月20日在帝日酒店隆重举办的庆祝成立7周年暨《湄河心语》《2014小诗磨坊》新书发布会的致辞中说。"泰华文学的源头在中国,但她又不是中国文学的支流。正如司马攻先生所说:'水源来自中国,河流属于泰国'。今天的文学讲座会,又是一次引中国文学之水,来充实湄南河精神之水,十分有意义。"[2]一直大力支持小诗磨坊的中国大陆诗评家吕进在《八仙过海——2010年〈小诗磨坊〉序》中提出的"汉语新诗"概念与泰华诗人司马攻的有异曲同工之处,都意识到了"华侨文学"的特殊性。他说:"我想提出一个'汉语新诗'的概念。汉语新诗在空间上打通的,是国家的疆界、民族的隔离、政治的分割。这是很大的'言语社团'。这个理念从事实性存在出发,赋予汉语新诗以最辽远的疆界:不仅是中国的两岸四地,不仅是海外华人诗

〔1〕 小诗磨坊:《泰华作家协会和留中总会文艺写作学会承办第7届东南亚华文诗人大会在曼谷隆重召开》,http://blog,sina,com,cn/s/blog_4ad87d7b0101hjha,html.

〔2〕 小诗磨坊:《留中总会文艺写作学会隆重举办文学讲座与新书发布会》,http://blog,sina,com,cn/s/blog_4ad87d7b0102uy43,html.

歌，还包括了全世界外国人用汉语写出的诗歌。汉语，而不是国家，不是民族，不是地域，不是政治制度，被认定为汉语新诗唯一的划分依据，这样，汉语新诗就从华人新诗走向了华文新诗，即汉语新诗。汉语，是汉语新诗的身份标志，无论诗人属于哪个国家和民族。……毫无疑义，汉语新诗的发生地在中国，汉语新诗的主体也在中国，在代代相传'不学诗，无以言'古训的中国，在曾经写下'以诗取仕'历史的中国。所以，海外诗人和外国诗人写汉语新诗，既有本土情怀，又有中国诗学的穿透和影响。"〔1〕

中国诗学传统强调诗人必须具有"推敲之功"，强调诗要用典即强调诗人必须学习。小诗磨坊正是在强调可以学的基础上强调诗可以改——诗必须磨，现代诗学的"磨"即传统的诗学的"推敲"。如 2006 年 12 月 11 日妍瑾在《小磨坊》一文中所言："诗是要用耐心、细心、真心、贴心、交心、痴心……慢慢磨出来的。"〔2〕2006 年 12 月 7 日，苦觉在《首度在磨坊里磨诗》一文中记录了小诗磨坊第一次"磨小诗"完成过程："二〇〇六年九月十七日早上，曾心邀约我们几个文友在小红楼品茶谈诗磨诗。小红楼者，曾心之花园也。……岭南人首先在纸上写下了题为《牛仔裤》的爱情诗，递给我们逐一欣赏，并说道'今天，我们都来写一首爱情诗吧！'未几，今石、蓝焰、杨玲、曾心和我相续把一首首爱情诗写了出来。……说实在的，人在天涯，已经好久好久没这样热烈地讨论诗了。……小小的磨坊大大的磨/湄河水冲着/磨，悠悠地转动着/小小的诗出来了/一首，接着一首。"〔3〕

用现代汉语写诗的诗人主要生活在中国大陆、中国台湾、中国香港、中国澳门、东南亚、北美等地，中国大陆和中国台湾是最重要的新诗生产和消费地区。虽然中国大陆与中国台湾近年也出现了小诗创作热，但是创作的热度及产生的影响远不如东南亚地区，特别是没有出现小诗磨坊这样的诗群，更没有诗人像林焕彰、曾心这样全身心地致力于小诗的创作及传播，他们为新诗的诗体重建，尤其是小诗诗体的重建做出了巨大贡献。地域空间、经济政策、政治体制、文化记忆、语言习俗、诗歌传统等原因，形成了不同的诗歌生态，导致新诗文体的功能及形态的巨大差异。语言和诗体的相对稳定性和通用性

〔1〕 吕进：《八仙过海——2010 年〈小诗磨坊〉序》，http://blog，sina，com，cn/s/blog_4ad87d7b0100i4qn. html.

〔2〕 傅妍：《小磨坊》，http://blog，sina，com，cn/s/blog_4ad87d7b010007mt. html.

〔3〕 苦觉：《首度在磨坊里磨诗》，http://blog，sina，com，cn/s/blog_4ad87d7b010007ii. html.

决定了世界各地的华文诗人如果采用现代汉语和已有的诗体写诗，就够有效地减少这种差异。这是现代汉诗，尤其是小诗诗体能够在世界各地生存发展的重要原因。尤其是体裁的稳定性既可以维护文学传统，也可以为文学的现代化提供文体革命的潜能。如巴赫金认为："体裁才能保证文学发展的统一性和连续性。"[1]近年海外学者造出一个英语词语 Sinophone，通常译为"华语语系"。王德威认为："Sinophone Literature 的概念，最初是由加州大学洛杉矶分校东亚系的史书美（Shu-mei Shih）教授提出的。作为出生于韩国、在中国台湾接受教育然后留美的第二代华人，史教授希望以此概念抗衡中国大陆的文学生产。我想，Sinophone 这一概念的潜能不止如此。在我看来，华语语系文学及人文视野提供了一个新的批评的界面。由此视之，新加坡不仅是一个人来人往的枢纽（hub），而且自成一处有创造力的场域（productive site），凭借其独异的位置与视角，产生新的动能。这和人来了人又走了、或许什么也没留下的'枢纽'的性质是很不一样的。"[2]如果采用"华语语系"的观念来考察小诗磨坊，特别是把它放在"华语语系"或"华文文学"的大系统中，不难发现它虽然微小，却如一粒钻石发出了耀眼的光辉。因为小诗磨坊是"自成一处有创造力的场域"。

小诗磨坊的成功与诗人们的中国诗学传统和本土情怀有关，尤其是与由两者组成的"跨文化境遇"导致的空间意识有关。小诗磨坊的多位诗人都有在中国大陆长期生活和学习的经历，如曾心毕业于厦门大学，在广州从教多年，还曾下放到韶关桂头五七干校劳动二年。苦觉在广西南宁生活过。他说："以前，在故乡南宁，常常跟文友画友一起喝酒品茶论诗论画。"[3]福柯认为："从各方面看，我确信：我们时代的焦虑与空间有着根本的关系，比之与时间的关系更甚。时间对我们而言，可能只是许多个元素散步在空间中的不同分配运作之一。"[4]"而当今的时代或许应是空间的纪元。"[5]时空的巨大

[1] [俄]巴赫金：《诗学与访谈》，白春仁、顾亚玲译，河北教育出版社，1998 年，第 140 页。

[2] 《"华语语系"(Sinophone)的概念提供了新的批评界面：王德威教授专访》，新加坡：《联合早报》，2012 年 9 月 23 日，http://www,douban,com/note/239107395/,2012 - 09 - 28 09:55:23.

[3] 苦觉：《首度在磨坊里磨诗》，http://blog,sina,com,cn/s/blog_4ad87d7b010007ii,html.

[4] [法]米歇尔·福柯：《不同空间的正文与上下文》，包亚明：《后现代性与地理学的政治》，上海教育出版社，2001 年，第 20 页。

[5] [法]米歇尔·福柯：《不同空间的正文与上下文》，包亚明：《后现代性与地理学的政治》，上海教育出版社，2001 年，第 18 页。

转换使曾心、苦觉、林焕彰等诗人比完全生活在中国大陆或中国台湾的诗人更有想通过小诗诗体建设来振兴新诗的责任感，同时也有让东南亚成为中国大陆和中国台湾后的新诗重要地区的梦想，因此产生了“时代的焦虑”。由“文化记忆”构建的“文化时空”产生的焦虑成为小诗磨坊成员“磨”小诗的动力。[1] 小诗磨坊的运作和小诗诗体的传播与神经结构、社会作用和符号媒介相关。他们与其说是文化空间造成的“华侨”，不如说是政治空间产生的“新移民”，没有像土生土长的华侨那样有巨大的“空间错位”及长期的“时间断裂”。这种错位与断裂常常使华侨诗人赋予自己强烈的传承中华文化和汉语诗歌的使命感。著名华文诗人云鹤 1942 年 4 月生于菲律宾马尼拉，他的《野生植物》写出了这种时空错位及文化断裂：“有叶/却没有茎//有茎/却没有根//有根/却没有泥土//那是一种野生植物/名字叫/华侨”。2012 年 8 月 9 日云鹤去世后，印度尼西亚诗人于而凡的《守夜人——悼云鹤》说：“我们不过是/无悔的守夜人/在荒城一角/抵抗日光灯的荒诞/放弃了火把/我们用固执的火苗/把屈子留下的孤灯/一一点燃”。

小诗磨坊的成功与诗人们“磨”出了好诗有关，也与高度重视传播，尤其是实现了整体传播有关。它的传播优势可以总结为：名人效应、集团冲锋和平台构建与攻关技巧、广告技法、科技手段，还将官方、民间、学院的资源有机地整合。小诗磨坊除采用《泰华文学》等传统纸刊来扩大影响，还充分利用了电子网络等现代科技传媒工具及手段，尤其是博客在网络诗歌中特殊的传播力量。他们以“小诗磨坊”为名创办了新浪博客。2006 年 9 月 18 日发表了第一篇博文：《嗨！亲爱的朋友们，欢迎您光临我们的〈小诗磨坊〉BLOG》：“我们的《小诗磨坊》电子版创建了，欢迎你时常过来做客，大家多多交流哦。我们会把最新的作品即时传上来与你一块分享。也希望你记住我们《小诗磨坊》的 BLOG 地址，你可以把她添加到你的收藏夹，也可以把她复制下来告诉你的朋友们，在此先谢了。”[2]到 2014 年 8 月 18 日，共发布博文 2 041 篇。分类也很科学，突出重点，兼顾个体。读者不仅可以轻松地读到整个团队的活动情况，还能够读到每个诗人的具体作品。2 041 篇文章具体到每个分类，分别为：岭南人家 154 篇，曾心诗楼 195 篇，焕彰诗院 240 篇，博夫诗斋 217

[1] [德]阿莱德·阿斯曼：《记忆的三个维度是神经维度、社会维度和文化维度》，王扬译，冯亚琳、[德]阿斯特莉特·埃尔：《文化记忆理论读本》，北京大学出版社，2012 年，第 43 页。

[2] 小诗磨坊：《嗨！亲爱的朋友们，欢迎您光临我们的〈小诗磨坊〉BLOG》，http://blog，sina，com，cn/s/blog_4ad87d7b01000641，html.

篇,今石诗屋 156 篇,杨玲诗舫 234 篇,苦觉诗庐 173 篇,莫凡诗馆 157 篇,晶莹诗坛 2 篇,晓云诗坊 3 篇,蛋蛋诗厅 2 篇,磨坊诗情 156 篇,骚人诗座 316 篇。这种科学分类非常有利于传播。

小诗磨坊博客还通过“友情链接”与成员及相关部门联结,使来访问小诗磨坊的读者可以轻松进入相关人员及机构,尤其是小诗磨坊成员的博客和东南亚各国的华文文学网站。“友情链接”的博客及网站有 32 家:林焕彰、有生博客、博夫博客、博夫网易、博夫百度、博夫搜狐、杨玲博客、杨玲百度、杨玲网易、冠宇博客、今石博客、刘舟野狼、晶莹博客、蛋蛋博客、晓云博客、泰曼依依、泰华文学、新加坡华文文艺协会、马来西亚华文作家协会、世界文艺出版社、寻根问祖、天堂纪念馆、博夫网、泰华文坛先贤纪念馆、杨玲文学、石勇、海外华文、海外华人圈、珍妮的博客、凡凡海洋、跨越时代和真爱诗社。从其中的“博夫博客、博夫网易、博夫百度、博夫搜狐和博夫网”与“杨玲博客、杨玲百度和杨玲网易”就可以看出小诗磨坊对网络的高度重视。大陆诗人很少像博夫、杨玲这样有多家宣传自己的网络平台。小诗磨坊的博客还出现了平台效应,产生由中心向四周的辐射效果。到 2014 年 8 月 18 日,小诗磨坊新诗博客已有 107 569 次点击,有粉丝 84 人。不仅吸引了泰华诗人及东南亚诗人,如小诗磨坊博客 2009 年 9 月 15 日发表了菲律宾诗人王勇写于 2009 年 9 月 10 日的 6 首小诗,总题为《小诗 6 首》[1],如第一首《广场》:“无论白天的口号/抑或夜晚的风声/不设界限的/家园　唯有/街灯/一路相挺”。同期还发表了《菲律宾林素玲小诗二首》。

小诗磨坊成员还通过到世界各地讲学扩大影响。如林焕彰到香港、雅加达等讲学“推广”小诗。他的《诗,在我的心里——2008 年春天,我在香港找诗……》一文记述了他在香港大学当“驻校作家”传播和写作六行小诗的经历:“在‘驻校’的重点工作中,我把演讲和写作这两项工作看成是最重要的事。演讲有两场,一场院内,是小型的,对象是中文学院教授及博、硕士生;我的讲题订为《六行小诗之美》;小诗用的是我自己现成的作品,但为配合演讲,我用电脑写了两篇短文:《谈小诗——从冰心的〈春水·繁星〉谈起》和《六行小诗之美》。……虽然那个时候我还未动笔写下任何与香港有关的诗作,但根据这段时间,我天天游走所观察、发现、感触、感受的经验,我是有信心可以

〔1〕 小诗磨坊:《菲律宾王勇小诗六首》,http://blog,sina,com,cn/s/blog_4ad87d7b0100f3a1,html.

写出不少和香港有关的作品；同时，为了实践我自己近年有意提倡六行以内的小诗写作、探索六行小诗的新美学，我决定采用六行以内的小诗形式来处理这部分作品。4月3日清晨六点半起床，开电脑处理电邮，并开始写诗，而且一口气到中午就用电脑写了五、六首小诗；这不能不说是一个好的开始。此后，我陆陆续续地写，到了4月18日上午，我即将离开香港前往上海时，已经写下了将近三十首小诗。……直到6月6日，我才有空档处理在香港写的那些小诗的草稿；经数度修改补写凑成30首小诗，题为《般咸道小诗抄》上卷，……我把这部分作品当作是我担任港大'驻校作家'的第一份成果报告，是因为我还打算再写三十首小诗做为《般咸道小诗抄》下卷……"[1]

行万里路，写千首诗，这是林焕彰的实践，也是曾心的实践，这也是小诗磨坊全体诗人的共同理想。正如那首著名的英格兰民谣所言："美在四方云游，不带分文在手，为了他的吃和住，他掏出新诗一首。"相信小诗磨坊的诗人们云游四方，会掏出更多的小诗，会磨出更多的小诗！相信这种百年新诗中历史中唯一的"小诗磨坊"会越来越美丽。他们的小诗如同小诗磨坊的一位诗人的笔名"晶莹"那样"晶莹"；他们的小诗磨坊也如同其中的一位诗人的名字"林焕彰"所言"在诗林子中焕彰"——为现代汉诗的小诗诗体建设作出更大的贡献。

2017年4月22－23日"国际小诗暨小诗磨坊作品研讨会"；主办方：东南大学现代汉诗研究所，东南大学中文系，东南大学人文学院；地点：南京东南大学。

---

〔1〕 林焕彰：《诗，在我的心里》，http://blog，sina，com，cn/s/blog_4e0a66690100afnp，html.

新诗现代性建设的伦理取向
——中国大陆乡土诗的写作伦理反思

摘　要：近年中国城市化进程加速，导致了自然村落与伦理村落的衰弱，带来了乡土诗的重新繁荣。工业化和城市化不能剥夺心理上的乡村，写作乡土诗的过程是诗人文化还乡和伦理还乡的过程，是诗人拒绝遗忘、寻找家园的有效手段。乡土诗是一种比较缺乏现代意识、现代精神和现代技巧的文体，承载着诗人的诗歌理想和道德诉求，呈现出保守的伦理与激进的伦理等多种伦理形态，由于生活在"城（现代）乡（传统）结合部"，乡土诗人受到传统与现代的挤压，常常在社会生活中扮演乡村的道德守望者角色，过分重视写作伦理，在内容上过分美化乡村，在形式上和技法上过分遵循传统。"农村人"与"城市人"两种身份纠缠不清的人生状态导致了乡土诗创作的非理性，不利于通过乡土诗来构建乡村新伦理，培养中国现代乡村人。

关键词：乡土诗　乡村文人　乡愁　伦理　反思

文学是人学，文以载道，文学作品不但折射出社会的伦理变迁与作家的道德取向，还参与了社会的伦理建设。中国的"诗教"传统已有两千多年的历史，科举制度采用以诗取士方式也有上千年历史。"启蒙文学"作为20世纪新文学的代名词，百年新诗有启蒙、抒情和治疗三大功能，启蒙功能是主要功能，新诗是与中国政治文化的现代性建设同步发展的先锋性文体，很多新诗诗人的写作理想是通过新诗来倡导新精神和建立新道德，培养现代公民和建立现代国家。为了祝贺郭沫若五十生辰，宗白华在1941年11月10日《时事新报》发表了《欢欣的回忆和祝贺》，他一语道破了白话诗运动参与新伦理建设的实质："白话诗运动不只是代表一个文学技术上的改变，实是象征着一个新世界观，新生命情调，新生活意识寻找它的新的表现方式。……白话诗是新文学运动中最大胆，最冒险，最缺乏凭藉，最艰难的工作。"[1]所以新诗又被称为"现代汉诗"——用现代汉语和现代诗体，抒写现代情感及现代生活，

〔1〕 宗白华：《艺境》，北京大学出版社，1987年，第142－143页。

具有现代意识和现代精神的语言艺术。

新诗现代性建设的远期目标是让新诗成为名副其实的现代汉诗。今日新诗处理与时代的关系时，既要采用激进方式，又需要采用保守方式，有时要与时俱进紧跟国家现代性的步伐，有时还要利用新诗特有的批判精神来产生反现代性的力量，反思国家现代化进程中的弱点，尤其是工业化、城市化和商业化对精神文明建设和道德情操培养的负面作用。它们会打乱已有的伦理秩序，如过去在家庭权力分配上强调长幼有序，是长者说了算，现在是有钱者最有话语权。过去讲究的是君子爱财取之有道，现在是挣钱不择手段。有的地方甚至出现了“乡村的沦陷”——自然村落与伦理村落的消失，让人感叹“人心不古，世风日下”。福柯的话语理论总结出现代社会运作的通行方式：“起源于三个宽阔的领域：控制事物的关系，对他者产生作用的关系，与自己的关系。这并不意味着三者中的任何一组对其他都是完全无关的……但是我们有三个特殊的轴心：知识轴心、权力轴心和伦理轴心，有必要分析它们之间相互作用的关系。”[1]乡土诗从写作到传播的运作仍然具有这样的通行方式，有知识轴心、权力轴心和伦理轴心，是三者相互作用的结果，乡土诗主要是文学轴心与伦理轴心相互作用的产物。乡土诗作品承载着诗人的诗歌理想和道德诉求，呈现出现实的伦理与想象的伦理、保守的伦理与激进的伦理等多种伦理形态，乡土诗人常常在社会生活中扮演乡村的道德守望者角色。

2000年，罗振亚总结出20世纪前半叶新诗中的乡土诗的创作特点及弱点：“乡土诗是指乡土人写的诗，还是指写乡土的诗，抑或指乡土人写乡土的诗？迄今仍无定论。我们以为无需在这歧义丛生的称谓问题上纠缠，凡是以乡为方圆、以土为特色的诗皆可称为乡土诗。按这一标准去考察中国诗歌史就会发现：乡土诗不仅源远流长，而且阵营壮观，诗骚以降的陶渊明、孟浩然、王维、李白、苏轼、杨万里等大家无不做过出色的乡土歌唱；即便只是三十年的现代诗沃野上，也耸立着一条迷人的风景线，康白情、艾青、臧克家、苏金伞、吕剑等营构的首首情文浑然之作，如秋野里束束成熟的稻谷，散发着夺人的馨香，以往因诗学观念偏狭，我们实在太小视了它。……徜徉于现代乡土诗中，扑面而来的是满溢泥土气的农事以及与农村相关的场景事态，如睹幅

[1] John McGowan. Postmodernism and Critics. New York: Cornell University Press, 1991. p. 134.

幅返朴归真的水彩风俗画。鲜活的意象、质朴的情调、十足的地方风味，在众多篇什的散点透视中，全方位地辐射状延伸，无疑创造了一种独特的民俗学价值。它的生命魅力在于以对乡村命运与农民情感旋律的切入，逼近农耕文化实质，使地域性组合意象事态中容纳着乡土心灵的渴望与吁求。……乡土抒情群落成分基本为侨寓都市的'农民浪子'或乡村'过客'，他们的以怀恋沉迷乡土慰藉心灵、对抗都市喧嚣异化的特质，与从乡土外超功利观照乡土的审美视角遇合，促使他们无意中理想化了乡土，表现乡土的清静闲适、农民的优美品性、生命强力以及对乡土的礼赞怀恋，甚至有时宽宥了乡村固有的缺憾。"〔1〕"现代乡土诗创作也留下了许多无法逆转的缺憾。如内视点的诗歌一味向大众化民族化及乡土拓进，难免限制了诗人抒情个性伸展，多元风格的形成与新诗现代化的正值生长；其实乡土与现代性决非水火难容的两极，卞之琳的《尺八》、艾青的《手推车》等使其得到了理想结合，可惜这样的诗只是凤毛麟角。'愈是民族的，愈是世界的'理论过度强调，导致大量乡土诗只能做匍匐乡土之'兽'，而无法盘翔为入乎乡土以超乎乡土的'鹰'，少现代意识与哲学意识烛照，少言理而多宣情，探究乡土本质——人之存在的作品寥寥可数，这样就削弱了艺术的深厚冲击力；其实乡土生活中并不乏哲理内涵的因子，《三代》对人与土地关系所形成的命运旋律思考就是明证。不少乡土诗只是农民恋土意识的翻版，或只陶醉于传统的清新梦幻里，流露出优越的本土观念，这样就偏离了现代乡土古朴而悲凉的灵魂内核，优美乐观得令人难以置信，因为真正的人间烟火是残酷与优美的交错。另外大量诗作手法陈旧想象泥实，对通感、变形与象征等现代艺术手段借鉴不够……"〔2〕

半个多世纪过去了，写乡土诗的诗人成分发生了较大变化，既有侨寓都市的"农民浪子"，如城市里的"农民工"，还有从乡村移居都市的"新城市人"，也有去乡村自费旅游住在"农家乐"和受"作家协会"等组织安排去"地方挂职"的"伪乡下人"。世纪之交的乡土诗写作仍然存在 20 世纪上半叶的现代乡土诗写作的主要弱点：内容上过分美化乡村，形式上和技法上过分传统，即在写什么上缺乏现代意识和现代精神，在怎么写上缺乏现代文体和现代技巧。有些乡土诗人还以"生存"或"地域"为借口，极端重视现实主义，坚决抵制现代主义。2015 年 7 月 15 日，83 岁的高平在兰州家中接受王珂的采访时

〔1〕 罗振亚：《中国现代乡土诗凝视》，《淮北煤炭师范学院学报》2000 年第 1 期，第 8 页。
〔2〕 罗振亚：《中国现代乡土诗凝视》，《淮北煤炭师范学院学报》2000 年第 1 期，第 10 页。

也说出了与罗振亚相同的观点:“诗人写生养自己的土地无可厚非,但是不能过分迷信地域写作,那句名言‘越是民族的越是世界的’害了很多诗人,导致他们过分迷信‘越是地方的就越是全国的’。甘肃诗坛的一大问题是诗人如何开放自己,走出地域诗歌的限制。”[1]高平写了一辈子的诗,在上个世纪90年代担任甘肃省作协主席十年,非常熟悉甘肃诗坛,这段话实际上是对甘肃的乡土诗人的“忠告”。

由于在诗歌创作、伦理规范、经济运动、政治改革、文化建设等多个方面,近年中国乡土诗人几乎都处在“城(现代)乡(传统)结合部”状态,所以在乡村伦理建设上,身为“乡村文人”的乡土诗人扮演着旧伦理的维护者、新伦理的开创者等多种角色,有时候是旧文明的代言人,有时候是新文明的倡导者,在更多时候是处在传统与现代的对抗而不是和解中,“卫道士”的身份常常多于“革命者”的身份,因此乡土诗创作缺乏世界现代诗的现代精神和中国新诗的时代意识,受到了现代读者的抵制。这是乡土诗在农耕文明为主的中国却无法繁荣的重要原因。

乡土诗在上个世纪80年代初中期比较受重视,《诗刊》有意识地倡导过乡土诗,推出了梅绍静等著名的乡土诗人。乡土诗也受到民间的重视,1987年江堤、彭国梁、陈惠芳等湖南诗人还发起了“新乡土诗派”,提出了“新乡土”概念,主张乡土诗创作要试图处理好城市与乡村的矛盾,要采用现代艺术精神和现代艺术手法。陈所巨、华万里等都写出了一些优秀诗歌,如《星星》诗刊在1986年一次性发表了重庆诗人华万里写“红土地”的诗数十首,在全国造成了巨大影响。1986年成立了“中国乡土诗人协会”,这个协会出版了《世纪末的田园》《家园守望者》《新乡土诗派作品选》等乡土诗作品集,还创办了会刊《中国乡土诗人》,先后由国际炎黄文化出版社和武汉出版社出版,臧克家、李瑛、苗得雨、刘章、张永健等先后担任主编,编委包括王燕生、木斧、阿红、吴开晋等数十名知名诗人。这个刊物还在出版,已出版了60多期,发表了大量乡土诗,为乡土诗的发展作出了巨大贡献。但是随着中国改革开放的深入,城市化进程的加速,城市诗的迅速崛起,这个刊物在诗界的影响越来越小,近年没有推出一位有影响的乡土诗人,更没有产生有影响的乡土诗作品,更没有刊发在新诗理论界有较大反响的研究乡土诗的理论文章。大势所趋,“中国乡土诗人协会”及《中国乡土诗人》在诗坛与读者中的影响力减弱,与整

〔1〕 王珂采访高平录音,未刊稿。

个乡土诗不受重视有关。新诗理论界有数十位新诗理论家,没有一位专门致力于乡土诗研究;新诗创作界也没有一位诗人像80年代那样公开打出“乡土诗人”或“新乡土诗人”的旗号,没有一位诗人的乡土诗创作产生了全国性的影响。

世纪之交是中国政治、经济和文化大转型时期,极左的、左的、极右的、右的、激进的、保守的、现代的、封建的等各种思潮蜂拥而来,甚至还出现新旧思潮此起彼伏、各领风骚三两天的局面。社会伦理和大众道德的观念也随之变迁,有人感叹“人心不古”,旧伦理在崩溃;有人主张“核心价值观”,新道德在建立。“和一切艺术家一样,每个诗人都有其所属的社会背景,甚至更代表了不同的意识或价值。”〔1〕文学作品成了时代伦理变迁的晴雨计,作家成了社会道德重建的急先锋。近年中国受到经济全球化和政治一体化的巨大影响,中国乡村更是受到城市化大潮的无情冲击,无数村落消失,城市出现了大量的城中村,农村出现村庄空壳化和家庭空巢化,大量农民进城务工,青壮劳力大量流失,只有“993861部队”留守。这个“部队代号”来自九九重阳节、三八妇女节和六一儿童节,形象地说明了当前农村只剩下了老人、妇女和儿童。尽管近年政府大力倡导“新农村建设”,也取得了较大的成就,但是不可讳言,今日农村,尤其是在西部、内地等经济条件相对落后的乡村,正呈现前所未有的萧条。

文体学家斯皮泽认为文体研究可以梳理出作者的自我意识、社会的集体意识及民族思想文化的流变历史,因此历史/文化文体学受到重视,文学生态及文学功能研究成为文体学研究的两大热点,两者都可以通过考察文体的复杂结构来呈现社会的复杂结构,尤其是社会政治生活和文化习俗的形态,揭示出伦理的变迁和道德的取向。如果仔细辨析文学与人学、文学与伦理学的复杂关系,从体裁学和题材学角度研究某种文体,不难发现这种文体写作的意识形态性及伦理性,作家的文学思想中含有丰富的伦理思想,尤其是在直接关注社会生活的文学创作中,特别是在那些采用现实主义手法创作出来的文学作品中,可以清楚地考察出作者的伦理观和社会的道德观,从诗歌运动及文学思潮呈现出伦理运动及社会思潮。

中国近年的乡土诗就是这样一种文体。“人的突出特征,人与众不同的

〔1〕 余光中:《种瓜得瓜,请尝甘苦——读詹澈的两本诗集》,詹澈:《詹澈诗选》,台海出版社,2005年,第339-340页。

标志，既不是他的形而上学本性，也不是他的物理本性，而是人的劳作。正是这种劳作，正是这种人类活动的体系，规定和划定了'人性'的圆周。……因此，一种'人的哲学'一定是这样一种哲学：它能使我们洞见这些人类活动各自的基本结构，同时又能使我们把这些活动理解为一个有机整体。"[1]通过考察乡土诗，可以洞见人类活动的各自的基本结构，尤其是伦理道德的基本结构。如果采用现代性理论与功能文体学理论，在现代性视野下考察乡土诗，把它视为一种现代性文体，透析出乡土诗的写作伦理，揭示乡土诗呈现的当下中国乡村的伦理变迁和道德取向，反思乡土诗在打造现代中国乡村人及建设现代中国乡村方面的经验和教训，不难发现乡土诗创作还有很多需要改进的地方，很多乡土诗人的伦理观还需要调整，他们的道德观还需要更新。他们更应该成为乡村中的现代人，他们完全可以通过乡土诗创作，提供构建富有现代意义的伦理道德的策略和方法，为中国新诗、中国公民及中国国家的现代性建设作出更大的贡献。

乡土诗继承了中国古典诗歌和现代诗歌重视诗的社会功能及诗的严肃性的传统。"帝曰：夔！命女典乐，教胄子：直而温，宽而栗，刚而无虐，简而无傲。诗言志，歌永言，声依永，律和声。八音克谐，无相夺伦，神人以和。夔曰：於！予击石拊石，百兽率舞。"[2]"诗者，志之所之也，在心为志，发言为诗。情动于中而形于言，言之不足故嗟叹之，嗟叹之不足故永歌之，永歌之不足，不知手之舞之，足之蹈之也。"[3]"诗言志"说和"兴观群怨"说成为古代汉诗创作的金科玉律，在"诗言志"说的强大压制下，"诗缘情"强调的也并非是自然性情感，而是伦理化情感。所以刘勰提出了让诗人的自然情感社会化和伦理化的创作手法："人禀七情，应物斯感，感物吟志，莫非自然。"[4]今日很多乡土诗人采用的正是"感物吟志"的创作方式，选取乡村的某种物象，寄情于物，寄情于景，托物言志。这种"伦理化"写作方式通常把自然情感"升华"成了社会情感，甚至把生物性情感"纯洁"成了"心理性情感"甚至"道德情感"。所以在乡土诗中很少见到城市诗中的"情色诗"和"颓废诗"，乡土诗人更重视"思无邪""止乎礼义"的诗教传统。

很多诗人都是因为对乡村现代化的焦虑而写作，反思现代性的得失后产

---

[1] [德]恩斯特·卡西尔：《人论》，甘阳译，上海译文出版社，1985年，第87页。
[2] 《尚书·尧典》，郭绍虞：《中国历代文论选》，上海古籍出版社，1979年，第1页。
[3] 《毛诗序》，郭绍虞：《中国历代文论选》，上海古籍出版社，1979年，第30页。
[4] [梁]刘勰：《文心雕龙·明诗》，周振甫：《文心雕龙今译》，中华书局，1998年，第56页。

生了不满。生于农村的白麟长期在陕西太白县文化馆工作，后来成为《宝鸡日报》的记者，记者职业带来的新闻敏感使他更有能力和条件反思中国乡土社会在现代化进程中的复杂命运，他写了《麦熟季节》《吉祥村庄》等乡土诗。他的眼中的乡村现状如他的组诗《边缘地带》中的《寂寞村庄》所用的题目所言，乡村是"寂寞"的，处在"边缘地带"。尽管乡村新一代进城打工，却没有成为城市人，始终是"边缘人"。《寂寞村庄》全诗如下："村里的姑娘小伙儿一进城/全都泥牛入海/打工哪有那么简单呢/被骗的血汗钱处女膜/让小老乡们破罐子破摔/决心与城市背水一战//留守村庄的/就剩了些老弱病残/他们靠房租过上小康/那些流亡的艺术家同居的大学生/造假的黑窝点拾破烂的河南担/还有小偷逃犯暗娼什么的/像见了腥的蝇群那阵势/似乎要将整个村庄围歼//陌生人多起来/村子也就生分了/大白天的有人竟在路边撒尿/有人敢在村口操刀撒野/最讨厌的是那些/不知从哪里来的丐帮/成天追着在这只停两分钟的火车//跟这些年撂荒的耕地一样/村庄成了个日渐荒芜的渡口/偶尔把几个暴发户/风风光光送进城去//村庄的寂寞/或许只有路边的地磅知道/整车整车的肉菜油煤/从这里运进城市/吐出来的就是这些/堆满废料的垃圾场/大风一吹/村子就全身挂彩"。

很多优秀的乡土诗都出自像白麟这样的生于乡村却在城市工作的记者之手，早年的乡村生活经历使他们对乡村有种天然的认同感和亲近感，后来在城市的生活又使他们产生了空间感。"从各方面看，我确信：我们时代的焦虑与空间有着根本的关系，比之与时间的关系更甚。时间对我们而言，可能只是许多个元素散步在空间中的不同分配运作之一。"〔1〕"而当今的时代或许应是空间的纪元。"〔2〕错位的空间使他们更有能力去反思今日中国城乡的巨大差异，尤其是城市文明与乡村文明的差异，让他们产生严重的"时代的焦虑"，这种焦虑让他们产生更严重的乡愁。

"思乡病是一种忧郁的情感。一个人之所以体验到思乡病，是因为他住在远离他所说的'家'的地方。如果一个人仅仅是住在那个他所熟悉的地方，而不是在这个陌生的、相异的世界，他将会充满快乐和幸福。如果一个人感到待在家里不舒服，这也是一种忧郁的情感。他之所以不舒服，是因为在遥

---

〔1〕［法］福柯：《不同空间的正文与上下文》，包亚明：《后现代性与地理学的政治》，上海教育出版社，2001年，第20页。

〔2〕［法］福柯：《不同空间的正文与上下文》，包亚明：《后现代性与地理学的政治》，上海教育出版社，2001年，第20页。

远的、不熟悉的、未经探索的地方有着快乐和幸福的希望。在这两种情形中，人们都感到一种缺乏，一种内在的空虚；失去了某种东西——失去了最重要的东西，生活变得空虚。”[1]这种背井离乡产生的浓浓乡愁，让他们故土难忘，更愿意写乡土诗，即使在写城市诗时，也会不由自主地关注来自乡村的人和事。如生活在福州的新华社记者谢宜兴在灯红酒绿的生活中遇到了进城挣钱的乡村女孩，便关注起这个特殊群体的命运，写了《我一眼就认出那些葡萄》。全诗如下：“我一眼就认出那些葡萄/那些甜得就要胀裂的乳房/水晶一样荡漾在乡村枝头//在城市的夜幕下剥去薄薄的/羞涩，体内清凛凛的甘/转眼就流出了深红的血色//城市最低级的作坊囤积了/乡村最抢眼的骄傲有如/薄胎的瓷器在悬崖边上拥挤//青春的灯盏你要放慢脚步/是谁这样一遍遍提醒/我听见了这声音里的众多声音//但我不敢肯定在被榨干甜蜜/改名干红之后，这含泪的火/是不是也感到内心的黯淡”。这首诗也被称为优秀的城市诗，实际上写的是乡村在城市化和商业化为代表的现代化进程中的命运，中国的现代化有可能是以牺牲乡村为代价的。改革开放后，在曾以有贞节牌坊为自豪的乡村，一些旧伦理被动摇，拜金主义思潮盛行，甚至出现了“笑贫不笑娼”的说法，一些乡村女孩进城后为了生存不得不选择色情职业，有的甚至自甘堕落。这首诗是这些伦理变迁的深刻又无奈的反思。

谢宜兴发表于《东南快报》9 月 24 日第 34 版的《让诗歌记住乡愁》说出了今日很多生活在城市的诗人有浓郁的“乡愁”，写作乡土诗的原因：“‘日暮乡关何处是，烟波江上使人愁。’每次读到这两句诗，那种乡关何处的犹豫与彷徨，那份烟波茫茫无枝可栖的愁绪，便从诗中悄然移植心上，勾起浓浓的乡愁。那时才知道，乡愁并非去国、离乡者所独有。……我问自己：何地称本土？何处是家乡？出生于闽东乡间，我在乡村度过了童年与大部分少年时光。中学时离乡求学，自此后与出生地渐行渐远。乡村岁月里感受到的贫穷、饥饿、苦难、无助，那份最初的乡愁，后来都化作诗歌，成了流淌于我诗歌中的‘苦水河’。那‘河水’叫我明白：每一首诗歌都有自己的来路，每个人的诗歌都有自己的故乡。当然，诗歌中的‘故乡’未必就是诗人的出生、成长地，就像我的家乡可没有一条对应我诗歌中的“苦水河”。我说过，对于一个诗人而言，其出生、成长的环境以及这环境在诗人内心生成的‘作用力’，在作品中的折射与蔓延，是一个诗人作品中永远抹不掉的‘文化胎记’。若干年后，当

〔1〕［匈］阿格尼丝·赫勒：《现代性理论》，李瑞华译，商务印书馆，2005 年，第 268 页。

我再次返乡时，我已见不到家乡海岸边成排的古榕树和黑色波浪般的老瓦屋，富裕起来的村庄到处是垃圾，新建的水泥房屋杂乱无章，淳朴的民风也日渐崩坍，有关家乡古风、诗意的记忆底片遭遇现实无情的颠覆，我的痛心可想而知。曾经的乡愁这时以另一种苦涩涌上心头。我恍悟，诗人的故乡永远是一半在记忆里，一半在想象中。唯二者融合才是诗人的心灵家园或者说精神故乡。如今，出生地是回不去了，而心灵家园或精神故乡又该安放何处？身在城市，哪怕只要求'望得见山、看得见水、记得住乡愁'也已是奢侈。只有诗歌，永远是一个诗人的安身立命之所。也只有诗歌，可以教我们拒绝遗忘，带我们返回童年，让我们记住乡愁！"[1]

工业化和城市化可以毁灭地理上的乡村，却不能剥夺心理上的乡村。写作乡土诗的过程是诗人文化还乡和伦理还乡的过程，可以通过抒发乡愁还原诗人心理上的乡村，是诗人拒绝遗忘寻找家园的有效手段。如在电视台工作，生活在浙江湖州的李浔笔下的乡村风土人情十分优美。他 2010 年 1 月 16 日写了《家乡的女人》："喜欢水的女人总是无辜/走在沼泽喜欢的地方/远处没有要等的男人/没有山只有低头吃草的光景//有水的地方可以捏一些泥巴/重塑心目中的人可以/让宁静的村庄不再宁静/让后院的枫杨树哗哗作响//灶沿上擦得干干净净/火在灶膛更在心里/把等待烧得沸热又有好看的热气/喜欢水的女人总是干净/连寂寞也这样干干净净"。2012 年 11 月 3 日写了《素》："这些日子他和自己的影子较劲/比谁坐得正比谁更不会说大红大绿的话/他很瘦梦是瘦的回家的路是瘦的/那株已经不会开花的老树也是瘦的/树下没人乘凉只有/那只飞不远的鸟还在腼腆地唱着//回家沿着这条回乡路/他把路走得越来越细/生怕会踩着了路边的野菜/是的离乡越近青菜越绿/现在终于见到了乡下的月光了/他开始清白他更相信/明天会有一个小白菜一样清爽的早晨"。两首诗都写于他的不惑之年，江浙一带是中国现代化进程较快的地区，即使在湖州有南浔古镇，也因为旅游开发失去了当年乡村的静谧与闲适。他笔下的乡村是想象的乡村，乡村的诗意是他的诗笔复原的。所以他的诗歌写作的理想方法是："把诗写得冷静，回到内心，把诗写得凝练，回到诗的本质，把诗写得实在，让诗回到良心。轻松写诗，随心所欲写诗，把诗写得轻松，把诗写得干净，把诗写得清爽，回到诗经时代。"[2]"诗经

---

〔1〕 谢宜兴：《让诗歌记住乡愁》，《东南快报》，2015 年 9 月 24 日第 34 版。http://blog,sina,com,cn/s/blog_484c787d0102v82o,html.

〔2〕 李浔：《五年：李浔自选诗二十首》，http://blog,sina,com,cn/u/1280116182.

时代”才是真正的乡村时代。

乡土诗的创作繁荣往往与地区的经济富裕成反比，甘肃是经济落后地区，在各个省区中却是乡土诗最繁荣的地区。很多甘肃诗人都如通渭县第一中学的历史老师牛昌庆的《一支牡丹留下的比喻》所言：“一支牡丹一颗倦怠的头颅/安放在覆尘的书桌/寒凉的季节我以胸中的热气/轻轻呵开她紧闭的心灵/这近似幻象的美丽/像一双经年默视的愁目/牡丹你住在寒伧的小屋/就像我穷愁的手中高洁的诗歌/凋落的花瓣就像一声声惊心的啜泣/就像咯血的散乱的纸页/我茫然中写下的惜悼的文字/在长夜的风中凝成了不散的泪珠”。在甘肃每个地区，甚至每个县都有自己的乡土诗人，如西和县有十多位诗人写乡土诗，陇上犁是乡村警察，河苇岸是县中学的老师，波眠是文化局的干部，都写了几十年的乡土诗，波眠甚至还被称为“乡村之子”。2010 年 10 月 30 日，波眠接受孙文涛的采访时说：“我是个乡下人，走的地方不多，眼界不开，我不知道另外的世界是否好一些？但我在诗歌中表达的忧郁和焦灼是真实的，也许这是一个认识和视野的问题，在一次我的诗集发行会上，陇南诗人毛树林也表达了类似的问题，但是我不是一个思辨的诗人，我只相信我的眼睛，我所在的县城二十年前有一条穿城而过的能听得见涛声的漾水河，现在县城内盖了差不多到处都能看得见的白楼。这个 GDP 再高，那个官员再有‘政绩’，我想也是没有办法的。发展没错，但现实中有序发展的官员较少，都不惜一切代价搞‘政绩’，‘政绩’是什么，就是官位地位。”[1]他的《写给一位乡长》曾在诗坛产生了较大影响。全诗如下：“在交给你的一片庄稼中/要看清恶草背后的势力/正确使用你手中的锄/待谷禾以土的温暖/待秧苗以水的潮润/关注百姓门外的泥沙/关注牛羊干渴的嘴唇/让池塘的蝌蚪安闲退掉尾巴/让多嘴的麻雀享有吵闹的自由//像一块秤砣/敢把一车草说轻”。诗人于贵峰曾为甘肃诗歌的地方性和民间性，尤其是乡土性辩护：“相对来说，甘肃还是农耕为主。更多的诗歌写作者，聚居于一个个村庄和小镇、县城，他们的生活就在此，他们的写作也必然落脚在此，其中大多数的写作者，都写到了社会变革带来的农村生活方式的变化，以及这种变化带给人内心的巨大落差和影响，是的，那些曾经在他们心中留下美好记忆的事物渐次或突然间一夜消失，失落、痛苦是必然的；他们直面这种痛苦并表达出来，这本身就是一种

〔1〕 孙文涛：《现代乡村诗、道德与土地——波眠访谈》，http://blog，sina，comcn/s/blog_5e384c8b0100ok8f，html.

现代化的反思意识。这种正在被诟病的'乡土诗'写作中，还有一种对美好事物表露出的留念，这难道不行吗？不要说是基于童年的记忆，就是现在，于日常生活压力不断增大、人性之恶泛滥的情况下，质朴的人性，淳厚的民风，恬静的生活，难道不正表示着一种自我精神的回归？那些好的传统，比如诗歌中的人性之善、自然之美，都不应该呈现和继承？这里面，值得警惕的，是我们要确实判断，对美好事物的渴望，只是一种姿态，还是真实的；我们原本就是如此，还是由于'写作'意识太强以致具有个人表演性质。真诚和真实，依然是准则。"[1]

"失去的才是美好的，何况乡村本身就是美好的，更何况这种失去是被迫的，并不是正常的现代化建设，而是类似原始资本主义积累时期才有的'掠夺式开发'的结果，当然会让诗人们以乡村守护神和村民代言人的身份，痛心疾首地抨击时政，甚至会用诗笔放大乡村在城市化、工业化和商业化进程中的种种问题。"[2]这类诗人常常对现代化有偏见，甚至带着复仇心理写乡土诗，对工业化、商业化和城市化的仇视心态使他们会极端地渲染乡村的古朴和纯真，抵制现代文明对乡村的侵蚀。"很多从乡村进入城市的诗人在工业化、城市化为代表的现代化大潮中都出现困惑与无助。他们是'两栖人'，常常是身在城市心在农村。乡村文明在他们身上打下了深深的烙印，城市文明又带给了他们无情的冲击。由于无法明确自己是城市人还是农村人，他们的创作总是游移在城市诗与乡土诗之间，身份的合法性危机导致了诗歌的合法性危机，身份的混乱更导致了创作的混乱，乡村文明使他们保守，城市文明使他们激进，他们始终是在非常态的生态中写诗，很难以现代人的身份写出名副其实的现代诗。尤其当他们目睹到乡村文明被商业文明和工业文明无情破坏时，他们总是为失去的家园悲哀，不由自主地悲歌一曲。"[3]这种农村人与城市人的两种身份纠缠不清的人生状态导致了乡土诗创作的非理性，这种非理性不利于通过乡土诗来构建乡村新伦理，尤其不利于通过重视诗歌精神重建的启蒙现代性建设和重视诗体重建的审美现代性建设，来完成现代伦理的精神重建和现代道德的秩序重建。

同为乡村，中国各地的经济社会发展极不平衡，东部沿海的现代化程度

---

〔1〕 于贵峰：《甘肃诗事：真实而温暖》，西北师范大学文学院、兰州敦煌诗歌研究会、甘肃省社会科学院文化研究所：《敦煌》，2014年卷，内蒙古人民出版社，2014年，第172页。

〔2〕 王珂：《新诗现代性建设研究》，东南大学出版社，2015年，第380页。

〔3〕 王珂：《新诗现代性建设研究》，东南大学出版社，2015年，第379页。

远远比西部内陆高，在东部发达地区，如珠江三角洲和长江三角洲，甚至出现了城乡一体的局面，有的乡村甚至比城市还富裕，如江苏的华西村。但是来自落后地区的诗人无法融入城市生活，一些来自发达地区的诗人在城市生活多年也无力写城市诗。福建诗人杨雪帆总结说："我对南日岛的审视和思考就用了30年。现在，我才慢慢理解了那块土地，知道了它的悲痛和喜悦。城市生活是我不爱写的一种题材。这些人中，巫小茶的城市生活写得比较好，她是个纯粹的城里人。其他人写乡下比写城市来得好。一个人的写作总是打上了他的出生地、他的童年的深深烙印，可以说，一个人的地理原乡往往就是他的精神原乡。"[1]绝大部分中国诗人都不是"纯粹的城里人"，如果过分强调"一个人的地理原乡往往就是他的精神原乡"，这里的"原乡"就如同经济生活中的"原罪"，会严重影响以后的生活及发展。遗憾的是很多诗人却以此为荣。2015年6月27日，琼吉在拉萨宾馆召开的《诗歌的空间和地方性》研讨会上强调民族性和地域性："作为一名藏族本土诗人，我自己在诗歌创作中一直坚持，我可以用一句话概括：究其不离本。"[2]陈人杰也强调诗人生活环境及生存空间的改变并不能改变诗人的写作习惯及写作对象："江非到海南，郑小琼到广东，还有雷平阳的云南大理等等，严格地说他们写的不是地域性，而是他们熟悉的生活，是他们生命里面流淌出来的东西。我根本没有离开我的家乡，西藏本来就是我的家，是我血液里流淌的东西，是流淌并倾注着我生命的空间，是从心里不断挖掘并扩大的空间。"[3]

"徐泽是江苏海安人，是从乡村走向城市的诗人。新的生活，如都市、机器、霓虹、舞厅、酒杯，都以奇异的目光，向他发出诱惑，他也为新生活唱出许多豪迈的、热忱的歌；并曾以多少有些新奇或怪异的形式，试探着为新的场景歌唱：'夏天吊死在椅子上'、'椅子在跳舞'；但这些声音多少有些陌生，也有些胆怯和干涩。因为在他的灵魂里，回响着一种执着的声音，却是来自故乡，来自远离的田园。这是他永生不能忘记的歌，是刻进灵魂里的歌。"[4]雷抒

---

〔1〕 杨雪帆：《独木成林与集体命名：杨雪帆、黎晗对话"莆田诗群"——关于莆田诗歌群体的一次对话》，http://blog，tianya，cn/blogger/post_read，asp? BlogID＝314211&postID＝22156569.

〔2〕 耿占春、罗振亚、霍俊明等：《诗歌的空间和地方性》，《扬子江诗刊》2015年第5期，第83页。

〔3〕 耿占春、罗振亚、霍俊明等：《诗歌的空间和地方性》，《扬子江诗刊》2015年第5期，第89页。

〔4〕 雷抒雁：《梦在田园》，徐泽：《徐泽诗选》，大众文艺出版社，2010年，第1页。

雁总结出的“徐泽现象”是今日诗坛的普遍现象，正是因为今日中国诗坛有大量徐泽这样的诗人，有很多雷抒雁这样的过分倡导写田园牧歌的新诗“官员”，才会严重缺乏现代乡土诗和现代城市诗。雷抒雁曾任中国诗歌学会会长、鲁迅文学院常务副院长和《诗刊》副主编，还任过中国作家协会第五、六、七届全委会委员。雷抒雁1942年出生于陕西泾阳，1967年毕业于西北大学中文系，后来一直在北京工作生活。他不是纯粹的城市人，又有诗歌官员身份，所以对乡村情有独钟，极端重视现实主义诗歌，强调主题先行式的“体验生活”型写作。2014年11月1日，在北京香山饭店举行的“如何现代，怎样新诗——中国诗歌现代性问题学术研讨会”上，80年代朦胧诗的重要理论家钟文感叹说，现代诗的创始人波德莱尔的阳光还没有普照到中国新诗的大地上。这个结论是尖锐而深刻的，当今诗坛，乡土诗有过多的粉饰太平的“田园性”，城市诗有过多的自我逃避的“乡土性”，当然会导致整个新诗的“现代性”减弱。

10年前谢冕就认为乡土诗无法适应现代生活。“乡土显然已经不足以描述我们这个时代的特点，同样，民间性也不足以描述我们这个社会的特点，本土和传统仅是需要转化的潜能。”[1]他甚至不愿意读“乡土诗”或“新乡土诗”。他说：“感谢《诗刊》给我一个机会会见姚学礼，并品读他的诗歌。对于姚学礼，我以前知道他的名字，却没有认真读他的诗。为什么呢？一个是因为他作品多半发表在海外，也见不到他的诗集。还有一个原因就是，许多发表他的诗都将他标为新乡土诗或乡土诗。这个定义把我和他拉开了距离。因为在我印象中我总认为乡土诗是那种比较直接写乡村生活，表现乡村一种生活场景很具体亦难免琐屑的一类诗。另外一个原因是多半的乡土诗都是很传统，都是五言、七言体的歌谣式的东西。所以从心底里有些距离。但是一读他的诗，我发现错了，姚学礼的诗完全不是那种类型。我建议以后尽量避开新乡土诗这个概念。用陇东乡土诗人称他，是定位不准的，姚学礼应是充分表现了西部生活的现代诗人。从‘五四’运动以来的乡土诗的发展是极其缓慢的，它总是带着牧歌式的浪漫和激情在原地徘徊。乡土诗作为一种取向，应该寻求新的发展，不应只是一条窄小模式和路子，它不能只在古典诗歌和民歌的基础上求发展，应该和所有的新诗一样，要在大众化、民族化和向民歌学习的基础上而勇敢、敏锐和创造性地与中国古典文学传统和‘五四’新文

〔1〕 谢冕：《认识姚学礼》，《诗刊》，上半月刊，2005年第9期，第61页。

学传统进行对接，以新的生存状态参与世界新诗。……姚学礼的诗我认为很有新意。他真实地表现了西北乡村的生活和情感，有着非常深厚的黄土地上农民的生活场景和诗人对大地主人的一种关怀。他的诗不仅是乡土的，而且是古典的，也是现代的；古典、乡土、现代，这些质素在他的诗中得到自自然然的融合。……我非常注意诗人和他的土地的关系。我认为海子，他最根本的一点是他的'麦地情怀'。姚学礼同样有着'大地情怀'，但他不是表现麦地。我非常注意姚学礼和他的生活本来样子的联系，姚学礼有非常深厚的古典文学的根基，他读了很多书，很多典籍，他是一个学者型的诗人，仅仅说他有乡村生活是不够的。由此我想到现在一些年轻诗人，很聪明很有才情，但缺乏与土地的联系，缺乏和他生活的本来样子的联系。缺少与大高原，大湖泊，大平原，这样一些与大中国绵延不断的土地的联系。另一个缺陷是他们对中国传统文化了解很少，这往往使他们从一个概念出发敷衍成诗，读了不动人。"[1]这段话代表了新诗理论家，尤其是学院派理论家对乡土诗的强烈"不满"。如果比较谢冕和于贵峰的话，不难发现"民间理论家"与"学院理论家"对乡土诗的文体价值的判定结果大相径庭。

"艺术品是将情感（指广义的情感，亦即人所能感受到的一切）呈现出来供人欣赏的，是由情感转化成的可见的或可听的形式。它是运用符号的方式或是一种诉诸推理能力的东西，而不是一种症兆性的东西。艺术形式与我们的感觉、理智和情感生活所具有的动态形式是同构的形式，正如亨利·詹姆斯所说的，艺术品就是'情感生活'在空间、时间或诗中的投影，因此，艺术品也就是情感的形式或是能够将内在情感系统地呈现出来以供我们识认的形式。"[2]乡土诗写作是文学轴心与伦理轴心相互作用的结果，生活在乡土的诗人的"在场写作"写的常常是传统的"素朴的诗"，呈现的通常是现实的真实与现实的道德；生活在都市的诗人的"离场写作"写的常常是现代的"感伤的诗"，呈现的通常是想象的真实与想象的道德。

艺术具有自主性，诗作为一种抒情文体，更强调诗人的主体性，乡土诗的"祖宗"是中国古代田园诗，更具有强烈的独立性，常常与政治生活中的"诗教"传统格格不入，是中国古代文人逃避政治的艺术方式。"故人具鸡黍，邀我至田家。绿树村边合，青山郭外斜。开轩面场圃，把酒话桑麻。待到重阳

〔1〕 谢冕：《认识姚学礼》，《诗刊》，上半月刊，2005年第9期，第60－61页。

〔2〕 [美]苏珊·朗格：《艺术问题》，滕守尧、朱疆源译，中国社会科学出版社，1980年，第24页。

日，还来就菊花。”无论采取怎样的“泛意识形态化”解读方式，都不可能从孟浩然的这首《过故人庄》里读出“政治性”和“伦理性”。“政治生活并不就是公共的人类存在的唯一形式。在人类历史中，国家的现有形式乃是文明进程中一个较晚的产物。早在人发现国家这种社会组织形式之前，人就已经作过其它一些尝试去组织他的情感、愿望和思想。这样一些组织化和系统化的工作包含在语言、神话、宗教以及艺术之中。如果我们想要发展人的理论，就必须采纳这种更为宽广的基础。国家无论怎样重要，并不是一切。它不可能表达或囊括人的所有其它活动。诚然，这些活动在其历史进展中是与国家的发展密切相关的，在许多方面它们是依赖于政治生活的形式的。但是，尽管它们并不具有独立的历史存在，却仍然具有它们自己的目的和价值。”[1]诗歌生态决定诗歌功能，诗歌功能决定诗歌文体。近年很多乡村都出现了环境污染，水土流失，人员外出，土地抛荒，道德沦丧，文明缺失……在今天这样的乡村生态下，乡土诗人不可能远离尘嚣，不谙世事地继承古代汉诗的田园诗或山水诗传统，很多人认为这样的不关注乡村命运的写作是不道德的。他们格外重视写作伦理，乡土诗的伦理性受到前所未有的重视。

“我们承担着介入到世界之中的政治责任，而这种介入不是通过沉默，而是通过真正地说出我们的生活经验，所以我们必须成为艺术家，成为歌唱我们生活和我们世界的艺术家。”[2]生活在太原市的山西诗人王立世的《向于坚和韩东致敬》说出了很多诗人身处边缘还要逆境求生，关注现实生活介入世界的写作理想及政治责任：“狗日的，这世界乱七八糟/诗人却不在乎边缘，不在乎卑微/甚至不在乎嘲笑和打压/秉持自己骨子里的高贵/在生活的低处自由抒情。”这种写作的力量来自于对乡村的眷恋与热爱，如他在《故乡之一》中说：“我不怕孤独，因为我越孤独，故乡离我越近”。《故乡之二》更是道出了那些生长于乡村，却在城市生活的“乡村游子”对乡村家园的依恋：“而今，故乡变成我的孩子，我把故乡天天背在背上”。《小麦如是说》发出了很多都市诗人找不到乡村家园的无奈喟叹，他写到麦子在“成熟的季节，告别了土地/被剥去皮，磨成面/搀进水，反复揉搓/今生，我不再是我自己”。我不再是我自己，乡村也不再是那个山清水秀、民风纯洁的素朴的乡村。尽管他在《怀乡篇》中强调乡村家园的重要性：“不只是一个热词，更不是一个虚幻之地，是

〔1〕［德］恩斯特·卡西尔：《人论》，甘阳译，上海译文出版社，1985年，第81-82页。
〔2〕［美］丹尼尔·托马斯·普里莫兹克：《梅洛-庞蒂》，关群德译，中华书局，2003年，第89页。

我生命的源头，更是我灵魂的归宿……若干年后，我要魂归故里。”但是他也清醒地意识到危机来临：“我只是担心，从小生活在城里的儿女，能否找到回家的路/在他们新版的词典里，有没有故乡的位置”。

很多由乡村移居城市的“乡村城市人”都有王立世这样的危机感。人往高处走，水往低处流，尽管城市生活比乡村生活更方便和更丰富，城市文明比乡村文明更现代和更实用。但是很多人迁居城市多年都没有找到归宿感，都没有真正融入城市。原因是中国人是世界上最具有“乡愁”的族群，“背井离乡”“落叶归根”“父母在不远游”等成语或俗语加重了中国人的乡愁感。如云鹤1942年4月生于菲律宾马尼拉，在菲律宾生长和接受教育，他的《野生植物》这样为“华侨”命名：“有叶/却没有茎//有茎/却没有根//有根/却没有泥土//那是一种野生植物/名字叫/华侨”。这首诗说明中国人具有根深蒂固的乡土意识和家国情怀。正是这样的乡土意识和家国情怀保证了中国伦理变迁的稳定性和道德取向的一元性，使中国诗人很容易写田园牧歌式的乡土诗，乡土诗的创作与阅读又强化了诗人的“乡土中国”伦理，让农耕意识挥之不去，乡土诗人成为现代化进程的阻碍者。这正是百年新诗史上缺少著名的乡土诗人的重要原因。新诗百年的历史与中国的现代化建设的历史同步，过去百年是中国高速现代化的百年，“现代”是社会发展的主旋律，所以有“现代中国”“现代新诗”“现代诗歌”等称谓，新诗一问世就成为推动中国现代化进程的重要文体，打造现代中国人的启蒙功能成为新诗的主要功能。“乡土中国”常常成为与“现代中国”对立的语汇，乡土诗常常成为与中国现代文明建设对立甚至对抗的保守文体。

乡土诗这种保守文体在新诗的现代性建设乃至中国人的现代性建设中也有积极的作用。很多诗人写乡土诗并不只是出于对乡土的热爱而敝帚自珍地“歌颂”，当“歌德派”，而是有深刻的反思和严厉的批判，当“缺德派”。王立世的危机感实质上是现代人，尤其是现代都市人的焦虑，这种焦虑来自时间，更来自空间。空间会使故乡在城市化大潮中出现物理性消失，在地图上没有了位置，时间更会让从小生活在城里的儿女们出现心理性遗忘。现代人“背井离乡”后真正成了“丧家之犬”，丢失的不仅是物理的家园，更是心理的家园和情感的家园，失去后者才是更可怕的事情。“在中国，被国家宗教所认可和控制的对祖宗的这种崇拜，被看成是人民可以有的唯一宗教。……中国是标准的祖先崇拜的国家，在那里我们可以研究祖先崇拜的一切基本特征和一切特殊含义。然而，那产生祖先崇拜的普遍宗教动机并不依赖于特殊的文化或社会条件，在完全不同的文化环境中我们都可以发现它们。"[1]王立世笔下的从小生活在城市的儿女越来越淡忘了祖先的重要性。过去百年，中国的祖先崇拜传统正在消失，主要受到了三次大的冲击，一是五四新文化运动的砸掉"孔家店"，二是文化大革命的"破四旧"，三是改革开放的城市化运动及资本运动。过去中国家庭普遍立有写有"天地君亲师位"六个大字的"香火"牌位，对"亲"的供奉就是祖先崇拜的具体形式。现在不仅城市家庭根本没有立这样的香火牌位，很多市民立的牌位供奉的不是祖先，而是财神，让人不得不感叹"资本"的力量及"金钱"的万能。在乡村，也很少有家庭设有供奉"天、地、君、亲、师"的"香火"牌位。王立世对故乡的眷恋，反映出现代都市人的现代伦理观深受中国传统的"落叶归根"等恋乡怀旧的伦理观的巨大影响。不能把这种伦理观视为保守，它也是今日中国现代性建设，包括乡村的现代性建设的重要资源，甚至可以说是"现代性的动力"。"现代性的动力首先是在一个拥有传统和固定信念的世界里开始动摇传统和信念的。"[2]"现代的精神气质始终像妄自尊大一样是自我泄气的，而且总是两者同时兼有。"[3]今日中国的现代性建设必须继承祖先崇拜，推崇孝道这样的传统。但是如果过分推崇，又会影响中国的改革开放，甚至是思想解放。所以乡土诗人中出现了一味地维护传统的保守派和极端地破坏传统的激进派。

一些诗人并不一味地迷恋乡土，他们会把乡土情感和人类情感结合。如冯雷所言："江非早期的诗大致以其家乡'平墩湖'为中心和重心，'平墩湖'经由江非成为了一个具有地标意义的文化符号。江非通过'平墩湖'发出自己的声音。凸显自己的存在，并以之为据点而与世界、与社会、与历史对话，写出了现代处境之下关于乡村社会、乡土文明的怀恋、不甘、忧戚、背弃等种种复杂情状。"[4]"以家乡为原型，通过想象或实地构筑一个乌托邦式的村庄，这是当前诗歌、小说创作中常见的一种策略。或许是出于概括文学现象的需要，'平墩湖'之于江非也曾是许多评论者集中讨论的话题之一。……江非则

---

〔1〕［德］恩斯特·卡西尔：《人论》，甘阳译，上海译文出版社，1985 年，第 108-109 页。

〔2〕［匈］阿格尼丝·赫勒：《现代性理论》，李瑞华译，商务印书馆，2005 年，第 69 页。

〔3〕［美］罗伯特·皮平：《作为哲学问题的现代主义——论对欧洲高雅文化的不满》，阎嘉译，商务印书馆，2007 年，第 265 页。

〔4〕冯雷：《作为"小诗人"的江非》，《海拔》第 20 期，海南省作家协会诗歌创作委员会主编，第 146 页。

谈到：很多朋友是误解了我和'平墩湖'的关系。导致这种长期的误读主要有两个方面的原因，一是除了对身边的朋友之外，我并未明确、主动地阐述过我的这个念头，另一个方面就是朋友们并未认真、系统地读过那些'平墩湖'。如果仔细读过了，就会发现无论是在主观上还是在诗歌实践中，我都一点儿没想沦陷到某个具象的村庄里去。虽然说到它时，不管是对它的自然概念、地理概念还是文化概念，我都饱含深情，但是这些深情还是来源于那个更大的人类社会在内心全盘关注的'情怀'。"〔1〕

一些学者型诗人的乡土诗写作更不极端，他们会与时俱进地修正自己。伊甸任教于嘉兴学院，1979年开始发表作品，生活工作在江南小城，既写乡土诗也写城市诗，出版过《红帆船》《在生存的悬崖上》等多部诗集。沈健与伊甸职业一样，在江南小城的大学任教，对乡土有相同的感情。他认为伊甸的新诗创作，尤其是乡土诗创作上有一个变化，并揭示出这种变化的原因。"'劳动者又从黎明出发了/歧路上已派乌鸦驻守/喜鹊的歌唱代替了知了的聒噪/指引一条没有陷阱的道路/每一颗心都是一曲英雄交响乐/有着黄河般肤色的人群/命运注定了黄河般曲折的经历/命运注定了奔向大海的使命'——《开桔花的土地》。这是1981年诗人参加浙江'桔花诗会'的一首诗片段，节奏昂扬铿锵，激情浩荡澎湃，意象富蕴丰盈，结构开阖自如，与后来诗人构思奇巧、意象鲜活的'生活流'诗歌一起，为诗坛留下了乐观主流的精神肖像，至今仍令人不无赞叹。到了写作《喧闹的正午》的时候，伊甸明显地有了'口吃''失语'的症状。'蝉儿叫得多么起劲/像撒娇的孩子任性地呼唤着亲娘/少年的嚷嚷声穿过鱼网/像无赖的黑鱼在水塘里窜来窜去//迎亲的锣鼓声愈来愈近，男女老少涌向村口——仿佛整个世界都要成亲//……如今喧闹的是钢铁，是钱币，是遗忘/这个衰老的正午，我的喉咙发不出一丝声音'。'正午'是一个诗人十分偏爱的明亮语象，约翰·多恩就曾写过'正午，它的下一分钟就是黑暗'，表达了对辽阔光明的'正午'稍纵即逝的眷恋与悸怖。是的，'正午'是一个开放性的语域，它指向充盈、丰富、旺盛、壮年、成熟、丰收、灿烂、广阔、自在、无限、客观……这样一些强大的生命能指。然而美好得'仿佛整个世界都要成亲'的'正午'，却突然笔锋一转，堕入了'衰老'的'如今'，进而生发了毁灭性'失语'。显然，这是一场个人柔软内心的空前火灾，也是

〔1〕 冯雷：《作为"小诗人"的江非》，《海拔》第20期，海南省作家协会诗歌创作委员会主编，第148页。

一场人类文明的史无前例的海难，跌宕其间，人何以堪？置身其中，“我的喉咙发不出一丝声音’，‘我的舌头锈迹斑斑，而城市的舌头——灰尘飞扬的马路，却整日絮聒不休’。究竟，这是一种悲催到何种程度的时代镜像？上个世纪 90 年代初，海子之死与女儿伊水的出生，以及身边亲朋文友生离死别的惨遇，驱使着伊甸对过往的天真进行触及骨髓的反思与批判，大量的阅读与对话让他获取了一种‘一个人走进黑暗’的能力。‘新千禧年’前后，伊甸‘替’人‘行道’‘说出’的语速明显慢了下来，语调也趋于低沉、凝重，像‘赤裸着身子的河流，被北风卡住了喉咙’(《羊群和老人》)？‘用沉默说话，用唯一的黑色概括生命’(《树殇》)。”〔1〕

浙江乡村市场经济的发达程度居于全国之首，30 年前山清水秀，民风纯朴。改革开放 30 年后，“喧闹的是钢铁，是钱币”，“遗忘”和“衰老”的是源远流长、千年不变的乡村伦理。30 年前，哪位写乡土诗的诗人不是雄心勃勃地想当“替天行道”的英雄好汉？都有指点江山激扬文字的豪迈与自信。那是理想主义盛行的时代，好多诗人都推崇罗曼·罗兰的观点：“为何要企图掩盖这弱点呢？难道脆弱的东西就不值得关爱？相反，它更值得关爱，因为它更加需要关爱……我痛恨胆怯的理想主义，它无视生活中的苦难和灵魂的脆弱之处。……世界上只有一种英雄主义：依照世界的原样来审视它，来爱它。”〔2〕一些诗人和诗论家还采用了启蒙主义大师蒙田的在社会礼义允许的范围内把事情的真相告诉给大家的写作原则。这些正是 80 年代乡土诗繁荣一时的重要原因，很多诗人都是怀着写更现代的乡土诗，建立更现代的乡土文明的英雄梦走上诗坛的。

沧海桑田，世事难料，30 年后的中国，尤其是中国乡村发生了天翻地覆的变化，人们只好喟叹在没有英雄的时代只想做一个凡人，很多乡土诗人都像伊甸那样，“替”人“行道”“说出”的语速明显慢了下来。“在现代性中有一个共同的指涉物，也就是，共有的生活经验以及对这些经验的共同元素的描述与反思——我们通常称为‘社会现实’。”〔3〕“现代的生活，已经变得如此常

---

〔1〕 沈健：《“我说出”，“我看出”，“我抓住”——诗人伊甸精神肖像》，《诗江南》2015 年第 2 期，第 94 页。

〔2〕 [法]罗曼·罗兰：《名人传》，郭昌京等译，广西师范大学出版社，2008 年，第 68 页。

〔3〕 [匈]阿格尼丝·赫勒：《现代性理论》，李瑞华译，商务印书馆，2005 年，第 1 页。

规化，对它自身来说也难以理解，以至于现在要呼唤一种全新的创造性活动。”[1]现代性社会中的“社会现实”及现代生活的“常规化”折断了乡土诗人理想主义的翅膀。这种理想主义的缺失导致乡土诗人想通过实现诗歌理想来完成伦理建设的计划落空，造成乡土诗人道德观念上的保守和乡土诗伦理理念上的落后。

2017年6月29日-7月1日“两岸四地”第九届当代诗学论坛·百年新诗：历史变迁与空间共生国际学术研讨会”；主办方：北京师范大学国际写作中心，北京师范大学文学院，中国当代文学研究会；地点：北京师范大学。

〔1〕［美］罗伯特·皮平：《作为哲学问题的现代主义——论对欧洲高雅文化的不满》，阎嘉译，商务印书馆，2007年，第61页。

附录一

王珂学术会议论文摘要总目 1994—2017

迷失的第十位缪斯
——新时期文学研究管窥

摘　要：新时期文学创作的繁荣与当代文学研究休戚相关，近年当代文学研究在80年代初中期那种敢说真话崇尚艺术的勇气丧失殆尽，基础理论研究薄弱，严重缺乏求实、创新的系统理论，恋旧怀古情绪弥漫文学理论界。大学教师掉书袋，文研所专家围着政策转，文联理论家谈随感。文学观念的落后保守主要表现在三怕：怕文学创作上的个人主义、理想主义和情感主义。理论界的三怕带来三惧。惧创作形式上的自由主义、唯美主义和文学的先锋性。"人格建设"和"学术建设"是解决当代文学研究各种怪现状的有效方法。

关键词：新时期文学研究　人格建设　学术建设　基础理论

1994年10月18－20日"世纪之交文学的出路"；主办方：中国社会科学院文学所；地点：北京中国社科院文学所

拓展内容职能　定型诗形诗体
——21世纪汉语诗歌文体的现实及理想构建

摘　要：新诗在20世纪汉语诗坛占有主导地位，尽管有很多人致力于新诗的诗体建设，也取得了一些成绩，如初步确定了诗的建筑美和音乐美两大形式特质，建设了新诗的初步形态。却始终处在文体自发与文体自觉、诗体的准定型与不定型、诗的律化与自由化、诗人的文体自律性与文体创造性的对抗与和解中，其中对抗远远大于和解，造成每种诗体都无法进行持续建设，使诗体建设成为百年新诗最大问题。21世纪汉诗的文体建设必须重视中外诗歌，特别是20世纪现代汉语诗歌的经验和教训。21世纪汉语诗歌是在多元文化状态下，多种职能、多种诗体并存的诗歌，是内容被无限拓展，形式被有限规范的多级性和多载体的诗歌，是现实与理想、各级之间、各载体之间多和解少对抗的诗歌。

关键词：文体建设　定型诗体　诗体建设　多元文化　多种职能

1997年7月24日－8月1日“现代汉诗国际讨论会”；主办方：中国社科院文学所、福建师范大学中文系；地点：福建武夷山

实验与进展：新诗呼唤文体实验

——新诗的现状及命运透视

摘　要：文体的完美与文体实验休戚相关，新诗的历史就是文体实验的历史，胡适写新诗就是在进行实验。世纪之交的诗坛文体实验之风锐减，已经严重危及到现代汉诗的现实生存和未来的发展。应该加强现代汉诗的文体实验，改变重内容重形式的诗歌创作观，克服80年代实验诗歌的弊端，倡导稳健的文体实验风格，是现代汉诗走出现在的低谷，在未来健康发展的重要保证。

关键词：现代汉诗　文体实验　稳健　自由

1998年10月18－20日“中国当代文学第十次年会”；主办方：重庆师范大学、中国当代文学研究会；地点：重庆重庆师范大学

他·女性·女人·我

——论20世纪中国女诗人的四大抒情模式

摘　要：20世纪女诗人的现代汉诗创作分为四大抒情模式：非女模式、泛女模式、女性模式和女人模式。在某个时期甚至某个诗人的创作中都存在着这四种抒情模式，但更多地代表着不同时期的抒情特色，呈现出百年妇女诗歌的演变轨迹。从这一轨迹中不难发现20世纪中国女诗人的“既皈依又逃离女人自我”的创作境遇和“既与男性对抗又和解”的生存境况。集体无意识般的集团式抒情远远多于自我意识高度觉醒的个体抒情。20世纪中国缺

少甚至没有女权主义诗歌,最多的是非女抒情和泛女抒情,其次是女性化诗歌,再次是女人群体化诗歌,最后才是女人个体化诗歌,少有“身体写作”,只有“思想写作”和“情感写作”。流行的“女性诗歌”术语不准确,应该用“妇女诗歌”来指称女诗人写的诗,女性诗歌只能特指女诗人写的具有女性意识及女权意识的诗歌。

关键词: 抒情模式　女性　女人　妇女诗歌　女性意识

2001年12月15-17日“中国新诗理论国际学术研讨会”;主办方:首都师范大学中国诗歌研究中心、荷兰莱顿大学亚洲学院、美国加州大学戴维斯分校东亚系;地点:北京香山饭店

千万别忘了诗人黄药眠

摘　要: 黄药眠不但是我国著名的文艺理论家,也是中国新诗史少有的极有天赋和深谙诗艺的诗人。不仅诗作多,而且写诗和研究诗的时间跨度极大。他年轻时的新诗创作受到了创造社王独清等人的高度重视,被视为“广州青年底作品中最有希望的”诗人,初入诗坛就光彩夺目。他熟悉古今中外各种诗体,能将政治宣传与诗歌艺术有机地结合起来,为新诗的诗体建设做出了贡献。他早年的诗歌创作活动对他以后的文艺观产生了重大的影响,使他在重思想轻艺术,重视大我情感,轻视小我情感的极左时代,能够维护艺术的纯洁性,能够重视人和人性。他的诗歌创作活动还影响了以黄药眠的几代弟子形成的文艺理论学派的学术观念和治学方法。学界对诗人黄药眠的评价太低,今天承认黄药眠是优秀诗人,具有重要的现实意义。

关键词: 黄药眠　诗人　文学理论家　新诗　诗体建设

2003年11月16日“纪念黄药眠教授百年诞辰文艺思想研讨会”;主办方:北京师范大学文学院、文艺学中心;地点:北京北京师范大学

幸好新诗诗坛有郑敏

——论郑敏的人品、诗品与文品

摘　要: 郑敏老师人格高尚,学识渊博,不仅是优秀诗人,也是出色的新

诗理论家，她敢说话，说出来的又是“行话”。她的人品、诗品和文品都受到青年新诗学者的普遍喜爱。她多次在诗坛“歪风邪气”流行时“仗义执言”，为纯洁诗坛做出了特殊的贡献。她的诗和诗论也不是十全十美的，主要有两个弱点：一、太追求哲理、玄思，比较缺乏抒情性，缺少世俗味和女人味。二、早期诗作太追求诗的内在结构，太重视自由诗，不利于新诗诗体的相对规范定型。

关键词：郑敏　人品　诗品　文品

2004年5月15日“郑敏诗歌创作研讨会”；主办方：中国当代文学研究会、北京师范大学外国语学院、首都师大中国诗歌研究中心；地点：北京首都师范大学

新诗应该建立以准定型诗体为主导的常规诗体

摘　要：诗体是诗的形体范式，是诗的体裁属性的显性表现，是对诗的形式属性及文体属性的制度化后的结果，即规范化、模式化、公共化的诗的语言秩序和语言体式，具有制定作诗法则的意义。新诗已经有了百年历史，尽管一些诗人在诗体建设上做了很多工作，却没有建立起较好的常规诗体。在诗体的自由化与格律化的对抗中，自由诗具有文体独裁的地位。诗体建设难既是百年新诗的最大问题，也是新诗的很多其他问题的根源。只有既反对诗体的极端自由，又反抗诗体的高度定型，在诗体建设的“民主集中制”原则下，建立宽松而有节制的诗体生态环境。重视对常规诗体及重点诗体的建设，特别是要针对某种具体诗体，进行适度的规范。形成以准定型诗体现代格律诗为主导诗体、不定型诗体现代自由诗体和定型诗体古代格律诗体为辅助诗体的诗体构建的格局，才能使现代汉诗走出形式极端自由和诗艺十分粗糙的困境。适度规范诗的形式，重建诗体已成当务之急。

关键词：新诗　诗体　准定型诗体　常规诗体

2004年9月19－23日“第一届华文诗学名家国际论坛”；主办方：西南大学中国诗学研究中心、新诗研究所；地点：重庆西南师范大学

外国诗歌的"中国式"翻译对新诗诗体建设的影响

摘　要：外国诗歌是新诗最重要的诗体资源，特别是以英语诗歌为代表的外国诗歌的形态对新诗的形态产生了巨大的影响，诗的形体模仿了外国诗，但是新诗诗体并非外国诗体的"横的移植"。外国诗主要通过翻译诗来呈现，中国诗歌的改革风潮造成中国少有纯正的诗歌翻译，很多翻译诗是"中国化"了的外国诗，"中国化"的翻译方式造就了特殊的"翻译文体"，"外语诗"实质上是"汉语翻译诗"，形成了既有别于外国人写的外国诗，也有别于中国人写的新诗的"翻译文体"。翻译者总是"为我所用"地选择诗体及翻译方式。外国诗歌的"中国化""实用化"翻译方式极大地影响了新诗的诗体建设。翻译诗总是在走诗体的律化与诗体的自由化的极端，格律诗体和自由诗在不同时代都受到了极端的重视，加剧了诗体的律化与自由化上的激烈对抗。特别是翻译者对格律诗体的重视，既强化了新诗人的诗体意识，有利于新格律诗的建设，也使生活在"革命"时代的新诗诗人产生逆反心理，反而导致自由诗的疯长，使新诗无法定型和无法形成自己的文体风格和文体传统。

关键词：外国诗歌　新诗　诗体　中国化　汉语翻译诗

2005年8月18-21日"中国新诗一百年国际研讨会"；主办方：北京大学中文系、北京大学诗歌中心、首都师范大学文学院、首都师范大学中国诗歌研究中心；地点：北京达园宾馆

论英诗诗体对闻一多的影响

摘　要：生于湖北浠水的闻一多的诗体观念受到中国古代格律诗体和英诗诗体的双重影响。在诗体上，特别是诗的视觉形式上(poem's shape)(如四行分节、二行分节等)都深受英语诗体的影响。闻一多接受外国诗体的原因和方式在新诗诗体建设史上既有普遍性又有特殊性，特别是接受影响的方式颇有特色。闻一多的爱国精神、思想情操及个性气质与他的出身和早年所受的教育休戚相关。这直接影响到他接受英语诗体的方式。他的出身和家庭教育使他具有强烈的本土意识和经典意识，使他具有重建新诗的格律化诗体的强烈使命感。他接受的诗体更多是定型的格律化诗体，对英语诗歌的自由诗革命保持相当的警惕。

关键词：闻一多　英诗诗体　经典意识　本土意识　格律　诗体改良

2006年5月13－15日“湖北作家与外国文学学术研讨会”；主办方：《外国文学研究》编辑部、湖北省外国文学学会；地点：武汉华中师范大学

新诗诗形建设的历史透析及反思

摘　要：新诗的诗形建设是百年新诗诗体建设的重要内容。新诗的诗形受到了外国诗体和外国诗的“翻译诗体”的影响。新诗的形体建设之路曲折，经历了从革命性的文体自发写作到艺术性的文体自律写作的过程，常常走不重视形体或太重视形体的极端，始终存在诗形的自律与自由的极端对抗。建筑美是新诗重要而特殊的诗体特征。很多诗人都想克服言不尽意的弱点，挖掘语言及语言以外的图象或者空白的表意抒情潜能，营建出既有形体美，又能通过诗的形体更好地呈现出诗情诗意的诗的图式。图象诗的创作最能说明这一特点。在图象思维高度发达的图象时代和新诗的传播手段丰富多彩的网络时代，更应该加强以新诗的形体建设为重心的诗体建设，适度规范诗形。

关键词：新诗　诗形　诗体　图象诗　诗形建设

2006年9月24－28日“第二届华文诗学名家国际论坛”西南大学中国诗学研究中心；主办方：西南大学中国新诗研究所、《文艺研究》编辑部、重庆师范大学文学与新闻学院；地点：重庆西南师范大学

大陆和台湾新诗形体建设比较
——新诗的诗形建设历史的散点透视

摘　要：诗体是对诗的属性的制度化的具体呈现，指诗歌作品的语言秩序及语言体式。诗形，特别是相对规范的诗形是诗的重要文体标志，是诗体的主要成分。好的诗形不仅自身具备诗美，还能帮助诗人更好地表情达意。新诗的形体美是新诗重要的文体特征，诗形建设是新诗诗体建设的重要内容，在20世纪前半期受到新诗诗人的一定重视。但是在20世纪后半期，台湾比大陆更重视诗形建设。大陆诗形建设落后的主要原因是很多诗人学者

既不承认新诗应该有“诗体”，更不承认新诗应该有“诗形”。

关键词：新诗　诗形　诗体　诗形建设　网络诗歌

2006年10月14-16日“新世纪中国新诗国际学术研讨会”；主办方：北京大学中国新诗研究所、首都师范大学、中国诗歌研究中心；地点：北京友谊宾馆

网络诗将导致现代汉诗的全方位改变

——内地网络诗的散点透视

摘　要：电子网络传播是人类诗歌由口头传播到纸质书面传播后的第二次大飞跃，传播方式的改变会带来诗的文体特征及美学特征的改变。网络诗与纸质诗在诗的形态、功能、诗的思维方式、写作方式、传播方式和接受方式上都有较大差异。诗的视觉形式、诗的游戏功能、诗的视觉思维都受到前所未有的重视。网络诗呈现出诗是可以“制作”的、诗的传播及接受方式是互动的、读者是“能动的参与制造者”。目前大陆的网络诗还停留在与文本诗没有太多区别的低级阶段，只是基本实现了网络诗的发行功能，其创作功能受到忽视。即只是通过网络来“传播”诗，没有借助网络的优势来“呈现文学创造的新经验”，来“制作”诗，几乎没有名诗人进行超文本的写作实验。网络诗还出现了在“写什么”的极端自由化，色情诗占有一定比重。有必要“净化”网络诗，提倡“精品”上网。还要加强网络诗的研究力量。

关键词：新媒体　电子诗歌　网络诗　纸质诗　视觉形式　超文本

2006年12月15-17日中国文艺理论学会第八届年会暨“大众传媒时代的文学生产”学术研讨会；主办方：中国文艺理论学会、华东师范大学中文系；地点：上海华东师范大学

诗人何为？生命意识：隐；使命意识：秀

——近年两岸“中年诗人”诗的功能及写作方式差异

摘　要：大陆中年诗人的写作具有特殊的风格，特别是与他们自己的青年时期的写作、与他们同时代的青年诗人的写作颇异。诗歌时局动荡，诗歌

生态恶劣，大陆很多中年诗人并没有停止写作，只是他们的写作开始转入了“隐”甚至“地下”状态。可以把近年大陆中年诗人的写作分别描述为“寂寞的个人写作”。近年台湾中年诗人比大陆的更关注现实生活，甚至不逃避政治斗争。两岸颇异的政治文化形态及两岸诗人截然不同的生态（生活经历与受教育的经历等）决定了两岸中年诗人的诗歌生态，使两岸中年诗人对诗的功能，特别是诗的诗教功能（启蒙功能）的看法颇异，在诗的“写什么”上形成了不同的创作理念。

关键词：中年诗人　生命意识　使命意识　诗的功能　隐与秀

2007年3月10－13日“两岸中生代诗学高层论坛暨简政珍作品研讨会”；主办方：北京师范大学珠海分校国际华文文学发展研究所、首都师范大学中国诗歌研究中心、当代诗学会、西南大学中国诗学研究中心、暨南大学现代文学研究中心、台湾亚洲大学文理学院、韶关五月诗社；地点：珠海北京师范大学珠海分校

语言智能、诗体意识与现代意识

——云鹤诗歌的三个关键词考察

摘　要：菲律宾华侨云鹤是著名的华文诗人，一生致力于新诗创作，他的诗路上既有鲜花，也有荆棘。他是一位具有较好的语言智能、较自觉的诗体意识和较强烈的现代意识的优秀诗人。他的语言智能、诗体意识和现代意识使他创作出了《蓝尘》《野生植物》等优秀诗作。他也是一个自我意识较强的诗人，重视诗体的独创性。随着年龄的增加，他的语言智能有些减弱，影响了诗作的艺术性。考察云鹤的新诗创作，特别是从语言智能、诗体意识和现代意识三个关键词角度评析他的新诗创作，有助于思考新诗的出路等现实问题。

关键词：云鹤　新诗　语言智能　诗体意识　现代意识

2007年10月20－22日“第二届东南亚华文诗人大会”；主办方：东南亚华文诗人协会、韶关学院、五月诗社；地点：韶关韶关学院

一棵开满鲜花的情感树
——席慕蓉诗的接受经历和现实印象

摘　要：席慕蓉诗的最大优点是高度重视诗的抒情功能和现实生活，诗的艺术性、技巧性虽然不强，却以真实的女性情感及女性气质打动了众多青春读者。无论是早期的爱情诗还是晚期的亲情诗，都让人感受到人世间的真情实感。通过抒写纯真的人间感情呈现出诗人的高尚人格，她的诗透出她具有浓郁的女性气质及女人味。她的很多诗都有画的色彩感和立体感，她的绘画智能可能影响了语言智能，绘画职业也使她不能把更多的时间精力放在诗艺的学习研究上，造成她的诗明显具有语言平淡、意象简单、结构单一等缺点，缺乏现代诗歌普遍追求的语言的"弹性"和意象的"有力"。

关键词：抒情功能　语言智能　绘画智能　女性气质

2007年12月22日"2007年海峡诗会席慕蓉作品研讨会"；主办方：福建省文联、《台港文学选刊》编辑部；地点：福州福建会堂

论叶维廉的诗形观及创作实践

摘　要：现代诗因为分行排列更讲究诗形，诗形是现代诗的重要内容。叶维廉是少有的重视诗形的诗论家，他对回文诗、具象诗和图象诗都颇有研究，他既肯定其价值，又指出不足。他的诗形观具有传统与现代、中国与西方的有机契合的特色，他反对文字游戏及形式主义，认为"用图写诗"是为配合最经济和最传神的表现而活用的。在诗形观上，他的创作与理论有一定的差异，在理论上他更重视"以图示诗"的手法，在创作中却适度重视诗形。采用读古代汉诗"藏头诗"的"拆字"解读方式读叶维廉的诗，很容易读出"诗中诗"。这与他重视汉语诗歌传统和借鉴外国诗歌技法有关。他有一些诗的排列独具匠心，是刻意而为；还有一些诗的排列产生的"诗中有诗"的奇特效果却是无心插柳柳成荫。他的诗形理论及创作实践，特别是具有"改良主义"特色的诗形观值得提倡，对今天新诗的诗体重建及诗形建设具有较大意义。

关键词：诗形　演绎性表达　传统　图象

2008年3月29－30日"叶维廉诗歌创作研讨会"；主办方：北京大学中国

新诗研究所、首都师范大学中国诗歌研究中心；地点：北京凤山温泉度假村

现代诗人的“新民族诗型”

——论张默的小诗创作对新诗诗体建设的意义

摘　要：张默是一位现代诗人，有较强的文体自由意识，也有一定的文体自觉性和诗体意识。他的现代诗的成功写作与他的诗体意识相关，他十分喜欢的小诗体是准定型诗体。张默的以“十行诗”“三行诗”为代表的小诗创作具有把说理与抒情有机结合的特色。他的小诗体是诗人的文体自律意识与文体自由意识和解而不是对抗的结果，是诗体传统与个人的创体才能相结合的结果。张默诗的“澄明”风格与他选择小诗体休戚相关。张默的小诗创作为新诗的诗体建设，特别是为小诗体的建设做出了贡献，为当前新诗的“诗体重建”提供了较好的范例和较多的启示。

关键词：张默　小诗创作　现代诗人　诗体　诗体建设

2008年5月5－6日“第二届当代诗学论坛暨张默作品研讨会”；主办方：澳门大学中文系、北京大学中国新诗研究所、首都师范大学中国新诗研究中心、北京师范大学珠海分校华文文学发展研究所、暨南大学现代文学研究中心、澳门基金会以及当代诗学会、台湾中央大学文学院、西南大学中国新诗研究所、台湾《文讯》杂志、台湾鹤山21世纪国际论坛；地点：澳门澳门大学

“一体”“两象”“三关”和“四要”

——新诗“标准”建立历史透析及现实构建策略

摘　要：在“破”大于“立”的新诗史上，仍然有无数次建立“标准”的行动甚至运动。“作诗如作文”“胡适之体”和“新格律诗”三次标准建设的经验与教训最值得今天借鉴。目前新诗创作进入新时期，特别是网络诗歌带来了新诗全方位的巨变，也带来了新诗写作难度的降低和诗的艺术标准的丧失，很有必要重建新诗标准及新诗诗人的标准：应该高度重视“怎么写”，诗人应该有诗体意识，重视“想象”与“意象”，适度提高行业的“准入”难度，新诗诗人应该过诗的语言关、诗的知识关和诗的技巧关，重视诗人的学养、写作的技巧、难度和高度。

关键词：新诗　新诗标准　新诗诗人标准　技术　难度

2008年4月18－19日"21世纪汉语新诗走向研讨会"；主办方：东南大学世界华文诗歌研究所；地点：南京东南大学

文学研究和文学教育必须重视文学感悟

——以新诗研究和新诗教育为例

摘　要：文学感悟也可以称为"文学敏感"，文学感悟能力偏重于人的本能的、直觉的审美感受力，主要指对文学作品的情感思想和语言形式的直觉能力。文学感悟是文学鉴赏批评活动的基础。一个人的文学感悟能力来自天赋和后天的培养。人的情感本能与语言智能是文学活动的基础，特别是诗歌创作鉴赏活动的生理和心理基础，诗歌鉴赏更需要诗歌感悟。单纯而广泛的、直接而主动的"文学阅读"是培养文学感悟能力的主要手段。中国的文学教育和文学研究重视感悟的传统正在严重缺失，很多文学研究者宁愿当理论家不愿当评论家，即使不得不面对具体作品，也喜欢采用极端的"考据式批评"和"印象式批评"，不愿意也没有能力使用"文本细读式批评"。保护、培养文学从业者，特别是文学学生和文学研究者的文学感悟能力是文学教育界和文学理论界的当务之急，很有必要提出"文学研究者'作家化'"，"文学研究者'读者化'"，"新诗研究'务实(诗)化'"等重视作品研究的口号。

关键词：文学感悟　文学鉴赏　文学阅读　情感直觉　形式直觉

2008年12月26－28日"中国文艺理论学会第九届年会暨批评理论与当代文学生产学术研讨会"；主办方：中国文艺理论学会、《文学评论》编辑部、暨南大学中文系文艺学国家重点学科、广东省人文社科重点研究基地"暨南大学海外华文文学与华语传媒研究中心"、中山大学中文系、华南师范大学文学院、深圳大学文学院；地点：广州暨南大学

新诗要适度重视音乐形式高度重视排列形式

——新诗技法研究的策略和方法举隅

摘　要：在重"破"轻"立"的20世纪，新诗是国人追求"自由"，推崇"革

命”的特殊产物。21世纪应该是重“立”轻“破”的“建设时代”,今日诗坛,政治激进主义和文化激进主义思潮仍有较大势力,后现代文化、大众文化、简单主义、相对主义和享乐主义的流行也削弱了高标准、严要求地建设新诗的力量。目前应该全面进入“和谐诗歌”和“艺术诗歌”的建设时期,反对一切极端的“折腾”,处理好个体与群体、自由与法则等矛盾。新诗应该回归诗的本体,研究重心应该由“写什么”转向“怎么写”,由社会学、伦理学的外部研究转向语言学、诗体学的内部研究。新诗是艺术地表现平民性情感和思想的语言艺术,是最高的语言艺术和最讲究技法的文学文体。要适当抑制流行的“诗人意识”和“神性写作”,倡导诗人的“匠人意识”和“平民写作”,强化诗人的“文体自律”和“技巧自觉”与“诗体意识”和“诗形意识”。重视诗体不仅具有诗学和美学意义,还具有伦理学和政治学意义。要重视常规诗体建设,适度重视音乐美,高度重视排列美。

关键词:新诗　诗体　技巧　匠人意识　音乐美　排列美

2009年8月16－18日“21世纪中国现代诗第五届研讨会暨现代诗创作研究技法学术研讨会”;主办方:福建师范大学、中国当代文学研究会;地点:福建武夷山

论台湾诗人绿蒂的“个人化写作”的特点及意义

摘　要:绿蒂是颇具特色的台湾优秀诗人,十几部诗集的诗都是他的行旅与心境的写照,诗是他的个体生命的代言人。可以把他的诗写作归入“个人化写作”。但是这种“个人化写作”具有自己的特点:他并不喜欢宏大题材的写作,更不在写作中“玩深沉”。他更重视记录自己的私人感受,追求心灵的自由与写作的自然。绿蒂的诗是艺术地表现平民情感的语言艺术,较好地处理了生命的雍容与自在的关系。他用诗笔抒写出生活的孤独与热闹及生命之轻与生命之重,特别是生命的孤独。他不会像很多坚持“个人化写作”的诗人那样,过分沉湎于个人情感。读绿蒂的诗,很容易读出绿蒂的“生活形式”,感知他的生存境遇,特别是能够体会到他的心境。绿蒂独具特色的“个人化写作”为大陆新诗界提供了很多的经验和一些教训。对个人情感和个体生活的重视使绿蒂的诗有些“文静”,甚至可以说有些“小气”,缺乏必要的阳刚与激情。

关键词：绿蒂 新诗 个人化写作 雍容与自在 心境

2009年10月3日"海峡两岸中秋月圆诗歌朗诵会暨作品研讨会"；主办方：重庆师范大学、重庆市社会科学界联合会；地点：重庆重庆师范大学

论台湾诗人雪飞的现代诗创作技法

——"诗的蒙太奇"初探

摘 要：任何门类的艺术创作都离不开技法，雪飞是一个高度重视创作技法的诗人。几十年的诗歌创作活动使他积累了丰富的创作经验及创作技法。"诗的蒙太奇"是其中较有代表性的一种。他认为现代诗创作可以借用电影的蒙太奇，依照原有的构思理想，通过剪接、组合的方式，产生连贯、对比、联想、衬托、悬疑等效果。尽管雪飞的创作与理论有一定的脱节，他的这一理论仍然需要完善，如他没有清楚地意识到"诗"与"画"及"诗的蒙太奇"与"画的蒙太奇"的本质性差异在于"精炼"，利用"语言的跳跃"和"画面的跳跃"能够更好地造成"精炼"效果。但是由于汉语现代诗长期不重视技法，雪飞的诗的蒙太奇技法仍然具有较高的应用价值和现实意义，受到了大陆现代诗学者的重视。

关键词：雪飞 诗的蒙太奇 技法 现代诗

2009年10月3日"海峡两岸中秋月圆诗歌朗诵会暨作品研讨会"；主办方：重庆师范大学、重庆市社会科学界联合会；地点：重庆重庆师范大学

新诗应该重视相对标准、常规诗体和社会化写作

摘 要：新诗百年，一直存在着文体的合法性危机和诗人的公信度危机。近年对新诗的否定声音更多，新诗的产量却未受影响。2006年是新诗受到全民质疑的"灾年"，2007年问世的新诗作品集、新诗研究著作和新诗论文的数量却创下了新高。极端肯定新诗和极端否定新诗对新诗都不公正。目前新诗的成绩是巨大的，问题也十分严重，正处在发奋图强时期，应该高度重视基础理论和技法建设，以艺术方式建立相对标准，以改良手段建设常规诗体，在新诗功能的多元格局中重视社会化写作。亟需优化新诗生态，让长期

存在的题材的严肃性与娱乐性、文体规范与文体自由、个人化写作与社会化写作、平民化写作与贵族化写作、情感性写作和思想性写作等诸多矛盾少些对抗，多些和解，利用在政治上建设和谐社会的有利时机加强和谐诗歌的建设。

关键词：新诗　新诗标准　常规诗体　社会化写作

2009年11月6-9日“第三届华文诗学名家国际论坛”西南大学中国诗学研究中心；主办方：西南大学中国新诗研究所、《文艺研究》编辑部；地点：重庆西南大学

应该客观评价地域文化对新诗创作的影响

摘　要：一方水土养一方人，一种地域养一种文化。很早就有人意识到地域文化影响着文学艺术。诗是先锋性文体，对自由的追求往往多于对法则的遵守。地域文化对它的影响属于文体外部的影响，这种影响常常因为诗歌文体特有的文体自主性和诗人主体性被削弱。诗是主情的艺术，人的个体情感和人类情感都与人类文化休戚相关，说明文化对诗人的创作会产生一定的影响。但是现代诗歌功能的多元性也会削弱地域文化的影响。今天是计划没有变化快的动感时代，探讨地域文化对新诗创作的影响需要既传统又开放的心态，更需要有多种预案应对时局的风云变幻。

关键词：新诗创作　地域文化　当代　多样性　动感时代

2009年11月14-16日“全国第二届区域文化与文学学术研讨会”；主办方：重庆师范大学中国现代文学研究会；地点：重庆重庆师范大学

古代汉诗技法对郑愁予现代汉诗的影响

摘　要：郑愁予的诗在大陆也有较多读者，是最早在大陆出诗集的台湾诗人之一，1984年9月就在中国友谊出版公司出版了诗集《郑愁予诗选》。他的很多诗句具有浓郁的古代汉诗风格及技巧，如“练字练句”“诗出侧面”“无理而妙”等古代汉诗创作的基本技法。还采用了古代汉诗的“诗家语”技法，具有含蓄、精致、柔美的特色。他接受了汉语诗歌和英语诗歌的诗歌双重教育，还对民谣感兴趣，甚至接受过十分严格的诗歌写作训练。大陆诗坛，特别

是青年诗坛正流行"读书无用论""诗不可以教学""诗人不需要基本功"等谬论,郑愁予的成功经验在某种程度上可以起到"拨乱反正"的作用。

关键词:古代汉诗技法　郑愁予现代汉诗　诗家语　诗可以学

2009年12月12日"2009年海峡诗会郑愁予诗歌研讨会";主办方:福建省文联、《台港文学选刊》编辑部;地点:福州于山宾馆

学识·修养·学理·感悟

——今天如何做诗评家

摘　要:近年大学学术体制及学术规范的强势导致文学理论与当代文学实践严重脱节,特别是在新诗研究界,出现了诗论家与诗评家的职业分离,缺乏学识渊博又人格高尚、既精通理论又熟悉创作的诗论家,敢说真话又会说行话的诗评家。诗评家既要坚持艺术原则,又要"与时俱进",适当更新诗歌观念。诗评家应该"专家化",有金字塔式的学贯中西的知识结构,特别是雄厚的理论基础。诗评家应该"圣人化",人格高尚,能够在广告时代和权力社会抵制住各种诱惑。诗评家应该"学者化",强调必要的学术规范,重视缜密的思维和理性的表达。诗评家应该"诗人化",具有对语言、情感、思想等方面的感悟能力。今天很有必要提出"文学学者作家化","文学学者读者化"和"文学理论家评论家化"

关键词:诗评家　学识　修养　学理　感悟

2010年4月23-25日"中国中外文艺理论学会第七次年会暨文学理论前沿问题国际学术研讨会";主办方:中国中外文艺理论学会、扬州大学文学院、中国社科院文学所文论室;地点:扬州扬州大学

论今日大众文化狂潮下精英文人的介入方式

摘　要:近年大众文化狂潮汹涌,越来越多的精英文人渴望"介入"社会,当"公共知识分子",结束"多余人""边缘人"等被现实生活,特别是政治文化生活"疏离"的尴尬状态。大众文化与精英文化的关系是相互依存,既有对抗更有和解的关系。当下人文知识分子的社会角色首先应该是本专业的"专

家”，其次才是其他专业，特别是大众文化的“明星”。首先应该做好自己的本职工作，做好学问，以学术的专业方式，用学者的儒雅风度去指导“大众文化”。退守书斋的方式是一种“以退为进”的斗争策略，但是精英文人在固守书斋时要打开一扇窗。近年精英文人两极分化为独守书斋的工具知识分子和游走社会的公共知识分子，两种精英文人都缺乏介入大众文化的能力和机会，大众文化最需要的是两种精英文人的互补。

关键词：大众文化　精英文人　介入　退守书斋

2010年5月15－18日“大众文化与知识分子言说策略”学术研讨会；主办方：北京师范大学文艺学研究中心、首都师范大学文学院文学理论教研室、遵义师范学院；地点：遵义遵义师范学院

文艺学跨学科研究的必要性和风险性

摘　要：三十年来文艺学“跨学科”研究主要是指借用其他学科的研究方法来研究文学，取得了较大成绩，有“经验”也有“教训”。当前文艺学及诗歌理论界应该推崇“跨学科”研究，它可以产生新的学术增长点，提高文艺学研究的广度和深度，但是不能迷信。应该强调“专业有界”“多元有界”“专业优先”和“文学本位”，强调先有“专才”后有“通才”。在跨学科时要采用“常大于变”“理论为纲”策略。“理论先行”实际上是“专业介入”，以理论家（专家）的身份“守学科”，以实践家（杂家）的身份“跨学科”，才能够真正做到“胆大心细”和“既保守又开放”。受学术体制的限制，当前文艺学学者跨学科研究的学术生态并不十分理想。

关键词：跨学科研究　文艺学　学科有界　专业优先　文学本位

2010年6月18日－21日“回顾与展望——三十年来文艺学跨学科研究学术研讨会”；主办方：苏州大学文学院、中国文艺理论学会；地点：苏州苏州大学

新诗诗体研究的成绩和问题
——诗体建设“伪话题”之争透析

摘　要：新诗是否应该有诗体？如何进行新诗的诗体建设？是采用格

律诗还是自由诗？这些问题长期困扰着新诗。近年来诗体建设受到重视，也遭到一些学者的反对，甚至出现了诗体建设是“伪话题”的说法。诗体研究存在研究者偏执、研究方法落后、理论缺乏操作性等问题。诗体、诗体研究、诗体建设和诗体之争，具有诗学、政治学和伦理学的意义。意识形态泛化是当前新诗研究，特别是诗体研究及诗体之争的重大问题，导致了研究者的偏激。诗体之争的立场需要反思，论争方式更需要检讨，“诗体”“新诗”等基本概念混淆不清，导致诗体之争混乱和诗体建设策略杂乱。一些新诗学者的知识结构有问题。今日新诗理论界，既需要锐意改革者，更需要稳健甚至适度保守的建设者。今天的诗体之争，应该在“和谐”与“建设”，而不是在“革命”与“破坏”的心态和生态中进行。

关键词：诗体　诗体之争　自由诗　格律诗

2010年6月28－7月1日“中国新诗：新世纪十年的回顾与反思——两岸四地第三届当代诗学论坛”；主办方：北京大学新诗所、首都师范大学中国诗歌研究中心；地点：北京卧佛山庄

博客正成为新诗传播与接受的主要方式

摘　要：电子网络传播是人类诗歌由口头传播到纸质书面传播后的第二次大飞跃，传播方式的改变会带来诗的文体特征及美学特征的改变。网络诗与纸质诗在诗的形态、功能、诗的思维方式、写作方式、传播方式和接受方式上都有较大差异。诗的视觉形式、诗的游戏功能、诗的视觉思维都受到前所未有的重视。网络诗呈现出诗是可以“制作”的、诗的传播及接受方式是互动的、读者是“能动的参与制造者”。大陆的网络诗还停留在与文本诗没有太多区别的低级阶段，只是基本实现了网络诗的发行功能，其创作功能受到忽视。即只是通过网络来“传播”诗，没有借助网络的优势来“呈现文学创造的新经验”，来“制作”诗，几乎没有名诗人进行超文本的写作实验。网络诗还出现了在“写什么”的极端自由化，色情诗占有一定比重。有必要“净化”网络诗，提倡“精品”上网。

关键词：博客　新诗　网络诗　传播

2010年8月22－23日“中国文学传播与接受国际学术研讨会”武汉大学

中国文学传播与接受研究中心；主办方：湖南科技学院；地点：湘潭湖南科技学院

论巴赫金狂欢生成体裁改良主义文体进化观

——兼论文体的生成与进化原则

摘　要：文体指文学作品的体裁、体式的规范，文体既有稳定性，也有变异性。文体的生成和进化的动力是错综复杂的。巴赫金是诗学大师，也是文体学大家。他是一个具有改良主义品格的文体改革家，既主张狂欢生成体裁，承认文体的革命性和变异性，也强调文体的稳定性和继承性。他的文体进化观产生于特殊的历史语境中，正是受到了政治生活的压抑和已有文体的压迫，他才高度重视狂欢理论与对话理论，认为对话和狂欢都具有生成体裁的意义，特别是狂欢是一种特殊的文学形式的一般感受。人的狂欢与文体的狂欢都源于人、社会和文体都具有的追求自由的天性和革命的潜能。巴赫金的理论有助于当下中国的文学自律和文体自觉的建设。

关键词：巴赫金　文体进化理论　狂欢　自由　秩序

2010年10月22－25日“文学与形式国际学术研讨会暨中国文艺理论学会年会”；主办方：中国文艺理论学会、南京大学文学院；地点：南京南京大学

海纳百川的世界的情人

——哈雷诗歌的城市精神与艺术特质

摘　要：没有都市就没有人类现代诗歌，城市集中了人类最重要的成就——都市文明，不但可以给人带来舒适方便的物质文明，还给人带来丰富多彩的精神文明，可以让人“诗意地栖居”，让人有更多追求“精致”生活和“精致”艺术的都市意识，还可以给人带来平等、自由、博爱等城市精神，让人更重视精神生活，产生责任感及批判意识。诗歌本来是青年的“文体”，但是近年涌现了以“官员”“商人”和“学者”为代表的“中年诗人”。中年写作，特别是中年写作的“审美写作”比青年写作，特别是青年写作的青春期“情感写作”，更容易产生好诗。但是首要条件是必须高度重视“诗艺”，坚持诗的艺术纯洁性和诗人的精神贵族化，不要过分依赖“生活阅历”，过分强调诗的实用功能。

关键词：哈雷　诗歌的城市精神　世界的情人　中年写作

2010年12月31日"'哈雷伊路诗歌研讨会'暨'诗与城市精神'研讨会"福州市文联、福州市作协；主办方：福州作协

废名新诗应该是自由诗的实际影响和现实意义

摘　要："新诗应该是自由诗"是废名诗体观的精华，是在特殊语境中产生的，具有历史局限性和个人特殊性。它源自具有普及读物性质的大学"讲义"，专业性不强。这一观点在当时的实际影响较小，近年的影响越来越大，成为自由诗派和格律诗派诗体之争时的"关键语"。废名的"自由诗"与今天一些学者主张的"自由诗"有些差异，他不极端排斥定型诗体和准定型诗体。他的诗体观对今天的诗体建设颇有意义。新诗应该建立以准定型诗体为主导，以不定型诗体和定型诗体为辅助的诗体多元并存格局，没有必要极端肯定或否定"新诗应该是自由诗"这句名言，应该以宽容的态度、多元的心态来对待各种诗体实验。

关键词：废名　诗体　自由诗　格律诗

2011年6月25－28日"中国现代诗歌的语言国际学术研讨会"；主办方：南开大学文学院、中国当代文学研究会；地点：天津南开大学

两岸四地中生代诗人的诗体意识及诗体理论比较分析

摘　要：诗的音乐形式和排列形式是诗体的重要内容。诗体具有诗学意义和美学意义与伦理学和政治学意义。两岸四地的诗歌生态培养出不同的诗体观念。祖国大陆存在格律诗派与自由诗派的极端对抗，有的偏向格律诗或偏向自由诗，有的偏重音乐形式或视觉形式。"诗体之争"常常是话语权及审美意识形态之争。我国台湾没有格律诗派与自由诗派论争的传统和对抗的生态，早期受外国诗歌影响，更重视诗的视觉形式而非音乐形式，更重视节奏而非韵律；近年受时局影响，更关注写什么。重视诗形淡化了诗律，图像诗和散文诗是重视诗体的"格律化"与轻视诗体的"散文化"的极端方式，分别减弱甚至转移了诗人的诗体自觉意识和诗体自由意识。大陆诗体心态偏激；

台湾诗体心态平和。台湾中生代诗人不像前行代诗人那样重视诗体，但具有一定的文体自律及诗体自觉意识。台湾很多诗人都有“固定行数”的意识，有效地抵制了极端的自由诗。大陆缺乏的正是这种类似“准定型诗体”的“固定行数”的诗体意识，导致自由诗与格律诗的极端对抗。港澳诗人受到台湾和大陆的双重影响，从大陆去的接近大陆，当地的接近台湾。由大陆去港澳的诗人明显受到大陆诗歌诗体时尚影响。

关键词：诗体　中生代诗人　诗歌生态　格律诗　自由诗

2011 年 9 月 23 - 26 日“第四届两岸四地当代诗学论坛”；主办方：台北教育大学；地点：台北台北教育大学

改革开放 30 年新诗与政治的关系

——兼论中外诗歌的政治性

摘　要：新诗生长于乱世，是政治性极强的文体。新诗文体的特殊性加深了新诗与政治的关系。西方诗歌、古代汉诗和现代汉诗的“革命性”传统对当代诗人形成了“影响的焦虑”，提供了丰富的艺术资源和复杂的政治资源。改革开放 30 年，政治思潮及政治生态影响了新诗诗潮及新诗生态，新诗一直承担着介入中国社会生活的政治责任，政治性是 30 年新诗的重要特征。30 年新诗的最大成绩就是促进了中国的思想解放，加快了中国的民主进程。诗歌界甚至出现了“泛意识形态”和“被意识形态”，政治性诗歌论争此起彼伏，诗体之争带有强烈的意识形态性。新诗适度重视政治，能够避免新诗创作的“小气”和新诗研究的“小学”，为新诗发展带来契机。

关键词：改革开放　新诗　政治　民主

2011 年 10 月 15 - 16 日“文学与政治：20 世纪中国文学经验与理论国际研讨会”；主办方：中国文艺理论学会、绍兴文理学院人文学院、苏州大学文学院、首都师范大学文学院；地点：浙江绍兴文理学院人文学院

浪漫主义诗歌对新诗诗人及新诗诗体的影响

摘　要：浪漫主义诗人在中国被偶像化，他们热衷革命的生活方式和作

品的激进思想更比他们的艺术成就受国人重视。浪漫主义诗歌极大地影响了新诗的内容、新诗的形式、新诗人的做人方式及生存方式,使新诗人太具有时代精神和使命意识。由于中国时局的特殊性,浪漫主义诗人的革命行为和浪漫主义诗歌对旧有作诗规范的破坏行为被中国新诗人夸大,在新诗革命中,高度重视"革命"轻视,新诗采用了比浪漫主义诗歌更激进的激情写作方式和文体革命方式,严重影响了新诗的健康发展和新诗诗体的正常建设。

关键词:浪漫主义　浪漫主义诗歌　新诗　革命　激情

2011年10月22-23日,"新诗与浪漫主义学术研讨会";主办方:北京大学中国新诗研究所、首都师范大学中国诗歌研究中心;地点:北京卧佛山庄

技巧美、形式美和内容美

——未来新诗诗美的构建方针

摘　要:诗美是一种艺术美,是诗在人世间存在的首要条件,构建诗美是诗人创作的首要任务。不同时代的诗美有共同之处,如音乐美;也有差异,如古代汉诗重视描写美轻视抒情美,重视音乐美轻视排列美,重视意象美轻视直觉美,重视书面语美轻视口语美。百年新诗又反其道而行之。未来新诗的诗美必须解决这些矛盾,减少古代汉诗与现代汉诗的对抗。但是仍然偏重排列美、直觉美和口语美。技巧(如何写好)、形式(如何写)和内容(写什么)是产生诗美的三要素。技巧美、形式美、内容美是诗美的基本元素。在诗美构建中,技巧大于形式,形式大于内容。

关键词:诗美　诗体　技巧美　形式美　内容美

2012年4月21-22日"第七届东山雅集·福建集诗会";主办方:《零点》诗刊、福建漳州市诗歌协会;地点:福建东山县澳角村

台湾新世代诗人的文体观念和诗体意识

摘　要:诗体是诗的话语形式,是诗的语言体式及形式规范,听觉形式规范和视觉形式规范是诗体的两大元素。台湾诗人的诗体意识随着时代而减弱,形成了"诗体解放"及"诗体自由化"态势。不同世代的诗人关注的诗体

元素也有差异。前行代诗人普遍重视诗的音乐性，现代格律诗受到重视；中生代诗人更关注诗的视觉性，很多诗人都有“固定行数”意识，图象诗受到重视；新世代诗人推崇诗体的自由，仍有一定的文体自律和诗体自觉意识，没有完全摆脱传统诗体观念的束缚，少数诗人仍有“固定行数”意识。前期新世代诗人重文体创新及跨界写作，后期新世代诗人的文体及诗体观念较平和甚至平庸。丰富多彩的诗歌生态减弱了他们的文体自觉意识和诗体规范意识。后期新世代诗人的诗体原则是为我所用地使用和调整已有诗体。

关键词：新世代诗人　诗体意识　视觉形式　音乐形式　固定行数

2012年5月16－18日“2012漳州诗歌节网络世纪·故里情怀学术研讨会”；主办方：漳州师范学院、台湾明道大学、台湾诗学季刊社；地点：福建漳州师范学院

冯至《蛇》细读历史的细读

——新诗细读式批评反思

摘　要：冯至的《蛇》的文本和解读甚至解读者都有“面具”特征，解读生态奇特，被文本修改与作者言论伦理化和纯洁化，可以解读为色情诗、情色诗、爱情诗、思乡诗甚至哲理诗。在是否是“色情诗”上，专家学者与普通读者、官方与民间、纸质媒体与网络媒体差异较大。需要还原这首诗的真实面目，肯定原作比改作优秀，特别要肯定它的“色情”价值和它在“诗的心理精神治疗”中的作用。考察《蛇》的细读史，不难发现新诗细读是一个文学生产场，是文学传播中塑造经典的重要方式，受到知识、权力、伦理等政治文化因素影响，解读“场域”决定着解读者的言说方式、言说内容甚至言说效果。应该在美学阅读与历史阅读、本质主义与关系主义的和谐互动下确立有“中国特色”和“当下特色”的新诗细读式批评，重视解读生态和解读伦理，强调将科学意识和文学敏感、文本细读法和知人论世法结合，突出意象细读。

关键词：冯至　《蛇》　色情　解读生态　解读伦理　新诗细读式批评

2012年10月20－21日“诗歌批评与细读”学术研讨会；主办方：北京大学中国新诗研究所、首都师范大学中国诗歌研究中心、北京首都师范大学；提交论文编入论文集，未参加

论两岸四地新诗文体的比较研究

摘　要：文学是一个生产场，新诗生产也是一种社会运作系统，受到权力、知识和伦理的控制。新诗是一种富有政治性的特殊文体，尽管这种体裁保证了文学发展的统一性和连续性，各个地区的人都是用现代汉语写以白话诗为源流的新诗，但是由于地域、政治、文化等原因，特别是意识形态原因，形成了不同的诗歌生态。生态决定功能，功能决定文体，文体决定价值。新诗在四地的文体功能、文体形态甚至文体价值都有差异。功能决定文体，文体反映功能，对两岸四地的新诗文体进行比较研究，不仅具有重要的诗歌意义，还具有重要的文化意义和政治意义。

关键词：华文诗歌　新诗文体　现代汉语　新诗生态　新诗功能

2012年10月26－27日"学术史视野中的华文文学"国际学术研讨会中国；主办方：世界华文文学学会、福建师范大学、福建省台港澳暨海外华文文学研究会；地点：福州福建师范大学

诗歌心理精神疗法的实践与理论

摘　要：文艺学应该重视理论与实践结合，基础理论要服务于社会。"诗歌心理精神疗法"采用"跨学科研究"的方式，将现代诗歌创作和理论研究与文艺理论研究，特别是文艺心理学研究结合，"介入"社会生活，通过讲座形式向社会推广，效果较好。讲座效果的好坏由内容决定，更由讲座的形式决定，关键是采用多种手段营建"气场"。诗是采用象征语言和意象方式写作，可以产生听觉和视觉刺激的抒情艺术，诗宣泄的低级、中级和高级情感能够满足人的低级、中级和高级需要。诗是与音乐有关的艺术相关。诗歌阅读和诗歌写作，特别是后者可以产生有利于身心健康的快感。诗歌的三功能与心理危机干预的三方法相似，可以改变创伤者的观念、体验和行为。

关键词：诗歌疗法　书写表达　阅读疗法　低级情感　高级情感

2012年11月10－11日"百年文学理论学术路径的反思学术研讨会"；主办方：北京师范大学文艺学研究中心；地点：北京北京师范大学

论吴思敬“新诗应该是自由诗”诗体观的意义

——在吴思敬诗学思想研讨会上的发言

摘　要：吴思敬是从事新诗研究的学者的成功典范。他首先是诗歌理论家，也是心理诗学及诗歌心理学的开创者。其次是诗歌评论家，发表了大量诗歌评论文章。再次是诗歌史家，他不仅是当代新诗发展的参与者与见证人，是新时期新诗史的“活字典”，还通过著作文章展示出新诗的这段不寻常历史。还是杰出的诗歌教育家和诗歌活动家，培养出了一批优秀的新诗学者和诗人。他几十年如一日地编辑出版了《诗探索》，成功地组织了很多次新诗研讨会和新诗笔谈。没有吴思敬，新时期汉语新诗诗坛，特别是新诗研究界，绝对没有如此繁荣。他是近年新诗诗体之争中的三大派自由诗派、中间派和格律诗派中的自由诗派的代表诗人。他的诗体观念与他的学术经历和生活阅历相关，正是身为新诗理论家、新诗评论家和新诗史家，同时又是新时期很多诗歌活动、诗歌论争的参与者和组织者，他才形成了自己的“新诗应该是自由诗”的诗体观。

关键词：吴思敬　新诗应该是自由诗　诗体　诗体建设

2012年11月2-4日“吴思敬诗学思想”研讨会；主办方：首都师范大学中国诗歌研究中心、《河南诗人》编辑部；地点：郑州《河南诗人》编辑部

新诗诗体学的历史、现实与未来

——兼论新诗诗体学的构建策略

摘　要：建立全面科学又富有特色的新诗诗体学，是新诗理论界的当务之急。新诗史是新诗诗体学的成长史。新诗革命并未革掉“诗体”。“诗体之争”消解了诗体建设的力量，也促进了新诗诗体学的发展。新诗诗体学存在理论缺乏操作性等问题，局部研究仍然取得了较大成绩。当代，特别是未来的新诗是由多种诗体共存、多种文体共建和多种技法共生的文体。诗体研究实质上是诗的本体研究，新诗诗体学不仅具有诗学的意义，还具有政治学和伦理学的价值。很有必要广泛借鉴中外文体学及诗体学研究成果，建设包括新诗文类学、新诗语言学、新诗意象学、新诗生态学、新诗功能学、新诗文化学、新诗政治学、新诗传播学、新诗诗美学等为主要内容的新诗诗体学。只有

重视诗体理论的前瞻性和操作性，坚持生态决定功能、功能决定诗体、诗体决定价值的方针，将基础理论研究、诗体史研究和优秀诗体的推广研究有机结合，新诗诗体学才能成为显学。

关键词：新诗　诗体　新诗诗体学

2012年12月9-11日"第四届华文诗学名家国际论坛"；主办方：西南大学中国诗学研究中心、西南大学中国新诗研究所、重庆西南大学；提交论文编入论文集，未参加。

片言居要体大虑周

——《吕进诗学隽语》的诗学价值和应用价值

摘　要：吕进是当代重要的诗评家和诗论家，《吕进诗学隽语》采用语录体方式辑录了吕进的十多部诗学著作中的精华，具有重大的诗学价值和应用价值。可以用十六个字来描述：格言警句，珍珠红线；片言居要，体大虑周。它是新诗研究者、新诗创作者和新诗爱好者难得的好书。它充分证明吕进先生是中国当代著名的新诗理论家和新诗教育家之一，是新诗文体学及新诗诗体学的杰出开拓者和建设者。吕进的新诗理论，特别是新诗文体理论具有开创性、现实性和前瞻性，为新时期新诗的健康发展做出了杰出贡献。他不但是新时期新诗重要的保驾护航者，而且是重要的纠偏者和引导者。他是世纪之交率先提出"诗体重建"的新诗学者。《吕进诗学隽语》是诗学理论的传播方式重建的优秀范例。"新诗文体学"及"新诗诗体学"是"吕进诗学"最重要部分，也是吕进对中国现当代诗学的一大贡献。

关键词：吕进　《吕进诗学隽语》　诗体　新诗文体建设

2013年4月3日"《吕进诗学隽语》研讨会"；主办方：西南大学新诗研究所；地点：重庆西南大学

追求散文诗与散文异质同构又不拉郎配

——《星星河》与《雨濛濛》中耿林莽作品的文体学比较

摘　要：在中国当代散文诗史上，郭风是偏向散文的散文诗的代表人物，柯蓝是偏向诗的散文诗的代表人物。耿林莽可以说是第三种流派的代表。这个流派将散文诗与诗较好地结合，力求异质同构，又不搞拉郎配，承认散文诗与散文两种文体的共同点与差异处。将《星星河》与《雨濛濛》中的耿林莽作品进行文体学比较，发现他很好地处理了散文诗与散文的文体纠葛，让两种文体既对抗又和解，又不采用中庸之道。他80年代初期的散文诗具有文体自觉性，成功地创作出了一些“纯粹的散文诗”，对后来者的散文诗创作提供了较好的文体示范。

关键词：散文诗　耿林莽　散文　异质同构

2013年6月10－12日“湖州师范学院中国散文诗研究中心第一届年会暨耿林莽散文诗创作研讨会”；主办方：湖州师范学院中国散文诗研究中心、湖州师范学院文学院；地点：浙江湖州师范学院

自然景观和文化记忆结合的类型写作

——台湾中生代诗人大陆纪游诗创作动力研究

摘　要：旅游既是时间上的转换，更是空间上的位移和文化上的变换，纪游诗写的是诗人在旅游中的见闻感受，记录了人对空间的不同反映。“乡愁”是台湾前行代诗人的重要“主题”，张默晚年对纪游诗情有独钟。台湾中生代诗人的大陆纪游诗是大陆风景名胜和中华文化记忆结合的类型写作。白灵从1990年到2008年到大陆15次，写了多首。孟樊出版了《旅游写真——孟樊旅游诗集》，写了大陆15个省区，共18首诗。台湾诗人抒写大陆纪游诗方式多种多样，相同身份（台湾诗人）和相似经历（游大陆名胜古迹）使他们的写作动力源具有相似性，由“文化记忆”构建的“文化时空”比物理距离产生的“自然时空”对创作影响更大，和出生在大陆的前行代诗人相比，出生在台湾的中生代诗人的“时空错位”更明显，两代诗人的写作风格迥异。

关键词：台湾中生代诗人　大陆纪游诗　纪游诗　时空错位

2013年6月25－28日“中国现代诗歌语言国际学术研讨会”；主办方：南开大学文学院、中国当代文学研究会；地点：天津南开大学

玫瑰之手艺术地让铁树开出美丽爱情花

——读湖南诗人白红雪爱情诗有感

摘　要：诗是艺术地表现平民性情感的语言艺术，好诗标准应该是内容上的民间写作，形式上的知识分子写作。中国读者最需要的不是粉饰太平的写实诗人，更不是以教师爷自居的哲理诗人，而是能够给生活在前所未有的竞争环境中的国人带来心理安慰和情感抚慰的情感诗人。“意象”或“隐喻”可以保证“色情诗”写得“美”。在知识、权力与伦理，特别是知识、伦理的影响下，色情诗的写作与研究都不太“自由”，没有良好的生态环境。好的爱情诗可以让人强烈地感受并享受到了人类必须具备的“生机”，可以让人有了活下去的勇气，而且活得浪漫美丽，过上既有“快感”，也有“美感”的生活。

关键词：爱情诗　色情诗　快感　美感

2013年8月27－28日“白红雪诗歌研讨会”；主办方：首都师范大学中国诗歌研究中心、新化县委宣传部；地点：湖南新化

科学界定叙述在新诗本体论中的位置

摘　要：在表现主义的情感说和形式主义的结构说中，诗都被视为绝对的抒情文体。需要科学确立叙述在新诗本体论中的位置。叙述可以分为“叙事的抒情”与“抒情的叙事”两种类型，新诗最需要的是“抒情的叙事”。文的叙述与诗的叙述有质的差别。在抒情、描写和叙述三大写作手法中，叙述最具有时间感与空间感，可以将动作扩展，将时间拉长，将空间拓宽；可以放慢事件，呈现细节；更可以让情感产生流动感，让思想产生有形感。女诗人写作喜欢采用叙述取代抒情。新诗界出现叙述取代抒情是有意义的，会让新诗文体更丰富。叙述诗有别于传统的叙事诗和抒情诗，是“外在观察的直接的语言表现”。过分重视叙述有可能形成新诗界的“生态灾难”。叙述及“叙述诗”可以获得更多当代读者，但要承担建立现代纯粹诗歌的重任。今日新诗是采用抒情、叙述、议论，表现情绪、情感、感觉、感受、愿望和冥想，重视语体、诗体、想象和意象的现代汉语艺术。

关键词：新诗　叙述　新诗本体论　抒情的叙事　纯粹诗歌

2013年9月6-8日“21世纪中国现代诗第七届研讨会”；主办方：山东大学威海分校文学院、中国当代文学研究会；地点：威海山东大学威海分校

大陆台湾诗体观念比较

摘　要：中国大陆和中国台湾的政治体制、文化形态、教育方式，特别是新诗运作系统的三大轴心（知识、权力和伦理）颇有差异。台湾诗人的诗体意识随着时代减弱，形成了“诗体解放”及“诗体自由化”态势。前行代诗人普遍重视诗的音乐性，现代格律诗受到重视；中生代诗人更关注诗的视觉性，很多诗人都有“固定行数”意识，图象诗受到重视；新世代诗人推崇诗体的自由，仍有一定的文体自律和诗体自觉意识，没有完全摆脱传统诗体观念的束缚，少数诗人仍有“固定行数”意识。近年出现的几种诗体定义基本上能够反映出大陆诗坛的诗体观念，大致可以分为不定型诗派自由诗派、定型诗派格律诗派和准定型诗派。主要是自由诗派和格律诗派，两派的对抗相当明显。新诗建设的当务之急是重视诗体建设和诗美建设。

关键词：新诗　诗体　格律诗　自由诗

2013年11月2-3日“新诗国际研讨会”；主办方：南京大学中国新文学研究中心；地点：南京南京国际学术交流中心

千万不要忘了诗歌翻译家黄药眠

摘　要：黄药眠不仅是一位优秀的诗人，还是优秀的诗歌翻译家。黄药眠翻译英语诗是因为喜欢而翻译，而不是为了发表等功利，翻译时讲究诗歌原则，特别重视原诗的情调，翻译态度认真。对已有诗体传统的高度重视。黄药眠所处的时代正是自由诗流行甚至泛滥成灾的时代，急需有识之士出来纠正极端。黄药眠的译诗在某种程度上支持了这种主张，为新诗的诗体建设做出了贡献。他按照英语原诗的诗形和韵律译诗。如果原诗是四行分节，他就四行分节，原诗押韵，他就押韵。当时黄药眠是年轻人，采用了格律化的方式来翻译外国诗，重视诗体，不仅在外语诗歌翻译史上具有重要地位，在新诗诗体生成史上也有特殊的价值。

关键词：诗歌翻译家黄药眠　诗体　译诗态度　情调

2013年11月16日"黄药眠诞辰110周年纪念会";主办方:北京师范大学文学院、北京师范大学文艺学研究中心;地点:北京北京师范大学

网络诗歌语言的俗与雅

——博客情色诗的语言伦理学考察

摘　要:写人的身体欲望的诗作都可以称为情色诗。以博客诗歌为代表的网络诗歌带来了现代汉诗生成传播方式的巨变。一些诗人将上个世纪90年代的"个人化写作",新世纪初的"隐私性写作"发展到今天的"身体性写作"。博客情色诗出现语言"俗化"倾向,一些诗人缺乏基本的语言伦理——日常语言伦理、书面语言伦理和诗歌语言伦理,过分重视人的自然情感,忽视人的社会情感,严重缺乏艺术家应该有的审美情感。语言伦理学要求优秀的"情色诗"必须将人的生物性本能情感、社会性伦理情感和审美性艺术情感有机结合。

关键词:情色诗　伦理　语言　博客

2013年11月23-24日"中国现代诗歌语言与形式学术研讨会";主办方:首都师范大学中国诗歌研究中心、北京大学新诗研究院;地点:北京香山饭店

加强福建旅游诗及生态诗建设

——生态文学及生态美学的现实应用思考

摘　要:理论与实践应该融合,福建诗人应该为建设美丽福建作贡献。目前要重视生态文学及生态美学的现实应用,加强福建旅游诗及生态诗建设。福建诗人对福建生态及福建旅游景点的重视,有利于福建的经济建设,改变福建诗歌的创作生态,使诗的功能由单一的个体抒情转向将人与自然合为一体的抒情。近年福建旅游业快速发展,观光生态旅游是福建旅游的主要形态;福建的诗歌创作繁荣,各地都形成了诗人群。为福建旅游诗及生态诗的建设创造了较好条件。自然生态与诗歌生态及诗人生态休戚相关,旅游诗常常与生态诗有异曲同工之处。旅游是自然生态和文化生态上的变换,纪游诗记录了人对空间及生态的不同反映。台湾诗人的纪游诗写作可以为福建

旅游诗及生态诗的建设提供经验和策略。

关键词：福建　旅游诗　生态诗　生态文学　应用

2013年11月13－15日“两岸文化视域中的生态美学与生态书写国际学术研讨会”；主办方：福建省美学学会、宁德师范学院；地点：福建宁德师范学院

新世纪必须加强西方文论建设

——从名家教授误读新批评的“张力”谈起

摘　要：新世纪加强西方文论建设有利于学生的学习和学者的研究。过去一个世纪没有好好建设，在世纪之交反而受到轻视。当今学者的西方文论知识太差，英美新批评及张力理论应该是中国学者，特别是新诗学者熟悉的理论，结果却令人失望，被很多名家教授误读。五大原因导致当下大陆西方文论建设薄弱：十分狭隘的爱国主义和十分极端的“中国特色”，教学人才缺乏教材落后、研究生教学效果较差、出版界出版的西方文论太少，翻译质量太差和学者的课题制度与工作量考核制度。“话语”“意识形态”等新潮术语被滥用的原因不是学者的文风，而是学风问题。

关键词：新世纪　西方文论建设　张力　语话　意识形态

2014年1月11－12日“新世纪文学理论的建设与反思学术研讨会”；主办方：中国文艺理论学会、牡丹江范学院文学院；地点：牡丹江牡丹江范学院

香港新诗文体特征及香港诗人诗体观

摘　要：香港新诗呈现多元化局面，学院派诗歌较繁荣。香港诗人的“身份”和香港诗歌的“生态”具有特殊性，以“都市诗歌”为主要成分的香港新诗处在“大陆诗歌与台湾诗歌”的“压抑”下又试图“扩张”的状态。香港是“一国两制”的“特区”。政体上的“合”与文体上的“分”形成“对抗”与“和解”，“对抗”会形成一定程度上的“诗歌的一国两制”。所以一些香港诗人，尤其是本土诗人重视自己的“诗歌身份”，强调“本土意识是香港诗人的鲜明特色”。香港新诗建构“自我意识”及“主体意识”的参照体通常是大陆新诗和台湾新诗。本土诗人普遍接受了西方现代诗的影响。由于诗体资源丰富，香港诗人，尤

其是学院派诗人的诗体观并不极端。香港文化的多元性和诗体资源的丰富性导致的文体多样性与稳健性，为新诗的文体建设，特别是在全球化态势下的移民性写作提供了经验。

关键词：香港新诗　香港诗人　诗体　诗体观　诗歌身份

2014年6－7日"两岸四地第六届当代诗学论坛"；主办方：中国当代文学研究会、香港岭南大学人文学科研究中心；地点：香港香港岭南大学

两岸四地新诗文体比较研究透析

摘　要："新诗"是"华文文学"的重要组成部分，主要分布在大陆、台湾、香港、澳门、东南亚、北美等地，其中两岸四地，特别是大陆和台湾最重要。诗歌生态在很大程度上决定诗歌功能，诗歌功能决定诗歌文体，诗歌文体在一定程度上决定诗歌价值。新诗是富有政治性的特殊文体，新诗生产是社会性极强的生产场，是特殊的社会运作系统，受到意识形态及社会权力的巨大影响，还受到通用知识和普遍伦理的控制。尽管两岸四地都是用现代汉语写在白话诗运动中产生的新诗，这种汉语文学的抒情体裁可以更准确地称为"现代汉诗"，它保证了汉语抒情文学发展的统一性和连续性，但是由于地域空间、政治体制、文化记忆等原因，尤其是政治原因，形成了不同的诗歌生态，导致文体的功能、形态甚至价值都有差异。比较研究两岸四地的新诗文体具有重要的诗歌、文化和政治意义。两岸四地新诗文体的共同性和差异性研究，可以为四地的联系，特别是为政治和文化的交流提供经验。

关键词：两岸四地　新诗文体　比较研究　新诗生态　新诗功能

2014年6月9－15日"2014世界华文文学国际研讨会"；主办方：中国世界华文文学学会、台湾中国诗歌艺术学会、福建省台港澳暨海外华文文学学会；地点：台北科文馆

新诗小诗的文体生成流变传播
——"小诗磨坊"的运作策略分析

摘　要：诗体是对诗的形式及文体属性的制度化，诗体建设难是百年新

诗的最大问题。在大陆学者倡导“诗体重建”不太受欢迎的形势下，由八位诗人在非汉语诗歌中心泰国曼谷创建的小诗磨坊却成绩斐然，产生了全球性的影响，成为新诗史上第三次小诗运动重要的“创作基地”和“交流中心”。小诗磨坊为“诗体重建”提供了经验：要把诗体建设视为系统工程，加强与社会联动，重视生产手段、营销方式和传播策略，尤其是要重视诗体的特殊生态，把诗体生态视为和商品生产场一样的交流圈，遵守社会运作系统的基本构建模式，重视知识轴心、权力轴心和伦理轴心，通过整体传播来完成诗体传播及诗体重建的重任。

关键词：新诗　小诗　诗体　传播

2014年9月19－21日“2014年中国文学传播与接受国际学术研讨会”；主办方：武汉大学文学院、马来亚大学华人研究中心；地点：湖北武汉大学

澳门新诗文体特征及澳门诗人诗体观

摘　要：生态决定功能，功能决定文体，两岸四地新诗文体的生态颇异，澳门新诗文体特征及澳门诗人诗体观有别于大陆、台湾和香港。新旧诗并存的诗歌生态极大地影响了澳门新诗诗人的诗体观念，出现诗体对抗与和解两种极端。澳门诗人及诗论家几十年来都不太重视诗的形式，缺乏必要的文体自觉性和诗体自律意识，过分重视写什么，不重视怎么写与如何写好，是一些资深诗人退出诗坛的原因之一，也危及了年轻一代诗人的诗歌前途。

关键词：澳门新诗　文体特征　诗体　诗体观

2014年10月15－17日“第五届华文诗学名家国际论坛”；主办方：西南大学中国诗学研究中心、西南大学中国新诗研究所、《文艺研究》编辑部；地点：重庆西南师范大学

现代汉语诗歌诗体的现代性

摘　要：现代汉语诗歌诗体的现代性主要指语体和文体的现代性。现代世俗性情感和现代通俗性语言是现代汉诗诗歌的两大现代性特征。现代汉语诗歌诗体的现代性建设必须重视人的构形本性与艺术的具形本性。既

要重视诗既需要耳朵又需要眼睛的特性，和现代汉诗既是重视语言的现代也重视精神的现代的特性；更要重视现代汉语的实用性和个体性，重视现代汉诗的先锋性和现代诗人的时代性。尤其要重视古今汉诗的诗歌生态及诗歌功能的差异性。如现代汉诗更重视情绪古代汉诗更重视情感，现代汉诗更重视写作过程古代汉诗更重视写作的结果，现代人的视觉思维比古代人更发达，现代汉诗的视觉形式建设就比音乐形式建设更重要。现代汉语诗歌诗体的现代性应该体现在诗的形体的现代性上，要重视现代汉语及现代汉诗的特性，也要与世界现代诗保持联系。新诗在语言形式上要偏向"中国化"，内容技法上要偏向"外国化"。

关键词：新诗　诗体　现代性　现代意识　现代汉语

2014年10月30－11月3日"如何新诗，怎样现代——中国诗歌现代性问题学术研讨会"；主办方：首都师范大学中国诗歌研究中心、北京大学新诗研究院；地点：北京香山饭店

新诗诗体及新诗诗体学的构建策略

摘　要：在中外文体史上，诗是最具有形式及体式的文体。诗人重视诗的形体出于人的构形本性和艺术的具形本性。新诗史上一直存在新诗是否需要诗体，特别是定型诗体的"诗体之争"，即自由诗派与格律诗派之争。新诗史就是诗体之争的历史，也是新诗诗体的建设史和新诗诗体学的成长史。诗体的多元格局和新诗理论界的学术民主带来了近年新诗诗体学的繁荣。目前，新诗的视觉形式建设比音乐形式建设重要，诗的分行排列及对诗的排列的高度重视恰好可以弥补诗的音乐性的减少造成的损失。诗体重建有助于建立新诗创作规范及新诗批评和鉴赏标准，强化诗人的文体自觉意识。建立全面科学又富有特色的新诗诗体学，是新诗理论界的当务之急。新诗诗体学必须借鉴已有的文体学及诗体学的研究成果。

关键词：新诗　诗体　新诗诗体学　自由诗　新格律诗

2014年11月6－8日"中国现代文学研究会第11届年会"；主办方：中国现代文学研究会、南京晓庄学院、南京大学新文学中心、南京师大现当代文学学科；地点：南京晓庄学院

新诗学院派与江湖派的有机结合

——首都师范大学驻校诗人制度得失

摘　要：当代新诗诗坛的一大问题是学院派与江湖派的对抗而非和解，新诗诗人的最佳培养模式是学院派与江湖派的有机结合模式。首都师范大学“驻校诗人”较好地完成了新诗学院派与江湖派的有机结合，可以与《诗刊》的“青春诗会”相提并论，正在成为培养优秀诗人的“黄埔军校”。驻校诗人与相关人员正在形成一个“流派”或“学派”。一些驻校诗人出校后的江湖气仍浓，学院气不够，需要在培养时间、培养方式及考核方式改进。首都师范大学驻校诗人的成功可以给诗坛正确的导向，改变诗人不需要上大学的观念。校园诗人与驻校诗人交往是双赢，驻校诗人会重视语言技巧，校园诗人会更重视思想内容。驻校诗人与校园诗人的互动可以激活校园的诗歌创作。

关键词：新诗　学院派　江湖派　有机结合　首都师范大学驻校诗人制度

2014 年 11 月 29 日“首都师范大学驻校诗人十周年回顾研讨会”；主办方：首都师范大学中国诗歌研究中心；地点：北京首都师范大学中国诗歌研究中心

今日新诗应该高度重视现代性建设

摘　要：诗歌生态决定诗歌功能，诗歌功能决定诗歌文体。新诗是一种现代性文体，但是新诗的现代性建设之路坎坷。新诗的现代性建设必须为中国的现代化建设服务。今天需要将本质主义和关系主义结合，重视由“形式本体”产生的新诗的诗体形式性和“混合本体”产生的新诗的文体混合性。采用哲学的现代性理论、文体学的功能理论和文学社会学的生态理论，在中外现代诗歌的大背景下考察新诗，完成新诗的理论创作研究、影响生态研究和建设策略研究。新诗的现代性建设主要分为启蒙现代性建设和审美现代性建设，具体为一大问题、两大需要、三大功能、四大任务、五大特质和六大建设。应该学习波德莱尔，把新诗建设成既世俗又精致的现代汉语诗歌。

关键词：中国现代诗　现代性建设　世俗性　先锋性　启蒙现代性

审美现代性

2015年6月7-9日"21世纪中国现代诗第八届研讨会";主办方：中国当代文学研究会、安徽师范大学文学院、中国诗学研究中心、《安徽师范大学学报》编辑部;地点：芜湖安徽师范大学

论张志民现实主义创作对新诗现代性建设的启示

摘　要：在百年新诗史上,现实主义与现代主义、启蒙现代性和审美现代性互相支持。张志民是现实主义的红色诗人的代表,他的人生经历决定了他的创作风格。他是诗坛公认的"好人",他的一些诗呈现出现代人的平等意识和自由精神,显示出诗人的主体意识和反思精神。从张志民的诗中,尤其是他20世纪八九十年代的诗中,可以读出明显的现代性因素,尤其是启蒙现代性的因素。但是过多的启蒙现代性,也导致了审美现代性的缺失。在新的世纪,如何更好采用现实主义来完成现代主义的现代性建设任务,张志民的一些经验和教训值得今日诗坛借鉴。新诗现代性建设要客观评价现实主义诗歌,尽可能完成现实主义诗歌向现代主义诗歌的现代转换,为培养现代中国人和打造现代中国作出更大贡献,让新诗真正成为反映现代生活,抒写现代情感,推崇现代精神,培养现代意识的语言艺术。这正是张志民现实主义创作对新诗现代性建设的重要启示。

关键词：张志民　现实主义　现代主义　现代性　介入生活

2015年8月21日"张志民诗歌创作研讨会";主办方：首都师范大学中国诗歌研究中心、北京市作家协会;地点：北京门头沟

新诗现代性建设要建设八大诗体

摘　要：新诗是采用现代汉语和现代诗体、抒写现代生活和现代情感、具有现代意识和现代精神的语言艺术。诗体现代性建设是新诗现代性建设的重要内容,更是新诗审美现代性建设的主要任务。今天的新诗诗体现代性建设仍然要强调诗的内容的平民化和形式的贵族化,要致力于四大类诗体的建设。应该重点建设八大诗体：自由诗、格律诗、小诗、长诗、散文诗、图象

诗、网络诗和跨界诗。今天的新诗诗体现代性建设不仅要处理好文体外部的古代与现代、外国与中国的复杂关系,更要处理好文体内部的文体自由与自律、诗体自由化和格律化的复杂关系。

关键词:新诗现代性建设　八大诗体　宽松而有节制　自由精神

2015年10月31日至11月1日“纪念新诗诞生百年:新诗形式建设学术研讨会”;主办方:北京大学中国诗歌研究院、首都师范大学中国诗歌研究中心;地点:北京卧佛山庄

新诗现代性建设要追求现实主义与现代主义的和解

摘　要:“现代诗如何现代?新诗如何新?”这是近年新诗理论界关注的热点话题。它成为热点的原因是它不仅指涉文学上的现实主义与现代主义、地域文学与整体文学、传统文化与现代文明等关系,还涉及政治上的传统与现代和中国化与全球化,甚至改革开放与闭关锁国和中国特色与西方风格等矛盾。今日新诗应该意识到新诗是一种先锋性世俗化文体,是用现代汉语和现代诗体,抒写现代生活和现代情感,具有现代意识和现代精神的语言艺术。必须加强新诗的现代性建设,尤其要通过启蒙现代性建设和审美现代性建设为培养现代中国人和建设现代中国作贡献。在现阶段,尤其在一些相对落后的地区,新诗应该绝对现代,但不能极端现代,要追求现实主义与现代主义的和解而不是对抗,把现实主义作为现代性的七副面孔之一,学习我国台湾和美国诗歌的现代性建设经验,重建具有现代性的现实主义。

关键词:现代性　现代主义　现实主义　现代性的现实主义

2015年11月28－29日“两岸四地第七届当代诗学论坛·代际经验与呈现国际学术研讨会”;主办方:暨南大学海外华文文学与华语传媒研究中心、中国文艺评论基地;地点:广州暨南大学

政治性诗歌的“现代性”与“民间性”

——北岛《回答》《一切》的生态功能考察

摘　要:诗是个体的抒情艺术,不管如何强化政治诗歌的公共性和现代

性，个人性和民间性始终存在，两者应该多和解少对抗，现代性的"政治书写"应该融入民间性的"书写表达"。北岛在20世纪70年代写的《回答》和《一切》是具有强烈的启蒙现代性的杰作，唤醒了中国人的现代意识，参与了中国的现代化建设，促进了中国的思想开放，加快了中国的民主进程，也有鲜明的个人化写作和民间诗歌的特点。北岛被"神化"成"启蒙诗人"甚至"政治诗人"，与两首诗被时代误读和被政治利用有关。它们有意识形态性也有诗性，有启蒙功能也有治疗功能，具有现实主义的"真实"和现代主义的"颓废"。今天应该肯定两首诗的虚无主义色彩，尤其是《一切》的"颓废"的现代性价值，它是北岛成为"现代诗人"的标志性诗作，也是他在"政治诗歌"这一诗题方面对新诗现代性建设做的一大贡献。《回答》和《一切》在写作生态及传播方式上也具有民间性。

关键词：政治诗歌　现代性　民间性　颓废　功能

2016年5月20－21日"北岛诗歌创作研讨会"；主办方：中国当代文学研究会、首都师范大学中国诗歌研究中心、廊坊师范学院文学院；地点：河北廊坊师范学院

穆旦现代汉诗的现代性

——青春期写作的颓废与情色

摘　要：穆旦的现代汉诗写作具有重要的现代性意义，他在新诗现代性建设上的贡献主要在现代主义和颓废上，为诗题及新诗功能的现代性建设作出了巨大贡献。他的青春期"快感"甚至"肉感"写作，即"情色写作"具有较大的抒情价值和治疗价值。穆旦1942年1月和2月写作的3首诗是他青春期冲动性写作的代表作。《春底降临》和《春》真实地写出了诗人在寒冷的冬天里的"春心荡漾"。《诗八首》写出了爱的真实感受和真实经历，也有多个含有情色意味的诗行。穆旦深受奥登的影响，奥登的诗淫荡而又纯洁的诗观，有助于理解穆旦青春期写作中的颓废与情色。

关键词：穆旦　青春期写作　颓废　情色

2016年6月17－19日"穆旦与百年中国新诗：21世纪中国现代诗第九届研讨会"；主办方：南开大学文学院、中国当代文学研究会；地点：天津南开大学

论曾心小诗的文体性

摘　要：近年华语新诗界涌现多位优秀的小诗诗人，曾心是其中的佼佼者，他的现代小诗创作在百年新诗史上的小诗史中颇具特色，具有独特的文体功能和文体特征，在小诗的现代性建设上，特别是小诗的诗体现代性建设上做出了较大贡献。他的小诗可以称为“现代小诗”，具有“现代语言”和“现代诗体”与“现代情感”和“现代精神”。他有文体自觉性，继承了小诗诗体的说理传统，却打破了小诗“理”大于“情”，“理”大于“事”的文体局限，对小诗的文体功能作了较大的改进，将“理”变成了“理趣”。他追求的正是诗意的世俗性和诗歌写作的自主性，他的小诗具有林以亮所言的“现代诗的精神”。他善于在日常生活中发现诗，赋予世俗平民生活浓郁的诗意，使自己能够“诗意地栖居”。他克服了小诗的诗体形式的单调乏味，却采用了“双行体”等多种诗体形式，十分重视小诗的排列美，让小诗更有诗质。

关键词：现代小诗　现代性　文体自觉　工匠精神

2016年7月23－27日“一带一路与泰国华文文学国际学术研讨会”；主办方：留中总会文艺写作学会、泰国曼谷；地点：清莱皇太后大学

论童庆炳先生新诗需要词牌的诗体建设观

摘　要：作为著名的文体学家，童庆炳先生的文体观和诗体建设观十分重要。前者已受到文体学界的重视，后者越来越受到新诗研究界的重视，成为近年新诗理论界学者经常讨论的“诗体重建”的一种方法。他主张新诗的文体建设要用现代汉语创造出新的一二百种不同的词牌来。新诗文体研究的主要任务是为21世纪的现代汉语诗歌提出理想的文体构建策略，他的这个主张有助于完成这一重任。童庆炳先生的文体定义和新诗诗体建设主张颇能体现出他严谨锐利的学术品质，既有学者的个性偏爱又有学者的客观科学。

关键词：新诗　词牌　文体定义　诗体建设观

2016年10月29－30日“文化诗学与童庆炳先生学术思想研讨会”；主办

方：北京师范大学文艺学研究中心、福建师范大学文学院、连城县政府；地点：福建连城

论俄语诗歌对新诗文体的影响

摘 要：俄语诗歌对新诗革命和百年间新诗的文体建设产生了较大影响，不仅影响到新诗的职能，也影响了新诗的形态，特别是影响了新诗的诗体建设。俄语诗歌使新诗更重视诗的济世功能，使新诗与古诗相比，更具有高度的严肃性，更政治化。俄语诗歌对诗的音乐性和排列美的重视，也使新诗将诗的音乐美与排列美作为诗体建设的主要内容。前苏联的诗歌观极大地影响了20世纪五六十年代的新诗，助长了新格律诗的流行。中国新诗诗人对俄语诗歌的形态有些"误读"，加剧了新诗诗体的自由化与律化的对抗。

关键词：俄语诗歌　新诗功能　影响

2016年11月4-7日"新诗诞生百年：新诗与外国诗歌译介学术研讨会"；主办方：首都师范大学中国诗歌研究中心、扬州虹桥书院；地点：江苏扬州虹桥书院

甘肃乡土诗的伦理变迁与道德取向

摘 要：世纪之交的甘肃乡土诗有乡土性、民间性、地域性、伦理性和道德感。乡土诗承载着诗人的道德诉求，乡土诗人在乡村伦理建设中具有重要地位。乡土诗写作是长期生活或短期居住在乡村里的乡村精英人物维护和重建乡村道德伦理的一种方式。"乡镇文人""县城文人"的身份让他们具有强烈的"在场感"和"责任感"，更容易赋予自己乡村百姓的"代言人"甚至乡村伦理的"卫道士"的时代重任，他们创作乡土诗更重视诗的教化功能，过分迷恋真实是诗人唯一的自救之道的创作原则。缺乏现代人批判精神和现代诗的自由精神，导致乡土诗写作的单调和乡村伦理思考的粗浅。

关键词：甘肃乡土诗　乡村文人　写作伦理　地域性

2016年11月8-10日"中国现代汉诗研讨会"；主办方：东南大学人文学院、东南大学现代汉诗研究所、东南大学中文系；地点：南京东南大学

论傅天虹新诗的现代性

摘　要：现代诗的三大功能是启蒙功能、审美功能和抒情功能，现代诗人既是“审美人”，也是“启蒙人”，更是“抒情人”。诗人傅天虹是新诗诗坛著名的“诗歌活动家”和“诗歌出版家”。傅天虹的最大贡献仍是他的诗，他的诗在一定程度上可以呈现出他是一个具有现代意识的人，他的诗具有明显的现代性特征。“新诗”或“现代诗”都有异曲同工之妙，不管它被称为“新诗”“现代诗”“现代汉诗”“汉语新诗”……这些命名都具有“现代性”特质，都是特定时代产生的“现代性”文体。在当下最好用“现代汉诗”取代“新诗”，以此强化新诗的当下使命——培养现代人和打造现代国家。

关键词：傅天虹　新诗　现代性　现代汉诗

2016年11月28－30日“第八届两岸四地当代诗学论坛百年汉语新诗与澳港台中生代诗歌学术研讨会”；主办方：澳门大学人文学院中文系、当代诗学论坛、澳门文艺评论家协会、澳门大学南国人文研究中心；地点：澳门澳门大学

小诗磨坊为何享誉世界

摘　要：诗体是对诗的形式及文体属性的制度化，诗体建设难是百年新诗的最大问题。经过十年的建设，小诗磨坊名副其实地成为新诗史上第三次小诗运动重要的“创作基地”和“交流中心”。当今诗界有无数个诗社诗群，小诗磨坊却能一枝独秀，享誉世界，原因是多方面的。首先是有优秀的作品，“磨”出了具有现代精神和现代技巧的现代小诗，很多作品都堪称现代汉诗中的精品。其次是有成功的运作，把小诗的诗体建设视为系统工程，加强与社会联动，重视生产手段、营销方式和传播策略，尤其是重视诗体的特殊生态，把诗体生态视为和商品生产场一样的交流圈，遵守社会运作系统的基本构建模式，重视知识轴心、权力轴心和伦理轴心，通过整体传播来完成诗体传播及诗体重建的重任。小诗磨坊为21世纪的现代汉诗的诗体重建提供了宝贵的经验。

关键词：小诗磨坊　诗体　诗体建设　小诗

2017年4月22-23日"国际小诗暨小诗磨坊作品研讨会";主办方:东南大学现代汉诗研究所、东南大学中文系、东南大学人文学院;地点:南京东南大学

新诗现代性建设的伦理取向

——中国大陆乡土诗的写作伦理反思

摘　要:近年中国城市化进程加速,导致了自然村落与伦理村落的衰弱,带来了乡土诗的重新繁荣。工业化和城市化不能剥夺心理上的乡村,写作乡土诗的过程是诗人文化还乡和伦理还乡的过程,是诗人拒绝遗忘、寻找家园的有效手段。乡土诗是一种比较缺乏现代意识、现代精神和现代技巧的文体,承载着诗人的诗歌理想和道德诉求,呈现出保守的伦理与激进的伦理等多种伦理形态,由于生活在"城(现代)乡(传统)结合部",乡土诗人受到传统与现代的挤压,常常在社会生活中扮演乡村的道德守望者角色,过分重视写作伦理,在内容上过分美化乡村,在形式上和技法上过分遵循传统。"农村人"与"城市人"两种身份纠缠不清的人生状态导致了乡土诗创作的非理性,不利于通过乡土诗来构建乡村新伦理,培养中国现代乡村人。

关键词:乡土诗　乡村文人　乡愁　伦理　反思

2017年6月29日至7月1日"两岸四地"第九届当代诗学论坛·百年新诗:历史变迁与空间共生国际学术研讨会";主办方:北京师范大学国际写作中心会同北京师范大学文学院、中国当代文学研究会;地点:北京北京师范大学

才胆识力兼具的新诗学者罗振亚

摘　要:今日新诗研究界需要加强"人格建设"和"学术建设",需要学贯中西的、正直有良心通人性的、真正的文学理论家,既人格高尚又学识渊博的大理论家。罗振亚具有当代新诗学者最佳的"身份结构"——集诗史家、诗论家和诗评家为一体,又有这三者都需要的"素质结构"——才、胆、识、力。他是五六十年代出生的新诗学者,尤其是学院派批评家中的优秀代表,是当代诗坛少有的,令诗人佩服的,"有底气"和"有骨气"的"诗评家",更是令学者佩

服的中青年诗史家中的优秀者。

关键词：罗振亚　诗学思想　才胆识力　有骨气　有底气

2017年8月4－6日“百年汉语新诗批评及罗振亚诗学思想学术研讨会”；主办方：哈尔滨师范大学、哈尔滨师范大学校友会、哈尔滨师范大学文学院、哈尔滨师范大学科研处、哈尔滨师范大学学术理论研究部；地点：哈尔滨师范大学

新诗文体现代性建设的意义及策略

摘　要：新诗是与政治文化的现代性建设基本同步的先锋性文体，百年新诗的历史是汉语诗歌文体发生现代性巨变的历史，新诗的文体建设与新诗的现代性建设同步，目的是建立起“现代语言”和“现代诗体”，培养出“现代情感”和“现代精神”。但是20世纪没有完成这四大任务，21世纪需要加强建设。21世纪的新诗现代性建设仍然要强调“新”，尤其要重视“当下性”甚至“现实性”，充分利用“现代性的动力”，兼顾审美现代性建设和启蒙现代性建设，吸取20世纪新诗过度重视诗的启蒙性建设的教训。只有把它限定为稳健的现代汉语诗歌改良活动，而不是激进的现代汉语诗歌革命运动，才能通过新诗的现代性建设促进中国人的现代性建设和中国社会的现代性建设。有必要通过改善诗歌生态来改善文学生态，以此来改善政治文化生态，完成通过新诗来培养现代公民和建设现代国家的使命，让“现代诗”真正具有“现代”品格，让“新诗”真正有“新”的品德。

关键词：新诗　现代性　功能　文体

2017年9月23－24日“传承与变革：纪念中国新诗诞生百年国际会议”；主办方：南京大学中国新文学研究中心、美国加州大学戴维斯分校东亚语言与文化系、南京大学中国新文学研究中心新诗研究所；地点：南京南京大学

附录二

王珂参加诗学学术会议总目 1994—2017

1. 1994 年 10 月 18－20 日，“世纪之交文学的出路”；中国社会科学院文学所，北京中国社科院文学所；提交论文《迷失的第十位缪斯——新时期文学研究管窥》。

2. 1997 年 7 月 24－8 月 1 日，“现代汉诗国际讨论会”；中国社科院文学所、福建师范大学中文系，福建武夷山；提交论文《拓展内容职能，定型诗形诗体——21 世纪汉语诗歌文体的现实及理想构建》。

3. 1998 年 10 月 18－20 日，“中国当代文学第十次年会”；重庆师范大学、中国当代文学研究会，重庆重庆师范大学；提交论文《实验与进展：新诗呼唤文体实验——新诗的现状及命运透视》。

4. 2001 年 5 月 18－20 日，“文艺学学科建设研讨会”；北京师范大学文艺学中心，北京北京师范大学。

5. 2001 年 12 月 15－17 日，“中国新诗理论国际学术研讨会”；首都师范大学中国新诗研究中心、荷兰莱顿大学亚洲学院、美国加州大学戴维斯分校东亚系，北京香山饭店；提交论文《他·女性·女人·我——论 20 世纪中国女诗人的四大抒情模式》。

6. 2003 年 4 月 19－20 日，“牛汉诗歌创作研讨会”研讨会；中国当代文学研究会、人民文学出版社、首都师范大学中国诗歌研究中心、廊坊师范学院，河北廊坊师范学院；提交论文《论牛汉的文体意识》。

7. 2003 年 11 月 9－12 日，“中国当代少数民族文学研究会第八届年会暨当代少数民族文学研究表彰大会”；中国当代少数民族文学研究会、广东技术师范学院中文系，广州广东技术师范学院；提交论文《世纪之交民族女性诗歌的创作风格比较——兼论民族诗人对现代汉诗诗体建设的贡献》。

8. 2003 年 11 月 16 日，“纪念黄药眠教授百年诞辰文艺思想研讨会”；北京师范大学文学院、文艺学中心、北京北京师范大学；提交论文《千万别忘了诗人黄药眠》。

9. 2004 年 5 月 15 日，“郑敏诗歌创作研讨会”；中国当代文学研究会、北京师范大学外国语学院、首都师大中国诗歌研究中心，北京首都师范大学；提交论文《幸好新诗坛有郑敏——论郑敏的人品、诗品与文品》。

10. 2004 年 9 月 19 - 23 日，"第一届华文诗学名家国际论坛"；西南大学中国诗学研究中心、西南大学中国新诗研究所、《文艺研究》编辑部，重庆西南大学；提交论文《新诗应该建立以准定型诗体为主导的常规诗体》。

11. 2005 年 8 月 18 - 21 日，"中国新诗一百年国际研讨会"；北京大学中文系、北京大学诗歌中心、首都师范大学文学院、首都师范大学中国诗歌研究中心，北京达园宾馆；提交论文《外国诗歌的"中国式"翻译对新诗诗体建设的影响》。

12. 2005 年 10 月 8 - 9 日，闽台"2005 海峡诗会"；福建省文联、《台港文学选刊》编辑部，福建福州。

13. 2005 年 12 月 8 - 10 日，"文化诗学暨童庆炳文艺思想研讨会"；北京师范大学文艺学中心，北京北京师范大学。

14. 2006 年 5 月 13 - 15 日，"湖北作家与外国文学学术研讨会"；《外国文学研究》编辑部、湖北省外国文学学会，武汉华中师范大学；提交论文《论英诗诗体对闻一多的影响》。

15. 2006 年 9 月 24 - 28 日，"第二届华文诗学名家国际论坛"；西南大学中国诗学研究中心、西南大学中国新诗研究所、《文艺研究》编辑部、重庆师范大学文学与新闻学院，重庆西南师范大学；提交论文《新诗诗形建设的历史透析及反思》。

16. 2006 年 10 月 14 - 16 日，"新世纪中国新诗国际学术研讨会"；北京大学中国新诗研究所、首都师范大学中国诗歌研究中心，北京友谊宾馆；提交论文《大陆和台湾新诗形体建设比较——新诗的诗形建设历史的散点透视》。

17. 2006 年 12 月 15 - 17 日，中国文艺理论学会第八届年会暨"大众传媒时代的文学生产"学术研讨会；中国文艺理论学会、华东师范大学中文系，上海华东师范大学；提交论文《网络诗将导致现代汉诗的全方位改变——内地网络诗的散点透视》。

18. 2007 年 3 月 10 - 13 日，"两岸中生代诗学高层论坛暨简政珍作品研讨会"；北京师范大学珠海分校国际华文文学发展研究所、首都师范大学中国诗歌研究中心、当代诗学会、西南大学中国诗学研究中心、暨南大学现代文学研究中心、台湾亚洲大学文理学院、韶关五月诗社，广东珠海北京师范大学珠海分校；提交论文《诗人何为？生命意识：隐；使命意识：秀——近年两岸"中年诗人”诗的功能及写作方式差异》。

19. 2007年10月20-22日,“第二届东南亚华文诗人大会”;东南亚华文诗人协会、韶关学院、五月诗社,韶关韶关学院;提交论文《语言智能、诗体意识与现代意识——云鹤诗歌的三个关键词考察》。

20. 2007年12月22日,“2007年海峡诗会席慕蓉作品研讨会”;福建省文联、《台港文学选刊》编辑部,福州福建会堂;提交论文《一棵开满鲜花的情感树——席慕蓉诗的接受经历和现实印象》。

21. 2008年3月29-30日,“叶维廉诗歌创作研讨会”;北京大学中国新诗研究所、首都师范大学中国诗歌研究中心,北京凤山温泉度假村;提交论文《论叶维廉的诗形观及创作实践》。

22. 2008年5月5-6日,“第二届当代诗学论坛暨张默作品研讨会”;澳门大学中文系、北京大学中国新诗研究所、首都师范大学中国新诗研究中心、北京师范大学珠海分校华文文学发展研究所、暨南大学现代文学研究中心、澳门基金会以及当代诗学会、台湾中央大学文学院、西南大学中国新诗研究所、台湾《文讯》杂志、台湾鹤山21世纪国际论坛,澳门澳门大学;提交论文《现代诗人的“新民族诗型”——论张默的小诗创作对新诗诗体建设的意义》。

23. 2008年4月18-19日,“21世纪汉语新诗走向研讨会”;东南大学世界华文诗歌研究所,南京东南大学;提交论文《“一体”“两象”“三关”和“四要”——新诗“标准”建立历史透析及现实构建策略》。

24. 2008年12月26-28日,“中国文艺理论学会第九届年会暨批评理论与当代文学生产学术研讨会”;中国文艺理论学会、《文学评论》编辑部、暨南大学中文系文艺学国家重点学科、广东省人文社科重点研究基地“暨南大学海外华文文学与华语传媒研究中心”、中山大学中文系、华南师范大学文学院、深圳大学文学院,广州暨南大学;提交论文《文学研究和文学教育必须重视文学感悟——以新诗研究和新诗教育为例》。

25. 2009年8月16-18日,“21世纪中国现代诗第五届研讨会暨现代诗创作研究技法学术研讨会”;福建师范大学、中国当代文学研究会,福建武夷山;提交论文《新诗要适度重视音乐形式高度重视排列形式——新诗技法研究的策略和方法举隅》。

26. 2009年10月3日,“海峡两岸中秋月圆诗歌朗诵会暨作品研讨会”;重庆师范大学、重庆市社会科学界联合会,重庆重庆师范大学;提交论文《论台湾诗人绿蒂的“个人化写作”的特点及意义》《论台湾诗人雪飞的现代诗创作技法——“诗的蒙太奇”初探》。

27. 2009年11月6-9日，“第三届华文诗学名家国际论坛”；西南大学中国诗学研究中心、西南大学中国新诗研究所、《文艺研究》编辑部，重庆西南大学；提交论文《新诗应该重视相对标准、常规诗体和社会化写作》。

28. 2009年11月14-16日，“全国第二届区域文化与文学学术研讨会”；重庆师范大学、中国现代文学研究会，重庆重庆师范大学；提交论文《应该客观评价地域文化对新诗创作的影响》。

29. 2009年12月12日，“2009年海峡诗会郑愁予诗歌研讨会”；福建省文联、《台港文学选刊》编辑部，福州于山宾馆；提交论文《古代汉诗技法对郑愁予现代汉诗的影响》。

30. 2010年4月23-25日，“中国中外文艺理论学会第七次年会暨文学理论前沿问题国际学术研讨会”；中国中外文艺理论学会、扬州大学文学院、中国社科院文学所文论室，扬州扬州大学；提交论文《学识·修养·学理·感悟——今天如何做诗评家》。

31. 2010年5月15-18日，“大众文化与知识分子言说策略”学术研讨会；北京师范大学文艺学研究中心、首都师范大学文学院文学理论教研室、遵义师范学院，遵义遵义师范学院；提交论文《论今日大众文化狂潮下精英文人的介入方式》。

32. 2010年6月18-21日，“回顾与展望——三十年来文艺学跨学科研究学术研讨会”；苏州大学文学院、中国文艺理论学会，苏州苏州大学；提交论文《文艺学跨学科研究的必要性和风险性》。

33. 2010年6月28日-7月1日，“中国新诗：新世纪十年的回顾与反思——两岸四地第三届当代诗学论坛”；北京大学新诗所、首都师范大学中国诗歌研究中心，北京卧佛山庄；提交论文《新诗诗体研究的成绩和问题——诗体建设“伪话题”之争透析》。

34. 2010年8月22-23日“中国文学传播与接受国际学术研讨会”；武汉大学中国文学传播与接受研究中心、湖南科技学院，湘潭湖南科技学院；提交论文《博客正成为新诗传播与接受的主要方式》。

35. 2010年10月22-25日，“文学与形式国际学术研讨会暨中国文艺理论学会年会”；中国文艺理论学会、南京大学文学院，南京南京大学；提交论文《论巴赫金狂欢生成体裁改良主义文体进化观——兼论文体的生成与进化原则》。

36. 2010年11月7日,《中西文论融合之路暨顾祖钊学术思想研讨会》;安徽大学文学院,合肥安徽大学;提交论文《守常应变,中体西用——从顾祖钊的学术看中西文论融合之道》。

37. 2010年12月31日,"'哈雷伊路诗歌研讨会'暨'诗与城市精神'研讨会";福州市文联、福州市作协,福州作协;提交论文《海纳百川的世界的情人——哈雷诗歌的城市精神与艺术特质》。

38. 2011年6月25-28日,"中国现代诗歌的语言国际学术研讨会";南开大学文学院、中国当代文学研究会,天津南开大学;提交论文《废名新诗应该是自由诗的实际影响和现实意义》。

39. 2011年9月23-26日,"第四届两岸四地当代诗学论坛";台北教育大学,台北教育大学;提交论文《两岸四地中生代诗人的诗体意识及诗体理论比较分析》。

40. 2011年10月15-16日,"文学与政治:20世纪中国文学经验与理论国际研讨会";中国文艺理论学会、绍兴文理学院人文学院、苏州大学文学院、首都师范大学文学院,浙江绍兴文理学院人文学院;提交论文《改革开放30年新诗与政治的关系——兼论中外诗歌的政治性》。

41. 2011年10月22-23日,"新诗与浪漫主义学术研讨会";北京大学中国新诗研究所、首都师范大学中国诗歌研究中心,北京卧佛山庄;提交论文《浪漫主义诗歌对新诗诗人及新诗诗体的影响》。《两岸四地中生代诗人的诗体意识及诗体理论比较分析》。

42. 2011年10月22-23日,"文艺学新问题与教学改革学术研讨会";北京师范大学文艺学研究中心,北京北京师范大学;提交论文《教书育人:知识、能力、兴趣、习惯、方法——福建师范大学文学院基地班"文学概论"教学改革实录与总结》。

43. 2012年4月21-22日,"第七届东山雅集·福建集诗会";《零点》诗刊、福建漳州市诗歌协会、福建东山县澳角村;提交论文《技巧美、形式美和内容美——未来新诗诗美的构建方针》。

44. 2012年5月16-18日,"2012漳州诗歌节网络世纪·故里情怀学术研讨会";漳州师范学院、台湾明道大学台湾诗学季刊社,福建漳州师范学院;提交论文《台湾新世代诗人的文体观念和诗体意识》。

45. 2012年5月27-29日,"首届海峡文学节海峡两岸作家论坛";中国作协、福建省文联,福建福州;提交论文《两岸新诗写作的异同》。

46. 2012年6月27日，“反克三周年活动与个人化写作研讨会”；反克诗群，福建福州；提交论文《反克诗群与干部写作》。

47. 2012年9月21日，“纪念联圣钟云舫诞辰165周年暨‘联圣工程’成果庆祝大会”；重庆社联、江津区政府，重庆江津；提交论文《群英攻难关，联圣遇知音——钟云舫及〈振振堂〉研究的意义》。

48. 2012年10月20－21日，“诗歌批评与细读”学术研讨会；北京大学中国新诗研究所、首都师范大学中国诗歌研究中心，北京首都师范大学；提交论文《冯至〈蛇〉细读历史的细读——新诗细读式批评反思》，提交论文编入论文集未参加。

49. 2012年10月26－27日，“学术史视野中的华文文学”国际学术研讨会；中国世界华文文学学会、福建师范大学、福建省台港澳暨海外华文文学研究会，福州福建师范大学；提交论文《论两岸四地新诗文体的比较研究》。

50. 2012年11月10－11日，“百年文学理论学术路径的反思学术研讨会”；北京师范大学文艺学研究中心，北京北京师范大学；提交论文《诗歌心理精神疗法的实践与理论》。

51. 2012年11月2－4日，“吴思敬诗学思想”研讨会；首都师范大学中国诗歌研究中心、《河南诗人》编辑部，河南郑州；提交论文《论吴思敬“新诗应该是自由诗”诗体观的意义——在吴思敬诗学思想研讨会上的发言》。

52. 2012年12月9－11日，“第四届华文诗学名家国际论坛”；西南大学中国诗学研究中心、西南大学中国新诗研究所，重庆西南大学；提交论文《新诗诗体学的历史、现实与未来——兼论新诗诗体学的构建策略》，提交论文编入论文集未参加。

53. 2013年4月3日，“《吕进诗学隽语》研讨会”；西南大学新诗研究所，重庆西南大学；提交论文《片言居要体大虑周——〈吕进诗学隽语〉的诗学价值和应用价值》。

54. 2013年6月7日，“跨界的诗意——台湾诗人、导演鸿鸿主题分享会”；南京先锋书店，南京先锋书店；提交论文《小议跨界诗》。

55. 2013年6月7日，“百年经典诗歌朗诵会暨舒婷鸿鸿读者见面会”；南京市委宣传部、金陵晚报，南京江宁。

56. 2013年6月10－12日，“湖州师范学院中国散文诗研究中心第一届年会暨耿林莽散文诗创作研讨会”；湖州师范学院中国散文诗研究中心、湖州师范学院文学院，浙江湖州师范学院；提交论文《追求散文诗与散文异质同构又不拉郎配——〈星星河〉与〈雨濛濛〉中耿林莽作品的文体学比较》。

57. 2013年6月25-28日，“中国现代诗歌语言国际学术研讨会”；南开大学文学院、中国当代文学研究会，天津南开大学；提交论文《自然景观和文化记忆结合的类型写作——台湾中生代诗人大陆纪游诗创作动力研究》。

58. 2013年6月27-28日，“中国梦岷州情—全国著名诗人作家看岷县”；甘肃省文学院、甘肃省岷县作家协会，甘肃岷县；提交论文《王珂眼中的甘肃新诗坛》。

59. 2013年8月13日，“第二届鼓岭七夕诗会”；反克诗群，福建福州；提交论文《小议反克诗人》。

60. 2013年8月27-28日，“白红雪诗歌研讨会”；首都师范大学中国诗歌研究中心、新化县委宣传部，湖南新化；提交论文《玫瑰之手艺术地让铁树开出美丽爱情花——读湖南诗人白红雪爱情诗有感》。

61. 2013年9月6-8日，“21世纪中国现代诗第七届研讨会”；山东大学威海分校文学院、中国当代文学研究会，山东威海山东大学威海分校；提交论文《科学界定叙述在新诗本体论中的位置》。

62. 2013年9月28-29日，“中国新诗100年·翠屏两岸诗会”；南京市委宣传部、金陵晚报，南京江宁。

63. 2013年9月28日，“漂泊的诗人——两岸诗人对话暨著名诗人洛夫读者见面会”；江苏文艺出版社、南京先锋书店，南京先锋书店；提交论文《漂泊的三种含义》。

64. 2013年10月18日，“《洛夫诗全集》首发式”；江苏文艺出版社、南京先锋书店，南京先锋书店；提交论文《小议洛夫的诗》。

65. 2013年11月2-3日，“新诗国际研讨会”；南京大学中国新文学研究中心，南京南京国际学术交流中心；提交论文《大陆台湾诗体观念比较》。

66. 2013年11月16日，“黄药眠诞辰110周年纪念会”；北京师范大学文学院、北京师范大学文艺学研究中心，北京北京师范大学；提交论文《千万不要忘了诗歌翻译家黄药眠》。

67. 2013年11月23-24日，“中国现代诗歌语言与形式学术研讨会”；首都师范大学中国诗歌研究中心、北京大学新诗研究院，北京香山饭店；提交论文《网络诗歌语言的俗与雅——博客情色诗的语言伦理学考察》。

68. 2013年11月25日，“第四届中坤国际诗歌奖颁奖会”；首都师范大学中国诗歌研究中心、北京大学新诗研究院，北京北京大学。

69. 2013年11月25日，"《现代诗：语言张力论》研讨会"；北京大学新诗研究所，北京北京大学；提交论文《小议〈现代诗：语言张力论〉》。

70. 2013年11月13－15日，"两岸文化视域中的生态美学与生态书写国际学术研讨会"；福建省美学学会、宁德师范学院，福建宁德师范学院；提交论文《加强福建旅游诗及生态诗建设——生态文学及生态美学的现实应用思考》。

71. 2014年1月11－12日，"新世纪文学理论的建设与反思学术研讨会"；中国文艺理论学会、牡丹江范学院文学院，牡丹江牡丹江范学院；提交论文《新世纪必须加强西方文论建设——从名家教授误读新批评的"张力"谈起》。

72. 2014年4月19－21日，"江南之春第三届南太湖诗会暨纪念徐迟百年诞辰学术研讨会"；湖州师范学院中国散文诗研究中心，浙江湖州师范学院；提交论文《诗文终有别——论徐迟"新诗连书"的得失》。

73. 2014年6－7日，"两岸四地第六届当代诗学论坛"；中国当代文学研究会、香港岭南大学人文学科研究中心，香港香港岭南大学；提交论文《香港新诗文体特征及香港诗人诗体观》。

74. 2014年6月9－15日，"2014世界华文文学国际研讨会"；中国世界华文文学学会、台湾中国诗歌艺术学会、福建省台港澳暨海外华文文学学会，台北科文馆；提交论文《两岸四地新诗文体比较研究透析》。

75. 2014年9月19－21日，"2014年中国文学传播与接受国际学术研讨会"；武汉大学文学院、马来亚大学华人研究中心，湖北武汉大学；提交论文《新诗小诗的文体生成流变传播——"小诗磨坊"的运作策略分析》。

76. 2014年10月15－17日，"第五届华文诗学名家国际论坛"；西南大学中国诗学研究中心、西南大学中国新诗研究所、《文艺研究》编辑部，重庆西南师范大学；提交论文《澳门新诗文体特征及澳门诗人诗体观》。

77. 2014年11月6－8日，"中国现代文学研究会第11届年会"；中国现代文学研究会、南京晓庄学院、南京大学新文学中心、南京师大现当代文学学科，南京晓庄学院；提交论文《现代汉语诗歌诗体的现代性》。

78. 2014年11月29日，"首都师范大学驻校诗人十周年回顾研讨会"；首都师范大学中国诗歌研究中心，北京首都师范大学；提交论文《新诗学院派与江湖派的有机结合——首都师范大学驻校诗人制度得失》。

79. 2014年11月21日，"学衡派与中国文化研究研讨会"；东南大学中文系、社科处，南京东南大学；提交论文《我与学衡派的缘分及研讨学衡派的意义》。

80. 2014 年 11 月 22 日，“背离与回归——洛夫创作七十周年学术研讨会”；东南大学华文诗歌研究所，南京东南大学；提交论文《洛夫的漂泊诗与文化记忆》。

81. 2015 年 5 月 26 日，“《创世纪》。张默、管管、碧果诗歌研讨会”；东南大学世界华文诗歌研究所，南京东南大学；提交论文《小议张默、管管、碧果的诗人成绩》。

82. 2015 年 6 月 7 - 9 日，“21 世纪中国现代诗第八届研讨会”；中国当代文学研究会、安徽师范大学文学院、中国诗学研究中心、《安徽师范大学学报》编辑部，芜湖安徽师范大学；提交论文《今日新诗应该高度重视现代性建设》。

83. 2014 年 10 月 30 日 - 11 月 3 日，“如何新诗，怎样现代——中国诗歌现代性问题学术研讨会”；首都师范大学中国诗歌研究中心、北京大学新诗研究院，北京香山饭店；提交论文《现代汉语诗歌诗体的现代性》。

84. 2015 年 8 月 21 日，“张志民诗歌创作研讨会”；首都师范大学中国诗歌研究中心、北京市作家协会，北京门头沟；提交论文《论张志民现实主义创作对新诗现代性建设的启示》。

85. 2015 年 9 月 26 日，“《以笔代枪：重读抗战诗篇》主题沙龙”；南京师范大学出版社、南京市阅读办，江苏南京；提交论文《成功的“跨界”，有效的“颠覆”》。

86. 2015 年 10 月 31 日 - 11 月 1 日，“纪念新诗诞生百年：新诗形式建设学术研讨会”；北京大学中国诗歌研究院、首都师范大学中国诗歌研究中心，北京卧佛寺宾馆；提交论文《新诗现代性建设要建设八大诗体》。

87. 2015 年 11 月 28 - 29 日，“两岸四地第七届当代诗学论坛·代际经验与呈现国际学术研讨会”；暨南大学海外华文文学与华语传媒研究中心、中国文艺评论基地，广州暨南大学；提交论文《新诗现代性建设要追求现实主义与现代主义的和解》。

88. 2015 年 12 月 26 日，“童庆炳先生学术思想座谈会暨《童庆炳文集》首发式”；北京师范大学文艺学研究中心、北京师范大学文学院，北京北京师范大学。

89. 2016 年 5 月 20 - 21 日，“北岛诗歌创作研讨会”；中国当代文学研究会、首都师范大学中国诗歌研究中心、廊坊师范学院文学院，河北廊坊师范学院；提交论文《政治性诗歌的“现代性”与“民间性”——北岛〈回答〉〈一切〉的生态功能考察》。

90. 2016年6月17－19日，“穆旦与百年中国新诗：21世纪中国现代诗第九届研讨会”；南开大学文学院、中国当代文学研究会，天津南开大学；提交论文《穆旦现代汉诗的现代性——青春期写作的颓废与情色》。

91. 2016年7月23－27日，“一带一路与泰国华文文学国际学术研讨会”；留中总会文艺写作学会，泰国曼谷、清莱皇太后大学；提交论文《论曾心小诗的文体性》。

92. 2016年10月29－30日，“文化诗学与童庆炳先生学术思想研讨会”；北京师范大学文艺学研究中心、福建师范大学文学院、连城县政府，福建连城；提交论文《论童庆炳先生新诗需要词牌的诗体建设观》。

93. 2016年11月4日－7日，“新诗诞生百年：新诗与外国诗歌译介学术研讨会”；首都师范大学中国诗歌研究中心、扬州虹桥书院，江苏扬州虹桥书院；提交论文《论俄语诗歌对新诗文体的影响》。

94. 2016年11月8－10日，“中国现代汉诗研讨会”；东南大学人文学院、东南大学现代汉诗研究所、东南大学中文系，南京东南大学；提交论文《甘肃乡土诗的伦理变迁与道德取向》。

95. 2016年11月28－30日，“第八届两岸四地当代诗学论坛百年汉语新诗与澳港台中生代诗歌学术研讨会”；澳门大学人文学院中文系、当代诗学论坛、澳门文艺评论家协会、澳门大学南国人文研究中心，澳门澳门大学；提交论文《论傅天虹新诗的现代性》。

96. 2017年4月22－23日，“国际小诗暨小诗磨坊作品研讨会”；东南大学现代汉诗研究所、东南大学中文系、东南大学人文学院，南京东南大学；提交论文《小诗磨坊为何享誉世界》。

97. 2017年4月24－25日，“中国首届禅诗诗书画研讨会”；东南大学佛教文化研究所、东南大学现代汉诗研究所，南京市金陵图书馆、南京航空航天大学书画研究所；提交论文《当下现代禅诗写作研究》。

98. 2017年6月29日－7月1日，“两岸四地”第九届当代诗学论坛·百年新诗：历史变迁与空间共生国际学术研讨会；北京师范大学国际写作中心、北京师范大学文学院、中国当代文学研究会，北京北京师范大学；提交论文《新诗现代性建设的伦理取向——中国大陆乡土诗的写作伦理反思》。

99. 2017年8月4－6日，“百年汉语新诗批评及罗振亚诗学思想学术研讨会”;哈尔滨师范大学、哈尔滨师范大学校友会、哈尔滨师范大学文学院、哈尔滨师范大学科研处、哈尔滨师范大学学术理论研究部,哈尔滨哈尔滨师范大学;提交论文《才胆识力兼具的新诗学者罗振亚》。

100. 2017 年 9 月- 24 日,“传承与变革:纪念中国新诗诞生百年国际会议”;南京大学中国新文学研究中心、美国加州大学戴维斯分校东亚语言与文化系、南京大学中国新文学研究中心新诗研究所,南京南京大学;提交论文《新诗文体现代性建设的意义及策略》。

101. 2017 年 10 月 27 - 29 日,“第六届华文诗学名家国际论坛”;西南大学·中国新诗研究所西南大学·中国诗学研究中心,《中国现代文学研究丛刊》编辑部,重庆西南大学;提交论文《新诗诗体建设的现实意义及构建策略》。

102. 2017 年 11 月 3 - 6 日,“新诗百年:中国当代新诗理论批评研讨会”;北京大学中国诗歌研究院、首都师范大学中国诗歌研究中心,北京香山饭店;提交论文《新诗理论研究的科学化——诗歌疗法研究经验与教训》。

附录三

王珂科研成果总目 1988—2017

一、出版专著7部

1.《诗歌文体学导论——诗的原理和诗的创造》,北方文艺出版社2001年版,61万字。

2.《百年新诗诗体建设研究》,上海三联书店2004年版,21万字。

3.《新诗诗体生成史论》,九州出版社2007年版,55万字。

4.《诗体学散论——中外诗体生成流变研究》,上海三联书店2008年版,39万字。

5.《新时期30年新诗得失论》,上海三联书店2012年版,42万字。

6.《两岸四地新诗文体比较研究》,知识产权出版社2015年版,44万字。

7.《新诗现代性建设研究》,东南大学出版社2015年版,56万字。

二、主编著作7部

1.《51位理论家论现代诗创作研究技法》,海峡文艺出版社2012年版,55万字。

2.《包容冰新诗评论集》,作家出版社2014年版,32万字。

3.《李吉华诗选》,团结出版社2015年版,25万字。

4.《小诗磨坊小诗精选》,东南大学出版社2017年版,26万字。

5.《曾心小诗500首》,东南大学出版社2017年版,27万字。

6.《三十八位诗论家论现代汉诗》,东南大学出版社2017年版,55万字。

7.《二十三位诗论家论小诗》,泰国留中出版社2017年版,25万字。

三、参编著作5部

1.《外国名诗鉴赏辞典》,湖北辞书出版社1989年版。

2.《甘肃历代诗文词曲鉴赏辞典》,敦煌文艺出版社1990年版。

3.《丝绸之路文化大辞典》,红旗出版社1995年版。

4.《文学理论学习参考资料新编》,北京师范大学出版社2005年版。

5.《开普勒的梦——太空探险科幻小说赏析》,世界图书公司2009年版。

四、出版译著1部

1.《夜总会之王》,参译,北方文艺出版社2000年版。

五、在公开刊物发表论文420篇

1.《冰心、泰戈尔、日本俳句》,《文学知识》1988年第12期,4 000字。

2.《黄土地上的热风景——论梁志宏的诗》,《城市文学》1990年第6期,6 000字。

3.《苦夏与寒冬：诗的众生相》,《红柳》1990年第5-6期,6 000字。

4.《大女诗人张烨》,《新女性》1991年第6期,2 000字。

5.《符号、图腾的双重启示——惟夫长诗〈正面与侧面〉管窥》,《西藏文学》1991年第4期,7 000字。

6.《诗的求索者的剪影——回族诗人木斧〈书信集〉读后》,《民族文艺报》1991年第2期,5 000字。

7.《高原深处的风——关于青年诗人阿信的西部诗歌创作》,《新一代》1991年第8期,3 000字。

8.《论木斧的亲情诗》,《民族作家》1991年第2期,5 000字。

9.《认识杨牧——论杨牧的抒情诗》,《中国西部文学》1991年第12期,4 000字。

10.《美之定格——论民族诗人新秀七人》,《民族文学》1991年第11期,5 000字。

11.《流云诗人王尔碑》,《女子文学》1991年第7期,6 000字。

12.《论散文诗的文体独立性》,《西北师范大学学报》1992年第5期,7 500字。

13.《纯情·纯景·纯诗——论刘毅的抒情艺术》,《河北文学》1992年第1期,4 500字。

14.《真实·平民·多情人——论洋滔的抒情艺术》,《西藏文学》1992年第5期,7 500字。

15.《西部寂地风景——鄢家发抒情世界的散点透视》,《中国西部文学》1992年第2期,5 000字。

16.《根的皈依与背叛——评青年诗人黄毅近年的抒情诗》,《民族作家》1992年第5期,4 000字。

17.《诗穷而后工——论夏羊的抒情艺术》,《飞天》1992年第6期,5 000字。

18.《归而不隐、隐而不归——姚学礼的抒情世界透视》,陇山凤著《姚学礼陇山凤研究》,香港亚洲出版社,1992年,8 000字。

19.《大女诗人张烨的世界》,《女子文学》1992年第6期,3 000字。

20.《我爱诗,更爱孩子——论傅天琳的诗》,《女子文学》1993年第2期,3 000字。

21.《宗教的皈依与背叛——论西部诗歌的宗教趋向》,《飞天》1993年第2期,7 000字。

22.《走进自己的迷宫——评匡文留〈二性迷宫〉》,《民族文学研究》1993年第2期,8 000字。

23.《游子的恋歌——评木斧诗集〈乡思乡情乡恋〉》,《民族文学》1993年第2期,4 000字。

24.《现代的纯粹的民族女诗人——论蒙古族女诗人葛根图娅的诗》,《民族文学》1993年第8期,7 500字。

25.《新诗的悲剧和喜剧——论中国新诗史上的三个诗的定义》,《争鸣》1993年第1

期，7 000 字。

26.《论石河的打油诗》，《天山评论》1993 年第 1 期，4 000 字。

27.《爱情与童话——论杨梓的抒情诗》，《绿风》1993 年第 2 期，3 000 字。

28.《议建构多元文学格局》，《当代文坛》1993 年第 5 期，3 000 字。

29.《寻根游子——论木斧的诗》，《回族文学》1993 年第 12 期，5 000 字。

30.《“东边日出西边雨”现象——论国营企业的出路》，《现代企业》1993 年第 9 期，5 000 字。

31.《魔盒打开了，私吃公：商业大战——论国有商业的出路》，《华夏星火》1993 年第 11 期，5 000 字。

32.《狼来否：金融大战——论国家银行的出路》，《华夏星火》1993 年第 9 期，5 000 字。

33.《下决心要搞的改革》，《行政与人事》1993 年第 8 期，2 000 字。

34.《神州大裁员》，《干部与人才》1993 年第 10 期，7 000 字。

35.《房地产大透视》，《舞台人生》1994 年第 7 期，7 000 字。

36.《国害：逃税欠税》，《社会》1993 年第 11 期，5 000 字。

37.《中国西部禁毒戒毒实录》，《社会》1994 年第 4 期，6 000 字。

38.《在素朴与感伤之间漂泊——论叶舟的诗》，《绿风》1994 年第 5 期，2 000 字。

39.《西部汉子 · 柔情 · 情诗——论林染的爱情诗》，《飞天》1994 年第 9 期，6 000 字。

40.《如火如水真女人——〈姐妹散文〉的阅读印象》，《满族文学》1994 年第 11 期，3 000 字。

41.《诗与画：情感的艺术——论戴凌云的抒情艺术》，《银川师专 · 宁夏教育学院学报》1994 年第 1 期，5 000 字。

42.《心灵之歌——评藏族青年女诗人完玛央金的抒情诗》，《民族文学》1994 年第 5 期，6 000 字。

43.《广告面面观》，《现代企业》1994 年第 12 期，6 000 字。

44.《雪域诗情——论西藏新时期诗歌》，《民族文学》1995 年第 2 期，8 000 字。

45.《工资与物价的同步审视》，《社会》1995 年第 3 期，7 000 字。

46.《负利率与国民收入再分配》，《金三角》1995 年第 5 期，7 000 字。

47.《科技成果何以转化》，《社会》1995 年第 9 期，4 000 字。

48.《苦恋：爱与人生——论屈文焜的抒情艺术》，《银川师专 · 宁夏教育学院学报》1995 年第 2 期，人大复印资料《中国现当代文学研究》1995 年 5 期，8 000 字。

49.《武承明诗集〈敦煌飞天〉序》，武承明著《敦煌飞天》，兰州大学出版社，1995 年，4 000 字。

50.《爱情与童年——杨梓诗歌的阅读印象》，《绿风》1995 年第 2 期，3 000 字。

51.《培养国粹迷》，《文化月刊》1996 年第 12 期，4 000 字。

52.《情系黄土——评秦中吟的黄土地抒情诗》,《六盘山》1995 年第 4—5 期,3 000 字。

53.《胡杨诗作简评》,《阳关》1996 年第 6 期,3 000 字。

54.《中西方诗本体论探微》,《社会科学战线》1996 年第 2 期;“人大复印资料”《中国古、近代文学研究》1996 年 7 期,13 000 字。

55.《殊途同归:情感与形式》,《西北师大学报》1996 年第 1 期;“人大复印资料”《外国文学研究》1996 年 4 期,10 000 字。

56.《诗、散文、散文诗界说举隅》,《银川师专・宁夏教育学院学报》1996 年第 2 期,8 000 字。

57.《欣喜与无奈——论诗人串行散文》,《飞天》1996 年第 6 期,3 500 字。

58.《体验爱情,自然率真——论满族诗人娜夜的抒情艺术》,《民族文学》1997 年第 3 期,6 000 字。

59.《女性诗歌:一条渐宽的河流——外国历代女性诗歌概观》,《名作欣赏》1997 年第 2 期,8 000 字。

60.《女性诗歌:一条渐宽的河流——中国女性诗歌概观》,《名作欣赏》1997 年第 5 期,21 000 字。

61.《论赵少琳的实验诗》,《山西文学》1997 年第 12 期,4 000 字。

62.《论打油诗的文体起源、特征及价值》,《通俗文学评论》1997 年第 3 期,10 000 字。

63.《试论散文诗的文体起源》,《福建论坛》1997 年增刊,4 000 字。

64.《近年高考作文问题和对策》,《语文学刊》1997 年第 4 期,4 000 字。

65.《孩子,你太孤独了》,《河南教育》1997 年第 10 期,4 000 字。

66.《中国人不必轻视诺贝尔文学奖》,《中国国情国力》1997 年第 2 期,4 000 字。

67.《纪实文学为何官司不断》,《中国国情国力》1997 年第 1 期,4 000 字。

68.《小心优生犯罪》,《社会》1997 年第 1 期,5 000 字。

69.《拓展内容职能、定型诗形诗体——21 世纪汉语诗歌文体的现实及理想构建》,现代汉诗百年演变课题组编《现代汉诗:反思与求索》,作家出版社,1998 年,15 000 字。

70.《论诗美的构建与欣赏》,《福建师范大学学报》1998 年第 2 期,10 000 字。

71.《现代汉诗文体建设的历史回顾及理想构建》,《中州学刊》1998 年第 2 期,10 000 字。

72.《文体自发与自觉的对抗与和解——20 世纪汉语诗歌的文体演变透析》,《社会科学辑刊》1998 年第 5 期,10 000 字。

73.《中外形异诗探源》,福建师范大学中文系编《艺文类编》,上海文艺出版社,1998 年,10 000 字。

74.《为何出现萧条论——为 90 年代诗歌一辩》,《诗探索》1999 年第 1 期,10 000 字。

75.《从素朴到感伤的文体实验者》,《满族文学》1999 年第 2 期,5 000 字。

76.《并非萧条的90年代诗歌——为个人化写作一辩》,《东南学术》1999年2期;"人大复印资料"《中国现当代文学》1999年第6期,8 000字。

77.《马桥相逢谁真胜——作家理论家相争的思考》,《南方文坛》1999年第2期,5 000字。

78.《技巧与训练》,《文艺评论》1999年第3期,4 000字。

79.《迷失的第十位缪斯》,《都市》1999年第4期,5 000字。

80.《20世纪汉语诗歌文体建设的历史回顾与理想构建》,《艺术广角》1999年第6期,10 000字。

81.《沉思生命:平民的英雄梦——论毛树林的诗歌艺术》,毛树林著《铜之歌》,作家出版社,1999年,13 000字。

82.《不必轻视诺贝尔文学奖》,翟立功编《世界热点——21世纪初中国发展面临的国际背景》,中国统计出版社,1999年,3 000字。

83.《论诗的图式及"形异"的价值》,《诗探索》2000年第1—2辑,12 000字。

84.《小说在事物之上盘旋——从〈永久漫步〉谈情感作品创作》,《名作欣赏》2000年第1期,5 500字。

85.《作文与做人》,《文艺评论》2000年第1期,3 000字。

86.《从素朴到感伤的文体实验者——论巴音博罗的抒情艺术》,《民族文学研究》2000年第2期,6 000字。

87.《进入角色:人格重塑和理论重构》,《河北学刊》2000年第5期,2 500字。

88.《论形异诗的文体价值》,《艺术广角》2000年第5期,10 000字。

89.《诗是艺术地表现平民性情感的语言艺术——论现代汉诗的现实出路》,《东南学术》2000年第5期;"人大复印资料"《中国现当代文学》2000年第12期,6 000字。

90.《艺术地表现平民性性情感》,《诗刊》2001年第5期;《文论报》2001年3月1日,3 000字。

91.《低空飞行:现实的平民的变味的先锋——二十年来新诗先锋的生存境遇》,《山花》2001年第2期,3 000字。

92.《大众文化亟需"身份确认"》,《文艺理论研究》2001年3期;人大复印资料《文艺理论》2001年第12期,2 500字。

93.《论汉语诗歌的形异现象——兼论汉语诗歌诗体的流变》,《东方丛刊》2001年第2辑,14 000字。

94.《大我抒情也动人——莱蒙托夫〈不要相信自己〉〈祖国〉解读》,《名作欣赏》2001年第6期,10 000字。

95.《女权主义文学的代表形态:平权与霸权——夏洛蒂·勃朗特与弗吉利亚·伍尔芙的女权思想比较》,《青海社会科学》2001年第6期,11 000字。

96.《论20世纪汉语诗歌文体建设难的三大原因》,《诗探索》2001年第3—4辑,

14 000 字

97.《论打油诗独特的民间大众化传播方式》,《辽宁师范大学学报》2002 年第 1 期,13 000 字。

98.《论 20 世纪前半叶现代汉诗的形体建设》,《广西社会科学》2002 年第 1 期,10 000 字。

99.《有方与通变：诗体的规范与进化——论刘勰诗本体论中的诗文体现》,《齐齐哈尔大学学报》2002 年第 1 期,16 000 字。

100.《20 世纪,青年诗人“横行”诗坛》,《文艺评论》2002 年第 1 期,10 000 字。

101.《八九十年代少数民族女性诗歌的四种抒情方式——兼论新世纪少数民族汉语诗歌的出路》,《民族文学研究》2002 年第 1 期,10 000 字。

102.《民族性：浓、淡、无多元相存——论 20 世纪末期,少数民族女诗人现代汉语诗的抒情倾向》,《西北民族学院学报》2002 年第 1 期,14 000 字。

103.《情感的纯化与情感的节制——论刘勰诗本体论的情感论》,《新疆大学学报》2002 年第 1 期,14 000 字。

104.《论 20 世纪前半期,中国妇女诗歌的抒情模式及性别意识》,《社会科学研究》2002 年第 2 期,10 000 字。

105.《论刘勰诗本体论诗体的规范与进化观》,《贵州师范大学学报》2002 年第 2 期,10 000 字。

106.《论加强现代汉诗文体实验的意义》,《福建师范大学学报》2002 年第 2 期,11 000 字。

107.《轻化：女性模式到女人模式——论八九十年代中国女诗人的两大抒情模式(上)》,《艺术广角》2002 年第 2 期,7 000 字。

108.《轻化：女性模式到女人模式——论八九十年代中国女诗人的两大抒情模式(下)》,《艺术广角》2002 年第 2－3 期,7 000 字。

109.《打磨新瓶》,《诗刊》2002 年第 3 期,下半月刊,1 000 字。

110.《散文诗本体论：独立的信息系统和价值系统》,《学术探索》2002 年第 3 期,11 000 字。

111.《论当前大众文化的尴尬生态》,《文艺评论》2002 年第 3 期,14 000 字。

112.《20 世纪 20 年代新诗的文体建设》,《南都学坛》2002 年第 3 期,14 000 字。

113.《现代诗学视野中的刘勰诗体进化论》,《西北师大学报》2002 年第 3 期,12 000 字。

114.《论中外诗歌中形异及形异诗的价值》,《南京社会科学》2002 年第 6 期,14 000 字。

115.《宣泄爱情与玩味爱情——满族女诗人匡文留、娜夜爱情诗抒情风格比较》,《飞天》2002 年第 6 期,10 000 字。

116.《80年代先锋诗的生存境遇及演变态势透视》,《云南社会科学》2002年第3期,14 000字。

117.《论20世纪中国现代散文诗的三大抒情模式》,《沈阳师范学院学报》2002年第4期,10 000字。

118.《为大众文化辩护》,《东南学术》2002年第4期,1 300字。

119.《论台港及海外文人图象诗》,《华文文学》2002年第4期,12 000字。

120.《宝塔诗在现代诗学视野中的文体价值》,《贵州社会科学》2002年第4期,11 000字。

121.《中西方讽刺诗的讽刺风格比较研究》,《延安大学学报》2002年第2期(季刊),13 000字。

122.《论巴赫金文体进化观的成因及意义》,《思想战线》2002年第4期,12 000字。

123.《走向世俗:文化转型期,先锋诗的运行轨迹》,《湖北社会科学》2002年第4期,5 000字。

124.《现代诗学视野中的刘勰诗体进化论》,《湘潭大学学报》2002年第4期,10 000字。

125.《打油诗的文体特征、价值及传播方式》,《文史杂志》2002年第4期,11 000字。

126.《现代汉语诗歌文体的构建策略前瞻》,《广东社会科学》2002年第5期,1 000字

127.《论五四时期,新诗的文体建设》,《渝州大学学报》2002年第5期,15 000字。

128.《想象力和文体建设》,《文艺评论》2002年第5期,10 000字。

129.《论世界散文诗的文体演变》,《四川外语学院学报》2002年第5期,10 000字。

130.《论西方散文诗的文体源流》,《廊坊师范学院学报》2002年第3期,15 000字。

131.《散文诗文体为何首先问世于法国——兼论波德莱尔成为散文诗创始人的原因》,《东疆学刊》2002年第4期,12 000字。

132.《和解:主义与日子 理想与现实——中国女权主义文学的生态及出路》,《涪陵师范学院学报》2002年第6期,10 000字。

133.《论回文诗的文体源流和文体价值》,《重庆师范学院学报》2002年第4期,12 000字。

134.《论中法诗歌现代化进程中自由诗革命的差异——兼论法国自由诗对中国新诗的影响》,《青岛科技大学学报》2002年第4期,14 000字。

135.《流行却无"身份":当前大众文化的尴尬生态》,《海南师范学院学报》2002年第6期,10 000字。

136.《散文诗的文类批评》,《南都学坛》2003年第1期,12 000字。

137.《论梁志宏的文学创作及对新诗诗体建设的贡献》,《都市》2003年第1期,10 000字。

138.《论新诗的职能单一对诗体建设的负面影响》,《学术交流》2003年第1期,

11 000字。

139.《古代汉诗诗体的演变轨迹及生成特点》,《宁夏社会科学》2003年第1期,11 000字。

140.《论新诗革命的非诗生态及非诗特征》,《宁夏大学学报》2003年第1期,11 000字。

141.《20世纪中国散文诗文体建设的流变轨迹及特点》,《徐州师范大学学报》2003年第1期,12 000字。

142.《论散文诗的文体形式及文体价值》,《学海》2003年第1期,12 000字。

143.《论古代汉诗讽刺的形态与风格》,《东方丛刊》2003年第1期,15 000字。

144.《论中外诗歌的形异现象及形异诗的三大起源》,《台湾诗学》2003年第5期,15 400字。

145.《论新文化运动间平民文学的源流》,《阴山学刊》2003年第1期,14 000字。

146.《论词与曲作为格律诗的辅助诗体的作用》,《青岛科技大学学报》2003年第1期,15 000字。

147.《印度诗歌及泰戈尔对我国新诗诗体建设的影响》,《新疆师范大学学报》2003年第1期,11 000字。

148.《论现代新诗的文体建设》,《四川师范大学学报》2003年第2期,15 000字。

149.《论莱蒙托夫诗风的巨变及对中国诗坛的启示》,《四川外语学院学报》2003年第2期,11 000字。

150.《论19世纪末、20世纪初汉语诗歌文体革命的特征及后果》,《河南社会科学》2003年第2期,11 000字。

151.《不用"话语",朱光潜会写论文吗?——小议当前文论界新潮术语的泛滥》,《艺术广角》2003年第2期,5 000字。

152.《论19世纪末20世纪初中英自由诗运动的差异》,《外国文学研究》2003年第2期,15 000字。

153.《重"文"不能轻"语",小"改良"好于大"革命"——当前的中学语文人文素质教育不能走极端》,《语文教学通讯》(初中版)2003年第4期,1 000字。

154.《20世纪中国散文诗文体建设的历史回顾》,《贵州师范大学学报》2003年第2期,11 000字。

155.《新诗革命及白话诗生成的五大非诗原因》,《湛江师范学院学报》2003年第2期,12 000字。

156.《论新诗革命选择极端方式的原因及后果》,《汕头大学学报》2003年第2期,12 000字。

157.《论俄语诗歌对新诗革命及新诗文体建设的影响》,《新疆师范大学学报》2003年第2期,12 000字。

158.《论日、印、俄现代诗歌对我国新诗文体建设的影响》,《湘潭师范学院学报》2003年第3期,15 000字。

159.《论英美意象派诗歌对中国新诗初期,诗体的影响》,《思想战线》2003年第3期,12 000字。

160.《意象派诗歌的文体源流及对新诗革命和新诗文体的影响》,《重庆工商大学学报》2003年第3期,15 000字。

161.《论外国散文诗的文体生成及对中国新诗文体建设的影响》,《东方论坛》2003年第3期,15 000字。

162.《论中国散文诗的诞生及一个创作高峰》,《青海社会科学》2003年第3期,11 000字。

163.《论中国散文诗的形成及早期的文体建设》,《中南民族大学学报》2003年第4期,12 000字。

164.《论英诗形体对中国新诗的影响及其在中国的文体变异》,《四川外语学院学报》2003年第4期,14 000字。

165.《论散文诗形成的三种形态》,《阴山学刊》2003年第4期,14 000字。

166.《轻视想象力和文体实验》,《扬子江诗刊》2003年第4期,1 500字。

167.《论新诗人与古代汉诗及诗体建设》,《新疆师范大学学报》2003年第3期,13 000字。

168.《论格律诗是汉诗定型诗体及唐代的诗体格局》,《烟台师范学院学报》2003年第3期,12 500字。

169.《论中国散文诗文体形态的基本生成》,《重庆大学学报》2003年第5期,7 000字。

170.《20世纪90年代先锋诗的生态》,《学术研究》2003年第10期,7 100字。

171.《论古代汉诗诗体的演变及对新诗诗体建设的影响》,《河南大学学报》2003年第5期,14 000字。

172.《文体进化需要自由与自律——巴赫金文体进化论研究》,《佳木斯大学学报》2003年第5期,11 000字。

173.《论古代汉诗诗体的流变形态》,《沈阳师范大学学报》2003年第5期,12 000字。

174.《论打油诗最重要的文体特征平民性》,《山西大学学报》2003年第5期,16 000字。

175.《刘勰的诗本体论中的诗起源论》,《重庆工商大学学报》2003年第5期,11 100字。

176.《格律诗是古代汉诗主导诗体的原因——兼论词与曲在古代汉诗中的文体调和作用》,《南都学坛》2003年第6期,15 000字。

177.《诗歌欣赏是重构诗美的审美活动》,《天津大学学报》2003年第4期,8 000字。

178.《白话诗及新诗革命的政治背景》,《广西师范学院学报》2003 年第 4 期,14 000 字。

179.《论中西方讽刺诗的文体风格及形态的差异》,《湖南大学学报》2003 年第 6 期,13 000 字。

180.《论汉代至初唐是古代汉诗定型诗体建设的重要过渡时期》,《青岛科技大学学报》2003 年第 4 期,4 000 字。

181.《论威廉斯和肯明斯的具象诗》,《海南广播电视大学学报》2003 年第 4 期,13 000 字。

182.《论科举制度的消亡对白话新诗的生成的影响》,《人文杂志》2003 年第 6 期,7 000 字。

183.《论新诗诗人误读西方浪漫主义诗歌的原因及后果》,《首都师范大学学报》2003 年第 6 期,15 000 字。

184.《印度、日本等东方现代诗歌对新诗的影响》,《东方丛刊》2003 年第 4 期,13 000 字。

185.《笑对阳光的诗意栖居者》,怀白著《心语》,作家出版社,2003 年,5 000 字。

186.《论威廉斯和肯明斯的具象诗》,《海南广播电视大学学报》2004 年第 1 期,13 000 字。

187.《论民间诗歌是新诗重要的诗体建设资源》,《中州学刊》2004 年第 1 期,13 000 字。

188.《论东方现代诗歌对新诗革命及新诗诗体的影响》,《东方丛刊》2003 年第 4 期,13 000 字。

189.《文体学视野中散文诗的文体生成》,《南京社会科学》2004 年第 2 期,13 000 字。

190.《检讨诗歌理论家、文学教授和诗歌编辑》,《南方文坛》2004 年第 2 期,10 000 字。

191.《诗美的构建与特性》,《南通师范学院学报》2004 年第 1 期,16 000 字。

192.《论中西讽刺诗的文体特征及差异》,《阴山学刊》2004 年第 1 期,16 000 字。

193.《网络诗将导致现代汉诗的全方位改变——内地网络诗的散点透视》,《河南社会科学》2004 年第 1 期,12 000 字。

194.《论威廉斯和肯明斯的具象诗》,《贵州工业大学学报》2004 年第 1 期,11 000 字。

195.《文体学视野中的散文诗的文体源流》,《云梦学刊》2004 年第 2 期,7 000 字。

196.《论新诗诗体建设的恶劣生态》,《北京工业大学学报》2004 年第 2 期,9 000 字。

197.《论新诗革命的历史语境与非诗化特征》,《江西社会科学》2004 年第 2 期,8 000 字。

198.《自由化与律化:20 世纪新诗诗体建设历史简析》,《海南师范学院学报》2004 年第 2 期,14 000 字。

199.《论科举制度的消亡对白话新诗的生成的影响》,《中国社会科学文摘》2004 年第 2 期,4 000 字。

200.《论 20 世纪散文诗对中国新诗诗体建设的负面影响》,《思想战线》2004 年第 2 期,14 000 字。

201.《在还原和创造诗美中获得欣赏诗的乐趣——论诗歌欣赏的任务和方法》,《广播电视大学学报》2004 年第 2 期,13 000 字。

202.《从保守的文体改良到极端的文体革命——新诗革命的演变轨迹及特点》,《南京师大学报》2004 年第 3 期,11 000 字。

203.《不伦不类的"朋友"》,《扬子江》诗刊 2004 年第 3 期,1 500 字。

204.《20 世纪汉语诗歌中的讽刺诗及其文体特征》,《南都学坛》2004 年第 4 期,15 000 字。

205.《现代格律诗:在自由诗的压迫下潮涨潮落》,《文史杂志》2004 年第 3 期,5 000 字。

206.《新诗应该建立以准定型诗体为主导的常规诗体》,《河南社会科学》2004 年第 3 期,13 000 字。

207.《论西方现代诗歌运动对新诗革命的影响》,《周口师范学院学报》2004 年第 3 期,10 000 字。

208.《论新诗应该有常体》,《诗探索》2004 年春夏卷,11 000 字。

209.《论中外诗歌的形异现象及形异诗的五大价值——兼论现代汉诗应该重视视觉形体建设》,《台湾诗学学刊》四号,35 000 字。

210.《西方现代诗潮在中国新诗草创期的误读》,《国外文学》2004 年第 4 期,13 000 字。

211.《论留学运动与传教运动对白话诗及新诗革命的影响》,《徐州师范大学学报》2004 年第 6 期,7 000 字。

212.《论唐代以后古代汉诗的诗体建设》,《齐鲁学刊》2004 年第 6 期,14 000 字。

213.《有体与无体:中西方自由诗的本质差异》,《福建师范大学学报》2004 年第 5 期,15 000 字。

214.《论法国现代诗歌对中国新诗诗体建设的影响》,《汕头大学学报》2004 年第 6 期,13 000 字。

215.《理性地对待"新诗"这种特殊文体》,《文艺争鸣》2005 年第 1 期,5 000 字。

216.《诗二首欣赏》,《诗刊》2005 年第 3 期,1 000 字。

217.《诗二首导读》,《扬子江》2005 年第 3 期,1 000 字。

218.《诗论比较研究:胡适与英美意象派》,《东方丛刊》2005 年第 1 期,14 000 字。

219.《当代新诗人极端重视诗形建设的个案透析》,《青岛科技大学学报》2005 年第 2 期,10 000 字。

220.《论莱蒙托夫从个人化写作转向社会化写作的原因及意义》,《宁夏大学学报》2005年第5期,13 000字。

221.《新诗诗体建设的问题与对策》,《阴山学刊》2005年第3期,8 000字。

222.《论19世纪末诗人的生态及诗界革命发生的诗歌原因》,《青岛科技大学学报》2005年第2期,15 000字。

223.《纯棉的母亲:平民"圣母"的真实生活》,《诗探索》2005年第2辑,2 500字。

224.《如来八塔和十二美少女:神人和谐的美丽风景》,《诗探索》2005年第2辑,2 500字。

225.《海魂衫:"小处敏感"的成长诗歌》,《诗探索》2005年第2辑,2 500字。

226.《论中国古代女性诗歌的技巧性》,《南京社会科学》2005年第12期,10 000字。

227.《永远的校园,永远的诗歌——"校园诗歌"亲历记及"校园诗歌"几个关键词句》,《敦煌》2005年下半年卷,10 000字。

228.《论19世纪末诗人的生态及诗界革命发生的诗歌原因》,《青岛科技大学学报》2006年第1期,10 000字。

229.《亨利·詹姆斯小说中的自杀类型及意义》,《南都学坛》2006年第2期,第二作者,10 000字。

230.《论白话诗运动对新诗的文体生成及文体形态的影响》,《理论与创作》2006年第3期,15 000字。

231.《中学语文现代诗歌教育亟待改进》,《语文教学之友》2006年第4期,4 000字。

232.《八九十年代少数民族女性诗歌的四种抒情范式——兼论新世纪少数民族汉语诗歌的出路》;雷达、李清霞、吴义勤等编《中国新时期文学资料汇编——中国新时期诗歌研究资料》(甲种),山东文艺出版社,2006年,15 000字。

233.《20世纪汉语诗歌诗体的理想构建》,吕进、蒋登科编《现代诗学的多维视野》,西南师范大学出版社,2006年第5期,5 000字。

234.《论英语诗歌的意象派运动及自由诗革命的生成背景》,《世界文学评论》2006年第1期,10 000字。

235.《中学语文现代诗歌教育亟待改进》,《语文教学之友》2006年第4期,4 000字。

236.《论白话运动对新诗生成的影响》,《阴山学刊》2006年第3期,15 000字。

237.《论英语图像诗的流变》,《宁夏大学学报》2006年第4期,10 000字。

238.《新诗是清末民初思想文化自由化与实用化的产物》,《南都学坛》2006年第5期,15 000字。

239.《新诗诗形建设的历史透析及现实反思》,《西南师范大学学报》2006年第5期,9 000字。

240.《新诗应该适度经典化》,《江汉论坛》2006年第9期,5 000字。

241.《诗是实在的生活是正经的生活——我的诗歌理想与困惑》,《中国诗人》2006年第 3 期，5 000 字。

242.《提高中学生写作水平的三大策略》，《语文教学之友》2006 年第 9 期，5 000 字。

243.《中国新诗向何处去?》，《今日中国论坛》2006 年第 11 期，6 000 字。

244.《著名女诗人为何被恶搞》，《理论与创作》2006 年第 6 期，8 000 字。

245.《中学生写诗的利与弊》，《语文教学通讯高中刊》2006 年第 12 期，卷首语，1 500 字。

246.《幸好新诗坛有郑敏——论郑敏的人品、诗品与文品》，《中国诗歌研究》第 5 辑，13 000 字。

247.《诗界革命采用保守方式的原因探微》，《汕头大学学报》2007 年第 1 期，10 000 字。

248.《英语意象派运动的文体革命特点及与汉语新诗革命的差异》，《社会科学研究》2007 年第 2 期，13 000 字。

249.《胡适没有受到意象派的真正影响——兼论胡适提出"作诗如作文"的原因》，《中州学刊》2007 年第 2 期，12 000 字。

250.《学养、技术、难度、高度——新诗人与"不学无术"无关》，《南方文坛》2007 年第 3 期，8 000 字。

251.《难度与高度：新诗的技术含量与新诗人的学识修养——读高凯长诗〈百姓中国〉》，《飞天》2007 年第 5 期，10 000 字。

252.《真实是诗人唯一的自救之道》，刘亚洲编《名家评于炼的诗》，时代文艺出版社，2007 年，8 000 字。

253.《以改良的方式重建新诗诗体》，《西南大学学报》2007 年第 4 期，3 500 字。

254.《论英语图像诗的文体革命意义及文体价值》，《福建师范大学学报》2007 年第 3 期，9 000 字。

255.《百年新诗三种准定型诗体的流变》，《南都学刊》2007 年第 4 期，16 000 字。

256.《论新诗的诗形建设》，《台湾诗学学刊》四号，25 000 字。

257.《诗人何为? 生命意识：隐；使命意识：秀》，香港《当代诗坛》47、48 合刊，2008 年，18 000 字。

258.《王珂"相"雪青马"记"——诗集〈爱上雪青马〉序》，黄学芳著《爱上雪青马》，作家出版社，2007 年，5 000 字。

259.《意象派运动采用文体改良方针的原因及结果》，《河南社会科学》2007 年第 4 期，10 000 字。

260.《论大陆和台港新诗的诗形建设》，《文艺研究》2007 年第 10 期，12 000 字。

261.《语言智能、诗体意识与现代意识——云鹤诗歌的三个关键词考察》，《热风吹雨洒江天》，国际炎黄文化出版社，2007 年，17 000 字。

262.《今日大陆新诗应该高度重视诗形建设》，《中国诗人》2007 年第 4 卷，5 000 字。

263.《论意象派诗歌不是表现主义诗歌》,《海南师范大学学报》2007 年第 5 期,12 000 字。

264.《现代诗人的“新民族诗型”——论张默的小诗创作对新诗诗体建设的意义》,《当代诗坛》48、49 合期,15 000 字。

265.《像溪水并非自然地流着》,《诗刊》(上半月刊)2008 年第 4 期,4 000 字。

266.《新诗应该重视艺术性和制作性》,《扬子江评论》2008 年第 3 期,5 000 字。

267.《隐与秀:近年两岸“中年诗人”写作方式的差异》,《诗探索》2008 年第 1 辑,理论卷,10 000 字。

268.《新诗与新诗人都应该确定标准》,《中国诗人》2008 年第 3 期,5 000 字。

269.《歌唱　以诗人的名义——谭仲池诗集〈敬礼以生命的名义〉的接受之旅》,《理论与创作》2008 年第 4 期,8 000 字。

270.《“一体”“两象”“三关”和“四要”——新诗“标准”的现实构建策略》,《海南师范大学学报》2008 年第 3 期,10 000 字。

271.《在人心灵显示出伤口并渗出血滴——昌耀〈内陆高迴〉解读》,《名作欣赏》2008 年第 11 期,6 000 字。

272.《黄药眠是被遮蔽的优秀诗人》,《南都学坛》2008 年第 6 期,15 000 字。

273.《论姜耕玉的新诗创作及新诗理论》,《世界文学评论》2008 年第 2 辑,8 000 字。

274.《新诗应该加强诗形建设》,《廊坊师范学院学报》2008 年第 6 期,15 000 字。

275.《从骨头里发出声音——姜耕玉诗歌印象》,《中国诗人》2008 年第 4 卷,6 000 字。

276.《“诗的冲动性写作”博客大讨论》,《星星》下半月刊理论版 2008 年第 11 期,7 000 字。

277.《论新诗诗形建设及诗体建设的重要性和迫切性》,《龙岩学院学报》2009 年第 2 期,13 000 字。

278.《像溪水却并非自然地流着——川美的诗及诗写作》,《文学界》2009 年第 3 期。

279.《〈假设比想象来的真实〉的学院式诊治》,《名作欣赏》2009 年第 4 期,8 000 字。

280.《新诗 30 年的五大成就与五大问题》,《社会科学》2009 年第 4 期,12 000 字。

281.《生存问题真的大于艺术问题吗——汶川震灾诗热后的冷思考》,《诗探索》2009 年第 1 辑,13 000 字。

282.《论新诗界震灾诗的特点及意义——5·12 汶川大地震周年祭》,《福建师范大学学报》2009 年第 5 期,11 000 字。

283.《菲律宾华文诗人云鹤新诗创作的特点及价值》,《南都学坛》2009 年第 4 期,17 000 字。

284.《新诗博客与网络诗歌的发展》,《诗刊》(上半月刊)2009 年第 15 期,4 000 字。

285.《诗的自传:情感需要与思想需要的彩虹——〈傅天虹诗存〉读后》,《当代诗坛》

2009 年第 51、52 期，8 000 字。

286.《1990 年代先锋诗的生态及个人化写作的成因》，《河北学刊》2009 年第 5 期，10 000 字。

287.《以改良的方式重建新诗的常规诗体》，《诗学》2009 年第 1 辑，5 000 字。

288.《新诗为何难有"经典"》，《人民日报》2009 年 7 月 28 日，1 500 字。

289.《以香港诗人傅天虹为个案论"自传诗"写作》，《廊坊师范学院学报》2009 年第 6 期，12 000 字。

290.《论大陆和台港新诗的诗形》，福建文学艺术界联合会编《福建文艺创作 60 年选・文学评论》，海峡文艺出版社，2009 年，10 000 字。

291.《新诗亟待加强的三大建设》，《中国诗歌研究》2009 年，8 000 字。

292.《新诗博客使网路诗如虎添翼》，《艺文论坛》2009 年第 3 期，4 000 字。

293.《应该客观评价地域文化对新诗创作的影响》，《中国诗人》2010 年第 1 卷，5 000 字。

294.《对"中生代"命名的冷思考》，《星星》理论版，2010 年第 1 期，2 000 字。

295.《诗人坏，诗评家更坏》，《星星》理论半月刊 2010 年第 8 期，3 000 字。

296.《现代诗学研究必须重视人才培养》，《西南大学学报》2010 年第 1 期，3 000 字。

297.《新诗重"立"轻"破"的"建设时代"来临——21 世纪中国现代诗五届研讨会暨"现代诗创作研究技法"学术研讨会综述》，《中国诗歌研究》第 1 辑，31 000 字。

298.《论傅天虹的"自传诗"写作》，《世界日报》2010 年 3 月 6 日 45 版，3 000 字。

299.《论台湾诗人绿蒂的"个人化写作"的特点及意义》，《世界日报》2010 年 3 月 30 日 5 版，3 000 字。

300.《论叶维廉的诗形观及创作实践》，《诗探索》2010 年理论卷，13 000 字

301.《从山雾中走来的"花儿"诗人》，屈文焜著《屈文焜诗选》，宁夏人民出版社，2010 年，6 000 字

302.《新诗研究必须重视技法——21 世纪中国现代诗五届研讨会暨"现代诗创作研究技法"学术研讨会综述》，《廊坊师范学院学报》2010 年第 2 期，12 000 字。

303.《郑愁予借鉴古典诗词创作技法的策略和意义》，《语文建设》2010 年第 5 期，6 000 字。

304.《新诗百年的十大成就和十大问题》，《江苏大学学报》2010 年第 3 期，14 000 字。

305.《千万别忘了诗人黄药眠》，《艺术广角》2010 年第 3 期，13 000 字。

306.《新诗应该守常应变》，《西南大学学报》2010 年第 4 期，3 000 字。

307.《从文化创意产业的视野谈大陆平潭岛旅游策划》，《艺文论坛》2009 年第第 5 期，1 000 字。

308.《学识・修养・学理・感悟——今天如何做诗评家》，《学习与探索》2010 年第 6 期，12 000 字。

309.《两岸诗星共月圆序》,黄中模、鲜于煌、易小松《两岸诗星共月圆》,中国文联出版社,2010年,8 000字。

310.《论绿蒂的"个人化写作"的特点及意义》,黄中模、鲜于煌、易小松编《两岸诗星共月圆》,中国文联出版社,2010年,8 000字。

311.《论雪飞的现代诗歌技法——"诗的蒙太奇"》,黄中模、鲜于煌、易小松编《两岸诗星共月圆》,中国文联出版社,2010年,6 000字。

312.《诗体之争与诗体重建——"现代诗创作研究技法"学术研讨会热点话题论争综述》,《江苏大学学报》2010年第5期,13 000字。

313.《新诗应该重视相对标准、常规诗体和社会化写作》,《诗学》第2辑,2010年,8 000字。

314.《新诗困境:从"梨花体"到"羊羔体"——"梨花体"事件和"羊羔体"事件透析》,《探索与争鸣》2011年第1期,13 000字。

315.《震灾诗热潮的原因和意义》,《重庆评论》2010年第2期,1 000字。

316.《当今诗评家应"与时俱进"》,《中国社会科学报》2011年1月4日,2 000字。

317.《论当代新诗创作与地域文化的微妙关系》,《区域文化与文学研究集刊》第1辑,2010年,12 000字。

318.《博客正成为新诗传播与接受的主要方式》,《湘潭大学学报》2011年第2期,10 000字。

319.《论巴赫金狂欢生成体裁改良主义文体进化观》,《南京社会科学》2011年第3期,10 000字。

320.《幸好新诗坛有郑敏——论郑敏的人品、诗品和文品》,吴思敬、宋晓冬编《郑敏诗歌研究论集》,学苑出版社,2011年,10 000字。

321.《论诗界革命对新诗生成的实际影响》,《文学与文化》2011年第1期,10 000字。

322.《王珂:应该重视诗体的建设》,《中国文化报》理论版"观点"栏目,2011年4月13日,500字。

323.《新诗是精致的语言艺术——〈新诗200首导读〉序》,《新诗200首导读》,3 000字。

324.《方敬〈阴天〉谢宜兴〈我一眼就认出那些葡萄〉点评》,姜耕玉、赵思运编《新诗200首导读》,东南大学出版社,2011年,600字。

325.《今日大众文化狂潮下精英文人的介入方式》,《理论与创作》2011年第4期,7 000字。

326.《海纳百川的世界的情人——哈雷诗歌的城市精神与艺术特质》,孙绍振编《诗歌哈雷》,海峡文艺出版社,2011年,8 000字。

327.《中国现代文学的一朵奇葩——被遮蔽的优秀诗人黄药眠》,黄大地、张春丽编《黄药眠诗全编》,人民文学出版社,2010年,16 000字。

328.《论回族诗人木斧书信诗的功能和价值》,《民族文学研究》2011 年第 6 期,7 000 字。

329.《血浓于水的语言——评于而凡的〈父亲三章〉》,《东南亚诗刊》2011 年第 8 期,3 000 字。

330.《野马在旷野中驰骋——读庄晓明的组诗〈形与影〉》,《诗探索》2011 年第 2 期,1 000 字。

331.《废名新诗应该是自由诗的实际影响和现实意义》,《广东社会科学》2012 年第 1 期,8 000 字。

332.《今日汉诗应以准定型诗体的新诗为主体》,《西南大学学报》2012 年第 1 期,3 000 字。

333.《两岸四地中生代诗人的诗体意识及诗体理论比较分析》,《当代诗坛》(中英文对照)第 57、48 期合刊,16 000 字。

334.《纯净凄美的爱情诗!——笔尖悼亡诗的写作意义》,笔尖著《之间》,海峡文艺出版社,2012 年,6 000 字。

335.《戴望舒诗歌翻译的文化选择》,《河南社会科学》2012 年第 1 期,第二作者,8 000 字。

336.《论艾略特诗歌创作与诗歌批评的轨迹和特征》,《廊坊师范学院学报》2012 年第 2 期,8 000 字。

337.《新诗要适度重视音乐形式高度重视排列形式》,王珂、陈卫主编《51 位理论家论现代诗创作研究技法》,海峡文艺出版社,2012 年,15 000 字。

338.《慈师严师,大爱如父》,霍俊明主编《诗坛的引渡者——吴思敬诗学研究论集》,长江文艺出版社,2012 年,8 000 字。

339.《新诗诗体学的历史、现实与未来——兼论新诗诗体学的构建策略》,《河南社会科学》2012 年第 8 期,10 000 字。

340.《诗人一跳,诗评家就笑》,《大河诗歌》2013 年春卷(31 卷),5 000 字。

341.《文学研究必须重视文学感悟》,《创作与评论》2013 年第 4 期,8 000 字。

342.《寻根的游子——回族诗人本斧剪影》,李临雅、余启瑜选编《论木斧》,四川美术出版社 2013 年,5 000 字。

343.《乡愁漂在寻根路上——赏析于而凡〈乡愁三叠〉》,东瑞、叶竹编《印华新诗欣赏》,香港获益出版事业有限公司,2013 年,3 000 字。

344.《玫瑰一样的诗话——赏析于而凡〈诗话〉》,东瑞、叶竹:《印华新诗欣赏》,香港获益出版事业有限公司,2013 年,3 000 字。

345.《论新诗诗美的构建》,《东南大学学报》2013 年第 4 期,7 000 字。

346.《现代诗是与中学生心灵最亲近的文体》,《名作欣赏》2013 年第 9 期,10 000 字。

347.《自然景观和文化记忆结合的类型写作——台湾中生代诗人大陆纪游诗创作动

力研究》,《长沙理工大学学报》2013 年第 6 期,13 000 字。

348.《过客的思想,归人的情感,诗人的文采——西部诗人、散文家孟杨散文集〈在戈壁深处行走〉序》,孟杨著《在戈壁深处行走》,太白文艺出版社,2013 年,5 000 字。

349.《汉语诗歌的语言与思维革命——论许德民的抽象诗》,许德民著《抽象诗》,上海文艺出版社,2013 年,8 000 字。

350.《自然景观和文化记忆结合的类型写作》,香港《当代诗坛》2014 年 1 月第 61—62 合期,10 000 字。

351.《爱梦幻生命——读赵云诗集〈流连在岁月的掌心〉》,赵云著《流连在岁月的掌心》,海风出版社,2014 年,8 000 字。

352.《加强福建旅游诗及生态诗建设——生态文学及生态美学的现实应用思考》,《台港文学选刊》2013 年增刊,台湾《艺文论坛》2014 年第 9 期,10 000 字。

353.《两岸四地新诗文体比较研究的缘由、意义及方法》,《广东社会科学》2014 年第 1 期,17 000 字。

354.《"尴尬的一代"举起了"无能的右手"——〈读尴尬的一代:中国 70 年代先锋诗歌〉和〈无能的右手〉》,《国际汉语诗歌》,线装书局,2013 年,8 000 字。

355.《细腻唯美的学者之诗——序义海诗集〈一个学者诗人的夜晚〉》,陈义海著《一个学者诗人的夜晚》,南京大学出版社,2014 年;台湾《青溪新文艺》,2015 年第 3 期,10 000 字。

356.《论两岸四地新诗文体的比较研究》,福建师范大学文学院编《学术史视野中的华文文学:十七届世界华文文学国际学术研讨会论文集》,海峡文艺出版社 2014 年,14 000 字。

357.《网络诗歌语言的俗与雅》,王光明编《诗歌的语言与形式——中国现代诗歌语言与形式学术研讨会论文集》,社会科学文献出版社,2014 年,10 000 字。

358.《为诗消得人憔悴——新诗研究者东南大学博士生导师王珂教授访谈录》,《廊坊师范学院学报》2014 年第 2 期,第一作者,18 000 字。

359.《写作是一种生活——甘肃诗人散点透视》,《新文学评论》2014 年第 2 期,第二作者,12 000 字。

360.《佛之信徒,诗之信徒》,《岷州文学》2014 年夏季号,6 000 字。

361.《现代与现在,和解与对抗——鸿鸿现代诗写作伦理考察》,傅天虹、白灵编《台湾中生代诗人两岸论》,创世纪杂志社,2014 年,8 000 字。

362.《新诗小诗文体的文体生存流变传播——"小诗磨坊"的运作策略分析》,武汉大学文学院马来亚大学华人研究中心编《2014 年中国文学传播与接受国际学术研讨会论文集》,马来亚大学马来西亚华人研究中心出版;《常熟理工学院学报》2015 年第 3 期,18 000 字。

363.《猛虎细嗅蔷薇,牡丹留下比喻——牛昌庆诗集〈灵魂的倒影〉序》,牛昌庆著《灵魂的倒影》，言实出版社，2014 年，7 000 字。

364.《澳门新诗文体特征及澳门诗人诗体观》，《北方论丛》2015 年第 1 期，15 000 字。

365.《台湾跨界诗人鸿鸿的现代诗及现在诗》，《廊坊师范学院学报》2015 年第 2 期，12 000 字。

366.《现代诗歌诗体的现代性》，《创作与评论》2015 年第 1 期，7 000 字。

367.《新诗现代性建设要突出一大问题》，《创作与评论》2015 年第 2 期，14 000 字。

368.《新诗现代性建设要强调两大需要》，《创作与评论》2015 年第 3 期，140 000 字。

369.《新诗现代性建设要重视三大功能》，《创作与评论》2015 年第 4 期，140 000 字。

370.《新诗现代性建设要完成四大任务》，《创作与评论》2015 年第 5 期，13 000 字。

371.《新诗现代性建设要考虑五大特质》，《创作与评论》2015 年第 6 期，14 000 字。

372.《新诗现代性建设要完成六大建设》，《创作与评论》2015 年第 7 期，14 000 字。

373.《新诗创作研究需要新观念新方法——林于弘教授访谈录》，《晋阳学刊》2015 年第 5 期，第二作者，15 000 字。

374.《冯至〈蛇〉细读历史的细读——新诗细读式批评反思》，《玉溪师范学院学报》2015 年第 7 期，18 000 字。

375.《普通人在中国开放时代的心路历程》，王珂选编，李吉华著《李吉华诗选》，团结出版社，2015 年，6 000 字。

376.《回首千山外，人在旅途中》，台客主编《回首千山万——诗人作家回忆录》，台湾文史哲出版社，2015 年，6 000 字。

377.《似是故乡来——王珂教授专访》，《诗学》2015 年第 7 辑，第二作者，6 000 字。

378.《新诗现代性建设要建设八大诗体》，《河南社会科学》2015 年第 10 期，24 000 字。

379.《艺术地表现表现知性女人的真情实感——评〈汪幼琴诗选〉》，汪幼琴著《汪幼琴诗选》，甘肃文化出版社，2015 年，5 000 字。

380.《新诗需要“哲学诗”——雷文学诗集〈无端遥望〉序》，雷文学著《无端遥望》，海峡文艺出版社，2015 年，5 000 字。

381.《木斧书信诗的文学价值及其他》，木斧著《给 200 位诗人的画像》，四川文艺出版社，2015 年，5 000 字。

382.《新诗应该具备生态功能和教育传播——向阳教授访谈录》，《晋阳学刊》2016 年第 1 期，第二作者，15 000 字。

383.《跨界写作及跨学科研究必须坚持文学本位》，《南都学坛》2016 年 1 期，《高等学校文科学术文摘》“学术卡片”栏摘录 2016 年第 3 期，150 00 字。

384.《张志民现实主义创作对新诗现代性建设的启示》，《廊坊师范学院学报》2016 年第 2 期，16 000 字。

385.《新诗需要科技和诗艺的完美结合——白灵教授访谈录》，《晋阳学刊》2016 年第

2期,第二作者,15 000字。

386.《群英攻难关,连横遇知音》,《〈连横诗词选注〉跋》,《艺文论坛》2016年第14期,6 000字。

387.《新诗现代性建设要追求现实主义与现代主义的和解》,《南方文坛》2016年第2期,15 000字。

388.《论昌耀新诗写作的文体细致性和独创性》,《休斯敦诗苑》2016年第2期,6 000字。

389.《新诗现代性建设要建设九大诗题》,《广东社会科学》2016年第3期,15 000字。

390.《新诗现代性建设要处理好五大社会生态关系》,《湘潭大学学报》2016年第3期,15 000字。

391.《论"小诗磨坊"在小诗现代性建设上的贡献》,《世界华文文学论坛》2016年第3期,10 000字。

392.《甘肃乡土诗的伦理变迁与道德取向》,《中国文学研究》2016年第4期,17 000字。

393.《新诗现代性建设要处理好五大个人生态关系》,《河南社会科学》2016年第6期,18 000字。

394.《论曾心小诗的文体性》,曾心、范军主编《"小诗磨坊"研究论文集》,留中大学出版社,2006年,10 000字。

395.《现实主义与现代主义的有机结合》——〈尘世的幸福〉序》,陇上犁著《尘世的幸福》,中国文联出版社,2016年,6 000字。

396.《纯粹而现代的地域诗人——〈风拍大西北〉序》,支禄著《风拍大西北》,中国文联出版社,2016年,8 000字。

397.《〈现代汉语诗歌的空间意义〉序》,鄢冬著《现代汉语诗歌的空间意义》,上海三联出版社,2016年,5 000字。

398.《论香港新诗的文体生态及香港诗人的诗体观念》,《晋阳学刊》2016年第6期,15 000字。

399.《新诗必须重视现代性研究及现代性建设》,《语言与文化研究》第5辑,光明日报出版社,2016年,8 000字。

400.《近年乡土诗的伦理变迁与道德取向》,《华中学术》第16辑,华中师范大学出版社,2016年,18 000字。

401.《新诗文体建设的构建策略》,《国酒诗刊》2016年第5辑,5 000字。

402.《论穆旦青春期写作的现代性意义》,《北方论丛》2016年第6期,15 000字。

403.《叙述的力量与戏剧化的魅力——读彭燕郊的〈殡仪〉有感》,《休斯敦诗刊》2016年第4期,5 000字。

404.《"治疗"是诗歌的一大功能(上)》,《名作欣赏》2017年第1期,12 000字。

405.《“治疗”是诗歌的一大功能(下)》,《名作欣赏》2017年第2期,12 000字。

406.《诗疗——诗相信未来》,《名作欣赏》2017年第3期,8 000字。

407.《从今天起做一个幸福的人——〈面朝大海,春暖花开〉诗疗解读(上)》,《名作欣赏》2017年第4期,10 000字。

408.《从今天起做一个幸福的人——〈面朝大海,春暖花开〉诗疗解读(下)》,《名作欣赏》2017年第5期,10 000字。

409.《一首美丽的情色诗——〈蛇〉诗疗解读》(上)》,《名作欣赏》2017年第6期,10 000字。

410.《一首美丽的情色诗——〈蛇〉诗疗解读(下)》,《名作欣赏》2017年第7期,10 000字。

411.《诗缘情与诗言志的综合治疗——昌耀〈内陆高迥〉诗疗解读(上)》,《名作欣赏》2017年第8期,10 000字。

412.《诗缘情与诗言志的综合治疗——昌耀〈内陆高迥〉诗疗解读(下)》,《名作欣赏》2017年第9期,10 000字。

413.《百年新诗:过去可回首将来有知音》,《福建文学》2017年第5期,8 000字。

414.《论曾心小诗的文体性》,《玉溪师范学院学报》2017年第2期,13 000字。

415.《重视和建设新诗诗用学和新诗诗体学——渡也教授访谈录》,《晋阳学刊》2017年第3期,第二作者,15 000字。

416.《论张志民现实主义诗作的现代性》,吴思敬、许敏非编《诗林中的一棵大树:张志民诗歌研究论集》,学苑出版社,2017年,12 000字。

417.《曾心小诗的文体价值》,曾心著、王珂编《曾心小诗500首》,东南大学出版社,2017年;王珂、曾心编《二十三位诗论家论小诗》,泰国留中出版社,2017年,15 000字。

418.《磨坊为何享誉世界》,王珂、曾心主编《小诗磨坊小诗精选》,东南大学出版社,2017年;王珂、曾心编《二十三位诗论家论小诗》,泰国留中出版社,2017年,15 000字。

419.《现代汉诗的建设策略与方针——中国现代汉诗研讨会会议综述》,《廊坊师院学报》2017年第3期,10 000字。

420.《小诗具有特殊的文体特征和特别的文体价值——国际小诗暨小诗磨坊作品研讨会综述》,《南都学坛》2017年第6期,13 000字。